정
체

정체

正体

소메이 다메히토

장편소설 — 정혜원 옮김

染井為人

MONGSIL
BOOKS

차례

"정말, 되게 귀찮게 구네."

아침으로 토스트를 베어 먹고 있던 마이는 그렇게 말하며 노견 포키를 발로 밀어냈다. 하지만 포키는 이내 돌아와서 '손!' 했을 때처럼 마이의 다리를 다시 긁었다. 뭔가 달라고 호소하는 것이다. 흥, 먹을 게 없으면 아무것도 안 하면서.

와이셔츠 차림의 아빠가 하품을 하며 다가왔다. 리모컨으로 TV를 켜고 마이의 맞은편 의자를 빼어 걸터앉는다. 그와 동시에 포키는 마이 곁을 떠나 아빠의 발치에 앉았다.

"역시 이 아빠를 제일 좋아하는구나."

아빠가 만족스럽게 늘 하던 말을 했다. 아빠가 바로 먹을 걸 준다는 사실을 이 노견은 아는 것이다. 포키가 보기에 아빠는 밥 주는 사람이리라.

"여보. 그렇게 바로 주지 마. 개, 사료 남긴단 말야."

부엌에 있는 엄마에게서 금세 핀잔이 날아왔다.

"인간님의 밥이 더 맛있는걸."

"포키가 일찍 죽으면 당신 책임이야."

개의치 않는 아빠에게 엄마는 허리에 손을 짚으며 나무랐다. 16년이나 산 개가 빨리 죽고 말고가 어디 있나 싶었지만 지적하지는 않았다.

수없이 반복되어 온 사카이 가의 이런 아침 식탁과도 이제 한 달이면 작별이다.

마이는 현재 고등학교 3학년으로 졸업식을 2주 앞두었는데, 4월부터는 염원하던 도쿄에서의 자취 생활이 시작되기 때문이다. 오모테산도에 있는 대규모 미용 전문학교에 다니기로 결정되어 있다.

반년 전쯤 마이가 희망 진로를 밝히자 부모님은 노골적으로 얼굴을 찌푸렸다.

"아무리 화장으로 가린다 해도 인간의 본질은 변하지 않아. 중요한 건 마음의 아름다움일 거야."

아빠는 뜻 모를 소리를 했다.

이리저리 설득을 시도하여 겨우 진학 허락을 받아 냈으나 이번에는 자취 문제로 반대에 부딪혔다. 본가에서 다니라는 것이다. 마이는 말도 안 된다고 생각했다. 사카이가의 주거지인 이바라키현은 우시쿠시에 있는데 이곳에서 오모테산도까지는 편도 한 시간 반이 걸리기 때문이다. 더욱이 집에서 제일 가까운 역까지도 자전거를 15분이나 타지 않으면 안 된다.

마이는 정기승차권 요금을 집세에 보태고 통학할 시간에 아르바이트를 하면 그 돈으로 도쿄에서 생활해 나갈 수 있다고,

계산기를 꺼내 들고 부모님에게 사정했다. 그리고 당당하게 진학권과 자취권을 쟁취했다.

그렇다 하나 부모님은 아직 서운한 듯했다. 부모님의 마음을 깊이 생각한 적은 없지만 외동딸이 집에서 사라진다는 것은 중대 사건이리라. 지난주 저녁, 아빠 엄마는 옛날 앨범을 꺼내 와서 어린 마이의 모습을 보며 눈웃음을 지었다. 따라서 상경은 조금 가슴이 아프다. 하지만 그 감정은 1할 정도다. 나머지 9할은 꿈과 희망이 차지하고 있다. 두 사람은 과거에서 살고 있는지 모르지만 마이에게는 미래가 기다리고 있는 것이다.

이때 TV에서 여자 아나운서의 〈속보입니다〉라는 목소리가 들려와 마이는 토스트를 우물우물 씹으며 눈길을 줬다.

〈지난밤 새벽, 효고현 고베시 기타구의 고베구치소에 수감되어 있던 소년 사형수가 탈주한 사실이 밝혀졌습니다. 소년은 지금으로부터 대략 1년 6개월 전, 당시 18세의 나이로 사이타마현 구마가야시에 사는 일가족 세 명을 살해한 죄로 사형 판결을 받았습니다. 이와 더불어, 탈주한 소년은 지금까지도 잡히지 않아 경찰은 전력을 다해 소년의 행방을 쫓고 있습니다.〉

"아니 아니 아니." 아빠가 한 손에 커피잔을 들고 중얼거렸다. 부엌에 있던 엄마도 손을 멈추고 TV를 들여다보고 있다.

〈네, 전대미문의 일이로군요.〉 사회자의 지목에 백발 남자가 심각한 얼굴로 말했다. 직함은 전 경시총감이라고 적혀 있다. 〈사형수가 탈옥한 예는 과거를 거슬러 올라가면 여럿 있었습니다만, 소년 사형수의 경우 사례가 없습니다.〉

〈도대체 왜 이런 일이 일어났는지 원인은 아직 모르는 거죠?〉

〈현시점에서는 어떻게 탈주했는지에 대한 경찰의 발표는 없습니다.〉

〈애당초 사형수라는 건 교도소가 아니라 구치소….〉

TV 속에서 수많은 어른이 착잡한 얼굴로 이러쿵저러쿵 논쟁을 벌인다. 마이는 그 광경을 심드렁하게 바라보고 있었다. 중대한 일이겠지만 마이에게는 현실감이 전혀 없었다. 근처에 그 구치소라도 있었더라면 다소 공포로 다가왔을지도 모르지만 그 소년이 탈주한 구치소라는 곳은 아주 멀리 있기 때문이다. 고베는커녕 효고현 땅조차 마이는 밟아 본 적이 없다.

게다가 솔직히 소년이 저지른 사건도 기억이 가물가물하다. 하지만 약 1년 반 전에 그런 사건이 있었던 것 같기는 하다. 아마 수학여행 직전이었을 것이다.

세상에는 처참한 사건이 많이 일어나서 이내 기억이 희미해지고 만다. 솔직히 말하자면 그런 사건에 마이는 흥미가 없었다. 이 사건도 수학여행으로 머릿속이 가득하여 신경 쓸 겨를이 없었다.

〈그런 엄중한 경비 속에서 탈옥하다니 그야말로 현대의 니시카와 도라키치(가장 많은 탈옥 횟수를 기록해 탈옥왕으로 알려진 메이지시대의 인물)로군요.〉

심각한 분위기를 풀어 볼 셈이었는지 남자 탤런트 하나가 반쯤 웃으며 그렇게 말했다. 그러나 주위 사람 누구 하나 반응을

9

하지 않아 그 탤런트는 멋쩍은 듯 고개를 숙였다.

〈—경찰에서 속보가 들어오는 대로 다시 보도 드리겠습니다. 이어서….〉

뉴스가 일단락 났을 때, 엄마가 미간에 주름을 잡으며 "믿을 수 없어. 무서워라"라고 중얼거렸다.

정말 그렇게 무서운 일인가 생각하고 마는 자신은 어린애인 걸까. 엄마가 그 탈옥한 소년과 마주칠 확률은 복권 1억 엔에 당첨될 가능성보다 낮은 것 같은데.

"여보. 이 범인에게 살해된 부부는 아직 젊었지?"

엄마의 물음에 아빠는 눈을 찡그리고 허공을 노려봤다.

"서른 전 아니었나? 아이도 두 살인가 그랬던 것 같아."

"말도 안 되는 사건이었지."

"말도 안 되지. 면식도 없는 놈이 집에 쳐들어와 전부 죽여 버렸으니까."

"칼로 찔러 버렸잖아."

"맞아. 분명, 부엌에 있던 회칼이었어."

"저기, 미성년자도 사형이 돼?"

마이가 애초에 궁금하던 것을 물었다.

"되지, 하지만 18세 이상만. 18세 미만은 사형이 될 수 없어."

몰랐다.

미성년자에게 사형 판결은 내려지지 않는다고 멋대로 믿고 있었다.

"그러고 보니 이 범인, 자신을 칭찬하고 싶다는 둥 말하지 않았나?"

엄마가 생각난 듯 말했다.

"칭찬하고 싶다니?" 마이가 물었다.

"사형 판결을 받았을 때, 범인은 법정에서 이렇게 지껄였거든. '자신을 칭찬해 주고 싶다'라고."

아빠가 내뱉듯이 말했다.

마이는 고개를 갸우뚱했다. 칭찬하고 싶다는 건 사람을 죽인 일을 말하는 걸까. 아니면 사형 판결을 받은 일을 말하는 걸까.

"애초에 어째서 그 일가족을 죽였는데?"

마이의 질문에 아빠는 미간에 주름을 잡고 침묵하더니 "젊은 아내에게 행패를 부리려던 거 아닌가? 그런데 부재중인 줄 알았던 남편도 집에 있었다거나, 그런 느낌 아니었을까? 하지만 그렇다고 죽여 버렸으니 단단히 돌았지"라고 말했다.

농담을 좋아해서 늘 시시껄렁한 소리만 하는 아빠가 웬일로 화가 나 있다.

"마이도 4월부터는 정말 조심하렴. 젊은 여자가 가장 위험하니까."

엄마의 당부에 비로소 조금은 공포가 몸 가까이 느껴졌다. 확실히 자취를 하다 보면 그런 종류의 위험에 노출되기 쉽다. 지지난 주에 부모님과 보러 가서 계약한 집은 오토록이 달린 맨션으로 2층에 있지만, 만약 누군가가 숨어들어 칼 따위를 들이댄다면 심약한 자신은 그것만으로도 쇼크사할 것 같다.

입을 날도 얼마 안 남은 교복을 입고 집을 나선 마이는 자전거를 타고 인근 역으로 가서 조반센 하행 열차에 탔다. 한 손으로 손잡이를 잡고 다른 한 손으로는 스마트폰을 만진다. 띄워져 있는 것은 트위터로 통학 전철 안에서 친구들의 일상을 체크하는 것이 매일 아침의 습관이다.

오늘의 타임라인은 그 소년 탈주범 얘기뿐이었다. 팔로우되어 있는 사람은 같은 세대 친구뿐이니 그들도 이 사건에 관심이 있다는 뜻이리라. 그렇게 생각하니 스스로가 조금 부끄러워졌다. 참고로 마이는 정치도 경제도 잘 모른다.

바로 얼마 전 이런 일이 있었다. 친구들 사이에서 '에볼라 출혈열'이 화제가 되었는데, 이 무서운 괴병은 서아프리카를 중심으로 퍼진 모양이고 영국에서도 사망자 수가 스무 명을 넘었으며 급기야 일본에도 그 병이 상륙했을 가능성이 있다고 미디어에서 떠들어댔건만 마이는 그것을 모르고 있었다. 친구들은 "거짓말. 너 진짜 일본 국민이야?"라며 기막혀 했다. 분명 어디선가 보고 듣고 했겠지만 관심이 없는 것은 그대로 흘려 넘기는 사람이 마이였다.

타임라인을 스크롤하다 보니 탈옥한 소년이 일으켰다는 사건의 요약 기사가 올라와 있기에 들어가 봤다.

그 글에 따르면 사건이 일어난 때는 2017년 10월 13일, 현장은 사이타마현 구마가야시에 있는 한 민가. 살해당한 사람은 당시 스물아홉 살이었던 남편 이오 요스케, 스물일곱 살의 아내 지구사, 두 사람의 아이인 두 살배기 슌스케.

범인인 소년은 아직 해가 중천에 떠 있던 16시경, 이오 부부가 사는 단독 주택에 침입하여 우선 아내 지구사를 부엌에 있던 회칼로 복부를 찔러 살해하고, 뒤이어 아들 슌스케를 같은 방법으로 살해했다고 한다. 그러던 참에 마침 일을 마친 남편 요스케가 귀가하자 이번에는 등을 찔러 살해. 결국 범인은, 다투는 소리를 들은 이웃의 신고로 달려온 경찰관에게 그 자리에서 체포되었다고 한다.

거의 아빠가 말한 대로지만 한 가지 틀린 것이 있었다. 집에는 함께 살던 요스케의 어머니가 있었던 모양이다. 50대의 이 여성은 살해되지 않은 듯하니 전부 죽은 건 아닌 셈이다.

어째서 이 여성은 살해되지 않았을까. 그 이유는 쓰여 있지 않았다. 3초 정도 생각해 보았으나 전혀 짐작이 가지 않았다.

어쨌거나 무시무시한 살인귀다. 부부도 부부지만, 두 살배기 아기를 어떻게 죽일 수 있단 말인가.

홀로 분개하는데, 눈앞에 앉아 있던 사람이 일어나서 마이는 잘됐다는 듯 그곳에 앉았다. 그러자 나이 든 남성이 마이 앞에 섰다. 슬그머니 얼굴을 보고 나이를 가늠한다. 75세 정도이려나. 속으로 한숨을 쉬었다. "여기 앉으세요." 마이는 몸을 일으켜 자리를 양보했다. "고마워요"라는 인사를 받고 조금 기분이 좋아졌다.

요약 기사를 닫고 다시 트위터를 살펴봤다. 탈주한 소년의 사진과 이름이 벌써 유포되어 있었다. 이미 리트윗 숫자가 만 건 이상인 것도 있다. 이런 건 대체 누가 어디서 찾아오는 걸까.

하긴, 이 사진들은 그 사건 당시 나돌았으리라.

마이는 몇몇 사진 가운데 정면에서 찍힌 한 장을 탭하여 열었다. 사진이 확대되어 선명해진다.

반삭 머리의 젊은 남자가 입을 한일자로 굳게 다문 채 찍혀 있었다. 쌍꺼풀이 또렷하고 콧날이 날렵하다. 흐음, 의외로 미남이잖아. 여자에게 인기가 있을 것 같은데 어째서 범죄 따위를 저질렀을까. 그런 생각이 들었다.

이름은 가부라기 게이치. 나이는 당시 열여덟이었으니 지금은… 열아홉 살이나 스무 살이다. 마이보다 한 살, 혹은 두 살 연상이다.

이력을 보니 이 소년은 어쩐지 아동보호시설이라는 곳에서 자란 모양이다. 그렇다면 부모가 없는 것일까. 그 점은 동정이 가지만, 그렇다고 사람을 죽여도 된다는 것은 아니다.

그런 것을 생각하던 마이는 화들짝 놀라 고개를 들었다. 전철이 멈춘 채다. 어느새 목적지 역에 도착해 있었다.

문을 향해 내달려 아슬아슬하게 하차할 수 있었다.

위험했어. 하마터면 역을 지나칠 뻔했다.

이렇게 통학할 날도 얼마 안 남았다. 이제 곧 새로운 생활이 시작된다.

1장

———

탈옥 455일째

1

이른 오후, 얄팍한 니트와 청바지 차림의 사타케가 나른한 기색으로 사무실에 들어왔다. 어제도 분명 과음했으리라, 마흔아홉 살의 이 사장은 술 마신 다음 날이면 반드시 얼굴이 부어 있으므로 바로 알 수 있다.

"몇 시까지 마셨어요?"

요모다 다모쓰는 키보드를 치던 손을 멈추고 짓궂게 물었다.

사타케는 "마시고 싶어서 마신 게 아니야" 하고 우선 변명하더니 "나도 이래저래 힘들다고"라며 알아달라는 듯한 얼굴을 했다.

영차, 하며 다모쓰 옆에 걸터앉아 얼굴을 들여다본다. "너야말로 눈 밑에 다크서클 생겼어."

"어제 야근했거든요."

"뭐야, 그랬어? 그럼 얼른 퇴근…할 수 없구나"라며 사타케는 벽시계로 눈길을 줬다. "앞으로 한 시간만 더 힘내."

이따 이 사무실에서 파트타이머 희망자 면접이 있을 예정인데 그 자리에 면접관으로서 사타케와 다모쓰, 두 명이 입회하는 것이다. 지금 현재 있는 파트타이머도 모두 둘이서 면접을 보고 채용했다. 하기야 불합격시킨 적은 한 번도 없지만.

"네가 현장에 나온 걸 보면 갑자기 결근이 생긴 모양이지?"

"맞습니다. 어제 저녁, 퇴근하려던 차에 그대로 야근하게 됐어요. 벌써 30시간 이상 깨어 있어요."

어제 저녁, 야근할 예정이었던 파트타이머로부터 초등학생 아들이 아파 열이 펄펄 끓어서 쉬고 싶다는 연락이 왔다. 물론 다른 파트타이머에게 대타를 부탁했지만 모두 거절했다. 낮 근무면 모를까 속박 시간이 긴 밤 근무면 대체 인력을 찾기란 쉽지 않다. 밤일은 모두 꺼리기 때문이다. 그렇게 되면 정사원인 자신이 현장에 나갈 수밖에 없다.

"오늘 면접 보는 남자애 말야, 아직 스물한 살이란다."

사타케가 데스크에 놓인 이력서를 손에 들고 말했다.

"압니다. 저도 이미 봤으니까요."

젊은 남자의 지원은 꽤 드물다. 실제로 지금 있는 파트타이머도 대부분 중장년 주부다.

"계속하려나?"

"제가 입사한 것이 스무 살 때인걸요."

"너는 뭐랄까, 특별하니까. 처음부터 정사원으로 들어왔고. 보통의 젊은 남자는 좀 힘들어."

"뭐, 그럴지도 모르죠."

"그렇지?" 하며 사타케는 한숨을 쉬고 데스크에 이력서를 던졌다. "아아. 돈을 내고 구인 공고를 내도 지원자가 한 명인가. 다른 데와 비교해도 시급은 나쁘지 않을 텐데. 미경험자도 된다고 썼고."

"다른 데서도 연중 모집해요. 일손이 충분한 개호(곁에서 돌보아 줌.) 시설은 없지 않습니까."

사타케가 사장으로 있는 유한회사 '아오바'는 지바현 아비코 지역에서 운영 중인 주택형 유료 노인 그룹홈(치매 노인을 위한 공동생활 시설)으로, 다모쓰는 이곳의 유일한 정사원이다. 작년 말까지는 정사원이 한 명 더 있었으나, 스물아홉 살의 다모쓰보다 다섯 살 연상이었던 이 선배 사원은 '개호업계에서 발을 빼고 싶다'라는 이유로 그만두었다. 바로 얼마 전, 그 선배는 다모쓰에게 연락하여 근황을 알렸다. 지금은 가전제품 매장에서 일하는 모양이다. 익숙지 않은 일뿐이라 힘들지만 개호에 비하면 나으려나, 적어도 마음은 병들지 않아, 라고 말했다. 이와 더불어 요모다 군은 언제까지 일할 셈이야, 라고도 물었지만 대답은 못 했다.

다모쓰 자신도 다른 업계를 생각할 때가 있지만 지금으로서는 9년 동안 일한 이 회사를 그만둘 마음이 없다. 박봉이고 속박 시간도 길지만 기본적으로 사타케를 신뢰하고 있으며, 쥐꼬리만큼이라고는 하나 매년 봉급도 인상된다. 보너스도 연 2회 꼬박꼬박 나온다.

무엇보다 일에 보람이 있다. 원래부터 남들 뒤치다꺼리를 좋아했다. 따라서 고등학교 졸업 후 사회복지사 자격을 취득할 수 있는 전문대에 진학한 것은 자연스러운 흐름이었다.

일자리는 아동 복지업계와 고령자 개호업계 중 고민하다가 후자를 선택했다. 앞으로의 시대는 고령자 개호 쪽이 수요가 많을 거라고 생각했다. 그뿐이다.

현장은 빈말이라도 편하다고는 할 수 없다. 솔직히 가혹하다. 생활 서포트라고 하면 듣기에는 좋지만, 고령자의, 그것도 치매 환자의 신변 뒤치다꺼리는 심신 모두를 해치는 것이 현실이었다. 입주자에게 욕을 먹는 일은 일상다반사이고, 폭력을 당한 일도 셀 수가 없다. 익숙해졌다지만 때로는 슬퍼질 때도 있고, 욱할 때도 있다. 그것들은 이따금 받는 감사 인사로 퉁칠 수 있다, 라는 건 너무 허울 좋은 소리일까. 그렇지만 입주자들의 웃는 얼굴이 좋고, 아오바의 가족적인 공간이 좋았다. 무엇보다 자신은 이곳에서 필요한 인간이며 사회의 톱니바퀴 하나를 담당하고 있다는 자부심이 오늘의 다모쓰를 지탱하고 있다.

"면접까지 아직 10분 남짓 남았네. 얼른 모두에게 인사하고 올게." 그렇게 말하고 사타케는 의자에서 일어나 사무실을 나갔다. 곧바로 "스다 씨, 몸은 좀 어떻습니까"라는 사타케의 목소리가 흘러들었다. "자네, 누군가?"라는 느긋한 스다의 목소리. 아흔 살의 스다 후미코는 이 시설에서 가장 고령인데 중증 치매 환자다. 다모쓰도 스다에게는 매일 자기소개를 한다. 하기야 치매가 아닌 자는 이곳에 거의 없다.

그룹홈 아오바의 입주자는 열여덟 명으로 1층과 2층에서 각각 아홉 명의 고령자가 공동생활을 영위한다. 입주자에게는 긴 복도에 면한 방이 한 칸씩 주어지고, 중앙에는 다다미 약 스무 장 넓이의 거실이 있다. 2층도 완전히 같은 형태이다. 당연히 배리어 프리(고령자나 장애인과 같은 사회적 약자들에 대한 장벽 허물기 운동)에 철저하여 어느 벽에건 난간이 뻗어 있으며 화장실과 욕실도 특수한 구조로 되어 있다.

사타케는 경영자이므로 시설을 찾는 것은 주 1회 정도지만, 얼굴을 비출 때는 반드시 입주자 한 명 한 명에게 인사를 한다. 하기야 조금 전 스다를 비롯하여 사타케를 정확히 인식하는 자는 많지 않다.

사타케 자신도 집에서 자신의 아버지를 간병한다고 한다. 치매는 아니고 파킨슨병을 앓는 모양인데 거의 거동을 못 한단다. '차라리 노망이 드는 편이 아버지로서도 좋지 않을까 싶을 때가 있어.' 전에 딱 한 번 그가 그렇게 말했던 것을 기억하고 있다.

그때, 삐, 하는 짧은 신호음이 울렸다. 누가 찾아온 것이다. 인터폰은 늘 꺼 두므로 방문자 알림은 이렇게 사무실에만 오게끔 되어 있다.

열쇠를 들고 현관으로 나가 안쪽에서 문을 딴다. 이렇게 해 두지 않으면 입주자가 멋대로 밖에 나가 버리기에 개호시설에서 내부 자물쇠는 필수다.

문을 옆으로 밀어 열자 그곳에는 장신의 젊은 남자가 서 있었다. 이 청년이 면접자이리라. 170센티미터인 다모쓰가 올려다볼 정도이니 180 이상은 됨 직하다. 복장은 하얀 티셔츠 위에

얄팍한 테일러드 재킷을 걸치고 베이지 치노 팬츠를 입었다. 그에게는 사전에 메일을 보내 딱딱한 차림이 아니라 평상복 그대로 오면 된다고 일러둔 바 있다.

"사쿠라이 쇼지라고 합니다. 오늘 면접 약속이 있어서 찾아뵈었습니다."

머리를 조아리며 말했다. 인상에 비해 낮은 목소리다. 검은 앞머리가 쌍꺼풀 없이 기름한 눈을 살짝 덮고 있고, 오른쪽 눈 밑에 특징적인 큰 눈물점이 있었다. 코가 C자로 휘어 있으며 아랫입술이 살짝 튀어나와 있다.

"네, 기다리고 있었습니다. 안으로 들어가시죠."

사쿠라이를 안으로 들여 사무실로 안내했다. "이쪽에서 잠시 기다리시죠"라 말하고, 복도를 지나 거실을 들여다보니 사타케는 입주자 및 파트타이머들과 담소를 나누고 있었다.

"면접 볼 사쿠라이 씨, 오셨어요."

"오. 딱 맞춰 왔군. 일단 합격."

지각해도 채용하면서. 그렇게 생각했지만 입 밖에는 내지 않았다.

사타케와 함께 다시 사무실로 향했다. "어떤 느낌이디?" 복도를 걸으면서 묻기에 "평범해요. 키가 큽니다"라고만 말하고 사무실로 들어갔다.

차를 내오고 사무용 책상을 끼고 앉아 면접 준비를 갖추었다. "뭐, 과자라도 집어먹으면서 얘기하자고"

사타케가 긴장한 빛을 띤 사쿠라이에게 말을 건넸다.

"사쿠라이 쇼지 군, 스물한 살, 현재 도리데에서 자취 중…."

옆의 사타케가 이력서를 손에 든 채 이미 아는 사실을 말했다.

"여기서 좀 떨어져 있는데, 오늘은 차로 왔나?"

"아니요, 오늘은 전철로 아비코 역까지 와서 그곳부터는 도보로 왔습니다."

"역에서 걸어왔다고? 멀었을 텐데. 30분은 걸리지 않나?"

아니, 좀 더 걸린다. 다모쓰도 몇 번쯤 도보로 역까지 간 적이 있는데 40분 이상 걸렸다.

"네, 꽤 힘들었습니다." 사쿠라이가 수줍어했다.

"저는 자동차 면허가 없어서요."

"아, 그래? 만약 채용될 경우에는 어떻게 통근할 셈이지? 매번 걸을 수도 없잖아."

"아비코 역에 주차장이 있었으니 자전거를 사서 그곳에 둘까 합니다."

"뭐, 그것도 힘들 테지만, 어쩔 수 없지."

사타케가 다소 떨은 표정을 지었다. 이곳에 근무하는 직원은 이 지역에 사는 자를 제외하고 전원 자가용 통근이다.

"도리데 쪽이라면 더 가까운 곳에 노인홈(요양 등급 3 이상의 노인을 위한 입주형 복지시설)이 몇 개 있잖아. 왜 우리 시설에 지원했지?"

"저는 개호 경험이 없지만, 사전 조사를 통해 개호시설에도 몇 가지 종류가 있음을 알았습니다. 그중에서 그룹홈이라는 형태가 가장 저와 맞지 않을까 생각했습니다. 집 주변에는 특별양호 노인홈과 데이서비스(요양 등급 1~5인 노인을 낮 동안 돌봐주는 일종의 노인 유치원)를 전개하는 곳이 있었지만, 그룹홈은 안타깝게도 없었습니다."

"과연. 그래서인가." 사쿠라이의 대답에 만족한 것이리라, 사타케가 인상을 펴고 다과가 든 그릇을 사쿠라이 앞으로 슥 밀었다. "자, 먹으라고. 우리 시설에서는 입주자와 함께 간식을 먹으며 수다 떠는 것도 일 중 하나니까."

"그럼, 잘 먹겠습니다."

사쿠라이는 조금 당황하면서도 손을 뻗어 한입 사이즈로 포장된 초콜릿을 집어 입안에 넣었다.

"애당초 어째서 개호 일을 해 보고 싶었지? 자네처럼 젊으면 일은 얼마든지 골라서 할 수 있을 텐데."

사쿠라이는 차를 마시고 나서 입을 열었다.

"자신이 누군가에게 도움이 되길 바랐기 때문입니다. 이력서에도 썼지만, 저는 고등학교 졸업 후 아르바이트를 몇 개씩 뛰며 생계를 꾸려 왔습니다. 그러는 동안 어디에 취직할지 쭉 고민했습니다. 영업직 같은 건 저에게 안 맞고, 힘쓰는 일도 별로 잘하지 못합니다. 그렇다면 서비스업인가 싶었고, 그중에서도 개호직이 가장 보람 있지 않을까 싶었습니다."

사쿠라이는 차분한 표정으로 막힘없이 이유를 이야기했다. 이상한 점은 없지만, 다모쓰는 그 말을 순순히 받아들일 수가 없었다.

그도 그럴 것이 눈앞의 이 청년은 영업직도 노동직도 충분히 소화 가능해 보이기 때문이다. 사쿠라이는 논리정연하게 자신에 대해 말할 수 있어서 이야기를 듣고 있어도 거슬리는 구석이 전혀 없다. 오히려 바른 청년처럼 보인다. 게다가 그는 확실히 마르기는 했으나 자세히 보면 티셔츠의 가슴팍이 부풀어 올라 있고 손마디도 울퉁불퉁한 것이 건장하다. 육체노동도 마다하지 않을 듯하다.

유일하게, 그래도 면접을 보는 것이니 앞머리는 좀 더 짧게 하고 왔으면 어땠을까 싶지만, 그 역시 큰 마이너스 요소는 아니다. 면접에 평상복 차림으로 오라고 지시하는 곳이니 머리에 대해서도 잔소리는 없을 거라고 판단했으리라.

"지금 취직이라는 말이 나왔는데, 자네는 언젠가 정사원이 되기를 희망하나?"

사타케가 눈을 빛내며 말했다.

"네, 만약 고용해 주신다면. 1년 정도 파트타이머로 일해 보고, 앞으로도 계속 일할 수 있겠다 싶으면 본격적으로 개호업계에 몸을 담고 싶습니다."

1년을 기다릴 것도 없이 2개월만 일해도 사타케가 정사원이 되지 않겠느냐고 집요하게 꼬드긴다. 물론 다모쓰로서도 정사원이 늘면 감사하다.

"응, 마음에 들었어. 채용."

일찌감치 사타케가 채용을 선언하고 사쿠라이를 향해 손을 내밀었다. 그 손을 사쿠라이가 쑥스러운 기색으로 마주 잡았다.

"잘 부탁드립니다."

나 원 참. 사타케는 늘 이렇다.

"그럼 구체적인 업무 내용은 요모다에게."

그 밖에도 아직 물어봐야 하는 것이 잔뜩 있을 텐데. 이런 식으로 떠넘기는 것도 매번 있는 일이다.

"그 전에….."라고 다모쓰는 운을 떼었다.

"사쿠라이 씨는 일주일에 몇 번 정도 근무할 수 있겠습니까?"

"오오, 그래. 중요한 것을 묻지 않았구나."

"지금은 따로 하는 일이 없으니 기본적으로 언제든 나올 수 있습니다."

"좋은데 좋은데. 아주 잘됐어."

옆에서 호들갑을 떠는 사타케에게 싸늘한 시선을 보내고 "우리 시설은 야근도 있는데, 그것도 괜찮습니까?"라고 묻자 그것도 가능하다고 했다.

"사전에 조사했다고 말씀하셨으니 알고 계시겠지만, 그룹홈이란 고령자가 집단생활을 하는 곳입니다. 인터넷 같은 데는 어느 정도 자기 일은 자기가 할 수 있는 분이라고 적혀 있는 경우가 많지만, 실제로는 심한 치매에 걸려 보행조차 힘든 분도 있습니다. 그런 분은 식사나 배변도 주변의 도움 없이는 할 수 없습니다. 물론 기저귀도 갈아야 합니다. 이런 업무는 예상하셨습니까?"

"네. 물론 경험이 없으니 제가 감당할 수 있을지 불안하긴 하지만, 노력하겠습니다."

"우리 시설의 입주자는 평소 온화하고 착한 분뿐이지만, 불안 상태에 빠지면 가끔 폭언을 내뱉거나 폭력을 휘두를 때도 있습니다. 그런 것도 참을 수 있겠습니까?"

"이봐 이봐, 너무 겁주지 마." 사타케가 얼굴을 찌푸리며 말하고 사쿠라이를 향해 하얀 이를 내보였다.

"간혹 그런 일도 있다는 것뿐이야."

"네, 그런 것에도 서서히 적응해 나가고자 합니다."

"그래. 뭐든지 적응이야, 적응. 하다 보면 그런 것도 개의치 않게 돼."

그 후 다모쓰는 대강의 업무 내용을 구두로 전달했다. 아오바에서 일하려면 요리가 필수인데 그 또한 사쿠라이는 어느 정도 가능하다고 했기에 사타케는 그저 마냥 싱글벙글이었다. 3년쯤 전에 있었던 젊은 남자 파트타이머는 요리에 영 소질이 없었는데 결국 그것이 스트레스가 되어 관두고 나갔기 때문이다.

"좋았어, 그럼 이거, 기재해 줘."

이야기가 일단락 나자 사타케가 간이 신분증명서를 사쿠라이에게 내밀었다.

사쿠라이가 오른손에 볼펜을 쥐고 항목을 채워 나갔다. 다모쓰는 별생각 없이 보고 있다가 어라, 했다. 사쿠라이는 쓰는 속도가 몹시 느렸다. 그럼에도 글씨는 빈말로도 잘 썼다고 할 수 없다. 지렁이가 기어가는 듯한 글씨이다.

"긴급 연락처는?"

마찬가지로 용지를 들여다보던 사타케가 말했다. 그 부분만

공란이었다.

"실은…." 사쿠라이가 시선을 떨어뜨렸다.

"저는 어릴 때부터 아버지와 둘이서 살아왔는데, 얼마 전 아버지가 돌아가셔서… 연락할 친척도 없습니다."

"아아, 그래?" 사타케가 숙연한 얼굴로 고개를 끄덕였다.

"그럼 됐어, 됐어. 이런 건 그냥 형식적인 거야."

"아버님은 병으로?" 다모쓰가 물었다.

"네. 심부전으로 돌아가셨습니다."

사쿠라이의 아버지라면 나이는 사타케 정도이려나. 어쨌거나 이 청년의 가족사는 동정할 만한 것인 모양이다.

그 후 사쿠라이에게 시설을 안내하고 입주자를 소개하게 되었다. 사타케는 어제 야근한 다모쓰를 배려하여 "내가 할 테니 넌 빨리 집에 가서 자"라고 고마운 말을 해 줬으나 다모쓰는 그 제안을 거절했다. 좀 더 이 청년을 알고 싶었다. 앞으로 현장에서 함께 일할 사람은 자신이니까.

"어라, 이런 젊은 남자애, 어디서 주워 왔어?"

우선 처음으로 도메에게 사쿠라이를 소개하자 일흔아홉 살의 노파는 농담조로 이렇게 말했다. 도메는 1층에 사는 입주자로 치매 증상이 거의 없다. 자신의 일도 전부 스스로 처리할 수 있기에 신체적으로는 전혀 손이 안 가는 입주자였다. 하지만 그런만큼 불만이 많은 경향이 있어, 이 사람이 싫다는 둥 저 사람이 별로라는 둥 툭하면 직원을 붙잡고 하소연하려 든다. 사람에 따라서는 도메를 상대하는 것이 더 지친다는 경우도 있다.

"곤란한 일 있으면 뭐든 내게 상담해. 스트레스를 쌓아 두면 이 일은 오래할 수 없거든."

도메는 스스로를 반쯤 직원인 줄 안다. 따라서 일 처리 방식에 관하여 파트타이머에게 주의를 줄 때도 있다.

사쿠라이는 그런 도메를 공손하게 대했다. 도메의 이야기는 15분 정도 이어졌는데 그는 싫은 내색 하나 없이 맞장구를 쳤다. 도메도 사쿠라이가 마음에 든 눈치였다.

"수고했어." 자리를 뜨며 사쿠라이의 귓가에 대고 말했다. "도메 씨에게 소개하고 나면 남는 건 와슈 씨라는 할아버지뿐이야. 이 두 사람은 치매가 가볍거든. 나머지 분께도 일단 소개는 하겠지만 내일도 내일모레도 해야 돼. 금방 잊어버리니까."

"그렇군요."

"응. 뭐, 그것도 금방 익숙해질 거야."

"뭐야, 여자 아냐?"

와슈의 방을 찾아 사쿠라이를 소개하자 여든세 살의 노인은 휠체어 위에서 호쾌하게 웃었다.

와슈는 도메 이상으로 정정하지만 좌반신 마비이기 때문에, 지팡이를 짚으면 황소걸음으로나마 걸을 수도 있으나 기본적으로는 휠체어로 이동한다. 참고로 도메와는 견원지간이다.

"와슈 씨, 엉덩이를 만지는 건 금지예요. 파트타이머들 모두 화가 나 있다고요." 다모쓰가 팔짱을 끼고 말했다.

"내가 만져 주지 않으면 그런 할망구들의 더러운 궁둥이, 누가 만져 주겠어."

와슈는 입이 거칠고 색을 밝혀 여자 파트타이머들의 빈축을 사고 있다. 그러나 이 노인은 은근슬쩍 파트타이머를 배려할 때도 있어서 다들 진심으로 미워하는 건 아니다.

"그런데 너, 장기는 둘 수 있나?"

와슈가 사쿠라이를 향해 장기짝을 잡는 시늉을 했다.

"네. 일단 룰은 압니다."

"그 정돈가." 유감스레 고개를 흔든다.

"요모다 군. 이왕이면 장기에 강한 놈을 고용해 줘."

와슈는 장기가 취미로, 유단자였다. 다모쓰도 가끔 상대하는데, 비차와 각(한국장기에서는 차와 포에 해당함. 각 한 개씩 있음)을 떼어 주는데도 이길 수가 없으니 그 솜씨는 진짜다.

와슈의 방을 나와서 이번에는 거실에 모여 있는 일곱 명의 입주자에게 차례로 사쿠라이를 소개했다. 도메와 와슈 이외의 입주자는 대체로 이렇게 거실에서 멍하니 TV을 바라보고 있다. 보는 것은 평소 녹화해서 모아 두는 시대극이다. 이따금 이틀 연속 같은 것을 틀 때도 있지만 불평하는 입주자는 없다.

"어라, 시게루? 시게루 아니니?"

여든다섯 살의 나카가와 에쓰코, 일명 에쓰는 사쿠라이를 보고 눈을 동그랗게 떴다. 당연히 사쿠라이는 당황했다.

"시게루란 에쓰 씨의 아들이야. 부정은 하지 마."

다모쓰는 재빨리 귓속말을 했다. 부정하면 심통을 부리기 때문이다. 더불어 에쓰의 진짜 아들 시게루는 예순네 살로, 한 달에 한 번 꼴로 면회하러 아오바를 찾지만 어머니에게 한 번도 아들 대우를 받은 적이 없다.

"으음, 오랜만이야." 사쿠라이가 어색하게 말했다.

"한동안 못 본 사이 너 또 키가 자랐구나."

"응, 그렇지 뭐."

"제 아버지보다 머리 하나는 더 크네. 역시 먹는 게 달라서 그렇겠지."

"그런가? 하지만 그렇다면 다 어머니 덕분이야."

"자, 그런 데 멀뚱히 서 있지 말고 여기 앉거라."

에쓰가 자기 옆 의자를 손으로 두드렸다.

사쿠라이가 어떻게 해야 하느냐고 시선을 보내왔기에 다모쓰는 고개를 끄덕였다. 사쿠라이가 자리에 앉자 에쓰는 다른 입주자를 향해 "이놈, 우리 아들. 시게루"라고 자랑하듯 소개했다.

여든다섯 살의 에쓰에게 이런 젊은 아들이 있을 리 없지만 아무도 그에 대해 의문을 품지 않는다. 하물며 이제 막 사쿠라이를 새로운 직원으로 그들에게 소개한 참이다. 이것이 치매라는 병이며 아오바의 일상이다.

그나저나 지금 사쿠라이의 대응은 탄복할 만하다. 처음 치매 환자를 접했다고는 생각할 수 없다.

에쓰는 아들과의 대화가 즐거운지 마냥 재잘거렸다. 끝이 보이지 않기에 "에쓰 씨, 슬슬 화장실에 가지 않으시겠습니까?" 하며 다모쓰는 지원에 나섰다. 에쓰를 일으켜 세워 손을 잡고 화장실로 유도했다. 그 틈에, 사무실에 가 있으라고 입 모양만으로 말하여 사쿠라이를 풀어 줬다.

"오늘은 여기까지. 수고했어. 아까 대응이 훌륭하더군."

"2층의 입주자분들께는 인사하지 않아도 괜찮습니까?"

사무실에서 대기하던 사쿠라이에게 말을 건네자 그는 천장을 힐끗 보며 말했다. 2층에도 아홉 명의 입주자가 있다.

"응. 괜찮아. 사쿠라이 군에게는 1층을 맡길 생각이니까."

"…아아, 그렇군요."

순간 사쿠라이의 얼굴에 실망의 빛이 스친 것 같아 물었다.

"무슨 문제 있어?"

"아니요, 딱히…." 그는 씩 입꼬리를 끌어 올렸다.

"집까지 바래다주면 좋겠지만 내 집은 정반대라서. 미안."

캐롤의 핸들을 쥔 다모쓰가 조수석의 사쿠라이를 향해 말했다. 향하는 곳은 아오바에서 제일 가까운 아비코 역이다. 퇴근하는 길이므로 '타고 가'라고 권했다.

수면 부족이라 하품이 멈추지 않았다. 도로 좌우에는 푸르른 논이 펼쳐져 있어 이 광경이 또 졸음을 부추긴다.

지바현 북서부의 도카쓰 지역에 위치한 아비코시는 데가누마 호수 및 도네가와 강과 인접해 있어 벼농사와 채소 생산이 활발히 이루어지고 녹음이 우거진 것이 PR 포인트다. 인구는 13만 명으로 많지만 그중 3할 남짓을 70세 이상의 고령자가 차지하고 있다. 이것은 인근 시와 비교해도 높은 비율로 당연히 의료비가 많이 드는데, 그 점이 지자체로서는 큰 고민거리이다.

하기야 이곳 아비코시뿐 아니라 어디든 고령화는 심각한 문제이다. 초고령 사회는 가속 일로를 걷고 있다.

"그러고 보니 북쪽 출구에 자전거 가게가 한 곳 있어. 생활 자전거라면 만 엔 정도면 살 수 있지 않을까?"

면접 때 그가 자전거를 산다고 했으므로 정보를 줬다.

"그럼 다음에 들러 보겠습니다."

그런 대화를 나누자니 얼마 안 있어 신호등에 걸렸다. 지팡이를 짚은 노인이 거북이처럼 길을 건넌다.

"사쿠라이 군은 말야, 어째서 이런 일을 하고 싶었어?"

다모쓰는 조수석을 곁눈질하며 입을 열었다.

"아니, 면접 때 지원 동기는 들었지만 사쿠라이 군은 또릿또릿한 것이 아까 에쓰 씨를 상대하는 것도 처음인데 유연하게 대처하고, 솔직히 아깝지 않나 해서. 가끔 말야, 젊은 남자도 면접에 오지만 다들 사쿠라이 군 같은 느낌이 아니라, 뭐랄까, 달리 할 수 있는 일이 없어서 어쩔 수 없이 왔다는 느낌이거든. 커뮤니케이션이 좀 안된다거나. 그래서 사쿠라이 군 같은 사람이 어째서 개호업계에, 그것도 우리 시설 같은 데 와 주는 건가 싶네. 아, 오해하지 말았으면 하는데, 정사원인 나로서는 우수한 사람이 들어오는 셈이니 무척 감사해."

"별말씀을요… 저는 전혀 우수하지 않습니다."

사쿠라이는 황송한 듯 얼굴 앞에서 손사래를 쳤다.

"요모다 씨는 왜, 이 일을 선택하셨습니까?" 역으로 물었다.

"나? 나는 남들 뒤치다꺼리가 좋은 모양이야. 고등학교 때 유일하게 남자로서 야구부 매니저를 했을 정도라니까. 어머니도 너는 장차 보육사나 개호사를 해야겠다고 어렸을 적부터 말씀하셨고. 뭐, 세뇌인가."

다모쓰가 웃느라 어깨를 들썩이며 말했다.

"그럼 저도 마찬가지입니다. 저도 남들 뒤치다꺼리가 적성에 맞는 것 같아서요." 사쿠라이는 미소 지으며 대답했다.

교묘히 넘긴 느낌도 들지만 액면 그대로 받아들이기로 했다. 어쩌면 이 청년은 아오바의 구세주가 되어 줄지도 모른다. 지금은 손이 열 개라도 모자랄 만큼 일손이 부족하다.

"아, 이 라멘 가게, 맛있어." 다모쓰가 대각선 전방을 가리켰다. "기름이 자르르하고 마늘이 듬뿍 들어가는데 간혹 먹고 싶더라니까. 사쿠라이 군, 라멘 좋아해?"

"아주 좋아합니다."

"그럼 다음에 같이 가자고."

그런 대화를 나누는 사이 아비코 역에 도착하여 로터리 한 모퉁이에 캐롤을 세우자 사쿠라이가 문을 열었다.

"감사했습니다. 내일부터 잘 부탁드립니다." 깊숙이 머리를 숙인다.

"응, 나야말로."

"그럼 운전 조심하세요."

사쿠라이는 그렇게 말하고 나서 문을 탕 닫았다. 다모쓰는 다시 캐롤을 몰았다. 하품을 하며 핸들을 꺾어 나간다.

운전 조심하세요라. 자신은 스물한 살 때 이런 상황에서 그런 배려의 말을 할 수 있었던가.

사쿠라이 쇼지. 조금 미스터리하고 깍듯하게 바른 청년이다. 하긴, 실제로 쓸 만한지는 뚜껑을 열어 보지 않으면 모른다.

2

1층 입주자, 일흔일곱 살의 미우라 이사무가 아까부터 초조한 기색으로 복도를 왔다 갔다 하고 있었다. "아직인가." 벌써 수십 번은 이 소리를 했다.

"미우라 씨, 조금만 더 참으세요. 타임세일은 30분 후니까. 이왕이면 1엔이라도 싸게 사면 좋잖아요."

사쿠라이가 달래듯 경쾌하게 말했다.

이따가 미우라와 사쿠라이는 함께 근처 슈퍼에 장을 보러 간다. 미우라는 외출을 좋아하고 장보기는 더 좋아하는 입주자였다. 손에 집는 것은 어김없이 그가 좋아하는 밀기울 과자로 직원들은 매번 말리느라 고초를 겪는다. 이미 아오바에는 미우라가 구입한 밀기울 과자의 재고가 잔뜩 쌓여 있다.

참고로 사쿠라이가 말한 타임세일이란 것은 핑계다. 저녁 전에 그런 행사는 열리지 않는다. 하지만 가게에 도착했을 때 미우라는 그걸 기억하지 못하는 것이다.

수십 분 후, 물병을 목에 건 사쿠라이와 미우라가 손을 잡고 아오바를 출발했다. "다녀올게"라며 미소를 띤 미우라는 만족 그 자체였다. 근처 슈퍼에 장을 보러 가는데 왜 물병이 필요한

가 하면 미우라의 걸음으로는 도착하는 데만 20분 이상 걸리기 때문이다.

다모쓰는 두 사람을 배웅한 뒤 도메와 함께 밖에 널어 두었던 빨래를 걷었다. 밖은 초여름 날씨로, 다모쓰와 도메는 밀짚모자를 쓰고 목에는 타월을 걸치고 있다.

"그 할아버지도 진짜 손 많이 가는구먼. 정말이지 매번 자네들도 고생이야."

리넨 시트를 개며 도메가 말했다. 새하얀 시트가 햇빛을 반사하며 빛나고 있다.

"장보기는 미우라 씨의 가장 큰 즐거움이니까요."

"그래도 그렇지, 그렇게 보채면 자네들도 기분이 나쁠 텐데."

"그렇지 않아요. 이제 익숙합니다."

"한번, 누가 널 돌봐 주는 줄 아냐고 따지면 좋을 거야."

다모쓰는 쓴웃음을 지으며 입주자의 속옷을 바구니에 던져 넣었다. 이러한 도메의 푸념에도 이제 충분히 익숙해졌다.

"있잖아, 요모다 씨." 도메가 손을 멈추고 다모쓰의 얼굴을 봤다. "사쿠라이 군은 고용하길 잘했어. 나도 그 애한테는 무척 감탄하고 있거든. 그렇게 어린데도 일을 훌륭히 소화하잖아."

"저도 동감입니다. 사쿠라이 군이 들어와서 정말 다행입니다."

진심으로 말했다.

사쿠라이 쇼지가 파트타이머로 아오바에서 일을 시작한 지 오늘로 2주일이 된다. 그 빠른 이해력과 높은 적응력은 놀라울 따름이다. 엊그제 그는 처음으로 혼자 야근을 체험했다. 즉, 1층에 사는 입주자 아홉 명의 하룻밤을 혼자 책임진 것이다. 밤에는 기본적으로 입주자가 잠을 자므로 한가한 시간대도 있지만, 체온을 재고, 소변 실수로 젖은 옷을 갈아입히고, 배회하는 입주자를 방으로 돌려보내어 다시 재우는 등 해야 하는 일이 생각보다 많다. 조식 준비도 밤중에 마쳐 두어야 하고, 입주자에 따라서는 약도 투여해야 한다. 그것을 사쿠라이는 혼자 완벽하게 소화했다.

냉정하게 생각하면 이제 막 일을 시작한 젊은이에게 그처럼 책임이 지워지는 야근을 단독으로 맡기는 건 좋지 않다 싶기도 하지만, 이것이 개호업계의 실태이며 아오바의 실정이다.

그 후로도 사쿠라이 칭찬을 여럿 늘어놓은 도메였으나 "다만 말야⋯" 하며 순간 눈을 게슴츠레 떴다.

"나를 도메 씨라고 부르는 것은 좀 아니지 않나 싶어. 아직 그 아이와 알고 지낸 지 얼마 안 됐고, 그는 스물인가밖에 안 됐잖아. 잔소리는 별로 하고 싶지 않지만 아무래도 날 얕잡아 보는 느낌이 든단 말이지."

아아, 시작했다, 싶었다. 도메는 타인을 치켜세울 만큼 치켜세운 다음 마지막에 꼭 쓸데없는 말을 덧붙인다. 더군다나 상대를 가리지 않는다. 다모쓰에 대해서도, 다른 파트타이머 앞에서 '그 사람은 간혹 버릇없이 느껴질 때가 있어'라고 한 모양이다.

"우리가 모두 도메 씨라고 부르니 분명 그도 따라했겠죠. 알겠습니다. 나중에 그에게 한마디 주의를 주겠습니다. 이후에는 가나이 씨라고 부르도록 말이에요."

"뭐, 그렇게까지 안 해도 돼."

그럼 어떻게 하라는 건가. 정말. 이 노파도 참 골치 아프다.

"도메 씨는 슬슬 돌아가세요. 나머지는 제가 할 테니까."

대충 정리되었을 즈음 다모쓰가 말했다.

"됐어. 이제 조금 남았잖아."

"벌써 5분 이상 밖에 있었고, 햇볕이 이렇게 뜨거운데 열사병에라도 걸리면 큰일 납니다."

"그래? 그럼 말 들을게. 마무리 잘 부탁해."

"도와주셔서 감사했습니다. 곧바로 수분 섭취하세요."

도메가 시설로 돌아가고 다모쓰 혼자 남은 빨래를 걷는데 그곳에 하얀 프리우스가 달려왔다. 사장 사타케의 차다. 자갈길을 지나와서 모래 먼지가 날린다.

"방금 저 앞길에서 사쿠라이와 미우라 씨를 만났어."

내리자마자 사타케는 말했다.

"차를 세우고 불렀더니 미우라 씨가 '너 누구야' 하며 수상쩍게 보더라고. 나 이거 참."

"오늘은 어쩐 일이십니까?"

으하하, 하고 웃으며 다가오는 사타케에게 물었다. 그는 별다른 용건이 없으면 이 시간에 시설을 찾지 않는다.

"사장이니까 언제 오든 상관없잖아."

"하지만 용건이 있어서 오신 거겠죠."

"그야 뭐. 사쿠라이야, 사쿠라이. 그 녀석 오늘 아침조지? 그렇다면 장 보고 오면 그대로 퇴근이잖아."

"네, 그렇습니다만. 사쿠라이 군에게 무슨 볼일이라도 있으십니까?"

"같이 밥이나 먹을까 하고. 한턱낼까 해."

다모쓰는 빨래 바구니를 안고 사타케와 함께 시설로 돌아와 사무실로 들어갔다. 차가운 우롱차를 컵에 우려 사타케에게 내밀었다.

"식사하러 가는 건 좋은데, 다른 파트타이머분들께는 비밀로 해 주십쇼."

사타케는 다른 파트타이머에게는 식사 제안 따위 하지 않는다. 상대 쪽에서도 그런 제안을 받으면 곤란하겠지만. 그렇더라도 이런 일이 알려지면 사쿠라이만 특별 대우를 받는다고 생각하는 자가 안 나오리라는 법도 없다. 다모쓰는 현장을 관리하는 입장이므로 그런 부분은 신경을 쓰게 된다.

"알았어. 사쿠라이도 입단속 시켜 놓을게"라고 말하며 사타케는 우롱차를 단숨에 벌컥벌컥 들이켜고는 손등으로 입술을 훔친다. "실은 정사원이 되지 않겠느냐고 권해 볼 작정이야."

"엑." 뜻밖에 큰 목소리가 나와 버렸다.

"아니 그 아이, 아직 2주일밖에 안 됐는데요."

"그런 말 안 해도 알아. 하지만 누구에게 묻든 무척 평판이 좋잖아. 너도 늘 극찬이면서."

"그야 그렇지만."

"뭐야, 반대야?"

"그건 아니지만, 다만, 그도 아직 탐색 중일 테고, 내심 어떻게 생각할지 모르잖습니까."

"그러니까 그런 것도 포함해서 이것저것 물어볼 작정이야. 정사원이 되더라도 업무가 크게 달라지는 건 아니고, 급여는 많이 받을 수 있으면서 보너스도 나오니까 사쿠라이에게도 좋은 제안이라고 생각해."

뭐, 그것도 그런가. 사쿠라이도 높은 평가를 받는 것이 싫지는 않으리라. 게다가 선택권은 그에게 있다.

실제로 사쿠라이가 정사원이 되어 준다면 얼마나 감사한지 모른다. 몇 년 전이었더라, 휴가를 내어 1박 2일로 온천 여행을 가 있는데 어떤 입주자가 넘어지며 머리를 부딪치는 바람에 급히 소환되었다. 결국 온천 여행은 당일치기가 되어 피로만이 남았다. 그 또한 다른 정사원이 있었더라면 달랐을 터다. 자신 이외에도 책임을 분산할 수 있는 사람이 있다면 더없이 기쁘리라.

사타케는 여느 때처럼 입주자에게 인사를 하러 갔고, 다모쓰는 컴퓨터를 이용한 사무 작업에 돌입했다. 다모쓰는 이미 현장을 떠난 몸으로 원래는 이런 업무가 그의 역할이다. 입주자 열여덟 명에 대한 나날의 몸 상태와 정신 상태를 데이터화하여 저마다 어떤 케어가 적합한지, 또 그 기록을 거슬러 올라가서 어느 정도 치매가 진행되었는지를 파악한다. 다모쓰는 케어매니저 자격증도 갖고 있다.

잠시 후, 2층을 담당하는 파트타이머 다나카가 헐레벌떡 사무실에 들어왔다.

"큰일이야, 큰일. 얼른 나와 봐."

첫마디가 그것이었다. 이 40대 여자 파트타이머는 늘 이런 식으로 말하므로 가끔 짜증이 난다. 무슨 일이 있었는지 보고하기 전에 지금처럼 '큰일이야'라는 둥 '엄청난 일이 일어났어'라는 둥 호들갑만 떤다.

"무슨 일입니까?" 다모쓰는 애써 냉정하게 물었다.

"이오 씨가 침대에서 몸을 떨며 울고 있어."

그뿐인가 싶었지만 확실히 그 일에는 자신이 나서야만 한다.

이오 요시코. 약 1년 전 아오바에 온 그녀는 입주자 중에서도 특별한 존재다. 그녀의 연령은 아직 쉰다섯 살로, 다모쓰의 어머니보다도 연하였다.

다모쓰는 다나카와 함께 사무실을 나섰다. 1층 거실에 사타케가 있기에 "위에 있겠습니다"라고 한마디 해 두었다.

계단으로 2층에 올라가 복도를 나아갔다. 이오 요시코의 방은 맨 안쪽에 위치하고 있다.

"들어가겠습니다." 똑똑 노크한 뒤 미닫이문을 열었다.

다나카가 말한 대로 이오 요시코는 침대 위에 앉아 가슴에 손을 얹고 있었다.

"이다음은 제가," 다나카에게 말한 뒤 문을 닫았다.

"이오 씨." 다가가서 허리를 굽히고 살며시 말을 걸자 다모쓰를 본 그녀는 "아아, 으음…" 하며 다소 괴로운 표정을 지었다.

"요모다입니다."

"그래 그래, 요모다 씨." 그녀가 어색하게 웃으며 말했다.

"잠깐 낮잠을 잤어. 그랬다가 나쁜 꿈을 꾸었지 뭐야."

"그랬군요."

어떤 꿈이었는지는 묻지 않는다. 짐작이 가기 때문이다.

"기분은 어떠십니까?"

"조금 진정된 거 같아. 이제 괜찮아. 미안해. 폐를 끼쳐서."

참으로 면목이 없는 듯 말한다.

"천만에요. 아이스커피라도 가져다드릴까요?"

"아니, 괜찮아."

"사양 마십시오. 저도 같이 마실 테니까."

"그럼, 부탁할까?"

다모쓰는 일단 방을 나와 2층 부엌의 냉장고에서 아이스커피와 우유를 꺼냈다. 두 개의 유리컵에 얼음을 세 개씩 떨어뜨리고 음료를 따라 나간다. 한 쪽에는 검시럽을 넣고 빨대를 꽂았다. 다나카가 다가와서 "이오 씨, 어때?"라고 묻기에 "이제 괜찮은 것 같습니다"라고 대답했다.

"또 그 꿈? 흉기를 든 남자에게 습격당한다든가 하는."

"아마도요"라고 수긍했지만 실은 그녀 자신이 습격당하는 꿈이 아니다. 자신의 아들 부부와 손자가 습격당하는 장면을, 장지문 하나를 사이에 둔 장소에서 바라보는 꿈이다.

아니, 그것도 정확하게는 틀리다. 꿈이 아니라 그것은 현실에서 일어난 일이다.

아이스커피가 든 유리컵을 양손에 들고 다시 이오 요시코의 방으로 들어갔다. 의자를 당겨, 침대에 앉아 있는 그녀와 마주 앉았다.

눈앞에서 아이스커피를 마시는 이오 요시코의 모습은 주변의 50대 여성과 전혀 다르지 않다. 조발성 알츠하이머. 발병 시기는 지금으로부터 6년 전. 그녀가 아직 40대였던 때다.

"최근에는 그런 꿈을 꾸는 일도 없었는데. 분명 낮잠을 잔 게 잘못이겠지." 그녀는 낙담한 듯 말했다. "나 말야, 물론 꿈 그 자체도 무섭지만 잠을 깬 다음이 더 무서워. 아아, 이것은 정말 있었던 일이구나 하고. 요스케도, 지구사도, 슌스케도, 정말 사라져 버렸구나 하고. 그렇게 깨달을 때가 훨씬 더 끔찍해."

다모쓰는 맞장구를 쳤다.

"나, 바보가 되어 버렸잖아. 그래서 꿈과 현실의 경계를 가끔 알 수 없게 되거든."

"이오 씨는 바보가 아닙니다." 지체 없이 부정했다.

"그런 것을 스스로 똑똑히 인식하고 계시니까요."

"됐어, 난 바보인걸."

이오 요시코는 늘 이렇게 자신을 비하한다. 그녀는 자신이 알츠하이머임을 기본적으로는 인식하고 있다. 기본적이라는 것은 가끔 그런 사실도 잊을 때가 있기 때문이다. 지금 처한 자신의 환경을 알 수 없어서 당황할 때도 종종 있다.

"게다가, 겁쟁이에 비겁자."

그렇다, 이렇게 되면 으레 이어지는 말은 겁쟁이에 비겁자다. 그리고….

"아아, 빨리 아들네 곁으로 가고 싶다."

그녀의 이 말을 과연 몇 번이나 들었을까.

이오 요시코는 6년 전까지 그녀의 고향 니가타현의 어느 고등학교에서 교단에 섰었다. 담당 과목은 고전으로 그녀는 담임도 맡고 있었다.

맨 처음 그녀의 이상을 감지한 것은 학생들이었다고 한다. 자기 반 학생의 이름을 틀리거나 아예 부르지조차 못한 적도 있었다. 처음에는 '선생님, 노망이 들기에는 너무 일러요'라고 놀리던 학생들이었으나, 그런 일이 빈번히 일어나자 이거 좀 이상하다 싶었는지 자초지종을 학년주임에게 말했다. 그 학년주임에게서 '한번 병원에 가서 검사를 받아 보세요'라는 건의를 받고 그녀는 몹시 분개했었다.

그러나 진찰 결과를 듣고 그녀는 절망하게 된다. 조발성 알츠하이머에 대해서는 알고 있었지만 설마 그 병이 제 몸에 닥칠 줄은 꿈에도 생각하지 못했다. '정말, 눈앞이 캄캄했지.' 그녀는 그때 심경을 이렇게 표현했다.

그녀는 교사를 그만두게 되었다. 건축 회사를 운영하던 남편은 일을 줄이고, 병의 진행을 조금이라도 늦추고자 아내를 빈번히 밖으로 데리고 나갔다.

그런데 여기서도 또 비극이 그녀를 덮친다. 남편이 먼저 몸져누운 것이다. 폐에서 종양이 확인되었고, 그것을 발견했을 때는 이미 온몸에 전이된 뒤였다. 남편은 3개월도 못 버티고 어이없게 세상을 떠났다.

남편이 떠난 후 그녀는 고향을 떠나 사이타마에 거주하는 아들 부부와 살게 된다. 외아들 요스케의 아내 지구사는 마음씨

고운 여성으로 아픈 시어머니를 친절하고 상냥하게 대했다.

같이 산 지 얼마 안 되어 지구사가 임신했고 손자가 태어났다. 요스케와 꼭 닮은 남자아이로 슌스케라는 이름이 붙여졌다.

이후로는 슌스케의 성장이 그녀의 보람이 된다. 그녀는 지구사를 배려하면서도 적극적으로 육아에 참여했다.

"어머니가 있어서 정말 다행이에요." 지구사가 별생각 없이 던진 이 한마디가 그녀는 무척이나 기뻤다.

이윽고 슌스케는 말을 배워 그녀를 할머니라고 부르게 된다. 어머니인 지구사가 안아도 울음을 그치지 않더니 그녀가 어르면 왠지 울음을 뚝 그칠 때가 있었다. 눈에 넣어도 아프지 않다는 건 바로 이런 것이라고 그녀는 생각했다.

그런 행복한 나날이 이어지는 한편, 병마는 조금씩 조금씩 그녀를 침식해 들어갔다. 장을 보러 간 것은 좋은데 뭘 사야 하는지 잊어버릴 때가 있었다. 아예 어째서 외출했는지 목적조차 잊어버려 다시 집으로 돌아갈 때도 있었다. 그런 자신에게 낙담하면서도 그녀는 '집을 잘 찾아갈 수 있어서 그나마 다행이야, 병이 다 뭐람, 알츠하이머가 다 뭐람' 하며 스스로를 격려했다.

그 후로는 그날 해야 할 행동을 낱낱이 메모지에 쓰기로 했다. 일기도 쓰게 되었다. 자신은 조금 건망증이 있을 뿐. 단지 그뿐. 그녀는 기도하는 듯한 심정으로 자신을 타일렀다. 절대 지지 않겠다. 스스로의 안에 숨은 병마를 몰아내도록 강하게 타일렀다. 그리고 2017년 10월 13일, 그런 그녀 곁에 실제로 악마가 나타났다.

그날, 그녀는 아침부터 쭉 다다미방에 이불을 깔고 누워 있었다. 지난밤부터 갑자기 열이 나서 앓아누운 것이다.

저녁이 되자, 어렴풋한 의식 속에서 여자의 비명이 들린 듯했다. 무슨 소리인가 싶어 나른한 몸을 일으켜 장지문을 약간 열었고, 그 틈으로 거실을 내다보니 대체 어디로 어떻게 들어왔는지 낯선 남자가 그곳에 서 있었다.

어깨로 숨을 쉬는 남자의 손안에 회칼이 있고, 그 끝에서 검붉은 액체가 떨어지고 있었다. 그리고 남자의 발밑에는 피투성이 지구사와 슌스케가 인형처럼 쓰러져 있었다.

공포감보다 곤혹감이 앞섰다. 무슨 일이 일어난 건지 알 수 없었다. 사고 회로가 정지되어 있었다.

그래, 꿈인가. 이것은 나쁜 꿈일지도 모른다. 그녀는 그렇게 생각했다. 아니, 그렇기를 바랐다.

하지만 그것을 정말 꿈으로 치부해 버릴 만큼 그녀는 노쇠해져 있지 않았다. 서서히 눈앞의 참상이 현실일지도 모른다고 인식하기 시작한 그녀는 얼른 벽장으로 몸을 숨겼다.

어둠 속에서 숨을 죽이고 그녀는 전에 없던 자기혐오에 시달렸다. 이것이 만약 현실이라면 자신은 지금 당장 밖으로 나가 어떻게든 해야 하지 않을까. 지구사와 슌스케를 구해야 하지 않을까.

그러나 그것은 불가능했다. 논리가 아닌 압도적인 공포가 그녀의 용기를 삼켜 버렸다.

그 순간, "나 왔어"라는 아들 요스케의 목소리가 들렸다. 요스케가 직장에서 돌아온 것이다. 안 돼. 하지만, 몸이 움직이지 않는다. 이 어둠을 떠날 수 없다. 소리조차 지를 수 없다.

그 직후, 서로 다투는 듯한 소리. 그녀는 양손으로 귀를 틀어막았다. 세게, 세게 틀어막았다.

그리고 그녀는 외톨이가 되었다.

이것들은 이오 요시코 본인에게서 직접 들은 이야기였다. 그녀는 확실히 알츠하이머를 앓고 있지만 이런 내용을 순서대로 타인에게 이야기할 수 있다. 그렇다지만 그녀가 이런 쓰린 과거를 이야기하는 상대는 다모쓰뿐이었다. 왜 자신에게만 마음을 여는지는 모른다. 다모쓰가 그녀의 아들과 같은 세대의 남자이기 때문일까. '딱 당신만 한 아들이 있었어.' 처음 만났을 때 그녀는 수심에 찬 눈으로 다모쓰를 바라봤다.

아마도 이오 요시코를 동정하고 있으리라. 그녀의 인생에는 너무나도 큰 비극이 찾아왔다. 왜 신께서는 이토록 불합리하고 불공평한 일을 할까 싶어 분노에 사로잡힐 때도 있다.

그러므로 비록 미력하나마 이 여성에게 힘이 되고 싶다. 다모쓰는 진심으로 그렇게 생각했다.

"요모다 씨." 불현듯 그녀가 이름을 불렀다.

"만약에 말야, 내가 더욱더 이상해지면, 그때는⋯."

"안 돼요." 다모쓰는 강경한 어조로 가로막았다.

"그다음 말은 절대로 하면 안 됩니다."

이오 요시코는 콧숨을 내쉬며 목제 데스크로 시선을 돌렸다. 그 위에는 사진 액자가 놓여 있고 사진 속에는 젊은 부부와 갓

난아이가 찍혀 있다. 이 사진을, 그곳에 찍힌 행복해 보이는 미소를 볼 때마다 다모쓰의 가슴은 실로 꽉 조인 양 미어졌다.

"조금 환기를 시키지 않으시겠습니까?"

다모쓰는 자리에서 일어나 창문을 반쯤 열었다. 따뜻한 바람과 함께 흙 내음이 부드럽게 코끝을 간질였다. 아오바 주변 일대는 밭이었다. 그래서 바람이 강한 날에는 창문을 열 수가 없다.

이때 주머니 속의 휴대전화가 울렸다. 사쿠라이에게 준 업무용 전화로부터 걸려 온 전화였다.

"잠깐 실례하겠습니다. 무슨 일 있으면 사양 말고 불러 주십시오." 그렇게 말하고 방을 떠났다.

복도에서 전화를 받자 사쿠라이가 말하길 지금 슈퍼에 있는데 여느 때처럼 미우라가 밀기울 과자를 꼭 사 가겠다며 떼를 쓰고 있다고 한다.

[사다 놓은 것이 있다고 했지만, 오늘은 미우라 씨 기분이 별로인지 말을 들으려고 하지 않네요. 어떻게 할지 판단하기 힘들어서 전화드렸습니다.]

"그럼 어쩔 수 없지. 사도 좋아. 단, 한 봉지만이야. 미우라 씨가 바구니에 가득 담았을 테지?"

[맞아요. 자주 올 수 없으니 사다 놓겠답니다.]

"따님께 제가 혼나요라고 불쌍하게 말해 봐. 미우라 씨는 따님 얘기를 꺼내면 얌전해지거든. 그래도 안 되면 사도 좋아. 나중에 영수증을 들고 반품하러 가지."

[알겠습니다. 도전해 볼게요.]

통화를 마치고 한숨을 내쉬었다. 그때 사타케가 다가왔다. 다나카에게 이야기를 들었으리라, "이오 씨는 어때?"라고 물었다.

"사무실에서 얘기해요"라고 대답했다. 바로 근처에 다나카와 또 다른 파트타이머가 한 명 더 있기 때문이다.

1층 사무실로 돌아가 조금 전 일을 이야기했다.

"그랬군. 또 그런 소리를 했단 말이지."

팔짱을 낀 사타케는 허공을 노려보며 말했다.

그녀의 말이 다모쓰의 귓속에서 재생되었다.

—내가 더욱더 이상해지면, 그때는 나를 죽여 줘.

그야, 만약에 남편과 아들 부부와 손자를 잊게 되면 이제 살아 있어도 소용이 없는걸. 나 말야, 존엄사란 필요한 것이라고 생각해. 사람은 기억이 있기 때문에 미래가 있는 거야. 기억이 쌓이지 않으면 미래는 오지 않아. 미래가 오지 않는다면 나는 살아 있고 싶지 않아. 언젠가, 이런 것조차 생각할 수 없게 돼. 무엇이든, 전부 잊어버리게 돼….

"이오 씨의 감시, 강화하는 편이 좋겠군."

"네. 그러기 위해서라도 슬슬 파트타이머분들께도 그녀의 과거에 대해 솔직히 이야기해 두어야 한다고 생각합니다. 다들 이상하게 여기는 데다, 그것을 아느냐 모르느냐에 따라 그녀를 케어하는 마음가짐도 달라질 겁니다."

"응, 나도 그러는 편이 좋다고 생각하는데."

사타케가 떫은 표정을 지었다.

"알았어. 다음에 그녀의 여동생이 면회하러 왔을 때 상의해 보지."

이오 요시코의 과거를 정확히 아는 사람은 사타케와 다모쓰 뿐이었다. 그렇다지만 그녀가 너무 구체적인 악몽을 꾸는 점, 또 그녀의 아들 부부가 젊어서 귀적에 든 점 때문에 파트타이머 저마다 무언가 상상의 나래를 펼친다는 가장 어중간하고 좋지 않은 상태가 지금이다. 가끔 다모쓰에게 슬쩍 묻기도 한다.

어째서 일이 이렇게 되었는가 하면, 이오 요시코가 입소할 때 그 자리에 동석했던 그녀의 여동생 사사하라 히로코가 그 사건을 비밀로 해 달라고 부탁했기 때문이다. 사안이 사안인 만큼 사타케도 승낙하지 않을 수 없었다.

참고로 아직 젊은 이오 요시코가 그룹홈에 입소하게 된 이유는 여동생 히로코의 남편이 사타케의 먼 친척에 해당하기 때문이다. 하기야 사타케는 지금까지 한 번도 그 남편과 만난 적이 없고 이름도 들어 본 적이 없다고 하니 솔직히 말하자면 남이라 할 수 있다.

그 사건 후, 이오 요시코는 야마가타에 거주하는 여동생 히로코에게 의탁되어 한때 그곳에서 살았다. 그러나 그 히로코 댁에도 간병을 필요로 하는 시어머니가 있어 언니를 돌볼 수 있는 상황이 아니었다고 한다.

그래서 언니가 들어갈 만한 시설을 찾던 중에 남편의 먼 친척이 그룹홈을 운영한다는 이야기를 듣고 이곳을 방문했다는 경위였다. 사정을 듣고 이 인정 많은 사장은 이오 요시코를 특례로 받아들이기로 했다. 사실 아오바에 입주하겠다는 고령자는 줄을 서 있다. 그처럼 순서를 기다리는 자, 정확하게는 그 친족에게는 용인하기 힘든 일이리라. 그래도 이오 요시코의 처지를 고려하면 사타케의 판단은 어쩔 수 없는 부분도 있다고 다모쓰는 생각한다.

그렇다고 하나 아직 젊고 자의식도 분명한 이오 요시코가 치매 고령자에게 둘러싸여 생활하는 것은 너무 가엾다. 그녀에게 무엇이 최선인지 그 해답을 갖고 있는 건 아니지만 그녀에게 있어 이곳은 결코 안락한 장소가 아니다.

때때로 다모쓰는 무겁고 깊은 사유에 잠길 때가 있었다. 어쩌면 이오 요시코의 희망대로 빨리 현세를 떠나보내 주는 편이 그녀에게도 행복이 아닐까 하는, 그런 잡념을 품고 만다. 하지만 그것을 잡념이라고 어떻게 단정 지을 수 있으랴. 입장을 바꿔 생각하면 더더욱 그렇다.

"이봐."

사타케의 부름에 다모쓰는 정신이 번쩍 들었다.

"너까지 뭘 그렇게 무서운 얼굴을 하고 있어. 관둬."

"저녁 메뉴를 생각하고 있었습니다. 오늘은 오랜만에 제가 요리하거든요."

그때 벨이 울렸다. 사쿠라이와 미우라가 돌아온 것이리라. 열쇠를 꺼내어 현관문을 따니 사쿠라이와 미우라가 나란히 서 있었다. 사쿠라이의 양손에는 비닐봉지가 들려 있다.

"미우라 씨, 다녀오셨어요? 장은 잘 보셨습니까?"

"즐거웠어. 밖은 덥구먼." 미우라가 활짝 웃으면서 말했다.

"여름이 시작되었으니까요. 어서 시원한 것을 마시고 몸을 식히시죠."

미우라가 신발을 실내화로 갈아 신고 복도로 걸어 들어간다.

"어땠어?" 사쿠라이에게 물었다.

"간신히 한 봉지로 끝냈습니다. 말씀하신 대로 따님 이야기를 했더니 양보해 주셨어요."

"그래. 잘됐네."

사쿠라이의 비닐봉지에 든 것은 생수를 비롯한 찬거리라고 한다. 비닐이 비쳐서 국수장국도 들었음을 알 수 있었다.

"국수장국은 아직 남은 줄 알았는데, 벌써 떨어져 가나?"

복도를 나란히 걸으면서 물었다.

"2층 것이에요. 다나카 씨가 가는 김에 사다 달라고 부탁하셔서요."

사쿠라이는 이상하게 2층의 파트타이머나 입주자들과도 사이가 좋다. 사실 같은 시설임에는 틀림없지만 1층과 2층은 별로 교류가 없다. 자신의 담당 입주자가 아니면 이름을 모르는 파트타이머도 많은 것이 실정이다. 때때로 다모쓰는 그가 2층에 올라가 있는 모습을 목격하곤 한다.

그 후 다모쓰가 부엌에서 저녁 준비를 하고 사쿠라이가 거실에서 입주자들과 담소를 나누고 있자니 그곳으로 사타케가 찾아왔다.

"여어. 사쿠라이, 이제 퇴근이지?"라며 벽시계를 가리켰다.

"이따가 같이 밥이라도 먹을까?"

"아, 실은 이따가 와슈 씨와 장기를 두기로 약속해서요."

"그래?" 부엌에 있던 다모쓰가 돌아보며 말했다.

"됐어, 근무 외 시간인데. 내가 와슈 씨에게 말해 둘게."

"아니, 그래도…."

"괜찮다니까. 매일 하니까 근무시간 외에도 할 필요는 없어."

"멋대로 말하지 마."

그 순간 휠체어를 탄 와슈가 거실에 나타났다. 요령껏 오른손으로만 휠체어를 조작하고 있다.

"지금 말야, 쇼지를 훈련시키는 중이라고. 오히려 내가 교육비를 받아야 한다니까."

"무슨 바보 같은 소리를 하시는 겁니까. 사쿠라이 군은 이미 근무가 끝났다고요."

와슈 앞에서 조심할 필요는 없다. 이 노인은 가장 배려하지 않아도 되는 입주자다. 그야말로 이오 요시코보다 여든세 살의 와슈가 더 정정하다.

"와슈 씨, 오늘 밤에는 내게 사쿠라이를 빌려 주지 않겠수?"라는 사타케.

"사장 부탁이라지만 안 되네. 쇼지는 지금 한창 성장할 때야."

사쿠라이가 온 뒤로 와슈는 매일 생기가 넘친다. 이 청년이 와슈의 장기 상대가 되어 주기 때문이다. 와슈의 말에 의하면 사쿠라이는 다모쓰보다 백배는 장래성이 있단다.

다른 입주자도 케어해야 하니 와슈 맞은편에 앉아 '자, 한 판

합시다' 할 수는 없지만, 사쿠라이는 부지런히 그의 방을 찾아 한 수 두고 또 한 수 두고를 되풀이했다. 따라서 한 판 마치는 데는 늘 한나절이 걸렸다.

결국 사쿠라이는 앞으로 두 시간, 19시까지 와슈를 상대한 뒤 사타케와 함께 식사하러 가기로 했다. 정말이지 다들 사쿠라이 쟁탈전이다.

그로부터 한 시간쯤 지났을 무렵, 바로 그 사쿠라이가 부엌에 얼굴을 내밀었다.

"뭐 좀 도울까요?"

"와슈 씨와의 승부는 이제 끝났어?"

다모쓰는 칼질을 멈추고 물었다.

"지금 드물게 오래 생각하고 계세요."

"대단하네. 와슈 씨를 그렇게 몰아붙이다니. 그 사람, 분명 장기 3단이야."

"한 수 접고 시작 했어요. 제대로 하면 상대가 안 돼요."

다모쓰는 비차와 각을 떼고 했는데도 어린아이 손목이 비틀 리듯 간단히 당하고 말았건만.

사쿠라이의 손을 빌리지 않아도 상관없지만 이왕 왔으니 채소 손질을 부탁하기로 했다. 그러고 보니 이렇게 사쿠라이가 부엌에 선 모습을 보는 것은 처음이었다. 물론 그가 만든 요리는 맛을 보기 위해 먹어 본 적이 있지만. 고령자에 맞게 조미료는 삼가면서도 국물을 충분히 우려낸 요리였는데 맛이 있었다.

탁탁탁, 하고 사쿠라이가 쥔 식칼이 리듬감 있게 도마를 때린다. 목구멍에 걸리지 않도록 재료는 잘게 써는 것이 기본이다. 이 역시 훌륭한 칼질이었다. 정말로 이 청년은 뭐든지 빈틈없이 소화한다.

그런데 순간 다모쓰는 어라, 했다.

"사쿠라이 군, 왼손잡이였나?"

식칼이 그의 왼손에 쥐어져 있었다.

면접 때 신분증명서를 기입하던 그는 분명 오른손에 볼펜을 쥐고 있었다. 평소 식사할 때도 젓가락은 그의 오른손에 있었을 터다.

사쿠라이가 손을 딱 멈추고 "식칼만큼은 왼쪽입니다. 기본적으로는 오른손잡이예요"라고 다모쓰를 보지 않은 채 말했다.

"호오. 재주도 좋다고 할까. 특이하군."

사쿠라이가 조용히 식칼을 도마 위에 놓았다. "와슈 씨가 슬슬 장기를 다 두었을지도 모르니 돌아가겠습니다."

"응. 도와줘서 고마워."

그로부터 얼마 안 있어 대국을 마친 사쿠라이는 사타케와 함께 식사하러 나갔다. 다모쓰는 1층 입주자들과 함께 거실에서 저녁을 먹었다. 깔끔하게 식사하지 못하는 하쓰토리라는 입주자가 바닥에 떨어진 것을 주워 먹으려고 해서 황급히 만류했다. 화가 난 하쓰토리를 달래는 틈에 도벽이 있는 에쓰가 옆자리 입주자의 사발에서 호박을 슬쩍한 모양인지 싸움으로 발전했다. 2층에서도 비슷한 소란이 들려왔다.

아오바의 식탁은 언제고 떠들썩하다.

식사를 마친 후, 다모쓰는 2층에 올라가 따뜻한 커피를 양손에 들고 이오 요시코의 방을 찾았다. 그녀는 의자에 앉아 잡지를 읽고 있었다.

"으음….." 다모쓰의 얼굴을 물끄러미 쳐다보며 다소 괴로운 듯 얼굴을 찡그린다.

"아, 말하지 마."

다모쓰가 입을 열려고 하자 제지했다.

10초쯤 기다렸다.

"요모다, 씨?"

"정답입니다. 요모다예요."

이오 요시코는 손뼉을 치며 기뻐했다.

그렇다. 그녀는 원래 밝은 성격으로 매력적인 여성이다. 커피를 마시며 교사 시절의 추억담을 몇 개 즐겁게 들려줬다.

"고전에는 로망이 담겨 있어."

낮에 꾼 악몽은 아무래도 잊은 듯했다. 그렇기 때문에 그녀는 매일을 살아갈 수 있는 것인지도 모른다.

부디 오늘 밤은 푹 잘 수 있기를. 다모쓰는 기도하는 듯한 마음으로 방을 뒤로했다.

3

사쿠라이가 아오바에 온 지 1개월이 경과했다. 그는 이제 이곳에 오래 있었던 듯 능숙하게 일하여 그가 없었을 때가 생각나지 않을 정도였다.

미안하게 생각하면서도 사쿠라이를 주 6일 근무시키고 있는 상태다. 본인도 돈을 벌고 싶으니 상관없다고 한 터라 못 이기는 척 일을 맡겨 버렸다.

결국 사쿠라이는 사타케의 제안을 보류했다고 한다. 좀 더 일한 다음 고려해 보고 싶다고. 다모쓰는 현명한 판단이라고 생각했다. 이 일은 오래 하지 않으면 보이지 않는 것도 있다.

사타케는 '기회를 봐서 또 말해 볼 작정이다, 나는 그 녀석이 더 마음에 들었다'라고 눈을 반짝이며 말했다. 한편, 그 자리에서 납득하지 못한 것도 있었던 모양인데, 그것은 헬퍼 2급 자격증(개호사 초임자 연수)을 따라고 조언했더니 그 역시 좀 더 나중에 고려하겠다고 대답한 점이라고 한다. 자격증 취득에 드는 비용은 아오바가 부담하는 데다 그것을 취득하면 시급도 오른다. '영문을 모르겠네'라며 사타케는 고개를 갸웃했다.

분명 이상한 일이다. 커리어도 높일 수 있겠다, 메리트밖에 없는데 왜 그조차 뒤로 미루는 걸까. 하기야 그가 자격증을 따러 다니면 그의 몸이 수강에 얽매여 버리니 현장 인원을 확보하느라 고생해야 한다. 그래서 다모쓰는 비겁하다고 생각하면서도 그 일에 관해서는 언급하지 않고 있었다.

"자, 다음은 하쓰토리 씨 차례예요."

사쿠라이가 거실 소파에 앉아 있는 하쓰토리 옆에 쭈그려 앉아 말했다.

"싫어. 안 들어가." 하쓰토리가 고개를 좌우로 흔들었다.

"그런 말씀 마시고 들어가세요. 개운하니까."

"싫어. 들어가고 싶지 않아."

오늘은 일주일에 두 번 있는 목욕일이었다. 직원의 도움을 받아 한 명씩 차례대로 욕실에 들어가는데 마지막인 하쓰토리가 떼를 쓰고 있는 것이다. 그는 순순히 들어가는 날과 고집스럽게 거절하는 날이 있는데, 오늘은 후자였던 모양이다. 던져 올린 동전의 앞뒷면처럼 그의 기분은 아무도 예측할 수 없다. 하지만 욕조에 들어가 있을 때 그는 매우 행복한 얼굴을 한다. 실은 목욕을 참 좋아하는 것이다.

"본인이 됐다니까 됐어. 내버려 둬."

근처에서 얼굴을 타월로 닦던 도메가 지겹다는 투로 말했다. 그럴 수는 없다. 하쓰토리는 음식을 잘 흘리고 변도 잘 지린다. 이렇게 말하면 뭣하지만 비위생적인 입주자인 셈이다. 제대로 씻겨야 한다.

그 후 다모쓰와 사쿠라이가 함께 이래저래 설득을 시도했으나 이날의 하쓰토리는 평소보다 더 완고했다.

"할 수 없지. 가와이 씨에게 대타를 좀 부탁해 볼게."

오늘 2층을 담당하는 파트타이머 가와이는 아직 30대 후반의 여성으로 그녀가 목욕하자고 하면 하쓰토리 같은 고집통도 순순히 따를 때가 있다.

아니나 다를까, 가와이가 말하니 하쓰토리는 "오냐" 하면서 두말없이 일어났다. 조금 전까지의 고생은 대체 뭐였을까. 사쿠라이와 얼굴을 마주보고 쓴웃음을 짓고 말았다.

"사쿠라이 군, 2층에서 입주자 좀 보고 있어."

가와이 대신 그를 2층에 올려 보내 잠시 담당 층을 변경했다. 오늘이 가와이의 근무 날이고 사쿠라이가 2층 입주자와도 친해서 다행이다.

15분 뒤, 하쓰토리는 기분 좋게 욕실에서 나왔다. 어떠셨냐고 묻자 틀니를 훤히 드러내며 "최고였어"라고 말했다.

별 탈 없이 끝났기에 다모쓰는 사쿠라이를 부르러 2층으로 올라갔다. 사쿠라이는 거실 소파에서 입주자들과 담소하며 TV를 보고 있었다.

"하쓰토리 씨, 최고였대." 웃으며 사쿠라이에게 말했다.

"제가 여자면 좋았을 텐데요."

"하하. 그것만큼은 어쩔 수 없어."

이때 사쿠라이가 목소리를 낮췄다.

"역시 2층은 얌전한 분이 많네요."

"뭐, 1층에 비하면 그럴지도 모르지. 하지만 2층도 굉장할 때는 굉장해."

그런 대화를 나누는데 TV에서 〈탈옥한 지 오늘로 485일이 지났으나 여전히 그 행방이…〉라는 아나운서의 목소리가 들렸다.

다모쓰는 황급히 주위를 둘러보며 이오 요시코의 모습을 찾았다. 안도하여 가슴을 쓸어내렸다. 아무래도 그녀는 방에 있는 모양이다.

다모쓰가 탁상의 리모컨으로 손을 뻗는데 그보다 먼저 사쿠라이의 손이 리모컨을 집어 채널을 돌렸다.

"자, 1층으로 돌아가죠."

사쿠라이와 계단을 내려가면서 다모쓰는 조금 전 그의 행동에 의문을 품었다. 사쿠라이는 이오 요시코의 과거를 모를 터다. 그렇다면 지금의 행동은 무엇일까. 그야, 입주자들에게 자극적인 정보를 주고 싶지 않다고 판단했을 뿐인지도 모르지만….

이오 요시코의 아들 부부와 손자를 살해한 범인이 수감 중에 있던 구치소를 탈옥한 것은 1년도 더 전이다. 일본 전체가 소란해졌고 매스컴에서도 연일 화제에 올랐다.

아무리 봐도 전대미문의 대사건이다. 탈옥극도 센세이셔널했을 뿐 아니라 범인이 아직 미성년자고, 나아가 극형을 선고받은 사형수였기 때문이다.

게다가 그런 극악무도한 범인이 아직 잡히지 않고 도주를 이어 가고 있다. 경찰은 혈안이 되어 그 행방을 쫓고 있으나 늘 간발의 차이로 범인을 놓쳤다. 최근에도 마타누키 세이치로 경찰청 관방장이 '일본 경찰의 위신을 걸고 반드시 범인을 잡겠습니다'라고 근엄한 얼굴로 선언했으나, 세간의 반응은 싸늘하다. 사형수를 탈옥에 이르게 한 실책도 있거니와 어째서 잡지 못하는지 국민은 이해하기 힘든 것이다.

일설에 의하면, 범인에게 걸린 천만 엔의 현상금이 얄궂게도 수많은 목격 정보를 낳는 바람에 경찰이 미처 다 대응하지 못하고 있으며 수사에 방해만 되어, 그야말로 본말전도 사태가 일어난 모양이다.

또 '가부라기 게이치 군을 지지하자'라는 터무니없는 커뮤니티 사이트가 개설되었는데, 범인의 외모가 준수하기 때문인지는 몰라도 적잖은 숫자의 찬동자가 모여 역시 물의를 빚고 있다. 나중에 사형 폐지론을 주장하는 여성 사상가가 사이트를 만들었음이 밝혀지자 그 인물은 카리스마적인 인기를 얻어 TV과 인터넷 방송에 다수 출연하게 되었다. 이것들 전부 다모쓰는 미친 일이라고 생각했다. 세상이 어떻게 되었다고 생각했다.

범인의 사진과 이름은 탈옥 직후부터 숱하게 나돌았지만 경찰이 정식으로 공개한 것은 좀 더 시간이 지나서였다. 그 이유는 사건 당시 범인은 아직 미성년자였고 탈옥했을 당시에도 아직 성년이 되기 전이었기 때문이다. 법이란 참 융통성이 없다며 다모쓰는 분개했다. 다모쓰는 심한 분노를 느꼈다. 그건 피해자 유족인 이오 요시코가 자신의 눈앞에 있기 때문이다.

일본 경찰은 무능하다. 구제할 길이 없다. 멍청한 것에도 정도가 있다. 하지만 아무리 욕한들 소용없는 일로 그의 바람은 한시라도 빨리 범인을 잡아 형을 집행하는 것이다. 그리고 이오 요시코에게 안녕한 나날이 찾아오기를 간절히 바란다.

"요모다 씨, 저는 이대로 계속 1층 담당인가요?"

저녁 무렵, 사무실에서 다모쓰가 컴퓨터 앞에 앉아 있는데 근무를 마친 사쿠라이가 난데없이 그런 질문을 했다.

"응, 그렇게 될 예정인데, 왜 그러지?"

키보드를 두드리던 손을 멈추고 묻자 그는 2층으로 담당 장소를 바꾸고 싶다고 말했다.

"개인적인 이유라 죄송하지만, 가능하면 소노베 씨 옆에 붙어 있고 싶어서요."

소노베라는 사람은 2층에 있는 여든두 살의 남성 입주자로 치매가 꽤 진행되었으나 아오바에서는 가장 온화하고 얌전한 노인이었다.

"제 아버지와 모습이 닮았거든요. 소노베 씨의 사소한 몸짓이나 행동이 어딘지 모르게 그렇게 느껴져요. 아버지가 살아 계셔서 나이를 먹었으면 분명 그런 느낌의 할아버지가 되었겠구나 싶고." 그 사적인 이유라는 것을 묻자 사쿠라이는 조금 멋쩍은 듯 이유를 댔다.

"아버지 살아생전에 저는 무엇 하나 효도한 것이 없습니다. 그 대신이라고 하면 이상하지만, 소노베 씨의 서포트를 하고 싶습니다."

과연, 그래서 사쿠라이는 자주 2층에 발걸음을 했던 것인가. 그의 마음은 모르는 바도 아니었다. 다모쓰도 수년 전에 있던 어느 여성 입주자에게 친근감을 느낀 적이 있다. 그 노파는 다모쓰의 돌아가신 할머니와 모습이 닮아 있었다. 그녀가 숨을 거두었을 때는 절로 눈물이 뺨을 타고 흘렀다.

"알겠어. 이쪽 사정도 있으니 당장은 힘들지만, 참고할게."

다모쓰가 그렇게 대답하자 사쿠라이는 꽃이 핀 듯 활짝 미소 지었다.

2장
—
탈옥 33일째

4

헬멧 틈 사이로 흘러내린 땀이 이마를 타고 눈에 들어갔다. 노노무라 가즈야는 외바퀴 손수레를 세우고 때에 찌든 목장갑으로 눈가를 비볐다. 계절은 초봄으로 아직 약간 쌀쌀한데도 가즈야는 언제나 땀투성이였다. 자비로 산 안전화 속은 푹푹 찌고 그 탓에 무게가 늘어난 느낌마저 든다.

그런 가즈야의 바로 옆으로 심술을 부리듯 덤프카가 지나가서 한바탕 흙먼지가 날렸다. 입가를 목장갑으로 가리고 고개를 돌려 덤프카를 보낸다.

"어이, 규보, 멈춰 서지 마."

지체 없이 현장 리더인 가네코에게서 노성이 날아왔다. 가즈야는 입안에서 혀를 차고 블록이 쌓인 손수레를 밀며 나아갔다.

규보라는 것은 가즈야가 소속된 '우시쿠보 토목'을 가리키는 말로 줄여서 규보라 한다. 그 소속이라고 해도 가즈야의 신분은 그저 아르바이트생에 지나지 않아 이 공사가 끝나는 순간 계약은 끊기고, 또 다른 회사를 찾아 새로운 공사판으로 향하게 된다. 가즈야는 이런 생활을 열일곱 살부터 5년간이나 지속해 왔다.

현장 리더인 가네코는 '이나도 홍업'이라는 회사 사람으로, 우시쿠보 토목은 이 이나도 홍업의 하청 회사였다. 실제 현장 일은 이나도든 우시쿠보든 그리 다르지 않건만 발주처인 만큼 이나도 놈들은 잘난 척을 하므로 마음에 들지 않는다. 개중에서도 현장 리더인 가네코는 가즈야가 가장 싫어하는 인물이었다. 가네코를 싫어하는 것은 우시쿠보의 동료 모두 마찬가지로, 툭하면 '언젠가 다 함께 해치워 버리자'라고 다짐했다.

해가 지고 20시가 되어 가즈야는 겨우 이날 일을 마쳤다. 현장은 24시간 풀가동되고 가즈야는 이른 아침 8시부터 투입되기에 쉬는 시간을 빼면 열 시간을 노동하는 셈이다. 시급이 1,250엔이므로 하루 벌이는 12,500엔이 된다. 하긴, 여기서 한 끼에 420엔인 도시락비가 2회분 차감되는 데다 숙식 중인 시설의 숙박비가 하루에 1,700엔 빠지므로 손에 쥐는 액수는 만 엔을 밑돈다.

"이야, 천국이로구나."

옆에서 목욕물에 잠겨 있는 히라타가 감격에 겨워 말했다. 히라타는 66세로 이 공사판에서는 최연장자다. 위쪽 앞니 하나가 깔끔하게 빠져 있어 항상 그 틈새에 담배를 끼워 피운다. 동료들 사이에서는 히라 씨라고 불렸다.

가즈야가 기거하고 있는 바람이 불면 날아갈 듯한 조립식 숙박시설에는 다다미 두 장 넓이의 방이 열여덟 칸 마련되어 있어, 그곳에서 가즈야나 히라타 같은 주거 불특정자 및 타지벌이 사내들이 집단으로 생활했다. 그리고 그 간이 조립식 숙소에서 엎어지면 코 닿을 곳에 마찬가지로 초라한 목욕탕이 단독으로 마련되어 있어 이처럼 그날의 때를 그곳에서 씻어 낸다. 일명 진흙탕. 언제고 목욕물이 탁하다.

목욕 시간이 딱 정해져 있어서 만약 그 시간이 지나면 그날은 따뜻한 물을 영접할 수 없다. 그도 그럴 것이, 비슷한 숙소가 주변에는 여럿 있고 그곳 남자들 역시 이 진흙탕을 이용하기 때문이다. 그런 탓에 항상 만원을 이룬다.

"그러고 보니 낮에 말야, 웬 높으신 양반들이 시찰을 나와서 이러쿵저러쿵하던데, 이거 어쩌면 정말로 중지될지도 모르겠어."

머리 위에 타월을 얹은 마에가키가 말했다. 이혼 전력이 두 번 있는 46세의 남성으로 배다른 자녀가 합쳐서 다섯이나 있는 모양이다. 본인은 양육비를 벌기가 힘들다고 툭하면 주위에 푸념하지만 아무도 믿지 않는다. 이런 토목일로는 자신이 먹고사는 것만도 빠듯하다.

"이제 와서 그건 아니죠. 여기까지 지어 놓고 중지라니, 무슨 농담하냐고."

센카와가 웃으면서 말했다. 센카와는 여우처럼 눈이 쪽 찢어진 남자로 가즈야보다 다섯 살 연상인 스물일곱 살이었다. 가즈야는 이 선배로부터 다양한 것을 배웠다. 그렇다지만 현장 일이 아니라 순 놀이 방면이다.

"아냐, 가키 씨의 지금 이야기, 있을 법해"라고 복잡한 얼굴로 말한 사람은 야타베다. 이 남자는 서른아홉 살의 알코올 의존증 환자로 번 돈의 대부분을 술에 쏟아붓는다.

"아직 인수할 회사가 결정되지 않은 모양이니 이대로 나서는 데가 없으면 진짜 제동이 걸릴지도 몰라."

"그러면 더 전에 중지했겠죠. 그나저나 테니스는 어떻게 되려나."

"테니스 따위, 딱히 여기서 하지 않아도 딴 데서 얼마든지 할 수 있다고."

"뭐, 나는 테니스 따위 없어져도 상관없어."

"그렇게 따지면 우리 다 그렇지. 라켓 따위는 잡아 본 적도 없어."

남자들의 웃음소리가 목욕탕에 메아리친다.

그렇다, 가즈야와 동료들이 짓는 것은 테니스 코트 시설이다. 자세히 말하자면 고토구에 있는 '아리아케 테니스 숲 공원'의 시설 개보수 공사가 그들의 일로, 이곳이 2020년 도쿄올림픽·패럴림픽의 테니스 경기장이 된다. 그런데 바로 얼마 전, 이 공사들을 직접 도급받은 '엔테크'라는 건설 회사가 도쿄지방법원으로부터 회생절차 폐지결정을 통보받아 사실상 도산했다. 주워들은 말에 의하면 250억 엔이라는, 정신이 아득해질 듯한 액수의 부채가 있었던 모양이다.

이 엔테크의 하청 회사가 '하야시 테크놀로지스'라는 곳인데, 이 하야시 테크놀로지스에서 이나도 흥업에, 이나도 흥업에서 우시쿠보 토목에 하청을 주어 피라미드 구조가 형성되어 있었다.

원청 회사가 망해 버렸으니 공사가 중단되어도 이상할 것이 없으나 어째서인지 현장은 쉼 없이 그대로 돌아갔다. 그에 대해 가즈야는 물론이고 동료들도 그 이유를 듣지 못했다. 올림픽이라는 일대 이벤트에는 국가의 위신이 달렸으니 어떻게든 할 거라는 시각이 다분하지만, 솔직히 가즈야로서는 아무래도 좋았다. 그저 그날 일한 만큼의 돈만 정확히 받으면 된다. 말단인 자신과는 무관한 일로, 어려운 이야기는 부디 윗선에서 해 주길 바라는 바다. 올림픽 역시 딱히 개최되지 않아도 상관없다.

여기서 화제는 테니스 선수 오사카 나오미가 지금까지 획득한 상금으로 넘어갔는데, 그 액수가 10억 엔이 넘는 다는 것을 알고 전원이 동시에 탄식을 내뱉었다.

"오사카는 아직 젊어. 은퇴할 때까지 30억 정도 벌지 않을까?"

"아니, 좀 더 벌겠죠. 광고에 나오거나 스폰서비를 받거나 해서요."

"그만큼 활약하면 은퇴 후에도 여기저기서 러브콜이 오겠지. 노후 생활비는 걱정 없겠군."

"그럼 뭐야, 평생 수입은 백억이 넘나? 꿈같구먼."

"짐꾼이라도 좋으니 나 좀 고용해 주면 좋겠네요"

가즈야도 말하여 동료들을 웃겼다.

"나는 좀 그래." 그런 가운데 최연장자인 히라타가 말하여 모두의 주목을 모았다.

"미국에서 자랐다고 하지, 일본어도 제대로 못 하지. 어쩌다 국적이 일본인이란 것만 가지고 자랑스럽게 여기는 것도 좀 별로야."

"뭐야, 히라 씨는 속이 좁네."

"어쩔 수 없어, 히라 씨는 에도시대 사람이니까."

"그러니까 영감이 돼서도 이런 데서 손수레나 밀고 있지."

저마다 놀려댔다.

"이 답답한 영감." 가즈야도 놀리며 물을 퍼부었다. 히라타는 화를 내는 법이 없으므로 늘 이렇게 모두의 놀림감이 된다. 자기 할아버지만큼 나이가 든 이 남자가 가즈야는 좋았다.

이곳 동료들도 좋았다. 이 개보수 공사가 끝나면 저마다 또 새로운 공사판으로 흩어질 테니 한때의 친구임에는 틀림없지만, 그 역시도 가즈야에게는 딱 좋았다. 오래 함께하면 언쟁과 다툼이 일어난다. 그렇게 되면 배척되는 자도 나타난다.

가즈야가 나고 자란 곳은 이시카와현에 있는 어촌으로, 바다가 가깝다 뿐 전혀 오락거리가 없는 마을이었다. 인구가 적어서 서로가 다 아는 터라 무슨 문제가 생기면 삽시간에 온 마을에 퍼져 버리는, 그런 작은 집합체 안에서 자랐다.

유소년기의 가즈야는 굳이 따지자면 얌전한 편으로, 숫기 없는 소년이었다. 공부와 운동은 잘 못했지만 손재주가 좋아서 공작 과제로는 늘 표창을 받았다. 주위에는 하나같이 개구쟁이뿐이었기에 이따금 괴롭힘의 대상이 될 때도 있었으나 그 역시 별로 오래가지는 않았고, 대체로 평온한 소년 시절을 보냈다.

　그런 가즈야도 중학교에 올라가자 주변 친구를 따라 불량 서클의 일원이 되었고, 흐름상 졸업과 동시에 그 지역 폭주족에 가입했다. 사실 가즈야는 말썽쟁이 친구들을 동경했다. 자신에게는 없는 것을 그들이 가진 것 같아서 언젠가 자신도 그렇게 되기를 남몰래 바랐다.

　그렇다 하나 주먹 쪽은 영 젬병이고, 싸움에서는 타고난 소심함이 고개를 들어 전혀 도움이 되지 않았다. 하지만 그런 만큼 광대 기질과 자학적인 유머로 남을 웃기는 기술을 몸에 익혀 선배에게는 꽤 귀여움을 받고 후배에게는 선망을 받았다. 낮에는 아르바이트를 하고 밤에는 동료들과 오토바이를 모는, 그런 별 볼 일 없는 매일이었지만 그건 그것대로 행복했다.

　그런 아들의 생활을 아버지는 보고도 못 본 척했다. 아들이 무서웠던 건지 관심이 없었던 건지, 필시 후자이리라 생각하지만 속마음은 여전히 알 수가 없다.

　참고로 어머니 쪽은 어땠는가 하면, 가즈야가 중학교에 올라가기 직전에 집을 나간 채 돌아오지 않았다. 그 이유에 대해 아버지에게 들은 적은 없지만, 마을 소문에 의하면 엄마는 딴 남자와 바람이 난 모양이다. 버림받은 것에 일말의 쓸쓸함은 있었지만 눈물을 흘리는 일은 없었다. 가즈야는 그때껏 어머니로부터 애정을 느낀 적이 없었다. 이것은 나중에 안 사실인데 가즈야는 엄마의 친자식이 아니었다. 가즈야가 더 어렸을 적에 아버지가 재혼을 했는데 그 상대가 엄마였다.

가즈야가 열일곱 살이 되었을 무렵, 소속 팀과 인근 폭주족 간에 사소한 다툼이 일어났다. 발단은 가즈야 팀이 상대 지역을 요란하게 질주한 일이었는데, 그것을 계기로 상대도 종종 가즈야 팀의 눈길이 닿는 곳에 원정 와서는 위협을 가했다. 어느덧 그것은 무기를 동원한 항쟁으로 발전했고 온종일 긴장감이 감도는 숨 막히는 나날이 이어졌다. 당하면 갚아 준다. 양쪽 다 같은 신념으로 움직였기에 수습이 되지 않았다.

　그러던 어느 날, 가즈야는 후배를 꽁무니에 태우고 오토바이를 몰다가 느닷없이 적 팀으로부터 기습을 당했다. 액셀을 끝까지 밟아 필사적으로 도망쳤으나 뒤에 탄 후배는 등에 쇠 파이프를 맞고 오토바이에서 굴러떨어졌다. 망설였지만 가즈야는 그대로 도망쳤다. 잡히면 무자비한 폭행이 기다리고 있다. 그것이 무서웠다.

　결국 그 일은 형사사건이 되었다. 후배가 오토바이에서 떨어졌을 때 두부를 세게 부딪쳐 의식불명의 중태에 빠졌기 때문이다. 며칠 뒤 후배는 의식을 회복했으나 몸에 후유증이 남아 젊은 나이에 휠체어 생활이 불가피해졌다.

　비난에 노출된 것은 가즈야였다. 동료를 저버리고 제 한 몸 아끼겠다고 유유히 도망쳐 버린 겁쟁이 자식. 일부러 후배를 오토바이에서 떨어뜨리고 그 틈에 도망을 꾀한 것 아니겠느냐, 라는 소문까지 돌았다.

　선배는 물론이고 폭주족을 은퇴한 사람까지 나서서 사정없이 비난했다. 후배 놈들에게도 욕을 먹고 몰매를 맞았다.

가즈야는 울며 사과했다. 그러나 그로써 잘못이 씻어진 것은 아니었다. 이후 누구 하나 가즈야와 말을 섞으려 하지 않았다. 주변 어른들도 자업자득이라며 관여하지 않았다. 마을 어른들이 자신을 못마땅하게 여기고 있었음을 그때 처음으로 알았다.

그리고, 급기야는 마을 안에서 회람판이 돌았다. 그 내용은 가즈야가 마을에서 계속 살아도 좋은가 어떤가에 대한 앙케트 조사였다. 가즈야는 믿을 수 없었다. 아무리 폐쇄적인 마을이라지만 이런 것이 나돌다니 기가 막힌 일이라고 생각했다.

그 결과, 마을을 나가야 한다는 서명이 적잖이 모였고 그것이 눈앞에 제시되었다.

마을에서 추방된 가즈야는 고향을 떠나 혼자 살아가게 되었다. 전국 방방곡곡, 낯선 땅에서 일용직으로 일하며 하루를 버티는 생활이 시작된 것이다. 그리고 5년 후, 도쿄에 흘러들었다.

자신의 인생이라는 것에 대해 깊이 생각한 적은 없다. 아니, 생각하고 싶지 않다는 것이 본심이었다. 가즈야에게는 매사를 부정하고 마는 구석이 있는데, 그런 시점에서 스스로를 바라보면 이 앞에 밝은 미래가 기다리고 있다고는 도저히 생각할 수 없었다.

하지만 그런 가즈야도 과거에 딱 한 번 인생을 바꾸기로 결심한 적이 있다. 구인지에 실린 어느 보험회사에 면접을 보러 간 것이다. 그것은 가즈야가 스무 살 때로, 마침 그 무렵이 화이트칼라를 선망의 눈길로 보던 시기이기도 하여 자신도 그쪽 사람이 될 수 없을까 싶어 행동하기에 이르렀다. 없는 돈을 탈

탈 털어 대형 할인점에서 싸구려 슈트와 가죽 구두를 사고, 난생처음 셔츠에 넥타이를 맸다.

"중졸이라. 자네, 워드나 엑셀은 다룰 줄 아나? 그보다 타자를 쳐 본 적은 있고?"

냉소 어린 면접관의 표정을 가즈야는 아직도 잊을 수 없다.

구인 공고에는 학력 불문, 미경험자 환영이라고 쓰여 있었는데 어째서 그런 걸 질문하나 싶어 화가 났지만, '배우도록 노력하겠습니다'라며 고개를 숙이는 등 시종일관 저자세로 면접을 마쳤다.

하지만 결과는 탈락이었다. 훗날 보험회사에서 근무한 경험이 있는 사람의 이야기를 들어 보니 아무래도 가즈야가 가족, 친척과 소원함을 솔직히 말한 것이 좋지 않았던 모양이다. 보험 영업맨은 우선 일가친척을 포섭하는 데서부터 스타트라고 한다. '그렇다면 그렇다고 처음부터 써 둬야지, 그런 건 반칙이잖아' 하며 분노했지만, 그 이상으로 세상 물정 모르는 자신이 한심하게 느껴져 안 하던 짓은 하는 게 아님을 깨닫게 되었다. 슈트와 가죽 구두는 수중에 놓아두기 싫어서 곧바로 인터넷 장터에 팔아 치웠다. 쓰라린 추억도 함께.

목욕을 마치고 숙소로 돌아가고자 모두와 나란히 밤길을 걷는데 바로 그 숙소에서 한 남자가 슬그머니 나오는 모습이 멀찌감치 보였다. 주변이 어두워서 얼굴은 보이지 않지만 훤칠한 체격과 니트 모자로 그 사람이 벤조임을 알았다.

"저 녀석, 어지간히 우리한테 거시기는 보여 주기 싫은가 보네."

마에가키의 말에 다 같이 아하하 웃었다.

벤조가 향하는 곳은 진흙탕이 아니라 숙소에서 도보로 30분가량 떨어진 장소에 있는 다른 민간 목욕탕이었다.

일주일 전 이 공사판에 온 신입 벤조는 결벽증인지 뭔지 몰라도 매일 밤 이렇게 남몰래 나갔다가 젖은 머리로 돌아온다.

이에 대한 가즈야 무리의 생각은 물건이 초라하다 보니 그걸 타인에게 무시당하고 싶지 않은가 보다 였다. 그렇다 해도 별난 놈인데, 타인에게 민폐는 끼치지 않으니 그나마 낫다고 생각했다. 숙소 안에는 목욕조차 안 하는 게으름뱅이도 있다. 그 사람은 왼손 새끼손가락 끝이 없기 때문에 대놓고 불평할 수는 없지만, 복도에서 마주칠 때면 숨을 참아야 한다.

그런데 왜 벤조로 불리는가 하면 그가 도수 높아 보이는 안경을 끼는 데다가, 그와 이웃인 마에가키가 별생각 없이 그의 방을 기웃대다가 법률 관련 책을 봤다고 모두에게 얘기했기 때문이다. 그렇지만 벤조(애니메이션 〈키테레츠 대백과〉의 등장인물로 한국판 이름은 박호구)라는 고학생 애니메이션 캐릭터를 가즈야는 모른다.

"혹시 벤조 녀석, 애초에 물건이 안 달린 게 아닐까?"

불쾌한 얼굴의 야타베가 손에 쥔 트럼프로 시선을 떨구며 말했다. 가즈야의 방에 다 함께 둘러앉아 술잔을 주고받으며 트럼프를 즐기는 것이 취침 전 그들의 일과였다. 전원이 담배를 피

우므로 방은 마치 안개 속인 양 흰 연기가 자욱하다. 그런 탓에
계속 눈이 시큰거렸다.

"떼어 버렸다는 겁니까?" 담배를 물고 가즈야가 말했다.

"옜다, 8 커팅."(카드놀이의 일종인 '대부호'의 규칙 중 하나.
8을 내면 해당 판을 강제로 종료할 수 있다.)

"에잇, 내 앞에서 컷하지 마." 야타베가 혀를 찼다.

"그보다 원래 없는 거 아닐까 해서. 어쩐지 가만 보면 낯짝도
여자 같고."

"어라, 그쪽이라고요? 하지만 그 녀석, 수염이 덥수룩하잖아
요. 게다가 그렇게 키가 껑충한 여잔 없을걸요."

"그보다 이번 주말에는 어디 가?"라고 마에가키가 말했다.

"이제 슬슬 긴시초 일대도 질렸는데."

"하지만 여기서 교통편 좋고 싼 곳 하면 역시 긴시초죠."

한 달에 두 번, 다 같이 윤락가에 가는 것이 가즈야 무리의
가장 큰 오락이었다. 꼬박 하루치의 일당이 한순간에 사라지지
만 그것만큼은 포기할 수 없다. 여자친구만 있으면 윤락가에 다
니지 않아도 되는데 현실에 없으니 어쩔 수 없다.

약 1년 전, 헌팅으로 연락처를 교환한 전문대생과 한때 잘됐
었지만 가즈야가 일용직 인부임이 밝혀지자 그대로 연락이 끊
겼다. 가즈야는 대학생으로 신분을 속였던 것이다.

"그건 그렇고, 히라 씨는 이번에 어떻게 할 거야?"

"아아, 패스, 패스. 나는 이제 안 가." 히라타가 얼굴 앞에서
손사래를 쳤다.

"돈을 하수구에 갖다 버리는 거나 마찬가지야."

모두 요란하게 웃었다. 예순이 지난 히라타는 최근 잘 서지 않는 듯, 전에는 시골에서 올라온 아가씨의 고생담만 들어 주다가 결국 써먹지 못하고 끝난 모양이다. 스물두 살인 가즈야로서는 상상이 안 가는 일이었다. 가즈야는 항상 두 번은 확실하게 한다. 컨디션이 좋을 때는 3회전에 도전한다.

"하지만 그렇게 되면 단체 할인이 안 되는데"라고 마에가키가 투덜댔다.

"한 사람이 부족해."

다섯 명이 가면 단체 할인이 적용되어 1인당 2천 엔이나 저렴해진다.

"그럼 가즈야, 벤조에게 말해 봐. 히라 씨 대타로."

센카와가 재미있어하며 그렇게 제안했다.

"목욕도 우리랑 안 하는데 그런 꼬드김에 넘어올 리 없잖아요. 게다가 그 녀석, 동정 같지 않아요?"

"그러니까 재밌는 거 아냐. 그런 놈의 첫 경험담을 안주 삼아 마시는 술은 각별하다고."

"아니, 난 그런 의사소통에 장애 있어 보이는 녀석과 가까워지고 싶지 않은데요. 전에 말을 걸었더니 엄청 쌀쌀맞게 굴던데."

며칠 전, 익숙지 않은 일에 헤매는 것을 보고 한마디 조언해 줬더니 그는 고개만 까딱할 뿐 고맙다는 인사도 하지 않았다. 어쩌면 가즈야의 외모가 어려 보여서 연하로 착각했는지도 모른다 싶어 '나는 가즈야, 나이는 스물둘. 넌 스물이지? 모르는 거 있으면 뭐든 물어봐'라며 선배티를 냈지만, 돌아온 것은 '네, 그러죠'라는 말 한마디였다. 이놈과는 두 번 다시 말하지 말자, 라고 결심했다.

"됐으니까 꼬실 만큼 꼬셔 봐. 네가 가장 나이가 비슷하잖아."

집요한 센카와의 성화에 가즈야가 진저리를 치는데 "관둬"라고 옆에서 히라타가 말했다.

가즈야를 감싸 준 건가 했는데, 아니었다. 히라타는 벤조를 놀리는 짓은 그만두라고 말한 것이다.

"히라 씨, 갑자기 왜 그래요?"

"엔도 군은 섬세한 애야. 너희랑은 달라."

그러고 보니 히라타와 벤조가 일터에서 이야기하는 모습을 몇 번인가 본 적이 있다. 이 남자는 기본적으로 사람이 좋아서 늘 혼자 있는 벤조를 내버려 둘 수 없었으리라. 그나저나 벤조의 이름이 엔도라는 것은 처음 알았다.

"그 애는 나 같은 영감에게도 다정해. 너희와는 달리 노인에 대한 배려심이 있어."

이 말에는 모두의 비난이 빗발쳤다.

"우리도 충분히 다정해."

"늘 누가 돌봐 주는 줄 알기나 해?"

"망할 영감, 죽어라"라는 지독한 말들이 쏟아져 나왔다.

"그럼 히라 씨, 결국 그놈은 고학생이나 재수생 같은 건가?"

"몰라."

"뭐야, 모르는 거야? 물어보면 좋았잖아."

"그런 촌스러운 짓은 못 해. 말하기 싫은 눈치기도 했고."

그에는 모두 말없이 수긍했다. 이곳에 있는 자들은 저마다 사정을 가진 자들뿐이다. 따라서 집요하게 과거를 캐물으면 안 된다. 이것은 어느 공사판이든 마찬가지로, 이른바 암묵적인 룰이었다. 가즈야 자신도 자기 내력에 대해 타인에게 시시콜콜 이야기한 적이 없고, 반대로 다른 사람의 과거도 자세히는 모른다.

"뭐, 변호사라도 되고 싶은 건가 멋대로 추측하고 있지."

"그런 걸 목표로 하는 놈이 이런 데서 곡괭이를 휘두르겠어?" 마에가키가 코웃음을 쳤다.

"하지만 그 애가 법률 공부를 하더라고 말한 건 가키 씨잖아."

"공부를 하더라는 말은 안 했어. 어려워 보이는 책이 방 안에 있는 걸 봤다고 말했을 뿐이야."

"흐음. 하지만 엔도 군이 하는 말은 굉장해. 뭐랄까, 지성이 배어 있어. 너희와는 전혀 다르다고."

"이 망할 영감. 아직도 그 소리야?"

"뭐, 그런 건 아무렇든 간에 상관없잖아요"라며 가즈야가 자리를 수습했다.

"그보다 내게 주목해 주시죠."

"앗, 설마 너."

"짜잔. 혁명."('대부호'의 규칙 중 하나. 같은 숫자의 카드를 네 장 제시하면 혁명이 성립되어 카드의 계급 및 강약을 뒤바

꿀 수 있다.)

가즈야는 수중의 카드 네 장을 바닥에 내리쳤다. 강한 패를 가지고 있던 센카와와 마에가키는 "웃기지 마"라고 항의했고, 반대로 약한 패였던 히라타와 야타베는 "나이스, 나이스"라고 칭찬했다.

요즘 들어 운발이 좋은지 트럼프가 잘 쳐진다. 한 판에 몇 백 엔짜리 게임이므로 하룻밤에 움직이는 돈은 뻔하다. 그래도 티끌 모아 어쩌고라는 말도 있지 않은가. 요즘 들어 트럼프는 가즈야의 중요한 부수입이었다. 이번 달은 이것으로 2만 엔쯤 벌면 좋겠다.

5

그로부터 며칠 후, 히라타가 일하던 중 부상을 입었다. 비계(건축공사 때에 높은 곳에서 일할 수 있도록 설치하는 임시가설물) 밑을 지날 때 위에서 철근이 떨어졌는데 그것이 운 나쁘게도 히라타의 오른쪽 어깨를 직격한 것이다. 참고로 그 장면을 본 사람은 동료들 중에서는 가즈야 혼자였다. 가즈야는 히라타의 바로 뒤를 걷고 있었기 때문이다. 어디선가 '위험해!'라는 외침이 들려 문득 위를 올려다보니 때마침 히라타의 머리 위 비계에서 철근이 미끄러져 내리던 참이었다.

웅크린 히라타에게 달려가 보니 그는 얼굴을 일그러뜨린 채 "부러졌어, 부러졌어"라고 중얼거렸다.

곧바로 병원에 데려가서 검사를 받자 뼈에 금이 갔다는 진단이 나왔다. 당연하게도 부상을 입은 오른쪽 어깨는 쓸 수 없어서 히라타는 한동안 현장을 쉬지 않을 수 없었다.

이에 곤란해진 것은 히라타뿐만이 아니라 가즈야 무리도 마찬가지였다. 히라타가 당장 쓸 생활비를 빌려 달라고 그들에게 부탁했기 때문이다. 이것이 일용직 인부의 힘든 부분이었다. 절대로 다치면 안 된다. 산재비 따위는 분명 나오지 않는다.

게다가 불행히도 히라타는 보험증이 없었다. 그리고 초진이었던 데다, 엑스레이를 찍어 진찰비가 엄청나게 비쌌던 모양이다. 히라타는 그 비용만으로도 가진 돈이 바닥났다고 말했다.

여느 때처럼 밤이 되어 모두가 가즈야의 방에 모였다. 그러나 오늘 밤은 히라타는 제외다. 히라타에게 돈을 빌려 줄지 말지를 논의 중이기 때문이다.

"나는 무리해서 남에게 빌려줄 돈 따위 없는걸"이라고 말한 사람은 센카와로 그는 일관되게 이처럼 주장했다. 그래서 이 자리에도 참석하고 싶지 않았던 듯 방으로 부르러 갈 때까지 나오려고 하지 않았다.

"너, 아까부터 그런 냉정한 소리를 잘도 하는구나." 센카와의 말에 화낸 사람은 뜻밖에도 술꾼 야타베였다. 그의 손에는 지금도 술잔이 들려 있다.

"히라 씨에게는 너도 신세를 졌을 텐데."

"그야 친하게는 지냈지만 신세는 안 졌어요. 뭘 얻어먹은 적도 없고. 일에서는 항상 우리 쪽에서 히라 씨를 도왔잖아요."

센카와의 말은 맞는 말이었다. 히라타는 고령인 탓에 노동량이 그들과 같을 수는 없어서 그의 부족한 작업분을 다 함께 은근슬쩍 커버해 주고 있었다.

"히라 씨가 언제쯤 복귀할 수 있을지에 달렸군." 마에가키가 이야기의 시점을 바꿨다.

"한 주 정도면 괜찮은데 적어도 두 주는 쉬겠지."

"그 나이고 하니 낫는 것도 더디지 않나? 잘못하면 한 달 이상은 걸릴지도 몰라요. 나는 금이 간 적이 없어서 모르지만."

센카와는 벌써 남 일처럼 말했다.

"숙박비와 식비, 그리고 담배인가. 그것들을 어림잡아 보면… 하루에 3천 엔이면 어떻게든 생활할 수 있어. 그 돈을 네 명이서 나누게 되면, 얼마지?"

야타베가 눈길을 줬기에 가즈야는 머릿속에서 계산하여 "으음, 한 명당 8백 엔 정도네요"라고 대답했다.

"저기, 멋대로 나를 넣지 말아요." 센카와가 입을 삐죽 내밀고 말했다.

"거참 시끄럽네. 그냥 시뮬레이션하는 거야." 야타베가 술 냄새 나는 입김을 흩뿌리며 말했다.

"가령 이것을 한 달간 지속하게 되면… 한 명당 얼마지?"

또 자신에게 시선이 쏠렸기에 가즈야는 3초간 생각하고 "2만 5천 엔 정도예요"라고 대답했다.

"2만 5천 엔이라. 거금이로군." 마에가키가 한숨을 섞어 말했다.

"이봐, 우리만 이럴 게 아니라 숙소에 있는 다른 놈들에게도 부탁해 보는 건 어때? 그러면 별로 부담되지 않잖아."

"무리일걸요. 바로 거절이라고요."

가즈야도 그렇게 생각했다. 다른 사람은 가즈야 무리만큼 히라타와 친하지 않다. 나이 든 히라타를 짐 덩어리로 여겨 노골적으로 업신여기는 놈들도 있다. 그렇다면 연령도 제각각인 이 다섯 명이 어떻게 모이게 되었는가 하면, 그 또한 설명할 수 없다. 어느새 자연스럽게 이 멤버로 어울려 다니고 있었다.

"게다가 말야, 만약 두 달 이상 쉬면 어떡해. 5만 엔이라고, 5만 엔. 확실히 그 돈이 돌아오겠어? 히라 씨가 내빼지 않는다는 보장은 어디에도 없는 거잖아."

분명 그것도 그랬다. 이런 공사판에는 어느 날 갑자기 사라지는 인간이 드물지 않다. 가즈야 자신도 과거 머물렀던 공사판에서 급여를 받은 그날 모습을 감춘 적이 있다.

사람 좋은 히라타만큼은 그럴 리 없을 거라는 생각도 들지만, 완전히 믿을 순 없다. 타인은 결코 모르는 것이다.

얘기는 도통 결론이 나지 않은 채 시간만 흘러갔다. 몇 번인가 센카와가 자리에서 일어났으나 그때마다 야타베가 "아직 안 끝났어"라고 그를 제지했다.

"이제 적당히 하고 자죠." 이쯤 되자 센카와는 짜증난 표정을 감추려고 하지도 않았다. 시각은 이미 자정이 지나 있었다.

"아무리 설득해도 나는 안 내요. 그렇게 히라 씨를 돕고 싶으면 타베 씨 혼자 내면 되잖아요."

"나 혼자서는 마련할 수 없으니까 이렇게 의논하는 거잖아. 안 그래, 가키 씨?"

"어, 아, 응."

"가키 씨, 아까부터 말이 별로 없는데, 가키 씨는 나랑 같은 생각이지?"

"아니, 으음…" 하며 마에가키가 복잡한 얼굴로 팔짱을 꼈다.

"나도 마음 같아서는 히라 씨를 도와주고 싶지만, 거 왜, 너희와 달리 내게는 꼬맹이들의 양육비라는 게 있어서 말야, 그걸 생각하면 좀 거시기한 부분도 있네."

마에가키를 제외한 세 명이 일제히 썩은 표정을 지었다. 마에가키가 매달 양육비를 내고 있다고 믿는 사람은 아무도 없다.

돈을 빌려주자는 야타베와 빌려주지 말자는 센카와, 이도 저도 아닌 마에가키.

"가즈야, 넌 어때?" 하고 야타베에게서 화살이 날아왔다.

"나는 그게, 다수결을 해서 많은 쪽에 붙을까 하는데요."

"그게 뭐야. 네게는 자기 의견이라는 게 없어? 한심하기는."

하지만 본심이었다. 모두의 결정에 따를 작정이다. 굳이 말하자면, 빌려줘도 좋지 않을까 싶기도 하다. 히라타는 자신의 눈앞에서 부상당했으니까.

그보다 가즈야는 스스로에게 실망한 구석이 있었다. 히라타의 머리 위로 철근이 떨어지던 순간 가즈야는 꼼짝도 할 수 없었다. 1초도 안 되는 시간이었으나 손을 뻗었으면 히라타의 등 정도는 밀 수 있었을지 모른다. 그랬더라면 히라타는 다치지 않을 수 있었을지 모른다.

아니, 순식간의 일이라 불가능했을 것도 같지만, 곰곰이 따져 보면 그 순간 아주 잠깐이지만 생각할 여유가 있었던 듯도 싶다. 그렇다면 가즈야는 자신이 휘말릴까 봐 두려워서 히라타를 저버린 셈이다. 이런 생각에 사로잡히자 아무래도 후배를 내버려 두고 도망친 과거가 떠올라 쓰디쓴 감정이 복받쳐 올랐다.

역시 나는 비겁자인 걸까. 천성이 그런 인간인 걸까.

가즈야는 가즈야대로 그런 막다른 골목을 헤매고 있었다.

"그럼 여기서 다수결이다." 야타베가 세 사람을 둘러보며 말했다.

"히라 씨를 도와도 좋다고 생각하는 녀석은 손들어."

손을 든 사람은 야타베 한 명이었다.

"이봐, 너희들 뭐야." 야타베가 눈을 부라리면서 침까지 튀기며 말했고, 센카와는 "자, 결정. 해산, 해산" 하며 자리에서 일어났다.

그런 센카와의 손목을 야타베가 확 움켜잡았다.

"봐요. 자기가 다수결 했으면서."

"잠깐 있어 봐— 이봐, 가키 씨, 배신하는 거야?"

"배신 같은 게 아니라, 역시 이런 문제는 회사가 해결할 일 아닌가?"

화살을 피하듯 마에가키가 그런 소리를 했다.

"이제 와서 무슨 소리야. 그럴 수 없으니까 이렇게 의논하는 거잖아. 규보가 히라 씨 같은 영감에게 손을 내밀어 줄 리 없어. 실제로 히라 씨는 규보로부터 '몸조리 잘 하세요'라는 말밖에 듣지 못했다고."

히라타뿐만이 아니다. 누가 되었든 간에 우시쿠보 토목에서 산재 처리를 해 준다는 건 상상할 수 없다. 게다가 자신들은 우시쿠보 토목과 정식 계약을 맺지 않았다. 처음 이곳에 왔을 때 받은 종이에 연필로 이름과 생년월일을 썼을 뿐이다.

"아니, 그래도, 말이라도 해 봐야지 않겠어? 거 왜, 일하다가 다치거나 하면 회사에서 뒷수습을 하는 것이 일반적이잖아."

"그러게 우리가 하는 일은 일반적이지 않대도. 이봐, 가키 씨, 이제 와서 그런 소리를 하기 시작하면 끝이 안 나. 애당초 히라 씨가 회사와 그런 교섭을 할 수 있을 것 같아? 나라도 못 해. 가키 씨도 무리야."

"나는 할 수 있어."

발끈한 듯 마에가키가 안색을 바꾸고 말했다.

"그럼 가키 씨가 교섭해 줘. 히라 씨를 구해 주래도."

"아니, 그래도 그걸 남이 해 주는 건 좀 아니지."

"봐, 그렇게 꽁무니를 빼잖아."

순간 마에가키와 야타베가 서로 멱살을 잡았기에 황급히 가즈야가 중재에 나섰다.

"아, 진짜. 적당히 좀 해요. 나잇살 먹고 뭐 하는 짓이에요."

센카와가 진정 짜증난 말투로 말했다.

"일단 히라 씨가 회사와 얘기하는 수밖에 없잖아요. 그게 어찌 되든 간에 난 돈을 안 내겠지만. 결국 우린, 남이니까."

그 말을 남기고 센카와는 방을 나가 버렸다. 야타베도 더 이상 말리지 않았다.

센카와가 사라지고, 남은 세 사람은 고개를 떨군 채 한동안 침묵했다. 센카와가 내뱉은 남이라는 말이 귓가를 맴돌며 떠나지 않았다. 필시 마에가키와 야타베도 마찬가지리라.

"지금은 노동자 쪽이 강하다던데."

불쑥 마에가키가 말했다. 야타베와 동시에 고개를 들어 마에가키를 봤다.

"거 왜, 컴플라이언스라는 것이 있어서, 그게 노동자의 권리를…."

"우린 인부야. 인부에게 권리 따위는 없어."

야타베가 말을 가로막고 나섰다. 또 전원이 침묵을 지킨다.

요 근래 악덕 기업이 도마 위에 오른 것은 가즈야도 안다. 마에가키의 말처럼 컴플라이언스라는 것이 강화되었고, 그에 따라 일본의 노동환경은 개선되었을지도 모른다. 하지만 그건 어디까지나 중견 이상의 회사 이야기로, 일용직에게는 아무것도 바뀌지 않은 게 현실이다.

만약 자신들에게 지식이 있다면 또 다를지 모르지만 그런 인간은 이런 데서 곡괭이를 잡고 손수레를 밀지 않으리라.

순간 가즈야는 "아" 하고 탄성을 질러 두 사람의 주목을 받았다.

"밑져야 본전이니 벤조 녀석과 상의해 보는 건 어때요?"

야타베가 코웃음을 쳤다.

"왜 여기서 벤조 자식이 나와."

"그 녀석이 법률에 밝기 때문인가?"

"네, 그래요. 정확히는 그가 법률 관련 책을 갖고 있더라는 말을 들었을 뿐이지만 그런 공부를 하고 있다면 노동자의 권리 같은 것도 잘 알지 않을까요?"

그래도 두 사람은 "그런 놈은 의지가 안 돼"라며 마뜩잖아 했지만, 가즈야는 "그러니 밑져야 본전이라고 했잖아요"라며 설득했다. 자신으로서는 뭐든 좋으니 이 정체된 상황을 타파하고 싶었다.

"그럼 가즈야, 너 지금 가서 벤조를 여기 데려와."

"네?"

"이럴 땐 너잖아."

"그래. 우리 같은 아저씨가 이런 야심한 밤에 몰려가면 기겁할 거야. 네가 가."

가즈야는 강제로 복도로 내쫓기고 곧바로 후회했다. 난관에 부딪쳐 그런 제안을 했지만, 곰곰이 생각해 보니 그 커뮤니케이션 장애자 벤조가 힘이 되어 줄 것 같지 않았다. 무엇보다 벤조가 정말 법률을 잘 아는지 어떤지조차 의심스럽다. 이랬다가 무시를 당하면 울컥 화가 치밀어 못 견디리라.

걸을 때마다 바닥이 삐걱거리는 복도를 지나 벤조의 방 앞에 섰다.

숨을 한번 내쉰 뒤, 똑똑. 노크를 했다.

그러자 얇은 문을 사이에 두고 "네" 하는 대답이 왔다. 이미 날짜가 바뀐 시간인데도 벤조는 아직 깨어 있었던 모양이다.

"으음…, 나 노노무라 가즈야인데, 잠깐 시간 돼?"

"…조금만 기다리세요."

부스럭거리는 소리가 들렸다. 어쩐지 허둥대는 기색이다. 그건 그렇고 조금만 기다리세요라니, 이 녀석은 역시 별나다.

잠시 후, 문이 몇 센티미터만 열렸다. 그 틈으로 벤조가 얼굴을 내민다. 역시 여느 때의 니트 모자를 쓰고 있었다. 이 남자는 일할 때는 헬멧, 그 밖의 시간에는 항상 니트 모자를 쓰고 있다. 또 우유병 바닥 같은 안경 속의 눈에는 명백히 경계심을 드러낸 채다.

"미안. 늦은 시간에. 혹시 딸 치고 있었어?" 오른손을 위아래로 놀리며 물었지만 벤조는 "용건이 뭐죠?"라며 농담에 응하지 않았다.

"아니, 그게 말야, 너하고 좀 상의할 게 있어서. 히라 씨 알지? 이틀 전에 다친 할아버지. 그 일로 네 지혜를 빌리고 싶어."

"아아…. 어째서 저에게?"

"너 법률인지 뭔지 공부 중이지? 네가 어려운 책을 갖고 있다고 가키 씨가 말했거든."

벤조는 잠시 말이 없었다. 검은 눈만을 좌우로 미세하게 움직이고 있다. 판단을 망설이는 눈치다.

일단 얘기만이라도 들어 줘, 하며 내켜 하지 않는 벤조의 팔을 잡고 반 강제로 복도로 끌어냈다. 그리고 가즈야의 방으로 안내하자 벤조는 숨을 삼키고 눈을 동그랗게 떴다. 그곳에 마에가키와 야타베가 있었기 때문이리라.

커다란 몸을 작게 웅크려 앉는 벤조를 에워싸듯 하고 셋이서 상황을 설명했다.

"—그렇게 된 거야. 우리 같은 인간이 이런 부상을 입었을 경우 회사로부터 배상받을 방법은 없나 해서."

그렇지만 벤조는 대답하지 않았다. 가타부타 말이 없을 뿐 아니라 맞장구조차 치지 않는다.

그런 벤조의 반응에 "어이, 넌 귀가 없냐?"라며 야타베가 어깨를 쿡 찔렀다. 이제 제법 술기운이 오른 듯 발음이 어눌하다.

"말해 두는데, 만약 돈을 빌려주게 되면 너도 내야 할 거야. 히라 씨가 널 예뻐했다는 건 우리도 알거든."

마에가키도 상체를 들이밀며 협박하듯 말했다. 참 얼토당토않은 트집이다 싶었지만 가즈야는 잠자코 있었다.

이윽고 벤조가 작게 콧숨을 내쉬며 그 입을 열었다.

"회사라기보다, 나라 아닐까요?"

"나라?" 마에가키와 야타베의 목소리가 포개졌다.

"네, 노동기준감독서에 직접 신청하면 될 것 같은데요."

"그치만 말야, 그건 정사원인가 하는 놈들이 이용할 수 있는 거잖아."

"아니요, 파견직이든 일용직이든 이용 가능합니다."

"우리 같은 사람이라도?"

"네. 가능합니다."

목소리는 작으나 단호하게 벤조는 말했다.

"하지만 규보가 싫어할 텐데. 설사 그렇게 해서 산재비를 받는다 해도 히라 씨 회사에 들볶이다가 쫓겨나고 말 거야."

애당초 우시쿠보가 왜 산재를 싫어하는가 하면, 작업원이 어떤 상황에서 다쳤는지 기관에서 조사하러 나오는 것을 싫어하기 때문이다. 그렇게 되면 그 밖의 이런저런 규정 위반 사항도 지적될 테고, 최악의 경우 업무정지를 먹을 가능성이 있다.

"그렇다면 회사는 합의를 제안할 겁니다. 그로써 히라타 씨는 얼마간 위로금을 손에 넣을 수 있지 않을까요?"

벤조가 구붓한 자세로 말했다.

"과연." 마에가키가 눈을 빛냈다. "역시 벤조야."

그러자 벤조가 고개를 갸웃했다. 그는 자신이 그런 호칭으로 불리고 있음을 모른다.

"좋아 좋아 좋아. 이로써 어떻게든 되겠어" 하며 들쑥날쑥한 누런 이를 보인 마에가키와 달리, "아냐… 곰곰이 생각해 보니 그 역시 사정이 좋지 않아"라고 야타베는 떫은 표정으로 말했다.

"어느 쪽이든 들볶임으로 이어질 거야. 그런 성가신 녀석을 회사에서는 내버려 두지 않아. 히라 씨는 영감이야. 여길 쫓겨나면 써 주겠다는 곳을 그리 간단히는 찾을 수 없어. 즉, 규보와 싸우면 안 되는 거야."

"어이, 타베. 그런 식으로 말하면 아무것도 할 수 없잖아."

"뭐, 그야 그런데."

이렇게 이야기가 다시 원점으로 돌아가자 전보다 더 무거운 공기가 방 안에 흘러들었다.

가즈야도 역시 짜증이 났다. 마에가키도 야타베도 그 얼굴에 피로가 배어 있다. 그냥 다 같이 돈을 빌려주지 않을래요, 라고 가즈야가 제안하려던 때였다.

"하는 수 없지. 가즈야, 네가 규보랑 담판을 좀 지어 봐."

"네?"

"그러니까 네가 회사와 얘기를 해라, 이거야."

"저, 무슨 말인지 잘⋯."

"말하자면, 히라 씨가 산재니 뭐니 난리를 치면 규보도 눈에 쌍심지를 켜겠지. 그런 점에서 너라면 그렇게 시끄러워지지는 않을 거야. 왜냐면 너는 사고를 직접 봤고, 병원에도 동행했으니까. 그 인연으로다가 '그런데 히라 씨의 부상에 대한 보상은 어떻게 되었나요'라고 규보에 한 말씀 여쭙는 거야."

"무슨 인연요. 애초에 제가 그런 걸⋯."

"아냐, 할 수 있어." 마에가키가 어깨를 잡았다.

"생각해 보면 타베 말이 맞는지도 몰라. 네가 적임이야. 아니, 너밖에 없어."

"잠깐만요. 내게만 성가신 일을 떠넘기고⋯, 그런 게 어딨어요. 너무해요."

"오해하지 마. 딱히 네게 뒷수습을 하라는 게 아냐. 규보가 어떻게 반응하나 떠보는 것뿐이야."

"내가 나선다고 잘 풀릴 리 없잖아요. 저쪽에선 적당히 흘려 넘길 거라고요."

"그렇지만 잘 풀리면 산재 처리를 해 줄지도 모르고, 벤조 말대로 얼마간 위로금을 우려낼 수 있을지도 몰라." 야타베가 술을 들이켜다 말고 손을 멈췄다.

"아아, 하지만, 히라 씨의 사주를 받은 게 아니라 어디까지나 너는 개인적인 호의에서 물어본 걸로 해라. 히라 씨를 나쁜 놈으로 만들면 안 돼."

뭐야, 이 전개. 어이가 없네.

"그렇다면 가키 씨와 타베 씨도 함께 가요."

"우리 셋이서 가면 규보도 경계할 거야. 이런 건 말야, 너 같은 어린놈이 가서 질문이 좀 있는데요, 하는 식으로 묻는 게 좋아."

그 후에도 가즈야는 열띤 얼굴로 호소했으나, 두 사람은 절대 귓등으로도 듣지 않고 "일단 할 만큼 해 봐"라는 말로 일관했다. 그리고 둘이서 나란히 "슬슬 갈까" 하며 멋대로 가즈야의 방을 나가 버렸다.

가즈야는 어안이 벙벙했다. 너무 심하다. 무슨 어른들이 저런가. 가장 어린 자신에게 골칫거리를 떠넘기고….

"그럼, 저도 이만."

슬며시 나가려고 하는 벤조의 어깨를 잡았다.

"너도 있어."

"……."

"내가 규보와 담판을 지을 때 너도 그 자리에 있으란 말야. 애초에 네가 이상한 훈수를 두는 바람에 일이 이렇게 된 거야.

네 책임이야."

터무니없는 소리를 한다는 자각은 있었으나 자신이 알 바 아니었다. 이렇게 된 이상 이 녀석도 길동무다. 혼자 회사와 교섭하다니 불안해서 견딜 수 없다.

벤조는 한 번 한숨을 내쉬더니, "알겠습니다. 할 만큼 해 보죠" 하고 의외의 대답을 내놓았다.

가즈야가 허를 찔린 듯한 얼굴을 한 탓인지 벤조는 "히라타 씨는 제게도 잘해 주셨거든요"라고 말을 보탰다.

"게다가 저도 사고 순간을 목격했으니 아주 무관하지는 않습니다."

"어라, 너도 봤어?"

"네. 조금 떨어진 곳에서요."

"그럼 혹시 '위험해!'라고 외친 건, 너?"

벤조가 고개를 끄덕였다.

"그건 틀림없이 근무 중에 일어난 사고이므로 작업원에게 보상이 없는 건 이상합니다. 저는 이런 현장의 실태를 자세히 모르지만, 작업원이 참고 넘어가는 게 당연하다고 한다면 그건 잘못되었다고 생각합니다. 히라타 씨는 구제를 받아야 하지 않을까요?"

"그, 그렇지."

"그럼 내일, 점심 휴식 때 즈음 회사에 말하러 가죠. 쉬세요."

벤조가 방을 나갔다. 남겨진 가즈야는 홀로 그 자리에 우두커니 서 있었다.

어느덧 시각은 2시에 접어들어 있었다. 가즈야는 황급히 이불을 깔고서 불을 끄고 누웠다. 조금이라도 자 두어야 한다. 해가 뜨면 다시 가혹한 노동이 시작된다. 그러나 바로는 잠들 수 없었다. 어둠 속에서 내내 생각에 잠겨 있었다.

그때의 그 외침은 벤조였나. 그 녀석, 그렇게 큰 소리도 낼 수 있잖아.

사고 당시, 멀리 있던 벤조는 외쳤다. 가까이에 있던 자신은 목소리조차 낼 수 없었다. 그것이 의미하는 바를 깊이 생각하지 않으려고 했으나 머릿속에서 떨쳐 낼 수 없었다.

이튿날. 오전 일을 마치고 서둘러 점심 도시락을 먹은 뒤 벤조와 함께 현장에 있는 조립식 사무소로 향했다. 이 사무소는 이나도 흥업의 건물이지만 그 한편을 우시쿠보 토목이 빌려 쓰고 있어서 가즈야와 동료 작업원들은 항상 이곳에서 일당을 받는다.

"히라타? 그 할아버지. 상태는 좀 어떠디?"

야나세라는 우시쿠보 토목의 사원이 노트북으로 타자를 치며 말했다. 이 40대 남자는 우시쿠보 토목의 경리로, 가즈야를 비롯한 작업원을 관리하는 입장이기도 했다. 이 남자도 옛날에는 현장에 있었다는 이야기를 들은 적이 있다.

"아직 복귀할 수 있는 상태는 아닌 것 같아요. 다음 주에 또 병원에 가는데 그때 깁스를 푼다는 식으로 말하던데요."

"흐음. 뭐, 나이가 있으니."

지금도 숙소에서 혼자 쉬고 있는 히라타는 오른쪽 어깨와 오른 팔을 깁스로 꽁꽁 싸매고 있었다. 밥도 왼손에 숟가락을 쥐고 먹는 형편으로 '이 꼴로 된장국을 먹어 봤자 맛있지 않아'라고 한탄했다. 그런가 하면 오늘 아침나절에는 '폐를 끼쳐서 미안해'라고 한마디 하기에 가즈야는 '기대 마세요'라고 차갑게 대꾸했다. 자기 일이니 자기가 회사와 얘기하지 싶었던 것이다. 자신의 절반도 살지 않은 젊은이에게 어떻게 이런 일을 부탁할 수 있는가. 히라타는 나쁜 사람은 아니지만 못난 인간이다. 그래서 보험증도 없고, 할아버지가 되어서도 이런 데 있는 것이다.

"그런데, 히라 씨에 대한 보상 말인데요…."

"아무쪼록 몸조리 잘 하시라고 전해 줘. 어서 현장에 복귀했으면 좋겠다고."

그것도 눈도 마주치지 않고, 타닥타닥 키보드에 손가락을 놀리면서 야나세가 가즈야의 말을 가로막고 말했다.

"저기, 산재 처리인가 하는 거, 회사가 해 주는 거 아닌가요?"

"어째서?"

"어째서냐니… 일반적으로는 그렇지 않나요? 저는 자세한 건 잘 모르지만."

"우리는 그런 거 안 해. 이상."

그 태도에는 역시 가즈야도 화가 났다.

"그럼 히라 씨가 스스로 노동성에 찾아가도 좋다는 거네요."

순간, 야나세가 작업하던 손을 멈추고 가즈야를 향해 몸을 틀었다. 그리고 쏘아보는 듯한 시선을 던졌다.

"저기 말야, 원래는 히라타 씨를 쫓아내도 되는 상황인데 이쪽이 이렇게 숙소에 있게 놔둬 주는 거야. 갈 데도 없을 테니까. 그 사람, 주거가 확실하지 않잖아. 즉, 우리의 온정인 셈이지. 게다가 산재라느니 하는 말을 왜 하나? 자네는 히라타 씨부탁으로 이런 소리를 하는 건가?"

"저는 다쳤을 때 함께 있었던 것뿐인데요."

"그럼 히라타 씨 본인을 여기로 데려와. 내가 차근차근 설명해 줄 테니까. 그래도 납득이 안 간다면 노동성이든 어디든 가면 되잖아. 하지만 우린 인정 안 해. 그렇게 되면 재판으로 가게 되는데 그 사람, 그럴 돈 있어? 재판 비용은 자기 부담이야."

"아니, 그게, 딱히 히라 씨가 그러고 싶다고 한 게 아니라요⋯."

"그렇다면 더더욱 할 말은 없네. 자네의 괜한 참견이야. 다시는 이런 소리 하지 마."

가즈야는 두 주먹을 불끈 쥐었다. 이 자식, 빈약한 몸을 해가지고 건방지게. 주먹에는 자신이 없지만 붙게 되면 필시 야나세에게는 지지 않으리라.

지금 여기서 두드려 패 주고 관둬 버릴까. 불현듯 그런 생각을 했다. 딱히 여기서 일하지 않아도 현장 따위는 얼마든지 있다. 자신은 히라타와 달리 스물두 살의 젊은 나이다.

가즈야의 손이 야나세의 멱살로 뻗어 나가려던 순간⋯.

"한 가지, 확인할 게 있는데요."

옆에 서 있던 벤조가 조용히 입을 열었다.

"귀사는 어째서 작업원에게 할증임금을 지급하지 않는 겁니까?"

야나세의 동작이 딱 멈췄다. 벤조의 말투가 이질적이었던 탓인지 주변에 있던 이나도 흥업 놈들도 이쪽으로 시선을 보냈다.

"자네는 누군가?"

"엔도입니다. 지지난 주 금요일부터 이곳에 신세를 지고 있습니다."

"흐음. 그래. 아직 2주라고" 하더니, 야나세가 벤조의 발치로 시선을 옮겨 발끝에서 머리끝까지 혀로 핥듯 쭉 훑어봤다.

"그래, 뭐라고? 할증임금?"

"네. 통상 여덟 시간 이상의 노동에 대해서는 25퍼센트 할증된 임금을 지급하는 것이 원칙인 걸로 아는데, 저는 지금껏 한 번도 받은 적이 없습니다. 다른 작업원분들은 어떤지 잘 모르겠지만."

야나세가 어깨를 들썩이며 웃었다.

"엔도 군은 재미있군. 뭐야, 그 말투. 뭔가를 흉내 내는 건가?"

"질문에 대답해 주시겠습니까?"

벤조의 냉정한 태도가 신경에 거슬린 듯 야나세의 눈빛이 변했다.

"우린 말야, 지금껏 계속 이렇게 해 왔어. 불평하는 녀석도 없었고. 무엇보다 애초에 시급이 1,250엔이니 이런 데치곤 나쁘지 않잖아."

"그건 대답이 아닙니다."

"그럼 좋아. 그만둬도. 납득하지 못한 채 일하는 것도 좀 그렇잖아. 자, 자, 짐 싸 가지고 당장 여기서 나가."

그때, 멀리 떨어진 곳에서 "어이, 규보" 하는 날카로운 목소리가 날아왔다. 그곳을 보니 이나도 흥업의 가네코가 출입문 근처 데스크에 거대한 엉덩이를 걸치고서 이쪽을 노려보고 있었다. 들어왔을 때는 없었으니 가즈야와 벤조 다음에 온 것이리라.

"규보 씨, 아까부터 서로 옥신각신인데, 다툼인가?"

"아니요, 그런 게 아닙니다." 야나세가 쓴웃음을 지으며 말했다. "이제 해결됐습니다."

"잘 들어, 이쪽에까지 피해를 끼치면 용서 못 해. 그리고 야나세, 너 가뜩이나 일손 부족한 거 알면서, 그렇게 간단히 작업원의 모가지를 자르는 걸 보면 보충할 데가 있나 보지?"

"아니, 그게… 모집 공고는 항상 내 두고 있습니다."

"번번이 같은 소리만 지껄이고. 2020년 7월. 이 기한에 못 맞추면 어떡할래. 너, 책임질 수 있어?"

야나세는 얼굴을 일그러뜨렸다.

아리아케 테니스 숲 공원에 대한 시설 개보수 공사는 꽤 늦어지고 있는 실정이었다. 아무리 생각해도 지금 이대로라면 올림픽 개최 전까지 완공할 수 없다. 그래서 가즈야를 비롯한 작업원들이 정시에 일을 끝낼 수 있는 날은 단 하루도 없었던 것이다.

"말해 두는데, 우리에게 오는 압박은 이런 싱거운 것이 아냐. 윗분은 입만 열면 '자지 마, 일해, 강행해'라고 잔소리한다고. 까불고 있어." 가네코가 주위를 위협하듯 혀를 찼다.

"알겠나, 규보? 이쪽은 소의 힘이라도 빌리고 싶을 만큼 궁지에 몰려 있어. 소는 승강이 따위랑 하지 말고 묵묵히 일이나 해. 그리고 인원수 늘려."

"네. 알겠습니다" 하며 야나세가 머리를 조아렸다. 측은함을 자아내는 모습이었다. 자신은 이렇게까지 비굴해질 수 없다고 생각했다.

"자, 휴식은 끝이야. 자네들은 일자리로 돌아가. 지금 이야기는 없었던 걸로 해 줄 테니까."

야나세가 나가라고 턱짓했다.

옆의 벤조를 봤다. 고개를 끄덕이기에 일단 출입문으로 향했다.

가네코 옆을 지날 때 은근슬쩍 쏘아보았다.

"어이, 잠깐만" 소리가 뒤에서 들렸다.

"자식아, 지금 그 눈 뭐야." 가네코가 눈을 부라리며 말했다.

"네? 뭐가요?"

"뭐긴 뭘 뭐야." 느닷없이 손을 뻗어 가즈야의 머리카락을 움켜잡는다.

"너 인마, 지금 나 째려봤지."

"아야, 놔요."

"어쭈. 어린놈이 어디서 건방을 떨어."

가네코가 굵은 팔로 난폭하게 머리를 흔들었다. 아픔보다 분노가 앞섰으나 반격에 나서기에는 망설여졌다. 프로 레슬러 같은 몸집을 한 가네코와 싸워 봤자 승산은 없다.

"어이, 사과해." 가네코가 눈앞에서 윽박질렀다.

"내 눈 보고 사과해."

가즈야는 시선을 돌리고, 이어서 "…죄송해요"라고 못마땅한 투로 말했다.

"이놈이!" 하는 소리와 함께 별안간 가네코의 주먹이 배에 와서 박혔다. 가즈야가 몸을 C자로 꺾자 이번에는 그 등에 팔꿈치가 내리꽂혔다. 순간 맹렬한 고통에 휩싸였다. 제대로 호흡할 수 없고, 신음 소리조차 낼 수 없었다. 가즈야는 살충제를 뒤집어쓴 벌레처럼 바닥을 데굴데굴 굴렀다.

"가네코 씨, 부디 그 정도로 해 주십쇼."

"흥, 소 교육쯤은 제대로 해 둬"

야나세의 말리는 목소리에 가네코는 훈계의 말을 남기고 밖으로 나갔다.

가까스로 고통이 잦아들었을 즈음.

"일어날 수 있겠어요?" 하며 벤조가 가즈야를 안아 세웠다.

"지금은 작업장으로 돌아가죠." 벤조가 출입문을 열었다.

가즈야는 한 발 내딛고는 걸음을 멈춰 뒤를 돌아봤다. 야나세는 아무 일 없었던 듯 컴퓨터를 보고 있었다.

일을 마치고 숙소에 돌아와 그길로 벤조의 방을 찾았다. 가즈야와 벤조 모두 더러워진 작업복 차림 그대로 좁은 방에 마주

앉아 있다.

"그러니까 만약 저쪽이 잡아떼려고 하면 그때는 네가 증인이
되어 줘."

스마트폰을 손에 쥐고 씩씩대며 벤조에게 말했다.

가즈야는 지금 경찰에 전화할 셈이었다. 가네코라는 인간에게
불합리하게 맞은 일을 설명하고 상해 사건으로 고소할 것이다.
오후에는 도무지 일에 집중할 수 없었다. 기계적으로 몸을 움직
이며 머릿속에서는 어떤 식으로 가네코에게 복수할지, 그것만
생각했다. 그러나 떠오른 방법은 전부 유치한 것뿐으로 비록 그
것을 실행에 옮긴다 해도 가슴 깊이 새겨진 굴욕감이 씻길 것
같지 않았다.

결국 경찰에 피해 신고를 해서 가네코에게 사회적 제재를 가
한다는 정당한 수단을 택하기로 했다. 그러려면 맞은 직후 신고
해야 했지만 그러지 않았던 이유는 단순히 경찰에 의지하기 싫
었기 때문이다. 경찰에는 지금까지 수차례 시달려 왔다. 하긴,
그것은 자신이 비행 소년이었던 탓이지만.

"반드시 그 자식에게서 돈을 뜯어낼 거야. 이봐, 벤조, 이런
경우 위자료는 얼마 정도지?"

벤조는 복잡한 얼굴로 팔짱을 낀 채 대답하지 않았다. 뭔가
생각하는 기색이다.

"어이, 듣고 있어?"

"노노무라 씨. 피해 신고를 하는 건 상책이 아니라고 생각합
니다."

순간 벤조가 가즈야를 바라보며 평소처럼 냉정한 말투로 말했다.

"뭐? 어째서."

"신고해 봤자 경찰은 수리해 주지 않을 겁니다. 폭행으로부터 시간이 지났고 이런 공사판에서는 싸움이 드물지 않을 테니 대수롭지 않은 일로 취급될 거라고 생각합니다."

"웃기지 마. 나는 두 대나 맞았다고. 봐 이거."

가즈야는 작업복을 걷어 올려 등을 드러냈다.

"봐, 검게 멍들었잖아. 증거는 확실히 있어."

"하지만 그것만 가지고는 폭행의 흔적치고 약한 것 같아서요."

"그럼 이라도 부러지면 좋았을 거란 말야? 장난해?"

가즈야는 내뱉듯이 말했다. 또 화가 치밀어 올랐다. 눈 깜짝할 사이에 몸속에 가득 찼다.

가즈야는 담배를 꺼내 불을 붙였다. 이곳은 벤조의 방이지만 참을 수 없었다. 벤조가 빈 캔을 잡아 가즈야의 무릎께로 슥 밀었다.

"그런데 노노무라 씨는 경찰 신세를 진 적이 있습니까?"

담뱃불이 담배 밑동에 성큼 다가왔을 즈음 벤조가 그런 질문을 했다.

"훈방조치를 받은 적은 셀 수 없을 만큼 많은데, 그건 왜."

"그럼 더더욱 경찰은 귀를 기울여 주지 않을지도 모릅니다."

반론하고 싶었지만 이에 관해서는 그 말이 맞을지도 모르기에 침묵하지 않을 수 없었다. 어차피 가즈야처럼 비행을 거듭해 온 인간의 신고에 경찰은 제대로 대응해 주지 않는다. 후배가 쇠 파이프에 맞았을 때, 가즈야는 습격당한 사람인데도 경찰로 부터도 그리고 동료들로부터도 거의 가해자처럼 호된 추궁을 받았었다.

하지만 요 몇 년은 나쁜 짓을 전혀 저지르지 않았고, 이번 일만큼은 가즈야에게 잘못이 하나도 없다. 그저 시비가 붙어 일방적으로 폭행당한 것이다.

이래도 울며 겨자 먹기로 참으라니 절대 안 된다.

"불리한 건 알겠어."

가즈야는 담배꽁초를 빈 캔에 떨어뜨리며 말했다.

"그래도 난 지금 경찰에 신고할 거야. 이러는 동안에도 시간은 점점 흘러서 그야말로 때를 놓치는 셈이 될 것 같거든."

가즈야가 스마트폰에 110을 입력하자 그 위로 벤조가 손을 포갰다.

"왜 그래. 할 수 있는 만큼은 할 거야. 너와는 상관없잖아."

그러자 벤조는 두꺼운 안경 속의 눈을 가늘게 뜨고 말했다.

"얼마를 손에 넣으면 체증이 가시겠어요?"

"체증이란 게 뭐야. 어려운 말 쓰지 마."

벤조가 가운뎃손가락으로 안경을 밀어 올렸다.

"돈을 얼마 받으면 노노무라 씨의 기분이 풀리겠어요?"

하고 싶은 말은 산더미처럼 많지만 가즈야는 "100만 엔"이라고만 대답했다. 그러자 벤조는 "그건 현실적이지 않군요"라며 받아들이지 않았다.

"그럼 10만 엔. 이것도 납득은 할 수 없지만, 10만 엔을 받으면 참을게."

"알겠어요. 그럼 제게 사흘 주세요. 10만 엔이 노노무라 씨 손에 넘어가도록 힘쓸게요."

"뭐? 너 무슨 소리야. 어디서 어떻게 돈을 뜯으려고"

"열심히 교섭해 봐야죠"라고 얼버무렸다. 아무래도 구체적인 것을 말할 생각은 없는 모양이다.

"잘은 모르겠지만, 만약 사흘 이내에 10만 엔을 받아 내지 못하면 어떻게 책임질 건데. 네가 내게 10만 엔을 줄 거야?"

"저는 돈을 지불할 수 없고, 책임도 질 수 없습니다. 다만, 가능한 모든 일을 해 볼 작정입니다. 그리고 이것이 지금 할 수 있는 최선입니다. 노노무라 씨도 이왕이면 돈을 손에 넣는 편이 좋지 않겠습니까?"

왠지 모르게 유도심문을 당하는 느낌도 들었지만

"뭐, 그야 그렇지." 가즈야는 수긍하고 말았다. 이 남자를 상대하고 있으면 아무래도 페이스가 흐트러진다.

이리하여 가즈야는 겨누었던 창을 일단 거두는 형태로 자신의 방에 돌아와 속옷과 타월을 통에 넣고 서둘러 진흙탕으로 향했다. 정해진 입욕 시간은 앞으로 15분이면 끝나 버린다. 결코 깔끔을 떠는 성격은 아니지만 이렇게 더러운 몸으로는 잘 수 없다.

하현달이 뜬 밤하늘 아래를 달렸다. 자신의 발소리가 리듬감 있게 타다닥 주변에 울려 퍼졌다.

벤조 녀석은 오늘도 멀리 떨어진 민간 대중탕에 갈까. 문득 그런 생각을 했다. 그 녀석을 따라 나도 한번 그쪽 대중탕에 발걸음을 해 볼까. 하기야 그것은 벤조 녀석이 정말 약속을 지켰을 때의 이야기다.

그로부터 이틀 후, 밤이 되어 벤조가 가즈야의 방에 찾아왔다. 그러고는 난데없이 만 엔권을 열 장 내밀었기에 가즈야는 놀랐다. 무심코 "이 돈, 뭐야?"라고 물었을 정도다.

듣자니 이 돈은 우시쿠보 토목으로부터 쥐어짠 것이라고 한다. 벤조는 우선 야나세를 상대로 가즈야가 경찰에 피해 신고를 접수하려 하고 있음을 알리고 '귀사는 어떻게 대응하실 생각입니까'라고 다그쳤다고 한다. 그리고 우여곡절을 거쳐 결국 '이 돈으로 가즈야를 말려 달라'라고 야나세로부터 부탁을 받았다는 것이다.

요컨대 합의금이다. 우시쿠보 토목으로서는 자기 회사 작업원이 클라이언트인 이나도 흥업의 얼굴에 똥칠을 하게 되면 향후 거래에 지장이 생길지도 모른다. 피해 신고가 수리되고 안 되고를 떠나서 가네코의 이나도 흥업의 심기가 언짢아질 것을 우려했다고 한다.

더 놀랍게도 벤조는 히라타의 위로금으로도 역시 10만 엔을 우시쿠보 토목으로부터 받아내 왔다. 이에 대해서는 얼마 전 벤조가 말한 할증임금 얘기가 영향을 미쳤다고 한다. 벤조는 우시쿠보 토목에 고용된 작업원들로부터 서명을 모을 계획임을, 다시 말해 회사와 정면으로 싸울 작정임을 내비쳤다고 한다. 우시쿠보 토목으로서는 이제껏 고용해 온 작업원들에게 할증임금을 지급하라는 명령이 떨어지면 사태를 걷잡을 수 없다. 수년도 더 전의 과거로 거슬러 올라가게 되면 파산할 가능성마저 있다. 처음에는 벤조의 말을 코웃음을 치며 듣던 야나세였으나 벤조가 진심임을 알고 마지막에는 울상이 되어 '기다려 줘. 서두르지 마'라며 애원한 모양이다.

순간 벤조는 겨누었던 창을 거두는 대신 히라타에 대한 위로금 10만 엔을 요구했다. 야나세는 기꺼이 그 조건을 수락했다고 한다. 어느 쪽이 상책인지는 가즈야라도 알 수 있었다.

사실 가즈야 자신도 할증임금에 대해서는 지식으로 알고 있었으나 현장에 따라서는 주지 않는 곳도 숱하게 경험해 왔으므로 이곳은 그런 곳이구나 하며 저항 없이 받아들였다. 하지만 곰곰이 생각해 보니 우시쿠보 토목 같은 회사는 너무도 위험한 다리를 건너고 있었다. 벤조가 했던 것 같은 협박을 하는 인간이 언제 나타날지는 알 수 없는 것이다.

"결국 지금까지 항의하는 사람이 없었기 때문에 회사도 깊이 생각하지 않았겠죠."

벤조는 덤덤한 얼굴로 말했다.

확실히 이런 공사판에는 불합리한 일이 수두룩하지만 다들 불평만 할 뿐 실제로 행동에 나서지는 않는다. 그럴 지혜도 없고, 무엇보다 귀찮다는 것이 속내이리라. 회사와의 대립은 다들 피하고 싶은 것이다.

그런 점에서 이 남자는 별나다. 그리고 보통내기가 아니다.

솔직히 같은 일을 가즈야가 했더라면 돈이라고는 땡전 한 푼도 받아낼 수 없었으리라. 야나세도 벤조와 맞서면 위험하다는 것을 감지했기 때문에 마지못해 요구를 수락한 것이다.

스무 살의 애송이가 기업을 상대로 싸움을 걸고 승리를 거두어 돌아왔다. 가즈야는 이 남자가 자신보다 연하라는 것이 믿기지 않았다.

"서명을 모으겠다고 한 게 가장 효과가 있었던 것 같습니다. 많은 서명이 모이면 회사에서도 행정기관에서도 무시할 수 없으니까요."

그것만큼은 가즈야도 뼈저리게 잘 알고 있었다. 그로 인해 자신은 고향을 잃었으니까.

"그런데 벤조, 넌 얼마 받았어?"

가즈야가 계속 궁금했던 것을 질문하자 "저는 전혀"라는 지극히 가벼운 대답이 돌아왔다.

"어째서? 네가 싸운 거잖아."

"확실히 교섭은 했지만, 저는 노노무라 씨처럼 맞은 것도 아니고 히라타 씨처럼 다친 것도 아닙니다. 돈을 받을 입장이 못 돼요."

이 남자는 무슨 소리를 하는 것일까.

"굳이 따지자면, 지금까지 잔업한 만큼의 할증임금은 받아도 좋았지만, 저는 이곳에 온 지 아직 얼마 되지 않아서 그리 대단

108

한 금액은 아니었겠죠. 게다가 할증임금 건은 향후 묵인하기로 야나세 씨와 약속을 했거든요."

가즈야는 믿을 수 없었다. 이렇게 착한 사람이 어디 있단 말인가. 자신이라면 빼앗은 돈의 절반은 꼭 가져갈 것이다.

"히라타 씨의 10만 엔은 노노무라 씨가 전해 주십시오. 단, 제가 움직인 건 비밀로 해 주셨으면 합니다."

"어째서?"

"쑥스러워서요. 약속해 주시겠습니까?"

"뭐, 별로 상관은 없는데."

벤조는 미소 짓더니 "그럼 이만" 하며 일어섰다.

그러나 가즈야는 등을 돌린 벤조를 "기다려" 하고 불러 세웠다. 벤조가 문 앞에서 돌아봤다.

니트 모자 밖으로 뻗은 앞머리가 안경에 걸려 있다. 그 두툼한 렌즈 탓에 눈동자가 몹시 작아져 마치 작은 동물 같았다.

"이거 줄게."

가즈야는 손에 쥔 열 장의 만 엔권 속에서 두 장을 뽑아 벤조에게 내밀었다.

"받을 수 없습니다."

"괜찮아. 수고비야."

"10만 엔이 아니면 노노무라 씨는 기분이 풀리지 않을 텐데요."

"그건, 이제 됐어."

사실 가해자인 가네코에게는 아무 질책도 없는 것이 분하지만, 이처럼 벤조는 약속을 지켜 줬으므로 자신도 이 건에 관해서는 털어 버릴 수밖에 없다. 여기서 또 자신이 움직이면 벤조의 체면을 깎는 셈이 된다.

"그럼 감사히 받겠습니다"

몇 번의 실랑이 끝에 벤조는 돈을 받았고, 지폐를 깔끔하게 두 번 접어서 바지 주머니에 넣었다.

"이봐, 벤조. 너, 왜 이런 데서 일하는 거지? 너 같은 놈은 더 좋은 데 들어갈 수 있을 텐데."

벤조가 수염이 덥수룩한 턱을 쓰다듬었다.

"이런 몸 쓰는 일을 해 보고 싶었거든요."

"그렇다지만 규보는 그중에서도 아주 최악이라고. 나나 히라씨처럼 집 없는 놈은 숙식이 제공되어 만족이지만."

"그렇다면 저도 마찬가지입니다."

"뭐야, 너도 주거가 불확실해?"

"최근에 본가에서 쫓겨났거든요."

듣자니 지금까지 벤조는 대학에 진학하기 위해 재수 생활을 했다고 한다. 그러나 올해도 입시에 실패한 모양이고, 아무리 부모라도 아들의 삼수를 허락하지 않았다고 한다. 대학에 가고 싶으면 스스로 생활비를 벌어서 공부하라며 집에서 내쳤다고. 거짓말을 하는 것 같지는 않으나 전부 믿을 수도 없었다. 이 남자의 실체는 종잡을 수가 없다.

"그럼, 쉬세요."

벤조가 방을 떠난 뒤, 가즈야는 이불에 벌러덩 드러누워 여덟 장의 만 엔권을 형광등에 비춰 봤다. 숨어 있던 후쿠자와 유키치(에도·메이지 시대의 계몽 사상가)가 중앙의 둥근 테두리 안에서 모습을 드러냈다. 아무래도 위폐는 아닌 듯하다.

한동안 그 위인의 얼굴을 멍하니 바라봤다. '학문의 권장'이었던가. 사람은 하늘 위에 어쩌고 하는 격언은 가즈야도 들어 본 적이 있다.(후쿠자와 유키치의 저서 『학문의 권장』 첫 문장. '하늘은 사람 위에 사람을 만들지 않았고 사람 아래에 사람을 만들지도 않았다.') 분명 사람은 모두 평등하네 어쩌네 하는 의미 아니었던가.

그렇다면 후쿠자와 유키치라는 인간은 상당히 어리숙한 아저씨였으리라. 공부는 잘해도 사회라는 것을 모르기 때문이다.

자신의 경우 학식은 없으나 적어도 이 사실은 안다. 인간은 전혀 평등하지 않다. 두뇌 면에서도 그렇고, 출신 면에서도 그렇다. 인생은 너무도 불공평하게 설계되어 있다.

가즈야는 후쿠자와 유키치의 얼굴 부분을 손가락으로 휘어 봤다. 울면서 웃는 듯한 익살스러운 표정이 만들어졌다. 무심코 씩 웃고 만다. 한동안 그러면서 놀다가, 이번에는 혼자 뭐 하는 짓인가 싶어 웃음이 터졌다. 불로소득을 얻었기 때문일까, 어쩐지 유쾌한 기분이었다.

여덟 장의 만 엔권을 허공에 던져 봤다. 여덟 명의 후쿠자와 유키치가 팔랑팔랑 떨어져 내렸다. 이 지폐에 그려진 남자처럼 역사에 이름을 남기는 자도 있는가 하면, 가즈야처럼 사회의 말단에서 사는 평범한 인간도 있다. 그리고 벤조 같은 놈도 있다.

그 녀석은 어쩌면 대단한 남자가 될지도 모른다. 왠지 모르게 그런 느낌이 들었다.

이튿날, 일을 마치고 돌아와 방에서 담배를 한 대 피우는데 벤조가 찾아왔다.

"조금 전 히라타 씨에게 고맙다는 말을 들었습니다. 노노무라 씨, 말해 버렸군요."

오자마자 자리에 선 채 벤조가 말했다.

"아, 그거? 역시 내 공으로 돌리기도 뭐해서 말야. 그래서 히라 씨에게는 솔직하게 알린 거야."

한쪽 무릎을 세운 가즈야가 담배 연기를 뿜으며 말하자 벤조는 코로 한숨을 내쉬었다.

"뭐야, 그런 일로 화난 거야? 약속은 했지만, 그 정도는 딱히 상관없잖아."

"혹시 다른 분께도 말했습니까?"

"말 안 했어. 진짜야."

"현명합니다. 잘못하면 너도나도 몰려올지 모르고, 그러면 수습할 수 없습니다."

잠시 상상해 봤다. 확실히 그렇게 되면 일이 성가셔질 것 같았다.

"그럼 히라 씨에게도 말해 둬야겠군."

"히라타 씨에게는 똑같이 말해 두었습니다. 노노무라 씨 쪽에서도 아무쪼록 입 밖에 내지 않도록 거듭 쐐기를 박아 주십시오. 그럼 이만."

"이봐 이봐. 모처럼 왔으니까 좀 앉아."

가즈야는 자신의 옆 바닥을 탕탕 쳤다.

"무슨 용건이라도 있습니까?"

"그런 건 아니지만, 뭐 어때. 잠깐 얘기나 하자고."

벤조는 잠시 고민하는 낌새를 보이다가 가즈야 옆에 앉았다.

"너, 정말 별나구나. 그런 말 자주 듣지?"

"가끔요."

"어쩐지 로봇 같아."

벤조는 잠시 침묵하더니 다소 수줍어하며 말했다.

"의외로 덜렁이에요"

"덜렁이? 네가?"

"네."

"예를 들면?"

다시 침묵이 잠시 흐른 뒤,

"이미 비가 그쳤는데 혼자만 계속 우산을 쓰고 있다든지."

가즈야는 웃음을 터뜨렸다. 왠지 모르게 그 모습이 상상이 갔기 때문이다.

"그러고 보니 너, 왜 우리랑 같은 목욕탕에 안 다녀? 맨날 멀리까지 가잖아."

벤조는 숙소 옆에 마련된 진흙탕이 아니라 그곳으로부터 도보로 30분쯤 떨어진 구역에 있는 민간 대중탕을 이용한다.

"팔다리 뻗고 느긋하게 몸을 담그고 싶어서요. 여기 목욕탕은 늘 사람이 많고, 위생적으로도 좀 그래요."

"그런 걸 신경 쓰는 놈이 이런 데서 일하면 쓰나."

어깨를 쿡 찔렀다.

"그럼 오늘 밤에도 갈 거야?"

"그럴 생각입니다."

"흐음. 고생이다."

"그럼 전 슬슬 가 보겠습니다."라며 벤조가 일어났다.

"거참 기다리래도" 하며 바지를 붙들었다.

"아직도 뭔가 할 말이 있습니까?"

"그런 건 아니지만, 내가 이 담배를 다 피울 때까지 같이 있어. 되게 부산한 녀석이네."

이거 원. 나는 너와 친해지고 싶단 말이다. 조금쯤은 다가와 줘도 좋잖아.

"그래서, 목욕하고 돌아오면 시험공부인가?"

"그렇죠."

"몇 시 정도까지 하는데?"

"날에 따라 다른데, 대개 새벽 1시 정도까지요."

"뭐야. 의외로 빨리 끝내잖아. 동틀 때까지 하는 줄 알았네."

"수면을 제대로 취하지 않으면 이 일은 할 수 없잖아요. 몸이 못 버텨요."

"뭐, 그건 그래." 당장에라도 재가 떨어질 것 같아 신중하게 손끝을 재떨이로 가져갔다.

"이봐, 공부 재밌어?"

"저는 좋아합니다. 어떤 일이든 배운다는 건 즐거운 법이죠."

"흐음. 그럼 나도 공부해 볼까."

왠지 모르게 입 밖에 내어 말해 봤다. 정말로 그냥 말해 봤을 뿐이다.

"무슨 말 좀 해. 나 같은 게 공부해 봤자 의미 없다고 생각하는 거야?"

"그런 생각은 안 합니다. 의미 없는 공부란 없으니까요."

"그럼 나라도 노력하면 대학 같은 데 갈 수 있을까?"

"노노무라 씨가 고등학교를 나오지 않았다면 그 전에 고졸 검정고시를 통과해야겠죠."

"그런 구체적인 건 묻지 않았거든."

손끝에 열기가 느껴졌다. 금방이라도 필터에 불씨가 닿을 것 같았다. 그러나 끄지는 않았다. 이것을 꺼 버리면 벤조도 가 버린다.

"너 말야, 학문의 권장이라고 알아?"

"후쿠자와 유키치요?"

"인간은 모두 평등한 거지?"

"큰 틀에서 말하자면요. 엄밀하게는 조금 의미가 다른 것 같지만."

"그래?"

"네."

"흐음." 짧아진 담배를 빨아들였다.

"벤조. 넌 사람이 평등하다고 생각해?"

"전혀 아닙니다." 바로 대답이 돌아왔다.

"인생은 불가해하고 불합리한 겁니다. 그것이 운명이라는 말로 다 설명되어 버린다면 너무도 잔혹합니다."

느닷없이 그런 말을 해서 놀랐다. 가즈야는 연기를 내뿜으며 말똥말똥 벤조의 얼굴을 쳐다봤다.

"노노무라 씨, 불이 꺼졌어요."

그 말에 담배를 보니 확실히 불씨가 꺼져 있었다.

"그럼 전 나가야 돼서 이만."

벤조가 일어나 방을 떠났다. 거참. 한없이 쌀쌀맞은 남자다.

그로부터 5분 후, 센카와를 비롯한 동료들이 방에 찾아왔다. "가자"라며 목욕을 채근한다.

가즈야는 잠시 생각하다가,

"저기, 나, 오늘은 목욕 됐어요."

"뭐?"

"그게, 이따가 사람을 만나기로 약속했거든요."

"설마 여자야?" 그들이 미심쩍게 째려봤다.

"그럴 리 없잖아요. 그러니 상관 말고 가세요."

모두가 사라졌을 때를 가늠하여 벤조의 방으로 향했다. 그러나 문은 잠긴 채였고 벤조는 부재중이었다. 이미 대중탕으로 출발한 모양이다.

가즈야는 밖으로 나가 밤길을 달렸다. 오늘밤은 벤조와 함께 목욕하기로 마음먹었다. 모두에게 솔직히 말하지 않는 이유는 벤조와의 사이를 추궁당하고 싶지 않기 때문이다. 그리고 왠지 모르게 그 녀석과의 관계는 비밀로 해 두고 싶었다.

달리기를 몇 분, 어둠 속에서 벤조의 모습을 발견했다.

뒤따라 잡자 벤조는 멈춰 서서 "뭡니까?"라고 경계 어린 표정으로 말했다.

"오늘 밤은 같이 목욕해 주마."

"……."

"왜 그래?"

"죄송합니다. 미안하지만, 전 목욕은 혼자 하고 싶습니다."

순간 불평이 튀어나오려 했지만 꾹 삼키고 대신에 "그래?"라고 말했다.

"알았어. 그럼 다녀와."

몸을 돌리고, 가즈야는 갔던 길을 되돌아왔다.

희미한 달빛 아래, 벤조에 대해서 생각했다. 그 녀석이 싫다면 어쩔 수 없지. 이상하게 그렇게 생각되었고, 납득이 갔다.

분명 그 녀석 안에는 타인이 들어갈 수 없는 영역이라는 것이 있으리라. 벤조만큼은 아니더라도 그것은 누구에게나 있고, 자신에게도 있다. 그래도 언젠가는 그 안을 조금은 내어 주면 좋으련만.

6

그 후 가즈야는 무의식적으로 벤조를 관찰하게 되었다. 벤조는 여전히 말수가 적어 먼저 말을 걸어 온 적은 한 번도 없으나, 가즈야가 말을 걸면 이따금 하얀 이를 보이며 웃게 되었다. 그처럼 벤조의 뺨에 미소가 드리우는 순간을 가즈야는 단 한 번도 놓치지 않았다. 이상한 이야기지만 벤조의 웃는 얼굴을 보면 '아아, 이 녀석도 나와 같은 인간이구나' 하고 안심할 수 있었다.

벤조는 일하지 않는 시간에는 대개 방에 틀어박혀 있었다. 몇 번인가 용건도 없이 들여다본 적이 있는데 '공부하고 싶은데요'라며 가즈야를 방해꾼 취급했다. 참고로 간혹 주어지는 휴일에는 어떤가 하면, 벤조는 이른 아침부터 외출하여 밤늦게까지 돌아오지 않는다. 본인은 패밀리 레스토랑에 눌러앉아 공부한다고 하지만 진실은 알 수 없다. 벤조가 하는 말을 의심하는 건 아니지만 전부 엉터리인 것처럼도 들린다. 한번은 히라타가 벤조에게 밥을 먹으러 가자고 한 모양인데 벤조는 돈을 쓰고 싶지 않다는 이유로 거절했단다. 히라타가 사겠다고 해도 거부했다는데, 그렇다면 돈이 이유가 아닌 셈이 된다. '사례를 하고 싶었건만.' 히라타는 서운한 듯 그렇게 투덜거렸다.

한편, 그 히라타로 말할 것 같으면 사고로부터 2주가 지났을 무렵 일에 복귀하게 되었다. 아직 완치는 안 된 모양이지만 오른 어깨에 극단적인 부하만 주지 않으면 일은 할 수 있는 듯하다.

그런 이유로, 이날은 일이 끝나고 긴시초에 나가 싸구려 선술집에서 히라타의 복귀를 축하하게 되었다. 히라타를 비롯하여 마에가키, 야타베, 센카와, 가즈야가 참여하여 멤버는 평소 때의 구성이다. 벤조는 이곳에 없다. 가즈야는 사건의 전말을 동료들에게 이야기하지 않은 것이다. 벤조에게서 비밀로 해 달라는 부탁이 있었고, 가즈야도 말할 생각은 없었다. 그들이 알면 본인들도 회사로부터 돈을 뜯을 수 있겠거니 생각할지도 모른다. 그렇게 되면 일이 귀찮아진다.

"히라 씨의 인생에 앞으로는 좋은 일이 없을 거야. 그렇지 않으면 용서 못 해."

한쪽 무릎을 세우고 앉은 마에가키가 말했다. 그가 이 소리를 한 게 벌써 몇 번째일까.

"당연하죠. 조만간 교통사고라도 당할걸요." 장아찌에 젓가락을 뻗은 센카와가 농담처럼 동조했다.

"그런데 말야, 구원의 신이란 게 정말 있구나. 이런 행운은 좀처럼 없지."

야타베도 술을 자작하며 말했다. 얼굴이 삶은 문어처럼 빨갛다. 술은 무제한으로 했기에 이 기회를 놓칠세라 그는 들이붓듯 마시고 있었다.

사실 히라타가 손에 쥔 돈은 그의 취미인 경륜에서 한탕 잡은 것으로 되어 있었다. 물론 히라타 본인은 진짜 경위를 알지만 다른 동료에게는 절대 말하지 않도록 가즈야 쪽에서도 입막음을 해 놓았다.

"히라 씨, 진짜 살았구먼."

"암, 살았지, 살았어." 히라타가 싱글벙글하며 말했다.

"너희에게 폐를 끼치지 않을 수 있었고 말야. 돈 얘기를 꺼내서 미안했어."

"뭘, 서로 도와야지. 힘들 땐 피차일반이야."

마에가키의 발언에 가즈야는 코웃음을 쳤다. 돈 같은 건 빌려
줄 마음이 없었던 주제에 잘도 말한다. 야타베와 센카와도 냉소
를 띤 채였다.

"그나저나, 히라 씨는 어느 레이스에서 딴 거예요?"

센카와가 지나는 말로 그렇게 질문한 순간 히라타의 얼굴이
삽시간에 굳었다. "으음, 그게 말이지. 다카마쓰 노미야 기념 배
(매년 5월 말에서 6월 사이에 4일간 개최되는 경륜 경기)야."

"네? 무슨 소리예요. 그건 다음 달이잖아요."

"어, 아, 그랬던가? 으음, 뭐였더라…"

이봐 이봐. 잘 좀 해. 가즈야는 얼굴을 찌푸렸다.

"아, 그래, 하코다테의 스타 라이트 크라운(2018년 4월 26일
부터 4월 29일까지 개최된 경륜 경기)이야."

"흐음." 센카와는 미심쩍은 시선을 던졌다.

"그럼 그때의 순위를 알려 줘요."

"…그런 건 기억 안 나."

"왜요. 본인이 이긴 레이스인데."

"선수 이름을 말해도 넌 모르잖아. 넌 경마 전문이었지?"

"조금은 알아요. 나, 가끔 차권(경륜 따위에서 우승이 예상되
는 것에 돈을 걸고 사는 표)도 사는걸요."

이쯤 되자 마에가키와 야타베도 히라타에게 미심쩍은 시선을
던졌다.

히라타가 도움을 구하듯 가즈야를 바라봤다.

"화장실 갔다 올게요."

가즈야는 절대 말하면 안 된다고 눈으로 위협하고 자리에서 일어났다.

정말이지 히라타는 한없이 덜 떨어진 영감이다. 왜 미리 둘러 댈 완벽한 거짓말을 준비해 두지 않았을까?

화장실에서 폭포처럼 방뇨하며 벤조에 대해 생각했다. 지금도 방에서 어려운 책이나 읽고 있을까. 그러고 보니 그 녀석, 술은 좀 마시려나. 언젠가 벤조가 잔뜩 취한 모습을 보고 싶다. 요즘 들어 가즈야는 벤조가 신경 쓰여서 견딜 수 없다.

볼일을 보고 객실로 돌아가자 히라타를 제외한 전원의 싸늘한 시선이 가즈야에게 쏠렸다. 히라타는 겸연쩍은 듯 고개를 수그린 채다.

"왜 그래요?"

"가즈야. 너, 우리에게 숨기는 거 없어?"

마에가키의 말에 가즈야는 히라타를 노려봤다. 아하, 이 영감, 다 불었구나.

"딱히 숨긴 건 아니에요." 가즈야는 평정을 가장하며 자리에 앉았다. "사실을 말하기도 귀찮아서 그랬어요."

"그런 문제가 아니잖아."

"잠깐만요. 왜 내가 혼나야 하는데요."

"딱히 혼내는 건 아냐"

"그런데 말야, 너 어떻게 규보를 몰아붙인 거야? 대단하다 싶어서. 전부 너 혼자 한 거지?"

"그래, 나도 그 애길 듣고 싶어."

야타베도 상체를 들이밀었다.

"가즈야의 무용담을 말야."

과연, 히어로는 벤조가 아닌 자신으로 되어 있나. 히라타가 면목이 없는 듯 이쪽에 손바닥을 들어 보였다. 가즈야는 한숨을 쉬었다. 하는 수 없이 가즈야는 사건의 전말을 툭 까놓고 이야기했다. 물론 벤조에 대한 건 숨기고.

세 사람이 '대단해, 대단해' 하며 치켜세우기에, 술기운도 돌았겠다, 가즈야는 신바람이 나서 무심코 자신도 10만 엔의 돈을 손에 넣었음을 이야기해 버렸다.

"두 방에 10만 엔이라. 그만큼 받을 수 있다면 나, 가네코의 샌드백이 되어도 상관없어."

마에가키가 농담인지 진담인지 알 수 없는 어조로 말했다.

"가키 씨, 그런 얘기가 아니라고요"라며 가즈야는 웃었다.

"아니, 그나저나 가즈야, 너 제법이로구나. 설마 진짜로 네가 규보에게서 돈을 뜯어 올 줄은 몰랐어."

"딱히 뜯은 건 아니죠. 원래 받아야 할 것을 받았을 뿐이에요. 뭐, 당연한 권리를 주장했다고 할까."

"이 녀석 뭐야. 하는 말도 왠지 멋있잖아."

무심결에 벤조 같은 말을 하고 말았다. 이런 식으로 이야기하다 보니 정말 자신의 공적처럼 느껴지기 시작하니 이상한 노릇이다.

"어차피 규보 따위는 영세하니까요. 간단하죠."

진실을 아는 히라타가 이곳에 없었다면 더 멋대로 떠벌렸을지도 모른다. 이제 머리에 쥐가 나려고 했다. 오늘 밤은 평소의 두 배는 마셨다.

이때 야타베가 물을 빼러 가자면서 마에가키와 센카와를 데리고 화장실로 향했다.

"굳이 세 명이나 줄줄이 싸러 갈 건 없잖아."

히라타가 코웃음 치며 말하고 담배에 불을 붙였다. 가즈야도 그를 따라했다. 히라타는 여느 때처럼 앞니 하나가 빠진 자리에 담배를 끼워 넣어 손을 쓰지 않고 피웠다. 편리해서 의치를 해넣지 않는 것일까.

"이봐, 가즈야. 엔도 군에게 어떻게든 사례할 수 없을까?"

코로 연기를 내뿜으며 히라타가 말했다.

"밥을 먹자고 해도 거절해 버리니, 원."

"나는 그 녀석에게 2만 엔 줬어요."

가즈야는 손가락 두 개를 세웠다.

"그래?" 히라타가 눈을 동그랗게 뜨고 말했다.

"그럼 나도 돈을 줘야겠군."

"뭘요, 이제 됐잖아요. 시간도 지나 버렸고. 게다가 그 녀석, 왠지 모르게 히라 씨 돈은 받지 않을 것 같거든요."

"아니 그래도, 뭔가 사례는 해야지."

"히라 씨는 의외로 고지식하네요."

"뭐가 의외라는 거야. 난 옛날부터 의리를 중시해 왔다고."

"그럼 그 녀석이 곤란할 때 도와주면 되잖아요. 그럴 때가 있을지는 모르겠지만."

"그 소리도 했어. 내가 할 수 있는 거면 뭐든 하겠다, 사양 말고 말해 달라, 라고."

"하지만 히라 씨에게 할 부탁 같은 건 없다고 했겠죠."

가즈야가 웃자 "아니"라고 히라타는 말했다.

"개인이 하는 심부름센터 같은 거 아느냐고 묻더라."

"심부름센터요?"

"무엇을 시키고 싶은 거냐, 그런 거라면 내가 그 심부름꾼이 되어 주겠다, 라고 했는데 얼렁뚱땅 둘러대더군. 나로는 역부족 인가 생각했지만, 그리 어려운 부탁은 아닌가 봐. 누구든 할 수 있다는 거야."

"누구든 할 수 있지만 히라 씨는 못하는 일, 잔뜩 있죠."

놀리는 투로 말했으나 히라타는 호응해 주지 않았다.

"그래서, 누군가 소개했어요?"

"아니. 그런 지인 없어"라고 히라타가 고개를 가로저었다.

"하지만 윈즈 부근을 배회하는 인간에게 용돈을 좀 주면 뭐든 해 주지 않겠느냐고는 했지."

윈즈라는 것은 고라쿠엔에 있는 장외발매소를 말하는 것이리라. 예전에 경마꾼인 센카와를 따라서 가 본 적이 있다. 참고로 가즈야는 경마도 경륜도 파친코도 하지 않는다. 몇 번쯤 해 본 적은 있으나 한 번도 이기지 못했다.

그나저나 벤조의 부탁이라. 뭘까. 조금 궁금하다.

이윽고 세 사람이 돌아왔고 다시 술판이 시작되었다. 일에 대한 불만을 안주 삼아 술을 물처럼 마셨다. 가즈야도 익숙지 않은 사케에 입을 대 봤다. 처음 맛본 거지만 나쁘지 않았다.

마침내 점원이 계산서를 가지고 왔다. 이미 제한 시간 3시간이 훌쩍 지나 있었다. 가까이 있던 센카와가 계산서를 받는가 싶더니 어쩐지 쪽지를 돌리듯이 그것을 가즈야에게 넘겼다. 시선을 떨궈 보니 요금은 만 8천 900엔이었다. 히라타를 빼고 넷이서 나누면 1인당 5천 엔이 조금 안 된다. 이만큼 마시고 이금액이라면 불만은 없다.

"가즈야 씨, 잘 먹었습니다."

센카와가 고개를 숙였고, 마에가키와 야타베도 그 뒤를 이었다.

"이봐, 이봐요들."

가즈야는 너스레를 떨었지만 세 사람은 히죽히죽 웃을 뿐 지갑을 꺼내려고 하지 않았다.

"에이. 진짜 봐주세요."

"그야, 네가 지금 가장 부자잖아"

"부자일 리 없잖아요."

"넌 트럼프 성적도 좋으니까. 가끔 우리에게 한턱내도 돼지 않아."

"가키 씨까지. 이러지 말아요."

너희가 한 번이라도 내게 한턱낸 적 있어? 무엇보다 나는 이 중에서 제일 어리다고.

두 사람과 달리 야타베는 가즈야를 지그시 응시했다.

"가즈야, 하나 서운한 게 있는데, 네가 손에 넣은 돈이라는 거, 우리에게 배분을 하는 것이 좋지 않았을까?"

"네?"

"됐고, 잘 들어. 네게 교섭을 맡긴 건 우리야. 즉, 우린 팀이라는 거지. 그런데도 너만 재미를 본다는 건 좀 아니지 않나?"

"무슨 소릴 하는 거예요. 난 가네코에게 맞은 만큼 위자료를 받은 거라고요."

"그야 그렇지. 하지만 히라 씨의 위로금은 우리 모두의 잔업비를 빌미로 규보를 협박해서 받은 거잖아? 그리고 너는 이 빌미를 다시는 이용하지 않겠다고 멋대로 규보와 약속해 버렸어. 이건 좀 그렇다고 난 생각하거든."

마에가키와 센카와가 연신 고개를 끄덕였다.

가즈야는 아연실색하여 셋의 얼굴을 바라다봤다. 이놈들은 진심으로 이런 소리를 하는 것일까. 조폭이라 해도 잡지 않을 트집이다.

"어어, 잠깐 잠깐. 오늘 밤은 내가 낼게." 히라타가 달래듯이 끼어들었다.

"모두에게는 늘 신세를 지고 있으니까."

"그건 아니지. 오늘은 히라 씨의 복귀 축하 모임인걸."

"그럼 다 같이 내는 게 상식 아닌가요?"

"거참, 가즈야. 우린 원래 네게서 받아야 할 것을 받지 못했대도. 그러니까 여기 술값은 네가 부담하고, 그걸로 통치자고."

화가 나다 못해 어이가 없었다. 이 남자들이 하고많은 조건 나쁜 현장 중에서도 말단인 우시쿠보 토목에서 일하는 이유를 알 것 같았다. 저열한 것에도 한도가 있다.

가즈야는 그들과 같은 입장에 있는 자신이 진정으로 한심해 졌다. 이놈들과 같은 부류라는 것이 창피해서 견딜 수 없었다.

가즈야는 지갑에서 만 엔권을 두 장 뽑아 테이블에 내리치듯 놓았다. 그러고는 그대로 아무 말 없이 가게를 나왔다. 거리에는 많은 취객이 있었고 모두 역을 향해 흘러갔다. 조금 걸었을 즈음 대학생인 듯한 남자와 스쳐 지나며 가볍게 어깨를 부딪쳤다. 서로 돌아보았고 날카로운 시선이 포개졌다. 그러나 상대는 가즈야의 생김새를 보고 눈을 피했다. 가즈야는 땅바닥에 침을 뱉고 큰 걸음으로 걷기 시작했다.

얼마 안 있어 "어이, 가즈야" 하는 목소리가 등을 때렸다. 돌아보니 어둠 속에 뒤뚱뒤뚱 종종걸음을 치는 히라타의 모습이 있었다.

"미안. 기분 상했지?" 숨을 헐떡이고 있다.

"뭐, 히라 씨 탓이 아닌걸요."

"그 녀석들도 술이 과해서 장난을 쳤을 뿐이야. 용서해 줘."

"됐어요. 난 이제 그 사람들과는 어울리지 않을 거예요."

"그런 말 마. 동료잖아."

"그렇게 여겼는데, 방금 아니란 걸 깨달았어요. 그놈들, 정말 쓰레기예요."

"자자, 이걸로 기분 풀어."

히라타가 가즈야의 손에 구깃구깃한 만 엔 지폐를 두 장 쥐여 줬다.

"필요 없어요."

"괜찮다니까. 받아 둬."

코웃음을 쳤다. "히라 씨, 그러면 자기 돈으로 복귀 축하를 한 셈이 돼요."

"아냐. 아까는 네가 산 거야. 이건 가즈야가 나를 위해 이것저것 해 준 보답이고."

이것저것 해 준 사람은 자신이 아니다. 벤조다.

"히라 씨, 또 돈 떨어질걸요."

"걱정할 필요 없어. 아직 조금 남았고, 오늘 일도 복귀했으니까. 이 돈으로 여자라도 사."

그 말을 남기고, 히라타는 다시 가게 쪽으로 종종걸음을 쳐 돌아갔다. 그 작은 등이 보이지 않을 때까지 가즈야는 우두커니 서서 히라타를 지켜봤다.

모처럼 시내에 나왔으니 정말 윤락가에 가기로 했다. 이대로는 기분이 나빠서 잠이 올 것 같지 않다.

난잡한 네온 빛을 발하는 거리를 걸어 안면이 있는 호객꾼을 찾았다.

"오늘은 혼자십니까? 웬일이세요."

호객꾼이 싹싹하게 말했다. 나와 같은 세대의 금발 남자로 늘 저자세를 취한다. 그러지 않으면 이런 유의 장사를 할 수 없는 것이리라.

기다리기도 싫어서 바로 데리고 놀 수 있는 아이로 요청했다.

"지금 당장이라면… 이 아이는 어떠십니까?"

남자가 아이패드 화면을 보여 줬다. 선정적인 포즈를 취한 갈색 머리의 여자애가 띄워져 있었다. 나이는 24세, 얼굴도 스타일도 나쁘지 않다. 하기야 이건 스티커 사진 같은 것이므로 잔뜩 보정이 들어가 있다. 따라서 결국 운에 맡기는 수밖에 없다.

가즈야가 수락하고 선금을 내자 남자는 명함 사이즈의 카드를 건네며 근처 호텔에 먼저 들어가 있으라고 일러 줬다.

"그럼 마음껏 즐기고 오십쇼."

호객꾼과 헤어졌다.

거의 이런 용도로밖에 이용되지 않을 날림으로 지어진 호텔에 발을 들여놓았다. 평일 밤인데도 대합실은 남자로 넘쳐 났다. 다들 잡지를 읽거나 스마트폰을 하며 시간을 때우고 있었다. 이런 광경을 볼 때마다 가즈야는 남자의 서글픈 본능을 실감하고 만다.

호객꾼이 준 카드를 접수처 아주머니에게 제시했다. 이것이 있으면 방을 우선적으로 안내받을 수 있다.

아주머니는 눈을 마주치지 않고 "701호실" 하며 키를 내밀었다. 그것을 가지고 엘리베이터에 올라탔다. 키로 문을 따고 방에 들어가 카드에 적힌 번호로 전화했다. 방금 전 만난 호객꾼이 받았다. 간단히 방 호수를 알려 주고 전화를 끊었다.

침대에 걸터앉아 TV를 켜고 담배를 입에 물었다. 버라이어티 프로그램이 방송되고 있다. 미남 배우와 인기 연예인이 카드 게임으로 대결 중인데 치열한 전개가 펼쳐지고 있었다. 룰을 몰랐으나 자신도 모르게 몰입하고 말았다. 숙소에는 TV가 없기에 가끔씩 보면 신선한 기분을 맛볼 수 있다.

10분 정도 있으니 노크 소리가 났다. 담배를 비벼 끄고 일어나 문을 열자 "히나노입니다" 하며 여자가 생글생글 미소를 띠고 들어왔다. 그 외모에 가즈야는 속으로 쓴웃음을 지었다. 사기도 정도껏이지. 화면으로 본 여자와 동일 인물임을 누가 믿어. 게다가 절대 스물네 살이 아니다.

"기다리게 해서 미안해요."

딱 봐도 가즈야가 연하다.

"오빠는 퇴근길이구나. 고생했어요."

작업복 차림의 가즈야에게 히나노는 스스럼없이 몸을 자연스럽게 만졌다. 그것만으로도 사타구니가 불끈하고 팽창했다.

"먼저 샤워할래요?"

"그럼 먼저 할게."

"자, 그렇다면 이거."

칫솔과 이소진(일본의 구강청결제)이 든 컵을 건넸다.

욕실에서 옷을 벗고 알몸이 되어 뜨거운 물로 샤워를 했다. 목덜미를 손으로 북북 문지르니 탁한 물이 흘러내렸다. 오늘 하루도 모래 먼지와 분진에 싸여 일했기 때문이다.

이를 꼼꼼히 닦고 이소진으로 가글을 했다. 뭐라 형언할 수 없는 쓴맛이 입안에 퍼지고 독특한 냄새가 코로 빠져나갔다.

샤워기를 끄고 욕실에서 나왔다. 히나노는 문 앞에서 기다리고 있지 않았다. 보통은 타월을 손에 들고 기다리는데. 서비스 나쁜 여자가 걸렸는지도 모른다.

히나노는 침대에 걸터앉아 상체를 기울인 채 TV를 응시하고 있었다. 뉴스를 보는 듯했다.

가즈야가 부르자 히나노는 화들짝 놀라 "미안 미안. 몰랐어요"라며 황급히 일어섰다.

"뭐 보고 있어?"

"그게, 그 탈옥범 녀석. 현상금이 3백만 엔으로 올랐대요. 장난 아니죠?"

"아아, 그거."

TV로 눈길을 줬다. '탈옥범. 여전히 그 행방이 묘연.' 화면 우측 상단에 그런 자막이 떠 있고, 중앙에서는 아나운서가 설명조로 무언가 지껄이고 있다.

"3백이라고요, 3백." 히나노가 흥분한 기색으로 말했다.

아나운서는 '공적 현상금 제도'라는 것에 대하여 설명하고 있었다. 일명 '수사 특별 보장금 제도'라는 모양이다. 과거 살인 사건에 현상금을 걸어 정보를 수집한 결과 무사히 범인이 확보되었기에 이를 계기로 정식 도입되었다고 한다.

그 액수가 3백만 엔으로 올랐다는 것 같다. 하기야 전에는 얼마였는지 가즈야는 모르지만.

"이 탈옥범, 손님으로 안 오려나. 와 주면 신고할 텐데."

"그 전에 살해당할지도 모르지."

"괜찮아요. 바로 녹초로 만들 거니까. 그런 다음 몰래 신고해야지."

농담조로 그런 소리를 하기에 그만 웃고 말았다.

"그럼, 나도 들어갔다 올게요. 잠깐만 기다려요"

이윽고 샤워 소리가 들렸다. 가즈야는 자리에 선 채 담배에 불을 붙이고 무심히 TV에 눈길을 줬다.

〈—그도 그럴 것이 벌써 탈옥 66일째잖아요. 어째서 경찰은 두 달이나 범인의 행적을 파악 못 하고 있는지, 저는 그것이 이상해서 견딜 수 없습니다. 솔직히 뭘 하는 건가 싶어요. 똑바로 하길 바랍니다.〉

최근 몇 년 사이 솔직한 입담으로 제2의 전성기를 맞은 사카노라는 남자 탤런트가 미간에 주름을 잡고 말한다. 젊은 시절에는 배우였다고 하는데 가즈야는 그 모습을 한 번도 본 적이 없다. 전에는 버라이어티 방송에만 나왔을 텐데 가즈야가 모르는 사이 논객과도 같은 위치에 오른 모양이다.

〈사카노 씨의 말씀은 지당하다고 생각합니다. 국민 여러분도 마찬가지겠지요. 하지만 말입니다, 바로 그렇기 때문에 경찰은 이런 현상금 제도를 이용하여 국민 여러분의 협력을 요청하는 것입니다.〉

그렇게 말한 사람은 전직 고위 경찰관이다. 별로 TV를 보지 않는 가즈야라도 그 얼굴은 낯이 익으니 여기저기 다양한 방송에 나오는 것이리라.

〈소박한 질문이 좀 있는데요, 역시 돈을 주지 않으면 협력을 기대할 수 없는 법인가요? 범인이 눈앞에 있으면, 저라면 돈 같은 거 받지 못하더라도 반드시 신고할 텐데요.〉

그렇게 말한 사람은 10대 사이에서 카리스마적인 인기를 자랑하는 젊은 여자 모델이다. 이 여자도 어느새 이런 진지한 보도 방송에 출연하게 되었나. 틀림없이 젊은 사람들의 뉴스 시청을 독려하기 위해 기용되었으리라.

〈네, 눈앞에 범인으로 보이는 남자가 있으면 어느 분이든 신고해 주실 거라고 생각합니다. 하지만 범인의 얼굴과 특징을 기억에 담아 두지 않으면 여차했을 때 몰라보고 지나쳐 버릴지도 모르겠죠. 따라서 이런 제도를 이용하여 세간의 관심을 끌고자 하는 겁니다.〉

〈아아, 과연. 역시 세상은 돈이로군요.〉

여자 모델이 지극히 자연스럽게 대구해서 가즈야는 웃음을 터뜨리고 말았다.

〈그럼 마지막으로 범인의 특징을 다시 한 번 살펴보겠습니다.〉

화면에 젊은 남자의 얼굴이 등장했다. 이 사진은 한 달 전 공개된 것이다. 요 근래 인터넷에서든 거리에서든 마치 각인처럼 도처에서 눈에 띄므로 싫어도 외워 버렸다. 필시 전 국민이 그렇지 않을까.

참고로 범인인 남자가 두 달이나 전에 탈옥했는데 사진은 그로부터 한 달 후에야 공개되었다. 시간 차가 생긴 데는 이유가 있다. 범인이 탈옥했을 당시—지금 현재도 그렇지만—미성년자였기 때문이다. 그리고 그 시간차가 결과적으로 범인의 도주를 도왔다고 유명 저널리스트는 규탄했다. 경찰로서는 사진 공개를 단행하지 않더라도 금방 잡을 수 있을 거라고 낙관했으리라, 그러한 방심과 자만이 있었다며 날카로운 비판이 쏟아졌다.

가즈야로서는 그런 건 상관없지 않나 싶었다. 확실히 경찰이 뒤처진 것은 틀림없겠지만, 사진 자체는 훨씬 전부터 인터넷에 돌았기 때문이다. 사형이 확정되기 전, 범인이 그 살인 사건을 일으키고 불과 며칠 후 인터넷에는 이미 얼굴 사진이 노출되었었다.

사람을 셋씩이나 죽일 놈으로는 전혀 보이지 않는데. TV에 비춰진 동 세대의 남자를 다시 보면서 가즈야는 생각했다. 하기야 그런 인간이 더 위험할지도 모른다. 분명 이상성격자란 이런 놈을 말하는 것이리라.

가부라기 게이치. 19세. 또렷한 쌍꺼풀, 콧날이 날렵하고 얼굴 윤곽이 샤프하다. 솔직히 말해서 누가 어떻게 봐도 미남이다. 반삭 머리지만 고교 야구 선수처럼 보이지 않는 것은 극단적으로 흰 피부 때문이리라. 목도 가녀리다. 이른바 여자역을 연기하는 남자 가부키 배우 같다.

〈―또 왼쪽 입가에 직경 3밀리미터 정도의 점이 있고….〉

그 아나운서의 말에 가즈야는 입술로 가져가려던 담배 쥔 손을 멈췄다.

머리 한구석에 걸리는 게 있었기 때문이다. 뭐지?

허공을 노려보며 잠시 생각하다가 정답을 알았다. 벤조다. 그러고 보니 그 녀석의 입가에도 비슷한 점이 있다. 이 점 때문에 촌스럽게 생긴 주제에 어딘지 여자처럼 보인다 싶었기에 기억하고 있다.

그러나 가려운 곳에 손이 닿은 듯한 기분을 맛본 것도 몇 초뿐이었다. 퍼뜩 TV로 다시 시선을 되돌렸다. 이미 다른 뉴스로 넘어간 뒤였다.

담배를 재떨이에 내팽개쳤다. 그리고 당장 자신이 벗어 둔 작업복에 달려들었다. 주머니에서 스마트폰을 꺼내어 황급히 '가부라기 게이치, 사진'이라고 입력하여 검색했다.

검색된 사진을 확대했다. 가부라기 게이치의 얼굴이 손안의 화면에 표시되었다. 방금 전 TV에서 본 것과 같은 사진이다. 물끄러미 응시했다.

잠시 그대로 굳어 있었다. 일절 꼼짝을 하지 않았다. 아니, 할 수 없었다.

닮았다.

탈옥범과… 벤조가.

어디가 어떻게 닮았느냐고 묻는다면 명확한 대답은 할 수 없다. 굳이 말하자면 코 모양이려나. 그렇지만 확실히 범인의 모습은 있다.

침을 꿀꺽 삼켰다. 설마. 아니, 설마. 그런 일, 있을 리 없어.

가즈야는 슥 눈을 감았다. 눈꺼풀 속에 평소의 벤조 얼굴을 떠올렸다.

역시… 안 닮았나. 다만, 이 이미지의 벤조가 정말 본모습인가 하면 그런 것도 아닌 듯했다. 벤조는 그 별명대로 항상 두꺼운 안경을 끼고 있다. 안경을 벗은 모습을 가즈야는 한 번도 본 적이 없다. 그 탓에 벤조의 본래 눈동자가 어떤지 모른다.

얼굴 윤곽 또한 마찬가지다. 다박수염이 양쪽 구레나룻과 맞닿아 있는 탓인지 얼굴선을 알기 힘들다.

무엇보다 벤조는 작업 중에는 헬멧, 그 밖의 시간에는 늘 감색 니트 모자를 쓰고 있다. 그로부터 긴 앞머리가 안경에 걸리듯 드리워져 있는데… 그렇구나. 가즈야는 눈을 떴다.

역시 범인과 벤조는 다른 사람이다.

범인은 탈옥했을 당시 반삭 머리였을 터다. 탈옥한 것은 두 달 전이다. 그렇게 머리가 빨리 자랄 리 없다.

거기까지 생각하고 가즈야는 다시 번뜩 떠올렸다. 혹시 그것은 가발이 아닐까. 그래서 그 녀석은 항상 모자를 쓰고 있는 게 아닐까. 그렇게 생각하면 자신들과 함께 목욕하지 않는 이유도 설명이 된다. 그것이 가발이라고 한다면 절대 목욕탕에는 들어갈 수 없다. 안경 또한 벗을 수 없으리라.

"아, 담뱃불, 안 꺼졌네."

옆에서 난 목소리에 가즈야는 어깨를 움찔했다. 어느새 히나노는 샤워를 마친 모양이다. 전혀 몰랐다.

"화재가 나면 발가벗고 밖에 나가야 할 걸요."

장난스럽게 말하고 히나노는 담배를 비벼 껐다. 왼쪽 어깨에 새겨진 타투가 눈에 들어왔다. 보라색을 띤 기분 나쁜 나비다.

"기다렸죠?"

그러더니 손을 잡고 가즈야를 침대에 똑바로 눕혔다. 그리고 그 위에 올라탔다. 입술이 포개진다. 혀가 스르륵 비집고 들어왔다. 8자를 그리듯 히나노의 혀가 돌아다녔다. 그에 맞춰 가즈야도 혀를 놀렸지만 전혀 집중할 수 없었다.

"오빠는 주고 싶은 사람? 받고 싶은 사람?"

"오늘은, 받고 싶으려나."

평소라면 가즈야가 여체에 달려들지만 지금은 그럴 기분이 아니었다. 머릿속에서 벤조와 범인의 얼굴이 떠나지 않는다.

히나노가 젖꼭지를 핥고, 빨았다. 사타구니에 손을 뻗어 희롱했다. 이윽고 머리를 아래로 가져가 음경을 입에 머금었다. 음란한 소리가 방에 울려 퍼진다.

분명 지나친 생각이리라. 그렇다. 절대 그렇다. 그러나 벤조가 평범한 젊은이가 아님은 확실하다. 만약 그가 세간을 떠들썩하게 만든 그 탈옥범이라고 한다면 그건 그것대로 납득이 가는 해답 같기도 하다.

그나저나 둘의 체격은 일치할까. 가즈야는 문득 궁금해졌다.

벤조는 꽤 키가 크다. 확실히 180센티미터 이상은 된다. 범인은 어땠더라. 그런 건 이제껏 신경도 쓰지 않았기에 기억나지 않았다. 장신이라는 정보를 들은 것 같은 느낌도 들지만, 정말로 느낌이 들 뿐이다. 만약 탈옥범이 땅꼬마면 모든 것은 기우로 끝난다.

스마트폰에 손을 뻗으면 당장 알아볼 수 있겠지만 지금은 역시 망설여졌다. 이게 끝나면 바로 검색을 해 보자.

얼마나 시간이 지났을까. 전혀 흥분되기는커녕. 귀찮다는 생각마저 들었다. 가즈야의 머릿속은 벤조로 점거되어 있었다.

자신의 하복부에서 오르내리던 히나노의 머리가 움직임을 멈췄다. 축 늘어진 음경이 그녀의 입에서 해방되었다.

"좀 지쳐 버렸어."

"미안." 가즈야가 사과했다.

"아냐. 신경 쓰지 마. 분명 술을 마셔서 그럴 거야. 젊은 사람이라도 간혹 이럴 때가 있거든. 어쩔래? 오빠가 해 볼래? 아니면 로션을 써서 손으로 해 볼까?"

"오늘은 이제 됐어. 미안."

가즈야의 말에 순간 히나노는 눈살을 찌푸렸지만 이내 웃음을 띠고 "그럼 남은 시간에는 재밌게 얘기하자"라고 밝게 말했다. 내심 운이 좋다고 생각하고 있을지도 모른다.

가즈야는 알몸으로 침대를 나와 데스크 위에 있던 스마트폰을 손에 쥐었다. 손가락을 잽싸게 놀려 '가부라기 게이치, 신장'이라고 검색했다. 바로 결과가 나왔다.

182센티미터.

가즈야는 심장의 요동이라는 걸 처음으로 느꼈다.

7

전보다 더 벤조의 일거수일투족에 눈을 빛내는 나날이 시작되었다. 다만 접촉은 한 번도 하지 않았다. 의식하고 그렇게 한 것이 아니라 할 수가 없었다.

이날 가즈야는 몸이 안 좋다며 일을 빠졌다. 야나세가 오전만이라도 해 달라며 절충안을 타진해 왔지만 가즈야는 그것도 안 된다며 막무가내로 휴가를 냈다. '가뜩이나 일손이 부족한데.' 마지막에는 싫은 소리를 들었지만 신경 쓰이지 않았다. 올림픽 따위는 어떻게 되든 알 바 아니다. 게다가 자신은 이미 9일이나 연속으로 일했다. 실제로 몸의 피로도 한계에 접어들었다. 그렇다 하나 몸이 안 좋다는 것은 핑계다.

오늘은 벤조의 휴일이다. 벤조는 쉬는 날이면 이른 아침 외출하여 밤늦게까지 돌아오지 않는다. 그 녀석이 그 사이 대체 어디서 뭘 하는지. 그것을 알아내기로 한 것이다.

8시 반, 벤조는 숙소를 출발했다. 감색 니트 모자에 그레이 파카에 청바지, 거기에 빵빵하게 부푼 검은 배낭을 메고 있었다. 시골에서 올라온 시원찮은 대학생 같은 모습이다. 가즈야는 그 모습을 자기 방 창문에서 지켜보다가 자신도 서둘러 숙소를 나섰다.

가로수가 늘어선 인도를 따라 약 50미터 간격을 두고 시선을 살짝 떨군 채 미행했다. 이런 건 타깃의 등을 직시하지 말고 간접 시야에 넣어 두는 게 좋다고 들은 적이 있다.

오늘은 구름 한 점 없이 쾌청했다. 내리쬐는 태양이 아스팔트를 보석처럼 반짝반짝 빛내고 있다. 바람도 잔잔하여 기분이 좋다.

아무래도 벤조가 향하는 곳은 숙소에서 가장 가까운 아리아

케역인 듯했다. 긴 다리를 최대한 활용하여 넓은 보폭으로 걷고 있음을 알 수 있다. 그 걸음은 당당해서 적어도 타인의 시선을 의식하는 것처럼은 보이지 않는다.

이윽고 역에 도착하자 벤조는 유리카모메 선의 승차권을 구입하여 개찰구를 통과했다. 버스가 아니라서 다행이다. 버스에 타 버리면 아무래도 숨을 장소가 없다.

벤조가 어디에서 내릴지 모르므로 가즈야는 승차권 중 가장 비싼 380엔권을 샀다. 아까운 지출이지만 오늘은 돈에 제한을 두지 않을 작정이었다. 뒷 주머니에 있는 지갑 속에는 3만 엔이나 되는 거금이 들었다.

벤조를 쫓아 플랫폼에 올라가자마자 가즈야는 곧바로 내려와야 했다. 플랫폼이 한산했기 때문이다. 사람이라고는 한 손으로 꼽을 수 있을 정도다. 어쩔 수 없으므로 가즈야는 계단 중간에 몸을 숨기고 열차를 기다렸다.

이윽고 열차가 조용히 플랫폼에 들어왔다. 모노레일이란 전철에 비해 조용한 것이로구나, 하고 새삼스레 생각했다.

재빨리 계단을 올라, 벤조가 들어간 승차구와는 떨어진 문으로 탑승했다. 차 안도 한산했다. 벤조의 모습이 보이는 위치로 이동하여 그곳에서 시트에 몸을 묻었다.

자리가 비어 있음에도 불구하고 벤조는 앉지 않고 문 부근에 서 있었다. 거기서 멍하니 차창 밖을 바라본다. 가끔 손가락으로 안경을 내려 그 틈새로 밑을 내려다보는 것을 멀리서도 알 수 있었다.

어쩌면 사실 벤조의 시력은 멀쩡한지도 모른다. 틀림없이 오직 인상을 바꾸기 위해 그처럼 렌즈가 두툼한 안경을 끼는 것이다. 하지만 그렇다면 일생생활에서 느끼는 눈의 피로는 상당하리라.

한 정거장이 지나고 두 정거장이 지났다. 벤조에게 하차할 낌새는 없다. 그저 바깥만 계속 내다보고 있다.

가즈야의 머릿속에서 '벤조=탈옥범'이라는 가설은 점점 커져 갔다. 지난주 TV에서 사진을 본 뒤로 가즈야는 인터넷에서 오로지 가부라기 게이치에 대해서만 찾아봤다. 세간을 떠들썩하게 만든 화제인 만큼 수많은 정보가 올라와 있었고, 물론 그 안에는 별의별 내용이 다 있었지만, 시간이 허락하는 한 그것들을 전부 훑어봤다.

2017년 10월 13일. 사이타마현에 사는 일가족 세 명을 참살하고 헤이세이 최후의 소년 사형수가 된 흉악범. 그런 남자가 2019년 3월 3일, 지금으로부터 두 달 반 전에 수감 중이던 고베구치소를 탈옥했다. 불가능을 가능케 한 남자, 가부라기 게이치. 그는 일반 죄수가 아니라 절대적인 사형수인 것이다.

그의 내력도 대강 파악했다. 그는 아동보호시설에서 자랐다고 한다. 사이타마현 사이타마시 이와쓰키구에 위치한 아동보호시설 '히토노사토'라는 이른바 고아원이었다. 가부라기 게이치의 부모님은 그가 태어나고 얼마 되지 않아 교통사고로 세상을 떠났다.

그런 부모님 대신 그를 양육한 보모들의 말에 따르면 유소년기의 가부라기 게이치는 도덕책에나 나올 법한 모범적인 아동이었다고 한다. 온화하고 마음씨 착한 아이였다는 것이다. 성장해서도 그 성품에는 변함이 없어서 연하의 보호아동이나 직원에게 늘 친절했고 지금까지 문제를 일으킨 적이라고는 한 번도 없었단다. 또한 독서를 좋아하며 학업 성적도 놀라우리만큼 우수했다고 한다. 나아가 운동 능력까지 좋았다고 하니 그야말로 신동이다.

그래서 보모들은 가부라기 게이치가 일으킨 사건을 끝까지 받아들이지 못했다. 보모들이 매스컴의 취재 속에서 '무슨 착각이 아닌가'라는 표현을 종종 사용한 점을 보더라도 그것을 잘 알 수 있다. 참고로 세간에서는 이 히토노사토라는 아동보호시설에 맹렬한 비판을 퍼부었다. 괴물을 키웠다며 그 책임을 물었다. 물론 실제로는 형사책임 같은 게 있을 턱이 없지만, 시설장인 하나이 유미코가 끈덕진 매스컴에 분노를 드러내며 '전혀 관계없습니다.'라는 말을 내뱉었고, 이것이 심각한 댓글 테러로 발전한 일은 가즈야의 기억에도 남아 있었다. 그런데 자세히 알아보니 이는 가부라기 게이치가 인체 세포생물학 관련 책을 다수 소지하고 있었기에, 한 기자가 '그의 안에 인체에 대한 비정상적인 흥미 즉 엽기적인 측면이 있었던 게 아니냐'라고 질문하여 답변한 말임을 알 수 있었다. 그러나 매스컴은 그렇게 보도하지 않고 '전혀 관계없습니다.'라는 장면만을 자꾸 반복해서 내보냈다.

약 1년 반의 세월이 지나 소동도 수습된 차에, 가부라기 게이치가 탈옥이라는 형태로 재차 세간에 화제가 되면서 다시금 히토노사토는 집요한 취재 공세를 받게 되었다. 이때도 역시 하나이 시설장의 '당신네들이 하는 일이 훨씬 범죄 아닌가요?'라는 실언이 대두되어 커다란 빈축을 산 것이 지금으로부터 두 달 전의 일이다.

그리고 이 시설 이상으로 비난의 대상이 되고 있는 것은 당연히 경찰이었다. 그야 극악무도한 사형수를 감방에서 놓쳐 버렸기 때문이다.

핵심인 탈옥 방법에 대해서는 경찰의 정식 발표가 있었다. 경위는 아래와 같다.

가부라기 게이치는 그날, 저녁 식사를 마친 후 9시가 지나 교도관을 방에 불러 고통을 호소했다고 한다. 안색을 보고 연기가 아니라고 판단한 교도관은 그를 구치소 내에 있는 의무실로 데려가 상근 의사에게 진찰을 받게 했다. 그 과정에서 39도가 넘는 고열이 확인되었고 잠시 침대에 눕혀 상태를 살펴보던 중 가부라기 게이치가 갑자기 피를 토했고 또 그것이 시간을 두고 수차례 반복되었기에 그 자리에 있던 상근 의사를 비롯한 교도관들은 놀라 우왕좌왕했다.

가부라기 게이치는 세 명의 교도관과 함께 차편으로 시내의 종합병원에 긴급 이송되었다. 이때 가부라기 게이치는 수갑을 차고 포승줄을 두른 상태였다고 한다.

종합병원에서 다시 진찰을 받던 도중 가부라기 게이치는 화장실에 보내 달라고 요청했다. 그래서 세 명의 교도관 중 한 명이 따라가게 되었는데, 이때 가부라기 게이치가 만행을 저지른다. 별안간 그 교도관의 안면에 박치기를 먹인 것이다.

좀처럼 돌아오지 않자 이상하게 여긴 교도관 둘이 화장실에 상황을 살피러 갔고 화장실 첫 칸에서 의식을 잃은 상태로 쓰러져 있는 동료를 발견했다. 그리고, 가부라기 게이치의 모습은 사라지고 없었다.

일련의 흐름은 대략 위와 같다. 문제점은 여럿 있지만, 세간이 가장 알고 싶어 한 부분은 이 탈옥극이 우발적인 것인가 처음부터 계획된 것인가였다.

우선 가부라기 게이치는 몸에 이상이 생겨 열이 난 것이 틀림없으리라는 게 경찰의 견해였다. 이것은 그를 진찰한 구치소의 상근 의사도 단언했다. 단, 이 의사의 담당은 외과로 이처럼 야근일 때만 전문 외 환자를 진찰해 왔다는 점은 간과할 수 없는 부분이리라. 그렇기 때문에 가부라기 게이치의 토혈을 진짜라고 굳게 믿어 버린 것이다. 아니, 실제로 가부라기 게이치가 피를 토한 것은 틀림없지만, 그것은 식도나 위, 십이지장 궤양으로 인한 출혈이 아니라 구강 내 점막을 스스로의 이로 물어 뜯어 생긴 출혈이었음이 나중에 밝혀졌다.

교도관들이 망설임 없이 가부라기 게이치를 감옥 밖인 종합병원에 데리고 가기로 결단한 것은 그 두 달 전 후쿠오카구치소에서 일어난 어느 사건이 문제된 바 있기 때문이다. 그곳에 구류되어 있던 40대 남성이 고통을 호소했지만 병원에 가지 못했고, 그 결과 옥중에서 사망했던 것이다. 유족은 빨리 병원에 데려갔으면 죽는 일은 없었을 거라며 국가배상법 1조 1항에 의거하여 국가에 위자료를 청구하는 소송을 제기했다. 그리고 1심 법원은 구치소 직원, 또는 의사가 신속히 외부 병원 이송 등의 처치를 했더라면 한 생명을 살릴 가능성이 상당 정도 있었음을 인정하고, 국가에 배상 책임이 있다고 판시하며 이 소송을 받아들였다. 교도관들이 눈앞의 상황에서 그 사건을 떠올렸음은 어렵지 않게 상상할 수 있다.

또 가장 큰 문제로 규탄된 것이 가부라기 게이치가 화장실에 갈 때에 동행한 사람이 교도관 한 명이라는 점이었다. 경찰은 절대 밝힐 수 없겠지만, 이에 대해서는 병에 감염될 것을 우려한 두 명의 교도관이 제일 젊은 교도관 한 명에게 그 책임을 떠넘긴 게 아니겠는가 하는 것이 진상으로 여겨지고 있었다.

왜 그토록 교도관들이 감염을 우려했는가 하면, 그 당시 세간에서는 에볼라 출혈열이 일본에도 상륙했음이 미디어에서 다뤄지면서 그 비참함이 과도하게 강조되었고, 필요 이상으로 국민의 공포가 조장되고 있었기 때문이다. 이에 대해서는 억측일 수도 있지만, 세 명의 교도관 전원이 마스크와 고무장갑까지 착용한 점을 보더라도 그들이 경계하고 있었던 것은 확실하리라.

또 직원 가운데 최근 결혼한 자가 있었는데, 그 사람이 신혼여행을 영국으로 다녀왔다는 점도 경계심에 박차를 가했다는 의견이다. 당시 영국에서는 에볼라 출혈열에 의해 사망자가 스무 명이나 나왔으니 '결국 옮아온 것 아니겠느냐'라고 그들이 생각한 것도 자연스러운 흐름이었던 셈이다.

이 전부를 계산에 넣어, 소년 사형수 가부라기 게이치는 탈옥에 이른 것 같다는 추측이 돌고 있었다. 그도 그럴 것이 가부라기 게이치는 구치소 생활 중 매일 신문과 잡지를 훑어보았기에 연일 세간이 에볼라 출혈열로 떠들썩함을 인식하고 있었던 게 명백하고, 또 교도관들과의 대화를 통해 영국에 여행을 간 직원이 있다는 사실도 그는 알고 있었기 때문이다. 그 증거로 그가 피를 토할 적에 자신의 에볼라 출혈열 감염 가능성을 넌지시 시사한 바 있다는 사실도 밝혀졌다. 당신네 동료가 여행을 갔던 곳이 영국 아니었느냐, 교도관에게 이렇게 속삭였다고 한다. 또 교도관들에게 마스크와 고무장갑 착용을 권한 사람도 다름 아닌 가부라기 게이치였다.

정말 이 모든 것을 계산에 넣고 범행에 이르렀다면 가부라기 게이치는 가공할 만한 지능범이다. 그는 조금이라도 연극에 사실성을 부여하고자 자신이 아플 날을 호시탐탐 기다린 게 아닐까. 어쩌면 날마다 아프기 위한 노력마저 했을지도 모른다.

그는 이 계획을 성공시키기 위해 하루라도 빨리 아파야만 했다. 왜냐하면 그는 사형수라서 느긋하게 기회가 찾아오기를 기다렸다가는 자신이 먼저 사형대에 세워질 가능성이 있기 때문이다. 그 최후의 날이 언제 찾아올지 본인은 알 도리가 없다.

순간 가즈야는 하품을 삼켰다. 긴장감은 있지만 차창으로 비쳐드는 햇살이 기분 좋아서 그만 꾸벅꾸벅 졸고 말았다. 최근 들어 늦은 밤까지 가부라기 게이치를 조사한 터라 수면이 충분치 않았다. 마치 수험생이라도 된 것 같다.

그런 밤을 보내면서 가즈야는 자신의 무지함을 통감했다. 그리고 이상한 말이지만, 지식을 얻어 나가는 데서 약간 기쁨도 느꼈다. 모르는 것투성이인 세상이 어렴풋하게나마 보이기 시작했다면 과장이겠지만, 자신은 생각했던 것만큼 머리가 나쁘지 않을지도 모른다는 자존감 같은 것이 싹트기 시작했다. 몰랐던 것을 알아가는 것은 가즈야에게 있어 즐거운 작업이었다.

그 예로는 구치소와 교도소의 차이를 들 수 있다. 사형수는 구치소의 사형수 방에 수감되는데 가즈야는 교도소에 수감되는 줄로만 알았다. 또 구치소 내 사형수의 생활이 너무나도 자유로운 것에는 진정 놀랐다. 책이나 잡지를 읽을 수 있고, TV를 보거나 라디오를 들을 수도 있다. 물건도 살 수 있다고 하니, 이래서야 오히려 속세의 노숙자 생활이 더 비참하다.

규칙상 그들은 일하지 않아도 된다. 교도소에 있는 죄수는 징역이라는 형벌로써 죗값을 치르지만, 사형수는 스스로의 목숨과 맞바꾸어 죗값을 치르므로 노동 작업은 부여되지 않는다.

이런 사실을 가즈야는 전혀 몰랐다. 이것들이 살아가는 데 필요한 지식이냐고 묻는다면 그렇지 않을지도 모르지만, 모르는 것보다 아는 편이 나은 것은 당연하다.

그리고 필시 벤조는 그 모든 것을 알고 있다. 물론 벤조가 가부라기 게이치라면 말이다.

가즈야는 어째서 벤조에게 직접 따져 묻지 않는지 스스로도 이해할 수 없었다. '너 그 탈옥범 아니야?' 이 한마디면 되는 것이다. 또는 '동료 중에 닮은 놈이 있다'라고 경찰에 신고하면 된다. 그야말로 현상금이 손에 들어올지도 모르니까.

분명 확신을 얻고 싶은 거겠지. 물 흐르듯 나아가는 모노레일 안에서 가즈야는 생각했다. 그럴지도 모른다가 아니라 틀림없다는 확신을 얻어 행동에 옮기고 싶은 것이다. 그것이 벤조에 대한 최소한의 예의인 듯했다. 게다가 만에 하나 사람을 잘못 본 거라면 가즈야는 깊은 자기혐오에 빠져 버릴 것 같았다.

이윽고 도요스역에 도착한 순간 벤조가 하차했다. 가즈야도 황급히 일어섰다. 계단을 내려가 개찰구를 통과하는 모습을 지켜보고 그 십여 초 후 가즈야도 뒤따르려 했으나 여기서 발이 묶여 버렸다. 표가 보이지 않았다. 어째서? 순간 패닉에 빠졌다. 벤조의 모습은 멀어져 간다. 주머니에 넣었을 텐데 왜 없지. 아아, 맞다. 떨어뜨리면 큰일이라는 생각에 지갑의 동전 칸 속으로 옮겼었다.

무사히 개찰구를 통과하자 이번에는 벤조의 모습이 사라지고 없었다. 초조함을 느끼고 앞쪽으로 뛰어가자 느닷없이 눈앞 그늘에 벤조가 나타나 급정지했다. 그 거리는 불과 몇 미터. 가즈야는 빠르게 걸어 옆으로 빠졌다. 조금 걷다가 돌아보니 벤조는 반대 방향으로 걷고 있었다. 다행이다. 눈치는 못 챈 모양이다.

그나저나 나는 뭘 하고 있는 걸까. 탐정이라면 바로 모가지겠지.

벤조가 향한 곳은 유라쿠초선으로 이번에는 이케부쿠로 방면 전철에 올라탔다. 변함없이 문 앞에 진을 치고 차창 밖을 내다

보고 있다. 저 녀석은 대체 어디로 향하는 걸까.

그대로 15분쯤 타고 가다가 이치가야에서 하차하더니, 다음은 소부 선으로 환승하여 두 정거장 떨어진 스이도바시에서 내렸다. 아무래도 벤조의 목적지는 이곳이었던 모양이다.

스이도바시에 무슨 용건이 있는 걸까. 오늘은 돔(도쿄 돔. 요미우리 자이언츠의 구장)에서 자이언츠 전도 열리지 않고, 유원지 관람도 절대 아니다. 혹시 벤조는 경마를 하는 것일까. 벤조에게 도박꾼의 이미지는 없지만 그럴 가능성은 있다.

벤조가 향한 곳은 정말로 윈즈, 즉 장외발매소였다. 조금 맥이 빠지는 기분이었다.

평일 오전이건만 윈즈에는 사람이 대거 몰려 있었다. 그것도 하나같이 아저씨뿐으로 이놈이고 저놈이고 히라타와 똑같은 냄새를 풍겼다. 너희는 어떻게 생계를 꾸려 나가는 거냐. 그런 걸 따져 묻고 싶어진다.

그런 남자들 틈을 비집듯 하며 벤조는 힘차게 앞으로 나아갔다. 장신인지라 머리 하나가 삐죽 나와 있어서 찾았지만, 만에 하나 여기서 놓치면 찾아내느라 고생했을 것 같다. 가즈야도 사람을 헤치며 앞으로 나아갔다.

마권을 구입할 줄 알았는데, 어째서인지 벤조는 매표소 창구를 지나 건물 뒤편으로 돌아들었다. 응달이 진 그곳은 사람이 별로 없는 곳인데, 여기저기 빙 둘러앉아 술판을 벌이는 그룹이 눈에 띄었다. 도처에 쓰레기와 담배꽁초가 널브러져 있어 여자와 함께 있다면 확실히 되돌아 나올 듯한 장소다.

그런 곳을 벤조는 느린 걸음으로 걸어갔다. 고개를 좌우로 돌리는데 사람이라도 찾는 것일까. 이때 느닷없이 벤조가 돌아보아 가즈야는 사람 뒤로 삭 숨었다. 방심은 금물이다. 만약 여기서 마주치면 우연이란 말은 통하지 않으리라.

그 후에도 벤조는 미아가 된 자식을 찾는 부모처럼 계속 두리번거렸다. 가즈야는 사각지대에서 그 모습을 계속 관찰했다.

이 상황은 언제까지 계속될까. 벌써 20분 이상 벤조는 이곳에 머물러 있다. 가즈야는 배에 손을 댔다. 오늘은 아침에 일어난 뒤로 아무것도 입에 넣지 못했다. 주먹밥이라도 하나 먹어두었으면 좋았을 텐데.

가즈야가 한숨을 쉬었을 때였다. 벤조가 움직였다. 거리 저편에서 걸어온 베이지 헌팅캡을 쓴 남자에게 다가가더니 먼저 말을 붙였다.

그 상태로 무언가 한참 이야기한다. 어쩐지 둘은 서로 아는 낌새다. 남자가 뒤통수에 손을 대고 어렴풋이 웃는 것을 알 수 있었다.

남자의 연령은 쉰, 아니 예순 정도일까. 턱수염을 길게 길렀고 머리카락은 뒤로 묶었다. 복장은 얇은 점퍼에 더러운 치노팬츠. 어딘지 노숙자 같은 행색으로 꾀죄죄하다. 그건 그것대로 이 장소에 어울리기는 하지만….

두 사람은 선 채로 2분 정도 이야기했고 벤조 쪽에서 먼저 그 자리를 떠났다.

순간 가즈야는 망설였다. 헌팅캡 남자와 접촉해야 하나 말아야 하나. 벤조와 무슨 이야기를 했는지 알고 싶었다. 그러나 잠시 생각하고 결국 벤조의 뒤를 쫓기로 했다. 분명 이 헌팅캡 남자는 늘 이곳에 있을 터다. 그렇다면 접촉은 지금이 아니더라도 상관없으리라.

그리하여 벤조의 뒤를 따라가기를 몇 분, 그는 하쿠산 거리 반대편으로 건너 그 도로에 인접해 있는 돈키호테(할인 잡화 체인점) 안으로 들어갔다. 위험하다 싶었지만 가즈야도 이 할인 매장에 발을 들였다.

다행히 매장 안에는 사람이 많이 보여서 방심만 하지 않으면 들킬 걱정은 없을 듯했다. 벤조는 슈트 상하의에 와이셔츠, 그리고 가죽 구두를 장바구니에 담았다. 또 계산대로 향하던 도중 위생용품 코너에서 면도기로 보이는 것을 집어 들었다.

가즈야는 의아했다. 어디 면접이라도 갈 셈인가.

벤조가 그 장바구니를 들고 계산대 줄에 섰다. 이윽고 순서가 오자 지갑을 꺼내어 계산을 했다. 금액은 알 수 없지만 분명 다 싸구려일 것이다.

이리하여 양손에 노란 비닐봉지를 든 벤조는 돈키호테를 나서서 그길로 아까 헌팅캡 남자가 있던 장소로 다시 돌아갔다.

그리고 남자를 찾자마자 그로부터 조금 떨어진 인적이 없는 장소로 데려가 노란 비닐봉지를 통째로 건넸다. 아무래도 슈트와 구두는 남자를 위해 구입한 모양이다. 벤조는 남자에게 손짓 발짓으로 무언가 지시를 내렸다. 남자가 헌팅캡을 위아래로 움직여 맞장구를 치는 것을 알 수 있었다. 그리고 마지막으로 벤조는 지갑을 꺼내어 돈을 건넸다.

순간 가즈야는 감을 잡았다. 그러고 보니 얼마 전, 벤조가 히라타에게 이런 것을 물었다고 했다. 아는 심부름꾼이 있느냐는 물음에 히라타는 윈즈 부근을 배회하는 사람을 붙잡아 용돈을 주면 뭐든 해 줄 거라고 답했다고 했다.

틀림없다. 분명 벤조는 이 헌팅캡 남자에게 무언가 부탁을 한 것이다.

어떤 부탁을 했을까. 이런 인간에게 부탁할 정도면 떳떳하게는 할 수 없는 일이리라.

이윽고 벤조는 남자와 헤어졌고, 그 후 가구라자카 방면으로 걷기 시작했기에 가즈야도 그 뒤를 따랐다.

도중에 파출소가 있었으나 벤조는 주눅 든 기색도 없이 유유히 지나갔다. 오히려 가즈야 쪽이 순경에게 눈총을 받았을 정도다. 가즈야는 캡을 푹 눌러쓴 채 마스크까지 하고 있었기 때문이다.

그렇게 걷기를 10분, 벤조는 거리에 있던 라멘 체인점 이치란에 들어갔다. 아무래도 그곳에서 점심을 해결할 모양이다. 벤조는 돈코츠 라멘을 좋아하는 걸까.

아니, 그게 아닐지도 모른다. 이치란 하면 진한 돼지 뼈 국물이 특징인 돈코츠 라멘이지만, 무엇보다 특징은 1인석이라는 점이다. 손님 한 명 한 명에게 칸막이가 마련되어 있어 다른 손님은커녕 종업원과도 일절 얼굴을 마주하지 않고 식사할 수 있다. 남에게 얼굴을 보이고 싶지 않은 자에게 이만큼 고마운 음식점도 없으리라.

가즈야는 가게로부터 약 20미터 떨어진 길 위에서 점포를 노려보며 상상을 부풀렸다. 김으로 부예진 안경을 벗고 당당하게 라멘을 빨아들이는 벤조의 모습이 뇌리에 떠올랐다. 더워서 니트 모자도 벗었을지 모른다.

불현듯 침을 삼켰다. 자신도 배가 고팠다. 시계를 보니 이제 곧 정오가 되려고 했다.

고개를 좌우로 돌려 거리를 둘러봤다. 150미터쯤 떨어진 곳에 편의점이 있었다. 뛰어가서 빵이라도 사 올까. 그런데 만약 그 사이에 벤조가 나와 버리면 어쩌지. 남자라면 라멘은 3분이면 먹는다. 하지만 이대로 공복인 채 미행을 계속할 수 있을까. 오늘은 온종일 벤조를 감시할 요량으로 휴가를 냈다.

가즈야가 이리저리 고민하는데 벤조가 나왔다. 빠른 걸음으로 가게를 벗어나 다시 걷기 시작한다. 한 번 한숨을 쉬고 가즈야도 걸음을 옮겼다.

이어서 벤조가 들어간 곳은 이치란과 가까운 장소에 있던 주상복합 빌딩이었다. 세로로 죽 달린 간판을 통해 선술집, 마사지 숍, 네일 살롱, PC방이 입주해 있음을 알았다. 벤조가 엘리베이터에 탄 것을 확인하고 가즈야는 달렸다. 층수 표시 램프를 확인한다. 4층에서 멈췄다. 아무래도 PC방에 들어간 모양이다.

이곳도 시내 도처에서 볼 수 있는 전국 체인점이다. 가즈야도 막차를 놓쳤을 때 잠자리로 몇 번인가 이용한 적이 있다.

마주치면 안 되니 몇 분간 건물 밑에서 대기하다가 가즈야도 엘리베이터에 올라탔다. 4층에서 내려 PC방 문을 열었다.

그곳에 벤조의 모습은 없었다. 이미 접수를 마치고 방에 들어간 것이다.

"어서 오세요."

점원이 인사했다.

"손님, 회원증은 갖고 계신가요?"

이 가게는 회원증이 없으면 이용할 수 없다. 그렇다면 벤조는 어떻게 회원증을 만들었을까. 신분을 증명할 수 있는 보험증이나 면허증이 없으면 회원증은 만들 수 없다.

가령 본인의 것을 사용했다면 벤조는 가부라기 게이치가 아닌 셈이 되지 않는가. 가부라기 게이치라면 꼬리가 잡힐 리스크를 무릅쓸 리 없고, 애당초 탈옥한 사람이 신분증 따위를 갖고 있을 리 없다.

그런 생각에 잠겨 있는데,

"저기요, 손님."

점원이 의아한 눈빛을 던졌다.

"아아, 3시간 패키지로."

가즈야는 대답하고 지갑 안에서 신분증을 꺼내어 점원에게 내밀었다. 회원증은 그 자리에서 바로 만들어줬다.

"리클라이닝(등받이 각도 조절 의자가 설치된 방)과 플랫(바닥 전면에 매트가 깔린 방) 중 어느 타입을 원하십니까?"

"으음…." 말문이 막혔다. "그게, 내 앞에 들어 온 키 큰 남자, 실은 내 일행인데 어디 들어갔어?"

점원은 "아아" 했다. "먼젓번 손님께는 플랫 타입 C7번을 안내했습니다."

"그럼 그 옆의 6이나 8 비었어?"

"6은 사용 중이지만 8이라면 안내 가능합니다."

"그럼 거기로 줘."

접수표를 받고 드링크 바에서 칼피스 소다를 컵에 따라 C8로 향했다. 옆의 C7을 보니 과연 낯익은 스니커즈가 밖에 나와 있었다. 벤조의 스니커즈다.

가즈야는 살짝 두근거리는 마음으로 방에 들어갔다. 자리에 앉고, 한숨 돌린다. 벤조가 있는 쪽 벽을 노려봤다. 이 얇은 칸막이 너머에 벤조가 있다.

귀를 기울이니 희미하게 타닥타닥 소리가 들렸다. 아무래도 키보드를 치는 모양이다. 무언가 검색이라도 하는 걸까. 분명 그럴 거라고 생각했다.

PC방에는 칸막이가 천장까지 있는 것이 아니고 위가 뚫려있으므로 자리에서 일어나 고개를 빼면 옆방 상황을 들여다볼 수 있지만 역시 그럴 수는 없다.

그건 그렇고 회원증이 의문이다. 가즈야는 칼피스 소다로 목을 축이고 다시 생각에 잠겼다.

역시 벤조는 탈옥범 가부라기 게이치가 아닌 것일까. PC방 회원증은 사소한 부분이지만, 그것이 없으면 이처럼 이곳을 이용할 수는 없다. 타인에게 신분증을 빌린다는 것은 의외로 난이도가 높을 것 같다.

아냐, 그렇지 않다. 분명 벤조는 타인의 회원증을 손에 넣었으리라. 그야말로 윈즈에 상주하는 인간을 통한다면 쉽게 손에 넣을 수 있을 것이다. 가령 자신이라면 PC방 회원증 따위는 5백 엔만 준대도 팔아 치우리라.

타닥타닥, 타닥타닥. 역시 키보드 소리가 간헐적으로 들려온다. 그러나 이곳에 있는 한 벤조가 컴퓨터로 무엇을 하는지는 알 수 없다.

가즈야는 머리 뒤에 양손을 받치고 드러누웠다. 자, 이제부터 어쩐다. 흐릿한 형광등 빛을 바라보며 생각했다. 벤조가 언제 가게를 떠날지 모르므로 이렇게 대기하는 수밖에 없다. 목이 빠져라 기다리는 것이다.

담배를 꺼내 물었다. 불을 붙이려던 순간 손을 멈췄다. 그러고 보니 이곳은 금연실이다. 벤조가 흡연자면 좋았으련만.

입안에서 혀를 차고 일어났다. 우선 배를 채우자. 가즈야는 슬리퍼를 신고 일단 방을 나왔다. 접수처에서 컵라면과 주먹밥세 개를 구입하고 뜨거운 물을 넣어 다시 방으로 돌아왔다.

주먹밥을 왼손에, 오른손에는 젓가락을 쥐었다. 배가 고파서 이런 것이라도 진수성찬이다. 소리가 새어나가도 문제없으므로 호쾌하게 면을 빨아들였다.

양손과 입을 끊임없이 놀린 가즈야였으나 머릿속으로는 내내 생각을 굴리고 있었다. 알아본 결과 가부라기 게이치는 왼손잡이고 벤조도 또한 왼손잡이다. 도시락을 먹을 때 그 녀석은 왼손에 젓가락을 쥐고 있었다. 그것을 여러 번 보았으니 틀림없으리라.

인상이 닮았고, 신장도 거의 같으며, 둘 다 왼손잡이. 그리고 특징적인 왼쪽 입가의 점.

벤조는 역시 가부라기 게이치라고 생각한다. 하지만 결정적인 증거를 찾고 싶다. 그럼 자신은 미련 없이 경찰에 신고할 수 있다.

필시 가즈야 외에 벤조를 의심하는 사람은 없다. 다들 타인 따위는 신경 쓰지 않고 생활하는 것이다. 가즈야 또한 벤조에게 관심을 갖지 않았더라면 이런 유사점을 발견하지 못했을 것이다.

국물을 비워 식사를 마쳤다. 담배를 피우고 싶었지만 꾹 참고 누웠다. 여전히 키보드 소리가 이어지고 있다. 벽에 어디 구멍이라도 없나.

애당초 왜 벤조 그러니까 가부라기 게이치는 사람을 셋씩이나 죽였을까. 피해자 가족과는 면식이 없어 당연히 원한은 없을 테니 더 끔찍하다.

가즈야가 아는 벤조는 이름이 엔도 유이치라는 사람으로, 음침하고 과묵하지만. 머리가 좋고, 대담한 행동을 취하는 청년이다. 평소에 일도 성실하게 처리하며 히라타 같은 고령자에게도 다정하다.

그러고 보니 얼마 전, 작업 중에 벤조가 히라타의 외바퀴 손수레를 본인의 것과 몰래 바꿔치는 장면을 목격했다. 벤조가 사용하던 것은 공기가 꽉 차 있는 반면 히라타의 것은 공기가 빠진 손수레였기 때문이다. 그것만으로도 짐을 옮길 때의 부담이 전혀 다르다. 무심한 다정함이라는 것을 목도하고 가즈야는 저런 사람도 있구나 싶어 살짝 감동했었다.

그런 마음씨 착한 남자가 죄도 없는 인간을 셋씩이나 해쳤다니 선뜻 믿기지 않는다.

가즈야는 칸막이 벽 쪽으로 실눈을 뜨고 건너편을 투시하듯 바라봤다.

이봐, 벤조. 너야? 너, 가부라기 게이치야? 너, 사람을 죽였어?

마음속에서 묻고 깊이 한숨을 쉬었다.

벤조가 현장에 온 지 아직 한 달 남짓이다. 결국 그 녀석에 대해 자신은 아무것도 모르는지도 모른다.

그건 그렇고 벤조는 언제까지 여기 있을 셈일까. 그러고 보니 그 녀석은 몇 시간 패키지로 접수했을까. 이대로 밤까지 있을 셈인 걸까.

입을 크게 벌려 하품을 했다. 배가 찬 탓인지 졸음이 몰려왔다. 잠깐 눈이라도 붙일까. 여기 있은들 할 수 있는 건 없고, 분명 30분 정도라면 괜찮으리라. 미행은 장기전이 될 것이다.

이게 잘못이었다. 가즈야가 눈을 뜬 것은 그로부터 두 시간 후였다. 벌떡 일어나 문 밖으로 고개를 내밀어 옆방 바닥을 확인했다. 벤조의 스니커즈는 사라지고 없었다. 이미 떠난 것이다.

서둘러 방을 나와 접수처로 달려갔다.

"내 일행, 언제 갔어?"

아까 그 점원에게 물었다. 점원이 의심스러운 눈초리를 던졌다. 역시 수상하다 싶었던 것이리라.

"저기, 일행분이었던 거 맞죠?"

"됐으니까 가르쳐 줘." 거칠게 말했다.

"10분이나 15분쯤 전인데요."

그렇다면 아직 멀리는 가지 않았으리라.

서둘러 계산을 마치고 가게를 뒤로하고 계단을 뛰어 내려와 골목을 둘러봤다.

벤조의 모습은 없었다.

가즈야는 머리를 쥐어뜯었다. 어떻게 이런 실수를. 너무나도 멍청한 자신의 행동을 저주하고 싶었다.

그 녀석은 이다음 어디로 갔을까. 벤조는 휴일이면 늦게까지 숙소에 돌아오지 않는다. 어디선가 무언가를 하고 있는 것이다.

주변을 뛰어다니며 찾을까. 하지만 이런 대도시에서 찾아질 가능성은 낮으리라. 그야말로 숲속에서 나뭇잎 한 장을 찾는 것과도 같다.

가즈야는 가슴속 깊은 곳으로부터 한숨을 토해 냈다. 그러다가, 숨을 멈췄다.

딱 한 곳 짚이는 데가 있다.

가즈야가 향한 곳은 아까 갔었던 윈즈의 장외발매소였다. 벤조는 다시 그 헌팅캡 남자에게 돌아갔을지 모른다고 생각한 것이다.

그때 그 뒷골목으로 나왔다. 오전 중에 본 광경과 조금도 달라진 데 없이 도처에서 아저씨들이 흥청망청 술판을 벌이고 있었다. 분명 매일 이러고 있으리라. 이런 인생은 즐거울까.

잠시 걸으며 찾아 다녔지만 결국 벤조도 헌팅캡 남자도 찾을 수 없었다. 샅샅이 찾았으니 이곳에는 없는 것이리라.

가즈야는 잠시 고민하다가 술판을 벌이던 한 그룹에 물어보기로 했다. 헌팅캡 남자의 특징을 이야기하자 다들 "아아, 그건 모로 씨야" 하고 곧바로 알은체했다. 모로 씨라 불리는 남자의 이름은 모로오카라는 모양이다.

"조금 아까 키 큰 형씨랑 같이 어디 가던데."

분명 벤조다. 역시 벤조는 이곳에 돌아온 듯하다.

"어디 갔는지 아세요?"

"글쎄, 모르겠는데."

"또 여기 올까요?"

"뭐, 일주일에 절반쯤은 여기 있으니까. 하지만 오늘은 이제 안 오지 않을까?"

그럼 다음 휴일에 또 이곳에 올 수밖에 없나. 하지만 그 전에 벤조가 자신 앞에서 모습을 감출지도 모른다. 역시 오늘 중으로 모로오카와 접촉하고 싶다.

가즈야가 모로오카의 집이 어딘지 물으니 우에노 공원이라고 했다. 모로오카는 역시 노숙자였던 모양이다.

남자들은 모로오카가 우에노 공원 어디에 거점을 마련해 두고 있는지까지는 모르는 눈치였다. 단, 모로오카와 친한 인물이 옆 술판에 있다면서 그 사람을 소개해 줬다.

"모로 씨 집이라면 내 집 근처야."

딱 봐도 노숙자인 남자는 반쯤 이가 없는 입을 열어 그렇게 말했다. 그 표현에 그만 쓴웃음을 짓고 말았다.

자세한 장소를 가르쳐 달라고 부탁하자 남자는 노골적으로 눈을 흘기며 말했다.

"형씨, 왜 모로 씨를 만나고 싶은 거요?"

"물어보고 싶은 게 있어서요. 딱히 수상한 사람은 아니에요."

"흐음. 그래도 멋대로 남의 집을 가르쳐 줄 수는 없는데."

"어떻게 좀 안 될까요?"

"아니, 안 돼. 특히 당신처럼 젊은 놈은 다들 경계한다고."

듣자니 최근에 종종 젊은이들이 노숙자 사냥을 벌인다고 한다. 남자의 동료도 지난주에 당한 모양이다.

"어째서 그런 짓을 하는 걸까. 우리 같은 걸 괴롭혀서 뭐 하려고. 앙?"

"아니, 제게 그러시면 어떡해요. 저는 그런 짓 안 해요."

"그렇다 해도 말야, 역시 집은 가르쳐 줄 수 없어. 미안하군."

"이래도 안 될까요?"

가즈야는 밑져야 본전인 셈 치고 천 엔 지폐를 내밀었다. 남자는 그것을 보고도 고개를 돌렸다.

"안 돼"

"그럼 이거라면?" 이번에는 3천 엔을 내밀었다. 그러자 남자는 "어쩔 수 없지"라며 선뜻 장소를 가르쳐 줬다. 친절하게 지도까지 그려 줬다. '역시 세상은 돈이로군요.' 일전에 본 프로그램에서 여자 모델이 했던 말이 생각났다. 3천 엔은 뼈아픈 지출이지만 어쩔 수 없다. 게다가 만약 벤조가 가부라기 게이치라면 3백만 엔이라는 거금이 굴러 들어올 것이다.

가즈야는 남자가 그려 준 지도를 주머니에 넣고 그 자리를 떠났다.

우에노까지는 걸어가기로 했다. 시간은 넉넉하다. 필시 모로오카는 해가 떨어지지 않으면 집에 돌아오지 않으리라.

스마트폰의 네비게이션 앱에 의지하여 마냥 도쿄 거리를 걸었다. 그동안 내내 벤조에 대해서 생각했다.

약 30분 만에 우에노 공원 부근에 도착했다. 여기서부터는 손에 넣은 지도에 의지하여 걸었다. 남자가 그려 준 지도는 조잡한 것이었지만 위치 관계는 꽤 정확해서 헤맬 일은 없었다.

시노바즈 거리에서 조금 벗어난 샛길에 골판지 상자로 만들어진 거처들이 같은 간격으로 자리해 있음을 알 수 있었다. 필시 이중 하나가 모로오카의 집이리라.

"실례합니다. 모로오카 씨 집은 어느 것인가요?"

맨 앞에 있던 골판지 하우스의 밖에 서서 물어봤다. 틈 사이로 사람이 보인 것이다.

"모로오카? 모로 씨 말야?"

더러운 다운재킷을 껴입은 남자가 나왔다. 심한 악취에 코를 틀어쥐고 싶었다.

"그래요, 모로 씨요. 이 근처라고 들었는데."

"모로 씨에게 무슨 볼일인데."

이런 이런. 여기서도 이건가. 가즈야가 지갑을 꺼내려고 하자

"당신, 아들이야?"라고 남자가 물었다.

"아들은 아니고, 좀 아는 사이예요."

그러자 머리끝부터 발끝까지 가즈야를 훑어봤다.

"모로 씨네는 저기. 저거야."

남자가 가리킨 곳을 봤다. 푸른 가지를 펼친 나무 밑에 사람이 하나 들어갈 만한 골판지 하우스가 있고, 검은 우산이 기대세워져 있다. 빨래를 말리는 것이리라. 옷가지가 줄에 걸려 있었다.

인사를 하고 그 자리를 떠나 모로오카의 골판지 하우스를 들여다보니 예상했던 대로 그는 없었다.

할 수 없다. 언제 돌아올지 몰라도 이곳에서 기다릴 수밖에 없다. 가즈야는 조금 떨어진 나무 밑에 앉아 모로오카의 귀가를 기다렸다.

그로부터 두 시간쯤 지났을까, 스마트폰이 울렸다. 발신자를 확인해 보니 센카와였다.

센카와와는 그 선술집 사건 이후로 일절 대화를 하지 않는다. 마에가키나 야타베와도 마찬가지다. 그 녀석들에게는 정이 떨어졌고, 이쪽은 벤조 생각으로 머릿속이 가득했다.

무시할까 했지만 우선 받아 보기로 했다. 그런데 상대는 센카와가 아닌 히라타였다. 히라타는 휴대전화 같은 게 없으므로 센

카와에게 빌렸으리라. 지금 현장은 쉬는 시간이라고 한다.

　[너, 몸은 좀 어떠냐?]

　"응, 괜찮아요."

　꾀병이라는 것은 히라타에게도 말하지 않았다. 들켜도 문제는
없지만, 왜 꾀병을 부렸는지 이유를 물으면 골치 아프다 싶었기
때문이다.

　[뭔가 사 갈까 하는데, 필요한 거 있어?]

　"뭐, 됐어요. 그보다 조금 쉬었더니 좋아져서요, 지금 밖이에
요."

　[뭐야, 그래? 웬일로 네가 쉰다기에 앓아누운 줄 알고 걱정했
더니만. 어딨는데?]

　잠시 생각하고 이 말에는 솔직하게 대답했다.

　[우에노? 왜 그런 데 있어?]

　"샨샨 보러 왔어요." 적당히 얼버무렸다.

　[그게 누군데?]

　"몰라요? 판다요 판다."

　[판다? 그런 오셀로 곰을 보면 뭐가 좋다고.]

　그 표현에 그만 웃음을 터뜨리고 말았다.

　[오늘은 가즈야도 엔도 군도 쉬는 날이잖아, 재미없고, 쓸쓸
해.]

　이 부분만 히라타는 목소리를 낮추어 말했다. 근처에 센카와
일행이 있는지도 모른다.

　"내일은 꼭 현장에 나갈 거예요. 그보다 히라 씨는 말예요,

164

벤조와 친하잖아요. 그래서 좀 묻고 싶은 게 있는데."

[뭐야. 너도 친하면서.]

"나보다 더 말예요. 그래서 그러는데, 벤조에 대해 이상하다고 생각한 적 없어요?"

[이상하다니? 무슨 의미야?]

"그러니까 뭐랄까, 행동이 수상하다든지, 그런 거요."

[수상… 없는데.]

"그래요. 그럼 됐고요."

[왜 그런 걸 묻는데?]

"아니, 그 녀석, 왠지 정체를 알 수 없잖아요. 혹시 전과가 있는 거 아닌가 해서."

히라타가 입을 다물었다. 잠시 뜸을 들이고 [있어도 상관없어]라고 히라타는 말했다.

[지금 괜찮은 녀석이면 장땡 아닌가? 설령 그렇다고 해도 인생을 다시 시작했다면 된 거잖아.]

"히라 씨는 어른이네요. 역시 영감다워."

[나도 남에게 자랑할 만한 인생을 살아온 것도 아니니까.]

"확실히 그건 그렇네."

[그런 농담을 할 수 있다는 건 괜찮아졌다는 증거겠지. 그럼, 밤에 네 방으로 가마.]

전화가 끊겼다. 이거 참. 히라타는 한없이 사람 좋은 영감이다.

그 후 시간은 시시각각 흘러갔다. 해는 진즉에 져서 상공에는 별이 반짝이고 있었다. 시간은 오후 8시에 접어들어 바람도 다소 쌀쌀해졌다.

가즈야가 팔을 문지르기 시작했을 무렵, 한 남자가 모로오카의 골판지 하우스에 다가오는 것이 보였다. 남자를 응시했다. 거리가 떨어져 있는 데다 어두워서 확실하지 않지만 슈트 차림인 것은 확인할 수 있었다. 그럼, 아닌가.

아니, 저건 모로오카다. 헌팅캡을 쓰고 있다. 슈트는 벤조에게 받은 것이리라.

가즈야는 일어나서 남자에게 다가갔다. 남자가 골판지 하우스에 들어가기 위해 몸을 숙였을 때 "실례합니다"라고 등에다 대고 말을 걸었다. 남자는 크게 어깨를 움찔했다. 뒤로 돌아 가즈야를 보자 "뭐야, 뭔데?"라며 경계를 드러냈다.

"저는 벤조 아니, 엔도의 친구인데, 말 좀 물을 수 있을까요?"

"엔도? 그게 누구야. 난 몰라."

"하지만 저, 엔도와 모로오카 씨가 함께 있는 모습을 봤는데요."

모로오카가 눈을 동그랗게 떴다. 낮에 봤을 때와 뭔가 다르다 했더니 길었던 수염이 말끔하게 깎여 있었다. 이렇게 보니 의외로 젊을지도 모른다. 쉰 살 직전쯤이려나.

"어떻게 내 이름을 알고 있지?"

"사람들에게 물어봤죠."

"잘은 모르겠지만, 난 정말 엔도라는 녀석 몰라."

어떻게 된 걸까. 모로오카에게 거짓말을 하는 낌새는 없다.

하지만 바로 감이 왔다.

"그 슈트를 준 녀석 말예요."

"뭐? 사노 군 말인가?"

역시, 벤조는 모로오카에게 가명을 댄 것이다. 하기야 엔도라는 이름도 의심스럽지만.

"네. 사노요, 사노. 키가 크고, 도수 높은 안경을 쓴 녀석. 엔도라는 건 그 녀석의 옛날 성이에요."

"옛날 성? 아!" 어쩐지 모로오카는 납득이 간 듯 수긍했다.

"그래, 뭔데? 자네가 사노 군과 아는 사이라 치고, 내게 무슨 볼일이 있는데?"

"그렇게 경계하지 마세요. 저 위험한 놈 아니니까."

"됐고, 무슨 볼일이냐고 묻잖아."

"실은…"

"아, 역시 잠깐 기다려" 모로오카가 주변을 재빨리 둘러봤다. "장소를 바꾸지."

그렇게 말하고 걷기 시작했기에 그 뒤를 따라갔다.

시노바즈 거리를 함께 말없이 2분쯤 걷자니 차도와 인도를 가르는 울타리에 모로오카는 엉덩이를 걸쳤다. 사람의 왕래는 적지만 차는 지나다닌다. 그렇군, 사람들 눈에 띄는 장소로 이동하고 싶었던 것이리라.

"그래, 뭐라고?"

모로오카가 곁눈질하며 말했다.

가즈야는 이유를 이렇게 설명했다. 사노와 자신은 소꿉친구인

167

데, 요 근래 사노의 낌새가 이상해서 걱정하던 참이었다. 그러다 급기야는 연락도 끊겨서 그에게 무슨 일이 있었는지 파악하기 위해 신변을 조사하는 중이라고.

"흐음. 그런데, 그런 거라면 사노 군에게 직접 물어보면 되잖아. 왜 나 같은 놈에게 온 건데."

"벌써 물어봤죠. 그런데 그 녀석이 아무 말도 않고 저를 피하잖아요. 그래서 미행이랄까, 뒤를 밟았는데, 우연히 모로오카 씨와 사이좋게 있는 모습을 봐서 그렇다면 이 사람은 뭔가 알고 있을까 싶었죠."

"뭔가 복잡한 얘기로군. 하지만 나는 아무것도 몰라. 무엇보다 사노 군을 알게 된 것도 지난주야."

"어디서 어떻게 알게 되었는데요?"

"그건…." 대답을 망설이다. 그대로 입을 다물어 버렸다.

"낮에 모로오카 씨는 그 녀석과 무슨 얘기를 했죠? 뭔가 부탁받는 눈치던데."

물어보자 모로오카는 홱 고개를 돌렸다.

"그것도 얘기할 수 없어."

"왜요."

"사노 군과의 약속이니까."

"부탁 좀 할게요."

"안 돼."

그 후 몇 번인가 실랑이한 끝에 가즈야가 지갑을 꺼냈으나 모로오카는 돈을 보여도 굴하지 않았다. 지금 수중에 있는 돈을 모두 주겠다고 제안했는데도 실패였다. 이 남자는 의외로 의리 있는 사람인 모양이다. 다름 아닌 그 머리 좋은 벤조다. 분명 이런 인간성을 알아보고 이 남자에게 부탁하기로 했으리라.

하지만 이쪽도 이대로는 끝낼 수 없다.

"되게 끈질기네. 당신 입장은 알겠는데 말야, 그것과 이건 이야기가 다르잖아. 게다가 돈까지 주고 정보를 얻겠다니, 역시 당신 수상해. 진짜로 사노 군 친구야?"

"진짜예요."

"아냐. 역시 이상해. 나는 머리가 좋지 않지만 속거나 하진 않아. 잘 가게."

그 말을 남기고 모로오카는 일어나 걸어갔다. 물론 뒤를 쫓았다. 온 길과는 다른, 공원 안으로 난 좁은 길을 둘이 앞뒤로 나란히 걸었다.

"다음에는 언제 그 녀석과 만나죠?" 등에 대고 질문을 던졌다.

"안 가르쳐 준대도."

"그 정도는 딱히 상관없잖아요."

"싫어."

가즈야는 냅다 달려 모로오카 앞으로 가 막아섰다.

"뭐야, 비켜."

"부탁이에요. 저도 지금 곤란해요. 제발."

허리를 90도로 굽혀 부탁했다.

모로오카가 한숨을 쉬었다.

"나는 사노 군이 어디 사는지도 모르고 연락처도 몰라. 정말 깊은 사이가 아니라고. 썩 꺼져."

지겹다는 투로 그렇게 말하고 모로오카는 가즈야를 피해 다시 걷기 시작했다.

가즈야는 주위를 빙 둘러봤다. 사람의 시선이 없음을 확인하고 오른손을 주머니에 찔러 넣었다. 그리고 다시 냅다 달렸다.

또 가즈야 눈앞에 나타나자 모로오카는 혀를 찼다.

"적당히 해. 나는 아무것도 모르…." 말이 끊겼다.

가즈야가 목 언저리에 펜나이프를 들이댔기 때문이다.

숨을 삼키는 모로오카에게 으름장을 놓으며 가즈야는 밑에서 쏘아봤다.

"찔리고 싶지 않으면 내 말 들어. 이쪽으로 와."

펜나이프를 지참한 이유는 만에 하나 벤조와 다투게 되었을 경우를 생각했기 때문이다. 그 녀석이 정말 흉악범이라면 정체를 안 자신을 살려 두지는 않으리라.

모로오카의 멱살을 잡고 무릎 높이의 울타리를 넘어 주위로부터 잘 보이지 않는 풀숲 안으로 끌고 들어갔다. 모로오카는 몸을 내맡긴 채 저항하려 하지 않았다.

다시 대치하여 나이프 끝을 겨누었다. 모로오카는 안면이 창백해지고 입술이 떨리고 있다.

"내 질문에 고분고분 대답하면 아무 짓도 안 해. 하지만 말을 하지 않거나 거짓말을 하면 확 찌를 거야. 알았어?"

모로오카가 위아래로 작게 고개를 끄덕였다.

"우선, 그 녀석과는 언제 어디서 어떻게 만났지?"

"지, 지난주 화요일에 윈즈에서, 그가 말을 걸어왔어."

"뭐라고?"

"만 엔을 줄 테니 심부름 좀 할 수 있겠느냐고."

"어떤 심부름인데."

"그 전에 이거, 치워 줘." 나이프에 시선을 떨군다.

"안 돼. 빨리 말해." 턱짓을 했다.

모로오카는 몇 초간 망설이고 말했다.

"…심부름 센터에 가 달라고."

"심부름 센터?"

─어떤 사람의 조사를 의뢰해 줬으면 합니다.

벤조는 이렇게 말했다고 한다. 즉, 모로오카에게 대신 의뢰해 달라는 것이다. 어째서 그런 번거로운 짓을 할까, 라고 당연히 모로오카도 생각했다. 하지만 처음부터 일절 캐묻지 않겠다는 약속하에 돈을 받았으므로 모로오카는 의문을 제기할 수 없었다.

"그래서, 그 녀석은 누구를 찾아 달라고 했어?"

물어보자 모로오카는 슈트 안주머니에서 두 번 접힌 메모 용지를 꺼내어 가즈야에게 건넸다.

가즈야는 나이프를 들이댄 채 다른 손으로 메모 용지를 펼쳐 시선을 떨궜다.

사사하라 히로코. 현재 49세 혹은 50세. 니가타현 미쓰케시 출신. 그렇게 적혀 있다.

아무래도 벤조는 이 여성을 찾는 모양이다. 당연하지만 가즈 야로서는 누구인지 전혀 짐작이 되지 않았다.

"나도 몰라. 생이별한 어머니인가 추측했지."

그래서 아까 가즈야의 옛날 성이라는 말에 반응한 건가.

어쨌거나 그 일만으로 만 엔을 받을 수 있다면야, 싶어 모로 오카는 기꺼이 심부름센터를 방문했다. 장소로는 우에노 오카치 마치에 있는 작은 곳을 지정받았다고 한다. 찾는 이유는 사사하 라 히로코는 모로오카가 젊었을 적 잠깐 동거했던 여성으로 그 당시 자신의 부족함 탓에 헤어졌는데 다시 한번 만나서 사과하 고 싶다….

하지만 심부름센터는 그 의뢰를 맡아 주지 않았다.

"스토커로 의심한 건지 몰라도 이런저런 이유를 대며 거절하 더군. 오늘 그 사실을 사노 군에게 솔직히 전했어. 자네 말대로 했지만 맡아 주지 않더라고. 그랬더니 이걸로 갈아입고 또 한 번, 이번에는 다른 곳으로 가라는 거야."

그리고 또 만 엔을 받아 모로오카는 다시 심부름센터를 방문 했다. 그 결과, 이 정도 정보뿐이라면 확실히 찾아낼 수 있을지 장담은 할 수 없지만 조사해 보겠다고. 조사 비용은 2, 30만 엔 을 생각해 달라고 했단다.

"그 녀석에게 그 말을 전했어?"

"어어, 바로."

그리고 이후, 조사의 진척 상황을 보고할 때마다 매번 만 엔 씩 받기로 약속했다고 모로오카는 말했다.

"이게 다야. 더 이상은 정말 몰라."

가즈야는 모로오카의 눈을 뚫어져라 쳐다봤다. 확실히 거짓말을 하는 낌새는 없다.

"이봐, 사노 군은 누구야. 왜 당신 같은 인간에게 쫓기는 거야."

하지만 가즈야가 대답하려 하자 급히 번복한다.

"아냐, 역시 됐어. 듣고 싶지 않아. 골칫거리에 휘말리는 건 사양이야."

"당신, 이후에 그 녀석과는…."

"안 만나. 연락도 안 해. 이봐, 부탁이니까 이거 치워 줘."

가즈야는 한숨을 후 내쉬고 메모 용지를 바지 주머니에 밀어 넣고는 펜나이프를 거두었다.

"이런 짓을 해서 죄송합니다. 말을 좀 묻고 싶었을 뿐이에요. 이제 가도 좋아요."

모로오카는 뭔가 불평하려 했지만 말을 삼키고 고개를 끄덕였다. 그리고 자리를 벗어나자마자 "사람 살려!" 하고 크게 외쳤다.

저 자식. 혀를 찼다. 가즈야는 서둘러 그 자리를 떠났다.

8

가즈야가 숙소에 돌아온 것은 자정이 지나서였다. 신발장을 들여다보니 벤조의 스니커즈가 있었으므로 그 녀석도 이미 돌

173

아와 있는 듯했다. 그렇다면 자신의 미행은 들키지 않은 것이리라.

가즈야는 자기 방에서 담배를 한 대 피운 뒤 작심하고 벤조의 방을 찾았다.

"무슨 일입니까?"

여느 때처럼 니트 모자 스타일의 벤조가 나왔다.

"언제 들어왔어?"

평정을 가장하며 말했지만 심장은 쿵쿵 세차게 고동치고 있다. 지금, 눈앞에 있는 이 남자의 정체는 괴물인 것이다.

"방금 전입니다만."

"어디 갔었는데."

"늘 가던 패밀리 레스토랑에서 공부했는데요."

"…패밀리 레스토랑."

"그게 왜요?"

"이봐, 지금 내 방에서 한잔하지 않을래? 편의점에서 술과 안주를 사 왔거든."

"죄송합니다. 좀 더 공부하고 싶어서요."

"하룻밤쯤은 쉬어도 괜찮잖아. 때로는 취하는 것도 중요해."

"술은 못 마십니다."

"그럼 그냥 같이 있어 줘."

벤조는 두꺼운 안경 속의 눈을 찡그렸다.

"우린, 친구잖아."

"……"

"알겠지? 건너와."

벤조는 곤란한 빛을 띠었지만 결국에는 승낙했다.

"그럼 5분 후에 가겠습니다"

가즈야는 일단 혼자 방으로 돌아가서 곧 찾아올 벤조를 기다렸다. 비닐봉지 안에서 캔맥주를 꺼내어 뚜껑을 따고 단숨에 절반쯤 마셨다.

담배에 불을 붙였다. 어수선한 마음을 달래고자 천천히 연기를 내뿜는다.

너, 그 탈주범 닮지 않았냐? 이 한마디. 어디까지나 농담조로 가볍게 말하면 된다.

그 녀석은 어떻게 반응할까. 솔직히 자신은 이미 벤조를 가부라기 게이치라고 생각한다. 아니, 확신한다.

그렇다면 이런 불필요한 짓은 하지 말고 바로 경찰에 신고해야 한다. 그것만으로도 3백만 엔이나 되는 돈이 손에 들어오니까. 후쿠자와 유키치가 3백 명. 엄청난 거금이다.

게다가 쓸데없는 자극을 하여 공격을 당할 가능성도 없는 게 아니다. 벤조는 사람을 셋씩이나 죽였다. 별안간 돌변할 가능성도 충분히 고려할 수 있다.

그렇건만… 어째서 자신은 벤조와 이런 시간을 마련했을까. 가즈야는 이제 자신의 마음을 알 수 없었다. 말하자면 마음과 행동이 따로따로다.

이윽고 노크 소리가 들리고 벤조가 찾아왔다.

"미안. 먼저 마시고 있었어." 맥주 캔을 들어 보였다.

벤조는 고개를 끄덕이고 가즈야 옆에 앉았다.

"너, 뭐 마실래?"

"물 있습니까?"

"물? 그런 걸 돈 주고 사겠냐? 자, 이거 마셔."

캔 츄하이(소주에 약간의 탄산과 과즙을 넣은 일본의 주류 음료)를 내밀었다.

"이런 건 주스나 마찬가지니까."

벤조는 조금 망설이는 기색을 보이더니 뚜껑을 당겨 열었다.

캔을 부딪쳐 건배했다.

처음 하는 건배로 분명 앞으로 두 번 다시는 없다. 처음이자 마지막으로 마시는 벤조와의 술이다.

가즈야는 쉴 없이 계속 지껄였다.

"—그래서 말야, 그 여자가 날 버리고 나간 것도 묘하게 납득이 되더라고."

"아버님은요?"

"아버지는 분명 아직 고향에 있지 않으려나. 그 고장밖에 모르니까."

"그럼 귀향하면 만날 수 있네요."

"뭐 그렇지. 이제 와서 만날 생각도 없지만."

"언젠가 만나러 가는 게 좋습니다."

"왜?"

"아버지 쪽은 친아버지잖아요."

"그런 건 상관없어. 내가 없어져서 아버지도 한시름 덜었을 테고."

"과연 그럴까요?"

가부라기 게이치는 부모님을 모른다. 아동보호시설에서 자랐기 때문이다.

"―이젠 틀렸어. 너, 몰매 같은 거 맞아 본 적 없지?"

"다행히 경험은 없습니다."

"한참 맞으니, 그냥 죽여 줬으면 싶더라니까. 이런 고통이 계속될 바에는 차라리 죽는 편이 낫다 싶더라고."

"하지만 결국 죽지 않아 다행이네요."

"지금 생각하면 그렇지. 하지만 그 순간에는 진짜 죽고 싶었어. 그 전까지 친구였던 놈들이 가차 없이 때리는데 말야, 울며 사과해도 용서해 주지 않더라. 누구 하나 내 말을 믿어 주지 않고, 감싸 주지도 않았지."

"집단심리라는 것일까요? 그런 상황에 빠지면 인간은 합리적으로 사고할 수 없는 것 같더군요."

"그런 건 모르겠지만 하여간에 인정사정없어. 아아, 한 가지 말해 두는데, 나 후배 안 떨어뜨렸다."

"네. 노노무라 씨는 그런 짓을 할 사람이 아닙니다."

가즈야는 대답할 수 없었다.

'너 역시 사람을 죽일 녀석이 아니겠지…, 아니야?'

술기운을 빌렸기 때문인지 가즈야는 여태껏 누구에게도 말한 적 없는 과거를 상세히 털어놓고 있었다. 자신의 가족사부터 지금 어째서 여기 있는지도 전부.

하지만 실제로는 전혀 취해 있지 않았다. 아무리 마셔도 취기가 오르지 않는다.

애당초 왜 나는 이런 이야기를 하고 있을까. 이럴 셈이 아니었다. 자기 이야기를 하는 게 아니라 벤조의, 가부라기 게이치의 이야기를 들으려 했다. 왜 탈옥을 했는지, 어째서 사람을 죽였는지, 납득이 가는 이유를 듣고 싶었다. 그런 것이 있을 리 없을지도 모르지만, 벤조의 마음속에 있는 목소리를 듣고 싶었다.

"그러고 보니 너, 그럭저럭 마시는구나."

벤조는 벌써 두 개째 캔 츄하이를 비웠다.

"의외로 좀 하나 봐요."

그 표현이 마음에 걸렸다.

"혹시 너, 지금까지 술 마셔 본 적 없어?"

벤조가 고개를 끄덕였다.

놀랐지만, 어딘지 납득이 갔다. 생각해 보니 가부라기 게이치는 지금 현재도 아직 미성년자인 것이다.

"이봐, 벤조." 가즈야는 낮은 천장으로 눈길을 주며 말했다.

"우리, 친구일까?"

"조금 전 노노무라 씨가 스스로 그렇게 말했잖아요."

"넌 어떻게 생각하는데."

"친구라고 생각합니다."

"생각합니다라."

"친구입니다."

벤조는 한 박자 쉬고 다시 말했다.

"나…." 이때 가즈야는 일어섰다.

"오줌 좀 싸고 올게."

가즈야는 방에서 나와 빠른 걸음으로 복도를 지나 공동 화장실로 갔다. 소변기가 두 개, 칸막이 화장실도 두 개. 사람은 없고, 어두컴컴했다. 작은 창문으로 조금 달빛이 비쳐들 뿐이기 때문이다. 꽤 오래전에 형광등이 나갔건만 아무도 갈아 끼우려 하지 않았기에 밤에는 어둠 속에서 볼일을 보아야만 한다.

가즈야는 화장실 깊이 들어가 창문 앞에서 스마트폰을 꺼냈다. 액정이 빛을 발하자 창백하게 비춰진 자기 얼굴이 유리창에 스며 떠올랐다.

가즈야는 천천히 1, 1, 0 하고 번호를 입력했다.

생각해 보면 가즈야가 가네코 건으로 이처럼 경찰에 신고하려 했을 때 벤조가 제동을 건 데는 다른 이유가 있었으리라. 경찰이 들이닥치면 입장이 난처했던 것이다.

아무리 인부라 해도 우시쿠보 토목처럼 과거를 전혀 따지지 않는 직장은 그다지 없다. 벤조는 이 일을 잃고 싶지 않았다. 그래서 가즈야를 만류하기 위해 그런 방법을 썼다.

그뿐이다. 은혜 따위는 없다. 그런 놈, 친구도 뭣도 아니다.

초록색 통화 마크를 눌렀다.

스마트폰을 귀에 갖다 댔다.

[네, 경찰청입니다. 사건입니까, 사고입니까?]

남자가 냉정한 어조로 말했다.

그러나 가즈야의 입술은 움직이지 않았다. 무엇을 어떻게 말하면 좋을지, 알 수 없었다. 마치 말을 잃은 듯했다.

그대로 몇 초가 지나고,

[들리십니까? 사건입니까, 사고입니까?]

"…아무것도, 아닙니다."

가즈야는 전화를 끊었다.

왜, 왜, 왜…. 여기 그 탈옥범이 있다. 이 말이면 된다. 고작이 말이면 되는데.

자신은 돈을 손에 넣고, 그 녀석은 다시 감방 안으로 들어간다. 그리고 죽는다.

그렇다, 그 녀석은 죽어야만 하는 인간이다. 나라가 그 녀석을 처형하기로 결정했으니까.

문득 시선을 든 순간, 가즈야는 온몸에 쫙 소름이 끼쳤다. 눈앞 유리창에 비친 자신의 얼굴 뒤로 사람의 모습이 스며 있었던 것이다.

가즈야는 느린 동작으로 돌아봤다. 몇 미터 떨어진 어둠 속에 벤조가 있었다. 두꺼운 안경이 흐린 달빛을 희미하게 반사하고 있다. 그것이 가즈야에게는 사냥감을 앞에 둔 육식동물의 안광처럼 느껴졌다.

목소리가 나오지 않았다. 손끝이 떨리고 있다. 스마트폰을 떨어뜨리지 않으려고 필사적으로 애를 썼다.

"통화 중이셨습니까?"

벤조가 한 발 내디디며 말했다.

가즈야는 고개를 좌우로 흔들었다. 그때, 손안의 스마트폰이 멜로디를 토했다. 좁은 화장실 안에 그 소리가 울려 퍼진다. 시선을 떨궜다. 110번에서 온 전화였다. 바로 이유를 알았다. 신고는 발신 기록이 남는다. 경찰은 방금 전의 수상한 발신에 전화를 되건 것이리라.

가즈야는 전원을 껐다.

"나, 말하지 않았어."

쉰 목소리로 말했다.

"나, 아무것도, 말하지 않았어."

벤조는 무표정으로 가즈야를 쳐다보고 있다. 그에게서 감정은 읽을 수 없다.

이윽고 벤조는 말없이 몸을 돌려 화장실를 나갔다. 가즈야는 그 자리에 주저앉았다.

타일의 차가움이 싸늘함으로 느껴졌다. 그런 싸늘함에 엉덩이가 마비되어 감각이 사라질 때까지 가즈야는 그 자리에서 움직이지 않았다.

비로소 가즈야가 화장실을 나와 방으로 돌아왔을 때 벤조의 모습은 거기에 없었다.

이후, 가즈야가 벤조의 모습을 보는 일은 없었다.

9

벤조가 사라진 지 10일쯤 지난 이른 오후, 공사장에 경찰이 찾아왔다. 처음에는 경찰차 한 대에 제복 경찰 두 명으로 왔지만 이내 그 열 배에 달하는 수사원이 밀려들었다. 그리고 이날 현장은 강제로 중지되었다. 우시쿠보 토목, 이나도 흥업의 모든 작업원에 대하여 개별 조사가 있었기 때문이다.

경찰이 어떻게 벤조의 종적을 파악했는지는 모른다. 누군가의 제보가 있었을지도 모르고, 수사 과정에서 이곳에 숨어 있음을 알았을지도 모른다. 어쨌거나 벤조가 가부라기 게이치였음은 이로써 100퍼센트 확정되었다. 원래 알고 있었으나 쐐기를 박힌 것 같아서 가즈야는 어쩐지 몹시 불쾌했다.

그리고 그런 가즈야의 면접 조사는 무려 두 시간에 달했다. 벤조와 가장 친했던 자로서 경찰의 취급이 다른 자와는 달랐던 것이다.

"전혀 눈치채지 못했습니다."

가즈야는 일관되게 이처럼 주장했다. 경찰이 의심하는 기미는 없었지만 질문은 다방면에 이르렀다. 가즈야의 말을 하나하나 메모하여 그로부터 조금이라도 실마리를 잡으려는 듯했다.

특히 여러 명 가운데 한 형사 마타누키라는 이름의 젊은 남자 수사관은 집요하여 이상하리만큼 눈을 번뜩이며 가즈야의 일거수일투족을 관찰했다. 가즈야는 그런 시선을 견디며 내내 '눈치채지 못했다.'라고 주장했다.

그런 자신의 심리를 가즈야는 좀처럼 알 수 없었다. 그 녀석을 감싸고 싶은 건 아니다. 위화감이 있을 뿐이다. 도저히 벤조와 살인귀를 자기 안에서 연결 지을 수 없었다.

하지만,

—그 녀석, 정말로 사람을 죽였습니까?

가즈야는 마지막까지 이 말을 입에 올릴 수 없었다.

경찰이 떠난 저녁 무렵, 가즈야는 야나세의 부름을 받아 현장의 조립식 사무소로 향했다.

"일단 묻겠는데, 자네는 정말 몰랐던 거지?"

사무용 의자에 앉은 야나세가 눈앞에 선 가즈야를 향해 말했다. 야나세 옆에는 슈트를 입은 초로의 남자도 있었다. 처음 보는 얼굴로 한마디도 지껄이지 않는데 혹시 이 남자가 우시쿠보 토목 사장일까.

경찰에 말한 대로 전혀 눈치채지 못했다고 대답하자,

"그렇군. 그럼 이제 가도 좋아."

야나세는 힘없이 말하고 턱짓했다. 그 얼굴에는 비통함이 감돌았다. 우시쿠보 토목은 탈옥범을 고용한 책임을 지게 될까. 그럴 리 없다고 생각하지만 뭔가 이차적인 피해를 입었을지도 모른다. 이 회사는 오늘까지 노동기준법 따위는 무시하며 일해 왔다.

가즈야가 사무소를 나와 터벅터벅 걷는데 "이봐, 애송이" 하는 목소리가 등에 꽂혔다.

돌아다보니 이나도 흥업의 가네코가 서 있었다. 증오 어린 눈으로 가즈야를 쏘아보고 있다.

"이 자식, 내게 맞은 것까지 짭새한테 말했겠다."

"이렇게 된 이상 입을 다물고 있을 순 없죠."

"상관없는 소리를 씨불이다니."

"그 녀석과의 에피소드는 전부 말하라고 했거든요."

가네코가 혀를 찼다.

"덕분에 나는 징계를 먹고 감봉이야. 어떻게 할 거야."

콧방귀를 뀌고 가즈야는 몸을 돌려 다시 걷기 시작했다.

그런 가즈야의 등에 다시금 목소리가 날아들었다.

"실은 너, 있는 데를 아는 거 아냐?"

발을 멈췄다.

"알면 순순히 불어. 내가 이 손으로 그 살인귀를 처형시켜 주겠어."

가즈야는 주먹을 불끈 움켜쥐었다.

그리고 뒤로 돌자마자 가네코를 향해 돌진했다.

3장

—

탈옥 117일째

10

노트북과 눈싸움을 하며 끄응, 하고 신음하자니 때마침 뒤를 지나던 가린이 걸음을 멈추고는 "선배. 지금 얼굴, 귀신 같아요"라고 귓가에서 놀렸다. 안도 사야카는 손을 치켜들어 때리는 시늉을 하여 서른 즈음의 후배를 쫓아 보냈다.

다시 노트북으로 눈을 돌렸다. 이만하면 됐으려나. 사야카는 자신을 납득시키고, 시야 끝에 위치한 실장 이나모토 미요코 앞으로 메일을 보냈다.

몇 분 후, 이나모토가 "안도"라 불러서 바라보니 그 머리 위에 ○ 마크가 그려져 있었기에 사야카는 안도하여 가슴을 쓸어내렸다.

승낙받은 기사를 부랴부랴 자사의 뉴스 제공 사이트에 등록했다. 타이머는 두 시간 후인 18시로 세팅해 두었다. 직장 여성을 겨냥한 기사이므로 이 시간대가 가장 알맞다.

"안도."

또다시 이나모토. 이번에는 머리 위에 손가락 세 개가 세워져 있었다. 앞으로 세 개, 기사를 내라는 의미다.

사야카는 웃는 얼굴로 고개를 끄덕하고 남몰래 한숨을 쉬었다.

시부야에 오피스를 둔 주식회사 '미디어 트렌더즈'에서 사야카가 일하기 시작한 것은 약 8년 전이다.

당시 사야카가 근무하던 광고 대리점의 거래처 직원으로서 종종 회사에 드나들던 사람이 이나모토였다. 이나모토는 사야카보다 일곱 살 연상으로, 미인에 수완가지만 다가가기 힘든 구석이 있어서 사야카에게는 내심 두려운 존재였다. 따라서 그런 그녀가 상의할 게 있다며 식사를 제안했을 때는 놀랐다.

지인에게서, 라이프 뉴스를 제공하는 미디어 회사를 설립할 건데 그곳에 오지 않겠느냐는 권유를 받았다고 이나모토는 털어놓았다.

"그래서 말인데, 안도 씨. 당신도 같이 안 갈래?"

이른바 헤드 헌팅으로, 딱히 뛰어난 능력이 없는 자신에게 이런 일이 일어날 줄은 상상도 못 했다.

당시의 일에 불만은 없었지만 매력도 없었다. 적어도 활기찬 매일은 아니었다. 그렇다면 모험을 해 보는 것도 나쁘지 않다 싶었고….

이리하여 지금의 회사에서 이나모토의 부하 직원으로 일하게 되었다.

창립 당시에는 시부야구 쇼토의 주택이 일터였는데, 서서히 역 근처로 이전하여 지금은 미야마스자카의 24층짜리 빌딩 한 층을 빌릴 정도로까지 성장했다.

사원의 9할이 여성으로 인원은 50명이 안 되지만 매출은 어느 부서든 상승세다. 그중에서도 사야카가 적을 두고 있는 마케팅부는 6월 중순의 시점에 이미 상반기 목표 매출에 바싹 다가섰다.

그만큼 일은 혹독하다. 10시 반 출근이라 아침은 느긋하지만 퇴근이 늦다. 날짜가 바뀐 뒤에야 택시로 퇴근하는 일도 부지기수였다. 더욱이 올해부터 사야카의 직함은 수석 디렉터가 되었고, 그에 따라 담당하는 부하 직원이 늘었으므로 매일이 시간과의 전쟁이었다.

그 대가로 납득할 만한 높은 급여를 받는다. 사야카의 작년 연봉은 9백만 엔이었다. 올해는 더 오를 것이다. 가까운 친구들 중에 자신보다 많이 버는 사람은 없다. 그렇지만 그녀들은 사야카가 가지지 못한 가정을 가졌다.

사야카는 올해로 서른다섯 살이 된다. 요 몇 년은 친구들 결혼식에 참석하는 일도 부쩍 줄었다. 한잔하는 상대는 회사 동료뿐이다.

내게는 일이 있다, 라고 단언할 만큼 사야카는 커리어 우먼을 지향하는 사람이 아니었다. 남들만큼의 행복을 원하는, 평범한 여자였다.

업무를 관리하는 챗워크(일본의 기업용 라인) 앱을 들여다보니 이번 달 들어온 신입 남성 기자로부터 원고 한 편이 도착해 있었다. 내용은 신상 코스메틱을 사용한 감상을 블로그 글 형식으로 쓴 것이다. 누가 이런 글을 남자가 쓴다고 생각할까. 냉정하게 생각해 보면 소름 끼치는 일이기도 하다.

기사 자체는 좋지도 나쁘지도 않은 수준이었다. 블로그 글치고는 문체가 딱딱하고 단어 선택도 다소 촌스럽다. 하지만 남자인 점과 신입인 점을 감안하면 양호한 편이리라. 필수 단어도 지정 횟수만큼 사용했고 마감도 잘 지켰으니 칭찬할 만하다.

사야카의 여러 업무 중 하나로 재택 기자들 관리가 있다. 아르바이트생으로 고용된 그들에게 테마를 주어 기사를 쓰게 하고, 그것을 사야카 자신의 손으로 가필 수정하여 웹상에 업로드한다.

지극히 단순한 작업이지만 이게 상당한 센스를 필요로 한다. 물론 원고를 쓰는 재택 기자들의 능력도 중요하지만, 그 글을 다듬는 편집 작업 또한 품이 들어가는 것이다. 그렇다지만 8년이나 같은 일을 해 왔으므로 요령은 어느 정도 터득했다.

다루는 테마는 제각각이지만 기본은 여성을 겨냥한다는 것이다. 그중에서도 메이크업, 패션, 다이어트, 섹스 기사가 다수를 차지한다. 시대의 트렌드에 따라 매년 약간의 변화는 있지만 그 토대는 전혀 바뀌지 않는다. 자꾸자꾸 같은 것을 계속해서 제공하는 셈이다.

사야카는 가끔 자신이 대체 무엇을 하고 있는 걸까 싶어서 허무해질 때가 있다. 그리고 최근 들어 그런 일이 빈번해졌다.

"거짓말. 벌써 헤어졌어?"

뜻밖에 큰 목소리가 나와 버려 사야카는 휙 주위를 둘러봤다. 회사에서 가까운 이 이탈리안 레스토랑은 떠들썩한 시부야에 있는데도 늘 실내가 조용하기 때문이다.

맞은편의 가린은 태연한 얼굴로 와인 잔을 기울이고 있다. 스물아홉 살인 이 후배에게서 미대 강사인 남자와 사귀게 되었다는 얘기가 있었던 것은 틀림없이 지난달 말이었을 터다.

"너, 역시 포기가 너무 빠르지 않아? 고등학생도 아니고."

가린은 그 전의 남자친구와도 3개월도 못 가 헤어졌다.

"선배, 반대예요 반대. 바로 이 나이이기 때문에 안 맞는다 싶으면 바로 다음으로 넘어가야죠."

"그래도 그렇지. 그런데 왜 헤어졌어?"

"지난주 휴일에 그를 따라 영화를 보러 갔었거든요. 그런데 그게 어찌나 시시한지, 뭐랄까, 묘하게 관념적이고 메시지성 같은 것이 너무 강한 거예요. 그런데 그는 훌륭한 영화라면서 감동하더라니까요."

"뭐? 그것뿐이야?"

"간단히 말하자면요. 하지만 그런 가치관의 차이란 꽤 큰 것이라고 생각해요. '너는 우선 이데올로기의 개념과 정의를 아는 데서부터 시작하자'라는 말에 무리다 싶었는걸요. 아무것도 시작하지 않을 거거든, 싶고."

가린의 잔이 비었기에 사야카는 웃으며 와인을 따라 줬다.

"그래서 말인데, 선배. 이번 주에 같이 미팅 안 갈래요?"

"안 갈래. 이제 지긋지긋해."

올해 초봄이었던가, 가린의 끈질긴 설득에 못 이겨 5 대 5 미팅에 나갔는데 그게 최악이었다. 남자들 사이에서 서서히 늘어 가는 야한 농담은 그나마 참을 수 있었으나, 2차로 간 노래방에서 왕 게임을 하자는 말이 나왔을 때는 정말 질려 버렸다. 사야카는 화장실에 간다면서 자리를 떠 그대로 택시를 타고 귀가했다.

"그건 진짜로 실패였어요. 비용도 더치페이였고. 하지만 이번에는 분명 좋은 만남이 있을 거예요. 그렇게 믿자고요."

"됐네요."

"선배." 가린이 상체를 훅 들이밀었다.

"실연으로 뚫린 구멍은 새로운 사랑으로밖에 메워지지 않는다고요."

"그런 진부한 소리를 자랑스럽게 하지 마."

"오늘 게재한 칼럼에도 써 버렸어요."

팀은 다르지만 가린도 사야카와 거의 같은 작업을 매일 하고 있다.

사야카는 여섯 살 연하인 이 후배가 좋았다. 겉과 속이 같아서 희로애락을 있는 그대로 표현한다. 가식쟁이인 자신으로서는 도저히 흉내 낼 수 없는 재주였다.

아니, 정확히 말하자면 지금의 나로서는 말이다. 사야카도 예전에는 가린처럼 행동했었다. 친구에게는 어떤 것이든 털어놓았고 정신이 병들었을 때는 '병들었어'라고 솔직히 말할 수 있었다. 비밀 따위는 만들지 말자는 주의였다.

　그런데 어느새 묘하게 변하게 되었다. 슬플 때 웃고, 비밀도 가지게 되었다.

　"선배. 지금도 이전 남자친구 생각해요?"

　"전혀."

　봐라. 이렇다.

　"8년이나 사귀었는데요?"

　"내가 찼는걸."

　"아아, 그런가. 하지만 헤어지길 잘한 것 같아요. 빚을 숨기고 있었으면 용서할 수 없죠."

　반년 전, 8년 사귄 남자에게 거액의 빚이 있음을 알고 헤어지기로 결심했다…라고, 가린을 포함한 주위 사람에게는 그렇게 둘러댔다. 실제로는 다르다. 사귀던 열 살 연상의 남자에게는 처자식이 있었다. 불륜이었던 것이다.

　남자가 기혼자임을 안 것은 교제를 시작하고 2년 후의 일이었다. 알았을 때는 경악했다. 미친 듯이 화가 났다. 그토록 오래도록 알아차리지 못한 자신이 너무 멍청하게 느껴졌다.

　그러고도 남자의 '아내와는 헤어질 거야'라는 말을 믿었고, 그 후로 6년, 총 8년간이나 계속 교제했으니 참 구제 불능이었다.

　그 결말도 실로 초라한 것이었다. 남자의 아내에게 바람을 들킨 것이다. 변호사가 개입되었고, 그 결과 위자료 2백만 엔을 지급하게 되었다. 큰 타격이었지만, 남자의 아내에게 호되게 뺨을 맞은 것이 훨씬 쇼크였다. '너 같은 여자는 평생 불행한 인생을 살 거야. 반드시.' 떠올리면 지금도 말로 다 표현할 수 없는 쓰라린 감정이 밀려온다.

이만큼 비참함을 맛보았음에도 불구하고 여전히 그 남자를 잊을 수 없으니 정말이지 답이 없다. 최근에는 자기혐오를 넘어서 연민마저 든다.

"그렇게 느긋하게 있으면 실장님처럼 될걸요."

치즈를 쏙 입에 넣은 가린이 그런 실례되는 소리를 했다.

실장 이나모토는 독신이었다. 본인은 그 사실에 주눅 들지 않고 '결혼도 출산도 포기했다'라고 공언한 바 있다.

"선배는 그렇지 않잖아요. 결혼 생각 있잖아요."

"뭐 그렇지."

"그럼 인연을 기다리지 말고 적극적으로 찾으셔야죠."

"너는 너무 적극적인 것 같은데."

실장님처럼 된다…. 별 뜻 없는 이 말에 와인이 무척 떫게 느껴졌다.

전에 이나모토에게 어째서 자신을 이 회사로 불렀냐고. 질문한 적이 있다.

"당신이 쓰는 글에서 센스를 느꼈어. 그리고…."

이나모토는 근심 어린 눈초리로 바라보며,

"닮았거든, 당신. 젊은 시절의 나와."

이후에는 가린과 함께 에비스에 있는 단골 바로 이동하여 심야 2시까지 마셨다. 금요일 밤은 매주 이런 식이다.

집으로 가는 택시 안, 아직 사람의 왕래가 있는 거리를 멍하니 바라봤다. 다들 무슨 생각을 하며 살고 있을까, 그런 것을 생각했다.

그다음 주부터는 비가 이어졌다. 장마가 한창이니 어쩔 수 없지만, 통근 전철이 습기로 푹푹 찌는 데는 질려 버렸다. 하기야 산겐자야에 사는 사야카가 만원 전철에 몸을 싣는 것은 고작 5분이다. 하지만 그 5분이 지옥인 것이다.

그런 기분과는 반대로 이번 주는 사무실에 연일 활기가 돌았다. 요 일주일간 재택 기자들이 급여를 받으러 회사에 오기 때문이다. 간토권(도쿄를 중심으로 한 일본의 중심 지역)에 사는 기자의 원고료는 담당 사원이 직접 현금으로 지급한다. 미디어 트렌더즈에서는 3년 전 이 시스템을 도입했다.

원래는 그 명칭대로 재택 기자는 집에서 일하고자 하는 사람들이다. 주부가 많은 것도 그러한 이유에서다. 하지만 한 달에 한 번 원고료를 수령할 때만큼은 일부러 회사에 발걸음하게 한다.

그것은 기자들에게나 사야카 같은 사원들에게나 귀찮은 일이었다.

그럼에도 불구하고 이런 아날로그 방식을 채택한 데는 두 가지 이유가 있었다. 하나는, 평소 얼굴 볼 일 없는 기자들과 직접 만나 커뮤니케이션을 꾀하고 그들의 희망 사항과 불만을 직접 들어 업무를 원활하게 진행하기 위해서이고, 또 하나는, 그들의 증발을 막기 위해서였다.

재택 기자라는 것은 금세 연락이 두절된다. 원고를 쓰지 못해서 그대로 굿바이하는 일이 놀라우리만큼 많다. 비율로 따지면 약 3분의 1 정도의 사람들이 반년 내에 그런 식으로 사라진다. 사회인으로서의 자세가 의심스럽지만 그 마음을 모르는 것도 아니었다.

그들은 따로 직업이 있다거나 전업 주부이거나 해서, 기자로서의 일은 어디까지나 부업이라는 명목하에 수행하고 있는 것이다. 그러니 마감 기한이 짧은 어려운 원고가 요구되거나, 나아가 사원들로부터 재촉을 받거나 하면 에잇 됐어, 하며 관두는 것은 자연스러운 현상이라고도 할 수 있다. 상대와는 면식도 없으므로 그리 마음이 상하지도 않는다.

하지만 얼굴을 아는 사람에게 직접 원고료를 받는다고 생각하면 순간 망설일 것이다. 그래도 증발하는 사람은 증발하지만, 이 시스템을 도입하고 나서는 그 숫자가 확실히 줄었다. 참고로 이것을 고안한 사람은 실장 이나모토다.

저녁이 되었을 무렵, 1층 프런트의 안내양으로부터 [약속하신 나스 님이 오셨습니다]라는 내선 전화가 와서 사야카는 자리에서 일어났다.

나스라는 사람은 이번 달 들어온 재택 기자다. 오늘 처음 원고료를 수령하는 터라 얼굴을 보는 것도 처음이다. 기본적으로 재택 기자를 고용할 때는 면담을 하지 않는다. 인터넷상의 소통만으로 합격 여부를 판단한다.

나스는 스물세 살의 남성으로 3, 40대 여성이 많은 재택 기자 중에서는 드문 존재였다. 아직 간단한 원고밖에 맡길 수 없지만 마감을 정확하게 지키고 답장도 빠르다. 향후 인재가 될 듯한 인물이므로 제대로 인사해 두어야 한다.

사야카가 엘리베이터 홀에서 기다리고 있으니 이윽고 훤칠하게 키 큰 금발의 남자가 내렸다. 오른손에는 검은 우산, 왼손에는 자그마한 캐리어가방. 흰 칠부 소매 셔츠에 깔끔한 치노 팬츠를 롤업하여 입었고, 발에는 물빛 슬립온, 그리고 요새 유행하는 스퀘어 안경을 꼈다. 그 속의 눈과 시선이 마주쳤다.

"나스 씨, 인가요?"

그의 가슴팍에는 'GUEST'라고 적힌 출입증 배지가 있다.

"나스 다카시입니다. 처음 뵙겠습니다"

그가 금발의 머리를 숙였다.

"안도입니다. 일부러 와 주셔서 감사합니다. 이쪽으로 오시죠."

사야카는 평정을 가장했지만 속으로는 퍽 놀랐다. 남자가 젊은 나이에 재택 기자나 할 정도니 더 음침한 청년을 상상했었다. 하지만 눈앞의 남자는 산뜻하고 멋스러워 독자 모델이라도 할 듯한 모습이었다.

파티션으로 나눴을 뿐인 간이 응접실로 나스를 안내하고 아이스커피를 내밀었다.

"어때요, 일은 익숙해지셨나요?"

사야카는 그런 방향에서 대화를 시작했다.

"아직 전혀요. 이쪽 사정을 잘 몰라서 고생 중입니다."

"처음에는 어느 분이든 그래요. 하지만 나스 씨는 손이 빠르고 룰도 정확히 지켜 주셔서 저희도 편합니다."

"그렇게 말씀해 주셔서 감사합니다."

나스가 수줍어했다. 치열이 고른 하얀 치아가 반짝 빛났다. 스물세 살인 모양인데 더 어려 보인다. 스무 살이라 해도 위화감은 없을 것 같다.

게다가 컬러 렌즈를 낀 것도 눈에 띄었다. 스퀘어 안경 속에 다크 블루의, 다소 확대된 눈동자가 자리하고 있다. 그런 눈동자와 입체적인 얼굴이 어우러져 약간이지만 서양의 향취를 자아냈다. 그리고 중성적이기도 했다. 요새 유행인 젠더리스 남자라는 것이려나. 자세히 보니 연하지만 메이크업도 되어 있었다.

왜 이런 청년이 재택 기자를 하기로 결심했을까. 이력서의 지원 동기에는 뭐라고 적혀 있었을까.

그것을 묻자 그는 조금 수줍어하며 이렇게 대답했다.

"실은 저, 소설가를 꿈꾸고 있습니다."

생각났다. 확실히 이력서에 그렇게 적혀 있었다. 그것을 위한 훈련을 하고 싶다고도 했었다.

그리고 그것은 사야카를 쓴웃음 짓게 만드는 지원 동기였다.

재택 기자 중에는 안 팔리는 소설가나 각본가 같은 프로 글쟁이가 몇 명쯤 있다. 하지만 그런 사람이 우수한가 하면 그렇지는 않았다. 그들은 개성과 자기주장이 글에 배어 있어서 일을 시키기가 힘든 것이 실정이었다. 이 일은 주어진 테마를 주어진 대로 쓰기만 하면 된다. 독창성 같은 건 일절 요구되지 않는다.

이어서 지급명세서 확인에 들어갔다. 금액은 시부야까지의 교통비를 포함하여 약 3만 엔이다. 첫 달에 이만큼 버는 재택 기자는 잘 없다.

"그럼 이곳에 수령 확인 인감을 찍어 주세요."

나스가 샤치하타 사의 만년도장을 꺼내어 용지에 '나스'라는 이름을 빨갛게 날인했다.

다음으로 나스의 희망 사항에 대해 묻자 그는 무조건 돈을 벌고 싶다고 말했다.

"귀사의 기자분들 가운데 톱은 얼마 정도 법니까?"

"때마다 다른데, 저희 회사에 있는 분이라면 5십만 엔 정도인 것 같습니다."

그 사람은 본업으로 재택 기자를 하고 있어서 하루에 원고를 최소 다섯 편은 쓴다. 만약 그와 똑같이 하라고 하면 사야카는 미쳐 버릴 것이다. 그 인물은 소위 베테랑으로, 사내 규정상 기자 랭킹은 A. 같은 원고를 써도 랭킹에 따라 보수가 다르다.

"현재 나스 씨는 랭킹 E인데 앞으로 원고 열두 편을 써 주시면 자동으로 랭킹 D로 승격됩니다. 그 후로는 스킬 등을 고려하여 매번 이쪽에서 심사를 합니다."

그렇다 해도 랭킹 C까지 올라가는 사람은 그리 많지 않다. A, B쯤 되는 이는 정말 극소수다.

"알겠습니다. 저, 열심히 할 테니 일 많이 주세요."

눈이 시리도록 산뜻한 미소로 나스가 말했다.

마지막으로 신분증명 자료를 복사하기 위해 신분증 제출을 요청하자 나스는 미안한 듯 뒤통수를 긁적였다.

듣자니 그는 신분을 증명할 만한 것이 없다고 한다. 세금을 오래 체납하여 국민건강보험증도 없다고 하니 참 난처한 노릇이다.

"병원에 가거나 할 때 난감하겠군요."

"네. 그래서 얼른 돈을 벌어야 합니다."

그럼 제대로 취직하면 되잖아. 입안에서 말했다. 하기야 그렇게 되면 곤란한 것은 사야카 쪽이다. 기자는 늘 인력 부족이다.

게다가 나스에게는 집도 없는 게 아닐까 싶었다. 그래서 이런 비 오는 날에 캐리어가방을 끌고 다니는 게 아닐까.

젊은 재택 기자 중에는 난민 생활을 하는 듯한 사람들이 적잖이 있었다. 그렇게 되면 이미 재택이 아니지만, 어쨌거나 그들은 PC방 같은 데서 먹고 자며 부지런히 원고를 쓴다.

이렇게 마주하고 있어도 그런 난민 생활이 불가피한 젊은이로는 전혀 보이지 않지만, 그의 이력서에는 주소가 기재되어 있었다.

결국 신분증 건은 '가급적 빨리 주십시오'라고 일러두었다. 솔직히 없어도 지장은 없지만 룰은 룰이다.

나스를 엘리베이터 홀까지 배웅하고 그곳에서 헤어졌다.

별난 아이로구나. 사야카는 혼자 뺨에 웃음을 머금었다. 하지만 나쁜 아이 같지는 않았다. 말씨도 정중하고. 게다가, 얼굴이 귀엽다.

그 후, 쌓여 있던 일을 단숨에 해치웠다. 오히려 이런 날이 더 집중이 잘되어 좋은지도 모른다. 오늘 밤에는 평소보다 일찍 퇴근할 수 있을 듯하다.

마지막으로 챗워크를 열었다가 나스로부터 사야카 앞으로 개인 메시지가 와 있음을 알게 되었다. 오늘 일에 대한 인사 같은 것일 줄 알았는데 아니었다. 나스는 빌딩 출입증인 'GUEST' 배지를 갖고 돌아가 버렸다며 대처 방법을 알려 달라고 했다.

방문자에게 흔히 있는 일이었다. 특히 나스처럼 저녁에 온 사람은 이런 경우가 많다. 그도 그럴 것이 왔을 때는 프런트에서 안내양이라 불리는 여성이 배지를 주는데 퇴장 시에는 시니어 경비원으로 사람이 바뀌어 있고, 그들은 방문자에게 일일이 말을 걸거나 하지 않기 때문이다.

사야카는 다음 급여일에 가져와 달라고 회신했다.

그러자 바로 답장이 왔는데 <지금, 빌딩 앞에 도착했습니다>라고 적혀 있어서 깜짝 놀랐다. 다시 잘 보니 처음 메시지가 온 것은 한 시간 전이었다. 사야카로부터 회신이 없어서 시부야까지 되돌아온 것이리라.

사야카는 <지금 나갈 테니 밑에서 기다리세요>라고 회신했다. 고작 이것 때문에 일부러 돌아오게 만들어서 되레 미안한 기분이었다.

이왕이면 그대로 곧장 퇴근하자 싶어서 재빨리 채비를 마치고 자리에서 일어나자 가린이 사야카의 추월을 나무라는 듯한 어조로 말했다.

"선배. 벌써 퇴근하는 거예요?"

"먼저 갑니다." 얄밉기 그지없는 미소를 날려 주었다.

엘리베이터를 타고 1층에 내려가니 유리로 된 입구 밖에 새까만 대형 우산을 쓴 채 서 있는 나스의 모습이 보였다. 복장과 우산이 전혀 어울리지 않아서 우스웠다.

사야카는 입 모양과 몸짓으로 뒷문으로 돌아오라고 전했다. 이 정문의 자동문은 이미 잠겼다.

후문 밖으로 나가 기다리니 이윽고 나스가 잔달음질 쳐 다가왔다.

"죄송합니다. 이런 데 와 본 적이 없어서, 깜빡했습니다."

참으로 면목이 없다는 얼굴로 나스가 출입 배지를 건넸다.

"뭘요. 오히려 죄송합니다. 그것도 이런 빗속에 일부러 와 주셔서 감사합니다."

어쩌다 보니 나스와 우산을 나란히 하고 시부야 역까지 걷게 되었다. 거리에는 많은 우산이 오가고 있다. 나스는 키가 크므로 그의 우산은 사야카의 우산을 살짝 덮듯이 펼쳐져 있었다.

"집에 들어가서 출입증을 발견하셨나요?"

나스는 질문에는 대답하지 않고 쓸쓸하게 웃으며 말했다.

"저, 덜렁이거든요"

"그럼 똑같네. 저도 늘 실수해요."

"다들, 똑같은가."

"그렇다니까요. 인간은 실수하는 동물이거든요."

같은 리듬으로 어깨를 들썩이며 웃었다.

"나스 씨는 시부야에 자주 오세요?"

"아니요, 별로. 사람이 많은 걸 싫어해서요."

"저도. 매일 다니지만 금세 지쳐요."

"그럼 우리는 서로 닮았군요."

"그러게요. 그런데 붐비는 게 좋다는 사람은 별로 없을 거예요."

"그것도 그렇네요."

그런 시답잖은 말을 두세 마디 나누니 벌써 역 구내로 내려가는 계단이 눈앞이었다.

그가 사가미오노에 산다면 지하철을 타지 않는다.

이곳에서 작별이다.

"나스 씨, 저녁은 이미 드셨나요?"

문득, 좀 더 이야기하고 싶은 마음이 들자 식사 말이 저절로 입에서 흘러나왔다.

"아니요, 아직."

"그럼 가볍게 먹고 들어가지 않을래요?"

말하고 나니 얼굴이 확 달아올랐다. 자신은 엄청난 소리를 하고 말았다.

나스는 발을 멈추고 망설이는 표정을 지었다. 당연하리라. 띠동갑만큼 나이 차이 나는 아줌마에게 식사 제안을 받은 것이다.

그렇게 깊은 의미는 없어. 사이좋은 재택 알바와는 가끔 밥을 먹기도 하니까, 그 연장선장으로…. 마음속으로 항변했지만 오히려 변명 같아서 입 밖에는 낼 수 없었다.

나스는 가타부타 말이 없다. 우산을 때리는 빗소리만이 들리고 있다.

　빈 꼬치가 다발로 꼬치함에 꽂혀 있다. 그리고 옆에는 입안
가득 염통을 넣은 나스가 앉아 있다.
　사야카는 은근슬쩍 그런 나스의 옆얼굴을 보고 있었다.
　결국 나스는 식사 제안에 응했다.
　억지를 부렸다는 생각에 후회했지만, 이어진 그의 말에는 가
슴이 철렁했다.
　"룸이 있는 곳이라면 어디든 좋아요."
　뭐 먹고 싶으냐는 사야카의 물음에 돌아온 답이 그것이었다.
왜냐고, 그 속마음은 묻지 못했다.
　어린 남자가 좋아할 것 같으면서도 룸이 있는 시부야의 가
게… 사야카의 패 안에는 도겐자카의 이 닭꼬치집밖에 없었다.
이따금 그 불륜남과 오곤 했었다.
　가게에서 극히 자연스럽게 커플석으로 안내해 주었을 때는
당황했다. 일반 테이블석이 더 좋았지만 굳이 요청은 하지 않았
다. 그리고 조금 기쁘기도 했다. 이렇게 나이 차가 나는데도 그
런 관계로 봐 줬기 때문이다.
　"도대체 몇 번을 체크하는 거예요."
　사야카는 웃으며 말했다.
　나스는 닭꼬치가 나올 때마다 그것이 닭의 어느 부위에 해당
하는지 눈앞에 마련된 시트에서 확인했다.
　"귀중한 경험이라서요."

사야카는 그 말에 소리 내어 웃고 말았다. 조금은 들뜬 마음을 가라앉히고자 오늘 밤은 평소보다 약간 빠른 페이스로 마시고 있다. 술꾼 아줌마로 보여도 딱히 상관없다. 앞으로 어떻게 될 사이도 아니니까. 그러다가 나스가 닭꼬치집에 처음으로 와 봤음을 알고 깜짝 놀랐다.

"정말 처음이에요?"

나스가 고개를 끄덕였다.

보통 스물세 살의 남자라면 여자친구나 친구들과 가 봤을 텐데.

"그럼 평소에는 술 마시러 어디 가요?"

나스는 술도 마시고 있었다. 이미 네 잔째이니 꽤 마시는 편이다.

"마시러 가지 않아요."

그리고 술을 마시는 것 자체가 이번이 살면서 두 번째라고 말했다.

"농담이죠?" 자연히 목소리가 커졌다.

"혹시 제게 맞추느라 무리하고 있나요?"

"아뇨. 맛있게 먹고 있습니다."

이 아이는 역시 별나다. 이상한 청년이다.

"그럼 기념할 만한 첫 번째는 언제 어디서 마셨는데요?"

"첫 번째는…" 하며 순간 시선을 멀리 보냈다.

"몇 달 전. 친구와 캔 츄하이를…."

그 후, 사야카는 술기운을 빌려 나스에게 조카 일에 참견하는 숙모처럼 몇 가지 사적인 질문을 던졌다. 그리하여 나스에게는 현재 여자친구가 없음을 알았다. 아예 지금까지 그런 존재가 있었던 적이 없다고 하니 참 놀랍다.

"왜요? 어째서요?"

사야카가 급히 물었다. 스물세 살의 미남이건만. 아, 어쩌면 나스는….

"남색은 아닙니다."

사야카의 마음을 읽었는지 나스가 앞질러서 말했다. 그나저나 남색이라는 표현을 쓰는 것이 또 우습다. 어째서 이 청년이 재미있는지 이유를 알았다. 외모와 말씨가 언밸런스해서 우스꽝스러운 것이다.

그건 그렇고 자신은 가게에 온 뒤로 계속 웃고 있다.

그 후에도 잇따라 질문을 던지자 나스가 제지했다.

"제 얘기는 여기까지. 이제 안도 씨 얘기를 해 주세요."

"아줌마의 연애담 따위 흥미 없을 텐데요."

사실 자신을 아줌마라고 지칭하고 싶진 않지만, 이 청년 앞에서는 무리 없이 말할 수 있으니 이상한 일이다.

"저는 남의 얘기 듣는 것을 좋아합니다."

몸을 이쪽으로 틀고 나스가 그렇게 말했기에 사야카는 말문을 열었다.

"그럼, 이건 친구 이야긴데."

8년을 이어 온 불륜이 파탄 났는데도 여전히 속박에서 헤어나지 못하는 미련 많은 여자가 있어요….

사야카는 어느 순간부터 자기 이야기로 말하고 있었다.

이상한 기분이었다. 이제껏 친한 동료나 친구, 가족에게도 말한 적이 없는데 남에게 들키고 싶지 않은 절대적인 비밀이었는데 왜 내가 이런 걸 말하고 있을까.

창피하고 꼴사나운, 한심한 과거. 그것을 스스럼 없이 말하는 자신이 신기했다. 헤어질 때의 아수라장을 '그야말로 지옥'이라고 웃으며 이야기하는 자신이 있었다.

나스가 한참 연하의 어린 남자이며 타인이기 때문일까. 이 청년에게 어딘지 초탈한 느낌이 있기 때문일까.

"세상에는 이런 지질한 여자가 있어. 사회 공부가 됐지?"

자연히 말은 짧아져 있었다.

"뭐라고, 대답하면 좋을지 모르겠네요"

나스는 관자놀이를 손가락으로 긁적였다.

"웃어넘겨."

"웃을 수 있는 이야기가 아닌 것 같아서요."

"그럼 거북했어?"

"아뇨. 그런 건 결단코."

사야카는 배 속에서 웃음소리를 냈다. 이 말투가 유쾌해서 견딜 수 없었다.

이런 밤은 술이 술술 들어간다. 단, 손목시계에는 자주 시선을 줬다. 어른으로서 막차는 신경 써 주어야 한다. 사가미오노라면 자정에 가게를 나서면 집에 갈 수 있으리라.

이 청년의 거처가 정말 그곳에 있는지는 의심스럽지만. 그것도 지금이라면 물을 수 있을 듯했다.

"저기, 나스 군. 당신, 실은 집 없는 거 아냐?"

나스 발치에 있는 캐리어가방을 힐끗 보며 말했다.

나스가 어두운 표정을 지었다.

"괜찮아. 재택 알바 중에 그런 사람들도 있거든. 게다가 이쪽은 원고만 확실하게 써 주면 딱히 집이 없어도 상관없어."

"…어딘가, 몸을 둘 장소를 찾고는 있는데요."

"그럼 내 집에 와."

가벼운 농담으로 한 소리인데 "그래도 괜찮아요?"라는 말이 돌아왔다. 소주잔을 기울이던 사야카는 그 잔을 테이블에 놓고 자신의 옆을 쳐다봤다.

나스는 진지한 얼굴을 하고 있었다. 스퀘어 안경 속에서 인공적인 다크 블루의 눈동자가 똑바로 자신을 포착하고 있다.

버림받은 아기 고양이 같다…. 이런 표현은 이럴 때 쓰는 것일까.

"잘 자."

이 말을 이토록 기묘한 감각으로 내뱉은 적은 처음이다.

거실을 나와 침실로 들어왔다. 불을 끄고 침대에 누웠다. 그러나 잘 수 있을까. 사야카의 가슴속에서 뭐라 형용하기 힘든 죄책감이 소용돌이치고 있었다.

사정이 어떻든 간에 처음 만난 남자를, 그것도 자기보다 띠동갑만큼 어린 남자를 데려와 버렸다. 이런 적, 지금까지 살면서

208

한 번도 없다.

귀를 기울였다. 아무 소리도 들리지 않는다. 그래도 이 벽 너머 거실에는 확실히 나스가 누워 있다.

이불은 여분이 있었다. 가린이 가끔 자러 오므로 전에 그녀를 위해 사 두었다. 그 이불을 사용한 사람은 가린 이외에 없다. 불륜 상대였던 남자는 지금 사야카가 누워 있는 이 더블 침대에서 함께 잤다. 추억이 담긴 침대. 바꿀까 생각한 적도 있다. 하지만 그럴 수 없었다. 그뿐 아니라 이 집에는 그가 남기고 간 위생용품과 속옷도 아직 그대로 있다.

생각해 보면 이 임대 맨션도 그 남자와 생활하기 위해 얻은 것이었다. 집세는 관리비를 제외하고 18만 엔. 지금은 무리 없이 낼 수 있지만, 당시 수입으로는 너무 사치스러운 1LDK(방 하나에 별도로 거실과 주방이 있는 구조) 집이었다. 일주일에 한 번밖에 오지 않는 남자를 위해 무리해서 계약했다.

그런 보금자리에 다른 남자가 찾아왔다.

딱히 나쁜 짓을 하는 게 아니다. 그렇게 자신을 납득시킨다. 그렇지만 남에게는 말할 수 없다. 이렇게 또, 자신은 새로운 비밀을 만들었다.

11

파우더룸 거울 앞에서 파운데이션을 바르는데 이나모토가 들어왔다. 옆에 나란히 서더니 그녀도 마찬가지로 화장을 고치기 시작했다. 마흔이 넘었다지만 미인인 데다 일도 잘하는데 결혼도 출산도 포기했다고 공언한 이나모토. 그녀인 만큼 분명 본심이리라. 어떻게 그런 식으로 생각할 수 있는지 사야카로서는 이해되지 않았다. 가치관은 사람마다 다르겠지만.

"안도. 당신, 새 남자친구 생겼지?"

립스틱을 바르던 이나모토가 거울을 본 채 느닷없이 말했다.

사야카의 손이 멈췄다.

"왜요?"

"당신, 알기 쉽거든."

"안 생겼어요."

"어머, 그래?"

"네. 정말로."

거울 속에서 이나모토가 의미심장한 미소를 건넸다.

"먼저 실례하겠습니다."

사야카는 도망치듯 파우더룸을 뒤로 하고 빠른 걸음으로 자신의 데스크로 돌아왔다.

거짓말이 아니다. 남자친구가 아니라 그저 동거인이다.

나스와의 생활은 오늘로 13일째가 되었다. 7월도 절반이 지나 예년보다 길게 이어졌던 장마가 끝나고 태양이 기세를 더해 갔다. 그런 날씨 변화와 함께 사야카의 마음 또한 바뀌어 갔다.

기다려진다. 퇴근이.

'나 왔어' 하며 현관문을 열면 '어서 와요' 하며 맞아 주는 사람이 있다. 식사할 때는 '잘 먹겠습니다' 하며 두 손을 마주하고, 잠잘 때는 '잘 자' 하고 인사한다. 아침은 '좋은 아침'으로 시작되고 '잘 다녀와요'라는 말과 함께 출근한다. 그리고 다시 '나 왔어' 하며 되돌아온다.

이런 루틴이 사야카에게는 견딜 수 없이 행복하게 느껴졌다. 흑백으로 빛바랬던 일상이 색을 갖고 빛을 발했다. 과장해서 말하자면 그런 셈이다.

물론 나스는 연인이 아니다. 둘 사이에 살갗의 접촉은 일절 없다. 침실도 따로따로다. 애당초 서로에게 연애 감정이 없다. 적어도 나스에게는 요만큼도 그런 마음이 없을 것이다. 하지만 그런 건 사소한 부분이다. 조금만 더 이 생활을 계속하고 싶다. 사야카의 바람은 그것뿐이었다.

밤이 되어, 다음 공모전에 대비한 기획서를 프린트하는데 가린이 뒤에서 엉겨 붙었다.

"선배. 내 얘기 좀 들어 봐요"

화이트의 레이스 상의에 연한 옐로 플레어 스커트. 그런 차림을 한 그녀의 할 말이란 어젯밤 미팅의 실패담이었다. 다른 사람에게 들리지 않도록 작은 목소리로 그러면서도 빠른 어조로 가린이 열변을 토했다.

이것저것 말했는데, 요컨대 마음이 통한 상대와 하룻밤을 보낸 모양이다.

"그런데 아까 라인으로 메시지가 와서 보니까 '나 결혼했는데, 그래도 괜찮아?'라는 거예요. 괜찮을 리 없잖아. 웃기지 말라고."

"일할 때도 자주 주의를 받잖아. 사전 확인을 게을리하지 말라고."

"아니에요. 어제는 독신이라고 했단 말이에요. 그런 건 사기 아닌가요?"

"그것을 간파하지 못한 네 패배야."

가린이 의기소침한 얼굴로 한숨을 쉬었다.

"선배. 오늘 밤은 화도 풀 겸 같이 술 마셔요."

"미안. 선약 있어."

"뭐예요…." 가린이 얼굴을 찌푸렸다.

"설마 남자인가요?"

"글쎄."

"앗, 진짜예요?"

"그냥 접대야."

"뭐야."

서류를 모아 자리로 돌아왔다. 메일을 체크하고 도착한 원고를 훑어봤다. 이 시기에 많이 볼 수 있는 탈모 에스테틱 광고 기사다. 글을 다듬어 몇 번쯤 퇴고하고 이나모토에게 확인을 받았다. 바로 승인이 떨어졌다.

그 후에도 손을 멈추지 않고 내내 업무를 소화했다. 1분이라도 빨리 집에 가고 싶었다.

최근 사야카는 퇴근이 빠르고 자정을 넘기는 일도 없었다. 일이라는 것은 마음먹기에 따라 이토록 진척 상황이 달라진다는 것을 새삼 깨달았다.

―네 패배야.

아까 자신이 내뱉은 말이 문득 뇌리에 떠올랐다. 그렇다, 나는 패배했다. 아까의 말은 모두 과거의 자신에게 한 것이다. 그렇지만 지금은 이제 아무렇지도 않다. 상처는 단단히 아물고 흉터도 깨끗이 사라졌다.

―실연으로 뚫린 구멍은 새로운 사랑으로밖에 메워지지 않는다. 역시 그 말은 맞다. 하긴, 이건 사랑이 아니겠지만.

와인 잔을 부드럽게 부딪치자 쨍 하는 경쾌한 음색이 식탁에 울려 퍼지고 나스가 많이 동요했다.

"이런 소리가 나는군요."

분명 이처럼 와인 잔으로 건배하는 것도 처음 겪는 일이리라. 이제는 놀라지 않게 되었다. 이 청년은 어른스러운 듯하면서도 또래 젊은이에 비해 어린 구석이 있다. 결함이라고 해도 무방할 만큼 모르는 게 많은 것이다.

"하지만 말야, 와인 잔은 원래 부딪치면 안 된대."

"그래요?"

"포멀한 자리에서는 매너 위반에 해당하나 봐. 눈높이로 들어 올리는 것이 올바른 건배라나."

"멋진 음색인데 아깝네요."

"그렇지? 그러니까 우리는 매번 부딪치자."

테이블에는 생햄 샐러드, 감바스 알 아히요와 바게트, 나폴리탄 스파게티. 모두 나스가 만든 음식이다. 게다가 어느 것이든 맛있었다.

사야카가 평소처럼 요리에 재능이 있다고 칭찬하자 나스도 평소처럼 겸손을 떨었다.

"레시피대로 만들었을 뿐인걸요"

동거가 시작된 후로 요리는 전부 나스가 하고 있다. 하기야 그가 요리를 하는 것은 초등학교 가정 시간 이후 처음인 모양 이고 그 손놀림은 불안하지만, 빈말이 아니라 맛은 정말 좋았 다. 그는 요리의 즐거움에 눈떴는지 매일 다른 메뉴에 도전하고 있다. 참고로 사야카도 요리를 좋아한다. 평일에는 시간이 없어 서 할 수 없지만.

"그리고 오늘은 베란다 유리창을 닦아 두었어요."

"고마워. 나는 좀처럼 엄두가 나질 않거든."

그렇다, 그는 집 안 청소도 매일 해 주고 있다. '이곳에 살게 해 줬으니 당연하죠'라는 것이다. 가사 중에서는 유일하게 빨래 만이 사야카의 일이었다. 역시 자신의 속옷을 나스가 빨게 두고 싶지는 않다.

"오늘은 어려운 원고를 잘 썼더라."

"완성도는 어땠어요?"

"으음, 70점." 실은 60점. 그가 쓰는 글에는 유연성이 없다.

"그렇군요. 언젠가 만점을 받을 수 있도록 노력할게요."

나스는 전처럼 계속 재택 기자로 일하고 있기에 다른 기자들 과 마찬가지로 그와도 낮부터 수차례 메시지를 주고받고 있으 며, 그 일솜씨도 파악하고 있다.

나스의 하루는 아침밥을 하는 데서부터 시작된다. 사야카를 배웅한 후에는 집 안을 청소하고, 그런 다음 일에 착수한다. 그러다가 저녁께부터 식사 준비를 시작하며 사야카의 귀가를 기다린다. 그는 이런 변함없는 하루를 이어 가고 있다. 밖에 나가는 경우는 거의 없다.

"주말에 말야, 어디 안 갈래?"

사야카의 말에 나스는 포크를 쥔 손을 멈췄다.

"어디요?"

"다카시 군은 가고 싶은 데 없어?"

"솔직히, 별로 없는데요."

"어딘가 멀리 가자."

그렇다 해도 그것은 전철 여행이 되고 만다. 바로 근처에 렌터카 매장이 있지만, 나스는 면허가 없고 사야카는 장롱면허였다.

"그보다 나는 지난주와 같은 휴일을 보내고 싶어요."

"난 반대."

"안도 씨도 이상적인 휴일이라고 했던 것 같은데."

"그건 그렇지만."

지난주 토요일과 일요일은 하루 종일 외국 드라마를 봤다. 길게 이어지는 시리즈물로, 매일 밤 한 편씩 나스와 함께 봐 오다가 지난 주말에는 다음 편을 한꺼번에 시청했다. 저녁에 함께 슈퍼에 가긴 했지만 밖에 나간 것은 고작 그 정도다.

"아, 돈이라면 걱정 안 해도 돼."

"그런 게 아니라 드라마 다음 편이 궁금해서요."

"다카시 군은 밖에 나가는 걸 별로 좋아하지 않는구나."

"네. 좋아하지 않아요."

나스는 의외로 분명히 말했다. 사야카가 후우, 하고 한숨을 쉬었다.

"이건 다른 얘기인데, 안도 씨라고 부르는 거, 슬슬 그만둬."

"그럼 어떻게 부르면 돼요?"

"생각해 봐."

나스의 눈이 가늘어진다.

"사야카 씨."

"시시해."

"사얏 씨."

"왠지 아저씨 같아. 씨 붙이는 거 금지."

"…사야."

"좋아, 그거."

나스가 떨떠름한 얼굴로 팔짱을 꼈다.

"부를 수 있으려나."

"적응해, 적응. 자, 연습."

"사야."

"왜, 다카시 군?"

"역시… 어색해요."

"앞으로 안도 씨라고 부르면 대답 안 해."

오늘 밤도 웃음이 끊이지 않는 즐거운 식사 시간을 보냈다.

설거지는 나스가 했다. 그 정도는 하겠다는데도 나스가 허락하지 않았다. 객식구로서 설 자리가 없기 때문이리라.

그 후로 늘 그랬듯 TV 외국 드라마의 다음 편을 함께 봤다. 본전을 못 뽑는구나 싶었던 월 정액제 VOD가 지금은 대활약 중이다. 그래도 갈 길은 멀다. 아직 총 제공량의 3분의 1도 보지 못했다.

드라마를 다 본 다음에는 욕조에 들어갔다. 먼저 사야카가 들어갔고, 그 후 욕조에서 나와 마사지 롤러나 스티머 등으로 공들여 얼굴을 관리하는 사이 나스가 들어갔다. 이 또한 여느 때와 똑같다.

목욕을 마친 나스가 목에 타월을 두르고 거실로 들어왔다. 그가 입은 테네리타(일본의 오가닉 코튼 제품 브랜드) 파자마는 얼마 전 사야카가 선물한 것이다. 그는 몹시 몸 둘 바를 몰라 했다.

"물 한 잔 마실게요."

일일이 말하지 않아도 되는데 굳이 저렇게 말하고 냉장고를 열었다.

"다카시 군 말야, 그 안경 계속 쓰고 있는데 그렇게 시력이 나빠?"

"네, 상당히." 등을 보인 채 대답했다.

나스는 잘 때 말고는 안경을 벗지 않는다. 컬러 렌즈는 목욕 후에는 제거되어 있지만, 아침이면 그것도 이미 끼워져 있다. 게다가 메이크업까지 되어 있다. 한번은 '밖에 나갈 것도 아니잖아'라고 했더니 '안 하면 이상하거든요'라는 대답이 돌아왔다. 나 참, 젠더리스 남자라는 건 여자보다 더 여자다.

"잘 자."

서로 인사를 나누고 사야카는 침대로 향했다.

불을 끄고 침대에 누웠다. 행복의 여운이 온기가 되어 이불 속에 퍼져 나간다. 오늘 밤도 푹 잘 수 있을 것 같다.

12

그런 생활이 한동안 이어져 이윽고 8월을 맞았다. 햇살은 나날이 강렬함을 더해 갔기에 사야카는 나스가 아닌데도 외출이 주저되었다. 방심하면 삽시간에 구릿빛 여자로 변모할 것 같았다. 젊었을 적 자신은 무슨 생각으로 살갗을 과하게 노출하고 거리로 나간 것일까. 지금이라면 상상도 할 수 없다.

"네가 어렸을 적과 판박이구먼."

양산을 쓰고 옆에 선 엄마가 눈웃음을 지으며 말했다. 그 시선 끝에서는 네 살 난 유리아가 밀짚모자를 펄럭이며 공원 안을 강중강중 뛰어다니고 있었다. 유리아는 사야카의 남동생인 아쓰토의 딸로, 조카에 해당한다.

사야카는 오늘 아침 본가가 있는 나고야에 내려왔다. 오봉 연휴는 다음 주지만, 그 주에는 아쓰토가 회사 사정상 쉴 수 없는 상황이라 한주 빨리 가족끼리 모이게 되었다. 덧붙이자면 오늘 1박을 하고서 내일 저녁 신칸센을 타고 도쿄로 돌아간다.

"저 유리아도 이제 곧 동생이 생기잖아."

아쓰토의 아내 유코는 현재 두 번째 아이를 임신 중이었다. 올해 11월에 출산 예정이라 유코는 집에서 쉬고 있다. 실은 그녀도 공원에 오려고 했지만 현관 앞에서 아빠 엄마에게 제지당했다. '이 해님은 해롭다니까'라며 집에서 쉬도록 한 것이다. 아쓰토는 혼자 옛 친구들을 만나러 나갔다.

"아아, 안 되겠어. 여보, 교대."

땀투성이 아빠가 상기된 얼굴로 돌아왔다. 그 대신 엄마가 사야카에게 양산을 맡기고 유리아에게 향했다. 체력이 무한한 유리아의 놀이 상대는 이처럼 교대로 맡지 않으면 몸이 남아나지 않는다. 사야카도 아침부터 실컷 유리아를 상대했기에 이미 녹초가 되었다.

"뭐야 이거. 미지근하잖아."

약 한 시간 전에 산 스포츠 드링크를 한 모금 입에 머금은 아빠가 얼굴을 찌푸리며 말했다.

"이 날씨니께 어쩔 수 없지."

본가에 돌아오면 저절로 사투리가 나온다. 아니, 의식한 것인지도 모른다. 한번은 표준어로 말했더니 '영락없는 도쿄 사람'이라며 엄마가 비웃는 듯한 눈길로 쳐다봤다.

"아빠, 재취업한다며?"

조금 전 엄마에게 들었다. 아빠는 올해로 예순이 되어 40년 이상 근무해 온 시청을 정년퇴직한다.

"일하지 않는 자 먹지도 못하니께."

"어디 갈 데라도 있어?"

"미노 매제네 얘기해 놨구먼."

그 사람은 아빠의 여동생 남편이다. 사야카도 몇 번인가 만난 적이 있어서 그 얼굴은 알고 있다.

"미노 고모부는 건설 회사 한댔나?"

"그려. 큰 데는 아니고."

"고용해 줄까?"

"아마도."

"하지만 아빠, 거기 회사에서 뭐 하려고."

"경리 일을 도와 달라 하드만."

과연. 아빠에게 맡길 일은 없으리라. 요컨대 작은 낙하산이다. 어쩌면 전직 공무원인 아빠로부터 공공 공사의 입찰 정보를 얻고 싶다거나 하는 속셈이 있을지도 모르지만 지역 특성인지 나고야는 지연, 혈연이 무척 강하게 작용한다. 이는 사야카 자신이 어린 시절부터 다양한 국면에서 봐 온 것이다.

무엇을 숨기랴, 남동생 아쓰토가 근무하는 식품 회사도 엄마의 사촌이 관리직에 있어서 그 입김으로 들어간 것이다. 아쓰토는 고졸로, 20대 중반까지 밴드에 빠져 살았으며, 꿈이 좌절된 뒤로는 변변한 직업 없이 매일을 허송세월했다. 그런 아쓰토도 지금은 가정을 꾸렸고 두 아이의 아빠가 되려 한다. 일도 순조로운 듯 지역 매니저라는 직함을 얻었다고 들었다.

성적 좋고 이해 빠른 누나와 불량하고 제멋대로인 남동생. 10대 시절에는 이런 구도였다. 그것이 지금은 역전되어 버렸다.

고향을 버리고 도쿄에서 혼자 내키는 대로 사는 방탕한 딸과 부모 가까이에 살면서 손자 얼굴을 보여 주는 효자 아들. 극단적인 말인지도 모르지만 부모님 입장에서는 그렇다. 나 같은 인생 또한 인생이네 어쩌네 하는 말은 부모님에게는 통하지 않는다. 사야카의 아이를 안고 싶다고 그들은 확실하게 말한다.

서른이 되었을 무렵, 부모님이 사야카 몰래 멋대로 결혼상담소에 등록했을 때는 역시 인내심이 폭발했다. '내 인생은 내 것이여. 쓸데없는 짓 말어.' 처음으로 면전에서 부모님을 비난했다. 하지만 그런다고 그들이 기죽는 일은 없었다. '참견하는 거 싫겠지만'이라 운을 떼고는 종종 맞선 얘기를 꺼냈다. 사야카는 상대를 보려고도 하지 않았다. 맞선이 싫었던 게 아니라 당시에는 사귀는 남자가 있었기 때문이다. 하기야 그 사실을 부모님은 모른다. 알려 주면 만나겠다고 할 것이 뻔하다. 처자식 있는 남자를 누가 본가에 데려갈 수 있으랴. 만약 딸이 불륜을 저지르고 있음을 알면 아빠 엄마는 쓰러지든 미치든 할 것이다.

사야카는 맑게 갠 하늘을 올려다봤다. 그리고 똑같은 푸른 하늘 아래에 있을 나스를 생각했다.

지금, 그는 혼자 도쿄의 맨션에서 집을 보고 있다. 귀성으로 이틀간 집을 비울 거라고 말하자 나스는 조금 쓸쓸한 표정을 지었다. 사야카는 그것이 기뻤다.

만약 아빠 엄마에게 나스를 소개하면 둘은 어떤 반응을 보일까. 우선은 당황하리라. 깜짝 이벤트로 한번 해 볼까. 물론 생각만 할 뿐 실행에 옮길 용기는 없다. 하지만 만일 그런 게 가능하다면 통쾌하리라. 그리고 그것은 분명 행복한 일이다.

그와 생활한 지는 아직 한 달 남짓. 그럼에도 나스 다카시라는 청년은 이미 사야카에게 소중한 존재가 되어 있었다.

나스에게 연애 감정을 품고 있는 것일까. 사야카는 매일같이 스스로에게 물었다. 그러는 것 자체가 이미 연심이 싹텄다는 증거인지도 모른다, 하고 깨달은 것은 나고야로 오는 신칸센 안에서였다.

나스는 지금 이 순간 무엇을 하고 있을까. 점심을 먹고 있을까. 청소를 하고 있을까. 일을 하고 있을까. 아무튼 간에 분명 소설은 쓰고 있지 않다.

그가 재택 기자에 지원한 동기는 소설가가 되기 위한 글쓰기 훈련이다. 나스는 그렇게 말했다. 하지만 분명 그것은 거짓말이다.

나스 말로는 낮에 집필한다고 하는데 실은 그런 건 쓰고 있지 않으리라. 그 증거로 사야카가 읽고 싶다고 졸라도 부끄럽다며 거절해 버린다. 그럼 어떤 장르의 어떤 이야기를 쓰느냐고 물어도 그의 대답은 영 시원치 않다. 결정타는 편집자를 소개받지 않은 일이다. 대학 동기가 출판사에 문예 편집자로 있는데 한번 그 사람에게 원고를 보내 보면 어떻겠느냐는 사야카의 권유를 나스는 아직 남에게 보여 줄 레벨이 아니라는 이유로 거절한 것이다.

소설가가 되고 싶다는 말이 핑계라고 한다면 다른 어떤 이유가 있는 것일까. 돈이 필요할 뿐이라면 그야말로 정식 일자리를

구하면 된다. 나스는 확실히 별나지만, 어둡다거나 인간관계에
서툴다거나 하는 커뮤니케이션 장애는 없다.

　사야카가 그에 대해 추궁하는 일은 없었다. 뭘 물어도 나스는
대충 대답은 해 주지만 그럴 때 그의 얼굴은 항상 어둡게 그늘
이 드리워져 있다. 그래서 사야카는 그의 과거와 속마음을 의식
적으로 캐고 들지 않았다. 언젠가 나스가 스스로 마음을 열어
주기를 기다리고 있다. 그렇게 말하면 듣기에는 좋으나 사실은
무서웠다. 사야카가 나스의 모든 것을 알게 되는 날에는 분명
눈앞에 그의 모습은 없으리라. 왠지 그런 느낌이 들었다.

　정글짐 정상에 있는 유리아가 이쪽을 향해 손을 흔들고 있다.
아빠와 함께 나도 손을 마주 흔들어 주었다. 그러고 보니 나스
는 아이를 좋아할까. 문득 그런 생각을 했다.

　"아, 맞다. 누나도 같이 가."

　바닥에 한쪽 무릎을 세우고 앉아 닭날개를 게걸스럽게 뜯던
아쓰토가 말했다.

　아쓰토가 가자는 곳은 다음 주로 다가온 이누야마 불꽃놀이
다. 사야카가 어렸을 때부터 열려 온 축제로 과거 안도가에서는
해마다 가족 모두 그것을 구경 가는 것이 관례였다. 기소 강에
띄워진 배에서 연신 솟아오르는 대형 불꽃이 이누야마 성 위의
밤하늘을 멋지게 수놓는다.

　"다음 주에는 너 바쁘지 않아? 그래서 이렇게 이번 주에 모
인 거잖아."

"밤엔 괜찮여. 그날 정도는 회사에서 빨리 나올 수 있으니께. 유리아도 고모랑 함께 불꽃 보고 싶지?"

"보고 싶어."

유리아가 자기 손을 응시한 채 말했다. 보조 젓가락으로 열심히 소면을 잡으려 하고 있었다.

그 어설픈 젓가락질에 사야카는 나스를 떠올렸다. 그 또한 젓가락 사용이 서툴렀다. 식사 중에 자꾸만 음식을 질질 흘린다. 게다가 글씨 쓰기도 서툴다.

"그럼 결정된 거다. 누나도 가자."

"미안. 나, 다음 주에는 일정이 잡혀있어."

"니, 또 유럽 가는 겨?" 엄마가 찌푸린 얼굴로 끼어들었다.

"아냐. 그냥 친구 만나는 거야."

"그것뿐이면 집에 오면 좋잖여. 제 나이 또래의 여자가 있으면 유코도 여러모로 편할 테니께. 안 그러냐?"

돌려진 화살에 유코가 쓴웃음을 지었다. 배가 나오기 시작했기에 그녀만큼은 의자에 앉아 있었다.

"확실히 형님이 있어 주면 좋지만, 무리하지는 마세요."

아쓰토의 아내 유코는 아직 스물여섯 살이다. 그러니 같은 나이 또래인 것도 아니다. 그렇지만 유코는 괜찮은 여자다. 어린데도 센스가 있는 사람으로, 아빠 엄마도 금세 그녀를 마음에 들어 했다.

"니, 신칸센 요금은 줄 테니께 다시 한번 오너라."

"그런 게 아냐. 내가 잡은 약속인걸. 그걸 캔슬할 수 없다고."

"그런 소리를 하면서 나와의 식사는 막판에 거부했지."

또 그 얘기인가. 몇 년 전에 엄마가 상경했을 때 같이 식사하러 가기로 약속했다가 당일이 되어 갑자기 캔슬한 적이 있다. 이유는 불륜 상대였던 남자가 억지를 부린 탓이었다. 오늘 밤 꼭 만나고 싶다는데 그것을 거절할 수가 없었다. 왜 그때의 자신은 그 남자가 하자는 대로 했을까. 지금 생각하면 이상해서 견딜 수 없다.

"오래전 약속한 엄마와의 식사는 캔슬할 수 있고, 친구와의 놀이는…."

"엄마! 거 되게 뭐라고 하네. 모처럼 집에 온 누나 맘 상하게 하지 마쇼."

"나이를 먹을 만큼 먹은 여자가 친구랑 놀러나 다니고."

엄마는 짜증스럽게 말하고 부엌으로 사라졌다.

"그러고 보니 누나, 니 지금 급여 얼마나 받나?"

아쓰토가 불현듯 실례되는 것을 물었다. 그렇지만 사실은 누나를 배려해 주는 것이리라. 고액 연봉자임을 화제 삼아 누나의 기를 살려 주려고 한다. 고집불통에 자기중심적이었던 동생이 어느 사이엔가 이처럼 남을 배려하는 법을 배웠다. 시간이란 인간을 성장시킨다.

"평균이야 평균."

사야카가 얼버무렸을 때였다. 유리아가 타이밍을 재기라도 한 듯 오렌지 주스가 든 컵을 엎질렀다.

"앗!" 일제히 외마디 소리를 질렀다.

어린아이란 얼마나 고마운 존재인가. 실제로 유리아 덕분에 설날에도 심각한 화제를 피할 수 있었다. 만사가 유리아 중심으로 돌아감으로써 주변 어른이 덕을 본다.

그런 유리아도 얼마 지나지 않아 잠들어 버리고, 목욕을 끝낸 아빠도 합류하여 어른들만의 공간이 되었다.

다 함께 사케를 홀짝이며 시답잖은 대화를 나눈다. 그 사람은 지금 뭘 한다느니 하는 화제뿐이다. 그것도 바닥나자 침묵이 이어지고 자연히 TV가 켜졌다. 그러나 그것을 진지하게 보는 사람은 없다. 아쓰토는 아예 드러누워 스마트폰을 들여다보기 시작했다.

"아쓰. 이런 때만큼은 게임하지 마."

"게임 아니여. 인터넷 뉴스여." 그러니 괜찮지 않으냐는 듯 아쓰토가 대답했다.

그러고 보니 전에, 아쓰토가 매달 2만 엔이나 앱 게임에 쓰는데 그것을 말리고 싶다면서 유코가 상담을 해 온 적이 있다. 사야카는 누나로서 동생에게 전화하여 쓴소리를 했었다.

잠시 후, 아쓰토가 "일본이라는 보장은 없지"라고 나직이 혼잣말을 중얼거렸다.

"뭐가 보장이 없어?" 아빠가 반응했다.

"탈옥범. 칼럼에 말여, '오늘도 일본 어딘가에 가부라기 게이치는 숨어 있는 것이다'라고 쓰여 있구먼."

"암. 이제 없을지도 모르지, 일본에."

"나는 아직 있을 것 같은디."

"여권이 없으면, 외국에는 도망갈 수 없잖여."

"엄마. 그런 놈은 배로 도망가지. 밀입국 배 같은 걸로."

"그렇게 쉽게 될까?"

"그건 모르겠구먼."

"애초에 누가 알선해 주는디?"

"그러게 모른대도."

"나는 이미 죽지 않았을까 싶은데." 유코도 논의에 동참했다.

"자살했단 거여? 그럴 리가." 아쓰토가 일소에 부쳤다.

"자살할 놈이 탈옥 같은 걸 왜 하겠어. 사형이 무서워서 달아났는디 스스로 죽으면 웃긴 거지."

"하지만 이렇게 못 찾고 있는걸. 정신적으로도 궁지에 몰려 죽음을 택할 수도 있잖아."

"보통 놈이면 그렇겠지. 이놈은 비정상이라 그런 식으로 생각하지 않어. 조만간 다음 살인 사건을 일으킬걸."

"하지만 이 엄마가 TV을 보니께 실은 그리 나쁜 사람이 아닐지도 모르겠다 싶더라." 엄마가 상체를 내밀며 말했다.

"일도 성실히 혔다고 허고, 굉장히 친절했대. 앞니 없는 남자가 흐느끼며 인터뷰에서 그러더라니께. 뭔가 필사적으로 호소하는 걸 보니께 이 엄마는 가슴이 아프더구먼."

"아아, 그 아저씨 말여?" 아쓰토가 씩 웃었다.

"하지만 그 아저씨 자체가 전과자였다니께."

"워매, 그러냐?"

"그렇대도. 인터넷에서 화제였는걸."

"뭐여. 그러냐? 그럼 틀렸구먼."

"그건 그렇고 도쿄에 있었다니."

아빠가 술잔을 꺾으며 말했다.

"대담하다고 해야 헐지 뻔뻔하다고 해야 헐지."

헤이세이 최후의 소년 사형수가 된 살인귀. 그런 소년이 5개월 전 고베구치소를 탈옥하여 아직까지 도망 다니고 있다. 그 이름은 가부라기 게이치다.

가부라기 게이치가 아리아케 공사 현장에 있었음이 밝혀진 것은 약 3개월 전의 일이다. 그 사실에는 경찰뿐 아니라 세간의 모두가 놀랐다.

가부라기 게이치는 스스로를 엔도 유이치라 칭하고 다른 작업원들 속에 섞여 날마다 일을 한 모양이다. 참고로 가부라기 게이치가 내년 개최될 올림픽의 테니스 경기장을 짓고 있었음을 일부 미디어가 보도하지 않아 물의를 빚었다. 사소한 것이라고 하나 사형수이자 탈옥범인 남자가 신성한 올림픽에 관여하고 있었음을 보도하고 싶지 않았던 것이다.

"형님네 회사는 그런 사건의 기사 같은 것도 쓰나요?"

"아니. 우리는 메이크업이나 다이어트 같은 것뿐이야."

"누나. 도쿄에 살고 있으께 어쩌면 어디선가 범인과 마주쳤을지도 모르겠네."

"무서워라." 사야카는 몸을 부르르 떨었다.

"의외로 아직 도쿄에 있는 거 아녀?"

아쓰토가 그런 말을 했고, 화제는 거기서 끝났다.

오랜만에 본가 욕조에 몸을 담갔다가 나오니 아빠가 혼자 밤술을 마시고 있었다. 벌써 자정이 가까워져 엄마와 아쓰토네 식구는 잠이 들었다.

"아빠. 너무 마시는 거 아녀?"

"그렇게 많이 안 마셨구먼."

"조심해야 뎌. 이제 젊지 않으니께."

"오냐."

아빠 맞은편에 앉아 기초화장품이 든 파우치를 열었다. 탁자에 거울을 세우고 스킨을 피부에 펴 발랐다. 나스 앞에서는 살짝 민망한 느낌인데 아빠 앞이라면 아무런 부끄러움도 없다.

"사야카."

갑자기 이름을 부르기에 시선을 들었다.

"주름이 늘었구나."

"화낸다."

정말 기분이 상했다. 그런 건 누구보다 자신이 더 잘 안다.

잠시 침묵이 흐른 뒤, 아빠가 말했다.

"이 아빠, 재취업헌다고 했잖여?"

"응, 그랬지." 사야카는 손을 멈추지 않고 대꾸했다.

"실은 안 혀도 어떻게든 먹고살 수 있어. 물론 사치는 부릴 수 없지만."

"응."

"그렇다고 계속 집에 있기도 좀 그렇잖여. 이 아빠, 취미 같은 거 없으니께."

"낚시는?"

"낚시는 가끔 가는 걸로 족허다."

"그래?"

아빠는 두 달에 한 번꼴로 이른 아침부터 낚시를 하러 간다. 조황이 신통치 않아도 본인은 즐거운 듯 옛날부터 쭉 다니고 있었다.

"내년부터 이 아빠의 제2의 인생이 시작된다."

느닷없이 그런 소리를 하기에 사야카는 손을 멈추고 아빠를 바라봤다.

"너는 니 인생을 살면 돼."

"뭐야, 갑자기."

"지금까지 잔소리만 해서 미안했다."

"……."

"남헌테 폐만 끼치지 않으면 어떻게 살든 상관없구먼. 이 아빠, 언제나 사야카의 편이니께."

"응. 고마워."

'그리고 수고 많았어.' 마음속으로 말했다.

아빠는 40년도 넘게 일하며 가족을 지켜 왔다. 그것이 얼마나 대단한 일인지 이 나이가 되자 조금은 이해할 수 있게 되었다.

'효도해야겠네.' 순수하게 그렇게 생각했다.

아빠도 잠자리에 들어 모두가 잠든 조용한 밤, 사야카는 스마트폰을 들고 마당으로 나가 툇마루에 걸터앉았다. 여름의 밤바람이 기분 좋다. 하늘에는 마치 여름귤 같은 보름달이 두둥실 떠서 주위의 어둠을 누그러뜨리고 있었다.

　"있잖아, 그쪽에서도 보름달 보여?"

　물어보자 전화기 너머의 나스는 [아니요, 커튼이 쳐져 있어서요]라고 시시한 대답을 했다.

　"걷어 봐. 굉장히 예쁘니까."

　[잠깐 기다려 봐요.] 이동하는 듯한 소리. [네, 보여요.]

　"어때? 예쁘지 않아?"

　[뭐, 그렇네요.]

　그만 웃음을 터뜨리고 말았다.

　[뭔가 이상한가요?]

　"다카시 군은 로맨티스트가 아니구나."

　이 청년은 메르헨틱(순수하고 낭만적인 느낌)한 겉모습과 달리 속은 무뚝뚝 그 자체였다. 그것이 또 좋지만. 나스 다카시라는 인간은 여러 부분이 언밸런스하고 그 점이 매력적이다.

　"오늘은 혼자 뭐 했어?"

　[일 했어요.]

　"그것만 한 건 아닐 텐데."

　[물론 그것만 한 건 아니죠.]

　"그럼 어떤 하루였는지 제대로 알려 줘."

마치 여고생이 남자친구를 조르듯 그렇게 말해 봤다. 나스와의 동거가 시작된 후로, 오랫동안 마음속 깊이 잠자고 있던 소녀 감성이 종종 얼굴을 내민다.

[청소도 하고, 빨래도 하고, 밥도 하고. 1인분의 식사를 만든다는 건 의외로 어렵….]

"잠깐만. 빨래했어?"

[네. 일단요.]

세탁기 안에는 사야카의 속옷도 잔뜩 들어 있었다.

"그건 내 일이잖아."

[하지만 꽤 많은 양이 모여 있던데요.]

"됐거든? 잔뜩 모을 수 있게 일부러 큰 걸 샀단 말야."

혼자 사는 월급쟁이는 휴일이 아니면 빨래를 할 수가 없다. 그 때문에 구태여 비트워시라는 거대한 세탁기를 구입했다.

[미안해요. 싫어요?]

"싫다기보다…." 부끄럽다. 단지 그뿐이다.

"앞으로 조심하도록 해."

그 후로는 시답잖은 대화를 나눴다. 특별히 용건은 없다. 내일이 되면 집에서 얼굴을 볼 테고, 수다도 얼마든지 떨 수 있다. 다만, 이렇게 하루 떨어져 있는 것만으로도 그 목소리를 듣고 싶어진다. 정말, 자신은 소녀로 되돌아갔다.

끝으로 여느 때처럼 "잘 자" 하고 통화를 마쳤다. 이 말이 없으면 하루를 끝낼 수 없다.

역시, 좋아져 버린 거겠지.

사야카는 빨아들이듯 보름달을 바라보며 깊이 깨달았다.

13

시나가와 역에 도착하여 그 후로는 택시를 탔다. 아무래도 너무 사치하는 감은 있으나 자신의 어리광을 받아 주기로 했다. 본가에 내려갔다가 지쳐서 돌아오는 것은 매번 있는 일이다. 게다가 이번에는 이 대량의 짐이라니.

참고로 그 대부분이 선물이다. 회사에 돌릴 것도 있지만 절반은 나스를 위해 산 것이다. 나스는 나고야에 간 적이 없다기에, 그에게 명물을 맛보여 주고자 장바구니에 이것저것 담았더니 어느새 양손 가득 짐이 되었다.

시각은 저녁 8시에 접어들려고 했다. 일요일이므로 다니는 차는 그렇게 많지 않다. 그런 하나부사야마 거리를 신호에 걸려 가면서 택시는 달렸다.

시트에 등을 기댄 사야카는 가방에서 스마트폰을 꺼냈다. 라인 앱을 열었다. 역시 읽음 표시가 없다. 나고야를 출발할 때 나스에게 <지금 신칸센 탈 거야>라는 메시지를 보냈고 그에는 답장이 있었지만, <시나가와에 도착했어>라는 메시지에는 읽음 표시조차 없는 것이다. 통화 마크를 눌렀다. 그러자 그 또한 연결이 되지 않았다. 그렇다면 전원이 꺼져 있는 게 아니라 필시 나스가 인터넷 환경이 갖춰진 장소에 있는 것이 아니리라.

나스의 스마트폰은 어느 통신사와도 계약되어 있지 않다. 즉,

단말기만을 갖고 있어서 와이파이가 잡히는 환경에서만 인터넷을 사용할 수 있는 것이다. 당연히 전화번호도 없다. 그러나 그의 말로는 공공 와이파이만으로도 불편함은 없단다. 실로 현대의 젊은이답다. 어쨌든 나스가 외출한 것은 이로써 확정이다. 어디 간 걸까.

맨션 앞에 도착했다. 초로의 운전사가 트렁크에서 대량의 짐을 꺼내 줬다. 그나저나 또 잔뜩 물건을 사고 말았다. 스스로도 기가 막힌다.

좋았어! 하고 기합을 넣어 양손에 짐을 들고 맨션 입구로 향했다. 오토록을 해제하기 위해 일단 짐을 바닥에 놓았다. 사야카는 가방에서 열쇠를 꺼냈으나, 그것을 꽂지 않고 자택인 403호의 버튼을 눌러 봤다.

5초, 10초. 아직 나스는 돌아오지 않은 모양이다. 뭐야, 마중 나와 주기를 바랐는데. 사야카는 입을 삐죽였다. 평소에는 밖에 안 나가면서 이럴 때만 집을 비울 건 없잖아. 돌아오면 잔소리를 해 주기로 마음먹었다.

열쇠를 꽂고 돌렸다. 잠금이 해제되어 출입문이 열렸을 때,

"사야카."

바로 뒤에서 자신을 부르는 소리가 났다. 뒤를 돌아본 사야카는 눈을 동그랗게 뜨고 숨을 삼켰다.

한 남자가 서 있었다. 야가와 나오키. 사야카와 8년 교제한, 아니, 불륜을 저지른 남자….

"오랜만이야. 잘 지냈어?"

사야카는 목소리가 나오지 않았다. 대신 한 발짝 뒷걸음쳤다.

"그렇게 경계하지 마."

"…뭐 하러 왔어?"

반년 만에 보는 야가와의 얼굴은 야위어 있었다. 활기찬 것이 매력적이었는데 부쩍 늙어 보인다. 실제 나이인 마흔다섯 살 그대로의 모습이다.

"본가에 갔었나 보지?"

사야카의 손에 있는 짐을 힐끗 보고는 말한다.

"뭐 하러 왔어요?"

"뭐야, 그 존댓말."

"돌아가 주세요."

"이야기를…."

야가와가 말을 끊었다.

밖에서 주민이 들어왔기 때문이다.

"안녕하세요."

자동문이 열려 있으므로 하며 두 사람 옆을 지나갔다.

"짐을 가지러 왔을 뿐이야."

주민의 모습이 사라지자 다시 야가와가 입을 열었다.

"내 짐, 네 집에 그냥 놔뒀으니까."

"당신 짐은 모두 처분했어요."

"거짓말이로군. 지금 하고 있는 귀고리, 그것도 옛날에 내가 준 거잖아."

"……."

확실히 두 귀에 매달린 이것은 야가와에게 선물 받은 물건이다. 깊이 생각하지 않고 착용했는데…. 이것은 이제 버려야지.

집에 있는 야가와의 짐도 정말 조만간 버릴 셈이었다. 신기하게도 야가와에 대한 마음이 사라지자 그 짐이 집에 있든 말든 이제는 사소한 문제가 되어 되레 방치하고 말았다.

"나중에 우편으로 보낼게요. 그러니 돌아가 주세요."

"모처럼 왔는데 그렇게 박대하지 말래도. 밑에서 계속 널 기다렸어. 필요한 물건만 챙기면 바로 돌아갈게."

또 입주민이 다가왔다. 이번에는 안에서다. 둘에게 의아한 시선을 던지며 입구를 빠져나갔다.

"정말, 용건을 마치면 바로 돌아가 주세요."

그렇게 당부하고 사야카는 짐을 들고서 걷기 시작했다. 야가와와 함께 자동문을 통과했다.

"내가 반 들게."

"됐어요."

야가와가 손을 내밀었으나 거절했다.

엘리베이터에 올라탔다. 문이 닫히고 몸이 위로 올라간다.

"그립군."

야가와가 중얼거렸다. 사야카는 대꾸하지 않았다.

이 남자는 무슨 낯짝으로 찾아온 걸까. 반년 전, 야가와의 아내에게 불륜을 들켰을 때 이 남자는 깨끗이 사야카를 버렸다. 눈앞에서 똑똑히 '놀이였어'라고 단언했다.

야가와의 아내에게 욕을 먹는 사야카를 감싸 주지 않았다. 그녀에게 뺨을 맞았을 때도 야가와는 사야카를 외면했다.

4층에서 엘리베이터를 내리고 복도를 지나 자택 현관문 앞에 섰다. 나스가 집에 없어서 다행이다. 진심으로 그렇게 생각했다.

여기서 사야카는 뒤를 돌아봤다.

"뭐가 필요한지 말해 주세요. 내가 가져올 테니까."

"들여보내지 않을 셈인가?"

"당연하죠."

야가와가 한숨을 쉬었다.

"그럼 내 슈트를 한 벌 갖다 줘."

사야카는 잠금을 해제하고 문을 열었다. 이어서 현관에 몸을 들이자 뒤에서 야가와도 따라 들어왔다.

"이봐요." 돌아보자마자 소리쳤다.

"그렇게 매정하게 굴지 마. 스스로 짐을 챙길 테니까."

야가와는 슥 신발을 벗고서 멋대로 거실에 들어가 거실의 불을 켰다.

"별로 달라지지 않았군."

야가와가 주위를 둘러보며 말했다. 그리고 소파에 앉았다.

"앉지 마."

"조금쯤은 이야기를 들어 줘."

"짐을 가지러 온 거 아냐?"

"알았으니까 진정해. 언제 그런 성깔 있는 여자가 된 거야. 너 그런 여자 아니잖아."

그 말투가 몹시 신경에 거슬렸다.

"볼일 없으면 지금 당장 나가."

"그러게 볼일은 있대도. 이야기를 들어 줬으면 해."

"무슨 이야기? 상처를 주어 미안하다는 식의 말이라면 필요 없어. 나, 이제 당신을 잊었고, 떠올리고 싶지도 않아."

본심이었다. 더 정확히는 '이제 떠올릴 일도 없다'이다. 나스가 우리 집에 오고부터 정말 야가와는 떠올리지 않게 되었다. 사야카에게 눈앞의 남자는 먼 과거의 사람이다.

"저기, 그리고 말야 나, 이래저래 일이 많았거든."

야가와가 깍지를 끼고 멋대로 이야기를 시작했다. 사야카는 본의 아니게 자리에 선 채 그것을 듣는 형태가 되었다.

장황하게 이야기했는데, 야가와는 아내와 이혼했다고 한다.

"자신의 마음에 솔직해지지 않으면 평생 후회할 것 같았어. 아내와 자식을 버리게 되더라도."

야가와가 진지한 눈빛으로 바라봤다. 사야카는 냉정한 마음으로 야가와를 내려다보고 있었다. 직감으로 거짓말임을 알았다. 이혼한 건 사실이겠지만, 야가와 쪽에서 버린 것이 아니라 분명 버림받은 것이다.

"정리할 겸 일도 관뒀어. 심기일전, 너와 함께 인생을 걸어 나가고 싶어."

이 말도 필시 거짓말. 잘린 게 아닐까.

야가와는 외국계 파이낸스 회사에 영업사원으로 있었다. 불륜이 발각되기 직전, 그는 직장에서 공금 유용사건에 휘말렸다. 직속 상사가 회사 경비를 수년간 유용했는데 결백한 자신에게도 그 피해가 미칠 수 있다는 둥 얘기했었다. 그때는 동정했지만, 지금 생각하면 그 역시 의심스럽다. 사실 경비를 유용한 사람은 야가와 자신이 아니었을까.

이처럼 떨어져서 야가와란 인간을 냉정히 생각해 보니 애당초 처자식이 있음을 사야카에게 숨긴것도 그렇고, 모든 게 거짓으로 포장된 인물로 느껴졌다.

"사야카. 나와 다시 시작해 주지 않겠어?"

그런 말도 사야카의 가슴에는 전혀 와닿지 않았다. 교제 중에 걸린 마법은 이미 풀렸다.

"죄송해요. 그럴 수 없어요."

사야카는 조용히, 그러나 분명하게 말했다.

"당신에게 아내와 자식이 있음을 알고 그럼에도 계속 사귄 것은 내 뜻이에요. 따라서 당신을 원망하진 않아요. 하지만 이제 더 이상 내게 관여하지 마세요."

사야카의 대답이 예상 밖이었던 듯 야가와는 당황했다.

"지금 내게는 아내도 자식도 없어. 당당하게 둘이서 살 수 있다고."

"그런 게 아니라 당신에게 미련이 없어요."

"…지금 남자가 있나?"

"상관없어요."

"됐으니까 가르쳐 줘. 남자가 있어?"

한 박자 쉬고 사야카는 고개를 세로로 끄덕였다.

"…기지 마."

야가와는 바닥에 시선을 굴리며 입술만으로 중얼거렸다. '웃기지 마'. 그렇게 말한 것일까.

"당신과는 끝났어요. 돌아가 주세요."

사야카가 재차 요구했다.

야가와는 일어서려 하지 않았다. 아랫입술을 깨물고 계속 허공을 노려보고 있다.

"부탁이에요. 이제 돌아…."

"위자료."

"네?"

"위자료 내놔. 헤어질 거면."

사야카는 대답이 궁해졌다. 무슨 소리를 하는지 이해할 수 없었다.

"나는 가정도 일도 잃었는데, 어째서 너만 아무 일 없었다는 듯이 새출발할 수 있지?"

"나는 당신 아내에게 위자료를 줬어."

"나는 안 받았잖아."

"왜 당신에게 돈을 내야 하는데. 지금 장난해?"

분노가 치밀어 올랐다.

"얼른 나가. 두 번 다시 내 앞에 나타나지 마."

나가라고 다그치자 야가와가 벌떡 일어섰다.

사야카는 뒷걸음질 쳤다. 하지만 이내 등을 벽에 부딪쳤다.

"너, 언제부터 내게 그딴 식으로 말하게 됐지?"

한 발짝씩 서서히 다가왔다.

"오지 마."

"이봐, 사야카. 너, 실은 아직도 날…"

손을 뻗어 왔다. 사야카는 그 손을 뿌리쳤다.

야가와의 표정이 변했다. 그 표정엔 증오가 드러나 있었다.

양 손목을 붙잡혔다. 엄청난 힘이었다.

"놔."

다리가 걸려 바닥에 함께 쓰러졌다. 야가와가 레슬링을 하듯 사야카 몸 위로 올라왔다.

"그만해."

"너, 거칠게 해 주는 거 좋아했잖아."

귓가에 거친 숨결이 끼쳤다.

"그만해!"

야가와의 입술이 목덜미를 훑는다. 사야카는 필사적으로 저항의 뜻을 표했다. 그러나 힘의 차이는 역력했다. 남자의 폭력 앞에서 여자는 별 도리가 없다.

입고 있던 티셔츠가 말려 올라갔다. 그리고 청바지의 단추가 풀리고 지퍼가 내려갔다. 그것만은 벗겨지지 않도록 사야카는 몸을 비틀며 힘껏 발버둥 쳤다.

그런 공방을 펼치는데, 불현듯 야가와의 움직임이 딱 멈췄다. 쭈뼛쭈뼛 밑에서 올려다보니 야가와는 상반신을 일으킨 상태에서 고개를 옆으로 틀어 복도 끝을 노려보고 있었다.

그 시선 끝으로 눈길을 준 직후, 사야카는 숨을 삼켰다.

캡을 쓴 나스가 현관에 서 있었다. 손에는 낯익은 마크가 그려진 비닐봉지가 있다. 근처 슈퍼의 봉지임을 알 수 있었다.

야가와가 몸에서 떨어져 일어섰다. 사야카는 곧장 흐트러진 옷매무새를 가다듬었다.

"같이 사는 건가."

누구에게랄 것도 없이 야가와가 말했다. 얼굴에는 엷은 조소가 떠올라 있다.

"얼른 나가!"

바닥에 주저앉은 상태로 사야카는 외쳤다.

"예, 예. 실례했습니다."

야가와가 못마땅한 듯 말하고 현관 쪽으로 걸어갔다. 그 등을 사야카는 노려봤다.

현관에서 야가와와 나스가 마주치자 나스가 옆으로 비켜 야가와에게 길을 터 줬다.

"당신, 되게 어리군. 노처녀 좋아하나?"

야가와가 그렇게 말했으나 나스는 대꾸하지 않았다.

"이런 여자와 살면 제대로 되는 일이 없어. 이 여자는 재앙덩어리거든. 뭐, 어차피 당신도 놀이…."

순간 야가와가 말을 끊었다.

유심히 나스의 얼굴을 들여다본다. 그 시선을 피하듯 나스가 얼굴을 돌려 신발을 벗고 이쪽으로 다가왔다. 그런 나스의 등 뒤에서 야가와는 눈을 게슴츠레 떴다.

"얼른 나가라고!"

사야카는 다시 외쳤다. 이윽고 야가와는 문을 열고 나갔다.

문이 닫힌 것과 동시였다. 사야카의 눈에서 눈물이 쏟아졌다. 나스는 아무 말 없이 사야카의 옆에 무릎을 대고 내내 등을 쓸어 줬다.

14

이튿날, 이른 오후. 느지막한 점심을 먹기 위해 사야카는 가린과 함께 사무실을 나섰다. 머리 위에서 쏟아지는 햇살은 여전해 둘은 가급적 그늘 진 곳을 걸으려고 애썼다.

가린이 중화냉면을 먹고 싶다기에 가게 앞에 '냉면개시'라는 입간판이 나와 있는 정식집으로 들어갔다. 오후 2시가 지나서인지 가게 안은 비교적 한산했다.

"어라, 왠지 오늘, 눈이 부은 것 같네요?"

자리에 앉아 마주 본 순간 가린이 말했다.

"수면 부족이야. 밀린 드라마를 보다가 그만 늦게 자 버렸어."

물이 든 컵으로 손을 뻗으며 사야카가 대답했다.

"드라마라. 나, 이번 분기에 한 편도 못 봤는데."

이윽고 중화냉면이 두 그릇 나와서 그것을 먹으며 대화를 나눴다. 가린은 7월에 들어온 보너스로 7십만 엔이나 하는 에르메스 가방을 샀다고 한다. 가린도 그럭저럭 높은 급여를 받지만 역시 분수에 맞지 않는 느낌이었다. 물론 그런 오지랖 같은 소리는 안 했다.

"자신에게 주는 상이라며 질렀는데, 실수했나 싶어요."

"왜?"

"직장에 들고 오자니 꺼려지고, 그렇다고 미팅이나 데이트 자리에 들고 나가자니 과소비하는 여자로 보일 것 같거든요."

"그럼 왜 샀어."

"나중에야 그 사실을 깨달았단 말이에요."

가린은 찌푸린 얼굴로 한숨을 쉬었다.

"당당하게 들면 되잖아. 가린이 노력한 증거니까. 게다가 말야, 남자들이란 에르메스 정도는 알아도 그 가방이 얼마인가 하는 것까지는 모를 거야."

"그럴까요?"

가린은 이래 봬도 신분 상승을 노리는 여자가 아니었다. 물론 상대의 연수입이 자기보다 낮은 건 싫은 모양이지만 그 역시 남자 입장을 고려한 것으로 남자가 주눅이 들면 불쌍하기 때문이라고 예전에 말했었다. 평범한 직업을 가지고 있고 제대로 자신을 사랑해 주는 사람이라면 그걸로 족하다고 한다.

"딱히 백마 탄 왕자님을 기다리는 건 아닌데…."

그렇게 투덜거리며 반짝이는 입술로 면을 후루룩 들이킨다.

백마 탄 왕자님이라….

나스의 이미지는 그에 가깝다. 신인 미남 배우라고 하면 순순히 납득이 갈 만한 외모다. 사실 나스는 직업이 없는 떠돌이다. 그래도 사야카에게 있어 나스는 왕자님일지도 모른다.

어젯밤, 야가와가 떠난 뒤 사야카는 한 시간을 내리 울었다. 나스는 아무것도 캐물으려 하지 않고 말없이, 그저 조용하게 자신의 곁을 지켜 줬다. 그것이 얼마나 고마웠던지. 마지막에는 나스의 다정함 때문에 울었던 것도 같다.

그 후, 사야카는 무슨 일이 있었는지 전부 나스에게 털어놓았다. 나스는 단 한 마디, '경찰에 신고할 건가요?'라고만 말했다. 그런 건 생각도 않고 있었으나 확실히 그것은 강간 미수다. 그러나 사야카는 하지 않을 거라고 대답했다. 참고 넘어가는 것이 아니라 그 남자와는 더는 얽히고 싶지 않았다. 더 비참한 기분을 맛볼 뿐이다. 8년의 세월을 없었던 것으로는 할 수 없지만, 더는 추억까지 더럽히고 싶지 않았다. 그 뜻을 전하자 나스는 납득한 듯 몇 번인가 고개를 주억였다.

어젯밤에는 나스와 처음으로 같이 잤다. 사야카가 그렇게 해 달라고 부탁했다. 침대 안에서 둘에게 무슨 일이 있었던 것은 아니다. 손조차 잡지 않았다. 단지, 그의 온기를 느끼는 것만으로도 사야카는 잠이 들 수 있었다. 최악의 하루에 끝을 고할 수 있었다.

"이번 주말에는 간만에 선배 집에 자러 갈까나."

먼저 식사를 마친 가린이 그런 소리를 했다.

"이번 주는… 안 돼."

"왜요?"

조바심이 났다. 그 이유를 생각해 두지 않았다.

"수상하네."

가린이 의심스런 시선을 보냈다.

"최근에 엄청 퇴근이 빠르질 않나, 나와의 술자리도 거절하질 않나, 집에도 오면 안 된다고 하고. 이거, 아무리 봐도 수상한데요. 아가씨."

범인을 추궁하는 형사 같은 어조로 말한다.

"자백해요. 새로운 남자친구가 생겼죠?"

나름대로 최선을 다해 둘러댔으나 가린은 집요했다. 별수 없이 사야카도 체념하고 동거 중인 남자가 있다고만 고백했다.

"하지만 남자친구라는 느낌은 아냐."

"같이 사는데 남자친구가 아닐 리 없잖아요. 그래서, 몇 살? 뭐 하는 사람? 어떻게 만났어요?"

연달아 질문을 던졌다. 사야카는 자신과 동갑의, 증권회사에 다니는 남자라고 얘기했다. 역시 우리 회사에서 고용한 재택 기자라고는 말할 수 없다. 더군다나 한참 어린 남자라고는 입이 찢어져도 말할 수 없다.

"같이 살면서 안 한다니 심각한 문제 아닌가요? 선배를 여자로 안 보는 거 아니에요?"

가린이 돌직구로 의문을 제기했다. 게다가 목소리가 크다.

"괜한 참견이야." 입에 집게손가락을 대고서 말했다.

"선배가 거부하고 있다는 뜻? 튕기고 있군요?"

"시끄럽대도. 별로 상관없잖아."

가린은 계속 이것저것 물었지만 사야카는 상대하지 않았다.

"그건 그렇고 나와 상의도 없이 뒤에서 그런 짓을 하고 있었다니." 가린이 사야카를 살짝 째려봤다.

"어쨌거나 빠른 시일 내에 소개해 줘요."

사야카는 "언젠가는" 하고 대답을 흐렸다. 가린이라면 괜찮을까도 싶었지만 분명 나스가 싫어하리라. '그런 자리는 사양하겠습니다.' 그런 식으로 말할 듯하다.

　식사 후 아이스티를 주문하여 함께 마시는데, 사야카의 업무용 폰으로 전화가 왔다. 모르는 번호였다. 거래처의 누군가려니 하며 받자 [나야] 하고, 아는 남자의 목소리가 들렸다. 순식간에 몸이 경직됐다. 상대는 야가와였다. 사야카는 말을 할 수 없었다. 그런 사야카의 모습을 가린이 의아한 듯 바라보고 있다.

　가린에게 손짓으로 양해를 구하고 자리에서 일어나 빠른 걸음으로 가게 밖으로 나왔다. 후텁지근한 열기에 휘감기고 눈부신 햇빛에 노출되었다.

　[어제는 미안했어.]

　"어떻게 이 번호를 알았어요?"

　[회사에 전화했더니 부재중이라기에, 그럼 휴대전화 번호를 가르쳐 달라고 부탁했지.]

　혀를 찼다. 분명 업무 관계자인 척 행세했으리라.

　"계속 치근대면 경찰에 신고할 거예요."

　[그럼 아직 안 했나 보군.]

　"네. 하지만 당신 하기에 달렸어요."

　[걱정 마. 이제 아무 짓도 안 해. 약속하지. 그러니까 그, 어젯밤 일은 없었던 걸로 해 줘.]

　과연. 어젯밤 일로 경찰에 불려 갈까 봐 두려웠나.

　"피해 신고를 접수할 마음은 없어요. 그 대신, 이제 다시는 내 앞에 나타나지 말아요."

[그래. 정말 미안했어.]

사야카가 전화를 끊으려고 스마트폰에서 귀를 뗐을 때였다.

[그 금발의 껄다리, 정체가 뭐지?]

"그런 건 당신과 상관없잖아요."

[생긴 걸 보면 아직 스물 즈음이겠지. 안 팔리는 딴따라 같은 건가?]

"상관없다고 하잖아요."

[어디의 누구야, 그 녀석.]

"이만 끊을게요."

[그 녀석, 닮지 않았어?]

"…누굴요?"

[그 탈옥범 말야. 가부라기 게이치.]

바보 같은 소리 말아요. 그렇게 대꾸하려 했으나 말이 되어 나오지 않았다.

순간 사야카의 뇌리에 상을 맺은 탈옥범의 얼굴이 나스와 유사했기 때문이다.

[네 덕분에 이쪽은 한가해서 말야, 매일 TV만 보거든. 어제 낮에도 때마침 와이드 쇼에서 그 탈옥범 얘기가 나와서 은연중에 범인의 얼굴이 머릿속에 남아 있었나 봐. 그래서 그 금발의 얼굴을 본 순간 '어?' 싶었던 거야. 그 후, 다시 인터넷에서 찾아봤는데 역시나 왠지 모르게 닮은 것 같더라니까. 언뜻 보면 다른 사람 같지만, 키도 비슷하잖아.]

"……."

[이봐, 사야카. 듣고 있어?]

"…농담은, 그만해요." 목소리가 떨렸다.

[나도 진심으로 하는 소리는 아니야. 그런데, 그 녀석의 정체는 제대로 알고 있는 거야?]

"당연히 알죠. 운전면허증도, 여권도 봤는데."

[뭐야. 그래?] 단번에 흥미를 잃은 듯 야가와 말했다. [설마 탈옥범은 아니더라도, 너니니 만큼 틀림없이 위험한 자식에게 이용당하고 있지 않을까 싶었거든.]

자기가 한 짓은 생각 안 하고 이 남자는 무슨 소리를 하고 있는 건지.

[뭐, 이 마당에 도쿄 같은 데 숨어 있을 리 없겠지.]

"…당연하죠."

[행복해라.]

마지막으로 생뚱맞은 말이 들리고 전화가 끊겼다.

사야카는 움직일 수 없었다. 강렬한 직사광선에 노출되어 있는데도 그 자리에서 한 발짝도 발을 내디딜 수 없었다. 사실은 운전면허증도 여권도 보지 못했다. 나스에게는 신분을 증명할 만한 것이 하나도 없었던 것이다.

설마. 그런 일이 있을 리 없다. 그런 바보 같은 일이….

침을 꿀꺽 삼켰다.

손안의 스마트폰에 시선을 떨궜다. 천천히 손가락을 놀려 '가부라기 게이치'라 입력하고 구글 검색을 했다. 이어서 이미지 마크를 눌렀다. 곧바로 가부라기 게이치의 얼굴 사진이 몇 장 표시되었다. 전부 어디선가 본 사진들이다. 보고 싶지 않아도 이 흉악범의 얼굴은 도처에서 눈에 띄기 때문이다.

전혀 닮지 않았잖아. 처음에는 그렇게 생각한 사야카였으나, 서서히 핏기가 가셨다. 야가와가 품은 것과 동일한 의심이 사야 카의 머릿속에도 조금씩 퍼져 나갔다. 언뜻 보면 전혀 다른 사 람 같지만 자세히 보니 과연 비슷했다. 이를테면 코 그리고 입 술 한 부분에 초점을 맞추면…, 눈도 나스가 컬러 렌즈를 뺐을 때의 인상과 사진의 이미지는 아주 많이 비슷했다.

얼마큼의 시간을 그 자리에 우두커니 서 있었을까 머릿속에 서 여러 생각들이 빙글빙글 맴돌지만 앞으로 나아가지 않는다. 마치 뇌가 생각을 거부하기라도 하는 듯 같은 곳에서 제자리걸 음하고 있다.

"선배."

등 뒤에서 부르는 소리가 났다. 돌아보니 가린이 서 있었다.

"기다리다 지쳐서 나와 버렸어요."

"계산은…?"

가까스로 그 말만 쥐어 짜냈다.

"제가 내도 돼요. 소소한 축하 선물이에요."

가린이 윙크를 날렸다.

사야카는 고맙다는 말도 없이 가린과 함께 걷기 시작했다.

"어서 안으로 피신해야겠다. 타겠네, 타겠어."

사야카는 필사적으로 걸음을 옮겼다. 몸이 자신의 것이 아닌 듯했다. 조금이라도 긴장을 늦추면 이 달궈진 아스팔트 위에 쓰러져 버릴 것 같았다.

사무실로 돌아가는 동안 가린이 계속 무언가를 이야기했다. 그러나 사야카는 어떤 말이었는지 하나도 기억나지 않았다.

T자형 문손잡이에 손을 걸친 순간 움직임이 멈췄다. 자기 집에 들어가는 것이 이렇게까지 무서운 적은 처음이다. 숨마저 턱턱 막혔다. 마치 이 문 너머에 맹수가 기다리고 있는 듯한 그런 공포와 사야카는 싸우고 있었다.

오후 업무는 엉망진창이었다. 마치 신입 사원 같은 단순 실수를 연발하여 실장 이나모토에게 오랜만에 질책을 받았다.

심호흡을 하고, 마음을 다잡아, 문손잡이를 비틀었다. 평소보다 문을 힘차게 열고는 "나 왔어"라고 애써 밝게 인사했다.

안쪽 복도에서 나스가 모습을 드러냈다. 이렇게 매번, 귀가한 사야카를 맞아 준다.

"어서 와요. 사야."

그 목소리를 들은 순간 오싹했다. 모골이 송연하다는 것은 바로 이런 순간을 가리키는 말이리라.

사야카는 아래로만 시선을 둔 채 신발을 벗고 그를 지나쳐 거실로 들어갔다. 도중에 세면실에서 손을 씻고 입안을 헹궜다. 거울에 자신의 얼굴이 비쳐 있다. 확연히 굳은 표정이다. 의식적으로 미소를 지어 본다. 그러나, 미소가 일그러져 있다.

침실로 이동하여 실내복으로 갈아입고 거실로 향했다. 나스는 등을 돌리고 부엌에 서 있었다. 사야카는 소파에 몸을 묻었다.

"매운 것을 좋아한다고 해서 오늘은 매콤달콤한 된장 여주 볶음 잡채라는 것에 도전해 봤는데 간이 살짝 세졌을지도 몰라요."

"밥이 술술 넘어가겠네."

"여러 번 간을 보다 보니 점점 혀의 감각이 마비돼서… 변명 같네요."

"요리에서는 흔한 일이지."

이런 대화조차 필사적이다. 태연한 척하는 것이 이토록 어려운 일인 줄은 몰랐다.

식탁에 앉자 저녁 식사가 시작되었으나 음식이 전혀 목구멍으로 넘어가지 않았다. 공복이건만 식욕은 전혀 일지 않는다.

"역시, 조금 센가요?" 나스가 미안한 듯 물었다.

"아냐. 딱 좋아."

사야카는 미소 지으며 나스의 손을 보면서 기계적으로 젓가락을 놀렸다. 그의 오른손에 있는 젓가락은 여느 때처럼 여러 번 음식을 놓쳤다.

지금까지는 손재주가 없나 보다 했는데 그게 아닐지도 모른다. 실은 그 탈옥범이 그렇듯 그는 왼손잡이가 아닐까. 이어서 사야카는 나스의 입가로 슬쩍 시선을 던졌다. 그곳에 점은 없었다. 탈옥범 가부라기 게이치의 왼쪽 입가에 있는 직경 3밀리미터 정도의 특징적인 점이 나스에게는 없다.

사야카는 알고 있었다. 목욕이 끝난 후에만 나스의 왼쪽 입가에 점이 출현하는 것을…, 평소에는 메이크업으로 가리는 것이다. 짙은 컨실러를 사용하면 점을 지우는 일쯤은 별것 아니다. 점이 콤플렉스인 줄 알았다. 그의 미의식에 반하는 것이라서 가리고 싶은 줄 알았다.

식사를 마치고 매일 밤의 루틴대로 함께 외국 드라마를 봤다. 그러나 오늘만큼은 드라마 내용이 전혀 들어오지 않았다. 머릿속으로는 계속 옆에 있는 나스에게 묻고 있다.

'당신, 도대체 누구야? 어떤 사람이야?'

사야카는 속으로 여전히 반신반의했다. 이곳에 있는 나스 다카시가 탈옥범 가부라기 게이치라는 확증은 어디에도 없다. 단지 얼굴이 닮았다. 그뿐이다. 세상에는 자신과 얼굴이 같은 사람이 세 명 존재한다고 한다. 연예인 닮은꼴 중에도 진짜와 구별이 안 갈 만큼 닮은 사람이 있다. 그런 미신이나 특수한 예를 들어 사야카는 자신을 달래려 했다. 그러나 마음속 깊은 곳에서는 이미 포기했는지도 모른다. 이미, 단정 지었는지도 모른다.

왜냐하면 만약에 나스 다카시가 그 탈옥범이라면 평소 사야카가 느낀 모든 위화감에 대한 해답이 내려지기 때문이다. 주소가 없는 것과 신분증이 없는 것. 밖에 나가고 싶어 하지 않는 것과 항상 메이크업을 하고 있는 것. 자잘한 것을 꼽자면 그 밖에도 많다. 이를테면 배달된 물건을 집에서 수령하려 하지 않는 것. 이 맨션에는 택배함이 설치되어 있어 수령인이 부재중일 경우 그곳에 우편물이 투입되는데, 그는 사야카의 우편물을 그곳에서 수령하곤 했다. 항상 집에 있었는데도 말이다.

나아가 그가 젊은 나이에 재택 기자를 시작한 것도 납득이 간다. 사람을 만나지 않고 돈을 벌기 위해서. 왜 하필이면 사야카가 일하는 회사였나. 필시 원고료를 직접 수령할 수 있기 때문이다. 은행 계좌가 없는 사람에게는 이토록 고마운 일도 없으리라.

사야카는 욕조 안에서도 계속 그것들을 생각했다. 생각하면 할수록 닮은 사람일 거라는 실낱같은 희망은 희박해지고, 동일 인물이라는 답이 무겁게 짓눌러 왔다.

어느새 목욕물은 미지근해져 있었다. 사야카는 데움 버튼을 누르고 욕조에서 나왔다.

"오늘은 꽤 오래 있었네요."

사야카는 머리에 타월을 두르며 대답했다.

"왠지 넋을 놓고 있었어. 피곤한가 봐."

"더위를 먹었나요?"

"응. 그런 느낌이야."

그 후 나스가 갈아입을 옷을 손에 들고 욕실로 향했다. 이윽고 샤워 소리가 들려왔다. 여느 때처럼 얼굴을 관리하던 사야카는 순간 손을 멈추고 일어섰다. 그리고 대뜸 옷장을 열었다. 이 안에는 나스의 캐리어가방이 들어 있다. 꺼내 보니 꽤 무게가 있음을 알 수 있었다. 안이 꽉 찬 것이다. 그렇지만 소형 자물쇠로 잠겨 있었다. 이러면 열 수가 없다.

캐리어가방을 제자리에 돌려놓고, 이번에는 거실 구석에 놓인 그의 배낭으로 다가갔다. 슬며시 들여다보니 안에는 옷과 지갑,

254

화장품 파우치 외에도 몇 권의 책이 들었음을 알 수 있었다. 그 중에서 가장 두꺼운 한 권을 꺼냈다. 사전인가 싶었던 그것은 '육법전서'였다. 이런 게 무엇에 필요할까…. 그 밖의 책은 치매, 알츠하이머에 관한 서적이었다. 점점 영문을 알 수 없었다.

이어서 지갑을 꺼내 들었다. 양판점에서 싸게 팔 듯한 물건이었다. 열어 보니 3만 엔가량의 지폐와 잔돈 조금. 카드는 일절 들어 있지 않다. 이것만으로도 이상한 지갑임을 알 수 있었다.

다음은 화장품 파우치를 열었다. 파운데이션, 컨실러, 브론저, 하이라이터, 치크, 에어브러시, 아이라이너에 뷰러까지 들어 있었다. 여자 파우치 뺨치는 구성이다.

사야카는 배낭을 구석구석 살폈지만 그 이상 특기할 만한 것은 보이지 않았다. 틀림없이 중요한 것이나 들키면 안 되는 것은 캐리어 쪽에 들었으리라. 밑져야 본전인 셈치고 테이블에 놓인 그의 스마트폰과 컴퓨터도 봤지만 역시 둘 다 비밀번호가 걸려 있었다. 모두 수년 전 기종으로 필시 중고로 손에 넣었으리라. 이런 건 어디서나 팔기에 누구든 쉽게 구할 수 있다.

그의 몇 안 되는 소지품도 차례차례 샅샅이 들춰보고 휴지통도 뒤졌다. 바쁘게 손을 움직이며 사야카는 왜 자신이 이러고 있는 건지 생각했다. 나스에게 직접 따져 물으면 그만인 일인데. 그러기 무섭다면 그에게 한 마디 '나가 줬으면 해'라고 말하면 된다. 분명 나스는 아무 말 없이 떠날 것이다. 아니, 무엇보다 먼저 경찰에 신고해야 한다. 우리 집에 탈옥범이 있다고….

하지만, 계속 찾고 있다. 나스 다카시가 가부라기 게이치라는 증거가 아니라, 아니라는 증거를….

이윽고 샤워 소리가 멎고 잠시 후 얼굴이 상기된 나스가 모습을 드러냈다. 여느 때처럼 스퀘어 안경을 끼고 있다. 샤야카는 아무렇지 않게 다가가서 그 얼굴을, 왼쪽 입가를 관찰했다. 그리고 다시금 절망했다. 역시, 있지 않길 바랐던 것이 그곳에 있었다.

샤야카는 몸이 안 좋다면서 평소보다 일찍 침대에 들어갔다. "푹 쉬세요."

그의 그런 말도 어딘지 섬뜩하게 그리고 서글프게 들렸다. 이불에 싸여 어둠 속에서 깊은 절망을 맛봤다. 눈물 같은 건 나오지 않았다. 그저 조용히 절망을 체감하고 있었다. 이윽고 자기 안의 무언가가 부서져 가는 듯한, 사라져 가는 듯한, 그런 감각에 사로잡혔다. 모래로 된 산이 바람을 맞아 그 자태를 스르르 깎여 내려가는 듯한….

한밤중, 샤야카는 몽유병자처럼 침대에서 기어 나왔다. 소리가 나지 않게 문을 열고 어둠 속에 있는 나스를 응시했다. 거실 중앙에 깔린 이불에 드러누운 확실한 인영. 일정한 페이스로 새근새근 숨소리를 내고 있다.

샤야카는 선 채로 내내 그 숨소리를 듣고 있었다.

다음 날은 수면이 부족하기도 하여 권태감에 휩싸인 하루가 되었다. 일에 전혀 집중하지 못해 주변의 의아함을 샀고 이나모토에게는 또 질책을 받아 엉망진창이었으나 신경 쓰이지 않았다. 그런 건 아무래도 좋았다.

한편, 집에 돌아와서는 태연하게 지냈다. 나스와 평소처럼 대화를 나누고, 함께 식사하고, 드라마를 봤다. 이전과 전혀 다르지 않은 두 사람의 밤을 보낸 것이다. 오히려 회사에 있을 때 불안과 공포가 더 클 정도였다.

머릿속으로는 '이 아이, 사람을 죽였지'라고 생각했다. 사형 판결을 받고, 나아가 탈옥까지 한 어마어마한 죄인이라고 생각했다. 하지만 그 모든 사실은 지금 눈앞에 있는 인물, 이곳에 있는 현실과 어딘지 이질된 것으로, 기묘하게도 공포로는 이어지지 않았다.

마비되고 만 것일까. 뜨거운 샤워기 물을 맞으며 사야카는 그런 식으로 자기를 분석해 봤다. 분명 자신의 마음은 마취제를 맞고 만 것이리라. 그것은 공포와 윤리마저 멀어지게 하는 극약인지도 모른다.

"왠지 오늘, 이상하네요."

나스의 지적에 사야카는 자연스럽게 미소를 흘렸다.

이날 밤, 사야카는 또 나스를 잠자리에 초대했다. 나스는 당황했지만 사야카는 그를 강제로 침대에 끌어들였다.

사야카는 나스를 꼭 끌어안은 채로 잠이 들었다. 왜일까? 이렇게 하고 있으면 안심이 됐다. 떨어져 있으면 무서운데 밀착해 있으면 무섭지 않다. 이 모순된 감정과 감각은 자신밖에 모른다. 그러나 그 본질은 사야카 자신도 잘 모르고 있었다.

그 후로는 출근하기가 귀찮아졌다. 집을 한 발짝 나선 그 순간부터 마음에 근심 걱정이 엉겨 붙어 퇴근할 때까지 결코 떨어지지 않는다. 내내 묵직하고, 번잡하고, 답답하다.

간신히 매일 회사에 나가고 있으나 그것도 언제 중단될지 알 수 없다. 분명 한 번이라도 결근하면 자신은 두 번 다시 회사에 가지 않으리라.

사야카는 시시하다고 생각했다. 일도 일상도 모두 시시하다고 생각했다. 집 안에 있는 비일상만이 사야카의 공간이다.

15

하루의 일이 끝나고 실장 이나모토에게 이끌려 식사를 하러 가게 되었다. 물론 거절했으나 이나모토가 용납하지 않았다. 사야카의 팔을 붙들고 '설령 독감이라고 해도 끌고 갈 거야' 하는데, 일곱 살 연상의 여자 상사는 전에 없이 강경했다.

택시에 태워져 사루가쿠초에 있는 숨은 맛집 격인 일식집으로 끌려갔다. 이나모토가 미리 예약해 둔 듯 아담한 방으로 안내되었다.

이나모토는 맥주를, 사야카는 우롱차를 주문하여 잔을 부딪쳤다.

그리고 탁자에 잔을 탕 내려놓은 이나모토가 말문을 열었다.

"왜 식사하자고 했는지, 알아?"

"최근, 실수만 해서요." 사야카는 고개를 숙인 채 대답했다.

"실수 운운할 레벨이 아냐. 지금 당신의 근무 태도."

코로 한숨을 내쉬고 상체를 내밀어 사야카의 얼굴을 들여다봤다.

"그렇지만 일 따위는 아무래도 좋아. 있잖아 안도, 당신이 지금 같이 사는 사람, 내게 소개해 줄 수 있어?"

사야카는 고개를 들었다.

"구스노키가 알려 줬어."

가린을 말하는 것이다.

"내가 강압적으로 캐물었으니 구스노키를 나무라지 마. '안도 선배의 낌새가 이상해진 건 새로운 남자친구와 동거를 시작하고부터다.' 라고 구스노키는 말했어."

"별로 그것과는…."

"구스노키, 울더라. 힘이 되어 주고 싶지만 자기를 피한다고. 뭘 물어도 대답해 주지 않는다고. 그 아이 당신을 따르니까 걱정이 되어 견딜 수 없는 거야."

그렇다, 가린을 줄곧 무시해 왔다. 회사에서 말을 걸어와도 업무 이외의 일에는 대꾸하지 않았고, 몇 번인가 걸려 온 전화나 챗팅앱 메시지에도 응답하지 않았다.

"나도 마찬가지야. 당신을 이 회사로 부른 건 나고, 내 부하 직원이야. 그런데 말야, 당신에게는 그 이상의 애정이 있어."

"감사합니다."

"인사는 됐어. 그래, 무슨 일이 있었던 거야?"

"……."

"내게도 말할 수 없나 보구나."

"특별히, 별일 없는걸요."

"그럼 소개해 줘. 당신 애인."

"……."

"못 해? 보여 줄 수 없어?"

사야카는 화가 났다. 이 심문조의 말투는 뭐야. 당신 따위에게 나스를 보여 줄 것 같아?

"혹시, 이전 사람과 다시 만난다든지, 그런 건가?"

"아니에요."

사야카가 즉답하자 이나모토는 조금 생각에 잠긴 듯한 기색을 보였다.

잠시 침묵이 이어졌고,

"당신, 줄곧 불륜하고 있었지?"

사야카는 놀랐다. 어떻게 이나모토가 알고 있을까. 아무에게도 말한 적 없는데.

"역시." 이나모토는 납득한 듯 한 번 한숨을 쉬었다.

"왠지 모르게 그런 것 같더라."

이 여자 상사의 예리한 감은 대체 뭘까.

"전에도 말한 것 같은데, 당신은 나와 닮았거든."

그렇다면 이나모토도 과거 불륜을 했던 걸까. 그런 건 이제 아무래도 상관없지만.

이나모토는 사야카를 똑바로 보고 다시 입을 열었다.

"이건, 조금 더 오래 산 여자의 설교야. 불행해질 것이 보이

260

는 사랑은 스스로 끝내. 주위에서 축복받는 연애를 해. 그런 사람을 사랑해."

그녀는 의연한 어조로 말했다.

"…알겠습니다."

"정말 이해했어?"

"네. 했어요."

"그럼 됐어."

"걱정 끼쳐 죄송합니다. 저, 똑바로 할게요."

"응. 똑바로 해."

"네."

"좋아. 먹자."

그로부터 두 시간가량 그 자리에 있었다. 고급스러운 요리와 술과 이나모토의 말. 전부 넌덜머리가 났다.

나라는 인간은 언제 이토록 꼬여 버렸을까. 자신을 위해 조언하는 사람의 말에 귀를 기울일 수 없다. 감사함 따위는 털끝만큼도 들지 않는다. 제 일처럼 걱정해 주는 이나모토도 가린도 어차피 타인. 그런 식으로 생각하고 만다.

어서 집에 가고 싶다. 사야카는 내내 그렇게 생각했다. 어쩌면 이나모토는 그런 자신의 마음도 간파했을지 모른다. 하지만 그 역시 상관없다. 걱정 따위는 필요 없으니 내버려 두면 좋겠다.

"그러고 보니 말야, 처음 만났을 때, 왜 나와 밥을 먹어 준 거야? 다카시 군은 초면인 사람과의 식사는 피할 것 같은데."

사야카는 침대 속에서 물었다. 그러고 보니 말야, 라고 했으나 사실은 계속 묻고 싶었다. 너무나도 묻고 싶었으나 물을 수 없었던 말이다. '너를 이용할 수 있을 것 같아서…' 같은 말을 나스는 하지 않을 걸 알지만.

"배가 고팠거든요."

"그거, 진심으로 하는 소리야?"

"네, 진심이에요."

"뭐야, 그랬구나."

진짜인지 아닌지 알 수 없지만 순순히 받아들이기로 했다.

한 박자 쉬고 나스가 "게다가…"라고 불쑥 말했다.

"사람이 그리웠는지도, 몰라요."

사야카는 대꾸하지 않았다. 가슴이 옥죄어 왔다.

나스는 눈치챘을까. 사야카가 눈치챘음을. 그러나 결코 그것을 언급하지는 않는다. 나스도, 사야카도.

다만, 최근에 그는 안경을 쓰지 않게 되었다. 메이크업도 하지 않아서 그 특징적이었던 점은 왼쪽 입가에 늘 드러나 있다. 그리고 왼손으로도 젓가락을 들게 되었다. 즉, 그런 것이리라.

나스 다카시와 살기 시작한 지 이제 곧 3개월이 된다. 더웠던 여름도 비로소 끝이 보이려 했다. 이제 곧 가을이 되고, 겨울도 찾아오리라. 겨울이 되면 화창한 봄을 고대하고 먼 여름을 그릴 것이다.

이 사이클을 나스와 손가락을 포개어 더듬는 것이다. 내년에도 내후년에도, 쭉.

내가 그를 지켜야 한다. 형편없고 못미더운 자신이지만 나약한 소리를 하고 있을 순 없다.

이 사람, 잡히면 죽게 된다.

16

이날은 아침부터 뭔가 이상했다. 메이크업이 잘 먹지 않았고, 전철에서 잡은 난간은 미끈거렸다. 바꾼 지 얼마 안 된 컴퓨터가 왠지 버벅거려서 내내 속을 끓였다. 어젯밤 좋은 일이 있었기에 신께서 밸런스를 맞추는 것일까.

취침 전 나스가 이렇게 속삭인 것이다. '사야와 있으면 안심이 돼요'라고. 눈물이 솟구칠 만큼 기뻤다. 그런 말을 나스가 해줄 거라고는 상상도 못 했다. 그의 심경에 어떤 변화가 있었는지 몰라도 그것은 무의식중에 토로된 감이 있었다. 그렇다면 더더욱 기쁘다. 하지만 분명 나스는 사야카에게 연애 감정을 품고 있지 않으리라. 그 증거로 이만큼 함께 있으면서도 사야카를 한 번도 건드리지 않았다. 섭섭하지만, 이것만큼은 어쩔 수 없다. 한참 연상인 여자는 연애 대상 밖일 것임에 틀림없다. 현실은 드라마처럼은 되지 않는 것이다. 그래도 좋다. 자신이 그의 정신안정제라면 기꺼이 그 역할을 받아들이리라.

저녁 무렵, 거래처와 회의가 있다면서 사야카는 혼자 사무실을 나왔다. 물론 그런 일정은 없다. 그대로 귀가할 뿐이다. 최근 사야카는 이런 짓을 하고 있다. 동료들은 거짓말임을 알았겠지만 아무도 뭐라고 하지 않는다. 조만간 이나모토에게 주의를 받겠지만 그렇게 되면 '앞으로 주의하겠습니다.'로 넘어가면 된다.

일은 최소한으로만 소화하고 있다. 부하 직원을 포함하여 주위에는 다소 민폐를 끼치고 있겠지만 자신은 이 회사에서 고참이다. 조금쯤 게으름을 부려도 된다. 다만, 도를 넘는 건 조심해야 한다. 너무 심하게 일탈하면 잘릴지도 모른다.

아무래도 좋다 싶었던 직장이지만 최근 사야카는 생각을 바꿨다. 생활을 해 나가는 이상 돈은 필요하다. 자신은 두 사람 몫을 벌지 않으면 안 되니까.

시부야에서 전철로 갈아타 두 사람의 보금자리가 있는 산겐자야에서 내렸다. 벌써 수백 번은 왕복했을 개찰구를 지나 낯익은 거리를 걷는다. 이 보편적인 광경에서도 사야카는 왠지 모를 위화감을 느꼈다. 도대체 뭘까. 그 정체를 파악할 수 없어 꺼림칙했다. 촉이라는 것일까. 나쁜 촉이 아니면 좋으련만.

귀갓길 도중에 있는 단골 주점에 들렀다. 오늘은 두 사람의 작고 작은 기념일이다. 같이 살게 되면서 보기 시작한 외국 드라마도 이제 마지막 한 편. 오늘 밤, 드디어 최종회를 시청할 예정이다.

어젯밤에는 침대 속에서 서로 그 결말을 예상했다. '해피 엔딩이면 좋겠다.' 어둠 속에서 나스가 그렇게 중얼거린 것이 인상 깊었다.

주점에서는 큰맘 먹고 샤또 쉬뒤로를 샀다. 꿀처럼 달콤한 화이트 와인인데 오늘 밤에는 이게 딱일 듯했다.

아, 그러고 보니 냉장고 안에 치즈가 남아 있었던가. 사야카는 주점을 나온 순간 발걸음을 멈췄다. 분명 아직 남아 있겠지만, 며칠 전 다 먹은 것도 같았다.

나스에게 메신저 전화를 걸어 확인하기로 했다.

[체다치즈와 블루치즈가 아주 조금 남았어요.]

"아주 조금이라면 어느 정도?"

[글쎄요.] 한 박자 쉬고, [둘 다 지우개만큼이랄까요.]

웃었다.

"그럼 사 가는 게 좋겠네. 그 밖에 뭔가 사 갈 것 있어?"

[아뇨. 오늘밤은 음식 수가 많거든요.]

"어머, 그래?"

[네. 여느 때보다 호화로울 예정이에요.]

"오. 기대되는데. 그럼, 이제 5분이면 도착해."

전화를 끊었다. 이런 소소한 대화만으로도 행복이 샘솟는다. 이윽고 집인 콘크리트 건물이 보이기 시작했다. 먼 석양이 후광처럼 그 형태에 오렌지색 테를 두르고 있다.

이사할까. 문득 생각했다. 살짝 도심을 벗어나서 나스와 조용히 얌전히 살고 싶다. 통근 시간을 생각하면 고민되지만 진지하게 고려해 봐도 좋을지 모른다.

사야카가 맨션 가까이 오자, 입구 밖에 슈트 차림의 풍채 좋은 남자 두 명이 서 있는 모습이 보였다. 한 명은 50대, 다른 한 명은 사야카보다 조금 젊은 정도일까. 걸음을 옮겨 옆을 지나치는 순간 둘의 시선을 느꼈다.

입구로 들어가, 사야카가 우편함으로 손을 뻗었을 때였다.

"잠깐 실례합니다."

뒤에서 말하는 소리가 났다. 돌아다보니 밖에 있었던 두 사람이 입구 안에 있었다. 나이 많은 쪽은 인자한 할아버지 같은 미소를 띤 반면 젊은 쪽은 무표정이다.

"혹시 403호에 사시는 안도 씨?" 나이 많은 쪽이 말했다.

"아, 네."

두 사람은 얼굴을 마주 보고 서로 눈빛만으로 수긍했다.

"저기…."

"아아, 죄송합니다. 저희는 이런 사람인데요."

직후, 전기 충격이 인 듯 심장이 뛰었다. 나이 많은 남자가 가슴팍에서 언뜻 경찰수첩 같은 것을 내보였기 때문이다.

"아아, 경계 마십시오. 잠시…."

"뭐죠?" 가로막고 말했다.

"안도 씨와 동거하시는 분께 여쭙고 싶은 것이 있습니다만."

"아. 저, 혼자 사는데요."

다시금 두 사람이 얼굴을 마주 봤다.

"정말 혼자신가요?"

"네."

심장이 가슴을 뚫고 나올 기세로 날뛰었다. 왜? 왜 들켰지?

"이상하네?" 나이 많은 쪽이 미간에 주름을 잡았다.

"그렇다면 그 신고는 역시…."

"저희는 조금 전부터 이곳에 있습니다만…."

266

젊은 쪽이 가로막고 입을 열었다.

"방금 전 집 안의 커튼이 닫힌 게 밖에서 보였습니다. 그렇죠?" 젊은 쪽이 나이 많은 남자에게 동의를 구했다.

나이 많은 남자는 순간 허를 찔린 것 같은 표정을 짓더니 연거푸 수긍했다.

거짓말이다. 자신을 계략에 빠뜨리려 하고 있다.

"무서운 소리 마세요. 저, 정말 혼자예요."

"그럼 저희가 집을 착각한 걸까요? 이런 근사한 맨션이라면 세대가 많으니까요."

뻔뻔한 연극을 하고 있다.

그런데 왜 들켰지. 혹시 야가와인가. 아냐, 그 남자가 나스와 맞닥뜨린 때는 한 달도 더 전이다. 이제 와서 제보했다고는 생각되지 않는다. 그럼 뭐야. 길에서 나스를 본 누군가가 신고한 걸까. 나스는 좀처럼 외출을 안 하지만 전혀 안 하는 것은 아니다. 얼마 전에도 사야카와 둘이서 장을 보러 갔었다. 그때 누군가가 나스의 얼굴을 보고 수상하게 여긴 것일까. 아냐, 우리 집 주소를 알고 있으니 이 맨션의 주민일지도 모른다. 이제 와서 생각해 봤자 별수 없지만 생각하지 않을 수 없었다.

"실례지만, 현재 사귀는 남성이 있습니까?" 젊은 쪽이 물었다.

"없어요."

"진짜입니까?"

"거짓말을 할 필요가 어디 있겠어요."

"그럼 이성 친구 중에 안도 씨 댁에 올 만한 분이 있습니까?"

"…없지는 않은데요."

사야카가 그렇게 대답하자 나이 많은 쪽이 턱을 벅벅 긁었다.

"아아, 그럼 그 사람인가."

"정말 뭐예요, 대체."

사야카가 수상하다는 표정을 드러내자 젊은 쪽이 재촉했다.

"밖에서 설명드리겠습니다"

입구를 나와 맨션의 옆 샛길로 들어섰다.

"아니, 실은 말이죠, 부디 기분 상하지 말고 들어 주셨으면 하는데요…."

주위에 인적이 없음을 확인하더니 나이 많은 쪽이 목을 주무르며 말했다.

"댁에 드나드는 남성… 저희는 남자친구분인가 했습니다만, 그분이 저희가 쫓는 용의자와 좀 닮지 않았나, 하는 신고가 서에 들어와서 말입니다. 그래서 이렇게 찾아뵙게 된 것입니다."

사야카는 그 자리에서 무릎이 꺾이려는 것을 필사적으로 참았다.

"그게 무슨 소리예요. 농담은 관두세요." 분개하며 말했다.

"네, 물론 저희도 그럴 리 없음을 알고 있습니다. 하지만 그게, 저희는 이런 직업이라, 시민에게 신고를 받은 이상 일단 수사하지 않을 수 없습니다."

"어느 누가 그런 심한 말을 하던가요?"

"죄송합니다. 그것만큼은 말씀드릴 수 없습니다" 하며 손을 들어 양해를 구한다.

"그러니 아무쪼록 수사에 협조해 주실 수 없을까요."

"협조이라니, 무슨 소리예요?"

"아주 잠깐, 댁에 들여보내 주시면 감사하겠습니다."

"어머나. 곤란해요. 갑자기."

"어떻게 좀 부탁드릴 수 없을까 하는데요."

"그야 지금은 아무도 없다고 했잖아요."

"그런 것 같습니다만…."

젊은 쪽이 끼어들었다.

"이쪽도 물러설 수 없습니다."

나이 많은 남자가 놀란 듯 옆을 봤다. 그리고 무언가 말하려 했으나 젊은 쪽이 손으로 제지했다. 이 두 사람, 혹시 이 젊은 남자가 상사인 걸까.

"제가 그 용의자를 숨기기라도 했다는 거예요?"

"아니요. 결코 그런 건 아닙니다. 하지만 부디 협조해 주십시오."

이 강압적인 태도는 뭐란 말인가. 실제 형사는 이처럼 난폭하게 수사하는 걸까.

"몸이 안 좋으니 다음에 해 줄래요?"

그렇게 말하자 젊은 남자가 눈을 가늘게 뜨고 사야카의 손을 가리켰다.

"몸이 안 좋은데, 와인을 드시려고요?"

"그런 건 제 맘이죠." 성난 기색으로 말했다.

"그건 그렇네." 나이 많은 쪽이 크게 수긍했다.

"마타누키 과장님, 여기서는 일단…."

"조용히 있어…. 안도 씨, 부탁드릴 수 없을까요?"

마타누키? 특이한 성이다. 그런데 바로 최근에 어디서 들어 본 듯하다. 그러나 지금 그런 건 아무래도 좋다.

"실례할게요."

사야카는 그렇게 말하고 걸음을 빨리 하여 입구로 향했다. "안도 씨, 부탁드릴 수 없을까요?" 등 뒤로 목소리가 들렸다.

"저기요. 따라오지 마세요. 이웃들이 이상하게 보잖아요."

"단 몇 분이면 됩니다."

"이런 건 임의로 하는 거죠? 강제력은 없을 테죠?"

"네, 물론입니다. 그래서 이렇게 간곡히 부탁드리는 것입니다. 부디 저희의 수사에 힘을 보태 주십시오."

"싫어요. 거절하겠어요."

순간, 표정이 변했다. 마타누키의 눈이 냉철해졌다.

"그렇습니까. 협력해 주실 수 없습니까…. 가미 씨, 오늘 밤은 돌아갈 수 없을 듯하니 그런 줄 알아요."

마타누키가 나이 많은 남자를 향해 한숨을 쉬어 보였다.

"뭘 할 셈이죠?"

"밖에서 잠복할 겁니다. 만일의 경우, 용의자를 놓치게 될지도 모르니까요."

"만일이라니, 저기, 농담이죠?"

"민폐가 되지 않도록 하겠습니다."

"그런 건 당연히 민폐죠."

"눈에 띄지 않도록 하겠습니다."

"그런 문제가 아니에요. 찝찝하잖아요."

"저희도 필사적이라서요."

"이봐요, 경찰⋯." 을 부를 거예요. 라고 얼빠진 소리를 지껄일 뻔했다. 냉정해져라, 냉정해져. 사야카는 마음속으로 되뇌었다.

여기서 완고하게 거절하여 경찰에 찍히는 것이 더 위험할지도 모른다. 반대로 이 위기만 넘기면 감시에서 풀려나는 셈이다. 필시 이 두 사람도 정말로 우리 집에 탈옥범이 있다고는 생각하지 않으리라. 그게 아니라면 두 명이 아니라 여럿이서 몰려왔을 테고, 자신의 귀가를 기다리지도 않았을 터. 어디까지나 여러 건 들어왔을 신고 중 한 건 때문에 이곳을 찾았을 뿐이다. 그렇다면 어떻게든 될지 모른다. 필시 집을 휙 둘러보고 아무도 없는 것으로 판단되면 돌아가리라. 물론 리스크는 있지만, 요주의 인물이 되어 본격적으로 감시당하는 것보다는 낫다.

사야카는 결심했다. 반드시 이 상황을 타파하리라.

"알았어요." 사야카는 한숨과 함께 말했다.

"협력하죠."

그제야 비로소 마타누키가 하얀 이를 내보였다.

"대단히 감사합니다."

"단, 얼른 돌아가 주세요. 이것만은 약속해 줘요."

"네, 약속드리겠습니다."

다시 입구로 들어가, 오토록을 해제하고자 사야카가 가방에서 카드를 꺼내어 입구에 대려 하자 마타누키가 옆에서 제지했다.

"잠깐만요."

"403호를 호출해 주실 수 없을까요?"

"뭘 위해서요?"

"만약을 위해서입니다."

지그시 눈을 마주 봤다.

"무의미한 일은 하고 싶지 않아요."

사야카는 열쇠를 꽂아 오토록을 해제했다. 마타누키의 얼굴을 쳐다볼 수 없었다. 역시 집에 들이는 것은 실수일까. 하지만 이 제 돌이킬 수 없다.

자동문을 지나 함께 엘리베이터에 탔다.

"그런데 미처 묻지 못했는데, 대체 어떤 용의자를 쫓고 계신 거죠?" 위로 올라가며 물어봤다.

"소매치기 상습범입니다. 이놈이 참 악질이에요"

나이 많은 남자가 말했다.

잘도 그런 엉터리 소리를 하네. 시민에게서 그런 잡범의 제보 가 들어올 리 없잖아.

"그런 신고가 많은가요?"

"그야, 엄청나죠." 한숨을 섞은 쓴웃음을 짓고 있다.

"감사하긴 한데, 저희 쪽 인력도 부족한지라 매일 아주 난립 니다."

"가미 씨." 마타누키가 꾸짖었다.

가부라기 게이치 관련 신고는 전국에서 들어오고 있으며 목격 정보는 별의 개수만큼 많다고 인터넷 뉴스에 쓰여 있었다. 소년 사형수의 탈옥이라는 게 센세이셔널했던 때문도 있겠지만 현상금이 뛰어오른 탓도 있으리라. 지난달에는 급기야 가부라기 게이치의 목에 5백만 엔이라는 돈이 걸린 것이다. 그 바람에 목격 정보는 오히려 수사에 방해만 되는 본말전도 사태가 일어난 모양이다.

엘리베이터에서 내려 복도를 지나 집인 403호 앞에 섰다.

"속옷을 집 안에 널어 두었으니 그것만 좀 걷을게요."

사야카는 돌아보고 말했다.

마타누키가 그 진위를 확인하듯 사야카의 눈을 들여다봤다. 그리고 나이 많은 남자를 향해 눈짓했다.

"저는 이만 가 보겠습니다"

남자가 하더니 온 길을 되돌아갔다.

"저 사람, 어디 가요?" 남자의 등을 보며 말했다.

"글쎄요, 두고 온 거라도 있나 보죠."

혀를 차고 싶은 것을 참았다. 절대 아니다. 만약 용의자가 있다면 베란다로 놓치지 않도록 맨션 뒤편으로 보냈으리라.

"그럼 저는 이곳에서 기다리겠습니다."

사야카는 열쇠를 꺼내어 잠금을 해제했다. 문을 조금만 열어 미끄러지듯 들어갔다. 곧장 문을 잠그고 신발을 신은 채 거실로 향했다.

"어서…."

나스가 모습을 드러내고 인사말을 하려다 말았다.

사야카가 집게손가락을 입술에 대고 있었기 때문이다. 나스는 신발을 신은 사야카와 그 표정을 보고 사태를 파악했는지 눈을 크게 부릅떴다. 사야카는 그런 나스를 꼭 끌어안았다.

"잘 들어." 귓가에서 속삭였다.

"지금 문 밖에 형사가 와 있어. 이제부터 집에 들여야 돼. 괜찮아. 신고를 받고 확인하러 왔을 뿐이야. 정말로 네가 이곳에 있다고는 생각하지 않아. 나는 혼자 산다고 우겼으니 그게 확인되면 돌아갈 거야. 알았지? 넌 지금부터 내 방 옷장 속에 숨어 있어. 3분이면 쫓아 보낼 테니까."

"……."

"분명, 괜찮을 거야. 분명."

사야카는 자신을 달래듯이 말했다.

"사야, 역시 눈치채…"

"당신은 나스 다카시. 내게는 그래. 과거 따위는 상관없어."

"……."

"이렇게 된 이상 이사해야겠다. 어딘가 멀리 가서 살자."

몸을 뗀 뒤로는 서로 재빨리, 그러면서도 소리를 내지 않도록 신중히 움직였다. 나스는 자신의 몇 안 되는 짐을 챙겼고, 사야카는 테이블에 준비되어 있던 요리를 차례차례 쓰레기통에 쓸어 넣었다. 마음이 아팠지만 그런 소리를 하고 있을 순 없다. 냄새가 새지 않도록 쓰레기 봉지 입구를 단단히 묶은 뒤에는 부엌 주변을 치우기 시작했다. 흔적은 무엇 하나 남기면 안 된다. 온몸에서 아드레날린이 분출되었다.

주변을 둘러봤다. 눈에 띄는 것은 얼추 치웠으려나. 이로써 여자 혼자 산다고 생각해 줄까. 다음으로 나스의 등을 떠밀어 침실로 향했다. 옷장을 열어 클리닝 비닐 커버에 싸인 롱 코트를 헤쳤다.

"이 속에 숨어 있어. 문이 열리는 일은 없겠지만, 만일 열린다 해도 숨을 죽이고 있으면 돼. 옷에 손대지 말라고 할 거니까. 자, 들어가."

그러나 나스는 움직이지 않았다. 턱에 손을 대고 옷장 속의 어둠을 응시하고 있다.

"어서."

그래도 나스는 움직이지 않았다.

그리고 불쑥 몸을 돌려 침실을 나갔다.

"저기. 어디 가." 황급히 그의 등을 쫓았다.

"베란다라면 무리야. 다른 한 명이…."

나스가 향한 곳은 세면실이었다. 그곳에 있는 세탁기의 덮개를 열고서 안에 들어 있던 옷을 전부 끄집어냈다.

"말도 안 돼. 설마 이 안에 들어가려고?"

이 세탁기가 아무리 대형이라지만 역시 무리가 있으리라. 자신이라면 어떻게든 될지 모르지만, 날씬하다 해도 나스의 신장은 180센티미터는 된다. 물리적으로 절대 불가능하다. 하지만 나스는 제지하는 사야카의 목소리에 귀 기울이지 않고 세탁기 속으로 한쪽 다리를 쑤셔 넣었다. 이어서 몸을 들어 양쪽 다리를 넣는다. 그리고 무릎을 굽히더니 막무가내로 그 속에 구겨 넣었다. 삐거덕삐거덕 둔중한 소리가 났다. 그러나 들어갔다. 정말로 나스의 몸이 쏙 담긴 것이다. 곡예를 보는 듯한 기분이었다.

"사야의 속옷을 들어가는 만큼 가득 채워요."

나스가 고통스러운 얼굴로 말했다.

금세 의도하는 바를 알았기에 그 말에 따랐다. 사야카는 서랍장에서 새 속옷을 거머쥐어 나스의 모습을 뒤덮듯이 채워 나갔다. 만일 세탁기 덮개를 열더라도 여성 속옷이 눈에 띄면 건드리지는 않을 것이다.

사야카는 필사적이었다. 다 큰 어른이 이런 웃기고 정신 나간 짓을 하는데도 심각 그 자체였다. 마지막으로 살짝 튀어나온 나스의 머리를 짓누르듯 세탁기 덮개를 닫았다. 구조상 안에서는 열리지 않으리라.

"저기, 제대로 숨 쉬어져?" 걱정이 되어 묻자 "괜찮아요" 하고 불분명한 목소리로 대답이 돌아왔다.

사야카는 그 자리를 떠나 마지막으로 또 한 번 거실과 침실을 체크하고는 현관으로 향했다. 걸린 시간은 3분, 아니 5분은 된다. 속옷을 걷기만 한 것치고는 길지도 모르지만 부자연스럽지는 않을 것이다. 그렇게 되뇌었다.

심호흡을 하고서 잠금을 해제하여 문을 열었다. 문 앞에는 마타누키가 서있었다. 얼굴에서 감정은 읽히지 않았다.

"많이 기다리셨죠. 들어오세요."

"실례하겠습니다." 마타누키는 부리나케 발을 들여놓았다.

신발을 벗고 의례적으로 "근사한 집이로군" 하더니 집을 보러 온 사람처럼 고개를 두리번거리며 복도를 나아갔다.

"넓은 거실이네요. 몇 평입니까?"

"그냥 보통이에요."

"안도 씨는 언제부터 이곳에 사셨는지요?"

"5년쯤 전부터요."

"꽤 오래 되셨군요."

"그러게요… 아, 멋대로 건드리지 마세요."

마타누키가 선반 위에 놓인 에어컨 리모컨으로 손을 뻗었던 것이다.

"안도 씨, 냉방은 언제 켜셨습니까?" 마타누키가 리모컨에 시선을 떨군 채 말했다.

"네?"

"너무 시원해서요. 조금 전 돌아와서 켠 것치고는 집이 꽤 냉랭한 것 같기에."

어쩜 이렇게 얄밉게 말할까. 하지만 이는 교란이다. 필시 사야카의 반응을 보고 싶은 것일 뿐.

"추우면 끌까요?"

"아뇨, 이대로 두십시오. 밖은 아직 더우니까요."

그 후 마타누키는 거실을 누볐다. 그 행동은 실로 뻔뻔스러웠다. 일단 양해는 구했지만, 마치 도둑이 물색하듯 서랍 같은 것도 하나하나 열어 안을 확인하고 있다. 사람을 찾는다기보다 그 흔적을 찾는 것일까. 나스의 짐이 극단적으로 적어 다행이었다.

"적당히 해 주시겠어요? 그렇게 샅샅이 뒤진다는 말은 저, 못 들었어요." 눈에 거슬리기에 항의했다.

"죄송합니다."

말은 그렇게 했지만 마타누키에게 자중하는 기색은 없다.

마타누키는 부엌에 들어가 싱크대로 시선을 떨궜다. 그곳에서 움직임을 멈추고 있다. 사야카는 의아했다. 방금 치워서 아무것도 없을 텐데…. 입안에서 혀를 찼다. 어쩌면 싱크대가 물에 젖은 것이 마음에 걸렸는지도 모른다. 또한 자꾸만 코를 실룩이고 있다. 냄새를 맡는 것이다. 음식은 전부 버렸지만 그 냄새가 희미하게 남아 있는 것일까. 그런 모습을 사야카는 마른침을 삼키며 지켜보고 있었다. 부탁이니 얼른 돌아가 줘….

다음으로 마타누키는 유리문을 열어 베란다로 나갔다. 사야카도 뒤따라가 목만 밖으로 내밀었다. 난간 아래를 내려다보니 밑에 있는 입체 주차장에서 나이 많은 형사가 담배를 피우는 모습이 보였다. 역시, 그럴 셈이었던 것이다.

"가미 씨." 마타누키가 위에서 나무라듯이 외쳤다. 나이 많은 형사가 황급히 담배를 껐다.

마타누키가 베란다에서 실내로 돌아왔을 때,

"이제 충분하겠죠."

"가능하면 침실 쪽도 보여 주시겠습니까"

"그건 관뒤 주시지 않을래요? 저, 여잔데요."

"그렇게 되면 또 댁을 방문해야 합니다. 저희도 이것으로 끝내고 싶습니다."

은근슬쩍 한숨을 쉬어 불쾌감을 표시했다.

"따라오세요."

"큰 침대로군요."

침실로 안내하자 마타누키가 지체 없이 밑을 들여다봤다.

"사람이 들어갈 공간 따위는 없어요."

마타누키는 대꾸하지 않고 일어서더니 옷장을 가리켰다.

"이쪽 옷장을 열어도 될까요?"

"싫다고 해도 어차피 열라고 할 거잖아요."

"죄송합니다."

사야카는 옷장을 열어 걸린 옷가지를 손으로 꾹꾹 눌러 보였다. 사람이 숨어 있지 않음을 어필한 것이다. 나스가 이곳에 숨지 않아서 정말 다행이다. 설마 세탁기 속에 사람이 있다고는 생각지 못하리라. 지금도 나스는 비좁은 어둠 속에서 숨을 죽이고 있다. 분명 고문 같은 시간일 것이다. 한시라도 빨리 이 남자를 쫓아 보내야 한다.

대체 마타누키는 얼마나 이쪽을 의심하고 있을까. 정말로 가부라기 게이치가 이곳에 있다고 생각하는 걸까. 아니, 그런 일은 결코 없을 것이다. 다만, 사야카의 거동이 수상했던 터라 뭔가 숨기고 있다 정도로는 생각할지도 모른다. 애써 냉정한 척했지만 필시 동요는 미처 감추지 못했으리라.

지금 마타누키는 움직임을 멈추고 베갯머리를 응시하고 있다. 무엇을 보는 걸까. 이어서 손을 뻗어 무언가를 손가락으로 집어 올렸다. 마타누키의 손끝에는 금색 머리카락이 있었다. 숨을 삼켰다.

"이건 무엇입니까?" 마타누키가 사야카에게 손끝을 내보였다.

"그냥 머리카락이잖아요."

"금색 머리카락이죠. 저희가 쫓는 남자도 현재 금발로 염색했을 가능성이 있습니다."

"무슨 말씀을 하시고 싶은 거죠?"

"왜 혼자 사는 검은 머리 여성의 침대에 금색 머리카락이 떨어져 있나 싶어서요."

"제가 말했죠? 가끔 이성 친구도 이 집에 온다고."

사야카는 당돌하게 웃었다.

"그 사람이 금발이에요."

"그런데 왜 그분 머리카락이 이 침대에 있는지요?"

"그럴 수도 있죠. 어른이니까."

"하긴 그렇군요."

사야카는 격하게 후회했다. 동요한 나머지 반론하는 듯한 형태를 취하고 말았는데, 모르쇠로 일관했더라면 좋았으리라. 과도하게 반응하면 도리어 역효과가 난다. 머리로는 아는데 평정을 유지할 수가 없다.

마타누키가 침실을 다 살펴 본 듯하다.

"자, 돌아가 주세요."

"마지막으로 화장실과 욕실도 부탁할 수 없을까요?"

"무슨 일이 있어도 제가 그 용의자를 숨긴 걸로 만들고 싶은 모양이군요."

"아니요, 그럴 리가요."

"글쎄요. 이쪽은 꼭 범죄자 취급받는 느낌이에요."

"불쾌합니까?"

"당연하죠."

마타누키가 고개를 조아렸다.

"이것으로 끝이니 부디 이해해 주십시오."

이제 한계였다. 이 남자는 일부러 이런 말투로 사야카를 교란하고 있다. 어째서 더 차분하게 대처하지 못할까.

사야카는 마타누키를 일단 세면실로 안내했다.

지금이 중요하다. 심장이 마치 로데오처럼 날뛴다. 바싹바싹 입이 타 들어가는 지경이었다.

사야카는 세탁기 앞에 서서 뒤를 돌아봤다. 등 뒤에는, 나스가 있다.

"어차피 욕실도 보겠죠."

사야카는 그렇게 말하고 옆에 있는 욕실의 간유리 문을 열었다. 이 남자의 주의를 세탁기로 가게 해서는 절대 안 된다.

"그럼 실례하겠습니다."

마타누키가 욕실에 발을 들였다. 욕조 덮개를 들어 안을 확인한다.

"이것은 면도기가 아닌지요?" T자형 면도칼을 손에 들어 사야카에게 보였다. 혀를 찰 뻔했다. 이것은 나스가 사용하는 것이다. 여기까지 주의가 미치지 못했다.

"잔털 정리에 사용하고 있어요. 그게 사용하기 편해서."

납득을 했는지 못 했는지 마타누키는 애매하게 수긍했다.

사야카는 경험한 적 없는 긴장감에 토할 지경이었다. 자기 바로 뒤의, 엉덩이가 닿아 있는 이 세탁기. 제발 소리가 나지 않기를. 사야카는 기도하는 듯한 심정으로 애써 밸런스를 유지하고 있었다. 조금이라도 방심하면 이 자리에 무너져 내릴 것 같다.

"상당히 큰 세탁기로군요."

마타누키는 욕실에서 나오자마자 사야카 뒤를 보며 말했다.

"네, 휴일에 한꺼번에 빨거든요."

"저는 4인 가족인데, 저희 집에 있는 것보다 큽니다."

"큰 게 여러모로 편리하죠."

아차. 지금 발언은 불필요했다. 마타누키가 눈을 실처럼 가늘게 떴다. 그 시선을 견디지 못하고 사야카는 눈을 피했다.

"안을 보여 달라는 말은 하지 마세요. 속옷 같은 것도 들어 있으니까."

"네. 그렇게까지는 못 하죠."

사야카는 세면실에서 나가라고 눈으로 마타누키를 재촉했다. 마타누키가 몸을 돌렸다. 그로써 사야카가 휴 하고 한숨 돌렸을 때였다. 세면실에 있는 거울 속에서 마타누키와 시선이 포개졌다. 안도의 한숨을 들킨 것이다.

마타누키는 멈춰 섰다.

"얼른 나가세요."

한 박자 쉬고, 마타누키는 걸음을 옮겨 세면실을 나갔다. 그대로 복도를 지나 화장실 문을 열어 안을 들여다보고는 곧바로 문을 닫았다. 그리고 현관으로 향했다.

끝났다. 이로써 끝난 것이다.

"협조해 주셔서 감사합니다."

가죽 구두에 발을 꿴 마타누키가 뒤돌아서서 말했다.

"명함 두고 가실래요? 나중에 경찰서 쪽으로 클레임을 넣을 거니까."

"기분 상하셨다면 이렇게 사과드리겠습니다."

"사과할 거면 이런 난폭한 짓…."

"저희는 이게 일입니다. 부디 이해해 주십시오."

마타누키는 강경한 어조로 말하고 가슴팍에서 명함을 꺼내 내밀었다. 사카야는 명함을 받아들고 봤다.

'경시청 세타가야경찰서, 형사부 제2과, 경부계장, 마타누키 세이고.'

이렇게 젊은 남자가 경부 계장. 경찰 조직은 전혀 모르지만 이른바 엘리트라는 것일까. 어쨌거나 이 마타누키라는 특이한 성은 역시 어디선가….

사야카는 명함을 선반 위에 아무렇게나 팽개쳤다.

"이제 두 번 다시 오지 마세요."

마타누키는 깊숙이 고개를 숙이고 나서 문을 열고 나갔다.

사야카는 곧장 문을 잠갔다. 그리고 버팀목을 잃기라도 한 듯 그 자리에 주저앉았다. 차가운 타일에 닿아 무릎이 선득해졌다. 필사적으로 산소를 들이마셨다. 왼쪽 가슴에 지그시 손을 얹는다. 심장이 뚫고 나올 기세로 노크하고 있었다.

지옥 같은 시간이었다. 마타누키가 머문 시간은 몇 분 정도였겠지만 이토록 시간이 길게 느껴진 적은 없다.

사야카는 순간 퍼뜩 정신을 차리고 황급히 일어섰다. 빠르게 세면실로 향했다. 들어가자마자 세탁기 덮개를 열었다. 그 직후, 땅속에서 두더지가 얼굴을 내밀듯이 나스의 금발 머리가 튀어나왔다. 하아, 하아, 하고 거친 숨을 내쉬고 있다.

"이제 괜찮아."

사야카가 말하자 나스는 고개를 끄덕였고 이마에는 구슬땀이 맺혀 있었다. 나스가 몸을 세탁기에서 빼는 데 약 1분 정도의 시간이 소요되었다. 애당초 무리한 곳에 막무가내로 밀어 넣은 터라 좀처럼 몸을 들어 올릴 수 없었던 것이다. 격통이 일었으리라, 나스는 몹시 얼굴을 찡그리고 있었다.

고생 끝에 가까스로 해방된 나스와 함께 거실로 향했다. 그는 체력이 잔뜩 소모되어 발을 비틀댔다. 몇 분이라지만 그렇게 좁은 곳에 꽁꽁 갇혀 있었으니 당연하다. 그런 나스가 쓰러지듯 소파에 누웠다. 사야카는 체중이 실리지 않게끔 그 위에 엎드렸다.

나스도 사야카도 입을 열지 않았다. 침묵한 채 서로의 체온과 숨결을 느꼈다. 나스는 떨고 있었다. 아니, 떨고 있는 것은 자신인지도 모른다. 그 떨림을 나누듯이, 삭이듯이 두 사람은 내내 끌어안고 있었다.

그때였다. 쾅쾅. 현관문을 두드리는 소리가 났다.

서로 움직임을 멈추고 숨을 삼켰다.

그리고 동시에 일어났다.

"누구지."

사야카는 누구에게랄 것도 없이 입술만으로 중얼거렸다.

"일단, 어딘가에 숨어 있어. 만약을 위해."

사야카는 현관으로 향했다. 도중에 복도에서 돌아보니 침실로 들어가는 나스의 모습이 보였다. 현관의 도어 스코프로 바깥 복도를 내다보니 그곳에는 바로 몇 분 전까지 이곳에 있었던 마타누키의 모습이 비쳐 있었다.

혀를 찼다. 이 남자… 이번에는 대체 무슨 일이람.

사야카는 약간만 문을 열고 얼굴을 내밀었다.

"뭐예요. 다시는 오지 말라고 했잖아요." 처음부터 시비조로 대응했다.

"몇 번이나 죄송합니다. 저, 아무래도 경찰수첩을 댁에 떨어뜨린 것 같아서요." 마타누키는 냉정하게 그렇게 말했다.

"필시 안을 돌아다닐 때 어디선가 떨어뜨린 것…."

"그런 거 떨어져 있지 않아요." 가로막고 말했다. 웃기지 말라고 소리쳐 주고 싶었다.

"그걸 어떻게 아십니까?"

"그럼 당신은 어떻게 우리 집에서 떨어뜨린 걸 알죠?"

"가능성은 제일 높을 겁니다. 이곳에 올 때만 해도 휴대하고 있었던 것은 확실합니다."

"하지만 없는 건 없어요."

"잠깐 찾아볼 수 없을까요? 없으면 곤란하거든요."

어림없는 소리. 누가 들여보낼 줄 알고.

"어차피 핑계겠죠. 그런 건 사실 떨어뜨리지 않았으면서. 아직 조사가 부족하단 건가요?"

"아니요, 정말로 떨어뜨렸습니다."

"그렇다면 제가 찾아올게요."

"아뇨, 그러면 제 마음이 안 편해서요."

마타누키는 미소 지으며 말하고, 그리고… 별안간 문을 난폭하게 열었다. 안쪽에서 손잡이를 쥐고 있던 사야카는 문에 딸려 바깥 복도로 반쯤 튕겨져 나갔다. 그런 사야카의 옆을 스치듯 마타누키가 안으로 들어갔다.

갑작스러운 마타누키의 돌변에 사야카는 어안이 벙벙했으나 이내 정신을 차리고 소리쳤다.

"세상에! 뭐 하는 거예요!"

"말씀드렸듯이 경찰수첩을…" 하며 그는 신발을 벗고 있다.

"찾으려는 겁니다."

"싫다고 했잖아요. 멈춰요."

사야카는 마타누키의 팔을 붙잡았다. 그러나 이내 떨쳐졌다. 이 남자 뭐야. 정말 형산가…. 마타누키는 큰 걸음으로 복도를 나아갔다.

"불법 침입으로 고소할 거예요."

그의 등을 두드리자 마타누키는 돌아보지도 않고 말했다.

"공무 집행 방해로 체포할 겁니다."

그는 맨 먼저 세면실에 난입하고는 바로 돌아다봤다.

"아까만 해도 닫혀 있던 세탁기 덮개가 지금은 열려 있군. 안은 휑하고."

사야카를 향해, 그러나 혼잣말처럼 말했다.

"그게 뭐 어쨌는데요?"

"아뇨, 됐습니다."

손으로 사야카를 팍 밀치고 이번에는 거실로 향했다. 커튼을 양손으로 좍 걷고 유리문을 열어 베란다로 얼굴을 내밀었다. 재빨리 좌우를 둘러보고 다시 몸을 돌린다.

일련의 동작은 명백히 사람을 찾기 위한 것이었다. 정말 뭐야. 이 남자, 너무 상식 밖이다. 사야카는 침실 문 앞에 서서 외쳤다.

"이제 그만해요!"

그런 사야카를 향해 마타누키가 일직선으로 다가왔다. 대치했다. 키는 작아도 마타누키는 단단한 몸을 가졌다. 눈에는 꺼림칙한 핏발이 여러 개 서 있었다.

"들어가도 괜찮겠습니까?" 마타누키가 눈을 부릅뜬 채 말했다.

"싫어요."

"분명 침실에 떨어뜨렸을 겁니다."

"상관없어요. 얼른 나가요."

마타누키가 한숨을 쉬었다.

"비키시죠."

"네?"

"비켜!"

마타누키가 눈앞에서 외쳐는 바람에 얼굴에 침이 튀었다. 이 남자, 뭔가 이상하다. 미쳤다. 하지만 절대 이곳에 들여서는 안 된다. 사야카는 양팔을 벌려 가로막고 섰다. 그러나 무의미했다. 그가 양쪽 어깨를 붙잡고 힘껏 밀친 것이다. 나동그라진 사야카는 바로 일어나 마타누키의 뒤를 쫓았다.

마타누키는 침대 위의 이불을 난폭하게 걷어 젖힌 다음 다시 침대 밑을 들여다봤다. 이어서 옷장에 손을 걸쳤다. 사야카는 마타누키의 허리에 두 팔을 감아 제지했다. 그러나 금세 침대에 내동댕이쳐졌다.

기어이 마타누키가 옷장을 세차게 열었다. 그 순간, 마타누키의 몸이 튕겨져 나와 사야카 위에 떨어졌다. 사야카는 얼떨결에 두 팔을 들어 얼굴을 보호했다.

바로 앞에는 나스가 서 있었다. 옷장이 열림과 동시에 나스가 마타누키를 향해 돌진한 것이다.

"가부라기!"

마타누키가 외쳤고, 나스는 그 목소리와 동시에 침실을 뛰쳐나갔다. 부랴부랴 일어선 마타누키가 그 뒤를 쫓았다. 사야카도 일어나 뒤늦게 침실을 나왔다.

거실에서 3미터쯤 간격을 두고 나스와 마타누키는 임전 태세로 대치 중이었다. 나스의 손에는 와인 병이 쥐여 있었다. 아까 사야카가 사 와서 식탁 위에 둔 것이다. 오늘 밤은 저 샤또 쉬뒤로로 건배할 예정이었다. 둘이서 달콤한 밤을 보내려 했다.

사야카는 눈앞에 있는 광경을 믿을 수 없었다. 현실감이 눈곱만큼도 없었다. 두 사람은 눈을 부라리며 서로를 쏘아보고 있다. 나스는 이까지 드러낸 채다. 지금까지 본 적 없는, 마치 짐승과도 같은 무시무시한 표정이었다. 이것이 나스의 본모습…?

"이제 놓치지 않아. 단념해."

마타누키는 그렇게 말하고 양복 속으로 손을 찔러 넣었다. 그 직후, 사야카의 몸이 조건반사처럼 움직였다. 무의식적이었다. 정신을 차렸을 때는 마타누키에게 달려들고 있었다.

"도망쳐! 도망쳐!"

마타누키와 뒤엉킨 채 뱃심으로 외쳤다.

나스는 등을 돌려 후방에 있는 유리문을 열고 베란다로 뛰어나갔다. 그리고 난간에 발을 걸쳐 그 몸을 번쩍 띄웠다.

나스가 순간 돌아봤다. 시선이 포개졌다. 멈춰. 목소리가 나오지 않았다.

"안 돼. 멈춰!"

마타누키가 외쳤다.

그 목소리에 등을 떠밀리듯 나스 다카시의 몸은 공중에 붕 떴다가 난간 너머로 사라져 갔다.

4장

——

탈옥 283일째

17

   속으로 '아차' 한 직후, 쨍그랑 하고 귀청이 떨어지는 듯한 소리가 넓은 주방에 울려 퍼졌다.

   잔소리를 하러 왔으리라, 안에서 주방장이 험악한 얼굴을 내밀었으나 누군지 확인하고는 아무 말 없이 물러갔다.

   와타나베 준지는 누구에게랄 것도 없이 "죄송합니다"라고 사과하고 바닥에 흩어진 접시의 잔해를 치우기 시작했다. 접시를 깬 것은 이틀 연속이었다. 일을 시작한 뒤로 일주일간 벌써 다섯 장이나 깼다.

   방금 식기세척기에서 꺼낸 도자기 그릇이 이렇게 뜨거운 줄은 53년간 몰랐다. 자신처럼 상주하여 일하는 젊은이들은 이것을 어려움 없이 만지므로, 자기 피부만 특별히 열에 약한 게 아닐까 준지는 의심하고 있다.

   그러나 그것도 변명은 못 된다. 일은 일이니까.

   "괜찮아요, 괜찮아."

아미가 진하게 메이크업한 얼굴로 격려하듯 말했다. 콧방울의 피어스가 반짝 빛나고 있다.

그녀는 그의 옆에서 수많은 작은 사발에 채소절임을 올리고 있는데 원래 이것도 준지의 일이었다. 중년 남자가 쩔쩔매는 모습을 보다 못하여 본인의 일을 마친 아미가 돕고 있는 것이다.

이 스물세 살의 아미뿐 아니라, 이곳에서는 누구나가 연장자인 준지를 신경 써 준다. 고맙다 싶은 한편, 괴로웠다.

자신은 대체 이런 곳에서 뭘 하고 있는 것일까. 생각하지 않으려고 해도 무리였다. 틀림없이 이런 쓰라린 감정을 맛볼 수도 있다는 각오하에 시작했으나 현실은 예상을 훨씬 뛰어넘어, 말로 표현할 수 없는 허무와 자기 연민이 툭하면 밀려왔다.

쉰세 살의 나이에 전통 여관의 상주 알바… 해도 뜨지 않은 이른 아침 5시부터 숙박객들의 조식을 준비하고 9시부터는 그 뒷정리와 객실 청소를 시작한다. 그 일이 끝나는 때는 대개 이른 오후로, 그로부터 다섯 시간쯤 쉬다가 오후 5시부터 저녁 식사 준비에 들어간다. 그리고 또 뒷정리. 모든 일정이 끝나는 때는 밤 10시. 그런 일상이다.

"오늘 눈은 어떤 상태려나."

아미가 작은 창으로 밖을 내다보며 탄식을 섞어 말했다. 창 너머에는 새하얀 겔렌데(스키를 탈 수 있도록 정비해 놓은 곳)가 펼쳐져 있고 다채로운 스키웨어를 입은 사람들이 그 위를 활주한다.

"또 타러 가니?"

준지가 묻자

"당연하죠, 그러려고 이런 데서 일하는 건데."

아미는 작은 목소리로 말하고 후후 웃었다. 그녀는 휴식 시간이 되면 개인 스노보드를 메고 매일같이 겔렌데에 나섰다.

나가노현 스가다이라 고원에 있는 여관 '야마키 장'에서는 상주하여 일하는 사람에게 리프트 프리 패스 티켓이 주어졌다. 준지를 비롯한 다른 사람은 전혀 고마운 줄 모르고 있으나 아미는 그 덕을 톡톡히 보고 있다. 애당초 그녀는 이것을 목적으로 이 지역에 왔다. 여름에는 오키나와의 외딴섬에 있는 펜션에서 일했던 모양인데 그곳에서도 매일 스쿠버 다이빙을 즐겼다고 하니, 요컨대 계절 스포츠라면 사족을 못 쓰는 것이리라. 저렴하게 그것들을 만끽할 수 있는지 방법을 추구한 결과 이렇게 되었다고 아미는 이야기했다.

주위에 마음 맞는 친구가 없어 늘 혈혈단신으로 뛰어든다고 하니 참 모험심과 행동력이 넘치는 아가씨다. '라멘 가게에 혼자 들어간다. 내게는 그 연장선상이에요. 별종 소리를 들을 때도 있지만, 자신에게 솔직하게 사는 편이 더 행복하지 않나요.' 덧니를 내보이며 그렇게 말하는 그녀는 실로 시원시원했다.

그와 동시에 준지는 크게 상심했다. 같은 상주 알바인데 이렇게까지 처지가 다를 수 있나 싶어서 애당초 비교 대상이 잘못되었음에도 불구하고 풀이 죽고 말았다.

준지는 올해 3월까지 도쿄도 내의 중소규모 법률사무소에 소속된 번듯한 변호사였다. 그렇다 하나 말주변이 없고 살짝 울렁

증이 있어서 젊은 시절에는 왜 이 일을 선택했나 후회만 했다. 손수건 변호사라는 야유를 들은 적도 있다. 법정에서 연신 이마의 땀을 닦았기 때문이다. 반면, 숫자에는 강해서 기업 재무나 파이낸스 안건에는 자부심이 있었고, 업계에서도 어느 정도의 높은 평가를 받아 왔다. 그 일들은 방대한 자료와의 싸움으로 그런 수수한 작업이 준지에게는 훨씬 적성에 맞았다.

변호사에게는 정년이 없으므로 기력이 있는 한 현역으로 남아 있을 작정이었다. 자신의 일생은 사법계에서 끝내야 한다고 생각했다. 하지만 내 소망은 악몽 같은 그 사건에 의해 어이없이 깨졌다. 이후로 줄곧 집에 틀어박혀 있었다. 한 발짝도 밖에 나가고 싶지 않았다.

아내는 그런 남편을 옆에서 지켜보며 속이 말이 아니었으리라, 기회를 보아 격려의 말을 건네곤 했다. 하지만 그조차 남편에게 부담이 된다 싶었는지 인근 심리 클리닉의 팸플릿을 모아다가 준지의 눈길이 닿는 곳에 두기도 했다. 준지는 아내를 안심시키기 위해 또 조금이라도 마음이 편해질까 싶어 실제로 클리닉에 발걸음을 해 봤다. 이 역시 용기를 있는 대로 쥐어짠 행동이었다.

자신을 담당한 여성 베테랑 카운슬러는 과연 상담에 능했다. 어느새 준지는 모든 것을 털어놓고 있었다. 한번 이야기를 시작하니 가슴속 깊이 쌓여 있던 감정이 봇물 터지듯 쏟아져 나왔다. 변호사임에도 논리정연과는 거리가 멀어 그저 감정에 내맡긴 채, 주룩주룩 눈물까지 흘리면서 잇따라 말을 토해 냈다.

구원을 받았다고 생각했다. 자신의 마음을 토출하는 것이, 그리고 그 이야기가 남에게 받아들여지는 것이 이토록 감사한 일임을 이 나이에 처음으로 깨달았다. 그러나 순간 카운슬러의 무심한 한마디에 모든 것이 무너져 버렸다.

"와타나베 씨는 이제 괜찮습니다. 두 번 다시 잘못을 저지르지 않을 것입니다."

순간, 카운슬러는 아차 하는 표정을 지었다. 실언했음을 깨달은 것이다.

"아니, 그런 의미가 아니라⋯."

카운슬러는 이런저런 변명을 늘어놓았으나 전부 준지의 귀를 스쳐 지나갔다.

분명 긴장이 풀린 것이리라. 아무리 프로라지만 준지가 예정된 카운슬링 시간을 훨씬 넘겨 계속 이야기했기에 진력이 났는지도 모른다. 하지만 상관없다. 무의식에 나온 그 말이 카운슬러의 본심임에는 틀림없으니까. 결국 믿지 않았던 것이다. 준지는 그렇게 호소했는데, 나는 전혀 잘못을 저지르지 않았다.

아내에게는 '가길 잘했어. 힘을 얻고 왔어'라고 전했다. 남편이 무리하고 있음을 눈치채지 못한 듯 아내는 순순히 안도의 표정을 지었다. 정말 가기를 잘했는지도 모른다, 그런 마음도 조금이지만 있었다. 아무도 자신의 말을 신뢰하지 않음을 새삼 깨달을 수 있었으니까.

아내도 실은, 실은 어떤지 알 수 없다. 남편의 무죄를 믿는다고 입으로는 말해도 그 속마음은 알 수 없다. 이는 함께 사는 스물네 살의 딸도 마찬가지다.

남편은, 아빠는, 실은 한 것이 아닐까….

자살할까. 냉정하게 그런 생각도 해 봤다. 하지만 그건 패배자가 하는 짓이다. 죽어 버리면 저지르지 않은 죄를 인정하는 셈이 된다. 오명을 씻는 것은 불가능해도 너는 절대 하지 않았다고 자신만큼은 스스로를 믿어 주어야 한다.

죽을 수 없다면, 당연하지만 살아갈 수밖에 없다. 준지는 사회 복귀 계획을 면밀히 노트에 적어 나갔다. 몰두할 수 있었다. 이런 것을 쓸 수 있게 되었으니 자신의 정신은 조금씩 호전되어 가고 있다고 생각했다.

물론 날에 따라서는 그 계획이 진부한 꿈처럼 여겨져 부정적인 감정에 짓눌릴 때도 있었다. 그런가 하면 그다음 날에는, 재기할 수 있다며 근거 없는 자신감으로 충만하기도 했다. 주사위 눈처럼 그날그날에 따라 준지의 기분은 획획 바뀌었다. '조울증이란 이런 상태를 가리키는 걸까?' 조금은 냉정하게 생각하는 자신이 있었던 것이 위안이었다.

그런 매일을 되풀이하여 이윽고 연말을 맞았다. 자신이 세운 계획에 따르면 연내에 복귀의 첫걸음을 내디딜 예정이었다. 이대로 해를 넘기면 안 된다. 준지의 본능이 호소했다. 해를 넘겨 버리면 이 상태가 마냥 지속되어 집에서 영원히 나갈 수 없게 될지도 모른다. 사회에서 완전히 이탈하고 말지도 모른다. 자신은 이제 충분히 쉬었다. 분명 괜찮다.

그렇다면 구체적으로 움직여야 했다. 그래서 작심하고 지방

전통 여관의 상주 알바에 지원한 것이 약 열흘 전의 일이었다. 18세 이상, 60세 미만의 건강한 남녀. 단순 노동. 세끼 제공. 특전은 겔렌데 무료 리프트권. 시설 내 온천도 이용 가능이라고 쓰여 있었다. 그 대신 일당은 낮으나 그것은 상관없었다. 돈을 벌 수 있으면 더할 나위 없지만 다행히 절박한 상황은 아니다.

그 시점에 계획은 꽤 틀어져 있었다. 원래 계획에 따르면 통근권 내에서 학원의 비상근 강사로 일할 셈이었다. 그러나 곰곰이 생각한 결과 학원 강사를 맡기에는 몇 가지 장애물이 있음을 깨달았다. 당연하지만 우선 동기를 말해야 한다. 이 나이에 학원 강사를 희망하는 만큼 과거를 캐물을 게 뻔하다. 적당한 이유로 얼버무려 운 좋게 채용된다 해도 만에 하나 나돌아 다니는 그것을 학원생들이 보고 자신을 범죄자로 여긴다면, 그런 것을 생각하면 마음속 깊은 곳에서 공포가 일었다.

역시 사회 복귀의 첫걸음은 아무도 자신을 모르는 곳이 좋다. 자신이 어디의 누구인지 아무런 관심을 갖지 않을 만한 환경이 좋다. 우선은 사람과, 사회와 관계를 맺는 데서부터 스타트한다. 알아보니 스가다이라는 표고 1,300미터, 구름 위에 있는 모양이었다. 그처럼 세상과 떨어진 입지도 지금의 자신에게는 안성맞춤이라고 생각했다.

솔직히 말해 아내, 딸과도 떨어지고 싶었다. 바늘방석이라고 하면 엄살일지도 모르지만 집 안에서 몸 둘 바를 몰랐던 것은 확실하다. 그녀들이 내뱉는 말과 무심한 몸짓, 그 모두에 자신에 대한 연민이 담긴 듯해서… 그 자체가 피해망상일지도 모르지만 혼자가 되어 보고 싶었다. 자신이라는 인간을 처음부터 재검토하고 산산이 무너진 마음을 차근차근 재구축하고 싶었다.

그러나 역시 현실은 가혹하고 잔혹했다.

왜 자신은 이런 곳에 있나. 왜 이런 일을 해야만 하나. 그것만 생각하고 말기 때문이다. 아니다. 지금은 인내하고 견딜 때이다. 뜨거운 접시를 행주로 열심히 닦으며 준지는 스스로를 타일렀다. 이 나이에 새로운 사회 공부를 한다고 생각하면 된다. 분명 이 경험이 재기의 발판이 될 것이다.

그런데 정말 그럴까. 이 일에 매진해 봤자 도쿄에 돌아가면 또 마찬가지 아닐까. 원점으로 돌아갈 뿐 아닐까. 그렇다면 이것은 아무런 생산성도 없는 무의미한 시간 아닐까. 아냐, 그렇지 않다. 지금 자신은 첫 번째 걸음을 내디뎠다. 그것이 두 번째 걸음으로의 원동력이 되고, 본격적인 사회 복귀로의 도움닫기가 될 것이다.

마치 두 명의 자신이 피구라도 하듯 준지의 자문자답은 그칠 줄 몰랐다.

날이 저문 뒤, 일단 일이 중단되었다. 상주 알바 전원, 뒤편 사무실에 모이라는 공지가 내려졌기 때문이다. 전원이라고 해봐야 여섯 명으로, 이 적은 인원이 여관방 서른 개, 약 백 명의 숙박객을 담당하고 있다.

"—이런 상황인데, 혹시 아시는 분?"

준지와 동년배인 여관 여주인이 전원을 둘러보며 말했다.

여주인의 말로는 남성 숙박객으로부터 지갑을 도난당했다는 신고가 들어왔다고 한다. 그 남자 손님이 말하길, 조식 후 친구들과 겔렌데에 갔다가 저녁이 되어 방으로 돌아와 보니 배낭 안에 넣어 두었던 지갑이 사라지고 없었다는 모양인데….

"당신들에게는 입이 없습니까?"

여주인이 아이를 꾸짖듯이 말했다.

"기본적으로 손님의 분실물에 관하여 여관 측에 책임은 없고, 보상 의무도 없습니다. 귀중품을 방에 남기고 외출하는 손님의 부주의도 문제라고 생각합니다. 하지만 그것을 차치하더라도 큰 사건입니다. 왜냐하면 방문은 굳게 잠겨 있었기 때문입니다. 그렇다면 범인은 열쇠를 반출할 수 있는 우리 종업원 가운데 있다는 말이 되겠죠. 오늘 211호를 청소하신 분은?"

"접니다."

손을 든 사람은 하카마다 이사오라는 키 큰 청년이었다.

"당신이 청소하러 들어갔을 때 지갑은 있었나요?"

"모르겠습니다. 침구와 위생용품 이외에는 손을 대지 않았으니까요."

"지갑이 있는 줄도 몰랐어요?"

"네. 몰랐습니다."

"그 말을 신뢰해도 되겠죠?"

이럴 때야말로 신중에 신중을 기해야 하건만, 이 얼마나 지독하고 무례한 소리인가 싶어 준지는 분노했다.

"하카마다 씨는 범인이 아니라고 생각하는데요."

가만히 볼 수 없었는지 이때 아미가 끼어들었다.

여주인이 도깨비 같은 얼굴로 아미를 노려봤다.

"그도 그럴 것이 자신이 청소한 방의 물건은 보통 훔칠 수 없거든요. 그런 짓을 하면 의심받는 사람은…."

"그래요, 그래서 전원 모이게 한 겁니다. 당신들 누구나가 열쇠를 반출할 수 있었으니까."

또다시 모두 침묵했다.

여기서 일하는 종업원이 자신들뿐인 건 아니리라. 주방장을 포함한 요리사들도 있고, 이 지역 주부도 몇 명 일하러 온다. 무엇보다 열쇠를 반출할 수 있다는 점으로 말하자면 남주인과 여주인 본인도 용의자 중 한 명이 된다.

남주인이라면 현재 안쪽에서 이쪽 상황을 힐끔힐끔 살피며 조용히 사무 일을 보고 있다. 그 후 여주인은 오후 휴식 시간에 어디서 뭘 했는지 한 사람 한 사람에게 질문했다. 알리바이를 조사한 것이다. 그렇다 해도 경찰이 아니므로 증언의 진위 따위는 알 턱이 없다.

이때 준지는 누군가의 증언에서 석연찮음을 느꼈다. 그건 '쪽방에서 낮잠을 잤습니다. 방 밖으로는 한 발짝도 나오지 않았습니다'라는, 미시마 가나에라는 30대 후반 여자의 증언이었다. 그것은 거짓말이었다. 왜냐하면 휴식 중 준지가 볼일을 보러 공동화장실에 갈 때 복도에서 이 풍만한 여자의 뒷모습을 목격했기 때문이다. 그런 사실을 이 자리에서 말할 생각은 없지만….

준지를 비롯한 상주 알바에게도 방이 한 칸씩 할당되어 있었다. 그것은 객실과는 격리된 장소에 있는데, 다다미 네 장 반 안에 침구와 TV, 그리고 소형 석유난로가 놓여 있을 뿐인 간소한 방이었다. 그렇다 하나 비위생적인 것도 아니고 작은 창으로 내다보이는 풍경도 좋아 딱히 이의는 없지만, 복도에 있는 화장실 하나를 남녀 공용으로 사용해야 한다는 점만은 불만이었다. 그 이유는 단순히 신경 쓰이기 때문이다.

복도에서 가나에를 목격했을 때, 그녀는 그 화장실과 방에서 멀리 떨어진 위치에 있었다. 그래서 그때 준지는 그녀가 어디 나가는 모양이라고 생각했었다.

"전원 아는 바가 없다는 거네요."

팔짱을 낀 여주인이 수긍하며 말했다.

"알겠습니다. 신뢰하죠. 단, 이런 일이 일어났을 때 제일 먼저 의심받는 사람은 당신들입니다. 그 점만큼은 가슴에 새겨 두세요. 그럼, 일에 복귀해도 좋아요."

여주인은 그렇게 말했으나 본인이 먼저 자리를 떠났다.

지나친 발언에 다들 기가 막혀 자리에서 움직이지 못하고 있었다.

"뭐야, 저거."

이윽고 아미가 분노한 표정으로 중얼거렸다.

"우리일 리 없잖아."

"그러니까." 가나에도 거들었다.

그때 안쪽에서 사무 일을 하던 남주인이 잔뜩 얼굴을 일그러뜨린 채 다가왔다.

"미안합니다. 이런 일이 잘 없다 보니 분명 안사람도 동요해서, 그래서 말을 그런 식으로….”

처음 이 남주인을 만났을 때는 그 저자세에 감탄했으나, 일주일이 지난 지금은 단지 소심한 인물이라는 것을 안다. 아내인 여주인에게 혼나는 장면을 몇 번인가 목격했다.

"기분 나쁘제. 그런 식으로 말하면.”

그렇게 말한 사람은 가나에와 연배의 모바라 가즈마라는 하타카 사투리를 쓰는 남자다. 평소 과묵하고 눈매가 날카롭지만 술이 들어가면 다른 사람처럼 쾌활해지고 수다스러워진다. 사흘 전 심야, 별로 말을 섞은 적도 없는 준지에게 그는 '나베 씨, 한잔하제'라며 술 한 됫병을 들고 갑자기 찾아왔었다. 술에 취해 시비를 걸러 온 것이 아니라 다행이었지만, 그가 오래 머문 탓에 그날 밤은 충분한 수면을 취하지 못했다. 참고로 모바라의 등과 어깨에는 문신이 빼곡히 새겨져 있다. 관내 온천을 이용할 적에 마침 그 자리에 있던 그의 알몸을 봤다. 이 사실을 알았다면 방금 전 여주인의 태도도 달랐으리라.

"애당초 객실 열쇠가 그렇게 눈에 띄는 장소에 있는 것도 좀 그래. 그러면 누구나 슥 훔칠 수 있고, 남몰래 제자리에 돌려놓으면 모르잖아.”

그렇게 안쪽을 가리키며 발언한 사람은 최연소인 열여덟 살 다나카 유세이다. 일 년 전 고등학교를 중퇴했다고 아미에게 자랑처럼 얘기하는 것을 옆에 있던 준지는 얼결에 들은 바 있다. 불량한 것은 아니지만 불량함을 동경하는 소년이라는 인상이다.

그 때문인지 유세이는 모바라를 묘하게 잘 따라서 늘 그 옆에 딱 붙어 지낸다.

유세이의 지적은 지당했다. 객실의 여벌 열쇠는 안쪽 벽에 주르륵 걸려 있어 종업원이라면 누구나 쉽게 반출할 수 있다. 기본적으로 이 사무실은 대부분의 시간에 사람이 없다.

"확실히 그렇지. 그것을 관리하고 있다고 말하기는 힘들지."

가나에가 동조했다.

"앞으로 객실 청소는 우리 이외의 사람에게 시키면 되잖아. 신뢰할 수 있는 사람에게."

"거 좋네요."

아미가 비꼬아 말하자 유세이가 명안이라는 바로 듯 동조했다. 모바라와 가나에 또한 연신 수긍한다.

사람들이 일제히 비난의 화살을 보내자 남주인은 점점 안절부절못했다. 자신과 동년배의 남성이 곤욕을 치르는 모습은 연민을 자아냈다.

보다 못한 준지가 입을 열려고 했을 때,

"일어나 버린 일은 어쩔 수 없습니다."

지금까지 잠자코 있던 하카마다가 입을 열었다. 조용한 말투였으나 자리를 압도하는 듯한 울림이 있었다. 자연히 전원의 시선이 그 청년에게 모였다.

"이후 객실 열쇠는 엄중하게 관리해 주십시오. 저희가 열쇠를 반출하는 것도 허가제로 이루어졌으면 합니다. 언제 누가 어느 방 열쇠를 반출했는지 그쪽에서 명확히 알 수 있도록 해 주시면 감사하겠습니다. 그 부분이 철저하면 저희도 터무니없는 의심을 받지 않아도 되고, 안심하고 일에 매진할 수 있으니까요. 그럼, 저희는 담당 장소로 돌아가겠습니다."

말을 마치자마자 하카마다는 힘차게 사무실을 나갔다. 전원이 어리벙벙한 표정으로 그 뒷모습에 시선을 보낸다.

이로써 왠지 모르게 분위기가 누그러졌다.

"정말 부탁 좀 합시다."

남은 사람들은 한숨을 쉬었다. 그리고 하나같이 남주인에게 당부의 말을 남긴 뒤 각자의 자리로 돌아갔다.

"아, 이 미숙한 것."

아미가 빗자루 든 손을 멈추고 탄식하듯 말했다. 텅 빈 식당에 그 목소리가 울려 퍼졌다.

방금 숙박객들의 떠들썩한 석식이 끝나 식당 청소에 들어갔다. 준지는 의자를 하나하나 식탁에 올리고, 뒤따르는 아미는 바닥을 쓴다. 다른 사람들도 주어진 장소에서 오늘의 마지막 업무를 수행 중이다.

"왜 그러니?"

준지가 물었다. 아미는 혼자 괜히 투덜대는 버릇이 있다. 생각한 것을 말로 하지 않고는 못 배기는 성격이리라.

"나, 남주인을 괴롭히고 말았어요."

이내 저녁때 일을 말하고 있음을 알았다.

"괴롭혔다고 할 정도는 아닌 것 같은데."

"아뇨, 그것은 집단 괴롭힘이에요. 여주인에 대한 분노를 남주인에게 터뜨렸는걸요. 딱히 남주인이 잘못한 게 아닌데."

깊이 한숨을 쉰다.

"제가 모두를 선동한 측면도 있고. 아, 선동이란 말 맞게 썼나요?"

"응. 맞아."

"정말이지 못난 인간."

"그럴 리가. 지나친 생각이야."

멈췄던 손을 움직여 다시 일에 집중한다.

천진난만 자유분방, 아미는 이처럼 자신의 행동을 돌이켜보고 상심할 때도 있었다. 준지로서는 그것이 흐뭇하게 느껴졌다.

그런 아미가 잠시 후,

"나, 학창 시절에 괴롭힘을 당했었어요."

갑자기 그렇게 고백했다. 이번에는 일을 하면서다.

"왠지 주위에 맞추기가 힘들어서 혼자 행동했더니 어느새 표적이 되어 버렸어요."

"아미는 눈에 띄었을 테니까."

준지는 의자를 들어 올리며 대꾸했다.

"그런데 한동안 참았더니 멋대로 대상이 바뀌어 다른 아이가 괴롭힘을 당하게 되었죠."

"그 이야기도 많이 들었어. 배턴을 넘기듯 차례를 넘겨 가며 괴롭힌다고."

사춘기 아이는 타인을 스트레스의 배출구로 삼아 버리는 경우가 왕왕 있다. 싹트기 시작한 자아와 욕구를 내면에서만 처리할 수 없어 일그러진 형태로 발산하고 만다.

"맞아요 맞아요. 결국은 배턴이에요. 단, 그 배턴을 넘긴 후 나도 괴롭히는 쪽으로 돌아섰어요."

"어라. 아미가?"

"네. 실내화를 감추거나, 욕을 쓴 편지를 책상 속에 넣거나. 별로 그 아이가 싫은 것도 아니었는데 왜 그런 짓을 했나 되짚어 보면, 아무래도 또 괴롭힘을 당하는 쪽이 되고 싶지 않았고, 분명 마음속 어디선가 남을 괴롭히는 쾌감 같은 걸 느꼈던 것 같아요."

준지의 손은 자연히 멈춰 있었다.

"그런데 어느새 그 아이도 대상에서 해제되어 배턴은 다시 내게 돌아왔고…. 하지만 그때 그 아이는 괴롭힘에 가담하지 않았어요. 그러기는커녕 남몰래 내게 말을 걸어 주기도 했죠."

"호오. 훌륭한 아이로구나."

"저요, 자신이 엄청 부끄러워졌어요. 뭐랄까, 인간으로서 완전히 졌다고 할까."

준지는 맞장구치며 다음 얘기를 재촉했다.

"그래서 나, 그때 맹세했어요. 나도 타인의 고통을 이해할 수 있는 쪽 인간이 되자고. 하지만 오늘 저녁에는 그럴 수 없었죠. 그때, 남주인의 입장이 되어 생각할 수 없었어요."

아미는 바탕이 순하고 올곧은 아이리라. 처음 만났을 때 그 요란한 외모에 편견을 가졌던 자신을 준지는 부끄러웠다.

"그런 점에서 와타나베 씨는 훌륭해요."

갑자기 아미가 그런 말을 했다.

"내가? 어째서?"

"그야, 그때 우리 무리에 가담하지 않았잖아요."

"그건 글쎄… 아냐, 그렇다면 하카마다 군이 훨씬 훌륭한 것 같은데."

"왜요?"

"그는 그때 은근슬쩍 남주인을 도왔잖아."

"도왔다고요?"

"그는 이렇게 말했지. '저희가 열쇠를 반출하는 것도 허가제로 이루어졌으면 합니다'라고. 그건 남주인을 보이콧하지 않겠다는 뜻과 모두 다 그런 짓은 관뒀으면 좋겠다는 뜻을 에둘러 전한 거라고 생각해."

"어, 그래요?"

"분명 그렇지 않을까. 어린데 대단하다고 감탄했어."

본심이었다. 그 청년은 가장 원만한 방법으로 그 자리를 수습했다고 생각했다. 피가 거꾸로 솟아 보이콧도 불사하려는 사람들을 아무리 달랜다 한들 새로운 논의만 생겨날 뿐이다. 따라서 남주인에게 의연히 요구하고 그것만 철저히 지켜 주면 종전대로 일하겠다고 전한 것이다. 그는 그때 여러 번 '저희'라는 말을 사용했다. 그 또한 틀림없이 의도한 것이리라. 그리고 그것이 결정 사항이라는 듯 바로 자리를 떠났다. 전부 계산된 행동이라면 상당히 우수한 청년이다.

"아, 도왔다고 하니 말인데…."

아미가 집게손가락을 딱 턱에 가져다 댔다.

"그 후에 하카마다 씨가 내게 고맙다고 인사했어요."

"인사?"

"나, 하카마다 씨가 여주인에게 의심받을 때 '하카마다 씨는 범인이 아니라고 생각합니다'라고 말했잖아요."

확실히 아미는 그런 발언을 했었다.

"그게 굉장히 기뻤대요."

"아아, 그렇군."

"하지만 좀 머쓱하달까… 그야, 난 딱히 그 사람을 감싼 게 아니라, 자기가 청소한 방의 물건을 훔치면 자기가 의심받게 마련이니까, 그런 바보 같은 짓은 아무도 안 할 거라는 말을 여주인에게 하고 싶었을 뿐이거든요. 그런데 굳이 '덕분에 살았습니다' 하며 머리까지 숙이다니. 그렇게 대단한 일도 아닌데."

"흐음."

"그 사람, 나쁜 사람은 아닌 것 같은데 좀 별나죠?"

"그래? 평범한 청년이라고 생각하는데."

"왠지 이런 데서 일할 느낌의 사람으로는 보이지 않잖아요. 인텔리 같다고 할까."

머릿속에 하카마다의 모습을 떠올렸다. 연령은 아미와 비슷하겠지만 훤칠한 키에 세련된 7 대 3 머리. 코 위에 작고 둥근 테 안경이 얹혀 있고, 손질된 수염이 입 주위를 덮고 있다. 요새 젊은 남자에게서 흔히 볼 수 있는 스타일이다. 확실히 그라면 지적 노동이 더 어울릴 듯한 느낌은 든다.

하카마다는 누구보다 야무지게 이 일을 소화하고 있다. 하카마다는 준지가 오기 전부터 이곳에서 일하고 있었기에 초반에 일하는 법을 가르쳐 준 건 그였다. 11월 중순부터 이곳에 있었던 모양이니 상주 알바 중에서는 가장 고참인 셈이다.

"뭐, 그건 와타나베 씨도 그래요."

"응?"

"이런 데서 일할 사람으로는 보이지 않는다고요."

준지는 대답할 수 없었다.

"모바라 씨나 미시마 씨, 유세이 군은 제법 그럴싸하지만. 하긴, 그러는 나도 마찬가진가."

그 후, 묵묵히 일하여 청소가 일단락 났을 때,

"아, 꺼졌다."

아미가 창밖을 보고 말했다. 창 너머로는 겔렌데가 펼쳐져 있는데 전면에 켜져 있던 야간 조명이 이제 막 꺼진 것이다.

"빨리 휴일 안 오나."

아미는 몹시 기대되는 듯 눈을 가늘게 떴다. 그녀는 휴식 시간에 타는 것만으로는 성에 안 차는 듯 다음 휴일에는 하루 종일 겔렌데에 나가 있을 작정이라고 한다. 아무리 젊다지만 이 작은 몸 어디에 그런 체력이 숨어 있는 걸까. 준지로 말할 것 같으면 날마다 기진맥진으로, 휴식 시간은 물론이고 틈만 났다 하면 몸을 쉬는 데 전념한다.

"이상한 의미는 아닌데, 스노보드의 뭐가 좋은 거니?"

별생각 없이 그렇게 묻자 잘 물었다는 듯 아미가 눈을 반짝였다. 그리고 스노보드가 얼마나 재미있는지 흥분조로 재잘거렸다.

"바람이 되어 눈과 춤추는 거예요."

그런 멋들어진 말을 하기에 그만 웃고 말았다.

"그나저나 와타나베 씨는 타 본 적 없어요?"

"뭐, 스키라면 조금 타 봤지."

"어, 그래요? 그럼 같이 타요."

"아니, 경험이 있다 뿐 탈 수 있는 건 아냐."

준지 세대라면 누구나 스키를 타 본 경험이 있으리라. 준지가 스무 살 남짓이었을 무렵 〈나를 스키장에 데려가 줘〉라는 영화가 크게 히트를 쳤고, 그를 계기로 일본에 폭발적인 스키 붐이 도래했던 것이다. 모두가 경쟁하듯 설산으로 향했기에 스키장뿐 아니라 고속도로까지 폐쇄되는 지경에 이르렀을 정도다.

그렇다고 해서 누구나가 탈 수 있는 것은 아니다. 당시 준지도 대학 친구들의 꼬드김에 몇 번 도전해 보았으나 어림도 없었다. 딱딱한 눈에 제 발로 몸을 내던지러 간 거나 다름없었다.

참고로 그런 스키 붐은 10년도 안 가서 쇠퇴 일로를 걸었다. 그것은 거품 경제가 그린 곡선과 딱 일치했다. 지금은 젊은이조차 겨울 스포츠를 즐기지 않는다고 들었다.

"그럼 다시 한번 도전해 보자고요. 이번에는 스노보드로."

"아니, 이 나이로는⋯."

"앗, 나이 핑계를 대면 안 돼요."

"어?"

"인간은 몇 살에든 새로운 일을 시작할 수 있고, 변할 수 있어요."

"……."

"라고 여러 사람이 말했잖아요. 격언, 같은 거죠."

아미는 장난스럽게 웃었다.

"맞는 말이야." 준지는 두 번 고개를 끄덕였다.

"하지만 스노보드는 사양하겠어. 더 젊은 사람을 꼬드겨 보는 게 어때? 이를테면 하카마다 군이라든지."

"그 사람, 운동 싫어할 것 같지 않아요?"

"그렇게 따지면 나도 그렇거든."

"그럼 하카마다 씨가 하면 할래요?"

"아니, 그런 말이 아니라…."

"그럼 꼬드겨 봐야지."

"저기, 아미."

아미는 윙크를 날리더니 빗자루와 쓰레받기를 들고 식당을 나갔다. 준지의 뻗은 손이 갈 곳을 잃었다.

이상했다. 어째서 저 아이는 이런 생면부지의 중년 남자를 챙겨 주는 것일까. 그뿐만이 아니라 아미는 일에서도 종종 준지에게 도움의 손길을 내민다. 고마운 한편 이해가 안 갔다. 이것을 별종이라는 말로 설명해도 될까.

준지는 코를 한 번 훌쩍이고 발을 내디뎠다. 벽에 손을 가져가 딸깍, 하고 식당 불을 껐다. 식당이 어둠으로 뒤덮여 한층

정적이 무거워진 느낌이었다.

18

아미는 막무가내였다.

다음 날 이른 오후, 준지는 렌털숍에서 빌린 수수한 감색 스키웨어를 걸치고 이제껏 만져 보지도 못한 스노보드를 멘 채 은빛 세계로 연행되었다.

단, 연행된 사람은 준지뿐만이 아니었다. 또 한 명, 자신과 완전히 같은 차림을 한 남자가 있었다. 하카마다다. 듣자니 그 역시 아미에게 강제로 끌려 나왔다고 한다. 준지는 미안한 마음이 들었다. 하카마다가 이곳에 있는 것은 바로 준지가 그의 이름을 꺼냈기 때문이다.

"자, 슬슬 두근거리죠?"

3인승 리프트의 한가운데에 위치한 아미가 다리를 흔들면서 희희낙락 말했다.

두근두근과는 거리가 먼 기분이었다. 리프트에 몸을 싣는 것은 30년 만으로 공포가 앞섰다. 원래 높은 곳을 싫어한다. 몇 미터 아래에는 새하얀 눈의 카펫이 깔려 있다. 부드러워 보이지만 떨어지면 어떻게 될까.

평소라면 방에서 휴식할 시간인데. 준지는 눈부신 태양 빛에 눈을 찡그리고 한숨을 쉬었다. 무엇보다 이다음에는 일도 기다리고 있다.

한편, 반대쪽 끝에 위치한 하카마다는 연신 상하좌우로 고개를 돌렸다. 내키지 않는 줄 알았는데 의외로 그렇지도 않은 모양이다. 그는 지금까지 겨울 스포츠와는 인연이 없어 리프트에 타는 것 자체가 처음이라고 한다.

"꽤 흔들리는군요."

하카마다가 이쪽을 보고 말했다. 그 역시 렌털숍에서 빌렸는지 얼굴의 반을 뒤덮는 큰 스노고글을 쓰고 있다. 빛을 반사하는 타입으로, 렌즈에는 아미와 준지의 얼굴이 비쳐 있었다.

리프트는 경사를 따라 완만하게 상승하기 시작했고, 그에 비례하듯 서서히 시야가 넓어져서 멀리까지 조망할 수 있게 되었다. 보이는 산들은 하나같이 눈으로 단장되어 있고, 가로로 뻗은 비뚤비뚤한 능선이 산과 푸른 하늘 사이를 가르고 있다. 상공에 뜬 태양은 그 모든 것에 빛을 부여한다. 이미 익숙하기는 하나 다시금 장대한 경관에 압도되었다.

수백 미터쯤 떨어진 곳에 옅은 안개 같은 구름이 옆으로 늘어선 것을 발견했다. 그것은 준지 일행이 있는 높이와 같거나 살짝 아래에 위치한 듯 보였다.

처음 이 스가다이라 고원에 왔을 때 그 높은 표고를 금세 절감했다. 여러 번 이퀄라이징(귀가 막힘을 해결하는 기술. 콧구멍과 입을 막고 숨을 세게 내쉰다.)했는데도 금세 공기가 고여 그날은 하루 종일 삐 소리로 인한 스트레스에 시달렸기 때문이다. 게다가 딱 한 곳 있는 편의점에 들어가니 과자 봉지가 전부 빵빵하게 부풀어 있는 것이 눈에 띄었다. 그 이유는 생각할 것도 없었는데 이 지역에 자신이 순응할 수 있을지 불안했다. 그러나 그런 불안감은 아랑곳없이 준지의 몸은 곧 환경에 적응했다. 이명은 사라졌고, 권태감도 가셨다. 인간의 몸이란 이토록 유연하게 만들어져 있구나 싶어 감탄했다.

한편, 마음은 아직도 한참 멀었다. 익숙하지 않은 노동에 허둥대면서도 아미나 주변 사람들과의 관계에 별반 문제는 없어서 평온하다면 평온한 매일을 보내고 있지만, 아무래도 이 상황에 내몰리고 만 가엾은 자신을 생각하면 뭐라 형언하기 힘든 격정과 자기 연민이 밀려왔다.

"앗, 그럼 내 쪽이 연상이네."

아미가 놀란 듯 말했다.

하카마다는 현재 스물두 살로 아미보다 한 살 연하라는 사실을 알게 된 것이다.

"하카마다 군은 굉장히 차분해서 스물다섯 정도려나 했는데."

확실히 이 청년은 나이에 비해 언행이 차분하기 그지없다. 하지만 자세히 보니 살결에는 아직 소년다운 탱탱함이 있었다. 인텔리 같은 안경과 입 주위를 덮은 수염 탓에 어른스러워 보이는 것이리라.

"하카마다 군은 학생인가?"

준지가 살짝 고개를 앞으로 내밀고 물었다.

"네. 도쿄도 내의 대학에 다니고 있습니다."

그 대학명을 듣자니 자신의 모교였기에 준지는 놀랐다. 30년 전 준지가 4년간 다녔던 대학을 지금 현재 하카마다가 다니는 것이다. 우연이란 무섭다. 하기야 그 이상으로 놀라워한 사람은 하카마다였지만. 덧붙여 말하자면 현재 4학년으로 겨울방학을 이용하여 이곳에 아르바이트를 하러 왔다고 한다.

"학부는?"

"이공학부입니다."

"그럼 이쿠타로군." 캠퍼스는 달랐던 모양이다.

"나는 법학부라 스루가다이였거든."

침묵이 찾아왔다. 하카마다와 아미의 머릿속에 어째서 그런 인간이 이런 데서 상주 알바를 하고 있나 하는 의문이 떠올랐으리라.

"어차피 나는 고졸이네요…."

침묵을 끊듯이 아미가 입을 삐죽이며 말했다. 그런 아미의 다정함이 또 준지를 서글프게 만들었다.

리프트는 이윽고 중계 지점에 접어들었다. 이곳에서 내리면 초심자 코스고 이대로 쭉 타고 있으면 상급자 코스에 도착한다. 당연히 준지 일행은 이곳에서 내릴 예정이다.

"잘 봐요. 이런 식으로 왼발을 앞으로 내밀고서 착지하는 순간 보드 위에 오른발을 두는 거예요. 그렇게 하면 저절로 미끄러지면서 자연스럽게 내릴 수 있어요."

간단하게 말하는군. 그것만으로도 준지는 딱딱하게 긴장한 상태였다.

마침내 보드에 고정된 왼발을 눈위에 대고, 고정되지 않은 오른발을 보드 위에 두어 '에잇' 하고 일어섰다. 오오, 됐다. 그러나 다음 순간, 준지는 균형을 잃고 엉덩방아를 찧었다. 삐 소리와 함께 리프트가 멈췄다.

몇 미터 앞에 나아가 있던 아미가 손뼉을 치며 폭소했다. 그 옆에는 하카마다도 있었다. 아무래도 그는 요령껏 잘 내린 모양이다.

"바인딩은 꽉 조이지 않으면 도중에 발이 빠져 버려요."

스타트 지점 구석에 셋이 옆으로 나란히 앉아 가르침을 주고받으며 오른발을 보드에 고정했다. 주변을 보니 자신과 동년배가 있기는 있으나 모두 가족과 함께 온 듯했다. 게다가 그들은 스키를 신고 있었다. 스노보드를 타는 아저씨는 한 명도 보이지 않는다. 그래도 잘 타면 그나마 폼이 나겠지만 그렇지도 않으니 비참한 노릇이다.

준비가 갖춰지자 아미가 슥 일어서서,

"그럼 우선은 똑바로 가는 것부터. 보세요."

그녀는 그 자리에서 폴짝 뛰더니 그대로 눈의 경사면을 미끄러져 내려갔다. 그리고 10미터쯤 나아간 곳에서 눈을 차올려 빙그르 반회전하고 이쪽을 돌아보며 멈췄다.

"자, 해 봐요."

이리하여 아미의 강습이 시작되었다. 물론 고생한 사람은 준지였다. 나아갈 수는 있어도 멈출 수는 없기 때문이다. 준지가 멈추는 방법은 엉덩이로 눈 위에 떨어진다, 이 한 가지였다.

"아이참. 몇 번을 말해요. 거기서 몸을 이렇게 틀라니까요."

아미가 허리에 손을 얹고 말했다.

"머리로는 알아도 몸이 그대로 움직이질 않는걸."

눈 바닥에 뒹굴며 준지가 한탄했다. 대체 이 한 시간 동안 자신은 몇 번이나 눈 위에 굴렀을까.

"변명은 됐어요. 그래 가지고는 아무리 시간이 지나도 늘지 않는다고요."

애당초 늘고 싶다는 욕구 자체가 없건만. 어쨌거나 아미는 의외로 스파르타식이었다.

"자, 하카마다 군을 봐요."

아미가 아래쪽을 가리켰다. 거기서는 하카마다가 천천히 슬랄럼(경사면을 지그재그로 활강하는 기술)을 하고 있었다. 서툰 동작이지만 요령껏 균형을 잡고서 타고 있다.

"저 사람, 꽤 센스가 있네."

아미가 감탄한 듯 말했다.

"저런 젊은이와 비교하면 쓰나."

순간 억지를 부리고 말았다.

그나저나 젊음을 감안하더라도 하카마다는 놀라울 만큼 습득이 빨랐다. 저 청년은 아미가 가르친 것을 금방 이해하고 재현해 버리는 것이다. 틀림없이 타고난 운동신경이 좋은 것이리라. 만약 준지가 젊다고 해도 저렇게는 되지 않을 것이다.

니트 모자와 고글 탓에 그 표정은 알 수 없지만 하카마다가 스노보드에 빠져 있는 것은 충분히 알 수 있었다. 그는 벌써 여러 번 혼자 리프트를 왕복했다.

"와타나베 씨, 언제까지 뒹굴고 있을 거예요. 자, 일어나요."

그 후, 시간이 지나 준지도 조금이지만 탈 수 있게 되었다. 어설프긴 하나 멈춤이나 방향 전환도 할 수 있게 된 것이다. 아미의 지도와 자신의 노력이 일구어 낸 결실이었다. 아주 약간, 스피드를 즐기는 여유도 생겨났다.

"그럼 이제 스스로 분발해 봐요."

준지가 그 기쁨에 잠겨 있는데 아미가 홀로서기를 명했다.

당연하지만 그녀도 타고 싶은 것이다. 이렇게 중년 남자를 돌보고만 있으면 따분하리라.

"고마워. 즐기고 와."

그녀를 보내 줬다. 아미가 상급자 코스로 떠나고, 저마다의 페이스로 활주를 이어 가게 되었다. 하카마다와는 같은 초심자 코스에서 타고 있으나 이미 실력에는 차이가 생겨 준지도 그러는 편이 마음 편했다. 그러던 참에 하카마다와 리프트 승차장에서 마주쳐 함께 탑승하게 되었다. 3인용 시트 한가운데를 비우고 양 끝에 앉았다.

"솔직히 억지로 끌려왔는데 나쁘지 않네. 스노보드."

리프트가 올라가기 시작하자 준지가 말을 걸었다.

"네, 정말요. 세상에는 이토록 즐거운 것도 있구나 싶어요."

그처럼 과장되게 말한다.

"하카마다 군, 푹 빠져 버렸구나. 내일부터 매일 겔렌데에 나오는 거 아냐?"

"아뇨, 오늘만입니다."

"어째서?"

"매일 하면 돈이 남아나지 않을 테니까요."

할인이 되긴 하지만 아미처럼 개인 장비를 한 벌 갖추고 있지 않은 이상 스키복과 보드의 렌털비도 무시할 수는 없다.

이때 리프트 바로 아래를 아직 열 살도 채 안 되어 보이는 소년이 맹렬한 스피드로 지나갔다. 딱 봐도 숙련된 움직임이니 분명 이 지역 아이이리라.

"이 부근 아이는 모두 눈에 익숙하겠군."

"그러게요."

이번에는 젊은 커플이 나란히 활강하는 모습이 보였다. 여자는 엉거주춤한 자세로 "무서워 무서워" 하며 비명을 질렀고, 리드하는 남자는 웃음을 터뜨렸다.

"그러고 보니 다음 주는 크리스마스구나."

"아, 그렇네요."

하카마다가 생각났다는 듯이 말했다.

"아무래도 크리스마스이브와 당일의 숙박객은 대부분 커플인가 봐."

얼마 전 파트타이머로 온 이 지역 주부들이 그렇게 말했었다.

"어쩐지 떠들썩해질 것 같네요."

별로 달갑지 않은 듯한 말투였다.

"하카마다 군은 여자친구 없어?"

가벼운 마음으로 묻자 순간 그는 입을 다물었다.

"최근 헤어지고 말았어요." 건조한 어조로 말한다.

"아아, 그랬구나. 미안."

"아뇨, 뭘요."

둘 사이에 잠시 침묵이 찾아왔다.

"아미, 괜찮지 않아?"

그 침묵이 싫어서 준지는 또 쓸데없는 농담을 해 버렸다.

"다마시로 씨는 멋진 분이지만 저쪽에도 선택할 권리는 있잖아요."

하카마다는 그런 말로 넘어갔다. 다마시로라는 건 아미다.

"그런데 두 분은 무척 사이가 좋던데요. 전부터 알던 사이인가요?"

"설마. 여기서 처음 만났어. 게다가 사이가 좋다기보다, 뭐랄까… 왠지 나를 여러모로 도와줘. 나도 이상하게 생각하고 있어."

"친절한 분이겠죠."

"응. 좀 강압적인 구석은 있지만."

둘이서 어깨를 들썩이며 웃었다.

"그나저나 하카마다 군은 아미가 뭐라면서 꼬드겼어?"

물어보자 하카마다의 입매가 누그러졌다.

"내가 은인이라면 내 말을 들어야 하잖아요. 라면서…."

소리 높여 웃고 말았다. 은인을 자처했나. 예의 그 사건에서 아미는 맨 먼저 의심받은 하카마다를 감싸는 발언을 한 것이다. 참고로 하루가 지난 지금도 지갑이 발견되었다거나 절도범을 잡았다는 소식은 없다.

"그 절도 사건, 경찰에 신고는 했으려나."

준지가 혼잣말처럼 말하자.

"아직 안 했다고 하던데요"

"왜일까."

"잘은 몰라도, 지갑 안에는 현금이 6천 엔 정도밖에 없었던 모양이라, 피해를 입은 손님도 절차가 번거로우니 됐다고 했다나 봐요."

"번거롭다니, 그냥 경찰서에 가면 되잖아. 필시 카드도 있었을 테고."

"그 경찰서가 스가다이라에는 없거든요. 여기서 가장 가까운 곳이 하산한 지점에 있는 우에다경찰서니까 그 수고와 피해 금액을 놓고 저울질했겠죠. 어쨌거나 지갑 도난 정도로는 경찰도 수사에 나서 주지 않을 테니 결국 분실물로 접수되기를 기다리는 수밖에 없습니다. 그렇다면 나중에 신고해도 늦진 않다고 판단한 게 아닐까요."

과연. 납득이 갔다. 하산하려면 자가용이나, 혹은 하루에 열 대 정도밖에 다니지 않는 버스를 타지 않으면 안 된다. 가는 데만도 한 시간 가까이 걸린다. 피해자는 여행의 소중한 시간을 빼앗기고 싶지 않았던 것이리라. 그건 그렇고 하카마다가 이곳 사정에 몹시 밝아서 놀랐다.

"대체 누가 훔쳤을까. 여주인은 다짜고짜 우리 가운데 범인이 있다고 단정 짓는 것 같던데."

"문이 잠긴 방에서 사라진 것이니 저희가 의심받아도 어쩔 수 없는 부분은 있습니다."

"자네는 어른이로군." 준지는 웃었다.

"아, 그러고 보니…."

그렇게 운을 떼고 준지는 방에서 한 발짝도 밖에 나오지 않았다던 미시마 가나에의 모습을 복도에서 목격했다고 이야기했다.

"실은 저도 목격했습니다."

"그럼, 혹시 그녀가…."

"그건 글쎄요." 하카마다가 가로막고 말했다.

"미시마 씨의 단순한 기억 오류거나, 또는 의심받고 싶지 않아서 그렇게 말했을지도 모릅니다. 우선, 의심만으로 벌을 줄 순 없다는 것이 원칙이니까요."

준지는 고개를 끄덕여 보였다. 그리고 섣불렀던 스스로를 반성했다. 경솔하게 뒷말을 해서는 안 되었다. 무엇보다, 의심만으로 벌을 받고 만 자신이 가장 해서는 안 되는 일이었다.

잠시 후 리프트가 중계 지점에 접어들었다. 시간적으로 이번이 마지막 시도이리라. 준지가 내릴 태세를 취하자 하카마다는 인사했다.

"그럼 여기서 헤어지죠"

"이대로 중급 코스에 가려고?"

"네, 마지막으로 도전해 볼까 싶어서…."

"그렇군. 자네는 이제 그쪽이 더 좋겠어. 그럼 나중에 보자고."

준지만 먼저 리프트에서 내렸다. 하카마다가 탄 리프트가 위쪽으로 점점 멀어져 갔다.

그 날 이후의 근무는 평소보다 배는 힘들었다. 준지의 육체는 전에 없이 비명을 질렀다.

"곧바로 근육통이 온다는 건 아직 젊다는 증거예요"

아미는 가볍게 말했으나 내일이 오는 게 무서웠다. 분명히 지금보다 심해져 있을 것이다.

[당신, 어떻게 된 거예요?]

전화로 아내에게 스노보드 첫 체험에 대하여 얘기하자 그녀의 첫마디가 이랬다. 다만, 그 목소리에는 들뜬 기색도 있었다. 며칠 연락이 없었던 터라 걱정했다고 한다.

[그쪽은 도쿄와 비교도 안 될 만큼 춥겠죠?]

"응, 밤에는 도저히 밖에 나갈 수 없어. 그래도 하루의 대부분은 실내에서 보내니까."

[밥은 잘 챙겨 먹고요?]

"직원용 식사가 나오거든. 꽤 맛있어."

[그래요, 다행이다.]

이때 아내가 심호흡한 것을 알 수 있었다.

[저기요, 이쿠에가 말예요, 이번에 당신에게 보이고 싶은 사람이 있대요.]

"그 말은…."

[응, 그런 뜻일 거예요.]

이부자리 위에 책상다리를 한 채 준지는 바쁘게 시선을 굴렸다. 살풍경한 좁은 방에 석유난로의 활활 타는 소리만이 들리고 있다.

딸 이쿠에에게 교제 중인 남자가 있다는 것은 은연중에 알고 있었다. 다만, 딸은 아직 스물네 살로, 결혼은 좀 더 나중 일이겠거니 멋대로 생각했었다. 그녀가 대학을 졸업하여 니혼바시에 있는 제약회사에서 영업 사원으로 일하기 시작한 지 아직 2년도 되지 않았기 때문이다.

"언제쯤이려나? 나는 올해 말까지 이곳에서 일해야 하니 신년에나 볼 수 있는데."

[그래서 연초에 우리 집으로 인사를 오고 싶대요.]

"뭐, 그럼 문제없지만."

[당신, 괜찮겠어요? 이쿠에에게 말해서 좀 더 뒤로 미룰까?]

"아냐, 됐어. 그런데 결혼이라든지 갑자기 그런 이야기려나?"

[결혼은 좀 더 나중이라고는 말했는데. 다만, 그걸 전제로 내년부터 동거를 시작하고 싶다네요.]

과연. 상대측은 그 전에 인사를 하러 오고 싶다는 건가. 조금은 안심했다.

"그런데 상대는 뭐 하는 사람이야?"

묻자 아내가 잠시 말이 없더니, 차분히 말했다.

[숨겨도 소용없으니 말하는데….]

[학원 강사 아르바이트를 한다나 봐요.]라고 말했다.

"아르바이트?" 그만 목소리가 뒤집히고 말았다.

"직장이 없다는 거야?"

[그건 조금 사정이 있어서….] 조금 망설이다 이내 말했다.

[그 사람, 변호사가 되기 위해 사법시험 공부를 하고 있는 모양이에요.]

준지는 숨을 삼켰다. 이어서 침을 삼켰다. 딸의 남자친구가 변호사 지망생…?

[나이는 스물여섯 살로, 지금은 오카야마 쪽에 있나 봐요.]

"오카야마라니… 그럼 당연히 그 쪽에서 상경하는 거겠지?"

[아니요. 이쿠에가 오카야마에 간다고 하네요.]

"그거, 진심으로 하는 소리야?"

[사실대로 말하자면 이쿠에 말예요, 직장이 적성에 맞지 않아서 줄곧 고민해 왔어요. 그래서 이 기회에 관두고 오카야마에서 새롭게 일을 구하고 싶대요.]

혼란스러웠다. 연달아 여러 가지 이야기가 나와서 감정이 정리되지 않는다.

"이쿠에가 고민을 해 왔다니, 그런 말 처음 듣는데."

[네. 계속 참았는데 이젠 한계가 왔데요.]

"당신은 전부터 알고 있었어?"

[대충.]

"그럼 왜 나와 상의하지 않은 거야."

[그야… 당신도 자신의 일로 힘들었으니까.]

준지가 거친 콧숨을 흘렸다.

"모처럼 좋은 곳에 취직했는데 아깝지 않으려나."

[그렇지만 그 아이에게는 좋은 곳이 아니었던 거예요.]

"그럼 오카야마에서 뭘 할 건데?"

[그러니까 그쪽에 간 다음 생각한다고….]

"그렇게 대책 없이 가는 거, 나는 좀 아닌 것 같은데. 애당초 이쿠에는 도쿄에서의 생활밖에 안 해 봤는데 갑자기 지방에서 산다는 건 좀 생각이 안일하지 않나? 무엇보다 그 남자도 일정한 직장에 다니지 않는 상황인데….]

[아니. 내게 화내지 말아요.]

전화기를 멀리하고 한껏 거친 한숨을 토했다. 준지의 마음은 오만가지 생각으로 복잡했다. 딸이 회사를 관두고 자기 집을 나가 지방에 사는 남자친구와 동거를 시작한다. 어떻게 이런 일이. 아니, 그 보다 더, 지금 가장 자신을 동요시키는 것은 딸의 남자친구가 변호사를 지망한다는 점이다. 그렇다고 그 점을 못 마땅하게 생각하는 건 아니다. 결코 그런 건 아니지만 마음이 편치 못한 것은 왜일까.

무엇보다 그 남자를 어떻게 마주하면 좋은가. 어떤 얼굴로 대하면 좋단 말인가. 직업 애기를, 자신이 꺼내는 것도 저쪽에서 꺼내는 것도 사양이다. 기본적으로 딸의 남자친구는 알고 있을까. 교제 상대의 아버지가 변호사였다는 사실을, 그리고 직장에서 쫓겨난 이유를….

안 된다. 그 남자가 알고 있든 모르고 있든 도저히 만날 수 없다.

"미안. 역시 그 자리에는 당신 혼자 참석할 수 없을까. 동거를 허락할 수 없다거나 하는 건 아니고."

[…네.]

"이쿠에에게도 미안하다고 전해 줘. 조만간 제대로 된 자리를 마련하겠다고."

[알았어요. 그렇게 전해 둘게요.]

"정말, 미안해."

[뭘요, 침울해하지 말아요. 이쿠에도 이제 어린애가 아니니 이해해 줄 거예요.]

[또 연락 줘요. 감기 걸리지 말고.]

마지막에는 아내의 안부말로 통화를 마무리했다.

준지는 스마트폰을 움켜쥔 채 이불 위에서 꼼짝도 하지 않고 있었다. 머릿속이 혼란스러울 뿐 아무 생각도 들지 않았다.

답답함을 느끼고 일어섰다. 좁은 방에서 석유난로를 사용하고 있으므로 자주 환기하지 않으면 일산화탄소에 중독된다. 부연 창문에 눈길을 줬다. 그곳에는 흐릿하게 비치는 비참한 남자가 자신에게 연민 어린 시선을 던지고 있었다. 손으로 유리창을 닦자 남자의 모습이 사라지고 창 너머의 경치가 내다보였다. 잔잔한 가랑눈이 끊임없이 밤하늘에서 내려오고 있다.

창문을 몇 센티미터 정도 열자 설녀의 숨결 같은 선득한 냉기가 침입해 왔다.

준지는 그 앞에 서서 얼굴이 아려 올 때까지 그 숨결을 쐬고 있었다.

19

많은 사람이 360도로 빙 자신을 에워싸고 있었다. 아는 얼굴도 있는가 하면 모르는 얼굴도 있다. 눈, 코, 입이 없는 사람도 있다. 에워싸여 있으므로 뒷걸음도 못 치고 준지는 그 자리에서 빙빙돌고 있었다. 다만, 모두 적의는 없는 듯했다. 가엾다는 눈으로 중앙의 준지를 조용하게 주시할 뿐이다.

이것은 꿈임을 알고 있었다. 몸은 확실히 자고 있는데 뇌의 일부가 각성되어 있다. 이런 상태를 경험하는 것은 처음이다. 하지만 꿈임을 알고 있어도 공포임에는 틀림없었다.

이윽고 누군가의 입술이 움직인 것을 알 수 있었다. 가만 보니 학창 시절 은사였다. 지금은 연하장만 주고받지만 관계는 이어져 왔다. 그 은사는 간헐적으로 입술을 움직였다. 목소리는 들리지 않는다. 그 입가를 응시한다. 비로소 그가 무슨 말을 하는지 알았다. '유감이다.' 그렇게 말하고 있었다.

'선생님, 아닙니다…' 그렇게 호소하고 싶지만 소리를 낼 수 없었다.

뒤이어 은사의 양옆에 있는 사람까지 입술을 움직이기 시작했다. 아니, 전원이 입술을 움직이고 있었다.

'유감이다.' '유감이다.' '유감이다.'

'아냐. 내가 아니야.'

'유감이다.' '유감이다.' '유감이다.'

'나는 하지 않았어. 하지 않았다고.'

외치고 싶은데 어떻게 소리를 내면 되는지 방법을 알 수 없었다. 준지는 머리를 감싸 쥐었다.

문득 집단 속에서 아내의 모습을 발견했다. 그리고 아내도 주위 사람과 마찬가지였다.

'유감이다.' '유감이다.' '유감이다.'

'당신만은 믿어 줘. 나는 하지 않았어.'

준지는 비틀거리는 걸음으로 아내에게 향했다. 아내의 양어깨를 잡았다. 몸이 바위처럼 꿈쩍도 하지 않는다. 표정도 변하지 않는다. 그저 입술만이 다른 생물인 양 계속 움직인다. 그 입을 손으로 틀어막으려고 했다. 그러다 순간 어떤 사실을 깨달았다.

아내는, 아니, 다른 자들도 '유감이다'라고 말하고 있는 것이 아니었다. 그들은 이렇게 말하고 있었다.

'범인이다.'

전율한 것과 동시였다. 이불 위에서 몸이 움찔 튀었다. 이어서 몸이 말을 듣지 않게 되었다. 머리끝부터 발끝까지 모든 신경이 마비를 일으킨 것이다.

가위눌림이라는 것일까. 시각만 멀쩡하여 어둠 속에 낮은 천장이 있는 것이 보였다. 곳곳에 진 얼룩까지도 확인할 수 있었다. 방은 싸늘하게 식어 있는데 전신은 흠뻑 땀에 젖은 채였다. 1분쯤 그대로 있었을까. 몸은 여전하지만 서서히 냉정함이 되돌아왔다. 분명 피로가 쌓였던 것이리라. 이틀 전 스노보드를 탄 일도 영향을 미쳤을지 모른다. 아직도 근육통은 계속되고 있다. 그래서 이런 악몽을 꾸고 가위 따위에 눌린 것이다.

그런 것이 분석 가능해지자 손끝을 살짝 움직일 수 있게 되었다. 이어서 무릎을 굽힐 수 있게 되었다. 조금씩 몸의 신경이 정상으로 돌아오고 이윽고 돌아누울 수도 있게 되었다. 그 후로는 빠르게, 완전히 정상으로 돌아올 수 있었다.

긴 안도의 한숨을 쉬고 일어섰다. 방의 불을 켰다. 그 순간 자신이 잠옷이 아닌 근무복을 입고 있음을 알았다. 기억을 더듬는다. 그래. 목욕을 안 했구나. 어젯밤, 일을 마치고 잠깐 방 안에 누웠었다. 그리고 그대로 잠이 들어 버린 것이다.

머리맡에 놓인 손목시계를 집어 들어 시간을 확인하니 새벽 3시였다. 혀를 찼다. 어중간한 시간에 깨고 말았다. 5시부터는 조식 준비가 시작되므로 보통은 4시 반에 기상한다. 그냥 다시 자야 할까 아니면 목욕을 해야 할까.

조금 고민하다가 목욕을 하기로 결정했다. 누워 봤자 바로 잠들 수 있을지 알 수 없다. 지금 이렇게 땀에 젖었고 어제의 때도 씻어 내고 싶었다.

갈아입을 옷을 들고 복도에 나오자 어느 방에선지 남자들의 이야기 소리가 들려왔다. 모바라의 방이다. 목소리를 듣건대 아무래도 유세이가 모바라의 방에 있는 모양이다.

그 앞을 지나려고 했을 때 모바라의 방문이 열렸다. 유세이가 얼굴을 내민다.

"어, 안녕하세요" 하며 목례하더니 이내 돌아보고

"와타나베 씨예요" 안에 있을 모바라에게 말했다.

"나베 씨도 한잔 어떻겠노?"

준지가 자리를 뜨려 하자 모바라의 커다란 목소리가 복도에 울려 퍼졌다.

자신들의 발소리만이 복도에 메아리친다. 모바라의 뒤를 걷던 준지는 다소 걷는 속도를 높여 그의 대각선 앞으로 이동했다. 술 냄새가 진동하여 견딜 수 없다.

지금 목욕할 거라며 모바라의 제안을 거절하자 '그럼 우리도 술을 깰 겸 목욕할까'라며 두 사람이 따라나선 것이다.

"매일 밤 이런 시간까지 마시나 보죠?" 준지가 물었다.

주위가 쥐 죽은 듯 조용하여 목소리가 또랑또랑 울린다.

"아이다, 오늘은 예외. 이 자슥 얘기를 듣다가 시간이 늦어졌다. 졸려 뒤지겠다." 옆의 유세이가 쓴웃음을 짓고 있다. 실제로는 모바라에게 붙잡혀 있었으리라.

유세이는 맨 정신이었다. 열여덟 살이니 당연하지만 그 이유가 재미있다. 모바라가 '미성년자는 주스 마시래이'라고 한 모양이다.

얼마 안 있어 전방에 '남' '여'라고 쓰인 포렴이 보였다. 관내에 있는 온천장은 손님에게 개방하는 시간만 아니라면 자유롭게 이용해도 상관이 없었다. 자그마한 사치다. 그렇다 해도 이런 심야에 이용하는 것은 처음이다.

준지 일행이 '남' 쪽의 포렴을 지나 탈의실에 발을 들였을 때 "어라, 누가 있네"라고 유세이가 말했다. 확실히 여러 바구니 중에 개어진 옷가지가 든 것이 있었다.

"아아, 그 자슥이다. 하카마다 형씨."

"그 자슥은 늘 이런 시간에 목욕하대."

몰랐다. 듣고 보니 하카마다만큼은 목욕탕에서 만난 적이 한 번도 없었다.

그때 유세이가 혀를 찼다.

"라이벌이라 카이."

준지가 의아하게 바라보니 모바라가 호쾌하게 웃으며 말했다.

그런 모바라가 옷을 벗어던지자 그의 등에서 위풍당당한 아미타여래가 모습을 드러냈다. 영접하는 것은 이번이 두 번째인데 역시 엄청난 박력이다. 자세히 보니 허리께에 칼자국도 있었다.

"역시 우락부락하군요." 유세이가 탄식을 내뱉었다.

"나도 언젠가 꼭 새겨야지."

"관둬라 마. 불편할 뿐이다."

"나는 타투할 건데요."

"그것도 관둬라…. 안 그르나, 나베 씨."

"아니, 그게… 잘 생각하고 하는 게 좋을 것 같은데."

"나베 씨, 어른이 더 따끔하게 말해야제. 내는 지울 수 있으면 지우고 싶더만."

"그래요?"

"그야 그렇제. 이제 일도 은퇴했고."

알몸이 되어 셋이서 욕탕으로 향하니 과연 그곳에는 하카마다로 보이는 인물의 뒷모습이 있었다. 수증기 속에서 반신욕 중이다. 준지 일행의 기척을 감지한 하카마다가 획 뒤를 돌아봤다. 그는 놀라서 눈을 동그랗게 뜨고 있었다. 안경이 없기 때문일까, 평소와는 분위기가 달라 보였다.

"여어." 준지가 가볍게 손을 들었다.

"우리도 지금 목욕이야."

"그렇군요. 저는 나가려던 참이었으니, 먼저 실례하겠습니다."

그렇게 말하고 하카마다가 일어섰을 때

"형씨, 우리덜 한솥밥 먹는 식구 아이가, 잠깐 함께하제."

모바라가 제동을 걸었다. 이 남자는 술이 들어갔다 하면 이렇다.

"죄송하지만, 오래 있으면 어지러울 것 같아서요."

"아니, 안 된다. 유세이, 니도 형씨한테 할 말이 있지 않나."

던져진 화살에 유세이가 껄끄러운 듯 고개를 떨궜다.

"아뇨, 딱히."

"니 뭐꼬. 아까는 결투라도 할 거 맹키로 씩씩대더니. 한심허구먼."

결투? 무슨 말인지 잘 모르겠다.

결국 하카마다는 준지 일행에 끌려가다시피 하여 함께 중앙의 널찍한 탕에 들어갔다. 딱 좋은 온도의 희부연 물로, 유황 내음이 콧속을 찔렀다. 온몸의 근육이 이완되어 간다.

"—그렇게 된 기라. 그래, 형씨는 어떻노?"

모바라가 유쾌한 듯 하카마다에게 물었다.

"어떻냐니… 적어도 저는 그런 감정이 없으니 안심하셔도 됩니다."

후반에 하카마다는 유세이를 향해 말했다. 하카마다는 머리에 수건을 드리우고 있어 그 표정이 준지의 위치에서는 잘 보이지 않았다.

아무래도 유세이는 아미에게 반한 모양이다. 하지만 정작 아미는 하카마다를 좋아하는 게 아닐까, 하는 의심에서 이 소년은 줄곧 하카마다를 질투해 왔다고 한다. 준지는 심드렁하게 이야기를 듣고 있었다.

참고로 유세이가 어느 부분에서 그렇게 생각했는가 하면, 이틀 전 아미에게 끌려 스노보드를 타러 간 사람이 본인이 아닌 하카마다였던 것이 원인이 된 모양이다. 그렇게 따지면 준지도 끌려갔었지만 역시 유세이도 이 중년 남자는 라이벌로 간주하지 않는 눈치다.

"그라모 유세이, 이제 정면 승부밖에 없겠구마이. 아미 누님한테 돌격하고 오래이."

모바라가 유세이의 등을 찰싹 때렸다.

"하지만 저, 아미 씨보다 다섯 살이나 아래이니 상대해 주지 않을 것 같은데요."

유세이는 고민스러운 얼굴로 한숨을 내쉬었다.

"또 그 얘기가. 몇 번을 말하노. 사랑에 나이는 관계없다. 니 사내다움을 보이면 된다."

한창 청춘인 소년이 전직 조폭에게 연애 지도를 받는 구도는 어쩐지 웃겼다.

이후로도 유세이는 시종 갈팡질팡하여 모바라에게 물세례를 맞았다.

　　"와타나베 씨, 좀 물어봐 줄래요?"

　　유세이가 얼굴을 타월로 닦고 말했다. 아미가 자신을 어떻게 생각하는지 넌지시 알아봐 줬으면 하는 모양이다.

　　"그런데 왜 나지?"

　　"그야 와타나베 씨가 아미 씨와 제일 친하잖아요."

　　"그렇다 해도 나는 그런 건…."

　　이 나이에 젊은이의 연애 문제에 관여하고 싶지 않다.

　　"부탁해요. 제발." 유세이가 집요하게 애원했다.

　　"뭐, 물어보는 것뿐이라면"

　　마지막엔 준지도 승낙하고 말았다. 곧바로 후회가 밀려왔다. 이 나이에 대체 뭘 부탁받은 건지.

　　"아따…. 한심하다. 남자라면 멧돼지처럼 치고 들어가야제. 잘 들어라, 내 젊었을 적에는…."

　　이후 모바라의 과거 이야기가 시작되었다. 과거에 그가 반했던 여자는 약물에 중독된 데다 졸개의 정부 노릇까지 하여 몸도 마음도 만신창이였다. 모바라는 약을 끊게 하고 졸개를 몰아내어 여자를 밑바닥에서 구해 주었다. 그러고는 그 여자와 결혼했다고 한다. 어쩐지 옛날이야기를 듣는 듯했다.

　　"첨엔 말이다, 내 따위한테 눈길도 주지 않았다. 근데 매일 달라붙어서 말이다, 사랑의 말을 있는 대로 퍼부었제. 그라모 어느 샌가 내한테 넘어 온다는 작전이다."

"그건 세뇌 아닌가… 자칫 잘못하면 스토킹인데요."

"스토킹? 뭐 어떻노. 승부는 최후에 이기면 된다."

"하지만 결국 그 여자, 모바라 씨가 징역 사는 동안 도망쳐 버렸잖아요."

유세이가 놀리는 투로 말했다. 전직 조폭 앞에서 겁이 없어도 유분수지라고 생각했지만 그 말에 모바라의 기분이 상하지는 않은 듯했다.

"뭐, 10년이나 내삐두었으니께, 할 수 없제."

모바라는 얼굴에 살짝 우수를 띠며 말했다.

그건 그렇고 이 남자는 대체 무엇을 하다 잡혀 간 것일까. 준지의 얼굴에 의문이 떠올라 있었던지 유세이가 왠지 모르게 자랑스레 알려줬다.

"라이벌 조직의 사무실에 총질을 해 댔죠. 그래서 상대 조직원은 전멸, 두둥."

"꼬맹이가 총질이라는 속된 말을 쓰면 못 쓴대이"

모바라가 바로 머리를 때렸다.

"게다가 아무도 안 죽었다. 사람을 멋대로 살인자로 만들지 말래이. 그라고 말이다, 실제로 그거 한 사람은 내가 아이다. 행님이다. 마누라와 자슥을 돌봐준다고 약속하길래 내가 뒤집어썼제. 그런데 생활비를 보내 준 건 처음 몇 달이고 그 후로는 나 몰라라 카대. 그 남자만큼은 용서 몬한다."

이때만큼은 얼굴에 살기가 어렸기에 준지는 헛기침을 하며 시선을 돌렸다.

"그럼 그 자식을 찾아 결판을 내야겠군요."

"안 찾는다."

"왜요?"

"만나 버리면 또 감방 안으로 돌아가게 되지 않겠나. 그니까 만나고 싶지 않다."

모바라는 먼 곳을 바라보는 듯한 눈으로 말하고 양손으로 물을 퍼 세수를 했다.

"뭐, 지금 만나도 어데의 언놈인지 모를 테지만."

유세이가 이유를 묻자,

"수년 전에 딱지가 나왔그든, 그 후로 면상을 바꾸고 도망쳐 뻔 모양이다. 지금은 어데선가 딴사람으로 살고 있을 기다"

이때 지금까지 잠자코 있던 하카마다가 입을 열었다.

"딱지라는 건 영장을 말하는 겁니까?"

"그럼. 금마는 엄청난 지명 수배자그든. 형씨덜도 파출소 같은 데서 사진 본 적 있지 않나."

"그런 분이 성형수술 같은 걸 받을 수 있습니까?"

"얼마든지 받제. 물론 제대로 된 데선 무리지만."

"이른바 뒷골목 의사라는 건가요?"

"암. 내과의, 외과의, 성형외과의, 뒷골목 세계에도 다 있다."

"그런 분들이 경찰에 신고할 우려는요?"

"거의 없다. 꼰지른 게 들통나면 다시는 벌어먹을 수 없고, 애초에 뒷골목 의사들이란 털면 먼지투성이인 인간인 기라. 그 자슥들이 짭새한테 지끄릴 수는 없제."

하카마다가 고개를 끄덕이며 듣는다. 그 표정은 수건에 가려 잘 보이지 않았다.

"그럼 전 이만 가 보겠습니다." 그가 먼저 목욕탕을 나갔다. 꽤 오래 있었을 테니 이제 모바라도 잡지 않았다.

"저 형씨, 무슨 사정이 있구만."

모바라가 탈의실 쪽으로 시선을 보내며 말했다. 간유리 너머에서 하카마다가 옷을 입고 있다.

"그게 무슨 말이죠?" 이번에는 준지가 물었다.

"근거는 없다. 그래도 내는 안다."

"아!"

준지로서는 이해가 잘 안 갔으나 일단 맞장구를 쳤다.

그 후, 셋이 되고 나서도 모바라의 과거 이야기는 계속되어 준지는 강제로 그것을 들어야 했다. 다만, 모바라는 입담이 좋아 비참한 과거도 만담인 양 재미나게 이야기해 주었기에 그에 대한 준지의 공포심은 서서히 흐려져 갔다.

"아, 술이 꽤 깨는구만. 지금 몇 시고?"

"4시 조금 지나지 않았을까요?"

"그럼 앞으로 백까지 시면 나가는 기다."

"하나아, 두울, 세엣…."

"마음속으로 안 세나? 거슬리구로."

아직 어두운 밤하늘을 멍하니 바라보면서 무심코 준지도 마음속으로 숫자를 셌다.

흩뿌려진 은모래 같은 별이 반짝반짝 빛나고 있다. 그 하나하나가 도쿄에서 보는 것보다 선명하게 보였다. 이런 밤중에, 더욱이 이런 설산에서 모바라나 유세이 같은 인간과 온천에 몸을 담그고 있다. 이 순간이 이상하게 느껴졌다.

숫자가 70에 도달했을 때였다.

"아미 씨는 언제 목욕을 할까."

쌓아올려진 암벽을 꿰뚫어 보듯 쳐다보며 유세이가 말했다. 그 너머에는 여탕이 있다.

"이 변태 꼬맹이, 전에 저쪽 바위를 기어 올라가 건너다본 모양이다."

모바라가 입가를 누그러뜨리고 준지를 향해 말했다.

"그랬더니 웬걸, 미시마 아지매의 나체가 있었제."

그만 웃음을 터뜨리고 말았다.

유세이는 얼굴을 찡그리고 있다.

"진짜 악몽이었어요."

"벌 받은 기라. 근데 니, 그 아지매한테 돈 내야 한다. 공짜로 알몸 구경시켜 줬잖나."

"농담 마세요. 그런 뚱보 도둑한테 누가."

"도둑? 무슨 소리야?"

"아아, 그 사람이거든요. 지갑 훔친 거."

가볍게 말하기에 놀랐다.

"어떻게 알아?"

"그야, 모바라 씨가 그렇게 말했으니까요."

유세이가 모바라에게 시선을 건네자 그는 씩 웃었다.

"십중팔구 맞다." 하지만 모바라도 근거가 있는 것은 아니라.

"내는 안다." 같은 소리만 반복했다.

준지는 휴식 도중 그녀의 모습을 본 사실을 둘에게는 말하지 않기로 했다. 말했다가는 소문이 더 큰 신빙성을 갖고 부풀어 오를 것이다.

목욕을 마치자 바로 이날의 근무가 시작되었다. 어쩐지 평소 보다 몸이 가벼운 기분이었다. 아침 목욕이라는 것도 나쁘지 않 다고 생각했다. 이윽고 숙박객들의 조식이 끝나고 주방에서 뒷 정리에 착수했다. 아미와 나란히 서서 접시를 부지런히 닦는다.

"그러고 보니" 준지는 손에 눈을 떨군 채 운을 뗐다.

"유세이 군도 스노보드를 타고 싶어 하더라."

넌지시 자신을 어떻게 생각하고 있는지 알아봐 줬으면…. 약 속은 약속이니 지켜야 한다. 그러나 어떤 방법을 쓰면 좋을지 알 수 없었다. 일단 둘만의 시간을 만들어 주면 임무 완수리라.

"그래요? 그럼 타면 될 텐데요."

준지가 곁눈질로 아미를 봤다. 두말없이 '그럼 꼬드겨 봐야지' 라고 할 줄 알았다.

"그도 경험이 없는 모양인데 선생님이 필요하지 않을까?"

"그만큼 젊으면 주변을 보면서 저절로 배울 수 있어요."

아무래도 유세이를 가르칠 마음은 없는 모양이다. 나는 집요 하게 꼬드겨 놓고. 이 차이는 뭘까.

준지가 골머리를 앓고 있자니 아미가 앞질러서 말했다.

"나, 여기 남자친구 만들러 온 거 아니에요"

손을 멈추고 옆을 봤다.

"유세이 군에게 부탁받은 거겠죠?"

"아니, 그게…."

"후후. 와타나베 씨는 전부 얼굴에 드러나는 타입이라."

준지는 머리를 긁적였다. 이래 봬도 전직 변호사라고 하면 믿을까.

아미가 후, 하고 한숨을 내쉬었다.

"알았어요. 보드는 같이 가 줄게요. 하지만 부디 전해 주세요. 아미는 남자친구를 사귈 생각이 없더라고."

"어, 그래."

이거 야단났다. 유세이에게 그대로 전해도 될까. 그는 의외로 섬세한 타입 같으니 낙담할 듯하다.

"나, 연하의 남자에게는 관심이 안 가더라고요."

아미가 들릴 듯 말 듯 한 작은 목소리로 중얼거렸다. 준지는 들리지 않은 척했다.

설마 싶었다. 여자 중에는 아버지만큼 나이 든 남자에게 호감을 갖는 유별난 사람도 있다. 혹시 아미는 그런 사람이 아닐까.

아니 아니, 무슨 생각을 하는 거야. 자신은 누가 봐도 시원찮은 중년으로, 이런 남자를 아미가 좋아하게 될 리 없다. 아미는 그런 생각마저 간파했는지 견제하는 말을 했다.

"하지만 너무 연상도 무리예요."

준지는 자신의 얼굴이 빨개지지는 않았을지 불안해졌다.

"역시 얼추 또래가 좋으려나."

"그럼 하카마다 군은 어때?"

"그도 연하잖아요. 한 살이지만."

하카마다도 아미에게는 연애 대상 밖인 듯하다. 이것은 유세이에게 전해 주기로 했다. 그러나 아미는 이렇게도 말했다.

"솔직히 조금 괜찮다 싶었지만, 하카마다 군은 좋아하는 사람이 있는 모양이에요."

"아, 그렇구나."

"얼마 전 헤어진 여자친구가 있는데, 그 사람을 아직 좋아한대요." 그러고 보니 하카마다가 그런 소리를 했었다.

"듣자니 함께 보던 드라마가 있는데 최종회만 못 보고 헤어진 모양이라, 언젠가 둘이서 그걸 보고 싶대요. 미련이 철철 넘친다고 생각하니 확 식어 버렸죠."

다른 사람도 아닌 아미다, 분명 꼬치꼬치 캐물어 보았으리라. 어쨌거나 유세이의 사랑은 험난할 듯하다.

"와타나베 씨, 완전 짱이에요."

휴식 시간이 되자 유세이가 눈을 반짝이며 찾아와 와타나베의 손을 맞잡았다.

아무래도 벌써 아미가 스노보드를 타러 가자고 말한 모양이다. 그처럼 들뜬 유세이 앞에서 희망이 보이지 않는다고는 말할 수 없었다. 가능성은 제로가 아니니까 그 대신 힘내라고 마음속으로 응원했다.

젊은이들의 청춘을 지켜보고 있자니 먼 옛날이 떠올랐다. 자신에게도 달콤쌉쌀한 청춘 시절이 분명 있었다. 준지는 이곳에 오길 잘했다고 조금씩 생각하기 시작했다.

20

듣던 대로 크리스마스의 야마키 장은 젊은 커플 손님으로 북적였다. 객실 청소를 마친 뒤 "여긴 러브호텔이 아냐"라고 미시마 가나에가 부루퉁한 얼굴로 투덜거렸다.

이날은 아침부터 유세이가 평소의 두 배는 들떠 있었다. 아무래도 그는 열흘에 한 번 쓸 수 있는 반차를 내어 낮부터 밤까지 아미와 함께 겔렌데에서 보낼 모양이다.

지난주부터 유세이는 휴식 시간이 되면 아미와 함께 겔렌데로 나갔다. 그는 아르바이트비를 몽땅 털어 보드와 스키복을 쫙 갖추기까지 했다. 스노보드 자체는 '그럭저럭 타요'라고 했으니 연애 성취를 위한 투자라고 판단한 것이리라.

이날의 석식 준비가 시작되었다. 아미와 유세이를 뺀 상주 알바들은 주어진 장소에서 일에 열중하고 있다. 늘 있던 두 사람이 없어서 오늘 밤은 이 지역 주부가 도우미로 투입되었지만 익숙지 않은 일로 애를 먹는 기색이었다. 덕분에 이날은 평소보다 마감이 늦어졌다.

방에서 한숨 돌리던 준지는 목욕을 하러 복도에 나왔다가 늘 그렇듯이 모바라에게 붙잡혔다.

"모처럼 크리스마스인데 한잔 하제."

자기 방으로 끌고 들어갔다. 그와 술을 홀짝이는데 스키웨어 차림의 유세이가 찾아왔다. 그런데 어깨를 늘어뜨린 채다.

"차였어요." 힘없이 말했다.

"안 돼 안 돼. 그래 갖고는 진심이 전해지지 않는다. 애당초 아미 아가씨는 고백받았다고 생각하지 않을 기다."

불콰한 얼굴의 모바라가 어깃장을 놓았다. 아무래도 유세이는 '좋아져 버렸는지도 몰라요'라고 애매하게 표현한 모양인데, 그에 대한 아미의 대답은 '흐음'이었나 보다.

"당신을 좋아한다. 속는 셈치고 내랑 사귀어 도. 반드시 당신을 행복하게 해 줄게⋯. 자, 복창."

"당신을 좋아한다. 속는 셈치고 내랑⋯."

"네 식으로 말 안 하나."

"당신을 좋아합니다⋯."

이 말을 열 번 반복했을 때 유세이를 향해 턱짓했다.

"됐다, 댕겨와라."

"지금요?"

"당연하제. 내일이 되면 니는 겁에 질릴 기야. 자, 이제 곧 크리스마스 매직이 끝나 뻔다. 가라."

유세이는 잠시 머뭇거렸지만 이윽고 마음을 정한 듯, 경례 포즈를 취하고 방에서 나갔다. 하지만 곧바로 돌아왔다.

"방에 없던데요."

"이상하네. 아직도 타고 있으려나."

"니 같이 돌아온 거 아니었나."

"아뇨, 차였으니까 멋쩍어서 저만 먼저 돌아왔는데요."

"아직 타고 있을 리 없어요." 준지가 끼어들어 말했다.

"진즉에 야간 조명도 꺼졌고."

"그라모 목욕하고 있겠제."

"그렇네요."

한 시간쯤 지나 다시 유세이가 아미의 방으로 향했으나 역시
그녀는 방에 없었다.

"저, 뒤쪽 현관 좀 보고 올게요."

아미는 늘 그곳에 보드를 세워 둔다고 한다.

"조난이라도 당한 거 아니겠제." 모바라가 불길한 소리를 하
여 준지는 웃었다.

"설마요."

그러나 몇 분 뒤에는 웃을 수 없게 되었다. 돌아온 유세이가
창백한 얼굴로 말했기 때문이다.

"없는데요. 아미 씨의 보드."

그 자리가 침묵에 지배되었다. 준지는 창밖을 봤다. 거세지는
않으나 눈이 몰아치고 있다. 이어서 손목시계로 시선을 떨궜다.
날짜가 바뀌려고 했다.

"그라모 아직 돌아오지 않았다는 기가."

모바라는 확인하듯 조용히 말하고 일어섰다.

"유세이, 번호 모르나? 아미 누님 거."

"라인 아이디는 아는데요, 하지만 아미 씨, 스마트폰이 망가

지는 거 싫다고 가져가지 않았어요."

모바라가 혀를 찼다.

"일단 하카마다 형씨와 미시마 아지매한테도 물어보자."

두 사람의 방을 찾아갔으나 역시나 둘 다 아미를 보지 못했다고 한다. 모바라가 한번 보고 오라면서 미시마 가나에를 여탕으로 보냈으나 돌아온 그녀는 그곳에 없었다고 했다.

"없었어요."

"내가 혼자 돌아왔기 때문이야. 어떡하지."

유세이가 울상이 되어 말했다. 그는 아미와 헤어지고 약 5분 뒤 겔렌데에 흐르는 폐장 멜로디를 들었다고 한다. 폐장은 밤 9시다. 만약 아미가 조난을 당했다면 이 지독히 추운 설산의 밤 속을 세 시간 이상 헤맨 셈이다.

아미가 꽁꽁 언 채 혼자 눈길을 걷는 모습이 머릿속에 떠올라서 준지는 침을 삼켰다.

"아직 조난이 확정된 건 아이다."

"하지만 보드가 없다는 건 확실히 돌아오지 않았다는 뜻인데요."

"그런데 무슨 등산하는 것도 아니고 겔렌데에서 조난당할 일은 없지 않아?" 가나에의 의문을 던졌다.

"오늘 간 곳은 다보스라는 산으로 다양한 코스가 있거든요. 여러 갈래로 갈라져 있고. 게다가 우리가 탈 적에도 막판에는 사람이 거의 없었어요."

"하지만 말야. 그곳에는 스태프나 구조대도 있을 텐데."

분명 그런 사람이 마지막에 한번 둘러볼 터다.

"어쩌면…." 하카마다가 턱에 손을 대고 입을 열었다.

"다마시로 씨는 남의 눈에 띄지 않는 활주 금지 구역에 들어갔을지도 모릅니다. 그녀 같은 상급자는 그런 곳에서 타고 싶지 않을까요. 그곳에서 어떤 사고로 꼼짝도 못 하는 건 아닐지."

"아아, 그럴 수 있제." 모바라가 크게 수긍했다.

"그렇다면 한시가 급합니다. 경찰에 연락해서 구조대를 요청하죠."

하카마다의 말에 부랴부랴 유세이가 110번을 눌렀고, 통화가 연결되자 모바라는 스마트폰을 낚아챘다.

"줘 봐라. 짭새 놈들한테는 내가 더 익숙하다."

냉정하고도 정중하게 상황을 설명하고 전화를 끊었다.

"부디 잘 부탁합니다."

"구조대를 보낸단다. 헬기도 띄워 주려나 보다."

어쩐지 갑자기 일이 커지기 시작했다. 이러다가 아미가 불쑥 돌아오면 어떻게 될까. 그러나 호들갑을 떠는 것이어도 좋다. 나중에 웃음거리가 되는 것이 가장 행복한 결말이다.

"좋다, 우리도 찾으러 가보재이."

모바라가 전원을 둘러보며 말했다.

"일반인은 무리예요, 이런 한밤중에." 가나에는 일반인은 밤에 수색하는 것이 도움이 안 될 거라고 했다.

"걱정 안 해도 된다. 당신은 안 데려간다. 대기. 남자들만 갈 기다."

"예보에 의하면 스가다이라의 날씨는 앞으로 거칠어질 거라 합니다." 하카마다가 냉정한 어조로 말했다.

"그럼 더더욱 가 봐야제. 일손은 많은 게 최고다…. 유세이, 갈 거제?"

"당연하죠."

"나베 씨는?"

"저도 갑니다."

모두 바로 대답했다. 위험하겠지만 가만히 있을 수 없었다. 이대로 여기서 대기한다는 건 고문이다. 아미를 안 지 아직 한 달도 되지 않았지만 도저히 타인이라고는 생각할 수 없다.

"형씨는 어쩔낀가?"

모바라가 물었으나 하카마다는 입을 꾹 다문 채 대답하지 않았다.

"그라모 형씨와 미시마 씨, 당신들은 남주인과 여주인한테 연락을 하고, 또 지역 주민들한테도 도와 달라고 부탁해 봐라."

"아뇨…." 하카마다는 일어났다.

"저도 가겠습니다."

이리하여 남자 넷이 야마키 장을 출발하게 되었다. 저마다 방한복을 껴입고 설산용 장화를 신었으며, 손에는 야마키 장에 있던 스키용 스톡을 들었다. 또 정전되었을 때를 대비해 준비해 둔 손전등도 하나씩 빌렸다. 그 손전등으로 전방을 비추고 눈길을 내리밟으면서 걸었다. 무수한 눈이 흩날리고 있다. 여러 번 눈을 비벼도 시야가 번졌다. 속눈썹에 맺힌 눈물이 삽시간에 얼어 버리기 때문이다. 그것은 모바라와 유세이도 마찬가지인 듯했다. 유일하게 하카마다만 괜찮았다. 일전에 스노보드를 탈 때 썼던 고글은 본인 것이었던 듯 그는 그것을 착용하고 있었다. 마스크도 쓰고 있어 목소리를 듣지 않으면 누구인지 판별할 수 없다.

10분쯤 걷자 유세이가 말한 다보스 산 입구에 다다랐다. 당연하지만 겔렌데는 캄캄하다. 리프트도 움직이지 않는다. 검은 산이 인간의 침입을 거부하듯 버티고 서 있었다.

"구조대원들은 아직 도착하지 않았나 보군요." 준지가 말했다.

"뭘 멍하니 있는 기가. 늦어 삐겠구마."

늦는다… 그런 일이 있으면 안 된다.

"아미 씨!"

유세이가 산을 향해 힘껏 외쳤다. 그러나 그 목소리는 바람에 지워져 전혀 울려 퍼지지 않았다.

"거 됐다. 올라갈까."

일단 리프트 밑을 지나 오를 수 있는 데까지 올라가서 그 후로는 두 조로 나뉘어 아미를 수색하면서 내려오기로 했다.

저벅, 저벅, 저벅. 한 걸음씩 저마다 아미의 이름을 외치면서 눈의 사면을 올라갔다. 3분에 한 번씩은 누군가가 미끄러져 넘어졌다. 장화에는 깊은 홈이 있어서 눈길에 적합하지만 어디까지나 평지용이었다. 스톡을 가져오길 잘했다. 이것이 없으면 제대로 오르지도 못하리라.

30분쯤 걸려 약 절반 정도 올랐을까. 벌써 사지가 비명을 지르지만 나약한 소리를 할 수는 없다.

이때 후방에서 파파팟 하고 바람을 가르는 소리가 고막에 포착되는가 싶더니 순식간에 커졌고, 이윽고 한 줄기 빛을 발하는 헬리콥터가 모습을 드러냈다. 구조대 헬기다. 다 함께 손을 흔들었다. 그러자 헬리콥터가 발하는 광선이 이쪽을 향했다. 너무 눈이 부셔서 눈을 뜰 수가 없었다. 모바라가 손짓 발짓으로 자신들이 아미를 수색 중임을 알렸다. 알아들었는지 헬기는 위쪽으로 날아갔다.

몇 분 뒤, 겔렌데 야간 조명이 켜졌다. 또한 리프트가 움직이기 시작했고, 아래쪽에서는 여러대의 스노모빌 엔진 소리도 들렸다. 십여 명쯤 될까, 사람들의 모습도 보였다. 본격적인 수색이 시작된 것이다.

준지 일행도 도중부터 리프트를 타고 정상으로 향했다. 이런 일로 다시 리프트에 타게 될 줄은 상상도 못 했다.

"이참에 모두 전화번호를 교환하죠."

준지의 제안에 모바라와 유세이가 스마트폰을 꺼냈다. 그런데 하카마다는 그러지 않았다. 그는 최근에 스마트폰을 분실한 모양이다.

"마 됐다. 나베 씨와 연락이 되면 충분하다."

준지와 하카마다, 모바라와 유세이, 이렇게 두 조로 나뉘어져 리프트에서 내린 시점에서 두 사람과 헤어져 수색을 개시했다. 반드시 아미를 찾으리라.

수색한 지 한 시간쯤 지난 새벽 2시 반, 아미는 무사히 구조되었다. 그녀가 있던 곳은 하카마다의 예상대로 활주 금지 구역으로 도처에 자작나무가 자라는 지대였다. 그녀는 그곳을 내려오던 중에 나무와의 충돌로 넘어져 의식을 잃은 모양이다. 금세 의식을 되찾기는 했지만 그때는 새로 쌓인 눈에 보드째 하반신이 폭 빠진 상태였기에 눈의 무게로 인해 발을 뺄 수 없었다고 한다. 밤이 되어 기온이 내려가면서 눈의 굳기가 단단해진 탓도 있으리라, 자력으로는 어쩔 수 없는 상태였단다. 그녀는 죽음의 공포와 싸우면서 구조대가 오기를 빌며 기다렸었다.

발견한 사람은 구조대원들로 활주 금지 구역에 스노보드가 지나간 흔적이 살짝 나 있는 것을 발견하고 그것을 더듬어 갔다고 한다. 준지 일행도 근처를 지났을 텐데 미처 보지 못했다. 역시 프로는 솜씨가 다르다.

준지 일행이 아미와 얼굴을 마주했을 때 그녀는 쇠약해져 있었으나 의식은 또렷했고, '최악의 크리스마스가 되어 버렸네' 하면서 날름 혀를 내미는 여유도 있었다. 그래도 모바라가 '언니야, 적당히 좀 해라' 하고 낮은 목소리로 호통치자 그녀는 '정말 죄송합니다'라고 모두에게 사과했다.

크리스마스 소동은 마무리되었다. 다행히 아미에게는 눈에 띄는 외상이 없었고 동상의 우려도 없는 듯했지만, 만약을 위해 스가다이라를 하산한 지점에 있는 우에다 종합병원까지 구급차로 이송하게 되었다. 동승한 사람은 유세이와 준지다. 모바라가 '나베 씨, 지금은 배려해 줄 때 아이가'라고 했지만 미성년자인 유세이만 보내는 것은 아니라는 생각에 함께 가기로 했다.

하카마다는 구조대가 아미를 발견했다는 소식이 들려왔을 무렵 혼자 야마키 장으로 돌아갔다. 아무래도 컨디션이 악화된 듯 '먼저 쉬겠습니다'라며 도중에 준지와 갈라선 것이다.

병원에는 아미의 어머니도 달려왔다. 딸과는 달리 수수한 분위기를 풍기는 사람으로 준지는 그녀와 몇 마디 대화를 나눴다. 그때 아미에게 아버지가 없음을 알았다.

설레발쟁이 유세이는 이번 소동을 어떻게 받아들였는지 몰라도 '왠지 지금 고백하면 성공할 것 같아'라는 생각으로 머릿속이 가득한 기색이었다. 모든 것이 다 아미가 무사한 덕분이다. 그녀가 살아 있어서 정말 다행이다.

아미는 검사를 위해 하루 동안 입원했다가 곧 야마키 장으로 돌아왔다. 그녀의 계약은 2월 말까지인데 그때까지 근무를 한다고 한다. 다행히도 이번 시즌에는 더 이상 스노보드를 타지 않겠다고 했다.

한편, 준지에게 남겨진 이곳에서의 생활은 앞으로 닷새. 계약이 올해 말까지로 12월 마지막 날 저녁 신칸센을 타고 도쿄로 돌아간다. 한 달가량이 지나 조금씩 마음이 통하기 시작한 사람들과 다시 작별하게 된다. 필시 앞으로 그들과 만날 일은 없으리라. 그렇게 생각하니 조금 아쉬운 마음이 들었다.

21

어느덧 12월 30일을 맞아, 구름 위에서의 생활도 오늘을 포함하여 이제 이틀 남았다. 그런데 이날은 아미의 행동이 이상했다. 왠지 모르게 준지를 서먹서먹하게 대한다. 평소에는 쉴 새없이 잡담을 걸어오는데, 오늘은 옆에서 일하면서도 전혀 입을 열려고 하지 않았다. 준지 쪽에서 먼저 말을 붙이면 그래도 대답은 하지만 쌀쌀맞은 투였다. 무슨 일 있느냐고 물어도 보았지만 '딱히 별일 없어요'라며 어색한 미소를 띠며 대답했다.

이상한 것은 아미뿐만이 아니었다. 모바라, 유세이, 미시마도마찬가지로, 이 세 사람은 표나게 준지를 피했다. 미시마는 노골적인 혐오의 시선을 던졌고, 유세이는 '혹시 나, 뭐 잘못한 거있어?'라고 물어도 대답도 없이 대 놓고 무시했다. 준지로서는 뭐가 뭔지 통 알 수 없었다.

"하카마다 군, 잠깐 시간 돼?"

주위에 보는 눈이 없음을 확인하고 주방에서 일하고 있던 그를 폐점 직후의 식당으로 데리고 나왔다. 그만큼은 평소와 다름없이 준지를 대하고 있다.

"실은 어젯밤…."

사정을 이야기를 하고 뭔가 아느냐고 묻자 하카마다는 망설이다 입을 열었다.

어젯밤, 유세이가 각 방을 돌았다고 한다. 하카마다의 방에도 찾아와서는 흥분한 얼굴로 '엄청난 것을 발견해 버렸어요. 이거봐요, 이거'라고 말했다. 유세이의 손에는 스마트폰이 들려 있었는데, '일단 봐 봐요'라는 말에 하카마다는 반 강제로 동영상을 봤다.

거기에는… 그날의 준지가 찍혀 있었다.

준지는 그 자리에 주저앉을 뻔했다. 몸 어딘가에 구멍이 뚫려 그곳으로 피가 전부 흘러 나가 버리는 듯한 느낌이었다.

유세이가 그 동영상을 발견한 것은 분명 우연이었으리라. 그것은 사건 직후 SNS에 확산되었고 유튜브에도 게재되었다. 과거에 딱 한 번 봤는데 정신이 아득해지는 조회 수였다.

"와타나베 씨, 괜찮으십니까?" 하카마다가 걱정스럽게 얼굴을 들여다봤다.

준지는 과호흡에 빠져 있었다. 심장이 쿵쾅쿵쾅 요동친다.

"먼저 돌아가." 가슴에 손을 얹으며 준지는 말했다.

"하지만…."

"부탁이니까 혼자 있게 해 줘."

하카마다는 눈을 내리깔고는 식당을 나갔다.

준지는 털썩 벽에 등을 기대어 미끄러지듯 주저앉았다. 두 손으로 머리를 감싸 쥐었다. 머리카락을 마구 헝클었다.

사고가 제대로 돌아가지 않았다. 뇌 회로가 정지되어 있다. 이윽고 흥분이 가라앉고 두근거림이 잦아들었을 때, 죽어 버리고 싶다. 준지는 진심으로 그리고 조용히 그렇게 생각했다. 그 생각은 늘 마음속에 있었다. 하지만 지금 이 순간만큼 분명하게 죽음을 의식한 적은 없다.

결국, 무엇을 해도, 아무리 발버둥 쳐도 그것이 있는 한 아무것도 되지 않는다.

약 10개월 전, 자신은 늪에 빠졌다. 검게 고인 바닥없는 늪에. 한 번 빠졌다 하면 아무리 몸부림쳐도 헤어날 수 없다. 그렇다면 힘을 빼고 가라앉아 버리면 된다. 머리까지 푹.

싸늘하게 식은 방에서 이불을 머리끝까지 뒤집어쓴 채 몸을 둥글게 말고 있었다. 작은 어둠 속에서 준지는 지금까지의 인생을 주마등처럼 회상하고 있었다.

타인이 보기에는 별 볼 일 없는 것이겠지만 나름대로 굴곡이 있었다. 거기에는 많은 희로애락이 존재했다. 자신밖에 모르는 드라마가 여럿 있었다.

나쁘지 않은 인생이었다고 생각한다. 많은 벗을 만날 수 있었다. 반려자와 자식도 얻었다. 부모님의 임종도 지킬 수 있었다. 마지막의 마지막에 비극이 닥쳤지만 그것은 없었던 걸로 하자. 자서전에 덧붙여 안 쓰면 된다.

그래도 법조계에 종사해 온 인간이니 스스로 목숨을 끊어서는 안 되는지도 모른다. 인간의 도리에 어긋나는 일인지도 모른다. 실제로 준지도 쭉 그렇게 믿어 왔다. 하지만 그것은 잘못된 믿음이 아니었을까. 자살은 신이 인간에게만 주신 특혜가 아닐까. 준지는 신앙심이 깊은 인간이 아니다. 따라서 사후 세계를 상상하는 일도 없다. 죽으면 육체는 흙으로 돌아가고 영혼은 떠난다. 완전한 무가 된다. 그걸로 좋다. 그저 끝내고 싶다. 빨리 현실에서 벗어나고 싶다.

'못된 짓만 일삼아 온 사람에게 당신도 잔소리 듣고 싶지 않겠지만 나는 도저히 그런 행위만큼은 받아들일 수 없다.'

조금 전 모바라와 복도에서 마주쳤을 때 들은 소리다. 네게는 따돌림을 당할 이유가 있다고 말하고 싶었으리라. 준지는 부정하지 않았다. 어차피 믿어 주지 않을 게 뻔하니까.

그 동영상을 보고 대체 누가 준지의 말을 믿어 준단 말인가. 만약 준지가 제삼자였다 하더라도 역시 혐오감을 품고 그 남자에게 다가가길 꺼렸을 것이다. 누가 어떻게 봐도 그건 와타나베 준지가 범인이다.

준지는 슥 눈꺼풀을 내렸다. 더 깊은 어둠으로 인도되었다.

'지금, 만졌죠?'

손목을 잡혀 눈앞에서 욕을 먹었다. 교복 차림의 여고생이 핏발이 선 눈으로 자신을 노려보고 있었다.

무슨 소리를 하는지 준지로서는 이해할 수 없었다.

'다음 역에서 같이 내려요.'

팔을 꽉 붙잡혔다. 주위의 차가운 시선이 자신에게 쏟아지고 있었다. 준지는 해명했으나 여고생은 들으려고 하지 않았다. 도저히 냉정해질 수 없었다. 패닉이었다. 이러한 원죄 사건에 자신이 휘말릴 줄은 꿈에도 몰랐다.

그때 준지는 자신이 변호사임을 완전히 잊고 있었다. 다음 역에 도착하여 문이 열렸다. 여고생에게 팔을 이끌려 강제로 하차했다. 이때 준지는 자신도 믿을 수 없을 만한 행동을 취했다. 정신을 차렸을 때는 여고생을 떠민 뒤였다. 그녀는 나자빠졌고, 준지는 놀란 토끼처럼 역 플랫폼을 달렸다. 그러나 곧 주위에 있던 남자들에게 붙잡혀서 경찰에 신병을 구속당했다.

그 후, 냉정함을 되찾은 준지는 단호하게 죄를 부인했다. 여고생을 떠밀고 도망친 것은 진심으로 사과했지만 입이 찢어져도 만지지 않은 것을 만졌다고 말할 수는 없다. 만약 그렇게 말해 버리면 그길로 자신은 범죄자가 되고 만다. 행동을 돌이켜보면 불리하지만 자신이 인정하지 않는 한 무죄는 확실하다. 소송도 걸 수 없다.

당사자인 여고생도 처음에는 '발뺌하지 마' 하고 소리쳤지만 준지가 정중하게 상황을 설명하자 나중에는 '어쩌면 이 사람이 아닐지도 몰라요'라며 과실을 인정했다.

그러나 문제는 그 부분이 아니었다. 소동의 전말이 일반인의 스마트폰에 녹화된 것이다. 여고생을 떠밀고 도망친 남자는 아무리 봐도 범인이었다. 법적으로는 무죄여도 사회 통념상 유죄였다. 그리고 그게 전부다. 동영상이 무서운 스피드로 확산되고 있음을 알려 준 사람은 아는 변호사였다. 누가 알아냈는지 준지가 변호사라는 사실도 퍼지고 말았다.

대체 이런 불행이 어디에 굴러다닌단 말인가. 게다가 자신이 그에 걸려 넘어질 거라고 누가 상상이나 했겠는가. 청천벽력이란, 지옥이란, 바로 이것이었다.

물론 동영상을 지우기 위해 할 만한 일은 전부 했다. 하지만 그 역시 다람쥐 쳇바퀴 돌리기였다. 삭제를 아무리 해도 동영상은 또다시 올라왔다. 그 속도를 따라잡을 방법이 없었다. 이것을 디지털 타투라고 한다. 한 번 인터넷상에 공개된 것은 영원히 사라지지 않는다.

이제 됐다. 할 수 있는 일은 전부 했다. 이처럼 다시 스타트를 끊으려고 분발해 봤지만 결국 이런 곳에서도 지탄받는 인간으로 전락하고 말았다. 자신의 미래는 완전히 무너졌다. 인생은 파멸했다. 아내와 딸도, 분명 이해해 주리라.

남은 건 언제 어디에서 끝내는가다.

준지는 이불에서 슬그머니 기어 나와 조용히 채비를 시작했다. 방한복을 입고 니트 모자를 썼다. 손난로 몇 개를 손에 들었을 때 웃고 말았다. 이런 것 가져가 봤자 소용없다.

준지는 맨몸으로 야마키 장을 나왔다. 지갑도 스마트폰도 방에 놓아둔 채다. 뼛속 깊이 추위가 사무치는 눈길에서 한 발 한발 걸음을 옮기고 있다. 곧 있으면 10시에 접어들기 때문에 사람의 왕래는 전혀 없다. 바람도 없고, 밤하늘에서는 하늘하늘 가랑눈이 내린다. 일정한 간격으로 늘어선 가로등이 그것을 차디차게 비춘다.

하얀 숨을 토하며 걷고 있자니 기묘한 인생의 조화가 느껴졌다. 자신이 이 눈의 고장에 찾아온 것은 오늘 이렇게 죽기 위해서가 아니었을까. 억지로 꿰어 맞추는 듯도 하지만 운명을 체감하지 않을 수 없었다.

이상하게 평온한 기분이었다. 죽음에 대한 공포는 있지만 삶은 더 무섭다. 단순히 그런 것이리라.

"와타나베 씨."

불현듯 등 뒤에 목소리가 날아들어 준지는 숨을 삼키고 걸음을 멈췄다. 천천히 돌아보니 몇 미터 뒤에 하카마다가 서 있었다. 전혀 눈치채지 못하고 있었다.

"나가시는 모습이 방에서 보였거든요. 이렇게 늦은 밤에 어디 가세요?" 온화한 눈으로 물었다.

준지는 대답하지 못했다.

"몸은 좀 어떠십니까?"

준지는 몸이 안 좋다며 근무 도중 조퇴했던 것이다. 하카마다는 이제 막 일을 마쳤으리라, 근무복 차림이었다. 명백히 밖에 나가는 복장이 아니다.

"덕분에 괜찮아. 이제 좋아져서 산책을 좀 할까 했지. 그게, 내게 스가다이라의 밤은 오늘이 마지막이잖아."

그렇게 받아쳤으나 하카마다의 대답은 없었다.

침묵이 흘렀다. 잠시 후 하카마다가 가운뎃손가락으로 안경을 밀어올리고 다시 입을 열었다.

"어린놈이 죄송합니다만, 그만두시죠."

무엇을, 이라고는 물을 수 없었다.

다시 침묵이 흘렀다. 서로가 하얀 숨을 토하며 가만히 마주 보고 있을 뿐이다.

"…나는 하지 않았어."

준지는 불쑥 말했다. 스스로의 의사가 아니라 입술이 멋대로 움직였다.

하카마다는 입을 다문 채다.

"그것을 누명이라고 하면 하카마다 군, 자네는 믿어 줄 텐가?"

"누명입니까?"

"그래. 나는 하지 않았어."

"그렇다면 저는 믿습니다."

흔쾌한 대답에 준지는 코웃음을 치고 말았다.

"됐어. 무리할 것 없어."

"아니요, 믿습니다."

"관둬."

"믿습니다."

"관두래도. 가볍게 그런 소릴… 집어치워."

준지의 안에서 돌연 격정이 치밀어 올라 단숨에 폭발했다. 왈칵 시야가 번졌다.

"자, 자네가 알아? 내 심정을. 억울하게 뒤집어 쓴 죄로 제재 받는 굴욕을 알아? 지금까지 쌓아 온 것을 한순간에 잃… 이, 이런 불합리한 일이 있을 수 있나? 으흑…, 나는 아무 짓도 하지 않았어. 그런데 왜, 왜….."

준지는 무릎이 꺾여 주저앉았다. 고개를 숙이고 더러운 눈 바닥에 양손을 짚었다. 갈 곳 없는 분노와 슬픔의 눈물이 하염없이 흘렀고 한 방울, 한 방울 눈 위에 떨어져 작은 구덩이를 만들었다. 준지의 통곡이 주위에 울려 퍼진다.

하카마다가 저벅 저벅 눈을 내리밟으며 준지의 눈앞까지 다가왔다. 준지는 천천히 고개를 들었다. 그러자 그곳에는 자신과 똑같이 눈물을 짓고 있는 하카마다의 얼굴이 있었다. 그의 두 눈에서도 역시 눈물이 흘러내리고 있었다.

하카마다는 두 무릎을 살포시 지면에 댔다. 그리고 그대로 준지를 끌어안았다.

"저는 압니다."

그는 귓가에서 속삭였다. 울먹이는 목소리였지만 불가사의한 기백이 있었다.

준지는 힘을 뺀 채 손끝 하나 까딱하지 않았다. 하카마다에게 몸을 맡기고 그가 발하는 온기에 휩싸여 있었다. 보호받는 듯한 느낌이었다. 전혀 힘이 들어가지 않는다. 마음도 그렇다. 스르르 풀려 가는 듯했다. 그의 체온과 숨결에 확실히 안도를 얻고 치유가 되었다. 마치 어린아이가 엄마에게 안겨 있기라도 한 듯.

하카마다는 내 절반도 살지 않은 청년이다. 그는 지금 무슨 생각으로 나를 포옹하고 있는 것일까. 중년 남자의 비극을 알고 감상에 젖어 동정하는 것일까. 준지는 진의를 알 수 없었다. 아는 것은 좀 더 이대로 안아 주기를 자신의 마음이 바라고 있다는 것뿐이다.

설산에 사는 짐승일까, 멀리서 새된 울음소리가 들려왔다. 그런 것이 있을 턱이 없는데도 그렇게 생각하니 모든 현실감이 멀어졌다.

22

업무용 식기세척기에서 삐 소리가 나자 준지는 안에서 재빨리 접시와 컵을 꺼냈다. 적응이란 굉장한 것이다. 지금도 뜨거운 건 변함없지만 견딜 수 있게 되었다. 생각해 보니 최근 일주일간은 접시를 한 장도 깨지 않았다.

도쿄로 돌아가면 가정용 식기세척기를 구입해 보자 싶었다. 필시 아내는 사용한 적이 없을 테니 그 편리함에 놀랄 것이다.

"아미, 거기 있는 행주 좀 집어 줄래?"

아미가 행주를 건넸다. 다만 침묵한 채, 준지의 얼굴을 보려고 하지 않았다. 이제는 별수 없지만 가급적 그녀만큼은 모르길 바랐다. 사이좋은 상태에서 작별하고 싶었다.

준지는 한숨을 쉬고 접시 닦기를 시작했다. 이 주방과도 오늘로 작별이다. 저녁이면 준지는 신칸센으로 도쿄에 돌아간다. 그리고 내일부터 다시 예전 생활이 시작된다.

결과적으로 스가다이라 고원에 오길 잘한 것이리라. 하카마다 이사오라는 인간을 만날 수 있었으니까. 그가 그때 만류하지 않았으면 지금쯤 자신은 인근 설산에서 시체가 되어 있을까. 도중에 겁이 나서 스스로 그만두었을까. 생각해 본들 어쩔 수 없지만, 어젯밤의 자신은 진심으로 죽을 생각이었다.

하긴, 만난 지 얼마 안 된 청년의 만류 하나에 단념했을 정도니 어젯밤 자신의 각오는 대체 뭐였나 싶은 마음도 있다. 하지만 하카마다의 포옹에는 그만큼 설득력이 있었다. 그것은 뭐라 설명할 수 없는 것이다.

그때 자신과 하카마다의 마음은 분명 통했다. 자신의 고통, 분노, 절망을 하카마다는 마음속 깊이 이해해 주는 느낌이 들었다. 아내도 아니고, 카운슬러도 아닌, 그 청년만이.

앞으로도 또 자신은 장벽 앞에서 괴로워하게 되리라. 처한 상황이 달라진 것은 아니다. 기분이 가라앉고 비탄에 잠기면 다시 죽음으로 손을 뻗고 말지도 모른다. 그래도 그럴 때마다 어젯밤 일을 떠올리며 선을 넘는 일이 없도록 하자는 생각을 생각하고 있다. 준지는 지금 확실히 그렇게 생각하고 있다.

작은 창으로 보이는 겔렌데에 눈을 찡그렸다. 한 해의 마지막 날인데 많은 사람으로 북적인다. 그들은 이곳에서 신년을 맞이할 셈이리라.

이제 곧 2020년이 온다. 내년은 좋은 해가 되면 좋겠다. 준지는 진심으로 그렇게 바랐다.

정오가 지나 야마키 장에서의 마지막 일을 마친 준지가 한 달간 신세진 방을 청소하고 있는데 남주인이 찾아왔다.

또 설득하러 왔나 싶어 마음이 무거워졌다. 준지를 대신할 상주 알바가 아직 확보되지 않은 듯, 그때까지 일해 줄 수 없겠느냐고 지난주부터 여러 번 부탁이 있었던 것이다. 하기야 그것은 준지가 애매한 태도를 취했기 때문이리라. 실제로 조금 더 연장해도 좋을지 모른다고 마음 한편으로는 생각하고 있었다. 그러나 그 동영상이 돌아 버린 지금이라면 그 선택지는 없다.

남주인의 용건은 전혀 다른 것이었다.

"네. 그게 무슨 말씀이신지?"

준지는 어안이 벙벙해져 설명을 요구했다.

"그러니까 그게, 없습니다."

남주인이 기어드는 듯한 목소리로 말했다.

지금까지 준지가 일한 몫의 급여가 없다고 한다. 정확하게는, 준비된 현금이 들어 있던 급여 봉투가 사라졌다는 것이다. 사무실에 있는 본인의 책상 서랍 안에 보관되어 있었단다.

"다른 분의 급여는요?"

"다른 분 것은 아직 마련하지 않았습니다. 와타나베 씨는 먼저 이곳을 나가시기에 저희도 일찍 준비해 둔 것입니다."

"서랍의 자물쇠는 잠겨 있었던 거죠?"

"그게 저…."

책상 서랍에는 자물쇠가 있는 듯하지만 이미 몇 년도 더 전에 그 열쇠 자체를 분실한 모양으로 즉 누구나 열 수 있는 상태였다는 것이다.

참 어처구니가 없었다. 허술한 것에도 정도가 있다. 싼 일당이라지만 한 달 동안 거의 쉬지 않고 일했으니 못해도 20만 엔가까이 되었으리라. 그런 거금을 자물쇠도 없이 보관해 두다니. 하물며 최근에 도난 사건이 있었건만.

"그럼, 저더러 어쩌라는 겁니까?"

"물론 돈은 지급하겠지만, 조금 시간을 줄 수 없을까요? 후일 입금하는 것으로 했으면 하는데."

"그렇다면 기한을 정해 주시겠습니까?"

결코 돈을 목적으로 일한 것은 아니지만 그래도 애매한 채로는 곤란하다. 자신은 사는 길을 택했으니까. 으로는 돈이 필요할 것이다.

결국 일주일 안으로 돈을 받기로 약속했다. 또 각서도 작성해 달라고 요구했다. 마지막으로 남주인은 이런 소리를 했다.

"제발 부디 저를 봐서 제 아내에게만큼은 비밀로 해 주십시오."

"그건 상관없는데, 경찰에는 신고하지 않을 겁니까?"

피해액을 생각하면 당장에라도 신고해야 한다. 그러나 남주인은 하지 않겠다고 답했다. 신고하면 당연히 여주인이 알게 되어 그는 무서운 아내에게 과실을 추궁을 받게 된다. 그로서는 그게 무엇보다 싫은 것이리라.

"그리고, 이것을 부탁할 수 있을까요."

남주인이 내민 것은 급여 수령증으로 아내를 속이기 위해서 그곳에 날인해 달라는 것이었다.

역시나 그것은 거절했다. 허위 사인은 할 수 없다.

"그러시겠죠." 남주인은 어깨를 늘어뜨린 채 나갔다.

시간이 조금 지나서 다시 남주인이 방에 찾아왔다. 급여 봉투를 찾은 줄 알았는데 그게 아니라 상주 알바 전원에게 식당에 모여 달라는 것이었다. 어쩌면 벌써 여주인에게 들켜 버렸는지도 모른다. 그런 거냐고 물어보니 그는 초췌한 얼굴로 수긍했다. 수령증에 준지의 사인이 없었기 때문일까.

각자 방에서 쉬고 있던 사람들이 나와 식당으로 향했다. 확실히 모두 있었다. 예전 같았으면 휴식 시간에 아미는 겔렌데로 나가 있었겠지만 그 사건 이후로 그녀는 스노보드를 멀리했다. 그렇게 되면 당연히 유세이도 스노보드를 탈 이유가 없다.

식당에는 얼굴이 시뻘겋게 상기된 여주인이 잔뜩 벼르고 있었다. 준지를 비롯한 알바들은 의자에 주르륵 앉혀졌다. 그 앞에 여주인이 서서 입을 열었다.

"대체 어떻게 된 겁니까?"

그렇게 첫마디를 던진 여주인은 전에도 그랬듯이 다짜고짜 이 가운데 범인이 있다고 단정 짓고 있었다. 그녀는 완전히 이성을 잃은 채였다. 급여 봉투가 발견되지 않으면 여관 측 손실이 된다고, 당연한 사실을 감정적으로 이야기했다.

그러는 동안 모바라의 시선이 힐끔힐끔 미시마 가나에 쪽으로 돌아가는 것을 준지는 시야 끝에서 포착했다. 그의 말에 따르면 근거는 없지만 저번 도난 사건은 그녀의 소행이라고 했다.

"너무해. 왜 이런 식으로 우리만 의심받아야 하죠? 애당초 도둑맞은 건 그쪽 잘못이잖아요."

아미가 불만을 터뜨렸다.

"맞아 맞아." 유세이가 그 뒤를 이었다.

"어쩔 수 없잖아요. 당신들이 가장 정체가 불확실하니까."

역시나 이 발언은 자리에 긴장감을 흐르게 했다.

"어이 잠깐. 지금 발언은 그냥 넘어갈 수 없다."

모바라가 낮은 목소리로 끼어들었다.

"우리 정체가 불확실해? 마 됐다. 내는 지금 당장 여길 나갈란다."

"이 비겁자."

"비겁자라 캤나?" 모바라가 의자를 잡아 넘어뜨리며 세차게 일어섰다.

"아지매, 한 번 더 말해 봐라."

"그야 당신, 켕기는 게 있으니까 도망치고 싶은 거잖아요."

"이 망할 할마시가, 이제 용서 몬 한다. 확 쌔리 패 삘라."

"모바라 씨, 일단 진정하시죠."

준지가 손을 뻗어 제지했다. 그 손을 모바라가 난폭하게 튕겨 냈다.

"나베 씨. 사실은 당신이 훔친 거 아이가?"

갑작스러운 그 말에 준지는 어리둥절했다.

"왜 내가 그런 짓을…."

"당신은 그런 비열한 짓을 하는 남자 아이가."

에는 듯한 통증이 가슴에 일었다.

"무슨 그런… 난 아냐. 나는 아무 짓도 하지 않았어. 그 짓도 나는 하지 않았어."

"와타나베 씨, 그건 무리가 좀 있는데요."

가나에가 멸시하듯 말했다.

"그건 누가 어떻게 봐도 당신이 한 짓인걸요."

"아니야. 하지 않았어."

"그럼 어째서 여자애를 밀치고 도망쳤죠? 정말 안 했다면 당당하게 굴면 좋았을 텐데."

"그건, 그러니까… 패닉이 와서. 하지만 나는 정말 아무 짓도 하지 않았습니다."

"과연 그럴까?" 가나에가 코웃음 쳤다.

"모바라 씨가 말했듯이, 그런 짓을 하는 사람이라면 돈도 훔치겠지."

"당신들, 대체 무슨 소리를 하는 거예요?"

그 후로도 치졸한 언쟁은 이어졌다.

"역시 미시마 씨가 수상해."

무슨 생각을 했는지 유세이가 급작스레 말했고 히스테릭해진 가나에가 대들면서 자리는 점점 혼란스러워졌다.

준지는 준지대로, 이제 도난 사건의 규명보다 자신의 원죄를 주장하는 데 더욱 혈안이 되어 연신 "나는 절대로 하지 않았어"라고 외쳤다.

"이제 됐습니다." 여주인이 제지하듯 말했다.

"경찰에 신고하겠습니다. 당신들 한 사람 한 사람을 철저히 조사할 것입니다."

"아아, 좋다. 형사든 조폭이든 뭐든 오라 캐라."

"도망치기만 해 봐요."

으름장을 놓고 여주인이 성큼성큼 식당에서 나갔다. 몸을 옹송그리고 있던 남주인이 그 뒤를 쫓았다.

준지를 비롯하여 남은 사람들은 입을 다물고 있었다. 히터 소리만 식당에 울려 퍼졌다.

"저기, 저요, 1년쯤 전에 가게에서 좀도둑으로 잡힌 적이 있거든요. 그때 경찰이 왔었는데."

유세이가 누구에게랄 것도 없이 발언했다.

"그래서?" 아미가 대꾸했다.

"경찰에 괜히 의심받거나 하지 않을까요?"

"그렇게 따지면 용의자 1번은 나다. 사건이 나면 우선 전과자에게 시선이 쏠리제."

아미가 놀란 얼굴로 모바라를 바라봤다. 그녀는 몰랐던 것이리라.

이때 시종일관 얌전하게 있던 하카마다가 슥 일어섰다.

"형씨, 어데 가노?"

"화장실 좀. 금방 돌아오겠습니다."

하카마다가 문을 열고 식당을 나갔다. 그 등을 준지는 무심하게 지켜보고 있었다. 그리고 그것이 준지가 본 하카마다의 마지막 모습이 되었다.

이후로 그가 돌아오는 일은 없었다.

23

이윽고 야마키 장에 출동한 제복 경찰의 조사는 실로 간단한 것이었다. 절도범은 모습을 감춘 하카마다라고 누구나가 단정 짓고 있었기 때문이다. 준지는 믿기지 않았다. 그 하카마다가 그런 짓을 하리라고는 도저히 생각할 수 없었다.

"설마 그 형씨였다니. 내 눈도 무뎌졌다는 긴가. 사람은 참 모르겠다."

모바라가 그렇게 말했지만 그래도 역시 준지로서는 받아들일 수 없었다. 설사 하카마다가 훔쳤다 해도 그에 상응하는 이유가 있었을 것이다. 준지는 그가 다시 이곳에 돌아오기를 바라며 지금도 이렇게 야마키 장에 남아 있다.

승차할 예정이었던 신칸센은 캔슬했다. 아내에게는 하루만 더 이곳에 있겠다고 전하면서 쓸쓸한 연말연시를 보내게 해서 미안하다고 사과했다.

범인이 확정되어 논쟁도 흐지부지 끝나고, 여주인에게서도 일단 사과가 있었기에 저녁부터 전원 일로 복귀했다. 마냥 기다린들 별수 없으므로 준지도 일을 하기로 했다. 하지만 마음은 내내 딴 데 가 있었다. 만약 하카마다가 훔쳤다면 그 이유를 듣고 싶었다. 이유 여하에 따라 돈은 그에게 주어도 상관없다.

기계적으로 일을 소화하고 혼자 방으로 향하던 중 복도에서 네 사람, 모바라, 유세이, 아미, 가나에를 맞닥뜨렸다. 뭔가 이야기에 열중한 모습이다.

"어이, 들었나?" 모바라가 커다란 소리로 말했다.

준지는 고개를 갸웃해 보였다.

"형씨가 아니었다. 훔친 사람."

"정말인가요?" 무심결에 준지의 목소리도 커졌다.

"그럼 대체 누가."

"남주인이란다."

"남주인?"

"맞다. 애초에 당신 급여 따위는 마련되어 있지 않았다 카대. 그 아재, 자기가 돈을 써 버린 모양이다. 그러니까 지급할 돈이 수중에 없어가 자작극을 벌였다는 기다. 상황을 설명하는 데 앞뒤가 안 맞으니까, 경찰이 좀 찔러 봤더니 순순히 자백했다 카더라."

즉, 모든 것은 그 남주인의 미친 소리였다는 건가. 어쩐지 이곳에 남아 달라고 집요하게 사정하더라니. 준지는 이곳을 나가는 마지막 날 한꺼번에 급여를 받게 되어 있었으니까. 사람 좋아 보이는 얼굴을 하고, 참 어이없는 남자다.

분노보다도 안도를 느끼는 자신이 있었다. 하카마다는 절도범이 아니었던 것이다. 이렇게 되면 더욱더 까닭을 알 수 없게 된다. 어째서 그는 돌연 행방을 감춘 것일까.

"그런데 그 남주인 양반, 저번 절도 사건은 자기가 아니라고 하잖아요."

"그것도 알수없지. 그런 소리 해 봤자 이제는 아무도 믿어 주지 않는다고."

"애초에 남주인은 왜 그런 짓을 했을까. 결국, 여관 측이 부담해야 하니 늦든 빠르든 자기 쪽에서 돈이 나가는 셈인데."

"언니야. 그런 남자에겐 말이다, 가장 무서운 게 색시인 기라. 마누라에게 돈 빼돌린 걸 들키고 싶지 않았겠제. 오로지 그 마음뿐이었던 기다. 앞으로가 비참하대이, 그 부부."

그런 대화가 오가던 참에 준지가 끼어들었다.

"그럼, 하카마다 군의 행방은요?"

모바라가 어깨를 으쓱해 보였다.

대체 어째서 그는 사라진 걸까. 갑자기 무슨 일이 있었단 말인가.

"아, 경찰차 소리다."

준지가 골머리를 앓고 있는데 아미가 말했다. 귀를 기울이니 과연 멀리서 사이렌이 들려왔다. 서서히 커져 간다. 이곳으로 오는 것일까. 자연히 전원의 시선이 창밖으로 향했다. 그리고 찾아온 그 숫자를 보고 전원이 눈을 의심했다. 경찰차 두 대, 암행 차량으로 보이는 세단 두 대가 바깥 현관 앞에 멈춰 섰고 그 안에서 남자 여러 명이 쏟아져 나온 것이다.

"이 뭐꼬."

유리창에 손을 짚은 모바라가 중얼거렸다.

"남주인 양반, 체포까지 당하는 걸까요."

"빙신아. 그런 건 훈방조취로 땡이다. 그 아재 하나에 이런 호들갑은 안 떤다."

"그럼, 이건 뭔데요."

"모르제." 모바라가 눈을 가늘게 떴다.

"완전히 거물이다."

경찰차의 적색등이 어둠 속에서 위압적인 빛을 발하고 있었다.

24

앞으로 30분이면 일본 곳곳에서 제야의 종이 울려 퍼진다. 그런 것조차 이곳과는 멀리 동떨어진 일처럼 느껴졌다. 왜일까, 이 땅만 마치 세상에서 뒤처진 것 같다는, 격리된 것 같다는 바보 같은 착각에 준지는 빠져 있었다. 현실감이 매우 희박하다. 그것은 준지뿐만이 아니라 모두 비슷할지도 모른다. 경악과 당혹과 동요, 그런 감정을 한바탕 거쳐 지금은 누구나 다 넋을 놓고 있었다.

하카마다 이사오가 가부라기 게이치…. 세간을 뒤흔든 탈옥범이자 사형수인 남자.

경찰이 이 사실을 눈치챈 것은 유세이가 촬영한 동영상 때문이다. 당초 절도 용의자로서 하카마다의 얼굴을 파악할 만한 자료를 제공하도록 요청받은 준지 일행이었으나 이곳에서는 사진을 한 장도 찍지 않아 그런 건 일절 없었다.

준지가 이곳에 온 지 얼마 안 되었을 무렵, 상주 알바가 모여 한창 식사 중일 때 유세이는 스마트폰으로 몰래 동영상을 찍고 있었다. 즉, 도둑 촬영이다. 그것은 아미를 노린 촬영이었으나 우연히 그 안에 하카마다의 모습도 담긴 모양이다. 그 동영상을 제공받은 경찰들도 바로 눈치채지는 못했음에 틀림없다. 그래서 시간이 지나 달려온 것이다. 준지 일행은 당장 조사를 받게 되었다. 그 몇 시간 전에 이루어진 절도 조사 때와는 경찰들의 표정이 확연히 달랐다. 다들 눈을 부릅뜨고서 준지 일행의 말에 귀를 기울였다.

숙박객들도 이 소동을 감지한 모양이지만, 여주인이 경찰에게 '손님에게는 비밀로 해 주십시오'라고 부탁했기에 다들 자세한 사정은 모를 것이다. 당연히 준지 일행에게도 함구령이 내려졌다. 그렇지만 이른 아침에는 일본 전역에 소식이 쫙 퍼지리라.

이미 언론인으로 보이는 사람도 와 있다. 2020년 설날에는 보도 방송이 시청률을 휩쓸 것임에 틀림없다.

지금, 준지를 비롯한 상주 알바들은 식당에서 식탁에 둘러앉아 있다. 누군가가 집합령을 내린 것이 아니라 한 사람, 또 한 사람 자연히 모여든 것이다. 분위기는 무거워서 준지 이외의 사람들은 피폐한 얼굴로 침묵하고 있다. 준지는 스마트폰 화면을 노려본 채 바쁘게 손가락을 움직이고 있었다. 가부라기 게이치가 일으켰다는 사건에 대해 알아보는 것이다.

"왜 눈치채지 못했을까." 불쑥 말을 꺼낸 사람은 유세이였다.

"사실대로 말하면 나, 줄곧 그 사람이 누굴 닮았다고 생각했었는데, 그래도 설마…."

"소 잃고 외양간 고치기다." 모바라가 가로막았다.

다시 침묵이 찾아왔다.

자신들이 눈치채지 못한 것도 무리는 아니다. 세간에 나도는 가부라기 게이치의 사진과 하카마다 이사오의 모습은 전혀 달랐다. 알고 보면 동일 인물임을 알 수 있지만 모르고 보면 눈치챌 수 없다. 특히 준지는 더 그렇다.

최근 일 년간 준지는 철저하게 TV과 잡지, 인터넷을 피해 왔다. 자극적인 정보가 들어오지 않도록 의도적으로 배제한 것이다. 가부라기 게이치가 탈옥하여 세상이 떠들썩해졌을 때도 그랬다. 며칠 전 원죄 사건으로 자기 자신이 터무니없는 상황에 놓였으니까. 그 당시, 전쟁이 시작되든 경제가 파탄 나든 준지에게는 사소한 일처럼 느껴졌으리라.

그런 준지조차 가부라기 게이치가 일으킨 사건과 탈옥극은 왠지 모르게 알고 있었으니, 미디어의 힘이라는 것은 막강하다. 원하지도 않는데 일방적으로 정보를 던지는 것이다. 그러나 지금은 그 정보를 정확하게 알고 싶었다.

"저기, 담배 피워도 돼?"

가나에가 그렇게 말문을 열었고, 아무도 대꾸하지 않았으나 그녀는 멋대로 담배에 불을 붙였다. 숙박객 식당이므로 피워도 될 리 없으나 아무도 타박하려 하지 않았다.

"그 남자, 지금쯤 어디 있으려나."

담배 연기를 피워 올리며 그녀는 중얼거렸다.

당연히 경찰은 엄중 경계 태세를 취하고 검문망을 펼쳤으리라. 그러나 그가 이곳을 떠난 것은 무려 열 시간 전이다. 그 정도 시간이면 일본 전역 어디든지 갈 수 있다.

"나도 한 대 줄 수 있나"

모바라가 가나에에게 요구했고, 그도 불을 붙였다. 연기를 깊이 들이마신 뒤 혼잣말을 했다.

"10년 만이다"

담배꽁초를 빈 캔에 떨구더니 모바라는 혼자 식당을 나갔다. 몇 분 후, 돌아온 그의 손에는 술 한 병이 쥐어 있었다.

"마실끼가?" 물었으나 모두 고개를 흔들었다.

모바라가 컵에 술을 콸콸 따랐다. 그는 단숨에 그것을 들이켜고 다시 컵을 찰랑찰랑 채웠다.

"이런 말 하기는 좀 그렇지만 그 남자, 참 대단하네. 늘 간발의 차로 도망치고. 영원히 안 잡히는 거 아냐?"

가나에가 또 담배에 불을 붙이며 말했다.

"저번에는 맨션에서 뛰어내렸던가요?"

"그래요. 은신하던 여자 집에서 형사와 격투하다 베란다에서 뛰어내려 도망쳤죠. 4층이라고요, 4층."

유세이의 말이 맞았다. 가부라기 게이치는 베란다에서 뛰어내려 아래에 세워져 있던 차의 지붕에 떨어졌다. 그곳에도 한 명의 형사가 대기 중이었으나 가부라기 게이치에 의해 나가떨어졌고, 결과적으로 검거에 실패했다.

"그거 말이다, 현장에 있던 두 형사 가운데 한 놈이 경찰청 관방장의 아들놈이라는 소문이 있다."

"그래요?"

"사실인지 아닌지는 모른다. 하지만 그래 되면 애비고 자슥이고 큰 망신이다. 애비는 경찰의 얼굴로서 매스컴과 국민한테 억수로 규탄받고 있잖나. 아들놈은 애비를 위해서라도 필사적이었겠지만 아주 개망신이 되었을 뿐인 기라."

설사 그렇지 않다 하더라도 경찰 체면이 완전히 구겨졌음에는 틀림없다.

"분명 함께 살던 여자는 아직도 범인을 감싸고 있다지?"

가나에가 탄식을 흘렸다.

"감동적이야. 어쩐지 그 마음을 알 것 같아. 살인자든 뭐든 여자는 자신에게만 다정하면 그만이거든."

"여기서도 그럭저럭 좋은 사람이었죠. 나, 아직 그 사람이 살인귀라는 사실을 믿을 수 없어요."

"그래요? 나는 왠지 기분 나쁜 자식이라고 쭉 생각해 왔는데. 무슨 생각을 하는지 모르겠다고 할까. 웃으면서 사람 찌르는 놈은 그런 타입이라고요."

"유세이, 그런 놈은 세상에 얼마든지 있다. 내 주변에는 순 그런 놈들이었다."

"하지만 그 경우에는 진짜 나쁜 놈이잖아요"

"나쁜 놈이라 캤나. 뭐, 그렇제. 아기까지 해치는 짐승은 잘 없다. 금마는 뼛속까지 미친 기라."

모바라가 코에 주름을 잡고 열변을 토했다.

그렇다, 가부라기 게이치는 피해자 부부의 외아들, 아직 두 살이었던 갓난아이에게까지 손을 댔다.

"그런데 분명 머리가 좋다는 둥의 보도도 있었죠."

"그래 그래. 지능 검사를 했더니 엄청 높은 수치가 나왔다잖아. 그런 두뇌를 왜 나쁜 방향으로 써 버리는 걸까."

"흥." 유세이가 불쾌한 듯 콧방귀를 뀌었다.

"어쨌든 간에 이 세상에 태어나면 안 될 놈이었어요."

"여러분, 잠깐 주목해 주시겠습니까."

참다못해 준지는 말했다. 전원의 시선이 집중된다.

"하카마다 군은… 일부러 그렇게 부르는데, 그는 정말 죄를 저질렀을까요."

모두 하나같이 얼빠진 표정을 지었고, 그 직후 눈살을 찌푸렸다.

"죄라면 그 일가족 참살 말예요? 당연히 그가 했겠죠."

"하지만 세상에는 원죄 사건도 많습니다."

"그게 어쨌는데요."

"나는 영문을 알 수 없는 치한 혐의로 붙잡혔습니다."

"당신 경우에는 어떤지 몰라도 역시 그 남자는 틀림없겠죠. 현장에 경찰이 달려갔을 때 그 남자는 피 칠갑을 하고 서 있었던 모양이잖아. 흉기도 온통 지문투성이였다고 보도되었는걸."

"그렇다 해도 나는 믿을 수 없습니다."

"나베 씨. 당신의 그런 개인적인 감정을 여기서 우리한테 디밀면 곤란하다. 우짜라는 긴대."

모바라가 코웃음을 쳤다.

"당신이 그렇게 생각하는 건 자유다. 다만, 지껄이지 말고 마음속으로 생각해라."

준지는 손바닥으로 힘껏 식탁을 내리쳤다. 그 격한 소리에 전원이 몸을 젖혔다.

"나는 누명을 쓴 거라고 했더니 그는 믿어 줬습니다. '저는 압니다'라고 해 줬습니다."

"그래서 뭐 우짜라꼬. 누명 피해자끼리니까 서로 이해할 수 있단 말이라도 하고 싶은 긴가. 당신 지금 말이다, 얼라 같은 소리를 하고 있다. 느닷없이 지랄하지 마라."

"그는 법정에서, 자신은 죽이지 않았다고 무죄를 주장했습니다."

"하지만 결과적으로 사형 판결을 받았죠. 재심도 이루어지지 않았다고 하고."

"재심은 청구되었습니다. 기각된 모양이지만."

"그니까 그럴 필요는 없다고 판단되었겠제."

"일본의 사법은 지금까지 여러 과오를 범해 왔습니다. 그것도 있어서는 안 되는, 인간의 일생이 걸린 사건에서까지 판결을 그르쳤어요. 그런 과거가 여럿 있습니다."

"봐라, 나베 씨, 진정 해라. 당신 갑자기 우째 된 기가."

"게다가 그 남자, 한 번은 죄를 인정하지 않았나요? 그런데 도중에 무죄를 주장하기 시작한 거 아니에요? 확실하지는 않지만."

"당신도 이제 됐다. 자꾸 얘기 끄내지 마라."

"맞아요." 유세이가 미시마 쪽으로 상체를 기울였다.

"가부라기 게이치는 처음에 정신이상자인 척하며 죄를 회피하려 했지만, 그게 무리임을 알자 돌연 자신은 하지 않았다고 주장하기 시작했어요. 저, 이 사건에 흥미가 있어서 인터넷을 엄청 뒤져 봤거든요."

"게다가 죽지 않고 살아남은 여성이 있었죠. 같이 살던 시어머니였나. 그 사람이 똑똑히 말했다며. 그 남자가 범인이라고."

준지는 아랫입술을 깨물고 시선을 유세이에게 고정했다.

"유세이 군, 만약 자네가 살인범으로 몰린다면 어떡할 건가?"

"네? 무슨 소리예요?"

"어떡할 거냐고 묻잖아."

"당연히 그런 짓 안 했다고 해야죠."

"죄를 인정하면 살려 주겠다. 인정하지 않으면 죽이겠다고 하면 어떻겠어? 그래도 자네는 계속 무죄를 주장할 수 있을까?"

"그야 간단하죠. 저는 협박 따위에 굴하지 않으니까."

"협박이 아니라 정말 그렇게 될 걸 알았다면 어떨 것 같나? 모든 증거는 자네가 범인이라고 말하고 있어. 그래도 정의를 위해 죽을 수 있을까? 부디 상상력을 발휘해 주길 바라네."

"……."

"사람은 나약해. 궁지에 몰리면 그야말로 뭐가 뭔지 알 수 없게 되지. 하물며 체포되었을 때 그는 열여덟 살의 소년이었어. 유세이 군, 지금의 너와 같은 나이야."

"아재, 적당히 해라." 모바라가 윽박질렀다.

"와 우리가 당신 연설을 들어야만 하는데. 지껄이고 싶으면 밖에 나가 설산에 대고 외치고 온나."

"모바라 씨. 당신도 짓지도 않은 죄로 복역을 했다고 했죠."

"이제 당신하고는 얘기 안 할란다."

"실제로 그 일을 경험한 당신이 왜 이해를 못 하는 겁니까."

"봐라, 그것과 이것은 전혀 얘기가 다르지 않나."

모바라가 짜증스레 말했다.

"짭새도 내가 하지 않았다는 건 아주 잘 안다. 하지만 누군가 희생되지 않으면 수습이 안 되는 기라. 건실한 세계와 이쪽은 별개다."

"그 역시 누군가를 감싸고 있을 가능성도 있겠죠."

"그럼 와 무죄를 주장했는데?"

"……."

"거 봐라. 벌써 막혔제. 자, 부질없는 논의 대회는 끝이다."

"저는 여러 가능성 중의 하나로서 말한 것입니다."

"그 모든 가능성을 검증하여 사법이 사형을 언도했겠죠. 영화도 아니고, 역전 무죄 따위는 있을 수 없다니까."

"있을 수 없는 일이 역사에서는 몇 번이고 일어났습니다."

"아 진짜, 이래 말하면 저래 말하고. 당신, 여기 괜안나?"

모바라가 관자놀이를 손가락으로 톡톡 두드렸다.

알고 있다. 자신이 냉정하지 않은 것도 이 대화들이 부질없다는 것도 아주 잘 알고 있다. 그래도 준지는 호소하지 않을 수 없었다. 도저히 인정하고 싶지 않은 것이다. 그가 살인을 저질렀다고 절대 인정하고 싶지 않은 것이다.

"미시마 씨, 전에 숙박객의 지갑이 없어졌을 때, 당신은 방에서 한 발짝도 밖에 나오지 않았다고 했죠."

"뭐예요, 갑자기."

"나는 휴식 시간에 당신의 모습을 복도에서 보았습니다. 그리고 하카마다 군도 당신을 관내에서 목격했다고 말했습니다."

"그래서 뭔데. 내가 범인이라고 말하고 싶은 거야?"

"나는 당신을 의심했습니다. 그러나 그는 아니었어요. 의심만으로는 벌을 줄 수 없다며 그는 나를 타일렀습니다."

"그래서?"

"그는 그런 식으로 생각하는 인간입니다. 그런 그가 사람을 해칠까요?"

"하지만 해쳤잖아. 당신 아까부터 계속 무슨 소리를 하는 거예요." 한숨과 함께 미시마는 담배 연기를 내뿜는다.

"애초에 말야, 우리도 그 남자를 안 지 아직 한 달 남짓밖에 되지 않았잖아. 그런 짧은 시간에 인간성 따위는 모르는 거지."

"압니다. 나는."

"아아, 그래? 훌륭하셔라."

"인간은 알고 지낸 기간으로 헤아릴 수 없습니다."

"아아, 더는 안 되겠어. 포기. 나, 이 사람과 얘기하고 있으면 머리가 이상해질 것 같아." 미시마가 일어섰다.

"와타나베 씨, 모두 당신 말대로야. 당신은 치한 짓을 하지 않았고, 그 남자는 살인을 저지르지 않았으며 지갑은 내가 훔쳤어요. 이제 만족하겠죠."

그 말을 남기고 미시마는 식당을 나갔다.

"우리도 갈까." 모바라가 유세이를 향해 턱짓했다.

"당신은 시답잖은 변호사 놀이를 하면 될 끼다. 혼자 말이다."

모바라도 술병을 들고 일어나 출입구로 향했다. 유세이는 남겨진 아미 쪽을 바라보며 망설였으나 곧 모바라의 뒤를 쫓았다.

순간 정적이 찾아왔다. 아미는 내내 눈을 떨군 채 시선을 피하고 있다. 준지는 어깨로 숨을 쉬고 있었다. 흥분이 좀처럼 가라앉지 않았다.

"와타나베 씨, 죄송해요."

아미가 불쑥 말했다.

"나, 그 동영상을 보고 멋대로 혐오감을 품어 버렸어요…. 하지만, 와타나베 씨가 하지 않았다고 한다면 나는 와타나베 씨를 믿겠어요."

눈을 바라보며 그렇게 말했다.

준지는 깊숙이 고개를 끄덕였다.

"고마워."

"단…." 아미가 다시 고개를 떨궜다.

"역시 하카마다 군은…." 그다음 말은 이어지지 않았다.

준지는 아미를 향해 상체를 내밀었다.

"아미. 네가 조난당했을 때 맨 처음 경찰에 구조를 요청하자고 말한 건 하카마다 군이야."

"네?"

"그가 왜 그랬을 것 같아?"

"그건…."

"자기보다 네 목숨을 우선한 거야."

"……."

"나는 그를 믿어. 네가 나를 믿어 주겠다고 했듯이."

그로부터 5분쯤 지났을까, 아미가 자리에서 일어나 천천히 창가로 다가갔다. 그 상태로 밖의 어둠을 바라보고 있었다.

준지는 다시금 스마트폰으로 가부라기 게이치에 대해 알아보고 있다.

"3년 전, 아버지가 사라져 버렸어요."

아미가 불쑥 말했다. 준지는 손을 멈추고 아미의 등에 시선을 보냈다.

"사업에 실패하여 파산하고. 그 후로 줄곧 집에 틀어박혀 있었죠. 나, 그런 아버지를 보고 있기가 너무 괴로워서 한 번은 아주 크게 싸웠는데, 그때 심한 말을 했어요. 그랬더니 그날로 아버지는 집에 들어오지 않게 되었죠."

메마른 어조로 더듬더듬 이야기한다.

"틀림없이 이미 죽었을 거라고 생각해요. 그런 사람이니까. 자존심이 강해서 남 밑에서 일한다는 건 절대 불가능하죠. 비참함을 느끼면서까지 살아 있고 싶지 않다, 그런 말도 자주 했어요. 하지만…."

순간 아미가 돌아서서 준지를 봤다.

"혹시 와타나베 씨처럼 이렇게, 어디선가 아버지도 일하고 있으려나 싶어서… 왠지, 죄송해요. 멋대로 동일시해서."

준지는 작게 고개를 좌우로 흔들었다.

아미는 다시 돌아서서 창 너머를 봤다.

"지금도 어디선가 살아 있어 주면 좋으련만."

이때 구석에 놓인 낡은 시계가 댕—, 댕— 하고 낮은 소리로 울렸다. 넓은 식당 구석구석까지 울려 퍼진다.

지금, 묵은해가 가고 새해를 맞은 것이다.

"해가 바뀌었네요."

"그렇구나."

누구의 입에서도 새해 복 많이 받으라는 말은 나오지 않았다. 두 사람은 언제까지나 시계 가락에 귀를 기울이고 있었다.

5장

탈옥 365일째

25

예상보다 시곗바늘이 10분이나 더 돌아가 있어 곤노 세쓰에
는 황급히 나갈 채비를 했다. 빗으로 머리를 빗은 뒤 파운데이
션을 찍어 바르고 눈썹을 그렸다. 오늘 화장은 이것뿐이다. 가
스 불을 확인하고 문단속을 한 뒤 마지막으로 다다미방을 들여
다봤다.

"그럼 아버님, 다녀오겠습니다. 저녁에는 들어올 거예요."

침대 위의 아버님은 고개만 이쪽으로 틀어 "오야" 하고 목소
리를 쥐어짰다.

집을 나와서 덴도시 번호판이 달린 다이하쓰 미라에 올라탔
다. 세쓰에가 향할 곳은 마을 변두리에 있는 미노리 제과 빵 공
장이다. 그곳이 그녀의 근무지로 자택에서는 차로 15분 걸리는
곳에 있다.

한 달 후면 아름답게 흐드러질 벚나무 가로수 길을 조금 속
도를 내어 달렸다. 책가방을 등에 멘 초등학생 무리를 눈 깜짝

할 사이에 앞질러 간다.

〈—사형수 가부라기 게이치가 탈옥한 지 오늘로 만 1년. 용의자는 아직 도망 중인데요, 그 행방은 여전히….〉

차 안에 라디오 뉴스가 작게 흐르고 있다. 그러나 오른쪽 귀에서 왼쪽 귀로 흘러 나갈 뿐 세쓰에의 머리에는 들어오지 않는다. 목적지인 공장이 멀리 보이기 시작했을 무렵 신호에 걸렸다.

"아이참."

무심코 중얼거렸다. 1분이라도 늦으면 타임카드상에는 10분 늦은 것으로 처리된다.

세쓰에가 손가락으로 톡톡 핸들을 두드리는데 옆 차선에 낯익은 경자동차가 멈춰 섰다. 동료 파트타이머인 오쿠보 노부요였다.

세쓰에는 조수석, 노부요는 운전석 창문을 동시에 내렸다.

"안녕. 멍하니 있다가 출근이 늦어져 버렸어."

세쓰에가 말을 건네자.

"나는 늦잠. 그만 다시 잠들어 버렸지 뭐여."

노부요가 쓴웃음을 섞어 말했다.

그런데도 노부요의 얼굴은 명백히 수면 부족이었다. 세쓰에보다 한 살 연상으로 쉰여섯 살인 노부요는 다른 식품 공장에서도 주 2회 일하고 있다. 그쪽은 야근인 모양이라 생활 리듬이 깨졌는지 그녀는 늘 하품만 한다.

"어떨까. 늦지 않을까?"

"늦지 않게 와."

그렇게 말하며 웃은 노부요는 신호가 파란불로 바뀜과 동시에 쌩하니 달려 나갔다. 세쓰에의 미라도 뒤를 따르지만 그 출발은 완만했다. 서 있는 상태에서 액셀을 세게 밟으면 휘발유가 확 닳는다는 말을 들은 적이 있다. 정말인지 아닌지는 몰라도 세쓰에는 신중히 출발하도록 신경을 쓰고 있었다. 이 L700형 미라를 산 것은 15년 전으로, 주행거리는 14만 킬로미터에 달한다.

공장 부지에 진입하여 뒤편 주차장에 차를 세우고 잔달음질쳐 건물 안으로 들어갔다.

탈의실에는 먼저 도착한 노부요가 있었다. 이미 흰 작업복으로 갈아입고 있다. 세쓰에도 작업복을 입고 머리카락을 캡 안에 밀어 넣은 뒤 마스크를 썼다. 비누와 알코올로 꼼꼼히 손을 씻고 장갑을 착용한 다음 작업장으로 향했다. 도중에 설치되어 있는 살균 장치에서 에어샤워를 전신에 뒤집어쓰고 작업장으로 발을 들이니 이미 동료들이 한곳에 모여 있었다. 그 숫자는 모두 마흔 명.

"그럼 점호하겠습니다."

사원이자 감독인 후루세가 손을 뒤로 깍지 끼고 말했다. 다행이다. 늦지 않은 것이다.

한 명씩 차례차례 이름이 불린다. 세쓰에도 불려 "네"라고 대답했다.

"으음, 전달사항으로는, 오늘도 파견 직원이 몇 분 오셨습니다. 그중에는 처음인 분도 계시니 파트타이머 여러분은 작업 방법을 가르쳐 주십시오. 또, 오늘부로 신상품인 레이즌 버터빵이 들어왔습니다. 이에 관해서는 제가 직접 제조법을 전달하겠습니다. 그리고 마지막으로 케이크반 여러분, 딸기의 선별 기준을 좀 더 엄격히 적용해 주세요. 모양이 좋지 않은 쇼트케이크는 팔리지 않습니다. 출하지에서 본사 쪽으로 클레임이 몇 건 들어온 모양이니 주의 바랍니다. 그럼 오늘 하루도 힘냅시다."

각자 맡은 자리로 흩어진다.

마음을 비우고 마냥 손을 놀리다 보면 문득 자신이 로봇이라도 된 듯한 기분이 든다. 컨베이어 벨트를 타고 온 쇼트케이크 위에 딸기를 얹는다. 이것을 몇 시간씩 반복할 뿐이다. 가끔 집중력이 끊겨 케이크를 무너뜨릴 때도 있는데, 그런 것은 즉각 쓰레기통행이 된다. 처음에는 아까워서 마음이 아팠지만 이내 아무것도 느끼지 않게 되었다. 세쓰에가 이 공장에서 일을 시작한 것은 벌써 3년 전이다. 파트타이머 중에서는 베테랑으로 분류된다.

"그렇게 되면 인제, 우리는 이거여."

노부요가 손바닥으로 목을 긋고 이어서 멜론빵을 한입 크게 베어 물었다.

식당에서 테이블에 둘러앉아 있는 것은 세쓰에와 노부요, 그리고 사사하라 히로코다. 히로코는 1년쯤 전에 들어온 쉰 살의 여자로, 세쓰에, 노부요와 마음이 맞는 듯 이렇게 같이 점심을 먹는 사이가 되었다.

참고로 식당에서는 망한 빵을 실컷 먹을 수 있다. 망한 빵이란 그 이름대로 뭔가 결함이 있어 출하할 수 없게 된 빵으로, 여기서는 다들 그것을 점심으로 먹었다. 간혹 도시락을 지참하는 사람도 있으나 그것만으로도 다른 사람에게 '부르주아 씨'라는 뒷말을 듣는다.

"하지만 지금도 일손이 충분치 않을 정도인걸. 모가지까지는 아니지 않을까?"

세쓰에가 말했다.

"지금은 그렇지. 하지만 내년에는 또 몰러."

노부요의 말로는 빠른 시일 내에 공장에 신 기계가 들어온다는 것이었다. 그렇게 되면 지금껏 사람 손으로 이루어지던 작업이 불필요해져 작업원이 쓸모없어진다. 이미 새로운 기계를 도입한 다른 공장에서는 성과가 올라 대폭적인 인건비 삭감이 기대되는 모양이다.

"만약 그렇게 되면 곤란한데."

히로코가 심각한 얼굴로 말했다.

"일할 곳이 사라지는 것도 그렇지만 우리 집은 식구가 많아서 망한 빵 덕을 꽤 보고 있거든."

"우리 집도 마찬가지야"

"이곳에서 일한 뒤로 빵은 한 번도 산 적이 없어."

망한 빵을 집에 가져가는 것은 자유였다. 실은 일인당 3개까지로 정해져 있으나 지키는 사람은 없다. 빵 입장에서도 버려지기보다 먹히는 편이 더 행복할 게 틀림없다.

"아, 후루세 씨다." 노부요가 일어서서 말했다.

"이봐, 잠깐 와 봐."

노부요에게 불린 후루세가 다가왔다. 노부요가 옆 의자를 빼어 팡팡 치며 앉으라고 재촉했다.

"이봐, 이곳에도 새로운 기계를 들인다고 들었는데, 진짜 겨?"

단도직입적으로 노부요가 묻자 후루세가 눈을 동그랗게 떴다.

"잘 아시네요. 역시 오쿠보 씨야."

"그럼, 진짜야?"

"네. 아직 한참 나중의 일이라고 생각하지만."

"나중이라니 언제 말여?"

"아니, 저 같은 평사원은 정확한 시기는 잘 모르죠."

"그럼 만약 그렇게 되면 우린 모가지인 겨?"

후루세가 웃는다. "설마. 오히려 사람을 더 소개해 줬으면 싶을 정도인 걸요. 그럼 전 이만."

그렇게 말하고 후루세는 일어나 도망치듯 떠났다.

"수상한데." 노부요가 그 등을 게슴츠레 보며 중얼거렸다.

"저 남자가 하는 말은 믿을 수가 없잖여."

서른아홉 살의 후루세는 지금까지 세 번쯤 무단결근한 과거가 있어 파트타이머들의 신뢰를 잃었다. 그럼에도 파트타이머들의 지각과 결근에 잔소리를 하므로 반감을 사고 있다. 그러나 후루세에게는 동정이 가는 부분도 있다. 파트타이머를 관리하는 것이 그의 일로, 회사로부터 엄격히 단속하라고 명령을 받았으리라. 애당초 그가 무단결근한 것도 파트타이머들의 불평에 끝없이 시달리거나 파트타이머 간의 시시한 언쟁에 휘말리느라 녹초가 되어 정신이 병들었기 때문임에 틀림없다. 샌드위치 신세인 중간 관리직은 고생이 많다.

"하아, 싫다 싫어. 가까운 미래에 인간은 로봇님께 밀려날 거여."

노부요는 그렇게 한탄하며 빵을 베어 물고 우유로 삼켰다.

부엌에서 저녁 준비를 하고 있자니 남편 히로시가 귀가했다. 남편은 이 지역 부동산 회사에 지점장으로 있는데 최근 몇 년간은 퇴근이 몹시 빠르다. 한번은 이유를 물었더니 '남편이 빨리 들어오면 안 뎌?' 라고 벼락이 떨어졌기에 그 후로는 묻지 않는다. 어차피 한가한 모양이라고 예상하고 있다. 급여는 계속 내려갔고 작년에는 보너스조차 나오지 않았다.

현재 일본 전국에는 무려 850만 채의 빈집이 있다고 들었다. 소유자인 부모가 죽으면 자식이 상속받아 그곳에 산다는 것이 당연했던 시기가 있었지만 지금은 고향을 저버리는 사람들로 인해 결과적으로 방치되고 말았기 때문이라고 한다. 인구가 감소하여 세입자도 없을뿐더러 골치 아프게도 집을 해체하여 공터로 만들면 고정자산세 문제가 발생하여 그 부담액이 무려 여섯 배에 이른다고 하니 상속받고 싶지 않다는 자식이 많은 것도 당연하다. 어쨌든 부동산 업계의 미래는 결코 밝지 않다.

"아버님께 말씀드렸어?"

맞은편에 있는 남편에게 세쓰에가 목소리를 낮추어 운을 떼자 "아직"이라고, 남편이 발포주(맥아의 비율을 기존의 70%에서 10% 미만으로 줄여 만든 유사 맥주)를 들이켜며 대답했다.

"빨리 움직이지 않으면 그곳도 마감될지 모르고, 그렇게 되면 또 처음부터 찾아야…."

"그거 말인데, 역시 우리가 모시지 그래."

"……."

세쓰에는 젓가락을 집어던지고 싶은 충동에 사로잡혔다. 지금까지 수차례 의논하여 시아버지를 특별양호 노인홈에 모시기로 얘기를 마쳐 두었는데. 그 때문에 지난주에는 일을 쉬고 둘이서 시설에 답사도 갔는데.

"나 말여, 그곳을 보니 솔직히 기분이 울적하더라. 좁은 곳에 거동 불편한 노인이 여럿 누워서 말여, 그건 완전히 야전 병원이여. 그 안에 부모를 집어넣는다고 생각하니 그런 불효도 없더라고."

"하지만 아버님도 거동이 불편하시니 어쩔 수 없잖아."

"그래도 말여, 아버지가 불쌍하잖여."

무슨 염치로 말하는 건가 싶었다. 히로시는 세쓰에에게 아버님 간병을 떠넘기고 스스로는 전혀 돌보려고 하지 않기 때문이다. 식사도 그렇고, 기저귀는 한 번도 간 적이 없다. 그에 대한 히로시의 변명은 '아버지도 자식이 해 주길 원치 않을 거여'다.

"게다가 말여." 남편은 순간 상체를 내밀었다.

"분명 아버지도 얼마 안 남았을 겨. 그러니 우리도 조금만 더

참자고.”

참는 건 당신이 아니라 나야. 이 말을 할 수 있으면 얼마나 편할까. 하지만 지금까지 그런 부부 관계를 쌓아 오지 않았다. 순종적인 아내를 30년이나 연기해 왔으므로 이것이 스탠더드가 되고 말았다.

“그런데 니, 이번 주말도 그 이상한 모임에 얼굴 내미는 겨?”

남편이 험악한 얼굴로 화제를 돌렸다.

“이상한 모임 아니야. 구심회야.”

“뭐든 좋은데, 입회는 용서 못 혀.”

“입회할 마음 같은 건 없다니까. 노부요 씨 따라가는 거야.”

남편이 콧방귀를 뀌었다.

“그런 종교는 정상이 아녀.”

반론하고 싶은 마음이 치밀어 올랐다. 아무것도 모르는 주제에.

지지난주 일요일, 세쓰에와 히로코는 노부요의 꼬드김에 넘어가 구심회(救心會)라는 신흥종교의 설교회에 처음으로 참석했다. 노부요는 이미 수년 전 입회한 듯 ‘한번 나와 보라니까. 시야가 확 트일 거여’라며 집요하게 꼬드겼다. 세쓰에도 히로코도 썩 내키지는 않았으나 차마 거절할 수 없어서 고개를 끄덕였다.

결과적으로 시야가 확 트이지는 않았지만 생각보다 훨씬 자유롭고 즐거운 회합이었다. 교주는 자리에 없었으나 그 대리인 선생님의 말씀은 무척 유익했고, 또 이따금 유머를 섞어 가며 재치 있게 이야기하는 통에 교회 설교처럼 졸리지도 않아 정신을 차려 보니 어느새 끝나 있었다. 함께 참석했던 히로코로 말할 것 같으면, 세쓰에 이상으로 감명을 받은 듯 노부요에게 입회에 대해 구체적인 질문을 몇 가지 던졌다.

그리고 이번 주말에도 역시 구심회 설교회가 같은 장소에서 열린다고 노부요에게 들었다. 첫 번째는 무료였으나 두 번째는 참석비로 5백 엔이 든다고. 가난하지만 그 정도라면 내도 좋다.

결국 아버님 거처 얘기는 흐지부지된 채 남편은 먼저 잠자리에 들었다. 남편은 집에 들어온 뒤로 한 번도 아버님에게 얼굴을 보이지 않았다. 어째서 이 집에 시집와 버렸을까. 젊었던 자신은 큰 결단을 그르쳤다.

설교회에는 노부요의 차에 동승하여 가게 되었다. 집회장까지 차로 한 시간쯤 걸리므로 노부요에게 기름값으로 3백 엔을 징수당했지만 각자 가는 것보다 싸게 먹힌다.

"교주님을 만날 수 있는 건 회원뿐이여. 그조차 실제로 뵐 수 있는 건 일 년에 한두 번일 거여."

운전석에서 핸들을 잡고 있는 노부요가 말했다.

"교주 님은 역시 대단한 분인가요?" 뒷좌석의 히로코가 물었다.

"그야 그렇지. 처음 봤을 때는 절로 눈물이 복받치대. 우리랑은 같은 인간 같지가 않더라고."

호오, 하고 히로코와 함께 감탄사를 흘렸다. 그러나 반은 연기다. 노부요는 뭐든 부풀려 말하는 버릇이 있다.

애당초 구심회라는 것은 불교를 바르게 알리고자 7년 전 창

립된 신흥종교로, 창시자인 교주는 어느 날 수행 중에 신의 계시를 받아 깨달음을 얻기에 이르렀다고 한다. 속세의 고뇌, 번뇌를 외면하는 것이 아니라 정면으로 마주하고 선을 그어야 비로소 해탈을 체득할 수 있다고 한다. 선을 긋는다는 것은 간단히 말하자면 용서를 뜻한다. 포기하는 것이 아니라, 용서한다. 속인인 세쓰에로서는 잘 이해가 되지 않았다. 다만, 교주 대리 선생님의 이야기가 매력적이기에 이렇게 왔을 뿐이다. 노부요의 말로는 '처음에는 그걸로 충분혀'라고 한다.

차는 이윽고 깊은 숲을 횡단하는 도로에 접어들어 유명한 골프장을 지났다. 조수석의 세쓰에는 사이드 미러를 봤다. 50미터가량 후방에 오토바이의 모습은 아직 있었다. 이 오토바이는 수십 분 전에 발견했는데 내내 이쪽과 같은 경로를 달리고 있다. 풀페이스 헬멧을 썼는데 행색으로 보아 젊은 남자이리라.

"저 오토바이, 아직도 뒤에 있네." 세쓰에가 말했다.

"아, 참말이네. 어쩌면 구심회 회원일지도 몰라."

"남자 회원도 있어?"

"그야 있지. 수는 적지만서도."

이윽고 산기슭까지 가니 구심회 건물이 불쑥 나타났다. 겉보기에는 낡은 마을 회관 같은 모양새다. 하기야 구심회가 세운 건물이 아니라 전부터 이곳에 있던 건물을 그대로 사용 중인 모양이다. 그 전에 뭐였는지는 세쓰에도 모른다. 덧붙이자면 이곳은 지부로, 본부는 도쿄의 아키루노시라는 곳에 있다고 한다. 구심회는 전국 각지에 지부가 있고 그 신도 수는 현재 3만 명에 달한다고 했다.

부지 내 주차장이 꽉 찼으니 공터에 주차하라는 관계자의 안내가 있었다. 그러나 그 공터에도 차가 빼곡히 들어차 있어 빈 공간을 찾느라 몇 번을 빙빙 돌았다.

겨우 주차를 하고 셋이서 건물 안에 들어가 큰 다다미방으로 발을 들이니 그곳은 먼젓번보다 많은 사람으로 북적이고 있었다. 다 합해서 백 명은 될지도 모른다. 그 대부분이 자신들처럼 중장년층 여성으로, 남성은 손에 꼽을 만큼밖에 없다.

셋이서 앉을 자리를 확보하여 방석을 깔고 앉았다. 모두들 곳곳에서 재잘재잘 수다를 떨고 있다. 노부요에게도 많은 사람들이 말을 걸어왔다. 회원끼리 사이가 좋은 모양이다.

이윽고 교주 대리 오네 선생님이 모습을 드러내자 바로 소란이 멎고 엄숙한 분위기로 바뀌었다. 학교의 아침 학급회의 시간 같다.

오네 선생님은 먼젓번과 마찬가지로 눈이 따갑도록 쨍한 형광 노란색 법의를 입고 있었다. 예순 전후에 비만 체형이므로 처음에는 무슨 마스코트 같아서 우스꽝스러워 보였지만, 두 번째가 되니 어쩐지 성스럽게 비치니 이상한 노릇이다.

"여러분, 잘 오셨습니다."

굵직한 목소리가 방 구석구석까지 울려 퍼졌다. 오네 선생님은 타고난 목소리가 크고 말투가 빠른 것이 특징이다.

"어라, 마스크를 한 사람이 많군요. 뭐, 꽃가루가 심한 시기니까 어쩔 수 없지. 참고로 나는 꽃가루에 강합니다. 왜냐하면 눈이 가늘고 코가 납작하거든. 꽃가루도 침입할 수 없겠죠.”

와르르 웃음이 터져 나왔다. 확실히 오네 선생님의 용모는 빈말로도 단정하다고는 할 수 없다. 얼굴이 납작한 여우 같은 인상이다.

이후로도 오네 선생님은 몇몇 자학과 시사를 화제 삼아 웃음을 유발하여 자리의 분위기를 풀었다. 마치 만담을 듣는 듯한 느낌이 들기 시작했다.

“자, 이렇게 농담만 하고 있으면 교주님께 야단맞으니까. 슬슬 진지한 이야기를 하죠. 그럼 먼저… 자, 나와 눈이 마주친 사토 씨.”

오네 선생님의 지명에 사토라는 수수한 30대 여성이 슥 일어나 자신의 고민을 적나라하게 털어놓았다. 먼젓번에도 그랬지만, 이처럼 회원들의 일상 고민을 다 함께 듣고 나면 그에 대하여 오네 선생님이 조언하는 형태로 설교회는 진행된다.

사토의 고백은 전혀 남 일 같지 않았다. 그녀의 시어머니는 성격이 고약하여 밥, 청소, 빨래 등 온갖 집안일로 잔소리를 퍼붓지 않으면 직성이 풀리지 않는 것 같다고 한다. 남편은 그런 어머님 편이고, 자식도 어리광을 받아 주는 할머니를 따르기 때문에 사토는 고독과 허무를 느끼는 나날을 보내고 있다고 울며 이야기했다.

세쓰에는 저절로 맞장구를 치고 있었다. 자신도 시어머니에게 모진 시집살이를 당한 것이다. 과거 남편의 바람이 발각된 적이 있었는데 그때도 모두 아내 책임이라고 혼이 났다. 그 시어머니가 병으로 세상을 떠났을 때 세쓰에는 마음속으로 환호성을 질렀다.

"이해하네."

오네 선생님이 숙연한 얼굴로 그 말을 입에 올렸다. 어떤 고민거리에든 오네 선생님의 첫마디는 '이해하네'다.

조언은 구심회의 가르침대로 용서하라는 것이었다. 분노나 증오를 품는 것이 아니라 도리어 용서해 버림으로써 마음의 구원받는다고 오네 선생님은 설교했다.

"물론 간단한 일이 아냐. 사토 씨뿐만 아니라 여러분은 아직 수행을 쌓는 단계니까…. 그러나 사토 씨, 잊으면 안 되는 게 당신은 결코 혼자가 아니라는 점일세. 집에 아무리 괴로운 일이 있어도 여기가 당신 마음의 집이야. 알았나?"

"네. 고맙습니다."

그 후로도 여러 명의 고백이 있었다. 고민은 가지각색일지라도 어떤 사람이나 일관되게 품고 있는 고민은 가계가 궁핍하다는 것이다. 광열비조차 낼 수 없는 사람도 있었다. 적어도 세쓰에의 집은 그렇게까지 쪼들리지 않지만 그래도 가난한 것은 매한가지다. 저금도 10년 전부터 전혀 늘지 않고 있다.

"이어서… 그럼 오쿠보 씨."

노부요가 지명을 받았다.

노부요 역시 경제적 곤궁을 호소했다. 노후를 어떻게 헤쳐 나가면 좋을지, 먼 훗날을 생각하면 가슴이 답답해진다면서 평소 세쓰에나 히로코에게 보이지 않던 나약한 얼굴로 토로했다. 지금 있는 공장도 새로운 기계가 도입되면 잘릴지 모른다는 말까지 했다.

"이해하네"라고 크게 수긍하는 오네 선생님.

"좀 거창한 이야기를 하자면 말야, 과학의 발달과 기계의 발전은 일취월장하여 우리네 생활의 편리함은 가속 일로를 걷고 있지. 만약 멈춰 서면 세계에서 뒤쳐져 낙오되고 말 거야. 따라서 어느 나라든 앞다퉈 새로운 것을 만들고 들여오려 하지. 보다 편리한 삶을 바라고 말야."

오네 선생님은 천천히 물 흐르듯 이동하며 이야기한다.

"그런데 말야, 아무리 편리해진들 그것과 풍족함이 비례하는가 하면 그렇지는 않거든. 여기서 말하는 풍족함이란 마음 쪽을 말하는 거야. 눈을 크게 뜨고 세상을 보게. 처참한 사건이 여럿 일어나고 있지 않은가. 세계 곳곳에서 지금도 분쟁이 일어나고 있지. 이토록 풍족하고 편리한 세상에 참 이상한 일이지. 결국 말야, 참된 풍족함과 행복 같은 건 경제를 토대로 생각하면 언제까지고 손에 넣을 수 없는 거야. 그와는 다른 차원에서 생각할 수 있는 사람만이 행복해질 수 있지. 그것이 늘 말하는 해탈한다는 거네만."

주위를 둘러보니 새까만 군중이 물결처럼 움직이고 있다. 모두 고개를 끄덕이는 것이다.

"또 이것도 늘 하는 말이지만, 나는 돈 따위 필요 없어. 난 말야, 지금까지 비교적 유복한 삶을 살아왔지만, 교주님께 계시를 받았을 때 가능한 모든 재산을 구심회에 바쳤네. 그 후의 삶은 가난해졌지만 덕분에 평온한 매일을 보내고 있어. 이렇게 당신들과도 이어질 수 있었지. 나는 모든 면에 있어서 교주님에 비하면 한참 멀어서 그 발치에도 못 미치지만 이렇게 해탈을 터득할 수 있었네…. 자, 오쿠보 씨. 번뇌를 버리시게. 사치를 바라는 마음을 끊어 내시게."

"선생님. 저, 결코 사치 따위는 바라지…."

"물만 있으면 돼. 막말로 그런 것이네." 딱 잘라 말했다.

"일본에 사는 한 아사할 일은 절대 없어. 최소한의 생활 속에서 작디작은 덕을 쌓으시게. 이윽고 그것이 당신 마음의 버팀목이 될 테니. 알겠습니까?"

"네. 잘 알겠습니다."

"자, 이것으로 당신도 한 걸음 해탈에 다가섰네."

설교회가 끝나 출구로 향하니 긴 줄이 생겨 있었다. 오네 선생님이 한 사람 한 사람과 악수를 나누며 배웅하고 있는 것이다.

"어떡하지. 나, 이번에는 살까?"

순서를 기다리며 히로코가 고민스레 말했다. 그녀가 사려는 것은 구심회 염주다. 먼젓번에도 판매되고 있었으나 세쓰에도 히로코도 사지 않았다.

"하지만 사고 나면 입회하게 되는 거 아냐?"

"응. 입회, 생각해 볼까 싶어서."

"어머, 히로코 씨. 기뻐라."

노부요가 가슴 앞에서 손을 모았다. 그녀의 손목에는 당연히 염주가 있다.

"아, 하지만 아직 결정한 게 아니라서…."

"세쓰에 씨는?"

노부요가 무시하고 세쓰에에게 화살을 돌렸다.

"나도 아직 좀."

"어째서?"

"남편이 입회만큼은 안 된다고 못을 박았거든."

노부요가 콧구멍을 부풀려 그곳으로 훅 콧숨을 내쉬었다.

"저기 말여, 세쓰에 씨. 세쓰에 씨의 남편, 전에 골프한다고 안 했나?"

"응. 그 사람의 유일한 취미거든."

"그거 한 번에 월매나 들어? 적어도 만 5천 엔은 들지 않어?"

"글쎄. 정확한 금액은 모르는데."

"구심회 회비는 월 3천 엔. 시주는 할 수 있는 사람만 하면 여. 나도 4년이나 있으면서 두 번밖에 안 했구먼. 그것도 딸랑 만 엔."

"……"

"남편은 그냥 취미, 우리는 인생의 지침. 하물며 5분의 1 가격. 잔소리 들을 이유는 없는 겨."

판매에 나선 영업 사원처럼 노부요가 설득을 늘어놓았다.

"다른 종교를 봐. 죄다 영리 목적이여. 사라 마라, 시주해라 마라, 시끄럽게 굴잖여. 구심회는 한 번도 그런 소리 한 적 없구먼. 회비도 낼 수 없을 때는 미뤄 준대도."

"으, 으응. 하지만 좀 더 생각해 볼게."

노부요는 불만스러운 얼굴로 투덜거렸다.

"조금이라도 빠른 편이 좋을 것 같구먼 그러네."

그러는 사이 이윽고 세쓰에 일행의 차례가 다가왔다.

"어이쿠. 두 분은 저번에도 오시지 않았나."

오네 선생님이 세쓰에와 히로코의 얼굴을 보고 말했다. 기억해 주어 기뻤다.

"제가 데려왔어유." 노부요가 자랑스러운 듯 가슴을 폈다.

"둘 다 입회할지 말지 망설이던 참이유. 선생님두 등 좀 떠밀어 쥐유."

오네 선생님이 쓸쓸하게 웃었다.

"난 말야, 그런 일은 안 하네. 본인 의사로 들어오길 바라니까. 두 분 다 찬찬히 검토해 보시게."

"선생님. 저, 염주만 먼저 살까 하는데요"

"이렇게 어중간한 건 역시 안 좋은가요?"

"무슨 소리. 매번 땡큐라네."

오네 선생님이 우스갯소리를 했다. 염주는 2,700엔이다. 다른 종교는 어떤지 모르지만 이 역시 저렴한 가격이리라. 노부요의 말대로 구심회는 영리 목적이 아닌 것이다.

"저도 사도 될까요?"

히로코가 지갑을 꺼냈을 때 뒤에서 웬 목소리가 들려왔다. 돌아보니 키 큰 젊은 남자가 서 있었다. 흰 마스크 위에 길게 째진 가느다란 눈이 보였다. 눈꺼풀이 몹시 부석부석하다. 그런데 남자의 복장을 보고 세쓰에는 깨달았다. 이 남자, 이곳에 올 때 자신들 뒤에서 오토바이를 몰던 남자다.

"으음, 당신은 오늘이 처음 오신 분이죠?"

"네. 선생님 말씀 감사히 잘 들었습니다."

"우리에 대해서는 어떻게 알았는지?"

"어머니의 친구가 구심회 회원입니다. 그래서 어머니도 흥미를 갖고 설교회에 참석하고 싶어 하셨는데, 공교롭게도 저희 어머니는 병약하여 좀처럼 밖에 나오지 못합니다. 그래서 대신 아들인 제가 왔습니다."

"아, 그랬군." 말은 그렇게 했으나 오네 선생님은 살짝 경계하는 빛을 드러냈다.

"실로 좋은 마음가짐이야."

히로코와 젊은 남자는 염주를 구입했고, 두 사람은 결국 그 자리에서 입회도 했다. 히로코는 늦건 빠르건 그럴 거라고 예상했지만, 젊은 남자는 노부요의 설득에 넘어간 측면도 있는지 모른다. 하기야 염주를 살 정도니 원래부터 흥미는 있었겠지만.

두 사람은 소개자로 노부요의 이름을 썼다. 참고로 이것은 나중에 안 사실인데, 지인을 두 명 입회시키면 그 소개자는 회비를 일 년간 면제받는 모양이다. 이로써 노부요가 포교에 열심이었던 이유를 알았다.

하긴, 나쁜 것은 아니리라. 구심회는 좋은 곳이니까.

세쓰에는 자신의 편견을 부끄러워했다. 신흥종교라는 것은 종교라는 이름을 빌린 사기 비즈니스라고만 생각했다. 그것에 빠져드는 자는 그저 무언가에 매달리고 싶은 약자들이라는 차별적인 시각을 갖고 있었다. 무지란 참 어리석다.

구심회는 어느 각도에서 보나 영리 목적이 아니다. 순수하게 길 잃은 사람들을 올바른 불도로 인도하고자 한다.

나도 이 기회에 입회하면 좋았으려나. 돌아가는 차에 몸을 맡긴 채 세쓰에는 조금 후회를 했다.

"농담이지? 니, 뭔 생각인 겨."

넌지시 구심회 입회 얘기를 꺼내자 남편은 젓가락을 멈추고 눈을 부라렸다.

"그게 당신이 생각하는 것처럼 이상한 곳이 아니라…."

"시끄러!" 남편이 식탁을 내리쳤다.

"거, 그러게 내가 뭐랬어. 난 혹시라도 이렇게 되지 않을까 싶어서 염려했구먼. 니 같은 철딱서니가 그런 공부회 같은 데 나가면 눈 깜짝할 새에 넘어가지 않을까 싶어서."

"공부회가 아니라 설교회야."

"뭐든 상관없어. 애초에 말여, 왜 듣도 보도 못한 자식한테 설교를 들어야 하는 겨? 그놈을 여기 데려와 봐, 내가 설교해 주게."

실패였다. 남편에게 알리는 게 아니었다. 자신이 바보였다.

"알아들어? 절대로 용서 안 할 거여. 만약에 니, 숨어서 그런 데 입회했다가 들키면 이혼이여. 협박 아녀. 각오혀."

이혼하고 싶은 건 이쪽이야… 지금까지 몇 번을 그렇게 생각했을까. 그러나 실행에 옮길 용기는 없다. 그럴 배짱도 행동력도 세쓰에는 갖추고 있지 않다. 박봉이기는 해도 남편은 매달 생활비를 벌어다 준다. 경제적으로 자립하지 못한 자신이 앞날을 혼자 살아간다는 건 상상만 해도 후들거린다.

오네 선생님 말로는 이런 생각이야말로 현세에서의 욕심에 얽매여 있는 것이라던데. 만약 그것을 버릴 수 있다면 자신에게도 참된 행복이 찾아올까.

"…세쓰에."

장지문 너머에서 희미한 목소리가 들려왔다. 시아버지다.

"어이, 부르잖여."

남편이 턱짓했다. 세쓰에는 한숨을 쉬고 일어섰다.

"무슨 일이세요?"

장지문을 열어 불을 켜고 물었다.

"배고파." 쉰 목소리로 그렇게 말한다.

"아버님, 방금 식사하셨어요."

"안 먹었어."

"아니, 토란조림이랑 무말랭이랑…."

"아냐, 안 먹었어."

최근 일 년 사이 시아버지는 치매가 급격히 진행되었다. 만복 중추(포만감을 감지하여 식욕을 제한하는 중추)도 마비되기 시작한 듯 아무리 먹어도 그만 됐다는 말을 하지 않는다.

옛날에 어떤 연예인이 이와 비슷한 상황을 콩트로 만든 적이 있다. 소녀 시절의 세쓰에는 손뼉을 치며 웃었지만 지금이라면 절대 웃을 수 없다.

"세쓰에."

간신히 움직여지는 오른손을 세쓰에 쪽으로 뻗는다. 세쓰에는 그 손을 잡아 이불 속으로 밀어 넣었다. 이것은 유아로의 퇴행일까 남자의 본능일까, 공연히 세쓰에의 몸을 만지려 들었다. 이런 사실을 말했을 때 남편은 '좋았구먼. 니도 아직 여잔가벼'라며 대수롭지 않게 무시해 버렸다.

오물 냄새가 가득했기에 창문을 열고 숨을 참으며 기저귀를 갈았다. 그러는 동안에도 시아버지는 연신 밥, 밥을 외쳐댔다.

한바탕 수발을 들고 거실로 돌아가니 남편의 모습이 없었다. 목욕탕으로 도망친 것이다.

이때 식탁 위의 스마트폰이 울렸다. 확인하니 아들 다쿠미의 전화였다.

[근처에 아버지 없지?]

"지금 목욕하는데."

전화기 너머에서 아들이 안도하는 것을 알 수 있었다.

[엄마, 미안한데, 3만 엔만 빌려줘.]

역시 돈 얘기다. 올해로 서른이 된 외아들 다쿠미는 그 외의 용건으로 연락하는 법이 없다. 대학 입학과 동시에 상경하여 그대로 도쿄에 남아 있는 방탕아. 아직 독신으로, 이직만 되풀이하고 있다. 그때마다 다쿠미는 '요즘 시대에는 조건이 좋은 곳으로 가는 게 당연하다'며 자신을 정당화한다. 그런 주제에 지갑 속은 늘 텅 비어 있다.

이유를 묻자 역시 태연하게 말씀하신다

[지난달에 회사를 관뒀거든].

"이번 회사는 노력하면 노력한 만큼 벌 수 있어서 네게 맞는다고 했잖니."

[들어가서 순 거짓말인 걸 알았어. 오히려 아주 악덕이야. 대가리 나쁜 상사가 괜히 회의만 열어 기합이 부족하다는 둥 지껄이거든. 영업에는 기합이고 나발이고 없는데. 게다가 동료도 죄다 머저리야. 그런 상사의 말에 네, 네, 수긍하고 있다니까.]

다쿠미의 이런 성격은 아마 아빠를 닮았으리라. 남편 히로시도 주변 사람을 우습게 보며 살아간다. 금세 남을 '무능'하다고 평가한다. 두 사람이 유능하다고 인정하는 것은 오로지 자신뿐이다.

"하지만 엄마도 돈이 없는걸."

거짓말이 아니다. 우리 집에는 정말로 돈이 없다.

[나보단 있잖여. 게다가 언젠가 갚을 거야.]

"지금까지 1엔이라도 갚은 적 있니?"

[그러게 한꺼번에 갚겠다고 늘 말하잖여.]

"그게 언젠데?"

[에이 참.]

그 후 5분쯤 이야기하고 통화를 마쳤다. 정확히 내일 3만 엔을 입금하기로 약속했다.

아들도 자신도 다 한심해졌다. 분명 내가 다쿠미를 그런 인간으로 키운 것이다. 못난 내가.

아들의 장래를 생각하면 기분이 가라앉는다. 다쿠미는 전화를 끊기 직전 '회사에 고용된 몸으로는 영원히 부자가 될 수 없겠지'라며 투덜댔다. 이러다가 정말 창업이라도 하면 큰일이다. 파산은 불 보듯 뻔한데 그것을 모르는 사람은 다쿠미뿐이다.

부자가 되지 않아도 좋으니 현실에 발을 디뎠으면 한다. 평범한 인생을 살았으면 좋겠다. 마음속 깊이 그렇게 바랐다.

"어이, 바디 워시가 다 떨어졌구먼. 새 것 없어?"

욕실에서 남편의 외침이 들려왔다.

"미안해요. 내일 사 둘게요."

요란하게 혀를 찬 뒤 난폭하게 쾅 문을 닫는 소리.

스르륵, 하고 눈을 감은 세쓰에의 눈꺼풀 속에 떠오른 것은 아직 본 적도 없는 교주님 모습이었다.

26

그 이튿날, 공장 안에서 낯익은 청년의 모습을 발견했다.

"저 남자는 분명 설교회에 있던…."

"기여. 내가 소개했구먼. 아르바이트할 곳을 찾는다길래."

그날 노부요와 청년은 연락처를 교환했다. 그 자리에서 처음 봤는데 노부요의 소개로 입회했으니 이 정도 뒤는 봐줘야 한다 싶었을지도 모른다. 하기야 청년은 미노리 제과에 직접 고용된 것이 아니라 파견 회사를 통해 이곳에 왔다고 한다.

"그런 허술한 곳은 거르는 편이 좋다고 했건만, 공장에 직접 고용되었다가 금방 관두면 미안하다는 겨."

과연, 현명한 판단이다. 이 일만큼 호불호가 확실히 갈리는 직종도 없다. 노이로제에 걸리는 사람까지 있다.

참고로 노부요가 말한 허술한 곳이란 청년을 보낸 파견 회사다. 일용직을 대거 확보 중이라면서 늘 요청한 만큼의 인원을 보내지 않는다. 그 여파가 세쓰에를 비롯한 파트타이머들에게 미친다. 후루세가 매번 클레임을 건다고는 하는데 '일용직이란 그런 것'이라며 상대방은 눈 하나 깜짝 않는 모양이다. 그럼에도 일손이 부족하므로 자를 수도 없나 보지만 마찬가지로 기계가 도입되면 또 모른다. 물론 우리들의 처지도.

점심시간이 되어, 이날은 넷이서 식당 테이블에 둘러앉았다. 노부요가 청년을 부른 것이다.

"히사마 미치토시라고 합니다. 스물한 살입니다. 다시 한번 잘 부탁드립니다."

청년은 그렇게 소개하고 깊숙이 고개를 숙였다. 눈매가 조금 날카롭지만 예의 바른 아이 같았다. 그 말투에서 사투리가 느껴지지 않는 이유는 중학생 때 야마가타로 이사를 왔기 때문인 모양이다. 참고로 세쓰에와 히로코도 시댁에 들어가면서 이 지역에 왔다. 이곳에서 나고 자란 사람은 노부요뿐이다.

"그런데 히사마 군은 대단하구먼. 우리 자식들보다 어린데 착실히 불도를 닦겠다니."

"지금까지 여러 종교의 설교회에 참석해 봤으나 전부 제게는 맞지 않았거든요. 구심회가 가장 느낌이 왔습니다."

"그야 그렇지. 다른 데는 다 사기잖여."

히사마는 씁쓸하게 웃으며 빵을 베어 물었다. 무제한이라고 했기 때문인지 그의 앞에는 망한 빵이 산더미처럼 쌓여 있었다. 젊은 남자이므로 얼마든지 먹을 수 있으리라.

"여기 일은 어뗘? 계속 같은 일뿐이라 질리지는 않어?"

"그럴 리가요. 솔직히 즐겁지는 않지만 제게는 맞는 것 같습니다. 멍하니 생각에 잠긴 채 할 수 있으니까요."

"이야, 잘됐네. 여긴 그런 사람 아니면 일 못 혀."

"게다가, 아는 사람이 있어서 든든합니다."

히사마가 그렇게 말하자 노부요는 눈웃음을 지으며 연신 수긍했다. "우리는 인제 가족 같은 거여. 곤란한 일 있으면 뭐든 말혀."

그렇다, 우리는 구심회라는 하나의 우산 속에 들어와 있다. 시시한 속세의 굴레나 다툼 같은 비바람을 큰 우산으로 막고 있는 것이다.

세쓰에가 구심회에 입회한 것은 사흘 전이다. 물론 남편에게는 말하지 않았다. 절대로 들켜서는 안 된다. 그런데 듣자니 회원 중에는 세쓰에와 마찬가지로 가족의 이해를 얻지 못하여 비밀로 한 사람도 많은 모양이다.

"이곳에는 다른 회원분도 계십니까?" 히사마가 주위를 휙 둘러보고 물었다.

"아니, 우리뿐이여. 아, 맞다. 히사마 군, 일단 말해 두는데, 이곳 사람들은 끌어들이면 안 뎌. 발각되면 바로 모가지여."

히로코와 눈을 마주하고 쓴웃음을 지었다. 지난달, 직장에서 이 사람 저 사람 꼬드겼다가 그 사실이 후루세의 귀에 들어간 듯 노부요는 엄중 주의를 받았다. 한 번 더 같은 짓을 했다가는 관둬야 할 거라고 단단히 혼난 모양이다.

"그나저나 어머님이 아프시다며?"

세쓰에는 조심스럽게 물었다.

히사마는 눈을 깔고 한숨을 섞어 답했다.

"맞아요. 좀 골치 아픈 병에 걸리셨어요"

"골치 아픈 병이라니, 뭔지 물어봐도 돼?"

"네. 혹시, 조발성 알츠하이머라는 병을 아십니까?"

그 순간, 지금까지 구붓한 자세로 빵을 먹던 히로코가 확 고개를 들어 히사마를 쳐다봤다.

"물론 아는데… 그것을 히사마 군의 어머님이?"

"네, 몇 년 전 발병했고 지금도 조금씩 진행되고 있습니다."

"근데 히사마 군의 어머님은 우리보다 젊지 않아? 지금 나이가 어떻게 되시는데?"

"마흔다섯이십니다."

"어머나. 그렇게 젊은 거여? 하긴, 그러니까 조발성인가."

히사마는 집에서 그런 어머니를 보살피며 살고 있단다. 홀 어머니에 외아들로 구성된 모자가정이라고 한다. 세쓰에는 진심으로 동정했다. 아직 스물한 살의 젊은이가 종교에서 구원을 찾는 것도 납득이 갔다. 틀림없이 무언가에 매달리고 싶은 마음뿐이었으리라.

"다음에 어머님을 만나게 해 줘. 우리도 말 상대 정도는 될 수 있구먼."

"뭘요, 마음 쓰지 마십시오."

"괜찮여. 우리를 어려워할 것 없어."

"그럼 언젠가 부탁드리겠습니다. 분명 어머니도 좋아하실 거예요."

히사마의 이야기를 듣고 있자니 무책임한 서른살이나 된 자신의 아들이 부끄러워졌다. 혹시 만약에 세쓰에가 알츠하이머에 걸리거나 병으로 쓰러지면 다쿠미는 수발을 들어 줄까. 매일 간병하지는 않더라도 적어도 손은 내밀어 줄까. 그렇게 생각하니 기분이 암담해졌다.

일을 마친 뒤 히로코를 졸라 찻집에 들어갔다. 커피 한 잔에 180엔, 리필은 두 잔까지 무료인 장삿속 없는 가게다. 노부부가 운영하는데 거의 취미이리라. 가게 안은 쇼와(일본 히로히토 천황 시대의 연호) 시절을 연상케 하는 모습으로, 추억의 포스터 등이 눈에 띈다.

히로코를 찻집에 데려온 이유는 오늘 하루 종일 그녀가 기운 없어 보였기 때문이다. 무슨 고민이 있다면 들어 주고 싶었다. 아직 알고 지낸 지 얼마 안 되었으나 히로코는 소중한 친구다.

"글쎄, 특별히 무슨 일이 있었던 건 아닌데…"

"그래? 그럼 됐고."

"세쓰에 씨. 고마워. 그리고 신경 쓰게 해서 미안해."

히로코가 예의바른 어조로 말했다.

"뭘. 친군데."

"응. 고마워."

함께 커피를 홀짝였다.

"있잖아, 하이라이스 먹지 않을래?"

차 받침에 잔을 내려놓았을 때 세쓰에가 제안했다.

"하지만 이따 저녁도 있는데."

"나도야. 그러니까 하나만 주문해서 나눠 먹자. 전에 한 번 먹어 본 적이 있는데 말야, 굉장히 맛있었어."

마스터를 불러 하이라이스를 주문했다. 불과 몇 분 만에 테이블에 차려졌다. 작은 접시에 반씩 나눠 담았다.

"아, 정말이네. 맛있다."

한 입 먹은 히로코가 말했다.

"정말, 그렇지?"

히로코의 미소를 볼 수 있어서 기뻤다. 우리 주부들은 남이 한 밥을 먹을 일이 별로 없다. 그래서 이렇게 가끔가다 먹으면 더욱 고맙게 느껴진다.

하이라이스를 다 먹고 한숨 돌리는데,

"나, 세쓰에 씨에게 비밀로 한 것이 있어."

히로코가 진지한 얼굴로 말했다.

눈을 마주 봤다. 눈동자가 좌우로 살짝 흔들리고 있었다.

"들어 줄래?"

"물론이야."

"그리고….” 조금 얼굴을 찡그린다.

"노부요 씨에게는, 말하지 말아 줄래?"

"응. 알았어."

애당초 노부요를 데려오지 않은 것은 그녀가 있으면 히로코가, 그리고 자신도 조심스러워지기 때문이다. 물론 노부요 또한 친구고 좋아하는 사람이지만, 그녀가 있으면 대화의 중심이 항상 노부요가 되고 만다.

분명 자신과 히로코는 닮은 것이다. 둘 다 타지에서 온 점도 그렇고, 성격이 소심하여 소극적인 부분도 그렇다. 그런데 히로코는 머뭇머뭇하면서 좀처럼 얘기를 시작하려 하지 않았다. 어디서부터 얘기하면 좋을지 갈피를 잡지 못하는 느낌이었다.

"지금, 탈옥범이 도망 중이잖아."

세쓰에는 눈썹을 찡그렸다. 갑자기, 뭘까.

"으음, 가부라기 게이치 말야?"

히로코가 수긍했다.

"그거야 물론 알지."

겨우 잠잠해진 감은 있으나 아직도 그 뉴스를 접할 때가 있다. 최근 일 년간 일본은 그 탈옥범 때문에 아주 떠들썩했다. 사람을 만나면 날씨만큼이나 자주 화제가 되었다 해도 과언이 아니다. 소년 사형수가 탈옥한 것이다. 그리고 여전히 잡지 못했다.

"그 범인에게 살해된 일가족…."

히로코의 눈에서 돌연 눈물이 쏟아졌다.

"내, 친족이야."

순간 의미를 알 수 없었다. 이해했을 때는 할 말을 잃었다.

"거짓말."

가까스로 입에서 나온 말이다.

그 후 히로코는 눈시울에 손수건을 댄 채 거침없이 고백을 시작했다.

가부라기 게이치에게 살해된 사람은 히로코 언니의 아들, 그리고 그 아내와 아이. 같이 살던 히로코의 언니는 가까스로 목숨을 건졌다고 한다. 믿을 수 없었지만 믿을 수밖에 없었다. 동요를 들키지 않으려고 애써 냉정한 척했지만 성공했다고는 자신할 수 없다. 설마 히로코가 그 사건의 피해자 유족이었을 줄이야.

"조카 부부와는 겨우 몇 번 얼굴만 본 정도였지만 그래서 살해당했다는 말을 들었을 때도 솔직히 실감이 안 났다고 할까. 물론 엄청난 일인 것도 맞고 너무 충격이긴 한데…."

세쓰에는 맞장구치며 다음 얘기를 재촉했다.

"나로서는 무엇보다 욧짱이 걱정이라. 욧짱이 너무 불쌍해서 견딜 수 없었거든."

"욧짱이란 히로코의 언니?"

"아, 응. 미안."

"아냐."

히로코가 너그럽게 대꾸했다.

"사건 후, 언니는 잠깐 우리 집에 와 있었어."

"그랬구나."

"응. 내가 미노리 제과에서 일하기 전, 아주 짧은 기간. 언니는 혼자가 되어 버렸으니까. 원래 언니는 사건이 있기 몇 년 전에 남편을 병으로 잃었고, 그래서 조카 집에 들어가 살고 있었거든."

이야기를 듣는 것만으로도 안타까웠다.

"그리고 언니는 병에 걸렸어. 조발성 알츠하이머라는."

정말 뭐라고 하면 좋을지 알 수 없었다. 게다가 그것은 바로 오늘 낮에 들은 병명이다.

"하지만 그렇게 심하진 않아. 조금 건망증이 있을 뿐, 나를 똑똑히 알아보고 추억도 얘기할 수 있어. 몸도 건강해서 자기 일은 뭐든 혼자 할 수 있고. 그래서 나로서는 그대로 언니와 함께 살고 싶었는데 우리 집에는 남편에 시아버님과 시어머님이 있고, 자식도 막내 아이가 막 고등학교에 들어간 참이었던 터라 현실적으로…."

"언니는 지금 어디 계시는데?"

"지금은, 지바 현 아비코라는 곳의 그룹홈에 있어."

"그룹홈이란 요양원 같은 노인이 모여 생활하는 곳이지?"

마침 시아버지를 모실 개호시설을 찾던 중이라 지식은 있었다. 그룹홈은 시아버지보다 개호 정도가 낮은 고령자들이 공동으로 생활하는 곳이다.

"응. 하지만 그곳 말고는 언니를 넣을 수 있는 데가 없었어. 그곳도 말야, 남편의 먼 친척이 운영하는 데라 특별히 받아 준 거야."

"그렇구나. 그런데 노인들과 함께면 언니가 힘드시겠다."

"응."

"게다가 지바면 머네."

"응. 멀어."

히로코는 고개를 떨궜다.

아차. 내가 히로코를 괴롭게 하면 어떡하나. 자신의 무신경함에 화가 났다.

"가끔 만나러 가?"

"한 달에 한 번, 신칸센으로. 나, 운전에 자신이 없어서 차로 멀리 나가는 건 무섭거든. 그런데 그 교통비라든지, 시설 사람에게 돌릴 선물이라든지, 그런 것도 꽤 버거워."

"그래, 그렇겠다. 빈손으로는 갈 수는 없지."

히로코는 잠시 침묵한 뒤 느닷없이 화제를 돌렸다.

"세쓰에 씨 남편이 다니는 회사, 사람 안 구해?"

"남편이 분명 부동산 회사에서 일한다고 했지?"

"응, 그런데?"

"우리 남편의 회사 조만간 망할 것 같아."

"그래? 히로코 씨의 남편, 큰 회사에서 일하는 거 아니었어?"

"큰 것은 모회사. 남편이 있는 회사는 체인 같은 거고 작은 데, 실적이 좋지 않아서 이제 틀렸대."

"그 모회사에선 사람들을 흡수해 줄 수는 없나?"

"그것도 틀렸나 봐. 젊은 사람 중에는 다른 회사를 소개받는 사람도 있는 모양이지만, 우리 남편처럼 쉰이 넘으면 힘든가 봐."

"그럴 수가. 나이 먹은 사람은 이직도 힘든데."

"그러니까. 여하튼 구직 활동을 해야 돼. 그래서 혹시 세쓰에 씨 남편의 회사에서 사람을 구하려나 해서. 우리 남편은 줄곧 영업만 해 왔지만, 고용해 준다면 뭐든 하겠다고 본인은 말하고 있어."

"아니, 하지만…."

"역시 공인중개사 면허라는 것이 없으면 안 돼?"

"으음, 그런 문제가 아닌 것 같은데, 우리 남편 회사도 실적이 좋지 않은 모양이니 구인도 안 하지 않을까? 올해는 신규 졸업자를 한 명도 뽑지 않은 모양이야."

"그래도 일단 물어봐 줄래?"

"으, 으응. 알았어. 하지만 기대는 하지 마."

히로코의 얼굴은 심각하고 절실했다. 그야말로 연민이 일 만큼.

그녀는 세쓰에보다 훨씬 힘든 상황에 처해 있었던 것이다. 이런 말은 좀 그렇지만, 히로코는 좀 더 한가하게 사는 여자인 줄 알았다. 전혀 아니었다. 히로코는 많은 것을 끌어안은 채 남에게 말도 못 하고 내내 괴로워했음에 틀림없다. 진정 히로코에게 동정이 갔다.

게다가 만난 적은 없지만 히로코의 언니는 너무나도 불쌍하다. 이토록 큰 불행을 짊어져야 한다면 인생은 괴롭기만 할 뿐 아닌가. 자신과 같은 나라에 태어나 같은 시대를 살아가는 한 여성이 이토록 비참한 일을 당하고 있다니.

"언젠가 천재 의학자가 나타나서 알츠하이머를 순식간에 치료해 버리는 마법 같은 약을 개발해 주지 않을까, 하는 기대도 하고 있는데."

히로코는 아득한 눈을 하고 말했다.

"이건 역시 현실도피일까?"

"아냐. 언젠가 틀림없이 그런 약도 개발될 거야. 인간은 우수한걸."

히로코는 힘없이 웃었다.

"그렇게 되면 히로코 씨의 언니도, 히사마 군의 어머님도 좋아질 텐데."

"아아, 히사마 군의…."

"그 아이도 고생이지. 그렇게 젊은데."

"응. 그러게." 히로코가 후, 하고 한숨을 토했다.

"그런데 나, 그 아이, 좀 불편한 것 같아."

"어째서?"

"이런 소리를 하면 안 되겠지만… 아냐, 역시 관둘래."

"뭔데. 말해 줘."

히로코는 살짝 얼굴을 찡그리며,

"그 아이를 처음 봤을 때 그 범인과 좀 닮았다 싶었거든."

"범인이라면, 설마 가부라기 게이치?"

히로코가 고개를 끄덕였다.

가부라기 게이치와 히사마의 얼굴을 머릿속에 떠올렸다. "전혀 안 닮았잖아."

"응. 자세히 보면 전혀 다른데, 왠지 그 모습이 있는 느낌이거든. 정말, 실례되는 말이지만."

"확실히 그렇게 말하면 히사마 군이 불쌍하다."

"그렇지? 미안, 잊어 줘. 나, 범인의 얼굴을 평생 잊을 수 없어서 그래."

히로코는 재판 때 딱 한 번 가부라기 게이치의 얼굴을 직접 본 모양이다. 인간의 피가 흐를 것 같지 않은 냉혹한 얼굴을 하고 있었단다.

"언니는 나와 달리 잘 웃는 밝은 사람이었어. 나, 그런 언니의 미소를 앗아 간 범인을 도저히 용서할 수 없어."

"당연하지. 얼른 잡아야 할 텐데. 언니를 위해서도. 히로코 씨를 위해서도."

"응" 하면서 순간 히로코가 손목시계로 시선을 떨궜다.

"아, 벌써 시간이 이렇게 됐네. 얼른 집에 가서 저녁을 준비해야 돼."

"나도야. 슈퍼의 타임세일이 시작되겠어."

데리고 온 체면이 있으므로 계산은 세쓰에가 했다. 히로코는 한사코 됐다고 했지만 결국 지갑을 도로 가방에 넣었다.

"고마워. 잘 먹었어"

"정말로 아무한테도 말하지 마."

헤어질 때 히로코는 신신당부했다. 물론 누군가에게 말할 생각은 없다. 이런 얘기, 절대로 할 수 없다.

히로코와의 유대가 깊어진 듯한 느낌이 들었다. 히로코는 자신에게만 속내를 털어놓아 줬다. 인간은 서로 의지해야 한다. 혼자서는 살아갈 수 없다.

저녁 식사 때, 직장에서 혹시 사원을 모집하지는 않는지 묻자 남편 히로시는 코웃음을 쳤다.

"그 여자도 뻔뻔하구먼. 보통 친구 남편에게 그런 부탁은 안 하지."

"그렇게 심각한 건 아니고, 좀 물어봐 달라고 했을 뿐이야."

"그래도 말이지."

남편이 따르는 술잔에 발포주가 부풀어 간다.

"이상한 종교를 권하질 않나, 남편의 일을 알선해 달라질 않나, 니, 대체 어떤 인간들과 어울려 다니는 겨?"

반론하려 했지만 관뒀다. 무슨 말을 하든 결국엔 진다.

"애당초 우리 회사도 누굴 등 떠밀어 내보낼지 고민할 정도구먼."

회사는 인건비 절감으로 되레 사원을 자르고 싶어 한단다.

"당신은 괜찮은 거야?"

"나? 내가 왜 정리 해고를 당혀. 내 덕에 버티는 거나 마찬가진데."

기가 막혔다. 남편은 말주변이 좋을 뿐 우수하다고 생각한 적이 한 번도 없다. 게다가 남편 덕에 회사가 굴러가고 있다면 급여가 오르지 않는 것이나 보너스가 나오지 않는 것은 어떻게 설명할 텐가.

저녁 식사를 마치고 시아버지의 기저귀를 갈다가 몸에 열이 있음을 알았다. 땀이 나고 살갗이 후끈했기 때문이다. 체온계로 재 보니 38도가 넘었다. 평균 체온이 낮은 분이라 걱정되었다. 본인은 별로 그런 느낌이 없는 듯 "괜찮아"라고 했지만, 그래도 걱정되므로 병원에 데려가기 위해 목욕을 마치고 나온 남편을 불렀다.

"나는 이미 술을 마셨구먼," 남편은 거부하고 나섰다.

"내가 운전할게. 같이 가 주기만 해도 좋아."

"38도 정도로 병원에 갈 것 없어. 감기약 먹여."

"젊은 사람이라면 그렇지만 아버님은 이제 고령이니까, 그냥 감기라고 해도…."

"그럼 구급차 불러."

분노보다는 허무가 솟구쳤다. 요전번, 시설에 들어가면 아버지가 불쌍하다던 말은 뭐였을까.

"이러다가 만약 아버님이 죽…."

순간 세쓰에는 말을 끊었다. 그다음 말이 현실이 된다면 혹시 그것은 자신에게 나쁜 일이 아니지 않을까, 오히려 이득이 되지 않을까, 하는 망상이 머릿속에 피어났기 때문이다.

그 직후, 엄청난 자기혐오가 엄습했다. 자신이 지독히 추한

생물처럼 느껴졌다.

세쓰에는 비틀거리는 발걸음으로 침실로 향했다. 이미 침실은 남편과 따로 쓰고 있다. 서랍에 숨겨 두었던 구심회 법전 '성지'를 손에 들었다. 남편에게 들리면 좋지 않으므로 세쓰에는 입술만을 움직여 무아지경으로 불경을 외웠다.

27

약 한 달이 지났다. 벚나무도 꽃잎을 떨구고 날씨도 퍽 따뜻해졌다. 마을에 보이는 아이들 중에는 이미 반팔 차림인 녀석도 있다.

이날은 휴일로, 세쓰에는 오전에 구심회 간부와 근처 찻집에서 면담을 했다. 이런 면담은 정기적으로 있는 모양인데 세쓰에는 오늘이 처음이었다.

낮에 집으로 돌아와 한숨 돌리는데 히로코에게서 전화가 왔다.

[세쓰에 씨, 면담 어땠어?]

그녀는 오늘도 미노리 제과에서 근무 중으로 점심시간을 이용해 전화한 것이다. 그녀는 내일이 면담 날이기 때문이다.

"한 시간하고 조금 더 걸린 정도려나 눈 깜짝할 새에 끝났어."

[그렇구나. 뭐라고 묻디?]

"대체로 노부요 씨에게 들은 대로야. 이쪽에서 미리 제출한 서류에 따라 집안 사정이나 지금 현재의 고민 따위를 이야기하는 느낌.”

[자세히 질문했어?]

“글쎄. 꽤 세세한 부분까지 묻던데.”

[솔직히 이야기했고?]

“응. 그렇지 뭐.”

간부는 세쓰에보다 조금 젊은 여성이었는데 실로 공감 능력이 뛰어났다. 세쓰에는 고민을 이야기하는 사이 감정이 격앙되어 남편에 대한 불만과 아들의 장래에 대한 불안, 시아버지 간병에 따른 피로를 전부 시시콜콜 털어놓고 말았다.

[그랬구나. 나, 어디까지 이야기할 수 있을까.]

세쓰에는 대답이 궁해졌다. 그녀가 걱정하는 이유는 집안 사정과 고민을 털어놓으려면 언니 이야기를 해야 하기 때문이다. 아무리 상대가 구심회 간부라 해도 말하고 싶지 않은 게 당연하다.

[그리고 이건, 기분 나쁘다면 미안한데….]

“뭔데?”

[세쓰에 씨, 내 언니 이야기, 아무한테도 안 했지?]

섭섭했다.

“안 했어. 아무한테도. 한마디도.” 그만 목소리가 커져 버렸다.

[그렇지? 미안, 이상한 걸 물어서.]

“무슨 일 있었어?”

듣자니 최근 들어 히사마가 히로코 앞에서 자꾸 어머니 병

얘기를 하기에, 혹시라도 그가 뭔가 아는 게 아닐까 의심한 모양이다.

[뭐랄까, 날 떠본다고 할까… 아까는 '사사하라 씨 주변에 제 어머니와 비슷한 병에 걸린 분은 안 계십니까?' 하더라고. 그 아이, 혹시 뭘 알고 묻나 싶어서.]

"하지만 그 질문이라면 나도 전에 받았는걸. 분명 그도 의견 교환이랄까, 정보 교환을 하고 싶은 것뿐 아닐까?"

[분명 그렇겠지… 아! 휴식시간이 끝나가네. 일 끝나면 또 전화해도 돼?]

"응. 수고해."

통화를 마치고 한 번 한숨을 쉬었다. 히사마는 최근 들어 세쓰에 무리와 함께 있는 시간이 길어졌다. 직장이 같고 구심회에도 입회했으니 당연하다면 당연하지만. 지난주에 열린 설교회에도 노부요의 차로 넷이서 갔다.

그도 힘든 처지일 텐데 히사마는 항상 긍정적이었다. 자신들과 달리 나약한 소리나 넋두리를 입에 올리지 않고, 일에 대해서도 불평하지 않는다. 어린데도 다른 사람을 배려할 줄 알아서 아주머니들 속에 있어도 겉돌지 않고 잘 녹아든다.

그런 호감 가는 청년이지만 한 가지 이해할 수 없는 점이 있었다. 그는 결코 세쓰에 무리를 자택에 가까이하려 하지 않았다. 설교회에 갈 때의 약속 장소도 자택에서 떨어진 곳으로 정하고, 귀갓길에 데려다줄 때도 '이 근처면 됩니다'라며 집 앞에 차를 세우지 못하게 했다. 그날은 비가 억수같이 쏟아졌는데도

말이다. 노부요의 '모처럼 왔으니 어머님께 인사시켜 줘'라는 말
도 거절했다.

그래서 세 명 사이에서, 히사마는 사실 어머니를 보이고 싶지
않은지도 모른다는 것으로 되어 있었다. 그런 것치고는 자신들
앞에서 빈번히 자기 어머니를 화제에 올리는 것 역시 이해할
수 없다.

"세쓰에… 세쓰에."

장지문 너머에서 목소리가 들려 세쓰에는 퍼뜩 정신을 차렸
다. 아뿔싸. 자신은 귀가하고 아직 한 번도 시아버지에게 얼굴
을 보이지 않았다.

장지문을 열고 침대에 누운 시아버지 곁으로 다가갔다. 기저
귀를 확인하니 예상대로 빵빵했다. 죄책감을 느끼며 곧장 새것
으로 갈았다.

오늘은 그나마 나은 편으로, 파트타임 일이 있는 날에는 보통
여덟 시간 가까이 방치하고 만다. 치매로 몸겨누운 노인을 말이
다. 이런 일, 용서받을 수 없다는 건 알고 있다. 그렇지만 온종
일 시아버지와 집 안에 있으면 자신이 어떻게 되어 버릴 것 같
았다. 자신이 파트타이머로 일하는 것도 가계 문제와는 별개로
시아버지로부터 도망치기 위함이기도 하다.

역시 시아버지는 시설에 넣을 수밖에 없다. 그것이 건전하고
합당한 조치다.

퇴근한 남편에게 다시 시아버지 일을 상의하자 그는 노골적

으로 얼굴을 찌푸리며 불쾌감을 드러냈다.

"결국은 니가 아버지로부터 도망치고 싶은 것뿐이었지."

"하지만 이대로는 좋지 않을 거야. 아버님은 계속 집 안에 혼자인걸. 무슨 일이 생겼을 때 대처할 수 없잖아."

"그럼 파트타임 그만둬."

"어머나."

만약 자신이 파트타임을 관두면 앞으로 어떻게 생계를 꾸려 나가란 말인가.

"아님 부업으로 전환하는 건 어뗘?"

정말로 이기적인 말만 한다.

남편은 대화를 끊기라도 하듯 식탁을 떠나 소파에 앉아 TV을 켰다. 뉴스가 나온다. 세쓰에는 한숨을 쉬고 저녁 준비를 시작했다. 늘 얼렁뚱땅. 이런 부분이 문제인 것이리라. 자각은 있으나 고칠 수가 없다.

뉴스에서는 올림픽의 문제점을 다루는 모양인데, 행사 기간 중에 일본을 찾는 외국인의 숙소가 부족해질 전망이라는 둥 새삼스러운 소리를 뉴스 저널리스트가 자신만만한 얼굴로 늘어놓고 있었다. 아니, 일반인이 하는 생각이라 현실적이지 않을지도 모르지만 일본에 빈집이 잔뜩 있다면서 요령껏 이용하면 될 텐데.

그 화제에 넌더리가 났는지 남편은 리모컨을 눌러 채널을 바꿨다. 그러나 그 역시 올림픽 소식을 전하는 뉴스였다.

"어째 같은 시간에 비슷한 프로를 하는 겨."

남편이 혀를 찼다. 하지만 얼마 안 있어 오늘의 사회 뉴스로 넘어갔다. 세쓰에는 요리를 하면서 간간이 TV을 바라봤다.

〈어제 새벽, 군마현 오타시 민가에 침입하여 모자를 살해한 혐의로 쫓기고 있던 남자가 조금 전 체포되었습니다.〉

"오, 잡혔구먼."

소파에 등을 기대고 있던 남편이 상체를 내밀었다.

"어라, 가부라기 게이치 잡혔어?" 부엌에서 물었다.

"가부라기 아녀. 어제 사건이라잖여."

어제 그런 사건이 있었나. 전혀 몰랐다.

"어머니와 자식을 죽인 거야?"

남편은 세쓰에를 무시하고 TV을 집어삼킬 듯이 바라보고 있다. 세쓰에도 부엌을 나와 남편 옆에 자리를 잡고 앉았다.

화면이 현장 영상으로 전환되었다. 영상은 생방송이 아닌 듯하다. 어느 단독 주택 앞이다. 많은 경찰관과 매스컴으로 북새통을 이루고 있다.

〈방금 전 경찰이 남자의 집으로 들어갔습니다. 보시다시피 남자의 집 주변은 많은 사람으로 북적이고 있습니다.〉

남자 현장 리포터가 한 손에 마이크를 들고 심각한 표정으로 이야기했다.

〈아, 지금 경찰이 나왔습니다.〉 경찰관 일고여덟 명가량의 모습이 보이고, 그 중앙에 건장한 경찰 둘에게 양팔을 잡혀 연행되는 홀쭉한 청년의 모습도 있었다. 눈이 따가울 만큼 어마어마한 양의 플래시가 터지고 있다. 카메라가 청년의 얼굴을 줌인해 들어간다. 겉으로 보기에는 어디에나 있을 법한 지극히 평범한 청년이었다. 하지만 얼굴을 가리려고도 않고 무표정을 띤 것이 섬뜩했다. 청년은 경찰차 뒷좌석에 떠밀려 들어갔다. 그러는 동안에도 계속되는 셔터 세례를 받고 있었다.

경찰차가 움직이기 시작하자 순간 청년의 입매가 느슨해진 듯 보였다.

"지금, 이 녀석 웃었지?" 남편도 본 것 같았다.

그 후의 영상에서도 그 장면이 수차례 반복해서 나왔다. 청년은 분명 웃고 있었다. 입꼬리를 끌어 올려 당돌하게 씩 미소 짓고 있었다.

청년의 이름은 아시카가 기요토, 24세, 무직. 동기는 현시점으로서는 알수없다고 한다.

다른 뉴스로 넘어가자,

"역시 모방범이 나왔군. 나는 머잖아 반드시 이렇게 될 줄 알았구먼." 하고 남편이 전자 담배를 물며 말했다.

"모방범이라니?"

"가부라기 게이치 말여. 일 년 내내 뉴스에서 다루었잖어. 그런 걸 계속 내보내면, 나쁜 물이 드는 머저리가 나온다고. 한 짓이 아주 똑같혀."

"그 사람, 가부라기 게이치를 흉내 낸 거야?"

"그렇다고는 본인도 매스컴도 말 안 혔지만 무의식중에 그 범인이 머릿속에 각인되고 만 거여."

흐음, 하고 맞장구를 쳤으나 세쓰에는 잘 납득이 가지 않았

433

다. 가부라기 게이치가 한 짓은 특별한 일이 아니다. 슬프지만, 민가에 침입하여 살인을 저지르는 자는 결코 적지 않다.

"내가 뭐랬어."

그 후에도 남편은 마치 자신이 경종을 울리기라도 한 듯 말했다.

"가부라기 게이치는 또 현상금이 오른 모양이여. 750만이야."

신고를 하는 것만으로도 남편 연봉의 두 배나 받을 수 있는 건가.

"분명 지금도 어디선가 멀쩡하게 생활하고 있겠지."

"왜 주변 사람은 눈치채지 못하는 걸까?"

히로코를 떠올렸다. 경찰이든 누구든 좋으니 한시라도 빨리 잡아 줬으면 좋겠다.

"전에 TV을 보니까 전문가가 말하더구먼. 그놈은 변장의 프로라고. 지금도 천연덕스러운 얼굴로 생활하고 있을 거여. 어이, 더 줘."

남편이 빈 캔을 까딱 들어 보였다. 세쓰에는 일어나서 냉장고로 향했다.

두 달쯤 전이었던가, 지금까지의 목격 증언을 바탕으로 수사관이 만든 가부라기 게이치의 몽타주가 몇 점 공개되었다. 그것들만 봐서는 자료 사진과 동일 인물로 보이지 않을뿐더러 그 모두가 다른 사람 같았다. 전문가가 말하길 자신의 얼굴 특징을 교묘하게 감추고 새 특징을 덧붙임으로써 남을 속여, 가는 곳곳마다 완전히 다른 사람이 된다고 한다.

그런 게 가능하다고 세쓰에는 생각했다. 기술이나 아이디어보다 그 정신력이 더 놀랍다.

냉장고를 열어 안으로 손을 넣는데,

"지금은 얼굴 자체를 바꾸었을지 모른다는 설도 있어."

뒤쪽에서 남편이 말했다.

"성형했다는 거야?" 남편에게 다가가며 물었다.

"그려. 얼마 전 후쿠오카에 있었던 모양이잖여. 거기서 성형한 거 아니겠냐 이 말이여."

"하지만 그런 게 가능해? 범죄자가." 발포주를 건넸다.

"마음만 먹으면 직접 할 수도 있겠지." 남편이 뚜껑을 땄다.

"거 왜, 10년쯤 전에 있었잖여, 커터 칼인지 가위인지 써서 자력으로 얼굴 바꾸고 도망 다니던 놈."

그러고 보니 옛날에 그런 사건이 있었다. 마취도 없이 스스로 얼굴 생김새를 바꾸다니, 상상만 해도 오싹하지만 실제로 하는 인간이 있는 것이다.

"그럼 인제 못 찾아. 이대로 평생 내빼는 거여."

"어머나. 그럼 안 되는데. 꼭 잡아야 돼."

"음? 왜 니가 화를 내는 겨?"

"딱히 화 안 냈어. 그렇지만 도망가면 이기는 거라니, 용서할 수 없어."

남편이 손을 멈추고 의외라는 얼굴로 아내를 봤다. 세쓰에가 이런 식으로 발언하는 일이 드물기 때문이리라.

"뭐, 나는 한 명쯤 그런 자식이 있어도 좋다 싶구먼."

남편이 발포주를 들이켜고 말했다.

"무슨 의미야?"

"이대로 영영 도망쳐 버리면 재밌잖여. 영화처럼."

아주 남 일이구나.

"하나도 재미있지 않아."

남편은 유쾌한 듯 웃었다.

"니 알고 있어? 지금은 '가부라기 게이치 군을 지지하자'라는 모임까지 생겼어."

"지지해? 그게 무슨 소리야?"

"도주를 돕고 싶은 거겠지. 세상에는 별난 놈이 잔뜩 있다는 거여."

그렇다면 그들은 별난 놈이 아니고 무심하고 매정한 놈이다. 유족의 심정은 조금도 상상한 적이 없으리라. 그리고 우리 남편도 그 가운데 한 명이다. 영영 도망쳐 버리면 재미있겠다니 농담으로도 할 소리가 아니다.

이 뉴스를 보고 히로코는 틀림없이 괴로워하리라. 그리고 언니를 떠올릴 터다.

저녁에 일을 마친 히로코와 통화를 했는데, 언니의 병에 대해서는 이야기해도 사건과 관련해서는 구심회에 입을 다물 거라고 알려 왔다. 고백하면 마음이 편해지지 않을까 싶었지만 권할 수는 없었다.

"그런데 다쿠미 녀석, 이번 일은 잘하고 있겠지?"

"글쎄. 이제 막 시작했으니 적응하느라 필사적이지 않을까?"

아들로부터 IT 계열의 벤처 기업에 취직되었다고 연락이 온 것은 약 2주 전이다.

남편이 콧방귀를 뀌었다.

"그 녀석도 인제 서른이여. 슬슬 자리 잡지 않으면 어디서도 써 주지 않을 것이여."

"당신이 그렇게 좀 말해 봐요."

"내가 말하면 싸움이 되어 버릴 겨."

그런 식으로 아들과의 대면을 피해 왔기에 다쿠미가 무책임해진 것이다. 하지만 남편 말로는 세쓰에가 너무 어리광을 받아 줬기 때문이란다. 결국 우리 둘의 책임이리라.

말만 잘하고 행동이 따르지 않는 다쿠미를 보면 근처의 젊은 사람 누구나가 훌륭해 보인다. 그야말로 히사마의 발뒤꿈치라도 따라갔으면 싶을 정도다. 그래도 다쿠미가 우리 피를 이어받은 아들임에는 틀림없다. 언젠가 그가 성실해질 날이 찾아올까. 수많은 고민 중에 가장 심각한 문제는 이것인지도 모른다.

28

골든 위크(4월 말부터 5월 초까지 공휴일이 모여 있는 기간)도 지나자 미디어는 한층 더 올림픽에 대해서만 보도하게 되었다. 약 두 달 뒤, 세계 최대의 스포츠 제전이 이 나라에서 열리기 때문이다. 시골 주부인 세쓰에도 나날이 고양되어 갔다. 일본인 선수가 크게 활약하기를 바랐다.

"히사마 군은 스포츠 안 하니?"

노부요의 차 안에서 세쓰에가 물었다. 오늘도 늘 같은 멤버로 설교회에 가는 중이다. 운전대를 잡은 노부요, 조수석에 히사마, 뒷좌석에는 세쓰에와 히로코가 앉아 있다.

"전혀요. 학창 시절에도 귀가부(동아리 활동 없이 귀가하는 학생)였거든요."

"어머나. 키가 커서 배구라도 했을 것 같은데. 좋아하는 스포츠 같은 건 없고?"

"글쎄요." 잠시 생각에 잠겼다.

"굳이 꼽자면 스노보드일까요."

"스노보드? 호오, 의외네."

"그렇다 해도 한 번밖에 경험이 없지만요."

모두 다 웃었다.

"하지만 이번에는 하계 올림픽인걸."

"네, 유감이에요."

그런 대화가 오가는 사이 차는 앞으로 나아간다. 경차에 어른 넷이므로 차체가 가라앉은 감이 있었다. 날씨는 잔뜩 흐렸다. 틀림없이 귀갓길에는 하늘이 비를 뿌리기 시작할 것이다.

"어째 못 잡을까."

불현듯 노부요가 중얼거렸다. 조금 전까지 차 안에는 라디오 뉴스가 흘렀는데 탈옥범 가부라기 게이치에 대한 이야기였다. 그러나 지금은 J-POP이 차 안에 흐른다. 세쓰에가 채널을 돌리게 한 것이다. 히로코가 있는데 그런 이야기를 할 수는 없다.

"라디오 말마따나, 어떻게든 올림픽 전에 잡으면 좋겠구먼. 그도 그럴 것이 일본이 외국에 창피를 당할 수는 없잖여."

아무도 대답하지 않았다.

"탈옥범을 못 잡고 이대로면 일본 경찰은 우수하다는 지금까지의 평가도 바뀌는 거 아녀?"

노부요의 혼잣말은 그치지 않는다.

"난 말여, 아무리 구심회의 가르침이라 혀도 그 범인만큼은 용서할 수 없구먼. 관계없는 사람을 몇 명이나 해치고 말여, 죗값도 치르지 않은 채 태평하게 살고 있잖여. 이런 바보 같은 이야기는 없지. 안 그려?"

역시 아무도 대답하지 않는다.

"뭐여? 다들 왜 그려?"

노부요가 살짝 뒤를 돌아보고 말했다.

"그러게. 어서 잡아야 할 텐데. 그나저나 노부요 씨, 어제 일 끝나고 후루세 씨와 한참 얘기하던데. 무슨 얘기였어?"

세쓰에가 화제를 바꿨다.

"아아, 맞다 맞다."

노부요가 생각난 듯 머리를 위아래로 크게 흔들었다.

"어제 새로 파트타이머로 온 사람이 있었잖여. 그 사람과 서서 잠깐 얘기하는데 거기에 후루세씨가 와서 '또 이상한 권유를 하는 거 아니겠죠'라는 겨."

"무슨 말이 그래?"

"정말 뭔 말이 그렇댜. 신흥종교는 아무래도 나쁜 소리를 들기 십상이지만, 그래도 너무하잖여. 마지막에는 후루세 씨가 '어떤 것을 믿든 개인의 자유지만 다른 사람을 부추겨 폐를 끼치지는 마세요' 하는데, 나도 좀 참을 수가 없더라고…."

노부요는 그때의 감정이 되살아난 듯 씩씩대며 넋두리를 쏟아 냈다. 세쓰에를 비롯한 세 사람은 맞장구를 칠 뿐이다.

이윽고 구심회 시설에 도착했고 설교회가 시작되었다. 지금까지 세쓰에가 참석한 설교회 중에서는 가장 많은 인원이 콩나물시루 상태였다. 구심회 회원은 점점 늘어나고 있는 모양이다.

"―참말로 자신이 한심혀서, 천국에 있는 남편 얼굴을 볼 낯이 없구먼유… 난 어째 이리도 바보 같은지."

야마다라는 60대 여자는 흐느껴 울면서 바로 최근에 일어났던 불행을 적나라하게 이야기했다. 주위 사람들도 과연 동정과 연민을 금치 못했다. 이 여자는 지난달에 남편을 병으로 잃었다고 한다. 그런 그녀 앞으로 대여 창고업을 영위하고 있는 회사로부터 한 통의 안내장이 도착했다. 안내장에는 그녀 남편이 그곳에 아동 포르노를 다수 보관 중이라는 사실과 함께 그 처분을 상의하는 내용이 적혀 있었다. 구체적으로는, 이쪽에서 처분해도 좋지만 그 전에 남편이 오랜 기간 체납한 대여료 60만 엔을 지불하라는 말과 함께 지불하지 않으면 경찰에 신고한다는 말이 정중한 문장으로 쓰여 있었다고 한다.

그녀는 즉시 돈을 지불했다. 그리고 시간이 지나 그것이 사기였음을 알았다. 어떻게 그런 같잖은 말에 속을 수 있냐며 자신의 어리석음에 혀를 내둘렀으나, 그 심정을 모르는 바도 아니었다. 죽은 남편의 치부를 덮고 싶은 것은 아내라면 당연하리라.

"안내장에는 남편의 이름과 생년월일도 적혀 있었고, 우리 집 주소도 알고 있는 터라 의심도 안 했어유…. 게다가 남편을 잃은 지 얼마 안 되어 제 마음도 정상은 아니었구먼유."

여자의 변명이 허망하게 집회장에 울렸다.

"이해하네." 오네 선생님이 고개를 끄떡였다.

"세상에는 그렇게 남의 약점을 파고드는 비열한 놈들이 있지. 슬픈 일이지만 있단 말이네. 화재를 틈탄 도둑이나 상갓집 부조금 도둑, 최근에는 지진 피해지를 일터로 삼은 도둑도 있다고 들었는데 정말, 안타까운 일이지."

허리께에서 깍지를 끼고 느긋한 보조로 사람들 사이를 누비 듯이 걷는다.

"하지만 내가 보기에는 그런 악행을 저지르는 인간들도 무지할 뿐이야. 올바른 불도를 모를 뿐이야. 신앙과 선행에 의해서만 인간은 구원받는 법. 그 점만 알면 인간의 도리를 벗어나는 편이 훨씬 손해임을 누구든지 이해할 수 있다네."

"오네 선생님." 나이 지긋한 다른 여자가 손을 들었다.

"지금 말씀대로라면, 가령 그런 악인들도 구심회에 입회하면 구원을 받는 건가유?"

"물론." 즉답이었다.

"단, 입회만 하면 안 돼. 착실하게 신앙하고 올바른 불도를 닦으면 어떤 사람이든 다시 시작할 수 있지. 혹시 여러분 주위에 그런 악인이 있다면 한번 이리로 데려오시게."

오네 선생님의 농담에 웃음이 일었다.

이때 불쑥 옆자리의 히로코가 말했다.

"사람을 죽인 자도 말인가요?"

결코 큰 목소리는 아니었으나 오네 선생님에게도 들린 듯했다.

자리가 쥐 죽은 듯 조용해졌다. 오네 선생님은 눈을 게슴츠레 뜨고 히로코를 흘겨봤다.

"그럼. 사람을 해친 자라도 구원을 받네."

히로코는 대답도 수긍도 하지 않았다. 그런 히로코를 그 옆의 히사마가 곁눈질로 보고 있었다.

귀갓길의 하늘은 예상대로 비를 뿌리고 있었다. 먼 곳까지 시커먼 구름으로 뒤덮여 빗발은 서서히 강해져 갔다. 그리고 차 안에는 어색한 공기가 감돌았다. 오네 선생님에 대한 태도가 좋지 못했다는 노부요의 핀잔에 '하지만 나는 납득할 수 없어'라고 히로코가 반발했기 때문이다. 평소 남들보다 몇 배는 얌전한 히로코의 예상치 못한 반론에 노부요는 분개했다.

연신 좌우로 움직이는 와이퍼가 끼익끼익 귀에 거슬리는 소리를 낸다. 고무가 마모된 것이리라, 빗물이 잘 닦이지 않는다. 따라서 시야도 좋지 않다. 그러나 노부요의 운전은 거칠었다. 앞에서 달리는 차를 잇따라 추월했다. 한마디 하고 싶지만 세쓰에는 말을 꺼내지 못하고 흔들리는 차에 몸을 맡긴 상태였다.

"이봐 히로코 씨, 당신, 구심회의 가르침을 받들고 있는 겨?"

앞으로 기우뚱한 자세로 핸들을 잡은 노부요가 불쑥 말했다.

"응, 그런데?"

뒷좌석에 있는 히로코가 대답했다.

"그렇다면 오네 선생님의 말에 의문을 품는 건 이상하지 않어? 아녀?"

"……."

"다들 실례라고 생각했을 거구먼. 당신의 그때 태도."

몇 초간 침묵이 흐른다.

"노부요 씨는… 친족이 살해된 적 없잖아."

히로코가 나직이 말했다.

차 안에 곤혹감이 퍼졌다. 룸 미러에는 의아한 듯 후방을 보는 노부요의 눈이 비쳐 있었다.

"위험해!"

갑자기 조수석의 히사마가 고함을 질렀다. 급브레이크가 걸리고 엉덩이가 붕 떴다. 그 직후, 쿵 하는 충격.

세쓰에는 조수석 목 받침대에 머리를 박았다. 이내 차가 멈췄다. 뇌진탕이 온 듯 머리가 핑핑 돌아 시야가 흔들린다. 그것은 옆자리 히로코도 마찬가지인 듯했다.

잠시 후 정신을 차려 세쓰에는 앞 유리 너머를 봤다. 그 직후, 눈을 부릅뜨고 숨을 삼켰다. 차 앞 7, 8미터가량 떨어진 길 위에 검은 우산과 찌부러진 자전거가 나뒹굴고 있었다. 그리고 그 옆에는 중학생으로 보이는 학생복 차림의 남자아이가 쓰러져 있다.

히사마가 세차게 문을 열고 튀어 나갔다. 남자아이에게 달려가 길 위에 무릎을 대고 그 귓전에 소리쳤다.

"말도 안 돼… 맙소사."

그렇게 말한 사람은 핸들을 잡은 노부요다.

"맙소사, 맙소사."

잠꼬대처럼 중얼거리고 있었다.

그 노부요가 별안간 뒤를 돌아봤다. 안면이 창백했다.

"저 아이가 갑자기 뛰어나온 거지? 둘 다 똑똑히 봤지?"

전방을 확인하고 있었던 게 아니므로 세쓰에는 그때 상황을 알지 못한다. 한 가지 기억하는 것은 그 순간 룸 미러에는 후방을 바라보는 노부요의 눈이 비쳐 있었다는 사실이다.

"어, 봤지? 어?"

노부요는 눈을 치뜨고 애원하듯 말했다.

세쓰에도 히로코도 대답하지 못했다.

이때 히사마가 다시 차에 돌아왔다. 그리고 문을 열자마자 외쳤다.

"구급차 좀."

얼굴은 경직되어 있고 앞머리에서 물이 뚝뚝 떨어지고 있었다.

"내가 전화할게."

세쓰에가 대답하고 가방에서 휴대전화를 꺼내자, 히사마는 이내 문을 닫고 다시 남자아이에게로 달려갔다. 뒤이어 히로코도 차 밖으로 나가 남자아이에게 향했다.

[119번, 소방. 화재입니까? 구급입니까?]

세쓰에는 상황과 현재 위치를 전하며 전방을 노려보고 있었다. 몇 대의 차가 멈춰 서고 사람들이 내려 모여들었다.

노부요는 양손으로 머리를 감싼 채 내내 무언가를 중얼중얼 외고 있었다. 그게 불경임을 안 것은 전화를 끊고 난 뒤였다.

29

사고가 난 지 일주일이 지났다. 피해를 입은 남자 중학생은 머리가 찢어지고 왼팔이 골절이라는 큰 부상을 입었으나 다행히 생명에는 지장이 없었다. 중학교 3학년이었던 그는 배드민턴부 소속으로 현 대회 출전을 목표로 연습에 매진 중이었다고 하는데, 출전은 이제 불가능하다. 병문안을 갔을 때 학생은 몹시 낙담해 있었다. 아무리 사과해도 부족하지만 그저 사과의 말을 늘어놓는 수밖에 없었다.

한편, 운전대를 잡았던 노부요는 학생의 부모님과 크게 다퉜다. 노부요가 실수를 인정하지 않고 '아드님 쪽에서 튀어나왔습니다'라고 주장했기 때문이다. 그에 대하여 경찰은 동승자 세쓰에와 히로코에게 상황 설명을 요구했다. 두 사람은 전방을 보고 있지 않았기에 정확한 것은 모른다고 답했다. 노부요의 시선이 후방을 향해 있었던 것은 함구했다.

한편, 또 한 명의 동승자 히사마의 증언은 없다. 그도 그럴 것이 구급차가 도착했을 때 그의 모습은 현장에 없었기 때문이다. 언제 없어졌는지 아무도 모른다. 귀신같이 사라져 버렸다.

그리고 그 날 이후로 그의 모습을 보지 못했다.

"그 아이, 정말 뭐였을까."

근무를 마치고 탈의실에서 히로코가 말했다. 그 아이란 물론 히사마다.

어제 둘이서 히사마를 파견했던 회사에 가서 사정을 설명하고 그의 주소를 알아냈다. 개인 정보라 거절할 줄 알았으나 담당자는 선뜻 정보를 보여 줬다. 그 담당자도 히사마와 연락이 되지 않아 곤란하던 참이었단다. 그런데 그 주소는 지금껏 히사마를 데리러 갔던 장소와 전혀 달랐다. 더욱이 그곳에도 그의 집은 없었다. 찾아가 보니 생판 모르는 사람이 나왔다.

"무슨 사정이 있겠지만."

필시 그럴 것이다. 주소를 속이다니 참 너무한다. 세쓰에와 히로코는 히사마가 걱정되어 집을 찾았던 것이다. 그뿐이었는데 예기치 못한 전개가 기다리고 있어 당황했다.

어쩌면 히사마 미치토시라는 이름도 가명일지 모른다. 대체 그의 정체는 무엇일까.

"그래도 분명 나쁜 아이는 아닐 거야."

먼저 옷을 갈아입은 히로코가 말했다.

"사고 때, 필사적으로 응급조치하는 그 아이를 보고 나 자신이 한심해졌어. 나는 동요만 할 뿐 아무것도 하지 못했어."

"그건 나도 마찬가지야."

그때는 정말 놀라서 정신이 없었다. 그런데 그 와중에도 약간이지만 제 안위를 걱정하는 마음이 있었다. 이 사고가 자신에게 어느 정도 누를 끼칠까, 머리 한구석에서 그것을 생각했다.

"경찰은 찾고 있을까?"

"글쎄. 그 파견 회사에 연락도 안 했을 정도니 안 찾고 있는 게 아닐까?"

파견 회사에 경찰의 연락은 없었다고 한다. 그렇다면 현장에서 사라진 히사마를 경찰은 중요하게 여기지 않는 것이리라. 생사를 가르는 사고가 아니었던 데다, 동승자 세 명 가운데 두 명에게서 증언을 얻었으니 문제없다고 판단했는지도 모른다. 게다가 이미 합의는 이루어 진 상태다.

"노부요 씨, 이대로 관두는 걸까."

노부요도 사고 이후로 직장에 얼굴을 내밀지 않고 있다. 사흘 전 자택을 방문했지만 만나 주지 않았다. 세쓰에와 히로코가 유리한 증언을 해 주지 않아 그녀는 배신감을 느끼는지도 모른다. 결과적으로 사고는 노부요의 부주의로 일어난 것이라는 결론에 다다랐기 때문이다. 그녀가 대인배상 보험에 가입되어 있어 그나마 다행이었다.

노부요와 히사마. 두 사람은 구심회를 어떻게 할까. 이대로 탈퇴해 버리려나. 이런 때야말로 구원을 찾아야 하는데.

이틀 후, 세쓰에가 집에서 청소기를 돌리는데 휴대전화가 울렸다. 모르는 번호로 온 전화였다. 누구일까 의아하게 생각하며 받아 보니 상대는 미라클 호프라는 회사의 가가라는 남자였다.

미라클 호프라는 곳은 아들 다쿠미가 취직한 IT 기업이다.

가가는 다쿠미의 직속 상사라고 했다.

[곤노 군에게는 늘 신세를 지고 있습니다.]

"아뇨, 저희야말로 신세 많이 지고 있습니다."

심상치 않은 분위기를 감지하고 세쓰에는 침을 삼켰다.

"저기…, 저희 아들이 무슨 일 저질렀나요?"

먼저 그런 질문을 하고 말았다.

[어머님, 냉정하게 들어 주시겠습니까.]

그 말로 시작된 가가의 이야기는 세쓰에를 침통하게 했다. 그리고 안절부절못하게 했다. 다쿠미가 회사 돈을 90만 엔이나 유용했다고 한다.

"그런데, 다쿠미는 지금 함께 있나요?"

몇 초 후 다쿠미가 전화를 받았다. 심하게 오열하고 있어 무슨 말을 하는지 제대로 알아들을 수 없었다. [미안해.] [정말 엄청난 짓을 하고 말았어.] 그렇게 말하는 것만은 알아들었다. 그 곁멋 든 다쿠미가 아이처럼 엉엉 울고 있었다.

"어째서, 어째서 그런 바보 같은 짓을 했니."

세쓰에도 울먹였다.

다시 가가가 전화를 받았다.

[다행히 아직 회사에는 발각되지 않았습니다. 윗사람이 알면 아마 형사 사건으로 처리될 것입니다. 맨 처음 알아차린 사람이 저라서 정말 다행입니다.]

"그렇다면, 혹시 무마하는 데 힘써 주시는 건가요?"

[당연합니다. 들키면 저도 모가지입니다.]

할 말을 잃었다. 그렇게 되면 잘못을 이루 다 속죄할 수 없다.

[괜찮습니다. 반드시 어떻게든 하겠습니다.]

세쓰에는 조금 안도했다. 말투를 듣자니 이 가가라는 상사는 착실한 사람 같다.

"저…, 그러면 어떻게 돈을 메우면 될까요?"

세쓰에는 앞질러 말했다. 당연히 갚지 않으면 안 되리라. 큰돈이지만, 90만 엔 정도라면 어떻게든 마련할 수 있다.

"제가 다쿠미 계좌에 바로 입금할게요."

[감사합니다. 하지만 곤노 군의 계좌는 지금 사용할 수 없습니다. 그는 어젯밤 만취하여 가방을 통째로 잃어버린 상태라 휴대전화도 지갑도 수중에 없다고 합니다.]

손으로 이마를 짚었다. 어떻게 그런 일이. 아들의 어리석음은 끝을 알 수가 없다.

"그럼 가가 씨 계좌에…."

[그것도 안 됩니다. 부끄러운 이야기지만, 저는 현금 카드를 아내에게 빼앗겼고 아내는 근무 중이라 늦게까지 집에 들어오지 않습니다.]

"그럼 어떻게 하면 될지… 당연히 급하겠죠?"

[물론입니다. 한시를 다투는 문제입니다. 그래서 지금, 히라이라는 사람이 신칸센을 타고 그쪽으로 향했습니다. 히라이는 저와 곤노 군의 공통 지인입니다. 그에게 직접 현금을 건네주시

면 감사하겠습니다.]

이미 조취를 취해 준 건가?

[앞으로 두 시간 정도면 댁에 도착할 것입니다.]

세쓰에는 돈을 준비해 두겠다고 했다.

"마지막으로 한 번 더 다쿠미를 바꿔 주시겠어요?"

[곤노 군, 어머니께서 바꿔 달라고 하시네.]

가가의 목소리가 들렸다.

[죄송합니다. 지금은 대화할 수 있는 상태가 아닌 것 같습니다.] 거절의 말이 돌아왔다.

아직 울고 있는 것이리라. 자업자득이라지만 그 모습을 상상하니 가슴이 미어졌다.

"정말, 폐를 끼쳐 죄송합니다."

[어머님. 곤노 군은 잘못을 저질렀지만 업무에는 성실히 임해 왔습니다. 장래성도 있다고 생각합니다. 그는 반드시 제가 지키겠습니다.]

세쓰에는 다시 한 번 사과와 감사의 말을 전하고 전화를 끊었다. 눈물을 닦고 지갑과 통장을 들고 집을 나서 은행을 향해 차를 달렸다.

30

운전대를 잡은 히로코가 시시한 이야기를 끝없이 늘어놓았다. 조수석에 앉은 세쓰에는 맞장구를 쳤지만 마음은 딴 데 가 있었다. 히로코도 세쓰에를 배려하여 입을 움직이는 것이다.

"세쓰에 씨, 사탕 먹을래?"

신호에 걸렸을 때 히로코가 사탕이 든 봉지를 내밀었다. 세쓰에는 고개를 저었다.

"기운 내야지. 분명 오늘 설교회가 끝나면 마음도 조금은 편해질 거야."

세쓰에는 힘없이 고개를 끄덕였다.

오늘 설교회에는 갈 생각이 없었지만 히로코가 강제로 끌고 나왔다.

닷새 전, 자신은 사기 피해를 당했다. 어째서 도중에 알아차리지 못했을까. 지금 생각하면 이상한 점이 여럿 있었다. 다쿠미와 가가의 지인이라는 히라이는 아직 스물도 채 안 된 듯한 외모에 머리를 연갈색으로 물들인 젊은이로, 슈트도 어디서 빌려 입은 듯한 모양새였다. 그런 그에게 세쓰에는 현금 90만 엔이 든 봉투와 함께 차비로 5만 엔을 건넸다. 연신 사과하는 세쓰에 앞에서 그는 닭처럼 고개를 까딱일 뿐이었다.

시간이 지나면서 불안해져서 세쓰에는 다쿠미에게 전화를 걸었다. 그랬더니 그가 받았다. 분실되었다던 휴대전화를 아들이 받은 것이다.

[가가? 그런 상사 몰라.]

다쿠미의 말에 세쓰에는 절망했다. 모든 것이 거짓말이었다.

왜, 친아들과 타인의 목소리를 구별도 못 했을까? 왜 그때 더 냉정할 수 없었을까. 피해를 당하고 며칠간 세쓰에는 깊은 후회

에 시달렸다. 후회하고 또 후회해도 끝이 없었다. 분하고 한심
해서 가슴이 터질 듯한 나날을 보냈다.

남편에게서는 추상같은 질책이 떨어졌다. 있는 대로 욕을 먹
었다. 세쓰에는 변명할 말이 없었다. 남편은 옳다. 자신이라는
인간은 철딱서니 없는 멍청이다.

신호가 파란불로 바뀌고,

"참, 우리 남편, 다음 일자리 정해졌어."

히로코가 차를 출발시키며 말했다.

오늘은 날씨가 좋아 앞 유리로 비쳐드는 햇살이 눈부시다.

"그래? 잘됐다." 순수한 마음으로 말했다.

"예복 도매업이야. 업무 특성상 젊은 사람보다는 중년 인력을
원했나 봐. 급여는 뚝 떨어졌지만."

"그래도 잘됐네."

"응, 정말 그렇다니까. 우리 남편도 의욕에 차 있어."

"히로코 씨 남편, 대단하다. 보통 그 나이대 남자면 새로운
일을 시작하는 데 용기가 필요할 거야. 굉장한 일이라고 생각
해."

아마 우리 남편이라면 자포자기했을 터다. 자존심을 버리는
것이 그 사람에게는 불가능하리라.

"우리 남편도 한동안 무기력했다고 할까, 의기소침해 있었어.
회사에 안 나가게 된 뒤로 계속 집에 누워 있고. 매일 한 번 산
책을 나갔지만 꼭 밤늦게였지. 이유는 묻지 않았지만, 분명 이
웃의 시선을 의식했을 거야."

충분히 상상이 갔다. 일하고 싶은데 일할 수 없어 괴로웠으리라. 남자라면 더더욱 그렇다.

"그런데 이따금 그 산책시간이 무척 길어져서, 두 시간쯤 돌아오지 않을 때가 있었어. 걱정이 되어 어떻게 된 거냐고 물어봤더니 모르는 사람에게 푸념과 고민을 늘어놓는다는 거야."

"모르는 사람에게?"

"그래. 그것도 밤늦은 시각이잖아, 대체 어떤 사람이냐고 묻자 아직 머리에 피도 안 마른 젊은 남자라고 하더라."

히로코는 웃느라 어깨를 들썩이며 이야기한다.

"가끔 마주치자 '자주 만나네요'라고, 남자 쪽에서 먼저 말을 걸어왔나 봐. 그것을 계기로 공원 벤치에 앉아 이것저것 이야기를 하게 된 모양이야."

"호오. 왠지 재미있는데."

"그런 젊은 애를 붙들고 아저씨가 고민을 늘어놓는 게 미안하지도 않았냐고 했더니, 젊은 남자가 되레 저쪽에서 듣고 싶어 했다고 우기는 거야. 그런데 우리 남편, 그 남자한테 무심코 내 언니 이야기도 해 버렸나 봐."

"앗, 진짜? 그건 좀…."

"응. 나도 화를 냈거든. 하지만 덕분에 우리 남편이 기운을 차린 것은 확실하니 너무 강하게는 말할 수 없었지. 나, 남에게 이야기를 털어놓는다는 거, 굉장히 중요한 일이라고 생각해."

정말 그 말이 맞다. 아직 상처는 아물지 않았지만, 자신도 히로코에게 사기당한 치욕을 고백하여 조금 마음이 편해졌다.

"그럼 그 남자한테 감사해야겠네."

"그런데 그 남자, 요즘에는 보이지 않나 봐. 우리 남편이 연락처를 교환해 둘 걸 그랬다고 아쉬워했어. 아, 또 신호 걸렸다."

차가 서서히 속도를 줄였다. 순간, 세쓰에는 뭔가 마음에 걸렸다.

"저기 히로코 씨, 그 남자는 어떤 사람이야?"

"응? 뭐랬더라. 훤칠하니 키가 큰, 20대 초반의 남자라고 했던 것 같은데."

설마 히사마? 아니, 그럴 리 없다. 그가 이 부부에게 접근할 이유가 없다.

차가 멈추었을 때, 세쓰에가 앉은 조수석 측 창문에서 노크 소리가 났다. 놀라서 옆을 쳐다보니 그곳에는 오토바이에 탄 풀 페이스 헬멧의 남자가 있었다.

남자가 실드를 올린 순간 그가 히사마임을 알고 경악했다.

"히사마 군."

히로코의 목소리와 겹쳐졌다.

세쓰에가 조수석 창문을 내렸다.

"오랜만입니다."

뭐라고 대꾸해야 할지 알 수 없었다. 지금까지 어디 있었나. 왜 모습을 감췄는지? 어째서 갑자기 이런 데서 말을 걸었는지? 머릿속이 패닉 상태였다.

"히사마 군도, 지금 설교회에 가?"

당혹감 끝에 세쓰에가 입 밖에 낸 말은 이것이었다.

"아뇨. 전해 드리고 싶은 것이 있어서요."

히사마는 짊어지고 있던 배낭에서 갈색 봉투를 꺼내어 그것을 차 안으로 밀어 넣었다. 안에 서류가 들었는지 꽤 무게가 있었다.

"으음, 이게 뭔데?"

"구심회의 어둠을 조사한 자료입니다."

"뭐?"

"구심회는 회원들의 신변을 철저히 조사합니다. 왜냐면, 돈이 되기 때문입니다. 고액 상품을 강매하는 회사나, 가상의 투자 이야기를 꺼내는 놈들이나, 보이스 피싱 조직 같은 데도 회원 정보를 팔아넘기는 모양입니다. 개인 정보로 악행을 저지르는 자들에게는 간절히 필요한 것이겠지요. 종교라는 입구를 만들어 사람을 모으고 개인 정보를 손에 넣어 그것을 되파는 그런 악덕 종교가 존재하는 모양입니다. 유감이지만 구심회는 그 정점이었습니다."

히사마는 무척 빠른 어조로 이야기했다. 말이 머릿속에 단편적으로 들어왔으나 처리 속도가 뒤따르지 못했다.

한 가지 확실한 사실은 이미 자신은 사기 피해를 당했다는 것이다. 그리고 자신이 스스로의 가정 상황과 아들 이야기를 자세히 털어놓은 곳은 구심회 간부 이외에 없다는 것이다.

그러나 도무지 믿을 수 없었다.

"머지않아 반드시 세상에 악행이 드러날 것입니다. 두 분도 부디 조심하세요."

대답이 궁해졌다.

"왜 히사마 군이 이런 일을 해?"

운전석에서 히로코가 쭈뼛쭈뼛 말했다.

"혹시 당신, 그것을 조사하기 위해 구심회에 잠입한 거야?"

설마. 그가 자신의 정체를 속인 건 그 때문이었을까.

이 청년, 대체 누구…?

히사마는 한숨을 한 번 쉬고 희미하게 미소 지었다.

"그런 것으로 해 두고 싶지만, 우연입니다. 그럼 이만. 짧은 시간이었지만 신세 많이 졌습니다."

그는 그렇게 말하고 실드를 내리더니 오토바이를 유턴하여 반대 차선으로 들어갔다.

신호는 이미 파란불로 바뀌어 있었다. 빵빵. 뒤에서 짧은 클랙슨이 울렸다. 그러나 히로코는 출발하려 하지 않았다. 세쓰에 또한 넋이 나가 있었다.

빠앙. 이번에는 길었다. 클랙슨 소리가 먼 귓가에서 계속 울리고 있었다.

6장

탈옥 488일째

31

"개호사(요양보호사)? 멋진데."

맞은편의 남자가 눈을 동그랗게 뜨며 말했고 주위 사람들도 관심을 나타냈다.

"하지만 이제 막 시작했고 아무런 자격증도 없는걸요."

사카이 마이는 황급히 덧붙였다.

"그럼 나도 마이에게 개호해 달라고 할까나."

남자가 너스레를 떨었다

"앗, 도루는 여자친구 있잖아."

아야나가 남자를 척 가리켰다. 소꿉친구인 아야나와 히로미에게서 '마이가 고향에 돌아온 기념으로 밥 먹자'라는 말이 있었던 것은 어제였는데, 3 대 3 미팅이라는 것은 만나기 직전까지 모르고 있었다. '미안' 하고 두 사람은 사과했으나 마이는 살짝 화가 나 있었다. 남자도 있는 줄 알았으면 다른 옷을 골랐을 텐데. 메이크업도 오늘 밤은 여자 모임용이다. 하기야 이곳에서 남자친구를 만들 생각은 요만큼도 없지만.

게다가 지금 아야나의 말을 들어보면 남자 쪽에도 여자친구가 있는 모양이니 아마 그들도 재미 삼아 참석한 것이리라. 무엇보다 아야나도 히로미도 남자친구가 있다.

"그럼 마이는 그 미용학교를 졸업하고 개호사가 된 거야?"

도루가 한 손에 맥주잔을 들고 말했다. 장소는 동네 싸구려 술집이다. 주위는 시끌벅적 소란스럽다. 여자 셋은 아직 열아홉 살인데 소프트드링크를 마시는 건 마이뿐이다. 술은 한 모금만 마셔도 기분이 나빠진다.

"졸업한 건 아니고, 도중에 관두고 고향으로 돌아온 거예요. 그래서 뭔가 일을 해야겠다 싶었어요."

"그래서 개호사?"

"네. 일단."

"착실히 졸업하여 헤어 메이크업 디자이너 같은 게 될 마음은 없었던 거네."

"그렇죠."

"어째서? 화려하고 재밌어 보이는데."

"왠지 도루군, 면접관 같아."

히로미가 딴지를 걸어 웃음이 일었다. 마이도 웃어 보였으나 제대로 웃고 있을지 불안해졌다.

고등학교 졸업 후, 오모테산도에 있는 미용 전문학교에 들어가고 도쿄에서 자취까지 했건만, 도중에 때려치우고 이바라키의 본가로 돌아왔기 때문이다. 엄마에게는 일단 쓴소리를 들었지만

460

형식적인 것이었다. 엄마보다 더 물러 터진 아빠는 딸의 귀향을 무턱대고 반겼다. '뭐, 인생의 수업료였던 셈 치면 되지.' 그렇게 다정한 말을 건네줬으나 마이로서는 부모님에게 죄송한 마음이 가득했다.

학교를 관둔 데는 연수로 며칠간 실제 현장을 견학한 일이 계기가 되었다. 그곳에서는 이상과 동떨어진 모습이 기다리고 있었다. 모델들은 무례하여 화장을 멋대로 고쳐 버렸고, 헤어 메이크업 디자이너들도 '그럼 처음부터 직접 하던가'라며 뒤에서 모델들의 험담만 늘어놓았다. 몇몇 현장을 방문했으나 어디에든 비슷한 광경이 있었다.

물론 다른 세계도 있으리라. 마이가 꿈꾸어 왔던 현장도 분명 존재할 것이다. 하지만 그런 장소에 자신이 있는 모습도 상상되지 않았다. 자신은 기술도 그렇거니와, 신념도 결코 높지 않다. 마이로서는 막연히 멋진 곳에서 일하고 싶었을 뿐이다. '미용뿐 아니라 어느 업계든 마찬가지 아닌가.' 동급생 중 한 명이 태연히 그렇게 말했으나, 이런 아이나 이 세계를 헤쳐 나갈 수 있겠거니 싶었다. 자신으로서는 도저히 무리임을 깨닫고 말았다. 사실을 말하자면 사회의 현실을 엿보고 마음이 꺾여 버린 것이다.

"그런데 개호라는 거 솔직히 힘들지 않아? 할아버지 할머니의 기저귀를 갈아야 하잖아. 나라면 죽어도 무리야."

마이도 그렇게 생각했었다. 처음 기저귀를 갈았을 때 손에 오물이 묻어 비명을 지르고 싶었다. 하지만 그것도 여러 번 하는 사이 자연히 익숙해져 버렸다. 물론 자진해서 하고 싶은 일은 아니지만, 누군가는 해야 한다면 그 사람이 자신이어도 상관없다. 그런 마음이 들었다.

본가에서 차로 약 20분 거리에 있는 아비코의 그룹홈 '아오바'에서 일하게 된 것은 구인 공고를 본 엄마가 권했기 때문이다. 따로 하고 싶은 일도 없었기에 순순히 따르기로 했다. 솔직히 말해 개호직에 종사함으로써 학교를 자퇴한 오명을 털어 내고 싶은 마음도 있었다. 속죄까지는 아니더라도 대의명분 같은 것이 서지 않을까 싶었다.

이런 계기로 시작한 일이지만, 지금 마이는 매일이 즐거웠다. 일을 쉬는 날에도 시설에 얼굴을 내밀고 싶을 정도였다.

목적은 선배 파트타이머인 사쿠라이 쇼지다. 그를 좋아하게 되는 데 시간은 그리 오래 걸리지 않았다. 무엇을 물어도 성심성의껏 가르쳐 주고, 그러면서도 잘난 척하는 구석이 없다.

무엇보다 사쿠라이는 마음씨가 고운 사람이었다. 마이는 그 부분에 끌리고 말았다. 입주자에 대한 그의 눈빛은 언제나 따스하다.

사쿠라이는 여자친구가 있을까. 마이가 지금 가장 알고 싶은 건 이것이다. 세상의 모든 의문과 수수께끼를 제쳐 두고 이것만이 알고 싶다. 물론 솔로임을 알았다 해도 자신이 사귈 수 있을지 없을지는 또 다른 문제지만. 마이는 온힘을 다해 노력할 작정이다.

"어라, 아가씨, 좋은 아침이야. 오늘은 한 방에 성공했니?"

마이가 경차에서 내리자 마당에 빨래를 널던 도메가 말을 걸었다.

"점점 실력이 느네요."

마이는 주차장에 차를 대는 데 서툴렀다. 늘 세 번은 고쳐 대는데 오늘은 드물게 한 번으로 끝났다. 면허를 딴 것은 고등학생 때였지만, 운전을 하지 않았었다. 그래서 이 경차에는 긁힌 자국이 여러 개 있다. 집 차고에 주차할 때도 실패를 거듭했기 때문이다.

"오늘 하루도 힘내렴."

"네. 고맙습니다."

도메는 자신을 예뻐해 주는 입주자지만 방심할 수 없는 사람이기도 했다. 얼마 전 다른 파트타이머에게 듣자니, 마이의 네일이 마음에 들지 않는다고 뒤에서 헐뜯은 모양이다. 거의 투명에 가까운 핑크 매니큐어를 발랐을 뿐인데. '뒷담화는 도메 씨의 지병과도 같은 것이니 신경 쓰지 않아도 돼'라고 들었지만, 마이는 당장에 매니큐어를 지우고 손톱도 짧게 깎았다.

사무실에 얼굴을 내밀자 컴퓨터 앞에 사원 요모다의 모습이 보였다. 인사를 하고 로커에서 앞치마를 꺼내어 몸에 둘렀다.

"그럼 전달 시작하겠습니다. 오늘 아침부터 미우라 씨가 불안정합니다. 집에 가겠다며 방에서 짐을 싸고 있었던 모양이니 신경을 써 주십시오. 그리고 오늘은 목욕하는 날이니 하쓰토리 씨가 또 떼를 쓸지도 모릅니다…. 뭐, 그렇지만 이건 마이가 있으니 괜찮으려나."

하쓰토리라는 할아버지는 목욕을 꺼릴 때가 있지만 어째서인지 마이가 권하면 바로 엉덩이를 뗀다. 참고로 전달이라는 것은 그날 입주자의 상태를 전하기 위한 절차로 출근했을 때 반드시 이루어진다.

"마이, 아직 목욕 시중은 혼자 들기 힘들겠지?"

"네. 아직 좀 불안해요. 죄송합니다."

"아냐. 입욕 시중은 만만치 않으니까. 그럼 오늘도 사쿠라이 군에게 시킬 테니 서포트하면서 배워."

신난다. 오늘의 즐거움이 또 하나 늘었다.

이때 생각났다는 듯이 요모다가 말했다.

"참, 사쿠라이 군 말인데, 다음 주부터 담당 구역이 1층에서 2층으로 바뀌니까, 그 전에 1층에 대해 모르는 것이 있으면 빨리 그에게 물어 둬."

"어라."

"최근 입주자에 대해 가장 빠삭한 사람이 그거든. 거의 매일 봐 주고 있으니."

"……."

"음? 왜 그래?"

"아뇨, 아무것도 아니에요." 급격히 사기가 저하됐다.

"저기요, 담당 층이 바뀌는 경우가 자주 있나요?"

"가끔 있지."

"그럼, 저도 2층으로 가는 경우가…"

"그럴 일은 없으니 안심해도 좋아." 요모다가 씨익 웃었다.

"마이가 들어와 주어 사쿠라이 군이 2층으로 가게 된 거야."

최악. 나쁜 소식이다. 같은 시설 안이라지만 2층 파트타이머들과의 교류는 거의 없다. 고작 인사를 나누는 정도다. 사쿠라이와 아주 떨어지는 것은 아니지만 거리가 멀어지는 것은 확정되고 말았다.

마이가 어깨를 축 늘어뜨리고 있는데 요모가 불렀다.

"마이."

"이런 직업이니 힘든 일이나 슬퍼지는 일도 잔뜩 있을 거야. 그럴 때는 쌓아 두지 말고 뭐든 이쪽에 얘기해. 마이는 우리 시설에서 일을 시작한 지 곧 3주가 되지? 익숙해졌을 즈음 마음이 약해지는 사람이 많거든. 개호 일이란. 특히 마이 같은 10대 파트타이머는 지금까지 없었으니까."

"감사합니다. 그렇게 하겠습니다."

"응. 파트타이머들의 멘탈 케어는 내 일이니까, 정말로 사양하지 마."

요모다의 다정한 말도 한 귀에서 한 귀로 흘러 나갔다. 자신의 고민은 사랑 고민이기 때문이다.

사무실을 나와 거실에 얼굴을 내미니 소파에 걸터앉은 입주자들과 사쿠라이가 나란히 시대극을 보고 있었다. 마이는 전혀 즐길 수 없지만 사쿠라이는 의외로 좋아하는 모양이다. '권선징악 이야기는 안심하고 볼 수 있거든요'라고 전에 말했었다. 일단 권선징악의 의미만큼은 즉시 구글 검색으로 알아 두었다.

"안녕하세요."

일단은 입주자들과 사쿠라이에게 인사를 했다. 사쿠라이에게
서만 대답이 있었다.

"안녕하세요."

입주자들은 한 명 한 명 눈을 보고 인사하지 않으면 대꾸해
주지 않는다.

인사를 대강 끝내고 사쿠라이에게 물었다.

"미우라 씨는 어때요?"

"지금은 방에서 자고 있지만 일어나면 또 집에 가겠다고 할
지도 모릅니다. 만약 불안 상태라면 목욕 후 슈퍼에 다녀와 주
면 좋겠습니다."

"알겠습니다" 대답은 했지만 내심 난처했다. 얼마 전에는 밀
기울 과자를 잔뜩 사 버려 나중에 요모다가 영수증을 들고 슈
퍼에 반품하러 갔던 모양이다.

"사쿠라이 씨, 오늘 점심으로는 고기 우동을 만든다고 했던가
요?"

"네. 그럴 예정입니다."

"잘됐다. 미우라 씨가 좋아하는 거거든요."

입주자들의 식사 준비는 파트타이머들의 몫이다. 낮 근무조가
중식, 저녁조가 석식, 밤 근무조가 조식을 준비한다. 마이는 낮
근무이므로 이후 점심 준비에 들어간다. 직원들도 그것을 함께
먹는다.

시간을 봐서 입주자를 몇 명 화장실에 데려갔다. 본인들은 나
오지 않는다고 하지만 변기에 앉으면 나온다. 치매라는 병은 변

의마저 둔감하게 만드는 모양이다.

그 후 얼마 안 있어 한바탕 말썽이 일어났다. 자기 지팡이가 다른 사람 것과 바뀌었다며 하쓰토리가 소란을 피운 것이다. 물론 하쓰토리의 손에 있는 지팡이는 그의 것이다.

"이건 내 것이 아냐. 누군가가 멋대로 이것과 바꿔친 거야." 하쓰토리가 손안에 있는 지팡이로 바닥을 탕탕 쳤다.

"그렇지만… 그건 하쓰토리 씨 것인데요."

마이가 그렇게 일러 주었으나 하쓰토리는 믿지 않고 기염을 토하며 입에 거품을 물어댔다.

"아니, 안 속아."

"범인을 찾아내."

보다 못했는지 사쿠라이가 거들고 나섰다.

"하쓰토리 씨의 지팡이라면 제가 보관하고 있습니다. 지난번에 하쓰토리 씨가 닦아 두라고 제게 부탁하셨잖아요."

경쾌하게 말했다.

"으음… 그랬나?" 하쓰토리가 살짝 고개를 갸웃했다.

"그럼요. 지금 바꿔 올 테니 일단 그것을 제게 내어 줄 수 있을까요?"

그렇게 말하고 하쓰토리가 갖고 있는 지팡이를 받아 들더니 사쿠라이는 거실을 떠났다.

몇 분 후 다시 모습을 드러낸 사쿠라이의 손에는 방금 전 그 지팡이가 들려있었다.

"자, 이것이 하쓰토리 씨 것입니다."

"아아, 이거야 이거야."

지팡이에는 아무런 변화가 없다. 같은 것이니까. 그러나 하쓰토리는 인상을 펴고 그 지팡이를 짚은 채 유유히 복도를 나아갔다.

"고맙습니다. 덕분에 살았어요."

"천만에요." 사쿠라이는 미소를 지었다.

"사쿠라이 씨는 정말 거짓말을 잘하시네요."

사쿠라이가 쓴웃음을 지은 것을 보고 마이는 황급히 표현을 정정했다.

"죄송해요. 입주자를 잘 달랜다는 말이었어요."

"뭐, 거짓말임에는 틀림없죠. 하나의 방법이라고는 해도 별로 기분이 좋은 것은 아니에요."

"그런가요?"

"네. 거짓말은 피곤해요. 가급적 안 하고 싶어요."

그 후 마이는 적당한 때를 보아 부엌에서 중식 준비에 들어갔다. 메뉴도 얼른 레퍼토리를 늘려야 된다. 요리를 잘하는 엄마가 있으므로 최근에는 집에서 함께 요리하며 배우고 있다.

"어때요?"

완성된 고기 우동을 사쿠라이에게 먼저 맛보였다.

"굉장히 맛있어요. 하지만 면은 조금 더 삶는 게 좋을지도 모릅니다. 우리에게는 적당하지만, 입주자분들은 좀 더 부드러운 편이 먹기 좋을 거예요."

조언에 따라 면을 다시 푹 익혔다.

"딱 좋아요."

다시 확인을 받아 합격이 떨어지자 중식이 시작되었다.

"내 것이 적잖아."

에쓰라는 노파가 여느 때처럼 심통을 부려 곱빼기로 줬더니 기분을 풀었다. 하지만, 그녀는 소식 체질이라 매번 반 이상을 남긴다.

"아가씨. 시치미(고춧가루 등 7가지 재료를 혼합한 일본의 대표적인 향신료.) 가져와."

와슈가 턱짓했다. 처음에는 이 입주자의 난폭한 말투에는 놀랐으나 바탕은 좋은 할아버지다. 다른 파트타이머 아주머니들은 엉덩이 터치 같은 성추행 피해를 입었지만 마이는 한 번도 당한 적 없다. 상대를 봐 가면서 하는 것이리라.

"와슈 씨, 너무 뿌렸어요."

사쿠라이가 어이없다는 투로 말했다. 와슈가 표면을 뒤덮다시피 시치미를 뿌렸기 때문이다.

"이 정도가 맛있어. 응, 간이 딱 됐네."

와슈는 치매 증세가 없는 입주자였다. 그 대신이라고 하면 좀 그렇지만 좌반신 마비이므로 움직임에 제약이 있다. 그래서 그의 왼손에 있는 것은 젓가락이 아니라 포크가 달린 숟가락이다.

"그건 그렇고 쇼지, 네가 2층으로 옮긴다는 소문을 들었는데, 진짜냐?"

와슈가 눈을 가늘게 뜨고 묻자 사쿠라이가 손을 멈췄다.

"네, 와슈 씨에게도 조만간 얘기하려던 참이었어요."

"나는 허락 못 해."

와슈는 사쿠라이를 좋아했다. 그의 취미인 장기에 사쿠라이밖에 대국 상대가 없기 때문이다. 늘 대국하는데, 핸디캡을 안고 두었다지만 얼마 전에는 처음으로 사쿠라이가 이긴 모양이다. 마이는 룰을 전혀 모른다.

"유감이지만, 이미 결정되어서요."

사쿠라이가 난처한 얼굴을 했다.

"흥. 그런 건 사장과 요모다에게 말해서 막을 테야."

"종종 1층에 내려올게요."

"아니, 안 돼. 널 2층으로 보낼 순 없어."

와슈 씨, 힘내세요. 이때만큼은 와슈를 응원했다.

"제멋대로인 할아버지는 참 곤란하다니까."

얼마간 떨어진 자리에 있는 도메가 나직이 말했다.

"뭐야, 할망구. 불만이 있으면 똑바로 말해."

"어쩔 수 없으련만. 회사에도 사정이라는 게 있으니. 세상은 당신을 중심으로 돌아가는 게 아니라고. 안 그래, 스다 씨?"

옆자리의 스다에게 동의를 구하자 스다는 "그럼"이라고 짧게 대답했다. 하지만 그녀는 무슨 말인지 이해하지 못한다. 아흔 살인 스다는 아오바 최고령자로, 중증 치매 이외에도 당뇨병을 앓고 있다.

"뒷말밖에 못 하는 줄 알았더니 아니었나 보네. 다시 봤어."

도메가 삽시간에 얼굴을 붉혔다. 그리고 우동 그릇을 들고 일어섰다.

"나는 방에서 먹을 테야. 모처럼의 맛있는 밥이 맛없어지겠어."

또 이렇게 도메와 와슈, 두 사람은 번번이 식탁 분위기를 흐린다. 치매가 없다는 것도 참 곤란하다. 요모다와 다른 파트타이머의 말에 따르면 도메에게는 가벼운 치매가 시작되었다고 한다.

"와슈 씨. 말이 지나쳐요."

도메가 떠난 뒤 사쿠라이가 한숨을 섞어 타일렀다.

"먼저 싸움을 건 쪽은 할망구잖아. 그보다 쇼지, 널 놓칠 순 없어. 안 그래, 아가씨?"

"엑." 갑자기 돌려진 화살에 마이는 동요했다.

와슈는 마이를 흐뭇하게 보고는 히죽히죽 웃으며 우동을 들이켰다.

오후가 되어 마이는 사쿠라이와 함께 입주자를 목욕시켰고 그 후에는 미우라의 손을 잡고 슈퍼에 장을 보러 갔다. 여느 때처럼 미우라는 밀기울 과자를 잔뜩 사려고 했지만 오늘은 간신히 제지할 수 있었다. '오, 성공했네' 요모다의 칭찬에 기뻤다.

저녁조인 파트타이머가 오자 아침조인 사쿠라이의 근무는 종료되었다. 그러나 그는 바로 귀가 하지 않고 2층으로 향했다. 늘 있는 일이었다. 그가 2층에서 무엇을 하는지 마이는 잘 모른다. 한번 볼일이 있어서 2층에 올라갔을 때는 우연히 이오 요시코라는 입주자와 담소하는 모습을 봤다.

이오 요시코, 갓 들어왔을 무렵 마이는 그녀를 파트타이머로 착각했다. 그랬다가 입주자임을 알고 놀랐다. 조발성 알츠하이머라는 병을 앓는 모양인데 마이는 그녀를 마주한 적이 없으므로 그 병세를 모른다. 50대의 평범한 아주머니처럼 보이는 만큼 이곳에 있는 것에도 굉장한 위화감이 든다.

"마이, 다음 주 야근부터 혼자인데 괜찮겠어?"

저녁이 되어 일을 마친 마이가 사무실로 가자 요모다가 그렇게 물었다.

"저 혼자라고요?"

상상만으로도 긴장되었다. 야근 자체를 아직 세 번밖에 경험하지 못했다.

"사실은 더 적응한 다음이 좋지만 인원을 확보하지 못했거든. 미안해."

그렇게 말하면 거절할 수가 없다. 자신이 무리라고 하면 분명 요모다가 대신 투입되리라. 그렇게 되면 요모다가 휴식을 빼앗기게 된다. 다른 파트타이머에게 듣자니 이 사원은 한 달에 사흘 정도밖에 쉬지 않는 모양이다. 요모다는 늘 피곤한 얼굴을 하고 있다.

"알겠습니다. 노력해 볼게요." 마이가 그렇게 대답하자 요모다는 안도하는 듯한 표정을 지었다.

"그날의 2층 야근은 사쿠라이 군이니까 만약 곤란한 일이 있으면 그에게 말해. 그에게도 1층을 신경 써 주라고 전해 둘 테니까."

사쿠라이가 함께인 것은 기쁘지만 복잡한 마음이었다. 역시 사쿠라이는 2층으로 옮기는 모양이다.

"저기, 와슈 씨가 오늘 사쿠라이 씨를 2층에 보내지 않겠다고 하던데요."

"아까 내게 왔었어. 단호히 막겠다면서."

요모다가 쓸쓸하게 웃었다.

"정말 그 사람은 제멋대로라니까."

"그럼 어떡할 거예요?"

"와슈 씨도 같이 2층으로 옮기기로 했어. '그런 방법이 있었군. 크하하하' 하며 웃더라."

얼마 전 2층 입주자 한 명이 세상을 떠나 방 하나가 비는데 그곳에 와슈가 들어간다고 한다.

이로써 사쿠라이를 붙들어 둘 방도는 사라졌다. 마이의 어깨는 자연히 축 늘어졌다.

"마이, 어쩐지 기운이 없네."

"아뇨, 별로요."

요모다는 걱정스레 마이의 안색을 살폈다.

"그건 그렇고, 다음에 뭐 맛있는 거라도 먹으러 가지 않을래? 기분 전환 삼아서."

"아, 네. 꼭 가요."

어지간히 무성의한 대답이다. 요모다는 전혀 잘못이 없는데.

작별 인사를 하고 시설을 나왔다. 오후 6시에 접어들었건만 아직도 해가 중천이다. 푹푹 찌는 열기가 살갗에 엉겨 붙는다.

얼마 전, 7월에 접어들었다. 올해도 절반이 간 셈이다. 눈 깜짝할 새에 시간이 가니 무서워졌다. 그런데 어른들 말로는 앞으로 해가 감에 따라 점점 시간이 짧게 느껴진다고 한다. 그렇다면 10대의 마지막인 지금 이 순간은 소중할지도 모른다. 자각은 없지만, 이 무렵이 청춘이었음을 깨닫는 날이 언젠가 올까.

차에 올라타 안전벨트를 매고 시동을 걸었다. 그래도 사쿠라이가 관두는 건 아니잖아. 만날 수 없게 되는 건 아니잖아.

마이는 자신을 다독이고 조심해서 주차장을 나왔다.

"앞으로 3주 남았나. 멀었구나."

저녁 식사를 마치고 밤술을 마시기 시작한 아빠가 몹시 기대되는 듯 말했다. 이것이 근래 아빠의 입버릇이다. 올림픽 개회식 티켓에 당첨되었기 때문이다. 확률을 생각하면 기적 같은 일로 '우리 집 평생의 운을 다 써 버렸다'고 아빠는 기쁨에 겨워 말했다. 단, 티켓은 두 장밖에 없고 그것은 아빠 엄마의 몫이다. '마이는 앞으로도 기회가 있다'고 했지만 없다고 생각한다. 하지만 특별히 보고 싶은 것도 아니므로 상관없다. 스포츠광도 아니면서 왜 그토록 보고 싶어 하는지 부모님을 이해할 수 없었다. 역사적인 순간을 함께하는 데 가치가 있는 것 같지도 않다.

"그때까지 저 아이가 버텨 주면 좋으련만."

엄마가 근심 어린 눈으로 거실 한구석을 바라봤다. 그곳에는 납작 엎드린 셔틀랜드 쉽독, 우리 집 애견 포키가 있다.

포키는 17년하고 반년 정도 더 살았다. 인간 나이로 환산하면 90세 정도라고 한다. 최근 1년 새 급격히 늙어 산책은커녕 밥도 잘 먹지 않는다. 눈도 백내장으로 앞이 거의 보이지 않는 모양이다.

죽을 때가 가까워졌음은 누구의 눈에도 명백했다. 그야말로 내일 죽어도 이상하지 않다. 포키를 생각하면 마이는 가슴이 꽉 옥죄어 왔다. 자신이 철들 무렵 포키는 이미 이 집에 있었다. 인생의 대부분을 함께 보내 왔기에 자신의 남동생이나 마찬가지다. 슬플 때는 늘 옆에서 이야기를 들어 줬다. 눈물 흘릴 때는 뺨을 할짝할짝 핥아 줬다.

포키가 사라지면 우리 집은 한동안 어두워지리라.

"그런데 마이, 일은 어떠냐?"

"즐겁게 하고 있는데."

소파에 앉은 마이는 스마트폰을 만지작거리며 대답했다.

"그거 잘됐구나. 아빠는 마이가 개호직에 종사해 주어 안심이야."

"왜?" 손을 멈추고 얼굴을 들었다.

"노후 걱정이 없잖아."

"내게 수발을 들게 할 셈이야? 싫어, 그런 거."

마이는 얼굴을 찌푸렸다.

"친가족의 개호가 더 힘들어. 타인이기 때문에 냉정하게 수발을 들 수 있는 거지. 자기 부모면 일일이 감정적이 되어 지쳐 버린단 말이야. 그 때문에 개호시설이 있는 거라고."

전에 요모다가 그런 식으로 말했었다. 그 말을 그대로 했다.

"뭐야, 쌀쌀맞은 소리를 하네."

"그야 실제로 그런걸."

"뭐, 이 아빠는 마이보다 오래 살 작정이다."

아빠의 시시한 농담에 엄마가 손뼉을 치며 웃었다. 정말이지,
우리 가족은 평화롭다.

이때 손안의 스마트폰이 진동했다. 아야나의 라인 전화였다.
거실을 나와 자신의 방으로 향하며 전화를 받았다.

[도루 기억해? 골드 메시 헤어의 미남.]

물론 기억한다. 지난번 미팅에서 자신에게 이것저것 질문했던
남자다. 확실히 미남이었지만 자신의 타입은 아니었다.

[그게 말야, 도루가 마이의 라인을 가르쳐 달라고 부탁하는
데, 가르쳐 줘도 돼?]

3초 생각하고 마이는 거절했다. 관심 없는 남자와 라인으로
대화하는 것만큼 귀찮은 일은 없다.

[그러지 말고. 도루는 마이에게 마음이 있는 눈치야.]

"그렇지만 그 사람, 여자친구 있잖아." 마이는 침대에 걸터앉
으며 말했다.

[지금은 그렇지. 하지만 헤어지고 싶은지 새 여자친구를 찾고
있대. 그렇게 말했었잖아, 술자리에서도.]

마이는 귀 기울여 듣지 않았지만 그러고 보니 그런 소리를
했었던 것 같다.

"그럼 순서적으로 제대로 헤어지고 와야지."

[그럼 헤어지면 가르쳐 주겠다고 전해?]

"아니, 그것도 곤란한데."

[어째서. 라인 정도는 상관없잖아.]

라인은 읽으면 답장해야 된다. 반년쯤 전에 헤어진 남자친구는 읽은 후 바로 답장하지 않으면 '왜 답장 안 해?' 하며 삐졌다. 그게 싫어서 헤어진 것이다. 읽음 표시라는 그 쓸데없는 기능은 대체 누가 고안했을까?.

[정말 마이는 너무 고지식해.]

"고지식한 게 아니라 그 사람에게 관심이 없는 거야."

[누구 좋아하는 사람 있어?]

"뭐…, 없는 건 아니지."

[정말? 누구? 내가 아는 사람이야?]

"아니. 아야나가 모르는 사람."

그 후로도 질문 공세가 이어졌기에 마이는 사쿠라이에 대해 말했다. 이야기하는 사이 마이가 더 흥분하여 사쿠라이가 얼마나 멋있는지 열변을 토하고 말았다.

[흠, 하지만 그 개호사와 사귈 수 있을지 없을지 모르잖아.]

"그건, 그렇지만."

[그리고 그 사람 몇 살인데?]

"아마 우리보다 조금 위일 거라고 생각해."

[생각한다니, 나이 몰라?]

"그야, 느닷없이 나이를 물어볼 순 없잖아."

사쿠라이에 대해 아는 것은 이름뿐이다. 나이도 사는 곳도 모른다. SNS 같은 것을 하지 않을까 싶어 인터넷에서 이름을 찾아보았으나 전혀 검색되지 않았다.

[그런데 말야, 개호직인 데다 그것도 파트타이머잖아. 분명히 돈 없을걸.]

"그런 건 상관없어." 발끈했다.

"게다가 그 사람들도 부자 아니었잖아. 술값도 더치페이였고."

[걔네들은 아직 대학생인걸. 앞으로 미래가 있지만, 그 사람은 현시점에 개호 파트타이머라고. 만약 사귈 수 있다 해도 언젠가 마이가 먼저 떠날 거야.]

"왜? 나도 파트타이머니까 같은 입장인데. 아야나도 비슷한 처지잖아."

[우리는 여자잖아. 전혀 다르지.]

이런 여자가 있는 한 남녀평등의 세상은 오지 않으리라. 이래서 여자가 남자에게 무시당하는 것이다. 여자의 의식이 바뀌지 않으면 여자에 대한 취급도 바뀌지 않는다.

[도루는 우량 매물이라고 생각해. 적어도 그 사람보다는.]

아야나의 말에는 진지하게 화를 냈다. 아야나는 소꿉친구지만 향후 관계를 고민해 보기로 했다.

아야나와의 전화를 끊고 몇 분 후, 모르는 사람에게서 <안녕. 전에는 즐거웠어>라는 메시지가 라인에 도착했다. 이름을 보고 상대가 도루임을 알아차렸다. 애 좀 봐. 정말 말도 안 돼.

그러나 무시하는 것도 내키지 않아 마이는 <즐거웠어요>라고 한 마디 하고 이모티콘을 하나 보내 두었다.

이때 똑똑, 하고 문을 노크하는 소리가 났다. 엄마가 얼굴을 들이밀었다.

"지금 아빠와 함께 포키 산책시키러 갈 건데, 마이도 갈래?"

"응, 갈래." 바로 대답했다.

포키에게는 남은 시간이 얼마 없다.

얇은 파카를 걸치고 밖으로 나갔다. 아빠와 포키를 앞세우고 미지근한 밤공기에 젖은 시골길을 느긋한 보조로 나아간다. 주변은 어둡고, 벌레 울음소리가 간간이 들려온다. 포키는 이따금 초목 냄새를 맡으면서도 그 발을 멈추지 않았다.

"이 녀석, 오늘은 컨디션 좋은데."

아빠가 포키의 머리를 쓰다듬었다.

최근에는 금세 멈춰 서서 걷지 않았던 것이다. 그러면 아빠에게 안겨 산책하게 된다. 원래 양치기견으로 옛날에는 펄펄 날아다녔다. 던진 공을 잡으러 갈 때는 바람보다 빠를 정도였다.

"그러고 보니 무카이다 씨네 하나가 요즘 안 보이네. 혹시 죽었어?"

아빠가 엄마에게 물었다. 이웃 무카이다 씨 집에서 키우는 하나라는 코기견도 포키와 비슷한 나이였다. 산책 때 자주 마주쳐 늘 서로의 엉덩이 냄새를 맡곤 했다.

"아니. 하나는 아직 건강하겠지만 아주머니가 좀."

엄마가 의미심장한 어조로 말했다.

"뭐야. 아주머니가 왜?"

"나도 그냥 이웃에게 들은 건데."

그렇게 운을 뗀 엄마는 미간에 살짝 주름을 잡았다.

"얼마 전 악덕 종교에 관한 뉴스가 화제였잖아. 무슨 회인가 하는 거. 무카이다 씨가 가입한 데가 아무래도 거기였나 봐."

한 달쯤 전이었나, 구심회라는 이름의 종교 단체가 세간에서 화제였다. 많은 악행을 자행한 듯 간부 여럿이 체포되기에 이른 것이다. 고발한 사람은 본디 그곳 회원이었던 중년 주부로, 자신도 개인 정보가 팔리고 보이스 피싱 피해까지 당한 모양이다.

"그게 쇼크라서 집에서 못 나온다는 거야?"

"무카이다 씨, 이웃들에게도 입회를 권유했거든. 나는 잘 둘러대고 자세한 이야기는 듣지 않았지만. 그런 일도 있었던 터라 이웃을 볼 낯이 없는 게 아닐까?"

"그랬군. 딱해라." 아빠가 한숨을 쉬었다.

"엄마, 조만간 포키 데리고 그 댁에 찾아가 봐."

"응. 그래야겠다."

그 후 얼마 안 있어 포키가 걸음을 딱 멈췄다.

"어이구. 오늘은 애 많이 썼구나." 아빠가 안아 올렸다.

이쯤에서 온 길을 되돌아가기로 했다.

"마이, 바깥에 있으니 스마트폰은 그만하렴."

옆의 엄마가 질린 기색으로 말했다.

"그야, 라인이 오는걸." 마이는 입을 삐죽였다. 성실하게 답장하는 자신도 좀 그렇다 싶지만, 아까부터 도루에게서 메시지가 끊이지 않는다. 이래서 싫었던 것이다.

"남자친구냐?"

"아니. 지금은 남자친구 없어."

"이미 헤어졌던가?"

"벌써 반년쯤 전이거든."

"어라, 그랬나?"

실은 알면서 일부러 시치미를 떼는 것이다.

"마이는 지금 푹 빠진 사람이 있는걸."

엄마가 놀리는 투로 말했다.

"엄마." 마이는 거세게 항의했다.

"오호." 아빠가 눈을 게슴츠레 떴다.

"어떤 인물인지 아빠에게 말해 봐라."

우리 부모님은 늘 이렇다. 엄마는 뭐든 아빠에게 이르고, 아빠는 시시콜콜 캐묻고 싶어 한다. 딸의 프라이버시를 더 존중해 주면 좋겠다. 하지만 결국 이야기해 버리는 쪽은 마이였다.

"다음에 집에 데려오너라. 아빠는 그 남자애를 만나 보고 싶구나."

"아직 짝사랑이라고 했잖아."

"마이가 그 애와 결혼하면 우리 노후는 더욱 평안하겠군. 안 그래, 여보?"

"그러게. 개호의 프로가 두 사람이나 있는걸."

우리 부모님만큼 해맑은 부부는 없다. 부모님 같은 부부는 너무 이상적이다. 장차 자신의 집 같은 가정을 마이도 꾸리고 싶었다. 아직은 어린애지만 법적으로는 결혼할 수 있다. 아기도 언젠가 갖고 싶고, 반려견도 키우고 싶다. 하기야 그것은 아주 먼 미래의 일이리라.

32

오늘은 처음으로 마이 혼자 야근하는 날이었다. 사전에 작성해 둔 '아침까지 할 일 리스트'를 앞치마에 넣어 두고 하나씩 실행한 뒤 항목에 볼펜으로 두 줄을 그었다. 하나같이 어려운 작업은 아니지만 이곳에 자신밖에 없다고 생각하니 모든 일이 긴장되었다.

새벽 2시, 부엌에서 조식으로 내놓을 토란을 조리던 중 문득 옆에서 시선이 느껴졌다. 잠옷 차림의 에쓰가 벽 옆에서 얼굴만 내민 채 이쪽을 물끄러미 보고 있었다. 마이는 "헉" 하고 짧은 비명을 질렀다.

"에쓰 씨, 무슨 일이세요? 이런 밤중에."

본인에게 그럴 의도는 없겠지만 사람을 겁주는 데도 정도가 있다. 이처럼 심야에 배회하는 입주자는 적지 않다. 쥐 죽은 듯 조용한 어두운 복도에서 슬그머니 나타나기 때문에 귀신의 집이 따로 없다.

"저기 당신, 내 통장 어디 있는지 알아?"

에쓰가 눈썹을 찡그리며 말했다.

"에쓰 씨의 통장요? 아아, 그거라면 사무실에서 보관하고 있어요."

"정말?"

"네, 정말이에요."

거짓말이다. 애초 에쓰의 통장은 이곳에 없다. 그런 귀중품은 에쓰의 아들이 관리하고 있겠지만, 사실대로 말하면 화를 낼 것이 뻔하다. 그러나 에쓰는 잘 납득이 가지 않는 눈치다. 이 노파는 극도로 의심이 많은 구석이 있다. 게다가 도벽도 심하다. 휴지가 사라졌다 하면 대개 그녀의 방에서 나온다.

마이는 화제를 바꾸기로 했다.

"그러고 보니 내일 두루주머니를 만들까 하는데, 에쓰 씨가 도와주시지 않을래요?"

"두루주머니?"

"네. 저는 손재주가 없어서 과연 잘할 수 있을지 자신이 없거든요."

"하지만 나, 바느질 도구가 없는데."

"에쓰 씨의 바느질 도구도 사무실에서 보관하고 있어요."

이것은 정말이었다.

"어머, 그래?"

"아무쪼록 지도 부탁드려요. 제발."

에쓰가 득의양양한 미소를 지었다.

"그런 건 많이 하면 누구나 잘할 수 있어. 그럼 내일 내 방으로 오너라."

"네. 그럼 밤이 늦었으니 방에서 푹 쉬세요."

에쓰는 1분 전과는 딴판으로 평온한 얼굴이 되어 방으로 돌아갔다. 후우, 하고 한숨을 내쉬었다. 그녀를 다루는 데도 익숙해졌다.

과거에 에쓰는 바느질 교실을 운영했다고 한다. 에쓰 밑에서 배우려는 학생도 많았다고 하니 분명 훌륭한 선생님이었으리라. 실제로 그녀가 바느질하는 모습을 본 적이 있는데 그 손놀림은 과연 감탄할 만했다. 당시 학생들이 지금의 에쓰를 보면 어떻게 생각할까. 적어도 쇼크를 받을 것이다.

그 후 각 입주자의 방을 돌아봤다. 다들 쌔근쌔근 자고 있어서 안심했다. 만에 하나 숨을 쉬지 않는 사람이 있으면 큰일인데, 이 일을 계속하다 보면 언젠가 그런 일도 경험할지 모른다. 그때 자신은 평정을 유지할 수 있을까. 이제껏 가까운 사람은커녕 먼 친척 중에도 세상을 떠난 사람이 없다. 마이는 인간의 죽음이라는 것을 접한 적이 없었다.

새벽 3시 반이 되어 마이는 거실 소파에 앉아 등을 깊숙이 기댔다. 졸음은 오지 않지만 몸이 완전히 녹초였다. 내내 긴장감을 느꼈기 때문이다. 아침까지 아무 일도 일어나지 않기를. 마이는 내내 그것만 생각하고 있었다.

문득 천장으로 눈길을 줬다. 2층에서는 사쿠라이가 자신과 마찬가지로 야근 중일 것이다. 그도 2층 야근을 담당하는 것은 오늘이 처음이다. 찍소리 하나 들리지 않으니 2층도 평안한 모양이다.

한숨을 쉬었다. 사쿠라이를 만나고 싶다. 잠깐이라도 얼굴을 보고 싶다. 무슨 일이 있을 때에는 사쿠라이를 찾으면 되지만 아무 일도 일어나지 않았으니 어쩔 수 없다. 용건도 없는데 2층에 갈 수는 없고⋯ 라고 생각한 순간, 아이디어가 번뜩였다. 된장이나 간장이 떨어졌다면서 빌리러 가면 된다. 나 천잰가 봐.

마이는 자리에서 일어나 복도 중간쯤에 있는 계단으로 향했다. 2층에 얼굴을 내밀었는데 사쿠라이의 모습은 그곳에 없었다. 거실에도 부엌에도 없다. 입주자 방에 있을지 모른다는 생각에 복도를 보니 불빛이 새어 나오는 방이 하나 있었다. 슬며시 다가가 보니 희미하게 말소리가 들려왔다.

그것이 말소리가 아니라 여자 울음소리임을 안 것은 문 앞에 섰을 때였다. 입주자 이름이 쓰인 문패를 봤다. 이오 요시코.

"괜찮아요."

사쿠라이의 목소리였다. 마이는 눈높이에 난 유리창으로 슬그머니 안을 들여다봤다. 아오바의 입주실 문은 복도에서 안을 볼 수 있도록 특수한 형태로 되어 있다.

침대에 나란히 앉은 이오 요시코와 사쿠라이의 모습이 있었다. 그런데 두 사람은 사쿠라이의 무릎 위에서 손을 잡고 있었다. 감싸 쥐듯이, 사쿠라이는 양손으로 이오 요시코의 손을 쥐고 있다.

왜일까. 마이는 못 볼 광경을 보고 만 듯한 느낌이 들었다. 그래서일까, 자신도 모르게 그 자리를 떠났다.

발소리를 내지 않고 계단을 내려와 1층으로 돌아왔다. 소파에 앉아 마음을 진정시킨다. 방금 전 광경은 무엇이었을까. 이오 요시코는 분명 울고 있었다. 어깨가 떨리고 있었던 것이다.

분명 무슨 일이 있었으리라. 그리고 사쿠라이는 그런 그녀를 위로하고 있었음에 틀림없다. 어디까지나 업무의 일환인 케어를 위해….

그렇지만… 마이는 왠지 섭섭했다. 만약에 다른 입주자였다면 느낌이 전혀 달랐으리라. 하지만 이오 요시코는 아직 젊다.

마이는 고개를 저었다. 무슨 시답잖은 질투를 하는 건가. 그저 케어의 한 장면이 아닌가. 무엇보다 젊다고는 하나 이오 요시코는 자신의 어머니보다도 연상이다.

"좋았어."

기합 소리를 내어 잡념을 떨치고 마이는 다시 조식 준비에 들어갔다.

무사히 아침을 맞아 커튼이 걷힌 창으로 아름다운 아침 해를 봤을 때 마이는 이루 말할 수 없는 충만감으로 가득 찼다. 자기 혼자 1층의 하룻밤을 지킨 것이다. 아직은 미숙하지만 한 명의 개호사로서 인정받은 기분이었다.

조식 후 출근한 요모다는 마이를 몹시 칭찬해 줬고, 무엇보다 기쁜 눈치였다. 야근할 수 있는 파트타이머가 적은데 이로써 인력이 확보되었다 싶었으리라. 생각해 보면 생활 리듬이 무너지니 그것만큼은 걱정이지만, 야근은 시급이 높고 장시간 일할 수 있기에 돈을 버는 데는 안성맞춤이다.

업무 종료 마지막에 마이와 사쿠라이는 각각 요모다와 아침 조 파트타이머에게 담당 장소의 상황을 전달하기 시작했다. 먼저 마이가 메모를 보면서 1층 입주자의 상황을 이야기한다.

"본인은 기억에 없겠지만, 정말로 두루주머니를 만들어 볼게."

에쓰와의 바느질 약속을 요모다가 지켜 줄 생각인 듯하다.

다음으로 사쿠라이가 2층 상황을 전달하기 시작했다.

"오늘 아침, 소노베 씨가 이불에 실수한 일로 쇼크를 받은 눈치라서 모르는 척해 줬습니다. 나중에 본인이 없는 틈을 타 시트를 교환해 주시기 바랍니다. 또 젖은 속옷과 바지는 침대 밑에 숨겨져 있을 것입니다. 다음으로 가와다 씨 말인데, 밤중에 몇 번인가 스스로 창문을 여는 바람에 모기에 팔과 다리를 물렸습니다. 가려움증 약을 발라 두었으나 지금도 벅벅 긁고 있으니 낮에도 상태를 봐 주십시오. 그리고 고야마 씨에게서⋯."

늘 그렇지만 사쿠라이의 전달은 막힘이 없고 정확했다. 마이와 달리 '으음'이나 '저기, 그게' 따위가 들어가지 않는다. 이런 점도 존경스럽다.

"―이상입니다."

순간 마이는 곁눈질로 옆에 선 사쿠라이를 봤다. 이오 요시코에 대한 언급이 없다. 그녀는 밤중에 울고 있었다. 사쿠라이는 깜박한 것일까. 이 사람만큼은 그럴 리 없을 것 같은데.

마이는 조금 이상하게 여기면서 사쿠라이와 함께 시설을 나왔다. 야근 직후이므로 평소에는 오래 눌어붙어 있던 사쿠라이도 곧장 퇴근할 듯하다.

"그럼, 수고하셨습니다."

사쿠라이의 냉정한 한 마디. 다른 말도 좀 해 주면 좋으련만. 눈앞의 소녀가 본인에게 마음이 있다고는 상상도 못 하리라.

자전거에 걸터앉는 사쿠라이의 뒷모습에 시선을 보내며 마이는 차에 올라탔다.

차가 없는 건지 아예 면허가 없는 건지, 어쨌든 그는 자전거로 아비코 역까지 간 뒤 전철로 갈아타고 집에 가는 모양이다. 그가 어느 역에서 하차하는지 마이는 모른다. 사쿠라이에 대해서는 모르는 것투성이다.

　"괜찮다면 집까지 바래다 드릴까요?"

　운전석에서 그런 혼잣말을 해 봤다. 자전거를 모는 사쿠라이의 등이 점점 작아져 간다.

　정말 그런 말을 할 수 있다면, 사쿠라이가 이 조수석에 타 준다면 얼마나 행복할까. 하기야 그렇게 되면 가슴이 떨려서 제대로 운전할 자신이 없다. 분발하고 싶은 마음은 굴뚝같은데 무엇보다도 무슨 말을 하면 좋을지 모르겠다.

　입을 크게 벌려 하품을 했다. 일단 집에 돌아가면 죽은 듯이 자고 싶다.

　마이가 자기 방 침대에서 기상한 것은 날이 저문 뒤였다. 야근한 날은 매번 이렇다. 그래도 밤이 되면 또 잠이 오므로 수면에 관한 한 자신은 재주가 좋은지도 모른다. 눈을 비비며 거실로 내려가니 때마침 그곳에 막 퇴근한 아빠가 있었기에 연애상담을 했다. 아빠도 일단 남자로 분류되므로 남자 마음은 알 것이다.

　"그러게 집에 데려오래도. 아빠가 잘 어시스트해 주마."

　상담 상대를 잘못 골랐다. '역시 여자 쪽에서 들이대면 부담스러울까?'라고 질문한 결과가 이것이다. 뭐가 어시스트람.

"이 아빠, 이래 봬도 그런 거 잘한다."

넥타이를 풀며 아빠가 말했다.

"느닷없이 집에 데려올 수 있을 리 없잖아."

"처음에 높은 산을 넘어 두면 나중이 편할 거 아니냐. 우리 집에서 전골이라도 한 냄비 끓여 먹으면 싫어도 친교가 깊어지는 법."

"저기 엄마. 어떻게 하면 좋을 것 같아?" 무시하고 부엌에 있는 엄마에게 발언권을 넘겼다.

"연락처는 아니?"

부엌칼로 탕탕 도마를 두드리는 소리가 나고 있다.

"아니, 몰라. 라인 아이디도 전화번호도."

"그럼 우선은 그걸 따내야겠지."

"잘 물어볼 수 있을까?"

"그러고 보니 조만간 데가누마 불꽃놀이 축제 아니었나?"

아빠가 끼어들어 말했다.

"거기에 둘이 다녀오는 건 어때?" 또 무시했다. 자신은 그에 이르기 위한 접근법을 원하는 것이다.

아빠의 조언은 과정이 생략되어 있다.

"그런 건 그냥 가르쳐 달라고 하면 되잖아."

"그럴 수 있으면 이 고생을 안 하지."

"어라, 마이가 그렇게 소심했나? 옛날부터 적극적으로 움직이는 편이었잖아."

"왠지 이번에는 무리야."

"어째서?"

"왠지 모르게."

"흐음. 일단 너, 머리부터 빗으렴. 완전 까치집이야."

엄마에게 지적받고 마이는 세면실로 향했다. 거울을 보니 과연 머리가 부스스했다. 자고 일어난 뒤라 눈도 퉁퉁 부어 있다. 사쿠라이에게는 죽어도 보일 수 없는 얼굴이다.

완벽하게 메이크업한 얼굴을 사쿠라이에게 보여 주고 싶다. 중퇴했다지만, 미용학교에서 그럭저럭 기술을 배웠기에 메이크업에는 자신이 있다. 하지만 아오바에 그런 얼굴로 출근할 수도 없다. 아빠 말대로 만약에 함께 불꽃을 보러 갈 수 있다면…, 마이는 깊은 한숨을 쉬었다. 정말, 내가 이렇게 소심했던가. 꽤 대담한 줄 알았는데….

분명 상대가 사쿠라이이기 때문이다. 사쿠라이는 뭐랄까, 종잡을 수 없는 남자다. 그토록 다정한데, 어쩐지 다가가기 힘들다. 그리고 미스터리한 분위기를 자아낸다.

사쿠라이의 취미는 뭘까. 무엇에 관심이 있고 어떤 것에 감동할까. 이따금 배꼽을 쥐고 웃거나 눈물을 흘릴 때도 있을까. 그것들을 언젠가 알려 주었으면 좋겠다. 욕심 같아서는 살짝이라도 좋으니 자신 앞에서 보여 주었으면 좋겠다.

33

오늘은 두 번째 야근일이다. 한 번 경험한 만큼 조금은 마음의 여유도 생겼다. 하지만 그런 탓에 졸음도 생겨 버렸다. 아까부터 하품이 멎지 않는다. 푹 자고 출근하지 않은 탓이다. 물론 눈을 붙이는 건 허용되지 않는다. 아홉 명의 목숨을 혼자 책임지고 있으니까.

게다가 오늘 밤은 정신이 없었다. 취침했던 입주자가 번갈아가며 깨서는 이것저것 떼를 썼다. 어르고 달래는 데도 익숙해졌지만 솔직히 고달프다. 소리 높여 꾸짖고 싶지만 그것이 좋은 결과를 낳지 않는다는 사실은 알고 있다.

오늘 밤도 2층에는 사쿠라이가 있으므로 뭔가 힘에 부치는 일이 있으면 그를 찾아가기로 마음먹었다.

새벽 3시가 지났을 무렵, 마이가 부엌에서 조식 재료 준비를 하는데 별안간 불이 꺼졌다. 이어서 깜빡깜빡 불규칙한 점멸이 반복되었다. 폴터가이스트(원인 모를 소음, 움직임 등의 초자연적인 현상.)인가? 그렇게 생각했지만 이내 형광등이 수명을 다했을 뿐임을 깨달았다. 굳이 이런 한밤중에 수명이 다할 건 없잖아. 여벌 형광등을 찾다가 선반 안에서 발견했다.

단, 갈아 끼우는 법을 모른다. 집에서 이런 일은 전부 아빠가했다. 무엇보다 키가 작은 자신은 의자에 올라가도 손이 잘 닿지 않으리라. 마이는 잠시 고민하다가 2층으로 향했다. 키가 큰 사쿠라이라면 어려움 없이 교환할 수 있을 듯했다. 좋은 구실이 생겨서 신이 났다.

지난번처럼 사쿠라이의 모습은 2층 거실에 없었다. 그리고 불빛이 새어 나오는 방이 하나있었다. 이오 요시코의 방이다.

또야? 하면서 마이는 쥐 죽은 듯 조용한 복도를 천천히 걸었다. 의도치 않게 살금살금 걷고 있었다.

문 앞에서 귀를 쫑긋 세웠다. 둘의 말소리가 들렸다. 이오 요시코와 사쿠라이의 목소리다. 양심에 찔리기는 했으나 이번에도 유리창 안을 슬그머니 들여다봤다. 사쿠라이는 역시 이오 요시코의 손을 쥐고 있었다.

"─그래서 말인데, 혹시 내가 이런 병에 걸린 건 그 기억을 떠올리지 않을 수 있도록 신께서 이끌어 주셨기 때문 아닐까. 최근에는 그런 식으로 생각하고 있어."

오늘 밤 이오 요시코는 울고 있지 않았다. 다만, 드러난 옆얼굴에는 근심이 가득했다.

"하지만 잊진 않았겠죠."

사쿠라이가 그런 그녀의 얼굴을 들여다보듯 하며 말했다. 사쿠라이의 얼굴은 묘하게 심각해 보였다. 적어도 평소에는 보이지 않는 표정이다. 그나저나 무슨 얘기를 하는지 통 알 수 없었다.

"잊을 수 없어, 그런 일."

이오 요시코는 힘없이 미소를 지으며 중얼거렸다.

"바로 엊그제 일어난 일처럼 생생하게 기억나. 중요한 일은 잊고 마는데 잊고 싶은 일은 잊혀지지 않아. 역시, 신께서는 심술궂다니까."

"과연 그럴까요?" 사쿠라이는 진지한 눈빛으로 말했다.

"이오 씨의 그 기억이 누군가를 구하지 않을까요? 그 때문에 신께서는 그 기억을 이오 씨로부터 빼앗지 않는 건지도 모릅니다."

"누군가라니, 누구를 구하겠어. 이제 와서."

이오 요시코가 웃었다.

"당신, 재미난 소리를 하네."

"……."

"그리고 내 기억은 다른 사람의 눈에는 못미더운, 애매한 것이야. 내가 흑이니 백이니 한들 그것에 신빙성은 없어."

"왜죠? 이토록 분명하게 말할 수 있는데."

"그런 거야. 이 병은."

사쿠라이는 아랫입술을 깨물었다.

"실제로 나, 저녁에 뭘 먹었는지 떠올릴 수 없는걸. 어제, 어떤 하루를 보냈는지 기억나지 않는걸. 사쿠라이 군, 당신은 기억나겠지."

"제 이름은 똑똑히 기억하지 않습니까."

"당신은 늘 옆에 있어 주니까. 일이라 그렇겠지만."

"일 때문이 아닙니다."

이오 요시코는 의아한 눈으로 사쿠라이를 쳐다봤다.

마이는 뒤로 돌아 소리를 내지 않고 그 자리를 떠났다. 무슨 이야기를 하는지 통 알 수 없었지만 저번처럼 못 볼 것을 보고 들은 듯한 죄책감이 가슴속에 일어났다.

"자, 천천히, 떠올려 주세요."

등 뒤에서 들려오는 사쿠라이의 희미한 목소리. 마치 최면술을 걸기라도 하는 듯한 말투다.

대체 무슨 이야기를 하는 걸까. 사쿠라이와 이오 요시코의 관계는 무엇일까. 머릿속을 그 생각들에 점거당한 채, 날이 밝아 아침을 맞았다. 그리고 사쿠라이는 이번 전달에서도 이오 요시코에 대해 일절 언급하지 않았다.

34

그로부터 사흘 후, 출근한 마이가 사무실에 얼굴을 내미니 그곳에는 부부로 추정되는 초로의 남녀가 요모다 및 사장 사타케와 자리에 선 채로 담소 중이었다. 이 공간에 어른 넷은 무척 비좁아 보였다.

"아, 마이구나. 좋은 아침."

"이쪽은 최근 들어온 파트타이머 사카이 씨입니다."

곧장 부부에게 마이를 소개했다.

"그렇습니까? 이렇게 젊은 분이."

남편 쪽이 감탄한 듯 고개를 끄덕였다.

"하쓰토리의 아들입니다. 아버지가 신세 많이 졌습니다."

부부의 양손에는 하쓰토리의 짐이 담긴 종이봉투가 들려 있었다. 하쓰토리가 세상을 떠났다고 한다. 어제 저녁, 하쓰토리는 거실에서 숨을 거뒀다. 소파에서 졸고 있었는데, 좀처럼 일어나지 않아 파트타이머가 맥을 확인했더니 맥박이 없었단다.

"아버지는 행복한 임종을 맞았습니다. 이것도 다 여러분 덕분입니다.”

부부가 고개를 깊숙이 숙이고 인사했지만 마이는 당황해서 묵례로밖에 답할 수 없었다. 전혀 실감이 나지 않았다.

부부는 감개 어린 얼굴을 하고 있었다. 하쓰토리는 여든여섯. 호상인 셈이려나. 마이는 판단이 서지 않았다.

얼마 안 있어 부부는 돌아갔다. 연신 머리를 조아리면서. 이제 그 부부가 이곳에 오는 일은 없을 것이다. 이윽고 근무가 시작되어 마이는 맨 먼저 하쓰토리의 방으로 향했다.

방은 이미 청소가 끝났는지 말끔했다. 있는 것은 원래부터 놓여 있던 침대와 서랍장뿐이다. 하쓰토리의 짐은 무엇 하나 남아 있지 않다. 당연히 하쓰토리의 모습도 없다. 냄새조차 남아 있지 않았다.

내일은 새로운 입주자가 이곳에 오는 모양이다. 당연한 일인지도 모르지만 너무 허탈해서 허무감이 밀려왔다. 슬픔에 잠길 겨를도 없는 것이다.

그렇게 생각했는데, 왜일까, 이 살풍경한 방 앞에 서니 서서히 눈시울이 뜨거워졌다.

목욕하던 하쓰토리의 웃는 얼굴이 떠올랐다. 마이가 권하면 싫어하지 않고 목욕을 하러 가 줬다. 마이가 만든 식사를 '맛있다, 맛있다' 하며 먹어 줬다. 이상했다. 하쓰토리는 손이 많이 가는 입주자였는데 떠오르는 것은 좋은 기억뿐이다.

하쓰토리에게 뭔가 특별한 감정이 있었던 것은 아니다. 어디까지나 입주자 중 한 명으로 알고 지낸 기간도 한 달 정도밖에 되지 않으니 툭 까놓고 말하면 생판 남이다. 무엇보다 하쓰토리는 마이를 인식조차 하지 못했다.

그렇건만 왜 이렇게 안타까움이 밀려오는 것일까.

"마이, 여기 있었구나. 오늘은 이따가 다 함께…."

등 뒤에서 요모다의 목소리가 날아왔으나 이내 끊겼다. 마이의 어깨가 떨리고 있음을 알아차린 것이리라.

그 떨리는 어깨에 요모다의 손이 살포시 놓였다. 그것이 마이의 눈물샘을 더 자극했다. 마이는 주룩주룩 눈물을 흘리고 말았다. 사람이 죽는다는 건 사라진다는 것. 사라진다는 건 쓸쓸한 일임을, 19년 살면서 처음으로 알았다.

그날 일은 지금까지 근무하면서 가장 힘든 날이었다. 특별히 무슨 사건이 있었던 건 아니다. 평소와 전혀 다를 바 없는 하루였다. 사람이 한 명 사라져도 전혀 다를 게 없다. 그 사실이 마이는 슬펐다.

다른 파트타이머들은 입주자의 죽음에 익숙한 듯 태연한 기색이었다. 입주자들은 대부분이 하쓰토리가 사라진 것을 눈치채지 못했다. 아예 하쓰토리라는 인간이 기억에 없을 것이다. 이곳에서 감상에 젖어 있는 사람은 자신뿐이다.

"사카이 씨."

근무를 마치고 해 질 녘 하늘 아래, 마이가 주차장을 향해 터덜터덜 걷는데 등 뒤로 목소리가 날아들었다. 돌아보니 사쿠라이였다. 저녁조인 그는 아직 근무 중이므로 앞치마 차림이다.

"하쓰토리 씨 일은 유감입니다."

석양에 붉게 물든 얼굴로 사쿠라이는 말했다.

"하쓰토리 씨는 마지막 순간, 사카이 씨의 보살핌을 받을 수 있어 행복하지 않았을까요?"

"그렇게 따지면 사쿠라이 씨도 그렇죠."

"네. 분명 우리와 하쓰토리 씨 사이에는 작은 인연이 있었겠죠." 사쿠라이는 미소를 지으며 말했다.

"부디 기운 내십시오."

마이는 그 얼굴을 말똥말똥 쳐다봤다. 사쿠라이는 내가 침울해져 있음을 알고 이렇게 말을 걸어 준 것일까. '고맙습니다.' 그렇게 말하려던 마이의 입술에서 의도치 않게 다른 말이 툭 떨어졌다.

"사람이란, 언젠가 죽어 버리는군요."

사쿠라이는 말없이 마이의 얼굴을 바라보고 있다.

"죄송해요. 당연한 소리를 해서."

사쿠라이는 고개를 저었다.

"결례일지도 모르지만, 하쓰토리 씨는 이상적인 죽음을 맞았다고 저는 생각합니다."

"가능하면 저도…."

사쿠라이는 마이의 뒤편, 먼 곳을 게슴츠레 응시했다.

"그렇게 죽고 싶군요."

천수를 누리고 싶다는 의미일까. 분명 그런 것이리라.

병에 걸리거나 사고를 당해서가 아니라 수명이 다 되어 세상을 떠나고 싶다. 누구나 그렇다. 그런 의미에서라면 하쓰토리의 죽음은 확실히 이상적인지도 모른다.

"아직 근무 중이라 저는 이만 가 보겠습니다."

사쿠라이는 그렇게 말하고 몸을 돌려 시설로 돌아갔다.

"고맙습니다." 마이는 그 등에 대고 외쳤다.

사쿠라이가 돌아보며 하얀 이를 보였다.

자신이 슬픔을 느끼는 이유는 하쓰토리와의 사이에 작은 인연이 있었기 때문. 분명 그렇다.

세상에는 많은 사람들이 있으며 일생 동안 만나는 사람은 극히 일부다. 그렇다면 자신과 사쿠라이 사이에도 인연이 있다는 뜻. 이것은 작은 인연이 아니기를….

35

오랜만에 돌아온 휴일에는 온종일 집에서 뒹굴거렸다. 딱히 하는 일 없이 멍하니 있다 보니 날이 저물고 밤이 되었다. 소중한 휴일을 헛되이 하고 말았다는 후회는 살짝 들지만 평소 열심히 일하므로 가끔은 이런 날이 있어도 좋다.

퇴근한 아빠, 엄마와 셋이서 저녁을 먹고, 거실 소파에 나란히 앉아 TV을 봤다. 사카이가의 올바른 밤 풍경이다. 그러나 마이는 손안의 스마트폰 때문에 제대로 TV을 보고 있지 않다. 답장하기 귀찮아서 하루 동안 방치했더니 라인 메시지가 백 개 가까이 쌓여 있었다. 채팅 목록 대부분은 동의 없이 초대된 그룹으로 그냥 나와 버리고 싶다.

"당연하겠지."

옆에 앉은 아빠가 느닷없이 한 마디 중얼거렸다. 그 음성이 평소 아빠의 목소리와는 이질적이었기에 마이는 힐끔 시선을 들었다. 아빠는 심각한 얼굴로 TV을 노려보고 있었다.

그 시선 끝의 TV으로 눈길을 돌린다. 조금 전까지만 해도 올림픽 직전 특집 방송이었을 텐데 어느새 보도 방송으로 바뀌어 있다. 그리고 화면에는 젊은 남자가 경찰에 연행되는 모습이 나오고 있었다. 이것은 약 3개월 전 자료로, 뉴스를 잘 보지 않는 마이지만 이 영상은 여러 번 본 적이 있었다. 그리고 화면 아래에 뜬 자막을 보고 아빠가 한 말의 의미를 알았다.

3개월 전 민가에 침입하여 모자를 살해한 남자, 아시카가 기요토. 이 남자에게 제1심에서 사형 판결이 내려졌다는 뉴스가 보도 중이었던 것이다. 그리고 이토록 빠른 사형 확정은 과거로 거슬러 올라가도 유례가 없을 만큼 지극히 이례적이라고 했다.

이 사건은 그 잔학성 이상으로 세간을 놀라게 하고 또 전율케 했다. 범인, 아시카가 기요토는 모자를 살해한 동기에 대하여 '가부라기 게이치를 동경했다'고 진술했기 때문이다. 즉, 아시카가 기요토는 가부라기 게이치가 저지른 사건을 모방한 셈이다.

헤이세이 최후의 소년 사형수이자 탈옥범인 가부라기 게이치. 그런 인물에게 심취하는 젊은이가 끊이지 않아 화제였다. 물론 마이의 주변에는 그런 이상한 인간이 없지만, 세간에는 가부라기 게이치를 카리스마적 인물로서 떠받드는 자가 적잖이 있는 듯하다.

〈체제에 대하여 가부라기 게이치가 반기를 들었다는, 일종의 착각을 일으킨 것이라고 생각합니다. 하지만 실제로는 흉악한 살인귀입니다. 가부라기 게이치에게는 아무런 신념도 없고 투쟁의 의지도 없습니다. 결국 그가 탈옥하여 잡히지 않고 있다는 이 부분에만 초점이 맞춰지면서 신격화되어 추종자가 늘었다는 느낌이 들어 견딜 수 없습니다. 기묘하고 이상하지만, 젊은이들 특유의 심리로서 이해할 수 없는 것도 아니다 싶습니다.〉

이것은 한 논객의 지론인데 마이는 도저히 이해할 수 없다고 생각했다. 하지만 SNS 같은 데를 보면 확실히 가부라기 게이치를 응원하는 발언이 눈에 띈다. 검색한 것도 아닌데 눈에 띨 정도니 상당한 숫자가 있는 것이리라. 물론 그 대다수는 주목받고 싶은 마음에서 일부러 물의성 발언을 하는 어리석은 자다. 그 증거로 그런 자는 모두 익명이었다.

그러나 이렇게 아시카가 기요토가 잡힘으로써 진정 가부라기 게이치에게 심취하고 현혹된 인간이 있음이 증명되었다. 이렇게 되면 우려되는 것은 다음 피해 즉, 연쇄적 모방범이다.

이 사태를 가부라기 게이치는 어떻게 생각할까. 잡은 그날에는 부디 따져 묻길 바란다. 그에게 죽음을 내리기 전에 반드시.

그렇지만 마이는 사형 그 자체에 대해서는 의문을 품고 있었다. 반대는 아니지만 찬성도 아니다. 잘 모르기 때문이다. 특히 근래에는 사람의 죽음에 대해 묘하게 고민하게 된다.

"아빠. 사형이란 당연한 걸까?"

마이는 TV에 눈길을 준 채 물었다.

"응? 그야 그렇겠지. 하물며 이 범인은 이미 다 큰 성인이잖아."

"그런 뜻이 아니라, 사람을 죽이는 벌이란 옳은 걸까?"

아빠가 고개를 갸웃하며 쳐다봤다.

"사형에 찬성인지 반대인지를 묻는 건가?"

마이는 수긍했다.

아빠는 잠시 뜸을 들이더니,

"아빠는 찬성이다. 유족의 심정을 생각하면 부득이한 일이라고 생각해. 만약 마이가 누군가에게 살해당하면 아빠는 반드시 사형을 바랄 거다. 그렇게 되지 않는다면 아빠가 범인을 죽이러 갈 거야."

의외로 냉정하게 무시무시한 소리를 했다.

"하지만 그런다고 내가 살아 돌아오는 건 아니잖아."

"그야 그렇지만…."

마이는 어느새 TV이 아니라 그 사이의 허공을 쳐다보고 있었다.

"나, 이 일을 시작하고 나서 사람이란 정말 죽는구나 깨달았어. 내버려둬도 언젠가 죽는구나. 그런데 강제로 죽이는 건 무슨 의미가 있나 싶어서."

"무슨 죄를 저지르든 말이니?"

이것은 반대편의 엄마가 한 말이다.

그 물음에 대한 대답을 마이는 갖고 있지 않았다. 피해자와 그 유족의 심정을 상상할 때도 있지만 그것은 아주 먼 입장에 서다. 물론 자기 자신도 극형을 바랄 만큼 누군가를 증오해 본 적이 없다.

결국 나는 철부지인 것이리라. 그리고 분명 행운아다. 누군가에게 지독히 상처받은 적도 없고, 가난을 겪은 적도 없고, 미래를 비관한 적도 없다. 이렇게 아빠 엄마 사이에 끼어 줄곧 보호받으며 살아 왔다. 그러나 죽는 건 사라지는 것. 사라져도 좋을 사람이 존재한다면 그 사람은 뭘 위해 태어난 걸까.

묘하게 근원적인 생각을 해 버리는 이유는 틀림없이 이 일을 하노라면 항상 죽음이 옆에 있기 때문이다. 그러고 보니 요모다가 말했다. 개호 일이란 '익숙해졌을 즈음 마음이 약해진다'라고.

약해진 것은 아니지만 조금 병들기 시작했는지도 모르겠다. 만약 사랑을 하고 있지 않았다면 어땠을까 생각하니 조금 무서워졌다.

목욕을 마친 후에는 포키와 놀았다. 그렇다 해도 마이가 일방적으로 포키의 몸을 어루만졌을 뿐이다. 포키는 내내 무반응이었지만 분명 마음은 전해졌으리라. 생각해 보면 삶에 끝이 있는 건 인간만이 아니다. 부디 이 노견이 하루라도 오래 살았으면 좋겠다.

취침 전 침대 위에서 스마트폰을 했다. 라인에 이렇게까지 얽

매이다 보니 계정 자체를 삭제하고 싶어진다. 두렵지만 막상 해 보면 뜻밖에 자유를 얻을 수 있을 듯한 느낌도 든다.

<도루는 아시카가 기요토의 사형 판결에 대해 어떻게 생각해요?>

일부러 이런 메시지를 답장으로 보내 봤다.

<요새 덥고 나른하지 않아?>

아무래도 좋은 메시지가 왔기 때문에 카운터펀치를 먹인 것이다. 지금까지도 도루와의 대화는 알맹이 없는 것뿐이었다. 이쪽은 좋아하는 사람이 있는 티를 내는데도 도루는 상관없다는 식이므로 난감하다. 대체 얼마나 뻔뻔한 건지.

그런 도루의 답장은 마이의 예상을 뛰어넘었다.

<만약 이놈까지 탈옥하면 웃기겠지?>

마이는 어안이 벙벙해지고 말았다. 물론 안 웃긴다. 그렇다고 화가 나지도 않았다. 그저 이 사람과는 거리를 두자고 조용히 다짐했다. 그냥 무시하기로 했다.

그런데 또 새로운 메시지가 왔다.

<그런 것에 관심이 있다면 이거 봐 봐. 엄청 웃기니까.>

그 메시지 뒤에 URL이 첨부되어 있었다. 유튜브 영상인 듯하다. 접속해 보니 시원찮은 중년 남자가 나왔다. 일단 재생해 본다. 남자는 스스로 이런 동영상을 올리면서도 무대 공포증인지 얼굴을 상기시킨 채 더듬더듬 이야기하고 있었다. 자칭 변호사라지만 유창함과는 거리가 멀다. 동영상 내용은 가부라기 게이치의 사형 판결에 의문을 제기하는 것이었다. 단, 무죄라는 것

이 아니라 극형을 내리기에는 시기상조였으며, 더 신중했어야 한다고 호소하고 있었다.

조회 수는 20만이 넘었다. '왜 이런 동영상이?'라고 생각했는데 댓글란을 보고 그 이유를 알았다. 이 중년 남자는 과거에 치한으로 잡힌 적이 있는 듯하다. 그 전말이 담긴 동영상이 나돈 모양인데, 남자가 이렇게 동영상을 올리자 예전의 그 치한과 동일 인물임을 알아챈 시청자들이 난리를 치고 있는 것이리라.

<네가 그렇게 말한들 설득력이 없거든?>

맨 위에 있던 이 댓글이 모든 걸 말해 주는 듯한 느낌이 든다.

다만 이 중년 남자가 필사적이라는 것은 전해져 왔다. 그래서 더 우스꽝스럽게 비치는 거겠지만.

<전혀 안 웃기던데요.>

마이는 한껏 무뚝뚝한 답장을 보내고 도루를 차단했다. 조금도 마음 아프지 않았다.

내일은 아침조이므로 이제 자야 하겠지. 에어컨 타이머를 세 시간 후 꺼지도록 설정하고 방의 불을 껐다.

사쿠라이도 유튜브 같은 것을 볼까. 어둠 속에서 문득 그런 생각을 했다.

36

"이야, 시원하다."

욕조 안의 미우라는 무척 좋아했다. 웃음꽃이 핀 얼굴에 수증기가 피어오른다. 마이는 이제 혼자 목욕 시중을 들 수 있게 되었다. 개호사로서 착실하게 성장 중이다.

미우라는 투명한 목욕물 속에서 성기를 주물주물 갖고 놀았다. 늘 있는 일이기에 아무렇지 않다. 비단 미우라뿐 아니라 다른 남성 입주자도 모두 사타구니만 만진다. 이게 치매라서 그런 건지, 아니면 남자라는 생물이 모두 그런 건지는 잘 모르겠다.

남자의 나체를 보는 것에는 처음부터 별로 거부감이 없었다. 아무에게도 말은 안 했으나 자신은 중학생 무렵까지 아빠와 함께 목욕했기 때문이리라.

"넌 여기 오래 있었니?"

불현듯 미우라가 물었다. 도메와 와슈 이외의 입주자에게는 이름으로 불린 적이 없다.

"아직 한 달 남짓 됐어요."

마이는 이마의 땀을 타월로 닦으며 대답했다. 한여름 한낮의 욕실은 사우나나 다름없다. 채광창으로는 강렬한 햇살이 비쳐든다.

"아아, 그래. 젊구나" 하며 미우라는 목욕물을 퍼서 세수했다.

"난 언제부터 여기 있었지?"

"미우라 씨는 2년 전 입주하셨다고 들었어요."

"흐음. 그래."

"미우라 씨, 이제 나가지 않으면 머리가 어지러우실 거예요."

사실은 다음 입주자가 대기 중이다. 아홉 명을 목욕시켜야 하므로 시간은 지켜야 한다. 탈수증상도 무섭다.

"더 있어도 되잖아."

미우라가 부루퉁한 얼굴을 했기에

"그럼, 앞으로 백까지 세고 나가요." 밝게 말했다.

얼마 안 있어 미우라가 욕조를 나가고 다음 입주자의 목욕도 마쳤다. 마이가 거실에서 차가운 보리차를 마시고 있을 때 사무실 전화가 울렸다. 계속 울리는 걸 보니 요모다는 외출 중인 듯 했다. 마이는 종종걸음으로 사무실에 가서 수화기를 들었다.

"전화 주셔서 감사합니다. 아비코 시의 그룹홈 아오바, 담당 사카이입니다."

매뉴얼대로 받았다.

[저는 사사하라 히로코라고 합니다. 제 언니 이오 요시코가 늘 신세를 지고 있습니다.]

이오 요시코의 친족이다.

"아, 저희야말로요."

[요모다 씨 계신가요?]

"저어…."

화이트보드를 봤다. 요모다 란에 '장보기'라고 쓰여 있었다.

"지금은 부재중인데 조금 있으면 돌아올 것 같습니다."

[그런가요. 그럼 말 좀 전해 줄 수 있을까요?]

"네." 메모장을 펼치고 펜을 손에 쥐었다.

[요모다 씨에게는 내일이라고 말해 두었지만 갑자기 사정이 생겨서 죄송하지만, 오늘 언니를 면회하러 가겠다고 전해 주세

요. 3시경에 그쪽에 도착할 것 같아요.]

"네. 알겠습니다."

[갑자기 정말 죄송합니다.]

"아니요. 면회는 언제 오셔도 괜찮습니다."

면회는 심야 시간대만 아니면 자유로이 할 수 있도록 되어 있다. 아예 연락도 없이 갑자기 들르는 친족도 있다. 원한다면 친족이 아오바에 묵을 수도 있다.

사사하라 히로코와의 통화를 끝낸 뒤 마이는 요모다에게 전화를 걸었다. 일찌감치 알려야 할 것 같았다.

[오히려 오늘 와 주면 우리도 좋아.]

내일은 다른 입주자 가족도 두 팀이나 면회 올 예정인데 시간대가 겹쳐 있었다고 한다.

[아, 마이. 일단 다나카 씨와 사쿠라이 군에게도 이오 씨의 여동생이 이따 면회를 올 거라고 전해 줄래? 나는 앞으로 한 시간쯤 걸리니까.]

알겠다며 수화기를 내려놓은 마이는 곧장 2층으로 향했다. 오늘 2층 파트타이머는 다나카라는 중년 여성과 사쿠라이다. 사쿠라이는 도대체 일주일에 몇 번 근무하는 걸까. 그가 언제 쉬는지 마이는 모른다. 그만큼 파트타임 직원이 충분치 않은 것이리라.

다나카와 사쿠라이에게 통화 내용을 전하자 순간 사쿠라이의 얼굴이 흐려졌다. 왜일까, 동요하는 것처럼 보였다.

"사쿠라이 군, 왜 그래?"

다나카도 알아차린 듯했다.

"아무것도 아닙니다"

말은 그렇게 했지만 명백히 사쿠라이의 반응은 이상했다. 시선이 흔들리고 있다.

그로부터 시간이 지나 이윽고 요모다가 돌아왔을 때, 2층에서 내려온 사쿠라이가 복도에서 요모다를 불렀다. 가까이 있던 마이는 무심코 주의를 기울였다. 그렇지만 사쿠라이의 목소리는 작아서 무슨 얘기를 하는지 알 수 없었다.

"그렇다면 가 봐도 좋아. 내가 현장에 있을 테니 나머지 일은 걱정하지 마."

언뜻 요모다의 목소리가 들렸다. 사쿠라이는 죄송한 듯 머리를 숙였다.

그 후 사쿠라이는 사무실 안에 들어갔고, 요모다는 마이 쪽으로 다가왔다.

"사쿠라이 씨, 무슨 일 있어요?" 곧바로 물어봤다.

"몸이 안 좋은가 봐. 그래서 조퇴시키기로 했어."

"네에." 걱정과 낙담이 반반이다.

"열은 없는 것 같은데, 그가 아프다는 건 처음이니 어지간히 안 좋은가 봐. 오래가지 않으면 좋으련만."

정말 그렇다.

"좋은 기회니 사사하라 씨에게 사쿠라이 군을 소개하고 싶었는데, 할 수 없지."

"저기요." 마이는 슬쩍 떠보듯 말을 꺼냈다.

"사쿠라이 씨는 이오 씨와 무척 사이가 좋던데요."

"응, 잘 케어해 주고 있어. 이오 씨도 사쿠라이 군에게는 마음을 연 듯하니 서로 잘 맞는 게 아닐까?"

확실히 그런 거겠지만, 그렇다고 해도 밤중의 그 대화는 수수께끼다.

"이오 씨요, 과거에 무슨 일 있었어요?"

물어보자 요모다의 표정이 확연히 굳었다.

"왜?"

"어, 아뇨." 금세 말문이 막혔다. 심야에 우는 모습을 봤다고 말해도 될까. 사쿠라이와의 대화에 대해 말해도 될까.

"뭔가 들은 거라도 있어?"

의아한 눈초리로 마이를 보고 있다.

"으음, 그런 건 아니고요….."

요모다가 후우, 한숨을 내뱉었다.

"이오 씨 말야, 옛날의 불쾌했던 일이 가끔 기억나는 모양이야. 그래서 기분이 가라앉을 때가 있어. 뭐, 그런 건 비단 이오 씨뿐만이 아니지만."

뭔가 얼버무리는 느낌이었다. 틀림없이 이오 요시코에게는 뭔가 남에게 말할 수 없는 비밀이 있는 것이다. 사쿠라이는 그걸 알고 있는 게 아닐까.

사무실에서 바로 사쿠라이가 나왔다. 앞치마를 벗고 배낭을 멘 채다.

"폐를 끼쳐서 죄송합니다."

"아냐. 푹 쉬어"라는 요모다. 그 뒤를 이어 마이도 "몸조리 잘 하세요"라고 말했다.

사쿠라이는 묵례하고 몸을 돌려 빠르게 현관으로 향했다.

"사쿠라이 씨요, 제대로 쉬고 있나요?"

그 등에 시선을 주며 옆의 요모다에게 물었다.

"전혀. 정말 미안하게 생각해." 머리를 긁적였다.

"마이도, 휴일이 적어서 미안해. 다음 주에 또 새로 구인 공고가 나갈 모양이야."

"저는 괜찮아요. 학생이나 주부도 아니고, 아오바가 없으면 집에서 빈둥댈 뿐인걸요."

"고마워. 그렇게 말해 준다면 다행이야."

"게다가 요모다 씨가 가장 쉬지 않잖아요."

"나는 정사원이니까. 모두와 입장이 다르지."

신발을 갈아 신은 사쿠라이가 문을 열고 나갔다. 마이는 남몰래 한숨을 쉬었다.

이때 헛기침을 한 번 한 요모다가 새삼스러운 어투로 말했다.

"마이, 그런데 말야."

"다음 주 바다의 날(일본의 국경일 중 하나. 7월 셋째 주 월요일) 있잖아… 데가누마 불꽃놀이 축제, 함께 보러 가지 않을래?"

뜻밖의 제안에 당황했다.

"으음, 그날은 저, 아오바 근무가 있는데요."

"하지만 낮 근무잖아."

"아, 그런가. 불꽃놀이는 밤이죠."

"나도 그날은 저녁에 퇴근할 수 있을 것 같은데, 함께 어때?"

이것은 데이트 신청일까. 아니면 전에 요모다가 말한 파트타이머 멘탈 케어의 일환일까.

대답하지 못하고 있는데 등 쪽에서 "꺄악!" 하고 에쓰의 새된 비명이 들려왔다. 돌아보니 에쓰와 도메가 지척에서 엉겨 붙어 싸우는 중이었다. 요모다와 함께 황급히 달려갔다. "이 할머니가 사람 죽인다!" 에쓰가 고함을 치자, "당신도 할머니잖아" 도메도 노성을 질렀다.

사이에 끼어들어 둘을 떼어 놓았다.

"무슨 일이시죠?" 요모다가 도메에게 물었다.

"이 사람이 말야, 저쪽 의자 등받이에 걸쳐 둔 내 수건을 훔쳤어."

"안 훔쳤어!"

"그럼 그 배의 볼록한 건 뭔데!"

도메가 에쓰의 복부를 가리켰다. 확실히 볼록 튀어나와 있었다. 블라우스 속에 뭔가 감춘 것이다.

요모다가 한숨을 쉬고 부드럽게 타이르듯 말했다.

"에쓰 씨, 그건 도메 씨 물건이니 돌려주세요"

"아니, 내 것이야."

"에쓰 씨의 것과 비슷해서 착각을 했나 보군요. 한번 확인해 봐도 될까요?"

그러자 에쓰는 배에서 수건을 꺼내더니 눈을 동그랗게 떴다.

"어라? 정말이네. 내 것이 아니잖아."

"구린 연기는 집어치워." 톡 쏘아 말하는 도메를

"자, 자," 하면서 요모다가 다독였다.

"얼른 내놔!" 도메가 손을 내밀었다.

"그리고 사과해."

"시끄러!" 에쓰가 손수건을 바닥에 팽개쳤다.

"이런 거, 필요 없어."

그러고는 총총히 복도를 지나 자기 방으로 도망쳐 들어갔다.

요모다와 눈을 마주하고 쓴웃음을 지었다. 저 거친 성미와 도벽은 어떻게 좀 안 되나.

"아아, 싫다 싫어. 인간은 저렇게 되어 버리면 끝이야."

도메가 고개를 좌우로 흔들며 한탄했다.

그 후, 요모다의 지시로 마이는 도메의 방에서 그녀를 케어했다. 에쓰에 대한 분노는 물론이거니와 평소의 울분을 있는 대로 퍼붓는 도메에게 마이는 '그렇죠', '그 말씀이 맞아요'라고 하며 연신 맞장구쳤다. 이야기 도중 도메가 잘못 기억하는 부분이 군데군데 있어서 마이는 이 노파에게도 치매가 시작되었음을 실감했다. 물론 말은 하지 않았다.

오후 3시가 되어 전화를 주었던 사사하라 히로코가 선물을 들고 아오바에 찾아왔다. 쉰 살쯤 되었을까, 언니 이오 요시코와 얼굴 생김새는 그리 닮지 않았으나 분위기나 인상이 판박이였다.

"아아, 아까 전화 받았던 분. 이렇게 젊은 분이셨군요."

사무실에서 마이가 자기소개를 하자 그녀는 입에 손을 대고 놀라워했다. 아오바를 찾는 친족들은 대개 비슷한 반응을 보인다. 그만큼 자신은 드문 존재인 것이리라.

"제 언니가 늘 신세를 지고 있습니다. 여러분께 민폐를 끼치지는 않나요?"

"민폐라니요, 아네요."

마이는 가슴 앞에서 양손을 내저어 극구 부정했다. 애초에 자신은 1층 담당이므로 지금까지 이오 요시코를 만난 적이 한 번도 없다.

"이오 씨에게는 오히려 저희 직원들이 도움을 받고 있을 정도입니다." 요모다가 옆에서 말했다.

"2층 입주자의 빨래는 매번 이오 씨가 개어 주시죠."

"그래요?" 미소를 지었다.

"언니는 지금 위에?" 히로코 씨가 천장을 가리켰다.

"네. 방에서 쉬고 계실 겁니다. 어서 갈까요."

요모다가 재촉하여 둘은 함께 사무실을 나갔다. "사쿠라이 군이라는 젊은 남자 파트타이머가 있는데, 이오 씨는 그와 무척 사이가 좋습니다. 가능하면 오늘 소개해 드리고 싶었는데—." 요모다의 목소리가 새어 들어왔다.

마이도 사사하라 히로코에게 받은 선물을 가지고 사무실을 나왔다. '야마가타 슌코카'라는 알록달록한 젤리다. 그럼 사사하라 히로코는 그 먼 야마가타 현에서 면회하러 온 걸까. 여기까지 대체 얼마나 걸렸을까.

내일 간식으로 낼 생각이었던 젤리는 냉장고에 넣기 전에 입주자의 눈에 띄어 당장 오늘 3시 간식으로 제공하게 되었다. 숫자를 확인하고 마이도 먹기로 했다. 냉기가 덜했지만 촉촉한 젤리 속에 제철 과일이 듬뿍 들어 있어서 맛있었다. 친족들이 가져오는 선물을 직원들도 은근히 기대하고 있다.

거실에서 다 함께 젤리를 먹고 있을 때,

"오, 뭐야 뭐야. 다 함께 맛있어 보이는 것을 먹고 있군."

사장 사타케가 그곳에 나타났다. 방금 전 들린 자동차 소리의 출처는 아무래도 그였던 모양이다. 이 사람은 언제나 훌쩍 시설을 찾는다.

젤리가 사사하라 히로코의 선물임을 알리고 드시길 권했다.

"드시겠어요."

"물론이지." 버찌가 좋다고 맛을 지정하기까지 했다.

"마이마이, 일은 좀 익숙해졌나?"

숟가락에 뜬 젤리를 후루룩 입에 넣고 사타케가 물었다. 아빠와 동 연배인 이 사장은 애정을 담아 마이를 마이마이라고 부른다. 늘 자신을 챙겨 주므로 마이는 사타케가 좋았다. 사타케와 요모다뿐 아니라 아오바 직원 가운데 싫은 사람은 없다.

"그래 그래. 그거 다행이로군."

즐겁게 일하고 있다고 하자 사타케는 눈웃음을 지으며 대꾸했다.

"요모다는 위에 있나?"

"네. 사사하라 씨와 함께 이오 씨에게 가 있을 거예요."

사타케는 천장을 봤다.

"오늘 2층 담당은 누구더라."

"다나카 씨와 사쿠라이 씨인데, 사쿠라이 씨는 몸이 안 좋은 모양인지 아까 조퇴했어요."

"그 녀석이?" 하며 눈을 동그랗게 떴다.

"뭐야, 여름 감기인가."

"모르겠지만, 좀 힘들어 보였어요."

"그래. 마이마이도 건강 조심해. 알고 있겠지만 일손이 부족하니까."

"네. 조심할게요."

"단, 무리하면 절대로 안 돼. 감기는 특히 조심하고."

순간 사타케는 주위를 휙 둘러보더니 작은 목소리로 말했다.

"입주자한테 옮으면 죽느냐 사느냐 문제로 번지니까."

"그래, 사쿠라이가 없단 말이지" 젤리를 다 먹은 사타케는 혼잣말을 했다.

"사장님은 사쿠라이 씨에게 용건이 있어서 오셨나요?"

"사장님이 아니라 사타케 씨."

만날 때마다 받는 주의를 받았다. 사타케는 사장님으로 불리는 것이 싫은 모양이다.

"사쿠라이가 아니라 마이마이의 얼굴을 보러 왔지."

"어, 저요? 으음, 왜요?"

"농담이야. 사사하라 씨가 오신다는 말을 듣고 왔어. 조금 말씀드리고 싶은 게 있어서. 이따 사무실 좀 쓸게."

그로부터 한 시간쯤 지나 요모다와 사사하라 히로코는 1층으로 내려왔다. 사타케와 가볍게 인사를 나누고는 다 함께 사무실로 들어갔다. 굳이 사타케까지 들어가서 면담할 정도면 분명 중요한 이야기를 나누려는 것이리라.

마이는 벽걸이 시계를 봤다. 앞으로 30분 정도면 근무 종료다. 오늘은 목욕하는 날이었기에 시간 가는 게 빠르다. 퇴근길에 슈퍼에 들러 집에서 먹을 저녁 찬거리를 사야지. 오늘 밤은 여름 채소 키마 카레에 도전할 예정이다. 집에서 습득한 것을 아오바에서 제공한다. 이리하여 마이는 메뉴의 레퍼토리를 늘리고 있다.

"잠깐 나 좀 볼래?" 뒤에서 웬 목소리가 들렸다.

돌아보니 바로 뒤에 이오 요시코가 서 있었다. 평소 그녀가 1층에 내려오는 일은 잘 없으므로 마이는 깜짝 놀랐다.

"히로…, 내 여동생 말인데, 벌써 돌아갔나?"

"요 앞 사무실에서 요모다 씨랑 사타케 씨와 면담 중이에요."

"면담? 아, 맞다."

무언가 생각난 듯 가슴 앞에서 손을 모았다.

"좀 아까 그런다고 했지. 정말, 내 정신 좀 봐."

"뭔가 용건이 있으시면 전해 드릴까요?"

"아냐. 조금 전까지 함께 있었는데 어디로 갔나 싶었어. 돌아가기 전에 다시 한번 내 방에 올 테니 괜찮아."

이때 복도에서 후닥닥 발소리가 들렸다. 2층 파트타이머인 다나카가 다가왔다. 이오 요시코의 모습을 발견하고 안도하는 기색이었다.

"다행이다. 이오 씨, 여기 있었구나. 1층에 올 거면 한마디 좀 해 줘."

"탈출한 줄 알았어?"

"그런 건 아닌데."

"하려고 했는데."

이오 요시코가 농담조로 말하자 다나카는 아하하 웃었다.

이오 요시코는 아무래도 밝은 사람 같다. 그리고 겉으로는 한없이 평범해 보인다. 이렇게 연하인 다나카와 나란히 있는데도 이오 요시코가 더 젊어 보일 정도다.

"모처럼 내려왔으니 나, 여기서 여동생을 기다릴까나."

이오 요시코는 그렇게 말하면서 마이 옆에 걸터앉았다.

"잘 부탁해." 다나카가 슬쩍 귀엣말했다.

그 후 이오 요시코는 소파에 앉은 입주자들에게 차례차례 말을 걸기 시작했다. 지금은 최연장자인 스다와 즐거운 듯 대화를 나누고 있다. 그 모습은 마치 개호사 같았다.

마이가 그런 그녀에게 아이스커피를 내밀자,

"있잖아, 마이짱은 몇 살이야?"

이오 요시코가 물었다. 어떻게 내 이름을 알았나 싶었지만 시선이 마이의 가슴에 가 있으므로 명찰을 봤으리라. 명찰에는 히라가나로 '사카이 마이'라고 쓰여 있다.

마이가 열아홉 살이라고 하자 눈을 동그랗게 뜨고 놀라워했다.

"어머나! 그럼 내 마지막 제자들과 비슷하네. 아, 나, 원래 교사였거든. 고전 선생님. 마이짱은 고전 잘했어?"

"아주 형편없었어요." 쑥스러워하며 말했다.

"그럼 다음에 가르쳐 줄게. 제대로 공부하면 재밌으니까."

이 사람이 정말 알츠하이머인 걸까. 이렇게 멀쩡히 얘기할 수 있는데.

이오 요시코는 아이스커피를 빨대로 한 모금 마시고 물었다.

"그러고 보니 사쿠라이 군은 오늘 휴일인가? 오늘 안 왔지?"

사쿠라이가 아까 조퇴했음을 알리자 그녀는 삽시간에 낯빛을 흐리고 어깨를 떨궜다. 그리고 무거운 표정으로 침묵했다.

사쿠라이가 그렇게 마음에 드나 했는데, 잠시 생각한 뒤 그녀가 의기소침해진 이유가 다른 데 있음을 알았다. 조퇴를 했다지만 사쿠라이는 아침부터 근무했다. 그 사이 이오 요시코와도 만났다. 그녀는 그 사실을 잊은 자신에게 낙담한 것이리라.

"정말, 지긋지긋하다."

엷은 미소를 띠며 그녀는 힘없이 중얼거렸다.

"마이짱, 어머님은 몇 살이셔?"

불현듯 물어 왔다.

"마흔여섯 살이요."

"후후. 나보다 열 살이나 어리구나. 뭐, 그야 그렇겠지."

이오 씨에게는 자녀분이 계세요? 그렇게 물으려고 했지만 실례가 되므로 관뒀다.

"역시 방에 돌아갈래. 잘 마셨어."

그녀는 스윽 일어나 계단 쪽으로 갔다. 어깨를 떨구고 걷는 뒷모습을 보니 마이는 가슴이 미어졌다. 조금 건망증이 있을 뿐인데, 저렇게 젊고 건강한데 그녀는 이곳에서 고령자들과 살아야 한다. 뭔가 사정이 있겠지만 너무 가엾다고 생각했다.

"마이, 슬슬 퇴근해."

부엌에 있는 저녁조 파트타이머가 말했다. 시계를 보니 근무 시간이 지나 있었다.

마이는 입주자들에게 인사하고 퇴근 준비를 하러 짐이 놓인 사무실로 향했다. 면담이 이루어지고 있다지만 잠깐쯤은 들어가도 괜찮으리라.

오른손으로 노크하려 한 그 순간,

"—아들 부부가 살해당했다고는, 도저히."

사사하라 히로코의 목소리가 안에서 들려와 마이는 딱 움직임을 멈췄다.

"심정은 충분히 이해합니다만, 알고 모르고에 따라 케어 방법도 달라집니다. 게다가 현장 스태프는 어렴풋이 눈치를 채고 있습니다."

이것은 요모다의 목소리다.

"사건에 대해 말인가요?"

"아니요. 이오 씨가 큰 트라우마를 안고 있다는 사실을 말입니다. 하지만 그것이 뭔지 몰라서 의문만이 팽배해져 있습니다. 이런 상황은 바람직하지 않습니다."

들어 올린 오른손이 갈 곳을 잃었다.

"스태프분들을 신뢰하지 않는 건 아니지만… 언니가 여기 있다는 것을 매스컴에 들키고 싶지 않아요. 아직도 저희 집까지 찾아오는 사람들이에요. 만약 언니가 이곳에 신세 지고 있음을 알면 그 사람들은 반드시 몰려오겠죠. 저는 더 이상 언니를 괴롭히고 싶지 않아요."

"다른 사람에게는 절대 말하지 않도록 직원들은 저희 쪽에서 철저히 입단속 시키겠습니다."

잠시 침묵이 이어졌다.

"적어도, 그 범인이 잡힌 다음 말하면 안 될까요?"

다시 침묵.

"사사하라 씨, 이오 씨와 한번 상의해 보시는 건 어떨까요." 이것은 사타케의 목소리다.

덜컹, 하고 의자 소리가 났다. 누군가가 일어선 것이다. 마이는 황급히 그 자리를 떠났다.

사사하라 히로코를 선두로 세 사람이 사무실에서 나왔다. 마이 앞을 가로질러 복도를 지나 계단 쪽으로 향한다. 아무래도 이오 요시코에게 가는 모양이다.

그나저나 지금의 대화….

마이는 모두가 떠난 사무실에서 부리나케 퇴근 준비를 하고 아오바를 뒤로 했다.

이오 요시코의 아들 부부는 누군가에게 살해당했고, 그것은 매스컴이 떠들 만큼 큰 사건이었으며, 범인은 아직 잡히지 않았다. 대체 어떤 사건에 해당하는지 추측하지 않을 수 없었다.

귀갓길, 운전을 하면서도 내내 그 일을 생각했다. 도중에 슈퍼에 들를 셈이었는데 정신을 차려 보니 집 앞이었다.

오늘 밤은 평소 사카이가의 식탁이 아니었다. 다들 젓가락을 쥐고 있지만 손이 전혀 움직이지 않는다.

"역시 그 사건 아닐까?" 아빠가 복잡한 얼굴로 말했고, "그것밖에 생각나지 않는구나" 엄마도 뒤이어 말했다.

귀가한 마이는 부모님에게 아오바에서 들어 버린 이야기를 했고, 그 후로는 셋이서 이런저런 추측을 했다.

단편적인 정보밖에 없으나 딱 생각나는 것은 그 사건밖에 없었다. 가부라기 게이치가 일으킨 일가족 살해 사건이다.

결정적이었던 것은 사건에서 유일하게 살아남은 여성이 있었다는 점. 피해를 입은 집에는 살해당한 남자의 어머니가 함께 살고 있었는데 그 여성이 이오 요시코 아닐까 싶었다. 인터넷을 찾아보았으나 이름은 공개된 적이 없었고, 다만 그 연령은 이오 요시코와 딱 일치했다. 이 정도면 틀림없다고 생각했다.

그런데 설마 그 사건의 유족이 자신의 옆에 있었을 줄이야….

젊은 부부와 그 자식을 살해하고 소년 사형수가 된 가부라기 게이치. 그런 사형수가 철의 요새에서 탈옥한 것은 지금으로부터 1년 4개월 전이다. 미디어는 밤낮을 가리지 않고 매일같이 이 사건을 보도해댔다. 한때 일본의 매스미디어는 가부라기 게이치 일색이었다.

그래도 마이는 이 사건을 어딘가 먼 세계의 일처럼 느끼고 있었다. 눈앞의 일상과는 동떨어진 곳에서 떠드는 듯한 느낌이었다. 그것이 지금 눈앞에 딱 디밀어졌다. 옛날이야기였던 것이 논픽션임이 밝혀지고, 엔딩 크레딧에는 놀랍게도 자신의 이름이 올라 있다. 말하자면 그런 느낌이다.

"나, 그 여동생의 마음, 이해해." 엄마가 조용히 말했다.

"그런 거, 아무에게도 들키고 싶지 않을 거야."

"나는 사장과 사원의 판단이 옳다고 생각하는데. 역시 가까이 있는 스태프들은 알고 있어야지. 여동생 입장에서는 숨기고 싶겠지만, 무엇보다 중요한 것은 당사자의 케어니까."

"그건 여동생도 당연히 알고 있을걸. 다만, 역시 매스컴이 무서운 거야."

"하긴, 그렇군." 아빠가 한숨을 쉬었다.

"아무리 스태프에게 함구령을 내린다고 해도 어디서 샐지 도무지 알 수 없으니. 이렇게 마이도 알아 버렸잖아."

"그러게… 마이, 너는 어떻게 생각해?"

돌려진 화살에 마이는 숙이고 있던 얼굴을 들었다.

"모르겠어."

어느 쪽이 옳은지 자신으로서는 정말 알 수 없었다. 애당초 좋네 나쁘네 하는 것은 결과적으로, 정답 따위는 없는 느낌이다. 어느 쪽이든 방법의 하나니까.

그보다 지금 마이에게는 궁금한 것이 있었다. 사쿠라이가 이오 요시코의 과거를 아느냐 모르느냐 하는 것.

오늘 자신은 뜻하지 않게 알아 버렸지만, 그는 더 전부터 알고 있었던 게 아닐까. 그렇지 않으면 심야에 오간 그 둘의 대화는 설명할 수 없다. 사타케와 요모다가 사쿠라이에게만 말했던 걸까. 생각하기 힘들지만, 그런 게 아니라면 앞뒤가 맞지 않는다.

마이는 엉덩이로 의자를 빼고서 슥 일어섰다.

"나, 전화 좀 하고 올게."

"누구한테?"

"요모다 씨. 여기까지 알아 버린 만큼 이오 씨가 정말로 그 사건의 유족인지 아닌지 분명히 해 두고 싶은걸."

그와 더불어 사쿠라이가 그 사실을 아는지 모르는지도.

"엿들어 버린 것도 사과하고 싶고."

"그럼 밥을 다 먹고서 하면 되잖아."

"이제 배불러. 잘 먹었습니다."

거실을 나와 자신의 방으로 가서 스마트폰을 손에 쥐었다. 전화번호 목록에서 요모다의 이름을 찾아냈다. 요모다의 개인 휴대전화에 전화하는 것은 처음이다.

응답한 요모다는 자택에 있었는데 이제 저녁을 먹으려던 참인 듯했다.

"죄송해요. 나중에 다시 걸까요?"

[아냐. 신경 쓰지 마. 그냥 혼자 쓸쓸히 전자레인지에 데워 먹는 거니까.] 요모다는 웃으면서 말했다.

[그래, 무슨 일이야?]

마이는 숨을 후우 들이마셨다.

"저요, 실은 오늘….”

이야기를 들어 버렸음을 솔직하게 고백했다. 그리고 자신이
추측한 내용도. 요모다는 냉정하게 마이의 이야기에 귀를 기울
였으나 마지막에는 [맙소사] 라고 한 마디 했다.

"죄송합니다.”

[아냐, 우리가 경솔했어. 제대로 장소를 바꿔 얘기했어야 했
어. 민감한 문제인데.]

요모다는 전화기 너머에서 한숨을 쉬었다.

"그럼, 역시 이오 씨는 그 사건의?”

잠시 침묵 후 대답.

[그래.]

쿡, 하고 심장을 찔린 느낌이었다.

[이제 숨겨도 소용없으니 말하는데, 그 사건의 피해자는 이오
씨의 아들네 부부와 손자야.]

역시 그랬던 것이다.

요모다는 마이에게, 다른 파트타이머들에게는 아직 비밀로 해
달라고 살짝 힘을 주어 말했다. 사무실을 나온 뒤 이오 요시코
본인도 같이 다시 상의했는데 결국 다른 파트타임 스태프에게
는 알리지 않기로 방침이 결정된 모양이다.

"저기, 이 일은 요모다 씨와 사장님 이외에는 아무도 모르나
요?”

마이가 가장 묻고 싶은 건 이거다.

[응. 나와 사타케 씨밖에 몰라.]

524

그렇다면 어떻게 사쿠라이가 알고 있을까. 이오 요시코가 사쿠라이에게 직접 얘기했을까. 몇 초 생각하고, 그럴 가능성도 있다고 판단했다.

　다만, 그렇다 해도 역시 이해가 되지 않는게 있다. 사쿠라이가 그 사실을 요모다에게 알리지 않는 이유다. 사쿠라이는 아침 전달 시간에도 이오 요시코에 대해 일절 언급하지 않았다. 옆에 마이가 있었기 때문이라 해도 기회를 엿보아 요모다에게 전하는 것이 합당하리라.

　[마이는 이오 씨와 이야기해 본 적 있어?]

　"오늘, 요모다 씨와 사장님이 사무실에서 면담하는 사이 이야기를 나눴어요. 아주 잠깐이지만."

　[평범한 사람이었지?]

　"네. 그래 보였어요."

　요모다는 한 박자 쉬고 한숨 섞인 뉘앙스로 말했다.

　[이오 씨의 인생을 생각하면 가끔 딱해서 견딜 수 없어져.]

　[어째서 이오 씨에게만 이런 재앙이 닥치나 싶어서.]

　"저도, 그렇게 생각해요."

　[이오 씨는 말야, 자신을 겁쟁이에 비겁자라고 말해.]

　"왜죠?"

　[아들네 가족이 습격당하고 있을 때 도우려 하지 않았으니까. 그리고 그런 자신만이 살아남았으니까.]

　"그런 건… 어쩔 수 없다고 생각해요."

　[나도 그렇게 생각해. 하지만 이오 씨는 스스로를 용서할 수

없는 거야.]

만약 자신이라면 어떨까. 아빠 엄마가 누군가에게 습격당하고 있을 때 몸을 던져 지킬 수 있을까.

[그리고 말야, 이오 씨는 이 이상 병세가 심해지면 자신을 죽게 해 달라고 말하거든. 나는 그때마다 이상한 소리는 하지 말라고 화를 내지만… 가끔 모르겠어.]

"……."

[즐거웠던 추억과 행복했던 기억은 부스스 무너져 내리는데 그 사건만큼은 도저히 잊을 수 없다, 그렇게 말했어. 만약 최후에 이오 씨 안에 남은 기억이 그것뿐이라면 살아 있어도 괴롭기만 하지 않을까, 하고 나는 가끔 그렇게 생각하고 말아.]

마이는 뭐라고 하면 좋을지 알 수 없었다. 이렇게 연상의 남자가 마음속 깊은 이야기를 하는 것은 처음 있는 일로, 그것은 자신을 어린애 취급하지 않기 때문이겠지만, 받아들일 만한 도량이 자신에게는 없다. 마이는 그런 스스로가 답답했다.

[미안. 이런 이야기를 해 버려서.]

"뭘요, 아니에요." 어째서 더 재치 있는 말이 나오지 않을까.

[멘탈 케어는 내가 더 필요한지도 몰라.]

요모다는 농담조로 말했다.

그 말에도 마이는 대답할 수 없었다.

[그런데 불꽃놀이 말야, 어때? 아직 대답을 못 들은 것 같은데.]

맞다. 그때 도메와 에쓰씨 소동이 벌어져 흐지부지됐었다. 그러고는 완전히 잊고 있었다.

[옳거니, 마이, 잊고 있었구나.]

"잊지 않았거든요." 요모다가 간파했지만 발끈해서 말했다.

"그런데 데가누마 불꽃놀이라면 아오바에서도 볼 수 있지 않나요?"

[아니. 소리만 펑펑 울리고 별로 경관은 좋지 않아.]

아무래도 요모다는 아무도 모르는 비밀 장소를 아는 모양이다. 인적이 전혀 없고, 게다가 불꽃을 지척에서 볼 수 있다고 한다.

[자, 어때?]

2초, 생각했다. "갈게요."

[정말? 잘됐다.]

일이 끝나고 요모다의 차에 동승하여 그곳에 가기로 약속했다. 아이처럼 들뜬 요모다가 왠지 귀엽게 느껴졌다. 그러나 살짝 죄책감도 있었다. 자신이 함께 불꽃을 보고 싶은 사람은 사쿠라이니까. 만약 요모다가 자신에게 호감을 품고 있다면 미안해진다. 하지만 단지 함께 갈 상대를 찾고 있었을 뿐일 수도 있다. 맘 편히 그렇게 해석하기로 했다.

통화를 마친 다음 마이는 거실로 가서 부모님에게 자신의 추측이 틀리지 않았음을 짧게 전달했다.

"그러니까 아빠도 엄마도 절대 남에게 얘기하면 안 돼. 둘 다입이 엄청 가볍잖아."

마이는 허리에 손을 얹고 두 사람에게 딱 못을 박았다.

"나는 괜찮은데 엄마가 불안하구나. 이웃에게 무심코 말할 것 같아."

"잠깐. 그러는 당신은. 술자리에서 회사 사람에게…."

"하여간에 정말 안 돼. 우리 집에서 소문이 퍼져 나가거나 하면 나는 아오바에 있을 수 없어. 알았으면 대답."

두 사람이 대답하여 이 이야기는 일단 여기서 마무리되었다.

그 후 또 셋이서 함께 포키를 산책시키러 나갔다. 가는 길에, 요모다와 불꽃놀이를 보러 가기로 약속했음을 알리자 아빠가 "바람 피운다, 바람" 하고 놀렸기에 마이는 진심으로 화를 냈다. 한술 더 떠 아빠는 이번 휴일에 엄마와 둘이서 아오바에 답사 가겠다는 둥 말했으므로 "오면 진짜 부모 자식 간의 인연을 끊을 거야"라고 협박해 두었다. 그렇게 티격태격하는 모습을 포키는 혀를 내민 채 올려다보고 있다.

"작은 인연이라. 확실히 그렇구나."

돌아오는 길에 포키를 품에 안은 아빠가 밤하늘을 올려다보며 말했다. 하쓰토리의 죽음 후에 사쿠라이가 해 준 말을 전한 것이다. 그때는 기뻤고, 고마웠다.

"사쿠라이 군이라는 아이, 어린데도 괜찮은 말을 하네. 여보, 그 아이 얼굴을 보기 위해서라도 역시 아오바에 가자고."

"가요, 가."

"진짜 그러지 마. 수업 참관도 아니고, 파트타이머의 부모가 직장에 답사 온다는 건 정말로 말도 안 되니까."

마이는 진지하게 말했다. 이 두 사람은 방심하면 정말 태평하게 찾아올 것 같다.

"그런데 사쿠라이 군과 아빠, 누가 더 미남이냐?"

"대꾸할 가치가 없네요."

솔직히 사쿠라이의 얼굴이 반듯한 것은 아니다. 눈은 가늘고, 코는 C자로 비딱하게 기울어 있고, 입술은 튀어나왔다. 하지만 그런 건 상관없다. 사쿠라이의 외모에 반한 게 아니니까.

"있잖아, 사진 찍어 와."

엄마는 사쿠라이 사진을 찍어 오라 하셨다.

"한 장이라도 좋으니까."

"찍게 해 달라고 부탁하란 말야? 무리야 무리."

"하하. 역시 아빠보다 못생긴 모양이군."

아빠의 등을 힘껏 때렸다. 찰싹하는 소리가 나고, "아얏" 아빠의 비명 소리가 밤하늘에 울려 퍼졌다.

37

세 번째 야근 때는 넉넉히 수면을 취하고 왔으므로 몸이 가뿐하고 머리도 개운했다. 분명 몸이 조금씩 저녁형으로 변해 가는 것이리라. 별로 좋은 현상은 아니겠지만 일이므로 포기했다.

그리고 오늘 밤 2층 담당은 또 사쿠라이였다. 다른 파트타이머들은 모두 주부이므로 야근이 힘든 것은 이해하지만 그래도 사쿠라이에게 너무 떠넘기는 감이 있다. 게다가 사쿠라이는 곧장 아침 근무를 서기도 한다. 즉, 연속으로 20시간 가까이 노동하는 셈이다. 그렇게 일할 거면 왜 정사원이 되지 않나 의문이지만 미처 묻지 못했다. 어떻게든 거리를 좁히고 싶지만, 그가 2층으로 옮긴 후로 접점이 줄어들어 말을 걸 계기를 잡지 못하는 나날이 이어지고 있다.

자정이 지났을 무렵에는 자신의 호흡 소리가 들릴 만큼 1층은 조용하기 그지없었다. 입주자는 아무도 깨지 않았다. 다들 저녁에 이 근처를 산책했다더니 피곤에 곯아떨어진 걸까. 그렇다면 자신이 야근하는 날에는 매번 산책에 데려가 주면 좋겠다.

새벽 1시, 마이는 부엌에서 조식의 재료 준비를 시작했다. 무와 당근을 리듬감 있게 탕, 탕 썰어 나간다. 손을 움직이면서 이오 요시코를 생각했다. 이오 요시코의 과거를 알고부터는 무의식중에 그녀만 생각하고 만다.

얼마 전 이오 요시코가 '당신, 마이지? 나, 당신과 이야기한 적 있지?'라고 말을 걸어왔다. '동생분이 오셨을 때 이야기를 나눴어요.' 마이가 그렇게 일러 주자 '맞아 맞아' 하면서 그녀는 눈을 반짝이며 기뻐했다. 기억나는 것이 기뻤을 테고, 마이도 그녀가 기억해 주어 기뻤다.

뉴스에서, 가부라기 게이치의 현상금이 마침내 천만 엔으로 오른 것이 화제가 되었다. 그럴 돈이 있으면 이오 씨나 주지 싶었다. 아오바는 유료 개호시설인 그룹홈으로, 서비스가 좋은 만큼 매달의 비용도 그에 맞먹는다.

가부라기 게이치… 이제 일본에 사는 사람이라면 누구든 그 얼굴을 안다. 괘씸하게도 그 흉악범은 단정한 얼굴을 하고 있다. 그렇기 때문에 이상한 추종자나, 도망을 돕고 싶다는 어리석은 여자들이 나타나는 것이리라. 눈앞에 있으면 도망칠 게 뻔한데. 살인귀 앞에서 어디 농담을 지껄여 보라고 말하고 싶다.

조식의 재료 준비가 끝나자 마이는 부엌에서 나왔다. 2층에 가려는 것이다. 애초에 오늘 밤은 그럴 작정이었다.

만약에 또 사쿠라이와 이오 요시코가 그 수수께끼의 대화를 나누고 있다면 오늘이야말로 진상을 알고 싶었다. 사쿠라이는 어떻게 그 일을 알고 있는가, 그리고 어째서 그 사실을 요모다와 사타케에게 알리지 않는가. 이것만큼은 여전히 모르는 채다.

계단을 다 오른 마이는 그곳에 멈춰 서서 역시, 했다. 이오 요시코의 방에서 불빛이 새어 나오고 있다. 사쿠라이는 또 그 방에 있는 것이다. 세 번째가 되고 보니 기묘하다는 생각밖에 들지 않았다.

숨을 죽이고 다가갔다. 엿듣는 데 대한 죄책감은 있지만 호기심 쪽이 더 컸다.

이윽고 문 앞에 서자,

"그야, 새삼스러운걸."

이오 요시코의 목소리다.

"아니요. 그렇지 않습니다."

이것은 사쿠라이의 목소리.

마이는 슬며시 유리창으로 안을 들여다봤다. 전과 마찬가지로 둘은 침대에 딱 붙어 앉은 채였고, 사쿠라이는 이오 요시코의 손을 쥐고 있었다. 사쿠라이가 바깥쪽, 이오 요시코가 안쪽에 있다. 그녀는 피로가 밴 얼굴이었다.

"게다가 나는 알츠하이머 환자야. 무슨 말을 해도 신뢰받을 수 없어. 사실 나, 가만히 있었던 게 아닌걸. 몇 번인가 경찰에게 말했어. 그런데도 '피해자의 모친은 알츠하이머를 앓고 있으므로'라며 내 증언은 없는 것으로 취급했어."

"저는 믿습니다. 그러니 다시 한번 처음부터 순서대로…."

"아니, 싫어. 떠올리고 싶지 않아."

"심정은 잘 압니다. 하지만 부디, 부탁할 수 없을까요?"

"저기, 어째서지? 어째서 사쿠라이 군은 이토록 내 기억에 연연하는데?"

그 물음에 사쿠라이는 대답하지 않았다.

이오 요시코는 천천히 고개를 저었다.

"애당초 나 스스로가 내 기억에 자신이 없어."

"조금 전 생생하게 기억난다고 말씀하셨는데도요?"

"그것도 모두 내가 멋대로 지어낸 망상이 아닐까 싶어."

"아닙니다. 당신의 기억은 옳아요. 뭐 하나 틀린 게 없어요."

"어떻게 당신이 그렇게 말할 수 있어?"

"저는 말할 수 있습니다."

이오 요시코는 잡고 있던 손을 슬그머니 놓고 사쿠라이로부터 고개를 돌렸다.

"모르겠어. 나, 당신을 모르겠어. 어째서 당신이 이토록 집착하는지. 하지만 부탁이야. 이제 그만해."

잠시 침묵이 이어졌다.

"제게는… 시간이 없습니다."

사쿠라이가 말한 순간, 시선이 포개진 듯한 느낌이 들었다.

사쿠라이와, 마이의 시선이.

마이는 황급히 고개를 움츠렸다. 이어서 엉거주춤하게 그 자리를 떠났다. 빠른 걸음으로 복도를 지나 소리가 나지 않도록 계단을 내려왔다.

"사카이 씨."

반쯤 내려왔을 즈음 머리 위에서 목소리가 들렸다.

마이는 발을 딱 멈추고 천천히 돌아봤다.

어스레한 어둠 속에서 사쿠라이가 눈을 실처럼 가늘게 뜨고 마이를 내려다보고 있었다.

"무슨, 볼일이 있었습니까?"

차가운 울림이었다. 마이는 꿀꺽 침을 삼켰다.

"저기, 미우라 씨가 이불에 실수를 해서, 방수 시트가 떨어졌기에 2층 것을 빌릴까 하고…."

"방수 시트요?" 아무것도 없는 마이의 손을 봤다.

"하지만 사쿠라이 씨의 모습이 보이지 않아 나중에 다시 오려고…."

"그렇군요. 잠깐 기다려요."

그렇게 말하고 사쿠라이는 몸을 돌렸다.

마이는 그 자리에서 움직일 수 없었다. 심장이 안쪽에서 세차게 가슴을 노크하고 있다.

몇 분 만에 다시 온 사쿠라이의 손에는 방수 시트가 있었다.

그것을 받아 드는 마이의 손은 축축이 젖어 있었다.

"어때요. 1층은 별일 없습니까?"

"네. 덕분에."

뭐가 덕분에인가. 마이는 도망치듯 그 자리를 떠났다.

왜일까, 사쿠라이에 대한 공포심이 생겨 있었다. 분명 그건 모르는 것에 대한 공포다. 대체 그 대화는 무엇인가. 사쿠라이는 이오 요시코에게 무엇을 시키려고 했나.

마이는 거실 소파에 앉아 이리저리 추측했다. 조금 전, 그리고 전부터 두 사람이 나눈 대화로 짐작건대 사쿠라이는 이오 요시코에게 뭔가를 말하게 하고 싶은 듯하다. 그리고 그것은 확실히 그 사건에 관한 것이다. 하지만 그게 어떤 것인지 전혀 짐작이 가지 않는다. 애초에 사쿠라이가 왜 그런 일을 하고 싶은지도 모르겠다.

혹시 사쿠라이도 그 사건의 관계자인 걸까. 그렇다면 사쿠라이가 이곳에서 일하는 이유는 이오 요시코인 셈이 된다. 우연이란 있을 수 없다.

정말 모르는 것투성이라 머릿속이 혼란스러웠다. 큰맘 먹고 직접 사쿠라이에게 물어볼까. 의외로 맥 빠지는 대답을 얻을 수 있을지도 모른다.

마이는 그 처참한 사건에 대해 남들만큼, 아니, 남들보다 자세히 알고 있다. 이오 요시코가 유족임을 안 후로 열심히 알아봤기 때문이다.

사건이 일어난 때는 2017년 10월 13일, 장소는 사이타마 현

구마가야 시에 있던 이오 댁. 살해당한 사람은 남편 요스케(29)와 아내 지구사(27), 아들 슌스케(2).

범인 가부라기 게이치(당시 18)는 아직 해가 있던 오후 4시경 이오 댁에 침입하여 거실에서 아내 지구사와 몸싸움을 벌이다가 부엌에 있던 회칼로 복부를 찔러 살해. 뒤이어 아들 슌스케를 바닥에 내던진 후 가슴을 칼로 찔러 살해했다.

그리고 귀가한 남편 요스케 역시 살금살금 뒤에서 다가가 등을 찔러 살해했다.

가부라기 게이치는 그 후 현장에 달려온 경찰관에 의해 현행범으로 체포되었다. 가부라기 게이치와 아내 지구사가 몸싸움을 벌일 때, 그들이 다투는 소리를 듣고 이웃이 110번에 신고한 것이다. 이 이웃은 매스컴 인터뷰에서 '유리 깨지는 소리며 비명이며, 그런 게 들리는데 꽤 과격한 느낌이라 신고했어요. 하지만 부부 싸움이 너무 격해진 건 줄 알았는데'라고 대답했다.

체포 며칠 후, 일관되게 '하지 않았다'고 말하던 가부라기 게이치였으나 가까스로 죄를 인정했고, 그 후 검찰은 기소했다. 하지만 2개월 후 이루어진 1심 공판에서 가부라기 게이치는 진술을 번복한다. 자백은 경찰의 압력에 의한 것으로 자신은 완전히 무죄라고 주장한 것이다. 동기에 대해서도, 아내 지구사에게 못된 짓을 하려 했다는 진술을 번복하여 경찰에 '강요당했다'고 가부라기 게이치는 호소했다.

그렇지만 당연히 가부라기 게이치의 말을 믿는 자는 없었다. 흉기인 회칼에는 가부라기 게이치의 지문이 묻어 있었고, 심지어 체포 당시 그는 피투성이였기 때문이다.

무엇보다 같이 살던 이오 요시코의 증언이 있다. 세 명이 살해된 거실 옆에는 다다미방이 있었고, 그녀는 숨을 죽인 채 그곳 벽장 안에 몸을 숨기고 있었다. 하지만 그녀는 아들 요스케가 살해된 직후 벽장에서 나와 약간 열린 장지문으로 얼굴을 내밀었고, 그때 범인의 얼굴을 확인한 바 있다. 그리고 범인은 가부라기 게이치가 '틀림없습니다'라고 증언했다.

마이는 가늘고 긴 숨을 토하고 천장을 올려다본 채 스르륵 눈을 감았다. 완전한 암흑이 펼쳐졌다. 마이는 어둠 속에서 묘한 감각을 느꼈다. 흩어진 퍼즐이 서서히 맞춰져 가는 듯한 느낌… 하지만 그 완성도는 안개가 긴 듯 애매모호했다.

차츰 안개가 걷히며 그림의 윤곽이 또렷해져 갔다.

이것은… 사람 얼굴? 누구? 남자인 것은 알겠다. 그것도 두 명. 두 남자가 나란히 떠올라 있다. 한 명은 사쿠라이다. 그리고 또 한 명은 그 가부라기 게이치였다.

그런 두 사람이 천천히 가까워져 가고… 이윽고 겹쳐졌다. 그 직후, 마이는 눈을 뜨고 소파에 기댔던 상반신을 힘껏 일으켰다. 잠시 그 상태로 움직임을 멈추고 있었으나 차츰 호흡이 거칠어져 갔다.

두 사람은 전혀 다른 인물. 그것은 당연할 텐데도 마이의 긴장은 전혀 풀리지 않았다.

가부라기 게이치는 흰 피부에 반삭 머리고, 사쿠라이는 가무잡잡한 피부에 앞머리가 눈까지 내려오는 머리. 전자는 또렷한 쌍꺼풀을 가졌고 후자는 살짝 치켜 올라간 부석부석한 홑꺼풀을 가졌다. 눈썹 형태도 가부라기 게이치는 굵은 활 모양인데 비해 사쿠라이는 가는 여덟 팔 자를 그리고 있다. 코도 입술도 다르다. 가부라기 게이치는 콧마루가 쭉 뻗었지만 사쿠라이는 C 자로 휘었다. 가부라기 게이치의 통통하니 도톰한 입술에 비해 사쿠라이의 입술은 튀어나왔다. 가부라기 게이치의 특징인 왼쪽 입가의 점도 사쿠라이에게는 없고, 반대로 사쿠라이의 특징적인 오른쪽 눈 밑의 큰 눈물점 역시 가부라기 게이치에게는 없다.

이토록 차이점이 많은데 왜, 어째서 이토록 초조감이 밀려오는 것일까.

그럴 리 없다. 그런 일이 있을 리 없다. 되뇌어 보지만 미처 부정할 수 없는 자신이 있었다. 인정하고 싶지 않지만 마이의 본능이 호소하고 있었다.

두 사람이 동일 인물임을….

만약에 사쿠라이가 가부라기 게이치라고 한다면….

이때 갑자기 귓속에서 삐 하는 소리가 났다. 청각 검사 때 들었던 가느다란 기계음이다. 하지만 똑똑히 들리고 있다.

마이는 왼쪽 가슴에 손을 가져갔다. 심장이 엄청난 기세로 팽창과 수축을 반복하고 있었다.

숨이 막혔다. 자신이 호흡하고 있지 않기 때문이다. 아니, 정확하게는 숨을 내쉴 뿐 들이쉬지를 못하고 있는 것이다. 일찍이 경험한 적 없는 패닉이 자신의 몸에 닥쳐 있었다.

그 패닉에서 어떻게 빠져나왔는지 마이는 기억하지 못한다.

정신을 차려 보니 날이 밝아 있었다. 마치 알츠하이머의 그것처럼 기억이 쑥 빠져 있었다.

아침 전달 때, 마이는 옆에 선 사쿠라이의 얼굴을 쳐다볼 수 없었다. 그리고 사쿠라이는 이번에도 이오 요시코에 대해 전혀 보고하지 않았다.

"그런데 마이, 아직 퇴근 안 하니?"

요모다가 사무일을 하던 손을 멈추고 의아한 듯 말했다.

이미 시간은 10시가 되어 있었다. 사쿠라이도 한 시간쯤 전에 퇴근했다.

"죄송해요. 조금만 더 있다가 퇴근할게요."

"아니, 원하는 만큼 있어도 딱히 상관은 없는데 말야. 그래도 졸릴 거 아냐."

졸음은 조금도 느껴지지 않았다.

그 후 15분쯤 지나 요모다가 사무실을 떠났다.

마이는 이때를 기다리고 있었다.

혼자 남은 사무실에서 재빨리 요모다의 책상을 뒤졌다. 제일 큰 하단 서랍에만 자물쇠가 걸려 있었다. 필시 이곳에 파트타이머들의 이력서가 보관되어 있을 것이다.

이번에는 그 열쇠를 찾았다. 필요할 때 열지 못하면 곤란할 테니 분명 집에 가지고 갔다거나 몸에 지니고 다니지는 않을 터. 이 사무실 어딘가에 반드시 있다.

열쇠는 곧 찾았다. 선반 위에 놓인 펜꽂이 안에 들어 있었다.

마이는 서랍 자물쇠를 따고 안에서 큰 파일 바인더를 꺼내어 데스크 위에 펼쳤다. 이거다. 가장 최근 시트에 마이의 이력서가 바인딩되어 있었다. 그리고 그 전이 사쿠라이 쇼지의 것이다.

마이는 그것을 스마트폰으로 촬영했다. 파일 바인더를 원래대로 돌려놓고 서랍 자물쇠를 잠갔다. 열쇠도 원래 장소에 돌려놓았다.

사무실을 나와 종종걸음 처 주차장으로 향했다. 차에 올라타 시동을 걸었다.

부디 사쿠라이 쇼지가 사쿠라이 쇼지이기를—.

마이는 기도하는 듯한 심정으로 액셀을 밟았다.

38

세상에는 모르고 있는 게 좋은 일도 있다. 예를 들면 파트너의 바람이라든지, 식품의 성분이라든지, 스스로의 평범함이라든지.

남자친구의 스마트폰을 엿본 탓에 다른 여자가 있음을 알아버렸다. 코치닐이란 무엇일까 궁금하여 알아본 탓에 좋아하던 딸기오레를 마실 수 없게 되었다. 주변과 비교한 탓에 자신에게는 아무 재능도 없음을 깨닫고 말았다.

인간은 어째서 학습하지 않을까. 모르면 행복한 채 있을 수 있건만. 지금까지도 몇 번을, 몇 번을 호되게 당해 왔건만.

이번에 나는 어째서 도중에 되돌아가지 않았을까. 지금껏 길러 온 위험 감지 능력이 어째서 작동하지 않았을까.

어둠을 비춘 장소에는 더 깊은 어둠이 있었다. 밤에 보이는 그림자의 존재를 알고 말았다. 만약 할 수만 있다면 기억을 지워 버리고 싶다. 사쿠라이 쇼지의 존재를 내 안에서 앗아가 줬으면 한다. 그게 신이 아니더라도, 누구든 좋다.

마이는 자기 방 침대 위에서 오로지 그런 부질없는 것을 생각하고 있었다. 생각은 이리저리 튀어 전혀 응집되지 않았다. 내내 비몽사몽 상태였다. 너무 졸려서 견딜 수 없는 것이다.

아무래도 인간은 강대한 벽을 맞닥뜨리면 잠에 취하는 모양이다. 틀림없이 방어 본능이 작동하는 것이리라. 정면으로 마주하면 마음이 부서져 버린다. 그렇게 되지 않도록 두서없이 여러 생각을 발동시켜 마음을 마비시키는 것이다. 현실의 고통을 견딜 수 있도록.

지금 몇 시일까. 문득 생각했지만, 이내 몇 시든 상관없다 싶었다.

벌써 사흘간이나 이 상태다. 방 안의 커튼은 닫아 두었고 전등도 꺼 놓았다.

사흘 전 야근 후…, 마이가 찾아갔던 사쿠라이의 아파트도 이처럼 커튼이 닫힌 채였다. 당연하다. 사쿠라이가 집을 비운 것이 아니라 원래부터 사람이 살지 않았으니까. 그 집 문에는 빈집 딱지가 붙어 있었다.

이력서에 기재되어 있던 출신 고교에도 찾아 갔었다. 방문객

창구에서 신분을 여동생으로 속이고 오빠 대리로서 졸업증명서 발급을 요청했는데 뜻대로 되지 않았다. 거절당한 것이 아니라 애초 졸업생 중에 사쿠라이 쇼지라는 인물이 존재하지 않았다.

분명 사쿠라이 쇼지라는 인간 자체가 이 세상에 존재하지 않으리라. 사쿠라이의 그 얼굴은 진짜 얼굴이 아니다. 가부라기 게이치야말로 사쿠라이 쇼지의 진짜 얼굴이니까.

가벼운 노크 소리가 들리고 복도 불빛과 함께 쟁반을 안은 엄마가 방으로 들어왔다.

"몸은 좀 어떠니? 죽 끓였는데 먹을 수 있겠어?"

부모님에게는 몸이 아프다고 말해 두었다. 지금까지 뭐든 숨김없이 말해 왔는데 이 일만큼은 말할 마음이 들지 않았다. 솔직히 지금은 누구의 얼굴도 보고 싶지 않다. 혼자 있고 싶다.

방 한가운데에 있는 낮은 테이블 위에 쟁반이 놓였다. 죽이 하얀 김을 피워 올린다.

"내일은 출근이잖니. 아침에 일어나 보고 갈 수 있을지 판단해야겠다. 일단 푹 쉬고."

문이 닫힌 순간 쯧 혀를 찼다. 잠이 달아나 버렸다. 눈을 감고 다시 잠을 청했다. 잠의 숲에 사는 수마에게 이 몸을 맡기는 것이다.

그러나 거절당했다. 한번 떠난 탓인지 잠의 숲은 신기루만큼도 나타나지 않았고, 반대로 뇌는 점점 각성되어 갔다. 그러자 이루 말할 수 없는 불안이 지진 해일처럼 밀려왔다.

삽시간에 파도에 휩쓸려 공포에 빠졌다. 마이는 온몸을 부들부들 떨며 그저 이불 속에서 몸을 말고 있었다.

5분쯤 지났을까, 아니면 한 시간은 경과했을까. 시간 감각이 망가져서 이제 뭐가 뭔지 알 수 없었다. 유일하게 알 수 있는 건 시간은 멈춰 주지 않는다는 사실뿐이다. 테이블에 놓인 죽은 벌써 다 식어서 물기를 빨아들인 밥풀이 빵빵하게 팽창해 있었다.

그런 밥풀 덩어리를 멍하니 시야 끝에 포착하고 있던 마이였으나 순간 불현듯 침대에서 나왔다. 마치 누군가가 강제로 일으켜 세우기라도 한 듯.

그러고는 전혀 맛있어 보이지 않지만, 아예 식욕 따위는 없지만 왠지 모르게 숟가락을 손에 쥐었다. 표면을 깎듯이 퍼서 입으로 옮겼다. 소금기가 희미한 단맛이 되어 입안에 퍼졌다.

이후로는 몇 번이고 오른손이 상하 운동을 반복했다. 정신을 차렸을 때는 그릇에 밥풀 하나 남아 있지 않았다.

후우, 하고 길고 가는 숨을 토했다. 자신의 안에서 불끈불끈 힘이 솟아오르는 것을 알 수 있었다. 이 힘의 근원이 무엇인지는 알 수 없다. 전혀 알 수 없지만, 한 가지 확실한 사실은 이대로는 안 된다는 것. 절대로 안 된다는 것.

마이는 일어서서 창문으로 다가갔다. 세차게 확 커튼을 열었다. 밖은 캄캄했다. 아마도 지금은 밤인 모양이다. 몸을 돌려 가방 속에서 스마트폰을 꺼냈다. 시각을 확인하니 새벽 1시였다.

1, 1, 0 하고 숫자를 눌렀다.

그러나 그 후 십여 초간 마이는 움직임을 멈추고 있었다. 새하얗게 빛나는 화면을 빤히 쳐다보고 있다.

틀렸다. 아직 아무것도 확증은 없다. 내가 멋대로 의심하고 있는 것뿐이니까.

아니, 이 또한 핑계리라. 자신은 이미 확신해 버렸다. 사쿠라이 쇼지의 정체를 눈치채 버렸다.

마이는 손가락을 움직이고 스마트폰을 귀에 세게 갖다 댔다.

39

새파란 하늘 아래, 마이가 모는 경차는 미끄러지듯이 아스팔트 위를 나아가고 있다. 앞 유리 너머 상공에서는 참새 몇 마리가 가볍게 날아다닌다. 바로 앞 인도에서는 행인의 양산이 햇살을 강하게 반사한다.

신호에 걸려 문득 옆으로 시선을 돌리니 인접한 맨션 베란다에서 빨래를 너는 사람의 모습이 눈에 띄었다. 그 맞은편에 있는 편의점에서는 손님과 점원이 대화를 나누는 모습이 멀리 보였다. 이런 보편적인 광경이 지금은 사랑스럽게 느껴졌다.

그 후로 한숨도 못 잤지만 졸리지는 않았다. 밤중에 뜨거운 물로 샤워를 하고 욕실을 나와 싸늘한 방에서 오로지 날이 밝기를 기다렸다. 게걸스럽게 아침을 먹는 마이를 보고 부모님은 안도하는 기색이었다.

아오바에는 예정한 시각에 도착했다. 그러나 근무가 시작되는 것은 앞으로 한 시간도 더 뒤다.

사무실에 들어가니 이미 요모다가 출근해 있었다. 그도 지금 막 왔으리라, 아직 사무용 배낭을 메고 있다. 뒤통수의 머리는 뻗쳐 있다.

요모다에게도 평소보다 조금 이른 출근이었다. 마이가 그렇게 해 달라고 부탁했기 때문이다.

"좋은 아침. 지금 준비할 테니까 잠깐 기다려."

결국 마이는 경찰이 아니라 요모다에게 전화했다. 단, 자세한 내용은 아무것도 이야기하지 않고, 이날 근무 전에 직접 상담하고 싶은 것이 있다고만 전했다.

우선은 신뢰할 수 있는 인물에게 모두 털어놓자 생각했다. 지금 자신이 할 수 있는 최대한은 이것이다 싶었다. 결코 남에게 떠넘긴 것은 아니다. 가장 올바른 선택이라고 생각했다.

잠시 후 서로 의자에 앉아 무릎을 마주했다. 요모다는 다소 경직된 얼굴을 하고 있다. 자신은 더 그럴 것이다.

"힘들어진 건가?"

어떤 말로 시작해야 할지 잠시 머뭇거리고 있는데 요모다가 부드러운 어조로 말했다.

순간 무엇을 말하는지 알 수 없었지만 잠시 생각하니 마이가 퇴직 얘기를 꺼낼 거로 생각한 듯했다. 새삼 상담할 것이 있다고 했으니 그렇게 받아들여도 별수 없다.

마이는 고개를 젓고는 이내 고개를 떨궜다. 할 이야기는 딱 하나인데 그에 이르는 길을 찾을 수 없다. 입술이 움직이지 않는다. 이제 와서 뒷걸음치는 자신이 진정 한심했다.

각오하고 집을 나섰건만, 혹시 입에 담음으로써 스스로가 인정해 버리는 것이 두려운 걸까. 그렇다면 더더욱 싫다.

"혹시, 오늘 밤 일에 관한 거야?"

마이는 얼굴을 들었다.

"오늘 밤요?"

"아니, 함께 불꽃놀이를 보러 가기로 약속했었잖아. 그 때문에 곤란했나 해서."

"아아." 맥 빠진 소리가 나왔다.

그런 건 전혀 생각하지 못했다. 완전히 잊고 있었다.

"그게 아니라…."

마이는 아랫배에 꽉 힘을 줬다. 그러자 그 반동인지 갑자기 두 뺨으로 눈물이 흘러내렸다.

그런 마이를 마주하고 요모다는 어쩔 줄 몰라 했다.

"사쿠라이 씨에, 관한 거예요."

눈썹을 찡그린 요모다에게 말을 골라 가며 더듬더듬… 그럼에도 모든 것을 이야기했다.

요모다는 양손으로 세게 바지를 움켜쥔 채 이야기를 들었다. 중간에 끼어들지 않은 것은 할 말을 잃었기 때문일지도 모른다.

이야기가 끝났을 때 요모다는 마이에게서 조금 물러나며 몹시 일그러진 미소를 지었다.

"설마, 그럴 리가."

"…믿을, 수 없죠?"

"그야 너무 뚱딴지같아서…."

"하지만 진짜예요. 사쿠라이 씨… 그 사람은, 틀림없이 그 탈옥범이에요."

그렇게 말한 순간, 심장이 콱 쪼여왔다.

"잠깐만. 한번, 정리 좀 하고."

요모다가 양 손바닥을 마이에게 내밀며 말했다.

"하고 싶은 말이 많은데, 우선, 사쿠라이 군과 그 범인은 얼굴이 전혀 다르잖아. 그에 대해 마이는…."

"성형이라고 생각해요." 마이는 앞질러서 말했다.

"아마도."

"아마도라니. 그야, 그런 게…."

불가능하지는 않다. 미디어에서도 가부라기 게이치가 성형했을 가능성에 대하여 숱하게 다뤘다.

마이는 철저히 조사했다. 그리고 알았다. 홑꺼풀에서 쌍꺼풀로 가는 일반적인 성형이 아니라 그 반대의 수술도 있음을. 물론 어떻게 성형에 이르렀는지 그 경위는 모른다. 그렇지만 사쿠라이의 길게 째진 홑꺼풀은 인공적인 것이다. 어쩌면 그 C자로 비뚤어진 코와 부자연스럽게 튀어나온 입술은 스스로 수술한 것인지도 모른다. 그리고 그 오른쪽 눈 밑의 특징적인 눈물점은 메이크업 혹은 타투이리라.

이때 요모다가 스마트폰을 꺼내어 화면을 조작했다. 가부라기 게이치의 얼굴을 확인하는 것이다.

"확실히 언뜻 보기에는 다른 사람이에요. 하지만 잘 보면 두 사람은 아주 많이 닮았어요."

요모다는 미간에 주름을 잡고 화면을 빤히 노려보고 있었다.

벽걸이 시계에서 초침 돌아가는 소리가 난다. 문 너머, 복도 쪽에서 입주자들의 웃음소리가 들린다.

요모다는 탄식하듯 고개를 흔들면서 말했다.

"나는 잘 모르겠어."

일부러 그렇게 말한다는 느낌은 들지 않았다. 솔직한 감상이리라. 모르는 사람은 모르는 것이다.

"마이에게는 닮은 것처럼 보이는구나."

"네. 같은 사람임을 알 수 있어요. 신장도 같고, 게다가 주로 쓰는 손이 왼손인 것도 같아요."

함께 근무할 적에 몇 번인가 봤다. 사쿠라이가 왼손을 쓰는 순간을. 평소에는 오른손을 사용하여 펜이나 젓가락을 쥐지만 이따금 그는 왼손을 사용했다. 지금 생각해 보면 그때는 섬세한 작업을 필요로 하는 순간이었고, 남의 눈이 없는 순간이 아니면 볼 수 없었다.

마이는 그것을 알 수 있었다. 마음과 눈이 항상 사쿠라이를 향해 있었기 때문이다. 하지만 그 사실 자체를 마이는 그리 신경 쓰지 않았다. 가까운 지인 중에도 양손잡이인 사람이 있으므로 사쿠라이에 대해서도 재주가 좋은 사람 정도로밖에 생각하지 않았다.

요모다에게도 짚이는 바가 있었던 걸까, 그는 입을 반쯤 벌리고 굳어 있었다.

순간 느닷없이 요모다가 난폭하게 머리를 헝클어뜨렸다. 머리카락을 쥐어뜯을 기세였다.

"나로서는 도저히… 그야 그런 놈이 이곳에서 일할 리 없잖아. 이유를 가르쳐 줘."

이런 요모다의 모습을 보는 것은 처음이다. 늘 온화하고 태연한 사람인데.

"이유는 모르지만 분명 이오 씨에게 접근하기 위해서일 거예요."

"왜 접근하는데? 이오 씨도 죽이려는 거야?"

"……."

"그럼 더 빨리 죽였겠지. 기회라면 얼마든지 있었으니까. 어째서 계속 돌보고 있는데."

"요모다 씨, 목소리를 좀 낮춰…."

"아니면 뭐야? 죄를 씻기 위해? 용서를 구하려는 거야? 응?"

요모다는 몸을 내민 채 얼굴을 붉히고 침을 튀겼다. 마이는 그런 요모다의 양어깨에 손을 얹었다.

"진정하세요. 부탁이에요."

요모다는 연신 거칠게 호흡했다.

마이는 요모다의 어깨에 놓았던 손을 무릎께로 되돌렸다.

"조금 전 말씀드렸듯이 그 사람은 이오 씨에게 뭔가 시키려 하고 있을 거예요. 실제로 그렇게 이야기하는 것을 저는 이 귀로 똑똑히 들었어요."

548

요모다는 고민하는 표정으로 목구멍 속으로부터 긴 신음을 내뱉었다.

"미안." 중얼거렸다.

마이는 살짝 고개를 갸우뚱했다.

"역시 나로서는 믿을 수 없어. 믿고 싶지 않은 게 아니라 믿을 수 없어."

"……."

"나는 짧은 시간이지만 그를 옆에서 봐 왔어. 그는 사람을 죽일 만한 인간이 아냐. 그러니 나는 경찰에 신고 따위 하지 않겠어. 오해해서 그에게 상처 주고 싶지 않아."

요모다는 분명하게 그리고 타이르듯이 말했다.

이야기를 믿어 주지 않는데도 지금 이 순간, 이상하게도 낙담은커녕 오히려 안도하는 자신을 발견했다. 요모다가 믿어 주지 않음으로써 왠지 구원받는 느낌이다.

그렇지만… 자신은 이미, 알아 버렸다.

사쿠라이 쇼지가 가부라기 게이치임을.

"다만, 사쿠라이 군에게는 넌지시 물어볼게. 물론 마이의 이름은 일절 꺼내지 않을 거야. 사람을 착각한 걸 알게 되면 마이도 안심이 되겠지. 오늘도 사쿠라이 군은 저녁에 출근할 예정이니 그때라도 그와 이야기를 나눠 볼게. 약속해."

"그때 만약 착각이 아닌 걸 알게 되면… 요모다 씨가 경찰에 신고해 주시겠어요?"

요모다는 마이를 보며 꿀꺽 침을 삼켰다.

"부탁합니다."

마이는 깊숙이 고개를 숙였다.

"한 가지 묻고 싶은데. 마이, 어째서 본인이 하지 않았지? 사흘이나 전부터 그렇게 생각하고 있었잖아."

마이는 얼굴을 들고,

"저, 좋아했었거든요. 사쿠라이 씨."

이것은 대답이 안 될지도 모른다. 하지만 나는 확실히 사쿠라이 쇼지를 좋아했었다.

어쩌면, 지금도….

왜일까, 요모다는 멍한 기색이었다. 눈도 깜박이지 않고 마이의 얼굴을 쳐다보고 있으나, 어딘가 초점이 맞지 않는다.

그 후 마이는 기계적으로 일을 소화했다. 평소 같으면 소파에 앉아 입주자와 담소할 시간에도 무리하게 일을 찾아서 몸을 움직였다.

"마이, 스다 씨도 더는 나오지 않을걸."

같은 1층 파트타이머인 기무라가 일깨워 줬다. 마이는 스다의 손을 잡고 화장실로 향하던 참이었다.

"30분 전에도 화장실에 데려갔었잖아. 그 전에도 두세 번 가지 않았어?"

기억은 없으나 듣고 보니 그럴지도 모른다.

"어쩐지 오늘은 마이가 부산하네."

"죄송합니다."

"아냐. 일에 열심이니 됐어." 기무라는 웃으며 말했다.

"자, 슬슬 간식 먹자. 냉장고에 며칠 전 받은 물양갱이 있거든. 스다 씨도 마이도 앉아 앉아."

벽걸이 시계를 봤다. 어느새 오후 3시에 접어들어 있었다.

사쿠라이는 몇 시쯤 이곳에 올까. 근무 시작은 오후 5시지만 그 남자는 늘 여유 있게 출근한다.

일단 요모다가 그렇게 말한 이상 그의 방식에 맡기기로 했다. 그럴 요량으로 상담했으니. 그런데, 요모다는 사쿠라이에게 어떤 식으로 말을 꺼낼까. 네가 그 탈옥범이냐, 라고는 물을 수 없을 것이다. 에둘러 묻는다 해도 한계가 있을 듯하다.

"잘 먹겠습니다."

다 함께 두 손을 모으며 말했다. 도자기와 포크가 부딪쳐 달그락달그락하는 소리가 난다.

거짓 주소 이야기부터 파고들려나. 그렇지만 발뺌할 수도 있다. 그 후에 도망칠 가능성도 있다. 역시 지금 경찰에 신고하는 편이 현명할 것 같다.

"당신, 그거 안 먹어?"

에쓰가 마이의 손을 향해 눈을 빛내며 말했다. 그 손에는 아직 손대지 않은 물양갱 접시가 들려 있다.

"에쓰 씨. 안 돼요. 한 사람 앞에 하나예요."

기무라가 주의를 주자 "아깝잖아" 하고 에쓰가 여느 때처럼 화를 냈다.

"자, 드세요."

마이가 에쓰에게 접시를 내밀자 "안 그래도 되는데" 하면서 기무라가 어깨를 으쓱했다.

"마이, 물양갱 싫어하니?"

"그런 건 아니고요."

"아하, 알았다. 다이어트구나."

"뭐, 그런 셈이에요."

"됐어, 됐어. 지금도 성냥개비처럼 날씬하니까. 어째서 요새 젊은 애들은 죄다 빼빼 마르고 싶어 하는 건… 아, 미우라 씨, 어디 가세요?"

마이는 기무라의 시선 끝을 좇았다. 그러자 그곳에는 헌팅캡을 쓴 미우라가 서 있었다. 그는 물양갱을 먼저 비우고 혼자 방으로 돌아가던 참이었다.

"집에 갈 거야."

지극히 당연하다는 듯 미우라가 대답했다. 불안 상태에 빠졌음을 금세 알았다. 손을 맞비비고 있기 때문이다. 이것은 미우라가 불안 상태일 때 보이는 몸짓이었다.

"오늘요? 내일 가요."

기무라가 살살 달래자 미우라는 눈을 치켜뜨며 내뱉듯이 말했다.

"너, 어제도 같은 소리를 지껄였지."

기무라는 말을 잇지 못했다. 정말 기무라가 그렇게 말했는지는 알 수 없지만 미우라의 이런 반응은 처음이었다.

그 후 다 함께 계속 설득했지만 이날의 미우라는 묘하게 완고하여 결국 기무라가 역까지 바래다주기로 했다. 물론 역에는 가지 않을 것이고, 집에 보낼 리도 없다. 정처 없이 걸어 미우라가 지쳤을 때를 가늠하여 아오바에 돌아오는 것이다.

밖으로 나설 때, 정말 어제도 같은 소리를 했느냐고 마이는 기무라에게 물었다.

"그게 그렇다니까. 설마 기억하고 있을 줄이야. 나도 깜짝 놀랐어." 그녀는 눈을 동그랗게 떴다.

미우라가 정말 기억하고 있었는지는 알 수 없다. 다만, 입주자를 얕보면 안 된다고 생각했다. 자신도 평소에는 입주자에게 숨 쉬듯이 아무렇지도 않게 거짓말만 한다.

생각해 보면 이곳에서 막 일하기 시작했을 무렵에는 속이는 데 살짝 죄책감을 느꼈었다. 그런데 어느덧 아무것도 느끼지 않게 되었고 어차피 잊어버리니 상관없다고 생각하게 되었다. 그자리를 모면하는 것만을 우선하게 되 버린 것이다.

―거짓말은 피곤해요.

언제였던가, 사쿠라이가 그렇게 말한 적이 있었다.

―가급적 안 하고 싶어요.

그것은 무슨 생각으로 한 말일까.

"15분이면 돌아와." 현관 앞에서 기무라가 귀엣말했다.

"그 이상 밖에 있으면 미우라 씨, 정말 죽어 버릴 거야."

확실히 오늘은 폭염이 심한 날이라 고령자가 아니어도 위험하다. 분명 다음 달에는 더 더워지리라. 하지만 그런 한 치 앞의 미래도 지금의 마이에게는 한없이 멀게 느껴졌다.

그렇게 출발한 두 사람이었으나 곧 아오바에 돌아오게 되었다. 15분은커녕 5분도 지나지 않았다. 미우라 쪽에서 '슬슬 돌아갈까'라는 말을 꺼낸 듯하다. 아무래도 금세 목적을 잊은 모양이다.

그런 소동을 거쳐 가며 시곗바늘은 돌아갔고 그에 따라 마이의 긴장감도 높아져 갔다. 요모다와 사쿠라이가 이야기를 나눈 다음의 일이 그려지지 않았다. 상상하는 것 자체가 공포였다.

오후 4시에 접어들자 2층 파트타이머인 다나카가 마이를 찾았다. 와슈 씨가 마이를 불러 오라고 했단다.

"가끔은 젊은 여자와 이야기하고 싶다나. 나도 와슈 씨의 반밖에 안 살았는데. 실례라니까."

"그러니까 잠깐 말상대를 해 드려."

다나카는 농담조로 말하고 어깨를 살짝 두드렸다.

와슈와 이야기하는 것은 오랜만이었다. 와슈가 2층으로 옮긴 후로는 인사 정도밖에 나누지 않았다. 어쨌거나 지금 와슈를 신경 쓸 여유는 없지만 계단을 통해 2층으로 올라가 와슈의 방문을 노크했다.

"오냐, 들어와라"

문을 옆으로 밀어 안으로 들어갔다. 휠체어 위의 와슈는 이쪽에 등을 보인 채 창밖을 바라보고 있었다.

"여어, 아가씨. 잘 있었나?" 휠체어를 돌리며 말했다.

"내가 사라져서 쓸쓸했지?"

그런 말로 시작된 와슈의 이야기는 두서없는 것뿐으로, 일단 대답은 했지만 마이의 마음은 여전히 딴 데 가 있었다.

"아가씨는 쇼지의 여자인가?"

마이가 이제 그만 인사를 하려고 하자 별안간 와슈가 그런 소리를 했다.

"그런 거 아니에요."

"하지만 반했을 텐데."

부정하려 했으나 말이 되어 나오지 않았다.

와슈는 히죽히죽 웃으며 마이를 보고 있다.

"그 녀석은 좋은 남자가 될 거야. 아직 미숙하지만."

"좋은 남자란, 어떤 남자인가요?"

"눈앞의 남자가 좋은 남자의 표본이지."

크하하하 웃는 와슈에게 화가 났다. 농담을 받아칠 기분이 아니었다.

"저기요, 저, 아직 해야 하는 일이 있는데요."

"옆에서 도와줘." 와슈는 진지한 얼굴로 말했다.

마이는 살짝 고개를 갸우뚱했다.

"장기란 오로지 서로의 마음을 읽는 게임이야. 그런 식으로 상대방 마음의 목소리에 귀를 기울이면 뭐든 알게 돼. 쇼지 녀석 조만간 이곳을 관둘 셈이겠지."

"사쿠라이 씨가, 그렇게 말하던가요?"

"그 녀석은 말 안 해. 하지만 나는 알아."

"……."

555

"어떤 고민이 있는지, 무엇 때문에 괴로워하는지, 그것까지는 모르지만. 그 녀석을 도울 수 있는 사람은 이런 비실비실한 영감이 아냐. 아가씨 같은 젊은 여자지."

"어째서 제가."

"어느 시대건 여자를 지키는 것은 남자, 남자를 뒷받침하는 것은 여자. 서로 돕는다는 건 원래 이런 거야."

마이는 애매하게 수긍했다. 보호받을 생각도 도와줄 이유도 없다. 그런 비인간을.

"오, 호랑이도 제 말 하면 온다더니."

와슈가 창 너머를 내려다보며 말했다. 창문 밖 저 멀리에는 과연 자전거를 모는 사쿠라이의 모습이 있었다. 모래 먼지를 일으키며 자갈길을 달려오고 있다.

침을 삼켰다. 맥박이 서서히 뜀박질을 하기 시작했다.

"이만 실례할게요."

와슈에게 인사하고 마이는 방을 나왔다.

계단을 향해 복도를 나아가는데 앞에 이오 요시코의 모습이 있었다.

"어머나, 마이. 오늘은 2층이니?"

그녀는 마이의 가슴에 있는 명찰을 보지 않고 이름을 불렀다.

"아뇨, 와슈 씨와 얘기를 좀 하느라요."

"그렇구나. 다음에 내게도 놀러 와. 매일 따분해."

그녀가 해맑은 미소를 띠고 말했다.

"저기요, 이오 씨."

"왜?"

"사쿠라이 씨를… 어떻게 생각하세요?"

"어떻게 생각하냐니… 무슨 의미지?"

"죄송해요, 이상한 걸 물어서."

"좋은 아이."

묵례하고 그녀 옆을 스쳐 지나는데 등 뒤에서 목소리가 들렸다. 발을 멈추고 돌아봤다. 이오 요시코는 근심 어린 표정을 짓고 있었다.

"좋은 아이라고 생각해. 분명."

다시 묵례하고 몸을 돌렸다. 계단을 달려 내려왔다.

좋은 남자….

좋은 아이….

그 두 문장이 마이의 머릿속에서 반복 재생되었다.

1층에 내려오자마자 거실에 있던 기무라에게 물었다.

"사쿠라이 군? 방금 전 도착해서 사무실에 들어갔는데."

늦었나. 한 번 보고 싶었는데. 마주 보며 인사하고 싶었는데. 하기야 그 행동에 의미는 없다. 단지, 그러고 싶었다. 그가 요모다와 이야기하기 전에.

그로부터 5분간은 아무 일도 손에 잡히지 않았다. 현재 요모다와 사쿠라이는 사무실에서 이야기 중이다.

지금 어떤 상황일까. 사쿠라이는 어떤 얼굴이며 무슨 이야기를 하고 있을까. 가만히 있을 수 없어서 마이는 큰맘 먹고 사무실 쪽으로 향했다. 맥박이 더 빨라졌다.

사무실 문 앞에 서자 안에서 두 사람의 웃음소리가 들렸다. 어째서? 절대 웃음 터지는 대화가 오갈 리 없을 텐데. 그러나 또다시 웃음소리. 혼란스러웠다.

이때 문이 옆으로 열렸다. 눈앞에 앞치마 차림의 사쿠라이가 나타났다.

"아, 사카이 씨. 안녕하세요."

마이는 대답하지 않고 자신보다 머리 하나 만큼 큰 사쿠라이의 얼굴을 올려다봤다.

"왜 그러시죠?"

사쿠라이가 마이의 얼굴을 들여다봤다. 마이도 밑에서 빤히 들여다봤다. 사쿠라이의 눈동자 속을.

이렇게 지척에 있는데도 이상하게 공포심은 들지 않았다. 사쿠라이는 의아한 표정을 지은 채 마이 옆을 스쳐 지나갔다.

마이는 사무실 안에 발을 들이고 등 뒤의 문을 닫았다.

"이야기, 했어요?" 안쪽에 있는 요모다를 향해 말했다.

요모다가 고개를 좌우로 흔들었다.

그렇구나, 아직 이야기하지 않았구나.

그렇다면….

"그렇게 부탁해 놓고 이런 말 하기는 좀 그렇지만, 역시, 제가, 이야기해도 될까요? 사쿠라이 씨와."

마이는 말했다.

직접, 듣고 싶다.

그의 이야기를.

직접, 알아내고 싶다.

그의 정체를.

요모다는 난처한 표정을 짓고 시선을 헤맸다.

"사쿠라이 씨와 이야기한 뒤 경찰에도 제가…."

"늦었어."

"네?"

"이미, 늦었어."

40

마이는 실내화 바람으로 현관을 뛰쳐나갔다. 강렬한 햇살에 순간 눈앞이 아찔해졌다. 시설을 빙 에워싼 나무들에서 매미의 광기 어린 울음소리가 쏟아지고 있다. 마이는 연신 고개를 돌려 주위를 둘러봤다.

아무도 없다. 사람의 모습은 보이지 않는다. 그런데 그 순간, 앞에 있는 수풀이 부스럭부스럭 움직인 것 같았다. 지그시 바라봤다. 그곳에 사람의 모습은 없었으나 지면에 드리워진 사람의 그림자는 있었다. 각도를 바꾸자 나무 뒤로 사람의 발이 보였다. 슈트 팬츠에 검은 가죽 구두.

몇 미터 이동하여 더 각도를 좁혀 들여다봤다. 이번에는 똑똑히 남자의 모습을 포착했다. 이 폭염 속에서 양복을 입고 있다. 형사임에 틀림없다.

마이는 하늘을 올려다봤다. 어째서 요모다는 경찰에 신고해 버렸을까. 아직 아무것도 묻지 않았는데. 신고 따위 하지 않겠다고 했는데. 애당초 내 말을 믿지 않았으면서….

요모다에게 어떤 심경 변화가 있었는지 몰라도 이제 와서 그런 걸 생각한들 별수 없다.

이때 형사 쪽에서도 마이를 발견했다. 그런데 들키면 곤란했던 듯 당황한 낌새다.

"이봐, 거기." 형사가 손짓으로 불렀다.

가까이 갔다가 별안간 손을 잡혀 시설로부터 사각지대가 되는 나무 뒤로 끌려 들어갔다. 놀랍게도 그곳에는 남자가 세 명이나 있었다. 모두 이마에 구슬땀을 매달고 있었다. 양복 색깔이 변할 정도로 땀범벅이다. 언제부터 이곳에서 감시하고 있었을까?

"놀라게 해서 미안해. 이곳 직원이지?"

중년 남자가 마이에게 경찰수첩을 제시하며 물었다.

마이가 그렇다고 고개를 끄덕였다.

"10분쯤 전에 키 큰 남자 직원이 출근했지. 그의 이름은?"

"…사쿠라이 씨, 인데요."

세 사람은 얼굴을 마주 보고 고개를 끄덕였다.

"저기…."

"걱정하지 않아도 돼. 잠깐 얘기를 듣고 싶을 뿐이니까. 그는 어떤 사람이지?"

"어떤 사람이냐니…."

마이는 그대로 입을 다물어 버렸다. 그런 모습에 형사들은 애가 타는 기색이었다.

"경부님. 이제 우리가 직접 나서죠."

셋 중에서 가장 젊은 남자가 거칠게 말했다.

"기다려."

"어째서요. 바로 코앞에 대상이 있는데. 한바탕 불심검문을 하면 그만일 텐데요."

"명령이니 어쩔 수 없잖아. 지휘관이 도착할 때까지 대기야."

"지휘관이라뇨. 어째서 확실치도 않은 이런 놈 때문에 경시청에서 사람을 보내는 겁니까. 이랬다가 헛다리를 짚은 거면 전원 큰 망신이라고요."

"시끄러. 잠자코 있어."

마이는 현재 상황을 파악했다. 필시 이 형사들은 요모다의 신고를 받고 왔겠지만 접촉은 하지 말라고 위에서 명령을 받은 것이다. 그리고 지금, 현장을 지휘할 형사가 도쿄에서 이쪽으로 오고 있는 듯하다.

게다가 현시점에서 경찰은 아직 사쿠라이 쇼지가 가부라기 게이치라고 확신하는 것이 아닌 모양이다. 이렇게까지 일이 커진 이유는 요모다가 사정을 자세히 설명했기 때문임에 틀림없다. 그리고 분명 이곳에 이오 요시코가 있기 때문이다.

경찰로서는 살해당한 피해자의 유족 곁에 범인으로 추정되는 인물이 있다고 신고를 받은 셈이다. 과도하게 반응하는 것도 이해는 간다.

"이후에 우리는 그 남성과 이야기를 하러 시설을 방문할 거야. 당신들은 평소처럼 일해도 좋아."

"…네."

"다만, 우리가 이곳에 있다는 건 비밀로 해 줘. 할 수 있지?"

똑바로 끄덕일 셈이었던 고개는 비스듬히 떨어졌다.

"경부님."

젊은 남자가 먼 곳을 가리켰다. 7, 8미터쯤 떨어진 곳의 공공 도로에 경찰차 두 대가 앞뒤로 멈춰 서 있었다. 그 안에서 형사들이 쏟아져 나오는 것이 보였다.

"역시 대규모로군." 젊은 남자가 비웃음을 띠고 말했다.

경찰차에서는 사이렌이 울리지 않을뿐더러 적색등도 돌아가지 않았다. 마이 눈에는 그것이 되레 무시무시하게 비쳤다.

형사들은 열을 지어 이쪽을 향해 일직선으로 오고 있다.

마이는 꿀꺽 침을 삼켰다. 어쩐지 모두 살인 청부업자처럼 보였다. 사쿠라이의 목숨을 빼앗기 위해 편성된 일당처럼 비쳤다.

"그럼, 돌아가."

형사의 말에 마이는 몸을 돌려 시설로 발길을 향했다. 한 걸음씩 지면을 내리밟으며 걸어 나갔다.

몇 걸음 걷자 불현듯 매미 울음소리가 멀어졌다. 이어서 땅에 발을 디디는 감각이 흐려졌다. 두 다리의 신경이 마비라도 된 것 같았다.

쿵쾅, 쿵쾅, 몸속에서 심장 소리가 들린다. 어느새 매미 울음소리는 일절 들리지 않게 되었다.

차츰 뇌가 찐득하게 녹아내리는 듯한 감각이 들었다. 매미 울음소리처럼 마이 안의 현실감이 서서히 사라져 간다….

"아, 마이."

시설 안에 들어가자 사무실 앞에 있던 요모다가 제지했다. 하지만 마이가 멈추지 않았다. 몽유병자처럼 느릿한 속도로 복도를 나아간다. 향하는 곳은 2층이다.

계단을 오르는 도중 파트타이머 다나카와 마주쳤다. 그녀는 흠칫하며 마이에게 시선을 보냈다. 자신은 대체 지금 어떤 얼굴을 하고 있을까.

2층에 다다르자 거실에서 입주자와 담소하는 사쿠라이의 모습이 보였다. 그대로 다가갔다.

사쿠라이가 마이를 보자 시선이 포개졌다.

"밖에 경찰이 와 있어요."

눈앞에 서자마자 아무 망설임도 없이 마이는 말했다. 순간 시간이 멈추기라도 한 듯 사쿠라이는 표정을 잃고 굳었다.

"나, 당신의 정체를 알고 있어요."

41

말이 끝나자마자 사쿠라이의 표정이 돌변했다. 눈을 딱 부릅뜨고 미간에 세로 주름을 새긴 것이다. 그리고 잽싸게 마이의 팔을 붙잡았다. 엄청난 힘이었다. 그대로 복도를 지나 입주자를 수발하는 화장실로 끌려 들어갔다. 소리를 지를 여유조차 없었다. 들어가자마자 그는 곧바로 문을 잠갔다.

마이의 양어깨를 세게 붙잡아 벽에 쾅 밀어붙였다. 그리고 숨결이 닿을 만한 거리에 얼굴을 바짝 가져왔다. 흰자위에 여러 개의 핏발이 서 있었다.

"전부, 알고 있군요."

마이는 천천히, 크게 고개를 끄덕였다.

사쿠라이가 눈을 감았다. 몇 초쯤 그대로 있다.

사람을 죽인 탈옥범. 그 인물이 눈앞에 있다. 자신의 어깨를 붙잡고 있다. 그런데도 도무지 공포를 느낄 수 없다. 그를 무서워할 수 없다.

이윽고 눈을 뜬 그는 말했다.

"경찰에는 사카이 씨가?"

마이는 고개를 저었다.

"그럼…."

누가, 라고 물을 줄 알았다. 그러나 사쿠라이의 입에서 나온 것은 다른 말이었다.

"사카이 씨는 뭐 하러 내게 왔습니까?"

대답이 궁해졌다. 대답할 말이 없다. 왜 자신이 이런 행동을 했는지 설명할 수가 없다.

딱히 사쿠라이의 편이 된 것은 아니다. 도망치기를 바라는 것도 아니다.

"…모르겠어요."

사쿠라이는 눈썹을 찡그리고 물었다.

"경찰은 몇 명 정도?"

“많이.”

그는 얼굴을 일그러뜨리고, 이어서 화장실 안에 난 작은 간유리 창을 조금 열었다. 그 틈새로 밖을 내려다봤다.

밖에서 경찰의 모습을 발견한 걸까, 그의 입술이 떨리기 시작했다.

“계속, 도망칠 건가요?”

그런 그의 옆얼굴을 향해 물었다.

사쿠라이는 대답하지 않았다.

“자수하지 않을래요?”

말한 순간, 마이는 이거다 싶었다. 분명 자신은 사쿠라이가 자수하길 바라는 거다. 하기야 이 상황에서는 사쿠라이가 얌전히 붙잡힌다 해도 자수로 처리되지 않으리라. 다만, 그가 저항하는 모습을 보고 싶지 않다. 최후의 발악을 하는 사쿠라이를 보고 싶지 않다.

“붙잡히면….” 밖을 내려다본 채 사쿠라이는 말했다.

“난 죽어.”

그 순간, 마이의 안에서 격정이 솟구쳐 올랐다.

“그런 건, 어쩔 수 없잖아! 당신은 사람을 죽였으니까.”

“죽이지 않았어!” 사쿠라이는 마이 쪽으로 돌아 소리쳤다.

“나는 하지 않았어.”

서로 쏘아봤다. 두 사람 다 한순간도 시선을 떼지 않고 내내 지근거리에서 쏘아봤다.

이때 똑똑 문을 노크하는 소리가 났다.

"사쿠라이 군과, 마이? 저기, 무슨 일이야. 안에서 뭐 해."

다나카의 걱정스러운 목소리가 들려왔다.

"괜찮아요. 지금, 나가요." 대답한 사람은 마이였다.

그런데 뭐가 괜찮은 걸까. 스스로에게 기가 막혔다. 마이는 문 잠금쇠로 손을 뻗었다. 그 순간 손목을 콱 붙들렸다.

"놔 줘."

"나를 믿어 줄래요?"

"믿어 달라니, 믿을 수 있을 리⋯."

"제발 믿어 줘요."

절실한 눈동자였다.

마이는 아랫입술을 깨물었다. 어째서 이런 눈동자로 이런 말을 하는 것일까. 믿을 수 있을 리 없지 않은가. 믿을 수 있을 리⋯.

그는 마이의 손목을 붙든 채 다시 작은 창 틈새로 밖을 내다보았고, 그리고는 "왔다"라고 짧게 중얼거렸다.

그 직후, 잠금쇠를 풀어 문을 열고 마이를 놓아둔 채 뛰쳐나갔다. 마이도 황급히 뒤를 따랐다. 그런 모습을 다나카와 입주자들이 어리둥절하게 바라보고 있었다.

그가 뛰어든 곳은 부엌이었다. 그는 싱크대 밑의 수납공간을 열더니 그 안에 있던 식칼 한 자루를 왼손으로 잽싸게 뽑아 들었다. 마이는 숨을 삼켰다. 이 사람은 대체 무엇을 할 셈인가.

사쿠라이가 마이를 향해 돌진해 왔다. 찔린다. 그렇게 생각했다. 그러나 그는 마이를 지나 복도를 내달렸다. 발을 멈춘 곳은 이오 요시코의 방 앞이었다. 역시 이 남자, 이오 요시코를 노리고 있었나….

문을 난폭하게 열었다. 하지만 그곳에 이오 요시코가 없었는지 그는 다시 이쪽으로 달려와 거실로 뛰어들었다.

주위를 휙 둘러보고 "이오 씨는?!" 하고 근처 다나카에게 물었다. 다나카는 창백한 얼굴로 사쿠라이의 손안에 있는 식칼을 바라봤다. 주위의 입주자들은 사태를 이해하지 못한 듯 평소와 다름없는 멍한 시선을 사쿠라이에게 보내고 있었다.

다나카가 떨리는 손끝으로 밑을 가리켰다.

"아까, 요모다 씨가 불러서."

사쿠라이는 세게 혀를 차고 계단으로 달려갔다. 벽이 사각을 만들어 그의 모습이 사라졌다. 하지만 그는 곧 다시 모습을 보였다. 도로 계단을 올라온 것이다.

그 이유는 금세 알았다. 사쿠라이의 뒤쪽에는 당장에라도 그를 잡겠다고 대여섯 명의 남자가 밀어닥쳐 있었다. 조금 전 밖에 있던 형사들이다. 복도를 달리는 사쿠라이와 그들의 진동이 마이에게도 전해졌다.

사쿠라이는 마이에게 일직선으로 다가오고 있다. 마이는 공포로 움직일 수 없었다. 그는 마이의 뒤로 돌아들더니 오른손은 목에 감고 왼손의 식칼 끝은 형사들에게 들이댔다. 마치 무궁화 꽃이 피었습니다를 할 때처럼 형사들이 딱 멈춰 섰다. 다나카의 새된 비명이 울려 퍼졌다.

"가부라기!"

그렇게 노성을 지른 사람은 형사 집단의 선두에 있는 30대가량의 체격 좋은 남자였다. 머리를 올백으로 넘겼는데, 눈매가 날카롭다.

"이제 단념해."

그 남자가 슬금슬금 다가오며 말했다.

"가까이 오지 마세요."

사쿠라이는 그렇게 말하며 식칼 끝을 마이에게 들이댔다.

"그리고 이곳에 이오 요시코 씨를 데려오세요. 지금 당장."

마이는 공포감보다 당혹감이 앞섰다. 이 사람은 대체 무엇을 할 셈인가. 이오 요시코에게 무엇을 시킬 셈인가.

그렇게 긴박한 공기가 감도는 가운데,

"쇼지, 너, 뭐 하는 게냐."

이게 웬 소동인가 싶었으리라, 방에서 나온 와슈가 휠체어 위에서 눈을 동그랗게 뜨고 말했다. 그곳은 사쿠라이와 형사의 딱 중간 지점이었다.

"당신은 물러나 있어!"

"쇼지, 대체 무슨 일이냐. 그런 걸 들고, 너 뭘 하려…."

"어이, 이 할아버지를 끌어내!"

근처에 있던 형사가 뒤에서 와슈의 휠체어를 당겨 거리를 벌렸다.

"나 건드리지 마!"

와슈가 아우성쳤지만 두 명이 붙어 휠체어째 들고 강제로 데려갔다. 그 후 다른 입주자 역시 형사들이 차례차례 피난시켰

568

다. 보행이 곤란하다고 판단되었는지 다들 짐처럼 안은 채였다.

순식간이었다. 이 자리에 남은 사람은 마이와 사쿠라이, 그리고 형사들뿐.

그 직후,

"다시 한번 말하죠. 이오 요시코 씨를 데려오세요."

사쿠라이가 재차 경고했다.

"가부라기. 이제 포기해. 얌전히 여자를 풀어 줘."

"데려오라고 했습니다."

"그 사람을 데려오면 뭐 하려고. 이 이상 죄를 거듭하지 마."

"됐으니까 빨리 해!"

사쿠라이가 뱃심으로 외쳤다. 엄청나게 큰 목소리였다.

그러자 순간 올백 머리 남자가 양복 안주머니에 오른손을 찔러 넣었다. 꺼내 든 것은 검은 권총이었다. 자그마한 것이었지만 처음 보는 권총은 꺼림칙하여 그 자체에서 살기가 뿜어져 나오는 듯했다.

"마타누키 과장님!"

뒤편에 있던 형사들이 소리쳐 제지했다. 그러나 마타누키라 불린 남자는 아랑곳없이 총구를 이쪽으로 겨눴다.

"그만! 쏘지 마!"

마이는 순간 외쳤다. 자신에게 쏘지 말라는 건지 아니면 사쿠라이에게 쏘지 말라는 건지. 분명 둘 다.

목덜미에 닿은 사쿠라이의 흉기, 총구를 드러낸 형사의 권총. 지금 무서운 것은 확실히 후자다.

마타누키가 혀를 차고 권총을 거뒀다. 몸이 이완되어 푹 주저 앉을 뻔했다. 하지만 그렇게는 되지 않았다. 이 몸을 사쿠라이 가 받치고 있기 때문이다.

마이는 사쿠라이의 몸에서 발산되는 확실한 열기를 등으로 느꼈다. 이런 상황이건만 이 사람도 살아 있구나, 인간이구나, 라고 생각했다.

42

석양이 비쳐든 뒤로는 빨랐다. 눈 깜짝할 사이에 해가 지고 어둠이 하늘을 뒤덮었다.

조금 전 닫힌 커튼은 이따금 하얗게 빛났다. 경찰이 밖에서 스포트라이트를 정기적으로 비추고 있기 때문이다. 암막 커튼을 무용지물로 만들 만큼 강렬한 광선. 그 탓에 눈이 따끔거렸다.

현재 아오바는 엄청난 숫자의 사람과 소란에 휩싸여 있었다. 상공에는 헬리콥터도 날고 있어서 프로펠러의 바바밧, 하고 하늘을 가르는 소리가 실내까지 침입해 들어왔다.

그리고 지금, 마이는 그런 모습을 TV로 보고 있었다. 흡사 방관자였다. 너무 기묘해서 현실감이 일지 않는 것이다. 지금 이 영상에 등장하는 건물 안에 자신이 있다. 이 혼돈의 소용돌 이 중심에 자신이 있다. 가부라기 게이치와 둘이서.

어느 채널이든 이 중계 뿐이었다. 본래 예정되어 있던 방송은 부득이하게 변경되었다. 그런데 밀려난 것은 드라마나 버라이어

티가 아니다. 내일은 온 나라가 기다리고 기다리던 도쿄올림픽이 개최된다. 그래서 어느 TV에서건 올림픽 관련 프로그램이 방송될 예정이었다. 그것들은 분명 창고행이 되리라.

바깥이 흥분의 도가니로 변한 것은 영상에서 충분하고도 남을 만큼 전해져 왔다. 마이크를 들고 필사적으로 상황을 전달하는 남성 리포터의 뒤에서 수많은 노성과 외침이 난무한다. 서로 밀고 당기는 실랑이를 벌이는 모습도 있다. 경찰과 매스컴, 그리고 잇따라 밀려드는 사람, 사람, 사람….

헤이세이 최후의 소년 사형수이자 탈옥범인 가부라기 게이치가 여성을 인질로 잡고 농성을 펼치고 있다. 구경꾼이 모이지 않을 리 없다.

더구나 오늘 밤, 이곳으로부터 몇 킬로미터 떨어진 곳에서 데가누마 불꽃놀이 축제가 개최된다. 주변 일대의 교통은 필시 패닉에 빠져 있으리라.

"불꽃놀이, 분명 중지겠지."

가늘게 뜬 눈으로 TV을 보며 마이는 남 일처럼 중얼거렸다.

순간, 옆에 앉은 그가 펜을 쥔 왼손을 멈췄다.

그는 지금 경찰에 대한 요구를 글로 써 내려가고 있다. 놀라울 만큼 달필이었다. 지금까지 봐 온 그의 글씨는 빈말로도 칭찬할 것이 못 되었다. 그런 결점도 마이의 눈에는 흐뭇하게 비쳤었는데, 지금 생각해 보면 그 또한 잘 사용하지 않는 손으로 적은 것이니 참으로 대단하다.

그뿐 아니라 이 남자는 여러 부분에서 위장을 거듭해 왔으리

라. 약간의 허점 탓에 정체가 들통나지 않도록.

이윽고 그는 펜을 놓더니 종이를 꼼꼼히 접어 작은 종이비행기를 만들었다. 뒤이어 그것을 들고 창가로 다가갔다. 그리고 창을 조금 열어서 그 틈새로 잽싸게 종이비행기를 밖에 날렸다.

그로부터 몇 초 후,

[앗! 지금 2층 창문에서 또 종이비행기가 띄워졌습니다!]

TV 속의 남성 리포터가 외쳤다.

[이로써 두 번째 종이비행기입니다! 필시 이것은 범인의 요구가 적힌 편지로 추정됩니다! 아직 하늘에 떠 있습니다!]

종이비행기를 카메라가 줌인해 들어간다. 그가 만든 종이비행기가 밤하늘을 헤엄치듯이 날고 있다.

얄궂게도 종이비행기는 주차장에 세워진 마이의 차 보닛 위에 떨어졌다. 마치 그곳이 착륙 예정지라도 되는 양. 경찰 하나가 그것을 재빨리 주워들었다.

마이 옆에 선 그는 그것을 확인하더니 말했다.

"커피라도 마시지 않을래요?"

"그럼 제가 끓일게요."

마이가 일어서서 부엌으로 향했다. 그러자 그 등을 그가 쫓아왔다.

마이는 발을 멈추고 뒤로 돌아 그의 눈을 응시했다.

"도망 안 가요."

그가 시선을 피했다.

"저를 신뢰하지 않는군요. 자기는 믿어 달라면서."

572

부엌에 둘이 나란히 서서 물이 끓기를 기다렸다. 그러는 동안에도 그는 TV에서 잠시도 눈을 떼지 않았다.

"편지, 이번에는 뭐라고 적었어요?"

곁눈으로 보며 물었다.

"이오 씨와 통화하게 해 달라고. 그것을 TV에 내보내 달라고요."

그런 걸 해 줄까.

"밑져야 본전입니다."

그는 한숨을 섞어 말했다.

첫 번째 종이비행기에 적힌 요구는 이오 요시코를 이곳에 데려올 것. 그리고 그때 보도 카메라맨을 한 명 대동할 것. 이 요구는 당연히 거절되었다. 일반인을 위험한 현장에 보낼 수는 없다고 아까 확성기로 경찰의 답변이 돌아왔다.

어쨌거나 왜 그가 이 요구들을 했는지 마이는 이미 알고 있었다.

본인의 무죄를 증명하기 위해서 이오 요시코에게 진실을 말하게 하여 본인의 무죄를 국민에게 알리기 위해서.

지금으로부터 약 한 시간 반 전, 그는 흉기를 손에 들고 이오 요시코의 방으로 뛰어들었다. 살의를 갖고 향한 것이 아니었다. 그녀와의 시간을, 유예를 원한 것이다. 경찰에 포위된 이상 그녀를 인질로 삼는 것밖에 방법은 없었다.

그러나 방에 이오 요시코는 없었다.

고육지책으로 그가 인질로 택한 것은, 마이였다. 그리고 한 명도 남김없이 경찰을 시설 밖으로 몰아낸 그는 스스로 마이에게 이야기를 하기 시작했다.

"그날…."

그렇게 물꼬가 트인 그의 이야기는 마이를 어두컴컴한 미궁으로 꾀어 들였다.

2017년 10월 13일, 금요일, 오후 4시경 가부라기 게이치는 이오 댁이 있는 길을 홀로 걷고 있었다. 승차할 예정이었던 버스를 놓쳐 도보로 귀가 중이었던 것이다. 다니던 고등학교의 하굣길이었다. 그러나 그의 주거지인 아동보호시설 '히토노사토'는 이웃 마을에 위치해 있어 버스 정류장에서 걷게 되면 무려 두 시간 이상 걸렸다. 그에게 있어 그것은 고통도 뭣도 아니었다. 오히려 기분 전환의 하나로, 더없이 행복한 시간이었다. 그는 책을 읽으며 걷는 것을 유년 시절부터 좋아했다. 그렇게 하면 시간을 잊고 책의 세계에 몰두할 수 있었다.

그런데 이것이 첫 번째 화근이 되었다.

책에 눈을 떨군 채 걷는 그의 옆을 한 남자가 잰걸음으로 지나갔다. 얼굴은 보지 못했다. 스쳐 지나는 순간 존재를 알아차린 것이다. 그런데 어딘지 모르게 위화감이 들었다. 그 남자가 웃는 것 같았기 때문이다. 그는 발을 멈추고 뒤를 돌아봤다. 남자는 폴짝폴짝 뛰듯이 달리고 있었다. 마치 스프링이라도 달린 듯했다. 그 또한 그의 눈에는 기묘하게 비쳤다.

그렇게 떠나가는 남자의 뒷모습은 그와 마찬가지로 훤칠했다.

574

그리고 상하 거무스름한 옷을 걸치고 있었다. 이 또한 검은 학생복을 입은 그와 멀리서 보기에는 비슷했다.

그리고 이것이 두 번째 화근이 되었다.

다시 걸음을 옮겨 수십 미터 걸었을 때 그는 불현듯 멈춰 섰다. 여자 울음소리가 고막에 닿은 것 같았다. 옆을 보니 현관문이 열린 가정집에 석판의 문패에는 '이오'라고 새겨져 있었다.

귀를 기울였다. 이번에는 여자 울음소리가 똑똑히 들렸다. 집 안에서 나는 것이 틀림없었다.

그가 그 낯선 민가에 망설임 없이 발을 들인 이유는 여자가 내는 울음소리에서 심상치 않은 것을 감지했기 때문이다. 말이 되지 않는 그 소리는 어딘지 광기를 띠고 있었다.

"실례합니다."

그는 현관에서 불렀지만, 대답은 없었고 울음소리도 그치지 않았다.

그는 신발을 벗고 쭈뼛쭈뼛 현관에 발을 걸쳤다. 그리고는 울음소리가 나는 거실로 발을 들였을 때, 그는 믿기 힘든 참상을 목도하게 된다. 그곳은 피바다였다.

눈을 의심하며 할 말을 잃었고 사고가 멈췄다. 제정신을 유지하는 데 필사적이었다.

코앞에는 피투성이가 된 젊은 여성이 눈과 입을 벌린 채 정자세로 누워 있었고, 그 여성에게 껴안듯이 어린 남자 아기가 쓰러져 있었다. 게다가 그런 두 사람의 안쪽에도 엎어져 있는 남성의 모습이 보였다. 남성의 등에는 회칼이 꽂혀 있었다.

남성 옆에 껴안듯이 주저앉은 중년 여성이 있었다. 울고 있는 것은 그녀였다.

"대체, 무슨 일이 있었던 건가요."

그는 여성을 향해 물었다. 오금이 저려 다가갈 수 없었다. 피의 색깔과 냄새에 구역질이 나서 잠시라도 방심하면 구토를 일으키고 말 것 같았다.

여성은 흐느끼던 얼굴을 들어 목소리를 떨며 호소했다.

"살아 있어. 아직 숨을 쉬어."

설마, 하면서 그는 발 디딜 곳을 찾아 가며 신중하게 다가갔다. 하지만 주변은 피의 카펫을 깐 듯한 상태로, 그의 흰 양말은 곧 피로 물들었다. 이루 말할 수 없는 불쾌감이 발바닥을 타고 올라왔다.

그는 큰맘 먹고 바닥에 무릎을 떨궈 남성에게 얼굴을 가까이 댔다. 그러자 정말 남성이 살아 있음을 알 수 있었다. 미세하지만 확실히 입술이 움직이고 있었다.

그렇지만 동시에 남성이 죽음 직전이라는 것도 파악했다. 간신히 뜨인 눈에는 생명의 기운이 남아 있지 않았다. 남성은 확실한 죽음의 냄새를 온몸에서 풍기고 있었다.

하지만 아직 살아 있다면 기적이 일어날지도 모른다. 그렇게 생각한 순간, 여성이 남성 등에 있는 회칼 자루를 쥐었다.

"이런 게 꽂혀 있으니까, 이런 게⋯."

잡아 뽑으려는 것임을 알았다.

그는 황급히 위에서 여성의 손을 잡았다.

"안 돼요. 피가 뿜어져 나올 거예요."

흉기나 돌기물이 육체에 꽂혔을 경우 그로써 지혈이 되고 있는 상태이므로 절대 잡아 뽑으면 안 된다. 경험한 적은 없지만 그에게는 지식이 있었다.

그리고 그 지식은 옳았다. 여성이 회칼을 반쯤 잡아 뽑았기 때문이리라, 상처에서 혈액이 뭉클뭉클 쏟아져 나왔다.

"깨끗한 타월을, 어서!"

그는 여성을 향해 외쳤다. 그러나 그녀는 다리힘이 풀린 듯 주저앉은 채 일어서지 못했다.

그는 그녀 대신 일어섰다. 세면실로 뛰어 들어가 선반에서 타월을 꺼냈다.

그것을 갖고 다시 남성 곁으로 돌아가 어중간하게 꽂힌 회칼의 자루를 쥐고 수직으로 잡아 뽑았다. 그리고 곧장 타월을 대어 양손으로 상처를 압박했다. 이렇게 된 이상 어중간한 상태가 제일 좋지 않다고 판단한 것이다. 일반인의 생각으로는 이것이 지금 취할 수 있는 가장 적절한 처치이지 싶었다.

이 역시 세 번째 화근이 되었다.

타월은 삽시간에 선혈로 물들어 갔다. 이마에서 땀이 하염없이 뚝뚝 떨어져 눈으로 들어갔다. 순간 그는 손으로 얼굴을 훔쳤다.

필사적으로 상처를 압박하면서 다시 한 번 여성에게 물었다.

"대체 무슨 일이 있었던 건가요?"

여성은 고개를 저을 뿐 대답하지 않았다.

"구급차는 언제쯤 도착하죠?"

그 직후, 그녀는 화들짝 놀랐다. 그로써 그는 알아차렸다. 그녀가 아직 구급대에 연락하지 않았다는 것을.

뭘 하고 있나 싶어 내심 분노하면서,

"제가 연락할게요. 교대해 주세요. 이곳을 단단히 압박해요."

그녀의 손을 잡아 상처를 누르게 했다.

다음으로 그는 자신의 가방에서 휴대전화를 꺼냈다. 그 휴대전화는 그의 손안에서 미끄덩거렸다. 그의 손이 피투성이였기 때문이다.

"실례합니다."

그때였다.

바로 조금 전의 그와 마찬가지로 부르는 남성의 목소리가 현관에서 들렸다.

"저는 근처 주재소(과소 지역에 마련된 경찰관, 소방관 등의 주재 시설) 사람입니다만."

"안 돼!"

여성의 비명이 그 말을 가로막았다. 방금 전까지만 해도 간신히 뜨여 있던 남성의 눈이 완전히 감겨 있었다.

"눈 떠. 요스케, 부탁이야. 눈을 떠!"

그 목소리로 사태를 감지했으리라, 현관에서 우당탕퉁탕 발소리가 다가왔다.

모습을 드러낸 것은 제복을 입은 초로의 경찰관이었다. 그런데 이 제복 경찰은 현장에 진입하자마자 그 자리에서 엉덩방아를 찧었다. 입을 어버버하며 경악하고 있었다.

제복 경찰의 시선은 그를 향했다.

그때 그는 모르고 있었다. 자신의 얼굴도 검붉은 피로 물들어 있음을.

이어서 이 제복 경찰이 취한 행동에 그는 전율했다. 제복 경찰은 허리춤의 권총을 잽싸게 뽑아 그에게 총구를 겨눈 것이다.

그도 펄쩍 뛰듯이 엉덩방아를 찧었다. 바지에 실수라도 한 양 엉덩이에 스르르 피가 스며들었다. 뒤에 짚은 손이 무언가에 닿았다. 이미 숨이 끊긴 남자 아기의 몸이었다.

"엎드려! 그 자리에 엎드려!"

노성이 울려 퍼져 그는 바닥에 납작 엎드렸다. 따르지 않으면 주저 없이 발포할 기세였다. 그만큼 이 제복 경찰은 혼란 상태였다.

"아니에요! 제가 아닙니다."

그는 바닥에 엎드린 채 소리쳤다.

"그쪽의 여성에게 물어보세요!"

그녀는 아무 대답도 하지 않았다. 남성을 흔들며 울부짖을 뿐 이쪽에 눈길 한 번 주지 않았다.

그 후로도 수차례 사실을 말해 달라고 요청했다. 그러나 그녀는 그에게뿐 아니라 제복 경찰의 말에도 일절 대답하지 않았다. 마치 청력을 잃기라도 한 듯했다.

결국 그의 손목에는 쇠고랑이 채워졌다. 이윽고 그는 지원하러 달려온 경찰차에 밀어 넣어졌다.

이 이상한 사태에 그는 당황했다. 믿을 수 없었다. 뭘 잘못하면 일이 이렇게 되나. 그러나, 그에게는 여유가 있었다. 금세 오해가 풀릴 거라고 생각했다.

그는 경찰차 안에서도 절대 아니라고 말했다. 처음부터 순서대로 이 기괴한 상황을 찬찬히 설명했다. 양옆에 있던 경찰관은 그의 말을 부정하지 않고 냉정히 들어 줬으나 그 눈은 진위를 헤아리고 있었다.

집 주변은 이미 사람으로 북적였다. 경찰차와 구급차, 소방차까지 달려와 있었다.

이윽고 밖에 있던 한 경찰관이 그가 탄 경찰차로 달려왔다. 그리고 그의 왼쪽에 있던 경찰관을 차 밖으로 불러냈다.

두 사람은 지척에서 대화하며 그가 있는 쪽으로 몇 번인가 시선을 던졌다. 이때 그는 이제야 자신의 혐의가 풀렸구나 생각했다.

간략한 대화를 마치고 다시 경찰관이 경찰차로 돌아왔다.

그리고 올라타자마자,

"자세한 이야기는 서에서 다시 듣겠다."

차갑게 내뱉었다.

그건 상관없는데 우선 이 수갑을 풀어 달라고 그는 부탁했다.

그러나 거절당했다. 납득이 가지 않아 이유를 요구했다.

"가족을 살해한 건 너라고 그 여성이 말했어."

순간 어안이 벙벙했다. 머릿속이 새하얘졌다. 대체 자신에게 무슨 일이 일어난 건지 전혀 이해할 수 없었다.

요란한 사이렌 소리와 적색등 불빛을 흩뿌리며 경찰차는 나아갔다. 경찰서에 도착하기까지의 기억은 애매모호했다. 손짓발짓 하며 필사적으로 항변했을지도 모르고, 흔들리는 차에 얌전히 몸을 맡겼을 뿐인지도 모른다.

그가 유일하게 기억하는 것은 울리는 사이렌 소리와 적색등 불빛뿐이었다.

"그때 이오 씨는 나를 범인이라고 말한 게 아니에요."

그는 주먹을 부르르 떨며 말했다.

"이오 씨는 상하 검은색 옷을 입은 키 큰 남자가 범인이라고 경찰에 전했습니다. 이에 대해서는, 그런 남자가 이오 씨 댁 주변을 어슬렁거리는 광경을 목격했다고 이웃 주민도 증언한 바 있습니다. 필시 나와 스쳐 지나간 그 남자가 진범이겠지요."

그러나 경찰은 그 인물을 나라고 단정했다. 귀가하던 도중 우연히 사건과 조우했다는 그의 말은 신뢰받지 못했다. 버스를 놓쳐 걸어서 가기로 했다는 말은 실소를 샀다.

"20분 후에 다음 버스가 오잖아. 그런데도 걷기로 했다고? 두 시간이나 되는 거리를?"

그가 이유를 대자,

"독서라."

대수롭지 않게 생각하며 무시했다.

"애초에 울음소리가 들렸다고 해서 남의 집에 멋대로 들어가나? 보통은 그러지 않잖아."

흉기에 남아 있던 그의 지문에 대해서도 마찬가지였다.

"그럴 리가. 피해자에게 꽂힌 흉기를 제삼자가 뽑다니, 그런 건 절대로 안 해."

"가부라기 게이치 군. 아무리 생각해도 말야, 모든 상황이…."

그가 범인이라고 이야기하고 있었다.

그리고 그의 가장 큰 불행은 진실을 알고 있는 이오 요시코가 알츠하이머를 앓고 있다는 것이었다.

게다가 사건의 쇼크로 그녀는 기억을 잃은 상태였다.

그럼에도 당연히 그는 계속 무죄를 주장했다. 괜찮아, 괜찮아, 괜찮아. 어둡고 차가운 구치소 안에서 그는 기도하듯 되뇌였다. 언젠가 새로운 증거가 발견되어 오해가 풀린다. 진실히 밝혀져 자유의 몸이 될 수 있다. 우수한 일본 경찰이 원죄 사건 따위를 일으킬 리 없다.

그러나 아무리 기다려도 상황은 무엇 하나 달라지지 않았다. 그는 불안과 공포로 미칠 것 같았다. 그런 그에게 마지막 생명줄인 변호사는 이렇게 고했다.

"솔직히 말해 무죄를 이끌어 낼 희망은 없어."

절망적인 말이었다.

변호사는 그가 심신미약 상태였던 것으로 꾸며 법정에서 싸울 계획을 세우고 있었다. 즉, 사건 당시 그는 정신에 이상이 있었고 참극은 그로 인해 일어난 것이라고 주장할 셈이었다.

이 변호사도 처음부터 그의 말을 믿지 않았다. 변호사는 모든 이야기가 끝난 뒤에 말했다.

"내게는 진실을 말해도 상관없단다." 그 말이 전부였다.

그는 변호사의 심신미약 계획을 완강히 거부했다.

"사형이 되어도 좋아? 미성년자라고 낙관한다면 그것은 큰 오산이야. 미성년자라도 상관없이 죽인다고, 이 나라는."

그 말은 그를 무겁게 짓눌렀다. 사형…?

억울한 죄로 목숨을 빼앗긴다. 그런 바보 같은 일이 있어날 리 없다. 절대로, 일어나서도 안 된다.

"사카이 씨는 일본의 원죄 사건에 대해 알고 계십니까?"

그는 아득한 눈을 하고 물었다.

마이는 고개를 좌우로 흔들었다.

"이 나라에는 억울한 죄로 유죄 판결을 받은 사례가 셀 수 없을 만큼 많습니다. 사형을 선고받아 형이 집행되어 버린 예도…"

결국 그는 마지못해 죄를 인정했다.

이유는 단 하나, 죽지 않기 위해서. 목숨을 부지하기 위해서.

"그런데, 어째서 또."

그는 첫 번째 공판에서 느닷없이 주장을 번복한 것이다. 변호사를 비롯하여 온 법정이 혼란에 빠진 가운데 그는 '나는 하지 않았어!'라고 울부짖으며 난동을 부렸다. 법원 경위들에게 제압되어 강제로 퇴정당하는 마지막 순간까지 그는 계속 외쳤다.

결과적으로 이것이 심증을 악화하여 사형 판결이 내려진 게 아닐까….

"양심에 따라 진실을 말하고, 아무것도 숨기지 않으며, 거짓을 말하지 않을 것을 맹세합니다."

그는 표정을 바꾸지 않고 입술만 움직여서 말했다.

"선서 구절입니다. 법정에서 말해야 하죠. 그것을 입 밖에 내는 순간 나는 진정 신물이 났어요. 지금까지 나와 비슷한 상황에 몰려 억울함을 감수한 사람이 얼마나 있을지 모르지만, 그들은 그러지 않을 수 없었던 겁니다. 살기 위해서.

법정에 서기 전까지는 나도 그들과 똑같았습니다. 하지만 나로서는 도저히 참을 수 없었어요.

마지막까지 정정당당하게 싸웠는데 사형을 선고받는다면 그야말로 어쩔 수 없다. 스스로의 운명으로서 받아들이는 수밖에 없다. 명예를 지키고 죽는다면 만족한다, 라고 마음을 고쳐먹었습니다.

결과는 아시는 바와 같습니다. 나는 나라로부터 죽으라는 선고를 받았습니다. 절망했지만 싸운 것에 후회는 없었습니다. 그래서 나는 마지막에 이렇게 말한 것입니다 '자신을 칭찬해 주고 싶다'라고."

하지만 그가 죽는 일은 없었다. 믿기지 않는 최후의 발악에 나섰다.

이에 대해 그는 엷은 미소를 띠고 이렇게 말했다.

"사카이 씨는 지금까지 죽고 싶었던 적이 있습니까?"

마이는 5초 정도 생각하고 고개를 저었다.

"내게는 있습니다. 스스로에게도 잘 설명할 수 없지만, 막연히 죽음의 세계에 손을 뻗고 싶은 욕구가 내 안에는 있습니다. 이런 것을 자살 충동이라고 하나 봅니다. 자살 욕구와는 조금 다릅니다. 어째서 그런 마음이 내 안에 존재하는지 모르겠습니다. 성장 배경과 관계가 있나 싶기도 하지만 그렇지 않을지도 모릅니다. 하지만 실제로 죽음을 목전에 두니 놀라울 만큼 삶에 집착하는 자신을 발견했습니다."

그는 마이의 눈을 응시했다.

"그래서, 나는 탈옥했습니다."

주전자가 삑 하고 높은 소리를 내자 뚜껑이 달각달각 춤을 춘다. 주둥이가 뭉게뭉게 하얀 김을 내뿜고 있다.

똑같은 모양의 컵에 커피를 내리고 소파에 나란히 앉아 그것을 홀짝였다. TV에는 변함없이 아오바 건물이 비춰져 있다. "지금 당장 진입해라!" "사살하면 되잖아!" 난무하는 시민들의 고함과 부추기는 듯한 소리가 끊이지 않았다.

경찰이 강경 수단으로 나오지 않는 이유는 사람들의 눈이 있기 때문이라고 그는 추측했다. 이 사건에는 온 일본이 주목하고 있다. 여기서 실패라도 하면 차마 눈 뜨고 봐 줄 수 없다.

또 그는 시설 내에서 경찰을 몰아낼 때 '만약 당신들이 강제로 진입하거나 하면 여자의 목숨은 보장 못 합니다'라고 경고한 바 있다.

옆에서 화면을 노려보는 그에게 마이는 슬쩍 눈길을 건넸다.

이 사람은 분명 자신에게 위해는 가하지 않는다. 왠지 그 부분만큼은 확신에 가까운 믿음이 있었다.

그렇다 해도 이 남자를 완전히 믿는 것은 아니다. 자신은 어린애지만 그렇게 단순하지는 않다. 전부 지어낸 이야기일지도 모른다. 그의 이야기는 옛날이야기인 양 너무도 그럴싸하다.

그러나 이오 요시코의 이야기를 들으면 그 생각도 달라질까? 정말 그가 말한 대로의 이야기가 이오 요시코의 입에서도 나올까?

그는 그렇게 믿는 듯했다.

애초에 그가 이 그룹홈 아오바에서 근무한 목적은 그것이었다. 이오 요시코를 찾아 리스크를 무릅쓰면서까지 그녀에게 접근한 이유는 그녀로부터 진실을 끌어내기 위함이었다.

"도박이었습니다."

그는 말했다. 이오 요시코 안에 당시 기억이 남아 있는지 어떤지 그로서도 알 수 없었다.

"이오 씨도 한 번 법정에 섰습니다. 그때 그녀는 이렇게 증언했습니다. '저는 알츠하이머라는 기억장애를 갖고 있지만 그날 일은 잘 기억합니다. 이 사람이 범인입니다.' 그때 그녀는 아랫입술을 깨물고 나를 가엾다는 눈으로 보고 있었습니다. 증오의 대상일 터인 나를 말입니다. 그때 나는 검찰에서 시킨 말임을 확신했습니다. 그리고 어쩌면 그녀에게는 사건의 진짜 기억이 있는 게 아닐까 추측했습니다."

그렇다면 왜 이오 요시코는 본 것을 솔직히 말하지 않았을까.

"이것은 얼마 전 이오 씨 본인이 한 말인데, 그녀는 검찰로부터 이런 말을 들었다고 합니다. '당신의 기억 탓에 눈앞에 있는 범인을 놓쳐 버릴지도 모릅니다. 당신의 소중한 가족을 죽인 살인귀를'이란 말을. 그녀는 병이 난 후로 스스로의 기억에 자신을 잃었습니다. 그런 상태의 이오 씨에게 '당신의 기억은 틀렸습니다. 실은 이렇겠죠'라고 검찰은 유도한 것입니다. 있어서는 안 될 끔찍한 세뇌입니다. 그러나 지금까지도 이오 씨는 그때 상황을 기억하고 있어 줬어요."

밤마다 그가 이오 요시코에게 정확한 기억을 말해 달라고 필사적으로 애원한 것은 그 때문이었다. 그리고 그는 그녀와의 대화를 전부 보이스 리코더에 녹음했다고 한다.

그 보이스 리코더는 지금 그의 가슴 주머니에 들어 있다. 지금 이 순간에도 마이와의 이런 대화를 그는 녹음하고 있는 것이다.

그는 이것들을 언젠가 인터넷상에 공개할 작정이었다고 했다. 그리고 여론을 아군으로 돌려 다시 법정을 연다는 장대한 계획을 세우고 있었다.

"이오 씨가 한 말을 세간에 알리면 반드시 물의가 빚어질 겁니다. 단, 이대로라면 아직 불리합니다."

이제까지 녹음한 것은 왠지 모르게 그가 유도한 감이 있고, 이오 요시코도 중요한 대목에서 말을 흐렸다고 한다.

"따라서 이오 씨 입으로 똑똑히 '가부라기 게이치는 범인이 아니다. 진범은 따로 있다'라고 말할 필요가 있습니다."

하지만 그것은 이제 어렵다. 그가 이오 요시코와 접촉하는 것은 결단코 불가능하리라.

마이는 말할 수 없었다. 자신이 요모다에게 이야기한 것이 신고로 이어졌음을. 그의 계획을, 희망을 끊은 건 자신임을.

"경찰로부터 답변이 없네요."

마이는 TV에 눈길을 주며 말했다.

두 번째 종이비행기를 날린 지 이미 5분 이상 경과했다.

TV 속에서는 변함없이 살벌한 소란이 난무한다. 이 영상을 얼마만큼의 사람이 보고 있을까?

아빠 엄마를 생각했다. 두 사람은 지금 어떤 심정일까. 딸이 흉악한 살인귀에게 잡혀 있다. 아빠도 엄마도 울고 있을지 모른다.

하지만 그것들은 현실감을 동반한 상상이 아니었다. 그 이유는 마이가 아직 눈앞에 있는 현실을 현실의 것으로서 인식하지 못하고 있기 때문인지도 모른다. 그렇기 때문에 손을 뻗치면 닿을 만한 거리에 있는데도 자신은 이 사람을 무서워하지 못하고 있는 것일까.

"만약 당신의 희망대로 세간이 떠들썩해져서 다시 한번 재판이 열린다면… 당신은 무죄가 되는 건가요?"

"글쎄요. 경찰의 과실을 인정하게 만드는 것은 만만하지 않습니다. 과실임을 알면서도 여전히 인정하지 않는 사건도 있으니까. 그래도 할 수밖에 없습니다."

그 대답에 마이는 만족하지 않았다. 애초에 질문이 틀렸다.

마이가 정말로 묻고 싶은 것은 당신은 정말 하지 않았나요?

정말 죽이지 않았나요? 라는 것이다. 하긴, 이 질문은 던져 봤자 소용이 없다. 그는 여러 번 하지 않았다고 말했으니까.

남은 건 자신이 그 말을 믿느냐 못 믿느냐일 뿐.

"가부라기 씨."

마이는 처음으로 그 이름을 불렀다.

"저는, 당신을 좋아했었어요."

마이는 입술을 떨며 말했다. 그는 순간 눈을 동그랗게 뜨고 마이의 얼굴을 쳐다봤다.

"만약에 제가 사귀어 달라고 고백했다면 당신은 뭐라고 대답했을까요?"

마이는 주먹을 쥐고 대답을 기다렸다.

"거절했을 겁니다."

그는 마이의 눈을 보며 똑똑히 말했다.

"그건, 어째서죠? 여자친구 따위를 만들 때가 아니니까?"

"아뇨." 그는 슥 눈을 감았다.

"내게는 좋아하는 사람이 있습니다."

낙담은 없었다.

오히려 그 말을 들으니 그에게 신뢰가 갔다.

가능성이 없는 것쯤은, 그가 자신에게 전혀 마음이 없는 것쯤은 처음부터 알고 있었다. 그런데도 지금 그가 본인에게 유리한 대답을 했더라면 분명 믿을 수 없었으리라.

이때 별안간 팡 하는 작열음이 밖에서 들려왔다. 마이는 몸을 움찔했고, 그는 즉각 일어섰다.

지금 이 소리는 뭐지?

지체 없이 또 같은 작열음. 이번에는 세 번 연속이었다.

알겠다. 이것은 쏘아 올려진 불꽃 소리다. 분명 데가누마의 불꽃이 밤하늘에 오른 것이리라. 이런 때임에도 불꽃놀이는 진행된 거다.

그 후로는 끊임없이 불꽃이 터졌다. 커튼이 닫혀 있으므로 구경할 수는 없지만 번잡한 소란을 멀리 물리쳐 준 것만으로도 고맙게 느껴졌다.

마이는 TV에 눈길을 줬다. 화면 속에 조금이나마 나올지 모른다 싶었기 때문이다.

그러나 다음 순간, TV 화면과 실내 불빛이 사라지고 단숨에 어둠으로 뒤덮였다.

정전된 것이다.

"차단기가 내려갔나?"

마이는 중얼거렸다. 어둠 속에서 저절로 그의 옷소매를 잡고 있었다.

"아냐, 내려진 거다."

그리고 그는 날듯이 창가로 달려들었다. 이어서 커튼에 손을 걸친, 그 순간이었다.

와장창하는 강렬한 파열음과 함께 그의 몸이 뒤로 튕겨져 나왔다. 그와 동시에 수많은 검은 그림자가 실내로 뛰어들었다. 경찰이 진입을 강행한 것이다.

놀란 나머지 마이는 비명을 지를 수조차 없었다.

어둠 속에서, 바닥에 가로누인 그의 몸 위로 검은 그림자로 뒤덮여 가는 것을 알 수 있었다.

그러나 시야는 거기서 차단되었다. 마이도 검은 그림자로 덮였기 때문이다. 몸이 꽉 끌어 안겼다.

"확보! 인질 확보!"

남자가 귓전에서 소리쳤다.

그 남자에게 안겨 그대로 끌려갔다. 피난시키려는 것이겠지만 어디로 끌고 가는지 알 수 없었다. 눈을 뜨고 있지만 아무것도 보이지 않았다.

세차게 흔들리는 사람의 품안에서 마이의 귀는 소리 하나를 포착했다.

그것은 불꽃과 달리, 빵, 하는 메마른 소리였다.

7장

정체

43

차 안에는 아빠가 좋아하는 비틀즈의 〈헬프!〉가 경쾌하게 흐르고 있다. 핸들을 잡은 아빠는 '헬프!' 부분에만 맞춰 노래를 흥얼거린다.

마이는 뒷좌석에서 차창 밖을 멍하니 바라보고 있었다. 차는 간에쓰 자동차도로를 달리는 중인데 별다를 것 없는 단조로운 풍경이 이어지고 있다.

이미 두 시간은 달렸건만 이바라키에 있는 집에는 앞으로 어느 정도면 도착할까. 해가 있는 동안 돌아갈 수 있으면 좋으련만.

이때 조수석에 있는 엄마가 돌아보며 샌드위치를 내밀었다.

"자. 마지막 하나."

"됐어." 마이는 거절했다.

"치즈 든 거야. 마이가 좋아하는 거잖아."

"이제 배부르단 말야."

"내가 먹을게."

아빠가 옆에서 말하여 엄마가 아빠 입에 샌드위치를 밀어 넣었다. 그로써 아빠의 '헬프!'가 멎었다.

"참! 아빠, 집은 제대로 청소해 놨어? 좀 전에 발 디딜 틈도 없다고 했잖아. 오랜만에 돌아가는 건데 지저분하면 싫어."

"어제 하루 종일 걸려 치웠네요."

아빠가 우물우물 씹으며 대답했다.

"빨래도 했고 청소기도 돌렸지."

"오, 훌륭해. 냉장고 안은?"

"맥주밖에 없어."

"그럴 줄 알았어. 도중에 슈퍼에 들러 줘."

최근 한 달 반, 아빠는 혼자였다. 엄마와 마이가 도야마에 있는 외가에 가 있었기 때문이다. 먼 곳이기도 하여 지금까지 외가 쪽 조부모님과는 그다지 교류가 없었으나 한 달 반 동안 함께 먹고 자며 친해질 수 있었다. 그래서 작별하는 오늘 아침은 아쉬운 마음이 들었다. 조부모님도 같은 마음이었던 듯 엄마를 향해 '마이는 두고 너만 돌아가거라'는 농담을 던졌다.

마이는 이번 외가댁 방문으로 혈연의 고마움과 관계의 견고함을 깨달았다. 두 사람은 애정과 다정함을 갖고 손녀를 대해 줬다. 사건에 대해서는 한 번도 언급하지 않았다.

마이는 차창을 조금 내렸다. 바람이 차 안으로 불어 들어 마이의 머리카락을 흩날렸다. 가을의 시작을 연상케 하는 내음이 났다.

오래도록 일본을 열광시켰던 올림픽과 패럴림픽은 아무래도 무사히 끝난 모양이다. 그러나 마이는 어떤 결과로 끝났는지 거의 모른다. 일본인 누군가가 금메달을 딴 듯하지만, 그 선수의 이름은커녕 어느 경기인지도 모른다.

TV은 한 번도 보지 않았다. 스마트폰도 전원조차 켜지 않았다. 지금껏 스마트폰이 없는 생활은 상상할 수 없다고 생각해 왔는데 없으면 없는 대로 사람은 살아갈 수 있는 것이다. 오히려 그 편이, 인간의 삶은 더 풍요로운 느낌이다.

그렇지만 그것도 오늘까지일까. 또다시 전과 마찬가지의 생활이 시작될까? 아니, 전과 같은 생활을 되찾을 수 있을까?

이제 집 앞에 기자의 모습은 없는 모양이다. 사건 직후는 아주 난장판이었다. 아빠가 호통을 치든 경찰이 주의를 주든 그들은 공세를 늦추지 않았다. 마이가 커튼 사이로 밖을 내다본 순간 플래시가 터지는 형국이었다.

마이가 눈을 떴을 때 차는 사이타마현 내를 달리고 있었다. 어느새 잠들어 버렸던 모양이다.

그대로 한동안 죽 달려, 이윽고 차는 쓰쿠바 우시쿠 IC를 나와 국도 6호선으로 들어갔다. 서쪽 하늘이 불타올라 낯익은 풍경이 붉게 물들어 있다.

그 광경은 마이를 다소 답답하게 했다. 현실로 되돌려진 듯한, 그런 기분이 들었다.

중간에 대형 슈퍼에 들러 장을 봤다. 아빠 엄마가 '뭐 필요한 거 있니?'라고 한 번씩 물어 봤지만 없다고 대답했다.

드디어 집에 도착했다. 자신이 나고 자란 2층짜리 단독 주택이 묘하게 그립게 느껴졌다. 벌써 몇 년은 돌아오지 못한 듯한, 그런 감개가 밀려들었다.

문을 열고 안쪽 현관에 발을 들이니 한층 더 그렇게 느껴졌다. 아니, 위화감이 들었다. 타인의 집에 온 듯한 냄새. 아니, 그게 아니라 지금까지 있던 냄새가 사라진 것이다.

포키가 없으니까.

포키는 그 사건 와중에 이 현관에서 숨을 거뒀다. 그 당시 아빠도 엄마도 경찰 연락을 받고 아오바로 달려온 터라 포키는 집을 지키고 있었다.

그리고 죽었다. 식구 누구도 지켜보지 못한 가운데 고독한 죽음을 맞았다. '분명 포키가 마이의 목숨을 구해 준 거야.' 아빠는 그렇게 말했었다. 마이를 대신해 죽었다는, 그런 의미인 듯했다.

"마이?"

현관 안으로 들어간 엄마가 돌아보며 불렀다. 마이는 신발을 신은 채 그 자리에 우두커니 서 있었다.

"포키, 사라져 버렸구나."

마이는 불쑥 말했다.

그러자 엄마가 맨발로 현관으로 내려와 끌어안았다. 귓가에서 엄마의 흐느껴 우는 소리가 들렸다. 그런 마이와 엄마를 감싸듯이 아빠도 포옹해 왔다. 아빠도 울고 있었다.

줄곧 참아 왔는지 두 사람의 눈물은 그칠 줄 몰랐다.

마이는 울 수 없었다. 울고 싶은데, 울 수 없다. 깊은 슬픔도 상실감도 있건만 어떻게 눈물을 흘리면 좋을지 모르겠다.

사건 이후 마이는 한 번도 눈물을 흘리지 않았다. 포키가 죽어 버렸는데 울 수 없다니 자신은 정상이 아니다. 정말, 정상이 아니다.

부모님의 울음소리는 언제까지고 현관에 울렸다.

이튿날 아침, 일 나가는 아빠를 배웅한 뒤 엄마와 둘이서 차를 마시는데 인터폰이 울렸다. 엄마가 경계하는 표정으로 일어나 벽에 설치된 디스플레이를 노려봤다. 또 매스컴에서 찾아왔는지도 모른다.

"아, 이 사람은."

그렇게 중얼거리고 마이 쪽을 봤다.

마이도 일어나서 엄마 곁으로 향했다. 화면을 보고 숨을 삼켰다. 그곳에 비친 사람은 슈트 차림의 요모다였다.

"분명 아오바 사람이었지."

엄마가 요모다를 알다니, 사건 때 얼굴을 익힌 걸까.

그건 그렇고 요모다는 뭘 하러 찾아왔을까. 요모다와는 사건 이후로 한 번도 만나지 않았다.

"무슨 용건인지 몰라도 엄마가 나갈까? 부재중인 걸로 해도 좋고."

조금 생각하고 마이는 고개를 저었다. 그리고 현관으로 향했다.

문을 열고 마이가 얼굴을 내밀자 대문 밖에 있던 요모다는 숙연한 얼굴로 묵례했다. 마이도 고개를 숙였다.

"별거 아니지만 이거."

현관에서 요모다가 포장된 전병을 건네고 집 안으로 들어왔다.

"조금은 괜찮아졌으려나."

요모다는 어색한 표정을 띠고 말했다. 두 사람은 식탁을 끼고 마주 앉아 있고 엄마는 부엌에서 홍차를 준비 중이다.

"다행이네."

마이가 수긍하자 요모다는 안도하는 빛을 보였다.

"어제 돌아왔지?"

"어떻게 알았어요?"

"얼마 전 방문했을 때 아버님께 들었어. 그래도 한동안 가만히 둬 달라고 말씀하셨지만, 아무래도 마이와 얼른 이야기하고 싶은 것이 있어서… 갑자기 찾아와서 미안해."

마이는 고개를 저었다.

"혹시 전화번호나 라인 아이디도 받았나요?"

스마트폰 전원은 여전히 꺼 둔 채였다.

"응. 하지만 신경 쓰지 마. 알고 있으니까."

이때 엄마가 홍차를 가져왔다. 요모다와 마이 앞에 한 잔씩 놓더니 마이 옆 의자를 빼어 그곳에 걸터앉았다.

그 후 요모다는 아오바의 상황을 이야기했다. 지금은 원래 생활로 돌아온 듯하지만 사건 후 2주간은 폐쇄되어 있었다고 한다. 매스컴에서 끊임없이 찾아와 도저히 정상적으로 생활할 수 있는 환경이 아니었단다. 그동안 입주자는 각각 다 친척 집에 맡겨져 있었던 모양이다.

"친족분들이 입을 모아 '이제 한계'라고 말씀하셔서 좀 서글퍼졌어. 어쩔 수 없는 일이지만."

친족은 자신들끼리 돌볼 수 없기에 아오바에 부탁한 것이다. 이것은 정말 어쩔 수 없는 일이라고 생각한다. 실제로 일해 보니 개호의 고단함을 잘 알 것 같다. 갓난아이가 있는 것과는 사정이 다르다.

"지금은 이제 모두 아오바에 돌아오셨나요?"

"와슈 씨와, 이오 씨 외에는."

이오라는 이름을 듣는 것만으로도 몸에 긴장이 일었다.

"와슈 씨는 따님께 가 있는데 이제 아오바에 돌아올 생각은 없나 봐. 따님도 이대로 아버지를 모시겠다고 말씀하셨으니. 따님, 와슈 씨를 굉장히 싫어했었는데. 거 왜, 와슈 씨의 친족은 한 번도 면회를 오지 않았잖아."

"아아, 그러고 보니 그렇네요."

"몸이 건강할 적 와슈 씨는 자기 하고 싶은 대로 행동해서 가족에게 폐만 끼쳤다고 하니까. 와슈 씨도 자업자득이라고 했었지. 그랬는데 이번 일로 서로에게 다가설 수 있었다고 할까, 관계를 회복하는 계기가 되었나 봐."

마이는 애매하게 수긍했다. 어떤 감상을 품으면 좋을지 모르겠다.

"재미있는 게 말야, 와슈 씨가 사라지니 도메 씨가 가장 적적해해. '그 영감은 언제 돌아와?'라고 몇 번을 묻더라니까."

그 후 요모다의 이야기는 다른 입주자의 근황이나 사장 사타케의 현장 지원 등에 이르렀다. 그러나 이오 요시코에 대해서는 일절 언급하지 않았다. 마이에게 이야기하고 싶은 것이 있다고 했는데 분명 이 이야기들은 아니리라.

30분쯤 지났을 무렵,

"요모다 씨, 실례지만…."

"이제 그만 돌아가 주시겠어요?"

옆의 엄마가 끼어들어 떠날 것을 재촉했다.

"아, 죄송합니다."

"그럼 전 이만 가 보겠습니다."

요모다가 시계를 살짝 보고는 일어섰다.

현관으로 향하는 요모다의 등을 엄마는 눈으로 뒤쫓는다.

결국 이야기하고 싶다는 것은 무엇이었을까?

"저, 요모다 씨."

가죽 구두에 발을 꿴 요모다에게 엄마가 말을 걸었다.

"마이는 아오바를 그만두겠습니다. 죄송합니다."

엄마와 그런 것을 상의한 적은 없는데 멋대로 그런 소리를 했다. 그러나 마이는 부정하지 않았다. 이제 아오바에서 일하는 것은 무리다.

요모다는 한 박자 쉬고 수긍했다.

"저도 남편도 아오바에는 무척 감사하고 있습니다. 이 아이,

학교를 그만두고 본가에 돌아온 후로 한동안 기운이 없었거든요. 하지만 아오바에서 일하게 되고부터는 매일 생기가 넘쳐 오늘은 이런 일이 있었다, 저런 일이 있었다, 눈을 빛내며 이야기해 줬죠. 저희도 그게 기뻤지만 그런 일이 있었던 이상 부모로서 딸을 또 그곳에서 일하게 할 수는 없습니다."

"네, 이해합니다."

"정말로 신세 많이 졌습니다… 자, 마이도 인사해야지."

"…신세 많이 졌습니다."

마이는 그렇게 말하고는 자신이 한심해졌다. 이러면 응석받이 애기가 아닌가. 전부 엄마가 말하게 하고… 뭐야, 나.

하지만 한편으론 그것도 어쩔 수 없다는 마음이 있었다. 나는 어린애고, 무력하니까.

"마이, 지금까지 고마웠다."

요모다가 슥 손을 내밀어 악수를 청했다.

그 손을 맞잡은 마이의 손바닥이 이물을 감지했다. 손바닥에 뭔가 있다. 뭔가를 건네받은 것이다.

요모다의 눈을 봤다. 의미심장한 빛이 어려 있었다.

"그럼 실례했습니다."

곧 악수가 풀리고 요모다가 떠났다.

그 후 마이는 곧장 화장실로 향했다. 문을 닫고 손안의 물건을 확인했다. 그것은 두 번 접힌 메모였다.

점심을 먹은 뒤 마이는 얇은 파카를 걸치고 집을 나섰다. 오랫동안 타지 않았던 자전거에 걸터앉아 가까운 역 쪽으로 향했다.

엄마에게는 산책을 간다고 말했다. 그것만으로도 엄마는 걱정되는 듯 '아빠를 기다렸다가 셋이서 가자꾸나' 했지만 '혼자가 좋아'라며 거절했다.

대체 어떤 이야기가 나올까. 페달을 밟으면서 마이는 그것만 생각했다.

요모다가 건넨 메모 용지에는 '오후 2시, 소에다 커피'라고만 적혀 있었다. 즉, 이 시간에 그곳으로 오라는 뜻이리라.

소에다 커피는 마이의 집 근처 역 주변에 있는 찻집이다. 몇 번 들어간 적이 있는데 조용하고 클래식한 분위기의 가게였다. 그 때문인지 마이 같은 젊은 사람들은 잘 이용하지 않는다.

가게 앞에 자전거를 세우고 문을 열자 딸랑딸랑 종이 울렸다. 발을 들이자 커피와 담배 냄새가 코를 찔렀다.

그곳에서 마이는 발을 멈췄다. 안쪽 테이블에 요모다가 있었고 그 밖에도 남녀의 모습이 몇 명 더 있었다. 후줄근한 감색 슈트 차림의 중년 남자, 니커보커스(무릎 아래에서 졸라매어 입는 짧고 헐렁한 바지)를 입고 머리카락을 위로 세운 젊은 남자, 통통하고 화장기 없는 중년 여자, 베이직한 옷을 걸친 서른 넘은 여자. 그리고 요모다.

어딘지 언밸런스한 인원 구성이었다. 가게 안에 다른 손님의 모습은 없다.

마이의 모습을 확인한 요모다가 일어나서 한 손을 들었다.

마이는 경계하며 다가갔다.

"와 줬구나. 고맙다." 요모다가 먼저 인사했다.

"저어." 마이는 앉아 있는 네 사람을 둘러봤다.

"아아, 이쪽 분들은… 으음, 어디서부터 이야기하면 좋을지. 일단은 여기 앉아."

의자를 권하기에 마이는 몸을 움츠리고 앉았다.

"뭔가 마실래?"

마이가 고개를 저었다.

"마셔. 오렌지 주스면 되려나."

요모다가 멋대로 오렌지 주스를 주문했다.

대체 이 사람들은 누구일까. 자신을 향한 네 사람의 시선이 무서웠다.

이내 마스터가 오렌지 주스를 가져왔다. 그리고 마스터가 물러가자 요모다가 결심한 듯 입을 열었다.

"이쪽은 사쿠라이 군…이 아니라 가부라기 게이치 군을 구하기 위해 모인 분들이야."

마이는 숙이고 있던 고개를 들었다. 구한다고…?

"그 사건으로부터 사흘 뒤…."

요모다는 변호사라고 하는 남자로부터 연락을 받았다. 한번 만나고 싶다기에 나오라는 장소로 나가 보니 그곳에는 지금 이곳에 있는 네 사람이 있었다. 마이의 대각선 맞은편에 있는 중년 남자가 그 변호사인 모양이다. 이름이 와타나베라고 한다.

"나도 처음에는 반신반의라고 할까, 솔직히 전혀 믿지 않았는데, 이분들의 이야기를 듣는 사이 어쩌면 가부라기 게이치 군은 정말…." 요모다의 눈이 마이를 응시했다.

"무죄였던 게 아닐까 싶어서."

무죄. 순간 마이는 머리가 어찔해졌다.

"자세한 것은 제가 설명하죠."

와타나베가 이야기를 이어받아 마이를 향해 상체를 기울였다. 간단히 자기소개를 했다.

"사건에 대해 사카이 씨는 어느 정도 알고 계신지요"

"어느 정도라고 말씀하신들…"

"이거 실례했습니다."

와타나베는 머리를 조아려 사과하고 새로이 사건 개요를 설명하기 시작했다.

와타나베의 이야기를 들으며 이 사람을 어디선가 만난 적이 있을지도 모른다고 마이는 생각했다. 기억나지 않지만 어디선가 분명 이 얼굴과 말투를 보고 들은 적이 있다.

"…이상으로써 가부라기 게이치 군은 사형을 선고받았습니다. 하지만 그를 범인으로 지목한 검찰의 주장은 전부 정황증거에 지나지 않습니다. 정황증거란 직접증거와 달리 입증 대상인 사실을 인정하기 위해 추인 과정을 거쳐야 하는 증거를 말합니다. 즉, 사실은 이럴 거다. 라고 짐작케 하는 자료에 지나지 않는 것입니다. 물론 정황증거만으로도 범행을 강하게 추인할 수 있다면 유죄판결을 받습니다."

여기서 와타나베는 자세를 가다듬었다.

"단, 가부라기 게이치 군의 경우 그 모두에 타당한 반론을 할 수 있죠. 순서대로 짚어 보겠습니다.

우선 첫 번째, 그가 자신의 거처 '히토노사토'에서 멀리 떨어진 피해자 댁 근처를 걷고 있었던 점. 이는 귀가 버스를 놓친 김에 그 시간을 취미인 독서에 할애했을 뿐입니다. 게이치 군을 유년 시절부터 봐 온 아동지도원에게 물어본 바, 그에게는 어렸을 적부터 걸으며 책을 읽는 버릇이 있었고, 몇 번 위험하다고 주의를 줬으나 그것만큼은 고쳐지지 않았다고 증언했습니다.

두 번째, 그가 낯선 피해자 댁에 들어간 점. 이것은 그가 피해 남성의 모친이 내는 심상치 않은 울음소리를 들었기 때문입니다. 그렇다고 해서 멋대로 남의 집에 들어가는 사람은 없다는 둥 검찰은 말 같지도 않은 소리를 지껄인 모양인데, 저라도 비슷한 상황이 되면 오지랖을 부렸을지 모릅니다. 그라면 더더욱 그렇습니다. 그는 곤란에 처한 사람을 내버려 둘 수 없는 성격을 가졌으니까. 아아, 아직 말씀드리지 않았는데 저희는 모두 게이치 군과 면식이 있습니다. 저마다 도망 중이던 그를 만나서 단기간이지만 친하게 지냈습니다."

마이는 세 사람의 얼굴을 슥 둘러봤다.

"세 번째, 흉기인 회칼에서 가부라기 게이치 군의 지문이 검출된 점. 이것은 피해 남성에게 꽂혀 있던 회칼을 그가 잡아 뽑은 탓인데, 왜 그런 일을 했는가 하면 피해 남성의 모친이 그때 아직 숨이 붙어 있던 아들을 구하고자 회칼에 어중간하게 손을 댔고, 그로써 출혈이 늘어 더 위험한 상태에 빠졌기 때문으로 그는 어쩔 수 없이 그런 행동을 취한 것입니다. 그 후 그는 타월을 상처에 대어 출혈을 막고자 구명조치를 시행했습니다. 실제로 현장에는 그때의 타월이 떨어져 있었습니다. 하지만 검찰은 그가 시행했다는 증거로는 볼 수 없다고 일축했고, 판사분들도 그것을 인정한 모양입니다."

와타나베는 분노의 표정을 띠고 있다.

"이어서 네 번째, 가부라기 게이치 군의 의복에서 피해자 세 명 전원의 혈액이 검출된 점. 이는 앞서 말한 구명조치에 임할 때 피해 남성의 혈액이 묻은 데다 현장에 들이닥친 경찰이 권총을 들이댄 탓에 겁에 질린 그가 그 자리에 엉덩방아를 찧으면서 피해 여성과 남자아이의 혈액도 묻었기 때문입니다. 그 후 경찰은 그에게 엎드리라고도 명령했고 그는 그에 따랐습니다. 현장의 마루 판자에는 피해자들이 흘린 혈액이 전체에 퍼져 있었으니 피해자의 혈액이 묻는 것은 당연한 일입니다. 이에 대해서는 당시 경찰도 동일하게 증언했는데, 다만 이 경찰은 현장에 들이닥쳤을 때 이미 그의 온몸은 피투성이였다고 진술했습니다. 그러나 이건 이상합니다. 왜냐하면 그는 당시 검은 가쿠란(차이나 칼라 스타일의 일본 남학생 교복)을 입고 있었기에 설령 그곳에 혈액이 묻어 있었다 해도 눈에 띄지 않았을 테니까요. 언뜻 보아서는 피투성이인지 아닌지 식별 가능했을 리 없습니다. 이는 그가 구명조치를 시행할 때 이마에서 흘러내린 땀을 무심코 스스로의 손으로 훔쳤고, 그로 인해 그의 얼굴이 피로 붉게 물들었기에 갖게 된 선입관에 지나지 않습니다. 또한…."

608

마이는 귀를 틀어막고 싶었다. 그런 건 전부 알고 있다. 왜냐하면 나는 가부라기 게이치 본인에게 들었으니까.

"—그리고 이것들 전부 가부라기 게이치 군 자신이 진실은 이러하다고 법정에서 호소한 바 있습니다. 하지만 그의 외침은 받아들여지지 않았죠. 한 번 죄를 인정해 버린 것이 영향을 미쳤음이 틀림없습니다. 이에 관해 저는 변호사에게 문제가 있었다고 단언합니다. 담당 변호사의 머릿속에 무죄판결은 처음부터 없었고, 목적은 어디까지나 사형 회피였죠. 죄를 인정하지 않으면 사형이라고 윽박지르면 누구든 포기하고 맙니다. 하물며 그는 당시 아직 열여덟 살 소년이었습니다. 저는 변호사로서 결코 우수하지 않았습니다만, 몇 번을 이렇게 생각했는지 모릅니다. 내가 그의 변호를 해 주고 싶다고."

마이는 경찰에 보호된 후 끌려갔던 경찰서에서의 일을 떠올렸다. 인질로 잡혀 있던 중에 가부라기 게이치와 나눈 대화, 그가 취한 행동, 그 모두를 알리자 담당 형사는 동정하는 표정으로 마이에게 '너를 포섭하려 했구나.'라고 말했다.

"가부라기는 놀라운 지능범이야. 그놈은 사람의 마음속에 파고들어 조종함으로써 지금껏 계속 도망쳐 왔지."

그럼, 전부, 거짓말인가요….

"그래, 전부 새빨간 거짓말이야."

마이는 이제 뭐가 뭔지 알 수 없어졌다. 무엇이 옳고 무엇이 그른지. 흑인지 백인지, 정의인지 악인지. 전혀 알 수 없었다.

그와 동시에 이제 모든 것이 아무래도 좋다고 생각했다.

설사 가부라기 게이치가 무죄였다 한들 그 역시 이제 의미가 없다.

구제되어야 할 본인은 이미 이 세상에 없으니까.

"—마이. 마이."

요모다가 어깨를 두드려서 마이는 정신을 차렸다.

"괜찮아? 멍하니 있길래. 잠시 바깥 공기라도 마시러 갈까?"

마이는 고개를 가로저었다. 집에 가고 싶었다. 새삼 이런 이야기를 해서 뭐 하나 싶었다. 이 사람들은 가부라기 게이치를 구하려 한다지만 어떻게 구한단 말인가. 죽었는데.

"그런데 실제로 당신은 어떻게 생각해?"

이때 머리카락을 위로 세운 젊은 남자가 마이를 향해 말했다. 어느 틈엔가 불 붙은 담배를 손에 들고 있다.

"그 녀석이 했다고 생각해?"

마이는 고개를 애매하게 갸우뚱하고 대답했다.

"글쎄요, 모르겠어요."

"모르겠어요가 뭐야. 이쪽은 어떻게 생각하느냐고 물었어."

"……."

"뭐야, 이 여자."

남자는 콧방귀를 뀌고 담배를 물었다.

"가즈야 군!"

"우리 이야기를 신뢰할 수 없다면 이제 됐어. 시간 낭비니까 돌아가."

와타나베가 주의를 줬으나 가즈야라 불린 남자는 개의치 않고 출입문 쪽을 턱짓하며 말했다.

"당신은 무죄임을 믿나요?"

"믿지 않으면 이런 데 있겠어?" 가즈야는 코웃음 쳤다.

"나는 나베 씨 같은 어려운 말은 할 수 없지만, 그래도 알아. 벤조는 사람 따위 죽일 수 없어."

딱 잘라 그렇게 말하고 천장을 향해 담배 연기를 뿜어 올렸다.

"가즈야 군은 말입니다, 서명을 모아 주고 있습니다."

와타나베가 거들듯이 말했다.

"서명?"

"게이치 군이 무죄라고 믿는 사람들에게 찾아가 일일이 서명을 받는 것입니다. 지금 세상은 인터넷 사회지만 아직도 자필 서명이란 건 힘이 있습니다."

"옛날에 난 그걸로 된통 당해서 그 힘은 잘 알지."

갸즈야가 손가락으로 인중을 문질렀다.

"그러는 나베 씨도 유튜브에서 애쓰고 있잖아."

그 말에 마이는 기억이 났다. 그래, 와타나베는 가부라기 게이치에 대한 판결 선고는 시기상조이지 않았냐며 홀로 카메라를 향해 이야기하던 그 유튜브 속 남자다.

"저도 인터넷 영상으로는 망신을 톡톡히 당했으니까요. 그 효과와 무서움은 몸소 잘 알고 있고, 그렇다면 그것을 이용하지 않을 순 없겠다 싶었습니다."

와타나베는 자학적인 미소를 띠며 말했다.

"참고로 이쪽의 곤노 세쓰에 씨는 전국을 뛰어다니며 강연을 열고 있습니다."

"강연이라니, 뭘요"

돌려진 화살에 중년 여자는 황급히 가슴 앞에서 양손을 내저었다.

"나는 그저 구심회 피해자 모임의 대표를 맡고 있을 뿐, 그 모임에서 우리를 구제해 준 사람은 가부라기 게이치 군임을 살짝 언급할 따름이에요."

"얼마 전 강연에 들러 보니 한 손에 마이크를 쥐고 '반드시 무죄판결을 쟁취하겠다.'라고 외치시던데요."

"아니, 그건 좀 흥분해서."

곤노 세쓰에는 얼굴이 새빨갛게 물들었다.

"하지만 나, 아무래도 그 아이가 사람을 죽일 것처럼 보이지는 않았거든. 그 아이, 정체가 들통날지도 모르는데 리스크를 무릅쓰면서까지 우리 눈을 트여 주려고 했는걸. 그 아이에게는 아무런 득도 되지 않는데. 그러던 차에 와타나베 씨에게 원죄 이야기를 듣고 나 가만있을 수가 없어서…."

"무죄판결을 쟁취해서 뭐 하려고요?"

마이가 가로막고 말했다. 스스로도 놀라울 만큼 큰 목소리가 나왔다. 카운터 안쪽에 있는 마스터가 무슨 일인가 하고 이쪽으로 시선을 보냈다.

"이제 와서 무죄임을 알았다 한들 그 사람은 이미 죽었어요."

"바로 그래서야." 가즈야가 손을 뻗어 마이의 멱살을 잡았다.

"죽었다고 이대로 두면 되겠어? 벤조의 명예는 누가 지켜 주는데."

"이봐, 가즈야 군."

요모다가 그 손을 풀려고 했지만 가즈야는 놓지 않았다.

"그 녀석은 살인귀라는 오명을 쓴 채 죽은 자는 말이 없다는 식으로 경찰에 죽임을 당했다고. 벤조의 원통함을 풀지 못하면 나는 그 녀석을 볼 낯이 없어."

마이는 시선을 피하고 침묵했다.

가부라기 게이치는 역시 경찰에 죽임을 당한 것일까.

식칼을 휘두르며 저항했기에 발포했다는 것이 경찰의 발표였다. 그리고 총알은 복부에 명중했고, 그는 죽었다.

하지만 그때 이미 그는 제압되어 있었다. 마이의 기억으로는 분명 그랬다.

그리고 그의 가슴 주머니에 있었을 보이스 리코더에 관해 경찰은 '그런 건 없었다.'고 했다.

"가즈야 군, 놓아줘."

차분히 그렇게 말한 사람은 마이 옆에 앉은 30대 여성이었다. 이 여성은 지금까지 한 번도 입을 떼지 않고 있었다.

여성이 마이의 손을 잡았다.

"안도 사야카라고 해. 나는 잠시 그와 살았었어."

이름을 밝힌 여성은 차분한 미소를 띠며 그렇게 말했다.

"나는 줄곧 그를 살인자라고 생각했어. 그래도 좋다고 자신을 다독이면서 함께 있었지. 지금은 어째서 그를 믿어 주지 않았는지 후회돼. 헤어지던 날, 나는 그에게 이렇게 말했어. '과거 따위는 상관없어'라고. 그게 아니라 '믿고 있어'라고, 어째서 그렇게 말해 주지 못했는지 마음속 깊이 후회돼."

아아… 마이는 깨달았다. 그날, 가부라기 게이치가 말한 좋아하는 사람이란 분명 이 여성이리라.

"나는 그에게 사과해야 돼."

그녀의 눈물 한 방울이 마이의 손등에 떨어져 튕겨 나갔다.

마이는 그 물방울을 조용히 내려다보고 있었다.

"안도 씨는 프리랜서 기자로, 게이치 군의 무죄를 주장하는 기사를 쓰고 있습니다. 그 밖에도 과거 일본의 원죄 사건을 한데 모아 일본 사법이 어떤 실수를 저질러 왔는지 많은 사람에게 알리고 있어요."

"절대적인 것이 아님을 알아줬으면 해. 사람이 사람을 판단하기 때문에 실수가 생기지. 그렇지만 실수는 바로잡아야 돼. 그것을 증명하기 위해 우리는 싸우고 있어. 나는 많은 사람에게 그의 정체를 알리고 싶어. 진짜 모습을 알아줬으면 해. 사카이 씨, 당신은 어때?"

"저는…."

말이 이어지지 않았다.

44

승차요금은 2,020 엔이었지만 택시 운전사는 금니를 내보이며 말했다.

"2천 엔만 내슈. 아가씨는 이쁘니께 서비스."

"고맙습니다." 인사하고 하차했다.

문이 탕 닫히자 택시는 사라져 갔다.

그러고 보니 택시에 혼자 탄 것은 처음인지도 모른다. 신칸센도 처음으로 혼자 타 봤다. 이렇게 멀리 오는 것도 처음이다.

멀리 보이는 풍경을 향해 실눈을 떴다. 키 작은 산들이 비뚤비뚤한 능선을 그리며 옆으로 뻗어 있다. 단풍이 들기에는 조금 이른지 아직 전체적으로 푸른잎이 무성하다. 앞으로 한 달만 있으면 가을빛으로 불타올라 더 화려한 풍경이 되리라.

사사하라 히로코의 집은 기와지붕을 이은 오래된 일본 가옥이었다. 마당이 드넓고, 본채 옆에는 아담한 별채도 있었다. 도야마에 있는 엄마의 본가와 어딘지 모르게 분위기가 비슷했다.

곧바로 그 집을 방문하자 히로코는 기다렸다는 듯이 밖으로 나와 마이를 기분 좋게 맞아들였다.

"멀리서 일부러 와 주다니."

"욧짱. 욧짱." 히로코가 계단 밑에서 외치자 이윽고 이오 요시코가 내려왔다.

두 달 만에 보는 그녀는 조금 야윈 듯 보였다.

이오 요시코가 눈을 가늘게 뜨고 마이의 얼굴을 유심히 들여다봤다.

"어서 오렴."

그녀가 자신을 기억하는지 어떤지는 알 수 없었다.

히로코가 점심을 준비해 둔 터라 셋이서 그것을 먹었다. 사실은 신칸센 안에서 도시락을 먹고 왔으나 무리해서 먹어 치웠다. 반면, 대화에는 애를 먹었다. 히로코가 사전에 어느 쪽 사건이든 언급하지 말라고 단단히 못을 박았기 때문이다. 그렇게 되면 아오바에서의 일도 별로 언급할 수 없다. 그녀 근처에는 언제나 가부라기 게이치가 있었으니까.

"언니는 어디까지 기억하고 있을까."

식사를 마치고 이오 요시코가 화장실에 가자 히로코가 심각한 얼굴로 말했다.

"말을 안 할 뿐, 가족이 살해당한 일도 범인이 당신을 인질삼아 농성한 일도 실은 기억하고 있는지도 몰라. 물론 물어볼 순 없지만."

글쎄. 과연 그녀는 무엇을 어디까지 기억하고 있을지.

"나, 실은 오늘 무서웠어. 당신과 만나게 하면 언니의 쓰라린 기억이 되살아나지 않을까 싶어서. 결코 당신이 나쁜 건 아니지만, 당신에게 그런 일이 있었던 이상 아무래도 연결 지어 버릴 테니까. 하지만 당신이 언니를 만나고 싶어 전화했다고 하니까 언니도 '만날래' 하더라고. 그런데 미안해. 언니, 별로 기운이 없네."

확실히 식사 중 이오 요시코는 말수가 적었다. 대화의 중심은 히로코였다.

"두 달 전의 그 사건 이후로 쭉 그래. 어두워져 버렸어. 실은 잘 웃는 사람이고 밝은 사람이라 보고 있으면 더욱 안타까워져. 일주일쯤 전에는 언니가 갑자기 마당 청소를 시작하는 거야. 해가 질 때까지 계속 잡초를 뽑더라니까. '얹혀사니까 일해야지'라는데, 분명 이 집도 언니에게 있어 안락한 장소는 아닌 거겠지."

마이는 뭐라고 대꾸하면 좋을지 몰라 침묵했다.

"한번은 나, 언니에게 이렇게 말했어. '범인은 확실히 잡혀서 이미 죽었어. 그러니까 이제 안심해' 하지만 언니는 '그래'라는 한 마디뿐. 분명 상관없었던 거야. 범인이 어떻게 되든. 언니의 소중한 사람들은 돌아오지 않는걸."

히로코는 깊은 한숨과 함께 말했다. 그녀 역시 두 달 전 아오바에서 만났을 때보다 더 야위고 늙은 것 같았다. 사전에 전화로 얘기했을 때 그녀는 파트타이머로 일하던 빵 공장을 그만두고 현재는 매일 집에 있다고 말했다.

히로코가 일했다는 빵 공장에는 그 곤노 세쓰에도 있었던 모양이다. 두 사람은 동료였던 것이다. 사이가 좋았다는데, 지금은 절연 상태라는 말을 곤노 세쓰에게 들었다.

가부라기 게이치를 범인이라 믿는 히로코가 보기에 친구의 활동은 배신행위이며 결코 용납할 수 없는 일인 것이다. 그래도 곤노 세쓰에는 '비록 히로코 씨가 원망하더라도 진실은 밝혀야 돼'라고 말했다. 그녀뿐 아니라 그 사람들 모두 각오하고 싸우는 듯했다.

마이는 여전히 자신의 감정을 정리하지 못하고 있었다. 그래서 이렇게 이오 요시코를 만나러 온 것이다. 하지만 이오 요시코에게 어떻게 말을 꺼내면 좋을지 알 수 없다. 히로코의 눈도 있는데 사건에 대해 얘기한다는 것이 가능할까.

"날씨도 좋은데 저쪽 툇마루에서 햇볕이라도 쬐지 않을래? 둘이서."

이윽고 돌아온 요시코가 마이에게 제안했다. 히로코는 불안한 얼굴이었다.

이오 요시코가 유리문을 열고 먼저 밖으로 나갔다. 마이도 히로코의 시선을 못 느낀 척 뒤를 따랐다. 둘이 나란히 목제 툇마루에 걸터앉았다.

따스한 햇살이 쨍쨍 쏟아지고 하늘은 파랗게 개어 있다. 초목 내음이 희미하게 풍겼다.

"마당 예쁘지? 그제 내가 풀을 뽑았거든. 그래서 어제는 허리가 아파서 혼났어."

확실히 마당은 잘 손질되어 있었다. 그러나 그녀가 풀을 뽑은 건 일주일 전이다.

"이오 씨는 아오바에서도 일을 많이 거들어 주셨죠."

"그랬니?"

마이가 그렇게 말하자 그녀는 이쪽으로 몸을 틀었다.

"네. 저는 이오 씨가 계셨던 2층 담당이 아니었지만, 이오 씨가 일을 거드는 모습을 여러 번 봤어요."

"그래. 나, 똑바로 했구나."

"네, 그럼요."

잠시 침묵이 흘렀다.

"마이. 나, 왠지 모르게 당신이 기억나."

그녀는 말했다.

"거짓말이 아니라 정말 조금은 기억나. 당신이 왔을 때, 아아, 이 아이와 얘기한 적이 있었지 싶었는걸."

"기억해 주셔서 기뻐요."

"그러고 보니 내게 잘해 준 남자 사원이 있었지."

"요모다 씨요."

"그래 그래. 요모다 씨. 그 사람도 똑똑히 기억나. 그리고…"

그녀는 하늘을 올려다봤다.

"사쿠라이 군도."

마이는 숨을 삼켰다.

멀리서 새 울음소리가 들리고 있다.

잠시 후

"그 아이, 죽어 버렸지" 이오 요시코는 말했다.

이오 요시코는 눈을 감고 입술만 움직여 불쑥 말했다.

"내 탓이야."

"어째서, 인가요?"

그 물음에는 대답하지 않고 그녀는 또 한 번 말했다.

"내 탓이야."

마이는 몸 안쪽에서 솟구치는 떨림을 억누르고,

"…기억하고 계세요?"

"사쿠라이 씨는… 그 사람은, 정말, 무죄인가요?"

"……."

"가르쳐 주세요. 부탁이에요."

그러나 그녀는 그 물음에도 대답해 주지 않았다. 내내 눈을 감은 채 입을 다물고 침묵을 지켰다.

그런 그녀의 옆얼굴을 마이는 아랫입술을 꽉 깨물고 쳐다보고 있었다.

얼마나 시간이 경과했을까, 상공의 태양은 조금씩 그 위치를 바꾸어 그녀의 얼굴에 더 짙은 음영을 드리웠다.

불현듯 부드러운 바람이 불어 그녀의 앞머리를 살포시 들어 올렸다.

그러자 이오 요시코는 눈을 가늘게 뜨고서,

"그 사건 후….." 무거운 입을 열었다.

"—기억이 애매해져 있었어. 안개가 긴 것처럼 흐려져 떠올리고 싶어도 떠올릴 수 없었어. 그래서 검찰들이 지시하는 대로 증언했어. 그렇게 하지 않으면 가족을 죽인 범인을 놓치는 셈이 된다고 해서. 그렇게 되면 돌이킬 수 없잖아. 그래서 나, 그 아이가 범인임에 틀림없다고 했는데.

안개가 조금씩 걷히면서 사건의 기억이 어렴풋하게 돌아온 것은 법정에서 증언한 다음이었어. 그래서 나, 기억난 것을 다시 검찰에 말했어. 하지만 진지하게 받아들여 주지 않았어. 법정에서 범인의 자기변호를 듣고 그게 진실이었을지도 모른다고 혼자 멋대로 믿어 버렸을 뿐이라는 거야. 기억이 맞바뀌었다는 거야. 그래서 나도 그렇게 생각하기로 했어. 내 머리가 이상한 거라고 자신을 타일렀어. 그렇게 하지 않으면 견딜 수 없었거든. 하지만 줄곧 무서웠어. 만약 내 쪽이, 이 기억 쪽이 맞으면 어쩌나 생각하면 정신이 어떻게 되어 버릴 것 같았어. 그도 그럴 것이 만약 그렇다고 한다면 그 아이, 범인이 아닌걸. 내 가족을 죽이지 않았는걸.

그 후로 나, 몇 번이고 같은 꿈을 꾸게 되었어. 눈, 코, 입이 없는 검은 옷의 남자가 내 가족을 습격하는 꿈. 나는 장지문 하나를 사이에 둔 장소에서 그것을 숨죽여 보고 있어. 도와야 한다고 생각하는데 몸은 전혀 움직여 주질 않아.

꿈에서 깬 뒤 그런 겁쟁이 같은 자신에 진저리를 쳐. 꿈속에서조차 나는 아들네 가족을 지키지 못하다니.

그리고 엄청난 공포에 사로잡혀. 범인이 무서워서가 아니라, 범인의 얼굴에는 눈, 코, 입이 없었는데도 왠지 그 아이가 아니라는 것만큼은 알 수 있거든.

그렇지만 결국 그조차 믿을 수 없었어. 인정할 수 없었어. 아무리 확실한 기억도 내게는 확실하지 않다. 그렇게 자신에게 변명을 했고….

그 아이가 탈옥하여 도망 다니고 있음을 알았을 때 나는 남몰래 잡히지 않기를 빌었어. 만약 그 아이가 잡혀서 또 사건이 불거지면 이 기억과 정면으로 맞서게 되지 않을까 싶어서. 그걸 생각하면 마음속 깊은 곳에서 공포가 일었어. 그야, 한 소년의 목숨이 나의 이 불확실한 기억에 달렸는걸. 그런 건 도저히 견딜 수 없어.

그러던 차에 내 앞에 이상한 남자가 나타났어. 왠지 사건에 대해 잘 알고 있고, 묘하게 내 기억에 연연하는 기묘한 남자.

하지만 설마, 사쿠라이 군이, 그 아이였다니….

아니, 분명 이것도 변명이야.

나는 분명히 사쿠라이 군의 정체를 눈치 채고 있었어…."

이오 요시코가 양손으로 얼굴을 감쌌다. 그녀의 오열이 마당에 퍼져 나간다.

"그럼에도 나, 계속 얼버무려 왔어. 마지막의 마지막까지 내 기억을 믿을 수 없었어. 그 아이는 몇 번을 떠올려 달라고, 살려 달라고, 내 손을 잡고 몇 번을 몇 번을 애원했는데, 그런데 나는, 나는…."

그녀의 통곡을 옆에서 들으며 마이는 울었다.

지금까지 자신의 마음 밑바닥에 고여 있던 눈물이 봇물 터진 듯 쏟아져 내렸다.

사쿠라이 쇼지의 얼굴이 번진 풍경 속에 떠올랐다.

그는 지금까지 어떤 심정으로 계속 도망쳐 왔을까. 어떤 심정으로 살아왔을까. 그리고, 어떤 심정으로 죽어 갔을까.

마이는 가슴이 찢어지는 듯한 아픔을 느꼈다.

사람이 죽는다는 건 사라진다는 것. 사라진다는 건 이다지도 아프고 잔혹한 일이구나, 하고 마이는 생각했다. 그러나 이런 아픔조차도 그는 이제 느낄 수 없다. 이런 아픔조차도….

45

 야마가타 역의 JR 신칸센 플랫폼에서 마이는 요모다에게 전화를 걸었다.

 마이가 이오 요시코를 만나러 갔었다고 말하자 그는 놀랐다. 그리고 그녀의 참회를 전하자 수화기 너머에서 경악이 전해져 왔다.

 [이오 씨가 줄곧 자신을 비겁자라고 한 것은 혹시 그런 의미였을까.]

 "그럴지도 몰라요."

 [애석하다거나 안타깝다거나, 그런 말로는 부족해.]

 마이가 승차할 예정인 쓰바사 156호가 바람을 가르며 플랫폼으로 들어왔다. 마이의 머리카락이 옆으로 나부낀다.

 "저요, 모두에게 협력하겠어요."

 머리카락을 누르고, 신칸센 소리에 지워져 버리지 않도록 마이는 배에 힘을 주어 말했다.

 "제가 할 수 있는 일, 전부 할까 해요. 그 사람을 위해서."

 [고마워. 나도 물론 그럴 작정이야. 지금 그 이야기를 들으니 더더욱 방관자로는 못 있겠어.]

 신칸센은 서서히 감속하다가 이윽고 멈췄다. 칙 소리를 내며 문이 열리고 승객이 쏟아져 나왔다.

 [그 일 말인데, 조금 전 와타나베 씨에게서 연락이 왔는데 말야, 아, 통화 괜찮아?]

"잠깐이라면 괜찮아요."

[고마워. 그래서 말야, 와타나베 씨의 이야기는 바로 아시카가 기요토 사형수에 관한 거였어.]

"아시카가 기요토?"

[거 왜, 올봄에 군마 현에 있는 민가에 침입해서….]

일가족을 살해하여 붙잡힌 남자. 그리고 가부라기 게이치를 흉내 냈다고 진술한 남자.

그 점이 영향을 끼쳤는지 아시카가 기요토에게 1심에서 사형 판결이 내려진 것은 사건으로부터 불과 3개월 후로, 역사상 유례를 찾기 힘든 이례적인 속도였다.

[그 아시카가 기요토 사형수가 말야, 옥중에서 여죄를 암시하고 있는 모양이야.]

"여죄요?"

[응. 형 집행을 늦추기 위해 헛소리를 지껄이는 것으로 받아들여지고 있는 모양인데, 그렇게 되면 항소를 제기하지 않은 것과 모순돼. 그래서 와타나베 씨는 그의 말이 사실이지 않겠냐는 거야.]

무슨 말인지 잘 이해가 되지 않았다.

"그것이 이쪽 사건과 뭔가 연관이 있다는 건가요?"

[그럴지도 몰라.]

플랫폼에 늘어서 있던 승차 대기 손님들이 차례차례 차 안으로 빨려 들어갔다.

[와타나베 씨가 조사한 바에 따르면, 아시카가 기요토가 일으

킨 사건과 그 사건은 세세한 부분까지 수법이 비슷한 것으로 밝혀졌어.]

"하지만 모방했다면 서로 비슷한 게 당연한 거 아닌지…."

[응. 그런데, 이건 어디까지나 와타나베 씨의 추측인데, 어쩌면 아시카가 기요토는 모방한 게 아니라 스스로의 범행을 재현했을 뿐 아니겠냐는 거야.]

"그렇다면, 설마…."

[그래. 물론 속단은 금물이지만.]

마이는 그 자리에 우두커니 서 있었다.

자신도 이 열차에 타야 하는데 첫발을 내디딜 수 없었다.

[그리고 와타나베 씨는 이렇게도 말했어. 어쩌면 경찰은 아시카가 기요토를 잡았을 때 그 사실을 알아차렸을지 모른다고. 만약 그렇다면 게이치 군을 살해한 것도 마이가 말한 보이스 리코더가 사라진 것도 설명이 돼. 그만큼 세간을 시끄럽게 만들어놓고 이제 와서 원죄였다고 하면 일본 경찰의 신용은 땅에 떨어지겠지. 아시카가 기요토에게 그토록 빨리 사형 판결이 내려진 것도, 어쩌면….]

요모다의 목소리가 멀어져 간다.

그 대신 딱딱 소리가 났다. 입안에서 이가 세차게 맞부딪히고 있었다.

신칸센의 문이 닫히고, 이윽고 움직이기 시작했다.

일직선으로 나아가는 그것을 마이는 플랫폼에서 내내 노려보고 있었다.

에필로그 : 백일(白日)

　검은 법복을 걸친 세 명의 판사가 입정하자 곳곳에서 소곤대던 소리가 뚝 그치고 공기가 무겁게 긴장되었다.

　방청석은 사람들의 훈훈한 기운으로 넘쳐날 지경이었다. 법원 주변에는 안으로 들어오지 못한 보도진이 대거 몰려와 있다. 아무래도 어젯밤부터 자리 쟁탈전이 시작되었던 모양이다.

　전 국민이 이 재판에 주목하고 있기 때문이다.

　사카이 마이는 양옆의 요모다 다모쓰, 안도 사야카와 손을 맞잡고 앉아 있었다. 두 사람이 발하는 열기가 손바닥을 통해 전해져 왔다. 두 사람도 필시 마이의 열기를 느끼고 있으리라.

　법정 안은 무섭도록 열기로 가득 차 있었다. 숨쉬기조차 갑갑할 정도였다. 누구도 흥분을 억누르지 못하고 있다.

　발바닥에 미묘한 진동이 느껴져서 옆을 바라보니 노노무라 가즈야가 다리를 위아래로 잘게 흔들고 있었다. 그 진동을 억제하듯 가즈야의 무릎 위에 곤노 세쓰에가 손을 얹어 놓았다.

　이윽고 판사가 자리에 앉자 서기관에 의해 개정이 선언되었다. 변호인석에 있는 와타나베 준지가 이쪽을 보고 한 번 깊이

626

고개를 끄덕였다.

마이는 앞으로 기우뚱한 자세를 취했다. 그리고 피고인석에 눈길을 줬다.

그곳에 피고인의 모습은 없다.

그렇지만 그는 분명 법정 안 어딘가에서 자신들과 마찬가지로 지금 이 순간을 지켜보고 있을 것이다.

가부라기 게이치… 그 이름은 후세에 길이 전해지리라. 누구보다 강하고, 다정하고, 그리고 고귀한 사람이었다.

그는 결코 포기하는 법이 없었다. 어떤 상황이 되든 마지막까지 자신의 정의를 관철했다.

엄숙한 공기 속에서 판사가 사건의 개요를 거침없이 말했다. 그것을 모두가 마른침을 삼키며 지켜보고 있다.

그러나 모든 것은 이미 백일하에 드러났고, 이후 어떤 판결이 내려질지도 이 자리에 있는 전원이 알고 있다.

그럼에도 누구 하나 긴장을 풀지 않는다.

그리고 마침내 그 순간을 맞았다.

"주문(主文)."

판결문이 낭독되었다.

그 직후, 전원이 일어났다. 기자들이 자리를 박차고 법정을 뛰쳐나간다. 그 모습을 마이는 번진 시야 속에서 포착하고 있었다.

터질 듯한 절규가, 울부짖음이 법정 안에 울려 퍼진다.

마이도 외쳤다. 있는 힘을 다해 계속 외쳤다.

들리고 있을까.
이 목소리가, 당신에게 닿고 있을까….

옮긴이의 말

헤이세이 최후의 소년 사형수 가부라기 게이치. 그는 사이타마현의 일가족 세 명을 참살하여 열여덟 살의 나이로 사형 판결을 받은 흉악범이다. 그런 남자가 수감 중이던 고베구치소를 탈옥하자 일본 전역은 발칵 뒤집힌다. 매스컴에서는 연일 관련 뉴스가 쏟아져 나오고 인터넷상에도 온갖 뜬소문이 나돌지만 그는 잡힐 듯하면서도 잡히지 않는다.

탈옥 488일째, 그가 발견되는 그날에 이르기까지 그는 도쿄 올림픽 시설의 공사 현장을 비롯하여 시부야의 한 미디어 회사, 나가노 현 고원의 스키장, 야마가타 현의 빵 공장 등 일본 각지에 출몰했는데, 그때마다 그의 인적사항과 모습은 달랐다. 그런데 딱 하나 공통점이 있었으니 바로 그의 착하고 성실한 태도. 그를 만난 이들은 하나같이 입을 모아 말한다.
"그 사람이 그럴 리 없습니다."
사람들에게 이렇게 지지를 받는 그는 정말로 극악무도한 살인자가 맞는 것일까.

이야기는 가부라기의 주변 인물을 따라가며 그의 정체를 밝히기 위한 퍼즐을 맞추려고 하지만 퍼즐은 좀처럼 맞추어지지 않는다. 그런 가운데 흠잡을 데 없이 온화한 가부라기의 성품이 독자를 설득하고 교란한다. 그는 살인자가 아닐지도 모르고, 만약 살인자가 맞는다 해도 무슨 피치 못할 사정이 있었을 거라며 반전을 기대하게 만든다. 그러나 진실은 요원하기만 한데….

이 모든 것은 물론 소설 속의 일이다. 하지만 우리 일상에서도 이처럼 한 사람의 정체를 의심하게 되는 일은 의외로 곧잘 일어난다. '알고 보니 살인자였다'라는 케이스만큼 극단적이지는 않더라도, 이른바 '미투(me too, 나도 당했다)' 폭로가 여기저기서 터져 사회를 충격의 도가니에 빠뜨리는 요즘이다. 인기 연예인과 유력 정치인이 성폭력이나 학교 폭력 같은 불미스러운 사건의 가해자로 지목되면 사람들은 반신반의하고 우왕좌왕하게 마련이다.

한번 의혹이 일면 그 진위를 가리기란 쉽지가 않다. 또 진위가 가려지더라도 훗날 다른 주장이 제기되어 뒤집히는 수도 있다. 가장 엄격하게 가려져야 할 죄상의 진위 여부조차 시간이 지나서 종종 뒤집히는 것이 현실이다. 그렇다면 우리는 자신이 실제로 겪고 느낀 모습과 사실이 말해 주는 모습 중 어느 쪽을 상대방의 본모습으로 받아들여야 할 것인가.

어느 경우에든 부디 반전이 기다리고 있어서 상대방에게 배신감을 느끼게 되지 않기를, 자신의 사람 보는 눈에 실망하게 되지 않기를 바란다.

정혜원

정체 正体

1판 1쇄 인쇄 2021년 4월 26일
1판 1쇄 발행 2021년 5월 3일

지은이 · 소메이 다메히토(染井為人)
옮긴이 · 정혜원
발행인 · 주연지

편집인 · 석창진 **편집** · 박영심 최소라
디자인 · 김서영 **마케팅** · 허은정

펴낸곳 · 몽실북스 **출판등록** · 2015년 5월 20일 (제2015 − 000025호)
주소 · 서울 관악구 난향7길52
전화 · 02−592−8969 **팩스** · 02−6008−8970
이메일 · mongsilbooks_kr@naver.com
네이버 포스트 · post.naver.com/mongsilbooks_kr
인스타그램 · instagram.com/mongsilbooks

ISBN 979−11−89178−39−0 (03830)